Dies hier soll ein lustiger, komödiantischer Sci-Fi / Fantasy-Roman sein. Jede Ähnlichkeit zwischen den beschriebenen Ereignissen und der tatsächlichen Funktionalität in der Realität ist rein zufällig.

Kapitel 1

Schrecken

Martin Banks war von der Wissenschaft begeistert. Als Kind hatte er alles über Menschen gelesen, die gewaltige Entdeckungen gemacht hatten. Entdeckungen, die die Welt verändert hatten. Er hatte sich immer gefragt, was für Empfindungen er wohl hätte, wenn er selbst jemals etwas wirklich Weltbewegendes entdecken würde. Jetzt wusste er es. Denn er hatte gerade eine solche Entdeckung gemacht. Er war überrascht, denn er fühlte nun einen Schrecken, der ihn fast dazu brachte, sich in die Hose zu machen.

Martin sah sich nicht als Hacker. Er mochte das Image nicht, das mit dieser Bezeichnung einherging. Sicher, als Teenager hatte er mit der ganzen Bandbreite dieses Images experimentiert, aber er fand es einfach zu anstrengend, die ganze Zeit gegen alles rebellieren zu müssen. Es war ein emotionales Hamsterrad. Es hörte nie auf und brachte einen nirgendwo hin. Wenn man in einem Zustand ständiger Rebellion lebt, wird man unweigerlich von allen wichtigen Personen seines Lebens missachtet.

Martin beschloss also, dass er kein Hacker war. Er war nur ein Kerl, der es wirklich mochte, seine Zeit am Computer zu verschwenden.

Es war ein ganz gewöhnlicher Abend gewesen. Martin surfte gerade im Internet und schaute sich nach Seiten um, von denen er ungestraft etwas abgreifen konnte.

Im Hintergrund lief der Fernseher und tauchte das Zimmer in ein schummriges Licht.

Die Flimmerkiste bot ihm gelegentlich Ablenkung und die Illusion von menschlichem Kontakt. Ihm war klar, dass er Dinge tat, die bei genauer Betrachtung illegal waren, aber er trieb die Rumpfuscherei auf den Computern anderer Menschen nie besonders weit. Im Grunde war es harmlos, was er tat. Die Behörden würden sich nicht für ihn interessieren, solange Täter mit höherer krimineller Energie noch frei herumliefen. Das redete er sich zumindest immer wieder ein, aber er war zu schlau, um es wirklich zu glauben. Das hielt ihn dennoch nicht davon ab, jeden Abend den Computer einzuschalten, um zu schauen, was es dort zu sehen gab.

In dieser Nacht sah er sich auf den Servern eines Herstellers für Mobiltelefone um, der schon seit den 1930ern im Geschäft war. Allerdings hatten sie zu dieser Zeit Radios in der Größe von Briefkästen hergestellt. Er hatte eigentlich gar nichts Schlimmes getan. Martin hatte nicht einmal gewaltsam eindringen müssen. Jeder, der gute Kenntnisse von Netzwerkstrukturen hatte und gewillt war, sich eine unglaubliche Menge von verblüffend langweiligen Informationen anzusehen, hätte diese Datei finden können.

Sie gehörte in die Kategorie: *besonders uninteressant*.

Fünf Terabyte einfacher ASCII-Textzeichen. Selbst der Name machte Martin schläfrig – repository1-c.txt. Der Moment, in dem er dachte, dass kein vernünftiger Mensch an einer Datei wie dieser interessiert sein könnte, war der Moment, in dem er beschloss, einen Blick hinein zu riskieren.

Er schätzte, dass es zu lange dauern würde, sie komplett herunterzuladen, darum entschied er stattdessen, direkt mit einem Terminal-Emulator auf sie zuzugreifen. Als die Datei sich öffnete, schien sie aus einer endlosen Reihe riesiger, unterschiedlicher Datenblöcke zu bestehen.

Die einzelnen Datenblöcke waren ein gewaltiges Zahlenwirrwarr, in dem sich nur ab und zu Bruchstücke von erkennbarem Text fanden. Er hätte die Datei einfach komplett ignorieren können, wenn da nicht die Tatsache gewesen wäre, dass sich viele der Zahlen scheinbar ständig änderten. Er überprüfte das schließlich genauer. Er arbeitete mit seinem Standard-Texteditor, und soweit er wusste, hatte er bislang kein Update eingespielt, durch das so etwas möglich wäre. Aber er sah es – ganz deutlich.

Das Erste, was Martin immer tat, wenn er eine neue Datei fand, war nach seinem eigenen Namen zu suchen. Es mochte egozentrisch erscheinen, aber Martin machte sich darüber keine Sorgen. Er hatte eine Menge Zeit damit verbracht, über sich selbst nachzudenken, und war zu der Erkenntnis gelangt, dass er definitiv nicht von sich selbst eingenommen war.

Er suchte also nach »Martin Kenneth Banks«.

In der Regel dauerte die Wörtersuche in einer simplen Textdatei nicht allzu lange. Es war leicht für einen Computer, mit einfachem Text zu arbeiten. Dieses Mal dauerte Martins Suche nach sich selbst aufgrund der schieren Größe der Datei allerdings fast zehn Minuten. Schließlich fand er seinen Namen, der sich tatsächlich am Ende der Datei befand.

Über eine Stunde verbrachte er damit, auf die Datei zu starren, und irgendwann war er in der Lage, ein paar erkennbare Informationen aus ihr herauszukitzeln. Wer auch immer diese Datei erstellt hatte, wusste anscheinend eine Menge über ihn. Es irritierte ihn nur, dass seine Größe nicht stimmte. Da stand allerdings auch nicht *Größe* – da war nur eine Zahl. Aber es war unverkennbar. Ein Meter achtzig.

Das stimmte aber nicht. Es könnte Martins Größe sein, wenn man sich die Mühe machen würde, ihn zu vermessen, doch in jedem Formular, das er seit der Highschool ausgefüllt hatte, hatte er einen Meter siebenundachtzig angegeben. Er änderte die Zahl also und drückte auf *Speichern*. Weitere Augenblicke verbrachte er damit, sich verschiedene Nummern in der Datei anzuschauen, dann stand er auf, um ins Badezimmer zu gehen.

Martin streckte sich und fühlte plötzlich ein ziemliches Unbehagen in seiner Leistengegend. Es schien so, als hätte jemand den Bund seiner Jeans gepackt und hochgezogen. Es war seine Lieblingsjeans. Sie war schon immer ein wenig eng gewesen, denn er mochte Hosen, die einen ständig daran erinnerten, dass man auch Hosen trug, aber sie hatte ihm nie so ein Unbehagen wie heute beschert. Er sah nun an sich hinab auf seine Taille. Sein Gürtel war genau dort, wo er hingehörte, aber die Hosenbeine der Jeans waren definitiv kürzer als gewöhnlich. Er trug Hochwasserhosen. Der Saum war definitiv höher, als er es in Erinnerung hatte.

Seltsam, dachte er, als er seine Hose ein wenig herunterzog und ins Badezimmer ging. Während er geistesabwesend pinkelte, warf er einen Blick auf den Spiegelschrank. Er sah, dass sich Staub darauf gesammelt hatte, und dachte, dass er da oben wirklich mal dringend wieder saubermachen müsste. Er wischte den Staub nicht oft genug weg, weil er nicht dort hochsehen konnte. Martin starrte auf den Staub und ließ den Gedanken kurz sacken, bis er erkannte, dass er sein Ziel verfehlt hatte und gerade gegen die Wand urinierte.

Die ganze Zeit, während er die Wand hinter der Toilette säuberte, lachte er über sich selbst. Als Kind hatte er ab und zu nachts das Haus verlassen müssen, um für seine Eltern etwas aus dem Auto zu holen. Dabei hatte er immer darüber nachgedacht, wie gruselig es doch wäre, wenn ihn irgendein schreckliches Monster verfolgen würde, und er auf dem Weg zurück ins sichere Haus mit zusammengekrampften Magen um sein Leben rennen müsste. Dann hatte er stets gelacht, weil es einfach lächerlich erschien, dass ihn ein Monster auf einer gut beleuchteten Straße in einer Vorstadt in seinem eigenen Vorgarten jagen würde.

Das hier, so wusste er, war nichts anderes. Seine Hose war einfach hochgerutscht. Wahrscheinlich bedeutete es, dass er an Gewicht zugelegt hatte. Das war zwar nicht gut, aber auch nichts, weswegen man gleich ausflippen musste. Und der Spiegelschrank war vielleicht etwas abgesenkt oder eine der Schrauben, die ihn hielten, hatte sich aus der Trockenbauwand gelöst – oder vielleicht bildete er sich das alles auch einfach nur ein. Die ganze Nacht in einem dunklen Apartment herumzusitzen, in dem nur der Fernseher und die Computerbildschirme etwas Licht spendeten, veränderte nach einiger Zeit nun mal die Wahrnehmung.

Als die Wand wieder sauber war, richtete er seine Aufmerksamkeit auf den Spiegelschrank. Er war immer noch fest an der Wand angebracht und schien sich kein Stück bewegt zu haben. Martin konnte sehen, dass er oben mit Staub bedeckt war, und war sich außerdem ziemlich sicher, dass er sich immer in die Augen hatte schauen können, wenn er in die verspiegelte Front geblickt hatte. Er erinnerte sich daran, dass sein Spiegelbild ungefähr auf der Hälfte der Augenbrauen abgeschnitten worden war. Jetzt sah er in den Spiegel, und das Einzige, was er sehen konnte, war seine Nase. Er blickte erneut auf seine Füße, um sich zu vergewissern, dass er barfuß war. Dann stand er einfach nur verwirrt da.

Schließlich verließ Martin das Badezimmer. Er schaltete jetzt überall in der Wohnung das Licht ein, im Wohnzimmer, der Küche und auch im Esszimmer. Da es sich um ein Single-Apartment handelte, war alles in einem großen Raum untergebracht. Einzig die Küche konnte man als separat bezeichnen, weil sich darin die entsprechenden Geräte befanden. Das Esszimmer konnte man nur daran erkennen, dass ein billiger Kronleuchter genau an der Stelle von der Decke hing, wo der Architekt offensichtlich gewollt hatte, dass Martin seinen Tisch und die Stühle hinstellte. Doch Martin hatte die Stelle lieber freigelassen. Deshalb hing der Kronleuchter nun auf Augenhöhe direkt hinter seinem Schreibtischstuhl und beleuchtete nichts weiter als den Boden.

Martin lief nun durchs Zimmer und redete sich ein, dass er sicher schon immer in der Lage gewesen war, auf den Kühlschrank zu blicken. Ihm wurde es jetzt nur deshalb bewusst, weil es dort extrem staubig war. *Genug davon,* dachte er und ging zum Schlafzimmerschrank, um seinen Werkzeugkasten zu durchwühlen. Als er aus dem Haus seiner Eltern ausgezogen war, hatte sich Onkel Ray angeboten, den gemieteten Lastwagen zu fahren. Ray hatte im klimatisierten Führerhaus gesessen und von seinem bequemen Sitz aus beobachtet, wie Martin und seine Freunde die Sachen einluden. Dann hatte Ray bemerkt, dass Martin gar keinen Werkzeugkasten besaß, und ihn darauf angesprochen, doch Martin hatte erwidert: »Bisher brauchte ich keine Werkzeuge, weil ich bei Dad gelebt habe. Während du hier herumsitzt und zuschaust, lässt du einfach den Motor laufen und die Klimaanlage ist eingeschaltet. Das kostet mich ein Vermögen an Benzin. Hast du das mal bedacht?«

Onkel Ray hatte entgegnet, dass er das sehr wohl bedacht hätte, es ihn aber nicht störte.

Später hatte Onkel Ray ihm eine Werkzeugkiste als Einweihungsgeschenk für die neue Wohnung überreicht, die recht ordentlich ausgestattet war, und Martin hatte gemeint: »Danke! Aber … äh … ist dir aufgefallen, dass die Werkzeugkiste pink ist und mit glitzernden Buchstaben *Mein erster Werkzeugkasten* draufsteht?«

Onkel Ray hatte entgegnet, dass ihm das aufgefallen wäre, es ihn aber nicht weiter störte. Der gute, alte Onkel Ray. Dieser Kerl war wirklich nicht aus der Fassung zu bringen.

Martin kehrte nun mit einem pinkfarbenen Maßband und einem winzigen, pinkfarbenen Zimmermannswinkel zurück.

Er schnappte sich einen Bleistift und stellte sich mit dem Rücken an den Türrahmen des Schlafzimmers. Dort legte er sich den Zimmermannswinkel auf seinen Kopf und machte behutsam einen Strich an der Stelle, wo der Winkel auf die Wand traf. Martin schmunzelte über sich selbst, weil er seine Zeit mit so etwas Bescheuertem verschwendete, während er das Maßband an der Wand bis zur Markierung hochzog. Er beugte sich nach vorne, um die Zahlen auf dem Maßband abzulesen.

Der Strich, den er gemacht hatte, lag nur ein klein wenig über einem Meter achtundachtzig. Er wiederholte den Vorgang und kam zu demselben Ergebnis.

Offensichtlich bin ich im Laufe der letzten Jahre nach und nach etwa sieben Zentimeter gewachsen und habe es erst jetzt bemerkt. Und zwar direkt, nachdem ich meine Größe in einer seltsamen Textdatei geändert habe, die ich online gefunden habe. Das ist alles vollkommen normal, dachte er.

Während er weiter nachdachte, saß Martin an seinem Computer und sah sich die Datei genauer an. Er wollte nun einfach mal ein paar Dinge ändern, um sich selbst zu zeigen, wie lächerlich er sich benahm, aber gleichzeitig wollte er die Datei am liebsten auch schließen und so tun, als hätte er sie niemals gefunden. Darum saß er eine Zeit lang einfach nur da. Nach etwa zwanzig Minuten beschloss er, dass er sich ein für alle Mal beweisen musste, wie albern er sich verhielt. Der Cursor war immer noch an der gleichen Stelle wie zuvor. Nämlich bei der Größenangabe. Martin änderte die 1,87 nun in 1,85 m um.

Dann ging er wieder zur Schlafzimmertür und stellte sich gerade mit dem Rücken an den Türrahmen. Den Zimmermannswinkel legte er vorsichtig auf seinen Kopf und markierte die Höhe am Türrahmen erneut mit dem Bleistift, dann legte Martin das Maßband sorgfältig an und zog es bis zur Markierung aus. Dabei achtete er darauf, dass es wirklich gerade und senkrecht ausgerichtet war. Schließlich nahm er mit großem Interesse zur Kenntnis, dass seine Größe nun 1,85 m betrug.

Martin wiederholte das Ganze fünf Mal. Er hätte es auch noch ein sechstes Mal versucht, wenn seine Hände nicht so sehr gezittert hätten, dass er keinen ordentlichen Strich mehr ziehen konnte.

Eine Stunde lang saß er da und starrte irritiert auf den Fernseher. Er hatte keine Ahnung, was gerade lief und es war ihm ehrlich gesagt auch vollkommen egal. Er ging zu dem Computer zurück, änderte seine Größe wieder in 1,80 m, dann schloss er die Datei. Er ging ins Badezimmer und spritzte sich kaltes Wasser ins Gesicht.

Im Spiegelschrank konnte er sich selbst nun wieder in die Augen sehen.

Er beschloss, ins Bett zu gehen. Nicht zum Schlafen. Einfach nur ins Bett. Jedes Licht im Apartment war noch an und er trug auch noch seine Kleidung. Er lag einfach nur da und dachte darüber nach, welche Konsequenzen das, was gerade passiert war, wohl hatte, und das war der Moment, in dem er den Schrecken verspürte. Jeder, der bei Science-Fiction Dingen und auch in Naturwissenschaften aufgepasst hatte, stieß irgendwann auf das Konzept, dass die Realität, wie wir sie kannten, ein Computerprogramm war. Die Menschen waren lediglich Unterprogramme. Sie waren keine biologischen Organismen, die sich an eine Felskugel klammerten, die um einen Feuerball umgeben von einem Meer aus Nichts herumraste, sondern sie waren simulierte Organismen, die an einem virtuellen Felsbrocken hingen, der sich in einem unergründlichen Programm befand, das ein Spiel, eine Wettersimulation oder sogar ein Bildschirmschoner sein konnte.

Nein, kein Bildschirmschoner, dachte Martin. *Eine Gesellschaft, die fortgeschritten genug war, um ein solch anspruchsvolles Pro-*

gramm hervorzubringen, hätte längst einen Monitor entwickelt, in den sich keine Pixel mehr einbrannten.

Sobald sich sein psychischer Zustand etwas beruhigt hatte und der Schrecken einer schweren Erregung gewichen war, erkannte Martin die Ironie der ganzen Situation. Seit Anbeginn der dokumentierten Zeit hatte man über das Wesen des Daseins diskutiert. Die größten Denker hatten ihr gesamtes Leben damit verbracht, sich mit den Grundfragen des Lebens herumzuschlagen. Selbst ganz einfache Entdeckungen wie das Rad und die Hebelgesetze hatten die menschliche Existenz tief greifend verändert.

Jetzt hatte Martin den Beweis dafür gefunden, was genau wir wirklich waren, und er hatte die Mittel, um Dinge ohne größere Anstrengung sofort zu ändern. Er war durch eine zufällige Entdeckung zur wichtigsten Figur der Menschheitsgeschichte geworden, und er wünschte sich verzweifelt, dass er all dies wieder rückgängig machen könnte.

Martin schaute auf die Uhr. Es war mittlerweile drei Uhr morgens. Er hatte sechs Stunden einfach nur dagelegen, an die Decke gestarrt und so die Panik etwas gelindert. Er stand wieder auf und schluckte zwei Schlaftabletten mit einem doppelten Bourbon herunter, dann schaltete er überall das Licht aus und verlor schließlich das Bewusstsein.

Kapitel 2

Der Wecker klingelte um sieben. Martin spürte noch immer die Wirkung der Pillen, die er eingenommen hatte. Obwohl seine Augen offen waren und sein Körper sich bewegte, konnte er nicht klar denken.

Er duschte, putzte sich die Zähne und rasierte sich.

Normalerweise würde sein Verstand nun langsam erwachen, aber Martin zog es vor, nicht zu denken.

Während er durch sein Apartment lief, war sein Blick auf die zittrigen Bleistiftmarkierungen am Türrahmen des Schlafzimmers gerichtet. Für einen Moment starrte er vor sich hin und verzog das Gesicht, dann schaltete er seinen Verstand wieder ab. Er kochte sich Kaffee und steckte Waffeln in den Toaster. Während er aß, starrte er seinen Computer an. An diesem Morgen las er die Nachrichten lieber auf seinem Smartphone. Das fühlte sich sicherer an.

Er fuhr mit seinem Kombi zur Arbeit. Als er das Firmengebäude erreichte, konnte er sich nicht mehr daran erinnern, wie er überhaupt hergefahren war. Er saß an seinem Arbeitsplatz und ging Papierkram durch. Als er Feierabend hatte, stellte er fest, dass er sich an fast gar nichts, was an diesem Tag passiert war, erinnern konnte. Wie betäubt hatte er den Tag durchlebt. Er ging zum Parkplatz, setzte sich in sein Auto und betrachtete sich selbst im Rückspiegel. So konnte es nicht weitergehen. Darum beschloss er an Ort und Stelle, dass er den Rest seines Lebens damit verbringen würde, die Existenz dieser Datei zu leugnen.

So schnell er konnte, fuhr er nach Hause und schaltete sofort seinen Computer ein. Dann öffnete er die Datei. Er hatte sich überlegt, dass er ihre Existenz nicht leugnen konnte, bevor er nicht wenigstens herausgefunden hatte, um was genau es sich handelte.

Wieder suchte er nach seinem Namen und fand den Datenblock, der seine Existenz definierte. Er wusste, wo er seine Größenangabe fand, aber die anderen nützlichen Parameter herauszufiltern, gestaltete sich deutlich schwieriger. Seine Intelligenz, sein Körperfettanteil, seine Stärke und sein Gesundheitsniveau waren alle unmöglich gegenständlich zu beziffern, unabhängig davon, was die Leute sagten, die Diätpläne erstellten.

Martin fand sein Gewicht, wagte jedoch nicht, es zu ändern. Er dachte darüber nach und kam dann zu dem Schluss, dass weniger zu wiegen nicht unbedingt bedeutete, dass man weniger fett war. Er könnte sich problemlos so ändern, dass sein Körper weniger Dichte aufwies. Er konnte sich plötzlich bildlich seine Eltern vorstellen, die auf seiner Beerdigung gefragt wurden, woran ihr Sohn denn gestorben sei und sich eingestehen mussten, dass sich das niemand erklären konnte. Er habe sich einfach von selbst in einen Schwamm verwandelt.

Martin ging anders vor. Auf seinem Smartphone öffnete er die Banking-App und sah sich seinen Kontostand an. Er suchte in der Datei nach dieser Zahl und fand sie sofort. Dann atmete er tief ein, bewegte das Komma eine Stelle nach rechts und drückte auf *Speichern*.

Er aktualisierte seine Banking-App. Der Kontostand betrug nun $ 839,00.

GESCHAFFT!

Er verspürte plötzlich einen Stich. Es waren allerdings keine Gewissensbisse, denn er hatte schließlich von niemandem Geld gestohlen. Das Geld hatte er einfach so aus dem Nichts erschaffen. Es hatte vorher gar nicht existiert. Jetzt aber schon. So wie er es sah, hatte er der Welt sogar einen Gefallen getan!

Der Stich war die Angst gewesen, die er empfand! Er wusste, es war zu einfach, und wenn die Behörden herausfanden, was er getan hatte, würde man ihn bestrafen, selbst wenn er technisch gesehen gar nicht gegen das Gesetz verstoßen hatte. Martin wusste, dass die Beweislast beim Kläger lag. Also würde jeder, der versuchte, ihn wegen elektronischen Bankbetrugs strafrechtlich zu verfolgen, erst einmal beweisen müssen, wie er es ohne Zugriff auf den Bankcomputer angestellt hatte. Außerdem schlussfolgerte er, dass es bei jedem Diebstahl zwei Dinge gab: Einem Besitzer eine Sache wegnehmen und sie für sich selbst behalten. Und Martin nahm schließlich niemandem etwas weg. Darum glaubte er, dass es gar kein Diebstahl war, oder zumindest war es nur halb so wahrscheinlich, dass man ihn überführte. Es war eine fadenscheinige Begründung, aber sie war gut genug, um ihn schlafen lassen zu können. Er versetzte das Komma wieder eine Stelle zurück und verließ für diese Nacht den Computer.

Erneut sah er sich etwas im Fernsehen an, ohne zu bemerken, was überhaupt lief. Wieder griff er auf frei verkäufliche Schlafmittel und billigen Bourbon zurück, um die Ruhe zu bekommen, die er so dringend brauchte.

Der nächste Tag war ein Freitag. Er durchsegelte die Arbeit wie der *Fliegende Holländer*. Das Schiff war in Bewegung, aber niemand befand sich am Steuer. Seine Vorgesetzte war besorgt, weil Martin sich äußerst seltsam benahm, aber er schaffte sogar mehr Arbeit als üblich. Darum beschloss sie, ihn lieber nicht zu stören.

Martin begriff, dass er die Datei doch nicht ignorieren konnte. Was er erfahren hatte, konnte er schließlich nicht ungeschehen machen. Er musste einfach nur etwas Willenskraft aufbringen. Er beschäftigte sich eingehend mit all den Dingen, mit denen er sich nicht beschäftigen sollte. Dinge, die möglich werden würden, wenn man die Datei benutzte, die aber wahrscheinlich zu nichts Gutem führen würden. Den ganzen Freitag verbrachte er damit, gefährliche Ideen zu sammeln. Als er in dieser Nacht an seinem Computer saß, gab es eine Menge Dinge, die er ausprobieren wollte, und er hatte das gesamte Wochenende Zeit dafür.

Kapitel 3

Zuerst wählte Martin das gesamte Datenpaket aus, von dem er glaubte, das es ihn betraf, und kopierte es in eine separate Datei, die er verschlüsselte und auf die Speicherkarte seines Handys übertrug.

Dann bewegte er das Komma seines Kontostandes drei Stellen nach rechts.

Zuerst zog er in Erwägung, sich zum Millionär zu machen, doch dann überlegte er, warum er die damit verbundenen Risiken eingehen sollte, wenn er sich doch zu jeder Zeit zum *Tausendär* machen konnte.

Ich muss vorsichtig sein, dachte er. *Ich möchte das hier schließlich nicht vermasseln.*

Er fragte sich, wie etwas so Komplexes, wie das menschliche Wesen, in ein Datenpaket passen konnte, das klein genug war, um es zu verwalten. Aber als er sich wieder beruhigt und darüber nachgedacht hatte, wurde ihm klar, wie es wohl funktionierte. Er sah, dass die Datei eine Liste von Parametern ohne detaillierte Beschreibungen war. Er konnte den Code erkennen, der seine Herztätigkeit festlegte, und überprüfte das, indem er seinen Puls maß und dabei beobachtete, wie die Zahlen in Echtzeit schwankten. Für ihn machten die Zahlen allerdings keinen Sinn. Selbst für Kardiologen würden sie wahrscheinlich keinen Sinn ergeben, aber sie änderten sich in vorhersehbarer Weise zusammen mit seinem Puls. Der Code beschrieb, was das Herz gerade tat und inwiefern es sich von den Herzen anderer Leute unterschied, aber der Code definierte nicht das Herz an sich. Es schien so, als ob es irgendwo anders eine weitere Datei gab, die menschliche Herzen im Detail beschrieb. Und die Daten jeder einzelnen Person bezogen sich darauf, ihr spezifisches Herz zu rendern. Dasselbe galt anscheinend auch für all die anderen Organe, auch wenn das für ihn viel weniger interessant war, als er feststellte, dass er keinen Zugriff auf die grundlegende Struktur seines Körpers hatte. So konnte er zum Beispiel die Knochen seines Skeletts nicht in unzerbrechliches Metall verwandeln.

Es waren auch andere Verknüpfungen in das System integriert. Er suchte nach seinem aktuellen Längen- und Breitengrad. Weil er in seinen späten Teenagerjahren mit Geocaching herumgespielt hatte, verstand er die Bezeichnungen, und dank seines Smartphones hatte er Zugriff auf die tatsächlichen Zahlen. Als er seine genauen Koordinaten in der Datei fand, entschied er, sich probehalber zu bewegen und zu sehen, ob sie sich ebenfalls änderten. Langsam ging er rückwärts, während er auf den Monitor starrte und dabei immer mehr schielte. Die Zahlen schienen sich tatsächlich zu ändern, während er sich bewegte, doch statt die absolute Position einer Person über den Weltraum festzumachen, spürte das System sie in Relation zur Erde auf. Unter den Koordinaten stand noch eine Zahl, von der er wusste, dass sie die Höhe über dem Meeresspiegel darstellte. Martin sprang hoch, obwohl es schwer war, dabei die Zahl zu entziffern. Er konnte sehen, dass diese sich änderte, während er in der Luft war. Als er landete, stand wieder die Ausgangszahl dort.

Martin wusste, was als Nächstes zu tun war. Wenn er es nicht versuchte, würde er sich den Rest seines Lebens Gedanken darüber machen.

Nein, das ist nicht wahr, dachte er. *Ich würde mir Gedanken machen, bis ich letzten Endes zusammenbreche und es dann trotzdem versuchen. Also kann ich es auch genau so gut jetzt gleich ausprobieren.*

Ohne sich hinzusetzen, beugte er sich über den Schreibtisch, schluckte schwer und veränderte dann den Höhenmeter um dreißig Zentimeter. Anschließend atmete er langsam aus.

»Jetzt schauen wir doch mal, ob ich fliegen kann«, sagte er laut, als wäre es für die Nachwelt gedacht. In diesem Moment war das leere Apartment die Nachwelt. Er drückte auf die Enter-Taste.

Sofort befand er sich dreißig Zentimeter über dem Boden, doch unmittelbar danach fiel er wieder nach unten. Er kam mit seinem vollen Gewicht auf dem Schreibtisch auf, verstauchte sich beide Handgelenke und verdrehte sich seinen rechten Knöchel. Fast hätte er es geschafft, aufrecht stehen zu bleiben, aber schließlich fiel er doch nach hinten, direkt in seinen Schreibtischstuhl hinein. Der Aufprall war so hart, dass sich der Stuhl unter der Belastung durchbog und die gesamte Luft aus seiner Lunge wich. Als er so dasaß und versuchte, wieder Luft zu holen, konnte er die Nachbarin unter ihm hören. Mit einem Besen stieß sie gegen die Decke und brüllte, dass er endlich ruhig sein sollte.

Okay, dachte Martin. *Ich kann zwar nicht fliegen, aber ich kann fallen, wann immer ich es will.*

Er richtete seine Aufmerksamkeit nun wieder auf den Längen- und Breitengrad, brachte sein Smartphone zur anderen Ecke des Schlafzimmers und notierte sich dort die GPS-Daten. Dann kehrte er zum Computer zurück, setzte sich hin und gab die Koordinaten ein.

Er atmete tief durch, drückte auf *Enter* und befand sich plötzlich am anderen Ende des Schlafzimmers. Seine Füße standen zwar auf festem Boden, aber der Rest von ihm befand sich noch in einer sitzenden Position, obwohl er keinen Stuhl mehr unter sich hatte. Mit seinem gesamten Gewicht landete er deshalb genau auf seinem Steißbein. Er brach es sich zwar nicht, aber es fühlte sich so an, als hätte es genau das vorgehabt. Einen Moment lang nahm er sich Zeit. Dann stand er auf und ging zum Computer zurück. Die Nachbarin unter ihm stieß nun fester gegen die Decke und brüllte noch lauter. Er stellte sich vor, wie sie versuchte, ihre Kaution zurückzubekommen, und behauptete, dass die unzähligen Besenstielabdrücke schon dort gewesen waren, als sie eingezogen war. Das brachte ihn zum Lächeln.

Jetzt wusste er, dass er sich teleportieren konnte! Er wusste auch, dass er darüber nachdenken musste, wie er es tat, denn ansonsten würde er sich über kurz oder lang ernsthaft verletzen. Wieder schaute er auf die GPS-App. Er suchte sich eine Stelle aus, die anderthalb Kilometer entfernt war. Ein Ort, der gut beleuchtet sein würde, aber wo ihn gleichzeitig niemand sehen würde: ein Parkplatz an der Seite einer *Boston Market* Filiale. Er gab die Koordinaten ein, stand auf und winkelte dann die Beine etwas an, um etwaige Stöße dämpfen zu können. Für eine bessere Balance streckte er außerdem die Arme aus. Dann biss er die Zähne zusammen und drückte auf *Enter*.

Martin stand tatsächlich auf dem Parkplatz des *Boston Market*. Er war froh, dass er seine Arbeitskleidung nicht ausgezogen hatte, als er nach Hause gekommen war und dass sein Portemonnaie immer noch in seiner Tasche steckte. Er wünschte nur, er hätte seine Schuhe angelassen und seine Schlüssel in der Tasche, aber man konnte eben nicht alles haben. Er lebte in Seattle, darum war er dankbar, dass nur der Bürgersteig, und nicht die Luft selbst nass war. Sein Computer stand immer noch zu Hause. Darum konnte er sich nicht einfach dorthin zurück teleportieren. Stattdessen ging er zu Fuß, während er ein *Boston Market* Hackbratensandwich aß und darüber nachdachte, was er als Nächstes tun würde. Mit der Datei und auch mit dem Ersatzwohnungsschlüssel, der bei der Nachbarin unter ihm war.

Wer wäre besser geeignet?, dachte er. *Sie ist schließlich immer zu Hause. Sie beobachtet stets ganz genau, was vor sich geht.*

Seine Handgelenke, sein Knöchel und sein Steißbein schmerzten, aber der Heimweg und die ruinierten guten Wollsocken waren es ihm vollkommen wert. Sowohl wegen der Zeit, die er zum Nachdenken hatte, als auch wegen des Gesichtsausdrucks seiner Nachbarin.

»Warum sind Sie da oben die ganze Zeit so laut?«, fragte sie genervt.

»Was meinen Sie? Ich war doch gar nicht zu Hause. Ich war im *Boston Market*. Sehen Sie?«, entgegnete er und hielt seine Sandwichverpackung und seinen nun leeren Trinkbecher hoch.

»Warum tragen Sie dann keine Schuhe?«

Er schaute auf seine Füße.

»Ich mag es, leise zu gehen. Das wissen Sie doch.«

»Woher weiß ich denn, dass Sie die Sachen nicht vorher schon gekauft und sie jetzt einfach nur hier herunter gebracht haben?«

Martin kicherte. »Was macht denn mehr Sinn? Dass ich etwas Fast Food gegessen, meinen Müll aufbewahrt, absichtlich einen Haufen Lärm gemacht und mich dann aus meinem eigenen Apartment ausgesperrt habe, nur um hier runterzukommen und Sie zum Spaß anzulügen? Oder, dass ich einfach nur ohne Schuhe und Schlüssel losgelaufen bin, um beim *Boston Market* zu essen?«

Darauf wusste sie keine Antwort, denn keine dieser Optionen machte wirklich Sinn. Martin kehrte als müder, aber glücklicher Mann in sein Apartment zurück.

Er minimierte das Fenster der Datei nun und rief den App-Store für Android-Smartphones auf. Dort fand er eine Reihe von Emulatoren, mithilfe derer er die Datei auch auf seinem

Handy aufrufen könnte. So musste er nicht mehr zwangsläufig zu Hause sitzen oder überhaupt irgendwohin gehen.

Doch auf seiner geistigen To-do-Liste stand noch ein weiterer Punkt. Martin musste ziemlich lange suchen, bis er die Felder für Datum und Zeit fand. Er war nicht überrascht, dass er diese Einträge in einer Form vorfand, die er verstehen konnte. Er vermutete einmal, das Programm hatte diese Einträge aus Zeitgründen genau so an die Menschen, die es erstellt hatten, weitergeleitet. Warum Generationen damit verbringen, neue Notationssysteme zu entwerfen, wenn man den Menschen das geben konnte, was sie bereits kannten? Etwas, das funktionierte und leicht zu verwalten war.

Eine lange Zeit schaute er intensiv auf die Zeitangabe. Im Grunde war sie die genaueste Uhr der Welt. Nur die Zahlen schienen danebenzuliegen. Doch dann stellte er fest, dass es sich um die *Greenwich Mean Time* handelte.

Er würde jetzt eine Zeitreise versuchen. Es *nicht* zu probieren, ging einfach nicht, auch wenn ihm diese Idee natürlich verständlicherweise Angst machte. Vorsichtig fügte er der Zeitangabe dreißig Sekunden hinzu, drückte auf *Enter* und … nichts passierte. Er überprüfte es noch einmal. Das Programm hatte seine Eingabe anscheinend nicht akzeptiert. Abermals versuchte er es, aber das Resultat war dasselbe.

Martin stieß einen langen Atemzug aus. »Wahrscheinlich ist es auch besser so.«

Eine Stimme aus der Ecke des Zimmers sagte plötzlich: »Versuch, in der Zeit zurückzureisen, und nicht vorwärts.«

Martin sprang erschrocken auf, danach blickte er zu der Stelle, woher die Stimme herkam. Er sah sich nun selbst mit seinem Smartphone in der Hand in der Ecke stehen. Auch er hielt es gerade in der Hand. Martin sah tatsächlich sich selbst. Kein Abbild. Kein Spiegelbild. Er sah *sich*.

Er hatte angenommen, dass er besser aussah.

Für einen Moment starrten sie sich gegenseitig an. Schließlich sprach Martin, der Zeitreisende: »Ich sagte, du sollst in der Zeit zurückreisen und nicht vorwärts.«

Der originale Martin war momentan viel zu sehr damit beschäftigt, durchzudrehen, anstatt zuzuhören, und bekam deshalb gar nicht mit, was Martin aus der Zukunft zu ihm gesagt hatte. »*Was?*«, fragte er verwirrt und riss sich zusammen.

Martin aus der Zukunft schüttelte den Kopf. »Großartig. Jetzt bin ich verwirrt.«

»*Du* bist verwirrt?«

Martin aus der Zukunft sah irritiert aus. Er nuschelte etwas im Flüsterton, während er auf dem Smartphone herumtippte. Noch einmal schaute er auf, stellte Blickkontakt zum originalen Martin her und verschwand einfach.

Martin ging zu der Stelle, wo gerade noch sein Doppelgänger gestanden hatte. Keine Brandflecken oder etwas in der Art waren dort zu sehen. Er wusste nicht, was er erwartet hatte, was mit der Stelle passierte, an der ein Zeitreisender auftauchte und wieder verschwand. Er wusste aber, dass er mehr erwartet hatte als … nichts.

Martin blickte auf sein Handy und sah das Feld mit der Zeitangabe in der Datei. Die Sekunden tickten. Schnell zog er dreißig Sekunden von der Zeit ab und drückte auf *Enter*.

Die Welt um ihn herum machte eine ziemlich schnelle Überblendung von *jetzt* zu der verstaubten Erinnerung an die Welt vor dreißig Sekunden. Er sah Martin aus der Vergangenheit in der Mitte des Zimmers stehen. Seine ganze Aufmerksamkeit hatte er auf den Handybildschirm gerichtet und er machte irgendwie einen ziemlich enttäuschten Eindruck.

Martin aus der Vergangenheit atmete einmal tief ein und aus und sagte dann: »Wahrscheinlich ist es besser so.«

Ihm tat der Martin aus der Vergangenheit leid. *Ich sehe so traurig aus,* dachte er.

»Versuch, in der Zeit zurückzureisen, und nicht vorwärts«, schlug er hilfsbereit vor.

Martin aus der Vergangenheit war ziemlich entsetzt. Mit echter Panik in den Augen sah er zu ihm. Er schaute erst ungläubig, dann überrascht und zu Martins immer noch währender Bestürzung auch enttäuscht.

Na großartig, dachte Martin. *Ich sehe pummelig aus und man kann mir all meine Emotionen im Gesicht ablesen.*

Martin beschloss, es noch einmal zu versuchen: »Ich sagte, du sollst in der Zeit zurückreisen und nicht vorwärts.«

Martin aus der Vergangenheit öffnete und schloss den Mund ein paar Mal. Schließlich schaffte er zu fragen: *»Was?«*

Martin war nicht sonderlich beeindruckt von sich selbst. »Großartig. Jetzt bin ich verwirrt.«

Der Martin aus der Vergangenheit sah nun wirklich beleidigt aus. »*Du* bist verwirrt?«

Martin gab auf. »Fantastisch«, murmelte er, während er die Zeit wieder zurücksetzte. »Ich bin der erste Mensch in der Geschichte, der sich selbst trifft, und dann erfahre ich, dass ich ein hässlicher Idiot bin.«

Martin drückte wieder auf *Enter* und sah zu, wie sein früheres Selbst verschwand, während er zu dem Moment zurückkehrte, an dem er gegangen war.

Das ist ja nicht so gut gelaufen, dachte er. In der Rückschau hätte er das ahnen können. Erste Treffen waren immer heikel, selbst wenn man sich selbst traf. *Nächstes Mal würde es bestimmt besser laufen. Denn dann habe ich ja schon eher eine Ahnung, wie ich mich verhalten und wie ich reagieren soll.*

Martin hörte nun ein leises *»Ähm«,* das von rechts kam. Er schaute in die Richtung und war nicht überrascht, sich selbst lächelnd dort stehen zu sehen.

»Ich bin du, und zwar in einer Stunde«, sagte er. »Willst du vielleicht ein bisschen Poker spielen?«

Kapitel 4

Am nächsten Morgen erwachte Martin mit einem Kater. Dabei hatte gar nicht viel getrunken, während er mit sich selbst Poker gespielt hatte. Nur ein paar Bier.

In der ersten Runde, als er Martin aus der Vergangenheit gewesen war, hatte er verloren. Dann war er in der Zeit zurückgereist und hatte als Martin aus der Zukunft alles noch mal durchgespielt. Um ehrlich zu sein, war er zunächst nicht so begeistert von einer zweiten Runde gewesen und hauptsächlich aus Pflichtgefühl zurückgekehrt, um eine Revanche anzubieten.

Dann hatte er allerdings angefangen zu gewinnen, weil er sich daran erinnert hatte, was Martin aus der Vergangenheit auf der Hand gehabt hatte.

Jedes Spiel macht mehr Spaß, wenn man gewinnt, auch wenn es in diesem Fall am Ende gerade so null zu null ausging. Dann war er ins Bett geschlurft und müder als jemals zuvor in seinem Leben gewesen, doch sein Hirn hatte immer noch auf Hochtouren gearbeitet. Er hatte darüber nachgedacht, was passiert wäre, wenn er die erste Pokerrunde gewonnen hätte, dann zurückgekommen wäre und wieder gewonnen hätte. War das überhaupt möglich? Und wenn ja, woher wären die Gewinne dann gekommen? Konnte er unendlichen Reichtum schaffen, indem er gegen sich selbst im Poker verlor? Natürlich konnte er auch so unendlichen Reichtum erschaffen, indem er einfach eine Dezimalstelle in einer Datei verschob.

Schließlich erkannte er, dass er, wenn er überhaupt noch etwas Schlaf bekommen wollte, das Ende erzwingen musste.

Also trank er seinen allnächtlichen Cocktail: zwei Schlaftabletten in einem Schuss billigem Bourbon aufgelöst.

Nun war es Morgen und er hatte einen Kater.

Martin saß an seinem Schreibtisch, aß Toast und trank Kaffee, während er wieder mal auf die Datei starrte. Die Nacht zuvor war eine überwältigende Achterbahnfahrt voller Entdeckungen gewesen, aber der Morgen danach war wie gewöhnlich harte Schufterei, ein ständiges hin- und herspringen in der Realität.

Er hatte nun bewiesen, dass die Datei ein Werkzeug war, welches jeden Aspekt seines Lebens verbessern konnte. Doch seine schmerzenden Füße, seinen verdrehten Knöchel und die verstauchten Handgelenke sowie seine ruinierten Socken und die verwirrte Nachbarin, bewiesen eindeutig, dass er sein Leben auch ruinieren konnte, wenn er weiterhin einfach handelte, ohne vorher groß darüber nachzudenken.

Martin hatte bereits beschlossen, dass er seinen Körper nicht mehr verändern wollte. Denn solange er die Datei nicht besser verstand, war das viel zu gefährlich. Es war viel besser, erst einmal einfach Geld zu erschaffen und eine Mitgliedschaft im Fitnessstudio zu kaufen, oder, wenn nötig, auf plastische Chirurgie zurückzugreifen. Er hatte außerdem entschieden, dass er gelegentlich kleinere Mengen Geld auf sein Bankkonto schaffen würde, statt einer riesigen Summe auf einmal. Martin hoffte, dass er auf diese Art nicht entdeckt werden würde.

Und er hatte es geschafft, dass er kurz fliegen konnte. Wirklich, er konnte sich selbst für einen Moment mitten in der Luft platzieren, bevor er wieder zu Boden fiel. Er hatte bereits eine Idee, wie man das optimieren könnte, aber das besaß für ihn erst einmal keine Priorität.

Außerdem konnte er sich jetzt teleportieren. Das war erstaunlich, aber auch sehr gefährlich. Glücklicherweise war seine Kleidung mit ihm teleportiert worden. Darum schlussfolgerte er, dass die Datei – oder das System, das die Datei nutzte – die Kleidung und die Dinge in der unmittelbaren Umgebung in Relation zu dem Standort setzte. Genau so, wie es die eigene Position in Relation zur Erde bestimmte. Das war eine Erleichterung, denn Martin wollte der Polizei nicht eines Tages erklären müssen, warum er sich plötzlich wie aus dem Nichts, nackt an einem öffentlichen Ort materialisiert hatte. In Wirklichkeit wollte er der Polizei nicht mal erklären müssen, warum er sich überhaupt materialisiert hatte. Er musste dafür sorgen, dass er, wenn er sich irgendwohin teleportierte, nicht nur den richtigen Längen- und Breitengrad und den richtigen Höhenmeter, sondern auch Einsamkeit hatte. Er brauchte unbedingt einen Landeplatz, wo ihn niemand sehen würde.

Zu guter Letzt könnte er dann in der Zeit reisen und zu seinem Startpunkt zurückgehen, aber er konnte nicht darüber hinaus gehen. Er überlegte, dass es wohl daran lag, dass die Vergangenheit ein bekannter Zustand, die Zukunft aber noch nicht geschehen war. Man konnte sie nicht kennen und sie war auch nicht greifbar. Mit Sicherheit wusste er das zwar nicht zu sagen und würde es wahrscheinlich auch nie können. Fakt war aber, dass er in der Zeit zurückgehen und dann wieder zur Gegenwart zurückkehren konnte. Im Grunde teleportierte er sich also nur in eine andere Zeit sowie an einen anderen Ort. Also waren die benötigten Parameter, die er brauchte: Längengrad, Breitengrad, Höhenmeter, Einsamkeit und … Zeit.

Der einzige Weg, wie er all das beeinflussen konnte, war auf die Datei zuzugreifen. Er konnte das von seinem Computer aus tun und mittlerweile auch von seinem Smartphone. Öffentliche Computer kamen hingegen nicht infrage. Denn dort könnte er die Software nicht installieren, die er brauchte, um auf den Remotecomputer mit der Datei zuzugreifen. Es schien so, als wäre sein Handy von jetzt an sein wichtigster Zugang zur Datei. Also musste er sicherstellen, dass er sich nicht aus

Versehen irgendwohin teleportierte, wo das Handy nicht funktionierte, denn dann würde er dort festsitzen. Martin öffnete nun eine Landkarte, auf der die Netzabdeckung seines Telefonanbieters ersichtlich war. Jetzt war es nicht nur eine Karte, die einen *zuverlässigen* High-Speed-Datenzugang für ihn darstellte, sondern auch die Orte, an denen Martin gottgleiche Kräfte über Zeit und Raum besaß. Das sollte sich eigentlich nicht wie eine Einschränkung anfühlen, aber genau das tat es.

Ich kann jetzt sofort überallhin auf dieser Karte der Vereinigten Staaten reisen, wohin ich möchte, dachte er, solange dort einer dieser roten Flecken ist. Die dunkelroten Flecken. Denn die Helleren sind mir zu fraglich.

Zum ersten Mal, seit er die Datei gefunden hatte, dachte Martin Banks erst einmal darüber nach, bevor er handelte. Er machte eine Liste von Dingen, die er brauchte, damit er weitermachen konnte. Dann brachte er diese in eine logische Reihenfolge und begann, die Liste abzuarbeiten.

Er durchsuchte die Datei nach der Seriennummer und dem Modellnamen seines Handys. Er war erleichtert, als er beides fand. Irgendwie hatte er Angst gehabt, dass die Datei nur Menschen abdecken würde, aber das war offensichtlich nicht der Fall. Die Datei war riesig (viel gewaltiger als die tatsächlich eingetragene Größe) aber nicht unendlich.

Martin war sich nicht sicher, ob sie für alle Menschen und alle Gegenstände groß genug war, aber immerhin: Da war er, der Eintrag für sein Handy, der nicht sehr umfangreich war. Er nahm an, dass Massenartikel wie Handys nicht jedes Mal aufs Neue detailliert beschrieben werden mussten, genau, wie es bei den Menschen der Fall war. Stattdessen hatte jede Kopie einen Eintrag, der beschrieb, inwiefern sie sich von anderen Gegenständen seiner Art unterschied. Die vollständige Beschreibung, was dieses Gerät zu einem Handy machte, musste sich wohl irgendwo anders in einer separaten Datei befinden.

Er verbrachte einige Zeit damit, eine rudimentäre Smartphone-App zu erstellen, mit der man die Datei automatisch bearbeiten konnte. Er fand sogar den Akkustand des Handys. In der Datei war er präzise in fünf Dezimalstellen dargestellt. Auf dem Handy war er hingegen vollkommen ungenau, es sei denn, man installierte eine separate App. Doch auch bei dieser konnte man nur ganze Zahlen ablesen. Er überprüfte, dass es sich auch wirklich um den Akkustand handelte, indem er die Datei mit der App verglich. Dann spielte er fünf Minuten lang ein Spiel, das besonders viel Akkuleistung verbrauchte. Danach überprüfte er den Akkustand erneut und war nun sicher, dass er tatsächlich das richtige Feld gefunden hatte. Er stellte die experimentelle App so ein, dass sie im Hintergrund lief und den Akkustand alle zehn Sekunden auf einhundert Prozent zurücksetzte. Dann spielte er das Spiel weitere fünf Minuten. Danach war der Akku immer noch voll.

Eine Stunde lang hieß es jetzt *suchen* und *Copy&Paste*. Doch dann hatte er sein Handy so modifiziert, dass immer genau dreiundsiebzig Prozent der Akkuleistung verblieben (einhundert Prozent hätte verdächtig ausgesehen). Nun würde es ihm erspart bleiben, einen Haufen Ersatzakkus wie Chewbacca in einem Patronengurt mit sich herumzuschleppen.

Außerdem brachte er sein Handy dazu, immer aus einem Gebiet zu senden, das von drei separaten Mobilfunkmasten und zwei Stromverteilern abgedeckt wurde, egal, wo das Handy sich tatsächlich befand. Dieser Gedanke war ein intuitiver Sprung, aber Martin verstand jetzt, dass die Funkwellen, die vom Handy produziert wurden, genau so unecht waren wie alles andere. Darum konnten auch sie manipuliert werden. Und wenn er konkretisieren könnte, woher das Signal kam, könnte er auch festlegen, wann es gesendet wurde. Im Grunde genommen war die Zeit also nur eine weitere Zahl in der Datei.

Er hatte immer noch große Schwierigkeiten damit, die Umstände einer Reise durch die Zeit vernünftig zu beurteilen. Im kalten Licht des Tages wurde ihm klar, dass es unglaublich leichtsinnig von ihm gewesen war, das Reisen durch die Zeit auch nur zu versuchen.

Außerdem hatte er unglaublich viel Glück gehabt. Theoretisch würden nämlich stets zwei Kopien von ihm zur selben Zeit in der Datei auftauchen, wenn er zurückging. Man müsste annehmen, dass es dadurch zu einer Art Fehlermeldung kommen würde, was natürlich sehr ungünstig wäre. Zum Glück war dies aber nicht passiert. Martin schloss daraus, dass es irgendwo ein Programm gab, das auf die Datei zugriff und sie nutzte, um die Welt zu rendern. Jeder Moment, den er augenblicklich durchlebte, war exakt ebenso weit entwickelt wie dieses theoretische Programm.

Was Reisen in die weiter zurückliegende Vergangenheit anbelangte, waren diese, wenn die Wirklichkeit tatsächlich ein Computerprogramm war, schon immer möglich gewesen. Das bedeutete, dass die Datei schon immer existiert hat. Es war seltsam, sich vorzustellen, dass die Datei älter war als die Erfindung der Computer, aber sie war ja auch älter als die menschliche Erfindung von Computern. Wer oder was auch immer die Datei erschaffen hatte, hatte Computer bereits erfunden, lange bevor das Programm, das Martin jetzt erlebte, geschrieben worden war.

Wenn die Datei schon immer existiert hatte, dann hatte alles, was in der Datei stand, in gewissem Sinne ebenfalls schon immer existiert. Also war der einzige Grund, warum Martin nicht die gesamte Geschichte durchlebt hatte, der, dass das Programm keinen Grund sah, ihn dorthin zu rendern. Nun aber wusste Martin, wie er ihm diesen Grund geben konnte.

Er konnte nichts über die Existenz des Dateispeicherortes hinaus beweisen, aber das war auch nicht wichtig. Zum millionsten Mal dankte er sich selbst dafür, dass er gelernt hatte, Computer zu programmieren.

Als das Wochenende vorbei war, befand er die App als vorerst praktikabel.

Die App hatte nun drei Reiter. Auf dem ersten Reiter war ein Dollarzeichen. Es zeigte ihm seinen Kontostand an und erlaubte ihm, diesen schnell zu ändern. Die App machte die notwendigen Änderungen in der Datei automatisch.

Das Symbol des zweiten Reiters war ein Kompass. Er nutzte die Programmierschnittstelle eines beliebten Kartenprogramms, um eine Satellitenkarte der Erde darzustellen. Dort konnte er hineinzoomen, um sich ein Gebiet anzusehen und eine Stelle auszuwählen. Die App würde die Koordinaten und den Höhenmeter in die Datei eingeben. Nur einen Herzschlag später würde er dann vor Ort sein. Es gab auch ein Dialogfeld, in das er ein Datum und eine Uhrzeit eintragen konnte. Wenn er das Datum und die Uhrzeit nicht präzisierte, hielt ihn die App in der Gegenwart fest. Es gab auch eine Taste, die ihn dorthin zurückbrachte, wo und wann auch immer er bei seiner letzten Zeitreise gewesen war. Und eine Taste, mit der man alles wieder rückgängig machen konnte, wenn man es wollte. Praktisch, wenn er sich mal irgendwo wiederfand, wo er nicht sein wollte. Der Reiter zeigte ihm auch eine Liste mit den Orten an, zu denen sich Martin bereits teleportiert hatte. Bestimmte Orte und Zeiten konnte er nun auch als Favoriten markieren, damit er sie einfacher wiederfinden konnte.

Der dritte Reiter war mit *?!* bezeichnet. Dieser hatte drei Tasten. Der Zweck der ersten Taste war es, Menschen zu beweisen, dass er tatsächlich die Macht hatte, die er nun besaß. Wenn er sie betätigte, würde die App knapp einen Meter zu seinem Höhenmeter hinzufügen. Die Taste war mit *Schweben* bezeichnet. Er hatte allerdings noch keinen Weg gefunden, seinen Höhenmeter so zu modifizieren, dass er auf dem geänderten Wert bleiben konnte. Darum würde die App stattdessen immer wieder etwa zehn Mal pro Sekunde den neuen Höhenmeter angeben. Dadurch würde er so lange in der Luft bleiben, bis er erneut auf die Taste drückte. Er hatte es ausprobiert, und die Erfahrung war ehrlich gesagt sehr unangenehm gewesen, aber nichts, womit er nicht umgehen konnte.

Auf der zweiten Taste stand *Zuhause*. Ein Tastendruck würde ihn wieder zurück in sein Apartment bringen. Die dritte Taste war leuchtend rot und darauf stand *Flucht*. Darüber hatte er sich einige Gedanken gemacht.

Martin war sich sicher, dass nichts, das er tat, unmoralisch war. Denn er hatte schließlich niemanden verletzt. Er hatte nur sich selbst geholfen. Außerdem war er ziemlich sicher, dass nichts, was er getan hatte, wirklich illegal war. Wer machte schon Gesetze darüber, ob man Raum und Zeit nach seinem eigenen Willen beugen durfte? Aber er war sich auch sicher, dass er in große Schwierigkeiten geraten würde, sobald jemand herausfand, was er hier tat. Wenn er Glück hatte, würden sie ihn vielleicht einfach nur ins Gefängnis werfen und seine Entdeckung für sich behalten. Wenn er Pech hatte, würde man ihn allerdings als Außerirdischen bezeichnen und dann sezieren. Er wusste, dass er einen Fluchtplan brauchte, wenn irgendetwas schiefgehen sollte. Er versuchte, an einen Ort zu denken, an den er verschwinden und wo ihn keine Regierung oder Konzerne finden würden. Er wusste, dass das heutzutage ein echtes Problem war, aber er wusste auch, dass genau darin die Antwort lag. *Heutzutage*. Er könnte in die Vergangenheit fliehen und niemand, der heute lebte, würde dort an ihn herankommen können.

Martin war klar, dass die Dinge, die er mithilfe der Datei tun konnte, für jeden, der es miterlebte, wie Magie aussehen mussten. Wenn er also in die Vergangenheit flüchtete, dann musste es eine Zeit sein, in der man an die Existenz von Magie glaubte. Auf diese Weise würden die Menschen hoffentlich anstelle von: »Magie! Das muss ein Trick sein! Lasst ihn uns zusammenschlagen, bis er uns das Geheimnis erzählt«, brüllen: »Magie! Ich habe davon gehört! Allerdings habe ich es nie selbst gesehen!« Der Trick bestand darin, eine Zeit zu finden, in der der nächste Satz nicht lautete: »Lasst ihn uns verbrennen!«

Er versuchte, an die beispielhafte Geschichte eines Zauberers zu denken, der verehrt worden war. Die einzigen Namen, die ihm einfielen, waren Houdini und Merlin. Houdini war gestorben, nachdem ihn ein Fan in den Bauch geschlagen hatte. Das schien ihm nicht sehr vielversprechend. Merlin war der Zauberer von König Artus gewesen und wahrscheinlich frei erfunden. Selbst wenn eine reale Person Basis dieser Geschichte gewesen war, so hatte diese mit Sicherheit keine magischen Kräfte besessen. Merlin war wahrscheinlich nur ein Schamane gewesen, gut darin, mysteriös zu wirken. Er hatte daraus insofern Kapital geschlagen, als dass er ein Leben mit einem gewissen Ansehen geführt hatte und zu einer Legende geworden war, die bis heute andauerte. *Das würde reichen,* dachte sich Martin.

Bestimmt war das Leben im Mittelalter nicht sonderlich angenehm, aber es zwang ihn ja niemand, für immer dortzubleiben. Es schien einfach nur ein sicherer Ort zu sein, zu dem er im Notfall flüchten und sich entspannen konnte. Wenn es sich als Albtraum herausstellen sollte, konnte er immer noch so lange in der Zeit weitergehen, bis er einen Ort fand, der ihm mehr zusagte.

Martin forschte ein wenig nach. Sehr wenig. Denn er erwartete nicht, dass er die Fluchttaste je nutzen müsste. Die Möglichkeit wollte er sich eben nur offenhalten. Zunächst hatte er kurz die Idee gehabt, selbst zu versuchen, Merlin zu werden. *Irgendjemand muss es ja tun,* dachte er. Diese Idee starb aber schmählich innerhalb der ersten paar Minuten seiner Nachforschungen. Denn niemand wusste genau, wann, wo, wie lange oder ob Merlin überhaupt je gelebt hatte. Das Einzige, worin alle Experten übereinzustimmen schienen, war, dass Merlin und die anderen Charaktere aus der Artuslegende wahrscheinlich im sechsten Jahrhundert gelebt hatten. Das war keine besonders angenehme Zeit, um darin zu leben. Martin ließ also wieder von der Idee ab. Stattdessen startete er eine Suche mit dem Satz: *Die beste Zeit, um im mittelalterlichen England zu leben*. Das dritte Suchergebnis in der Liste war ein Link zu Amazon. Dort gab es ein Buch mit dem Titel *Die besten Jahre, um im mittelalterlichen England zu leben* von Gilbert Cox. Martin las die Produktbeschreibung:

In seinem bahnbrechenden Werk plädiert der beliebte Historiker und Fernsehmoderator Gilbert Cox dafür, dass der Zeitraum zwischen 1140 und 1160, und zwar nach der Schlacht von Hastings, vor dem Mord an Thomas Becket und weit vor dem Schwarzen Tod, die absolut beste Zeit war, um im mittelalterlichen England zu leben.

Das reicht mir, dachte Martin. Er entschied sich für die Mitte und trug 1150 als Fluchtdatum und Dover als Ort ein, weil die weißen Klippen der einzige Orientierungspunkt in England waren, die ihm einfielen. Kurz zog er auch Stonehenge in Erwägung, aber er wollte sich nur ungern inmitten einer Gruppe von Druiden materialisieren.

Wie gesagt, die Fluchttaste war nur eine reine Vorsichtsmaßnahme, doch wie sich herausstellen würde, würde er sie innerhalb der nächsten achtundvierzig Stunden benutzen müssen.

Kapitel 5

Martin war glücklich, wieder zur Arbeit zu gehen. Nachdem er das ganze Wochenende in seinem Apartment eingepfercht gewesen war, sich über komplizierte Dinge Gedanken gemacht und sich mit Computercodes herumgeschlagen hatte, war es richtig schön, mal wieder raus und unter Menschen zu kommen, auch wenn sein Job nur Datenerfassung war. Dort saß er zwar wieder an einem Computer, aber es war nicht notwendig, dabei nachzudenken. Er war allein in seiner Zelle des Großraumbüros, aber das war kein wirkliches Alleinsein. Es war gerade privat genug, um ein falsches Gefühl von Sicherheit vermittelt zu bekommen, aber man konnte leicht dabei erwischt werden, wie man sich gerade an einer Stelle kratzte, die einem peinlich war.

Er fuhr also zur Arbeit. Sein Auto war eine sonnige, kleine Insel der Ruhe inmitten eines anschwellenden Flusses des Elends. Der typische morgendliche Pendelverkehr.

Martin machte sich keine Gedanken mehr über die philosophischen Konsequenzen seiner Entdeckung. Er war mittlerweile so weit gekommen, es auf folgende Art zu sehen: Einige sagten, das Universum wurde von Gott geschaffen, und wir waren machtlose Bauern, die seinen Launen ausgesetzt waren. Andere sagten, das Universum sei nur durch einen glücklichen Zufall entstanden, und wir waren machtlose Flecken in einem gewaltigen, desinteressierten Ozean. Martin konnte nun beweisen, dass die Welt von einem Computerprogramm geschaffen worden war. Das machte jedoch keinen Unterschied, denn wer hatte das Programm geschaffen? Gott? Der Zufall? Er kannte die Antwort nicht, und so dachte er auch nicht weiter darüber nach. Der Unterschied war, dass die Menschen weder machtlose Bauern noch machtlose Flecken waren. Menschen waren machtlose Unterprogramme – zumindest alle außer Martin! Machtlosigkeit schien auf einmal gar nicht so schlecht zu sein, wenn man sie nur bei anderen Leuten sah.

Martin hatte einen Plan. Er würde einfach so weiterleben wie bisher, aber ohne Geldsorgen und mit der Fähigkeit an seinen freien Tagen überall hingehen zu können, wohin es ihm beliebte. Er würde ein Leben führen, um das ihn Milliardäre beneiden würden. Totale Freiheit und totale Anonymität; und das Beste daran war, dass er gar nichts Großartiges zu ändern brauchte. Alles, was er dafür tun musste, war sich bedeckt zu halten. Man konnte sich gar nicht zurückhaltender benehmen, als er es ohnehin schon tat. Er würde seinen Job, sein Auto und sein Apartment behalten. Nichts davon war besonders großartig, aber das könnte sich ja mit der Zeit ändern. Zunächst einmal war der einzige Weg nach vorne, allen Fortschritt zu stoppen.

Als er in das Großraumbüro ging, wirkte es plötzlich anders auf ihn als sonst. Noch vor einer Woche war es ein künstlich beleuchteter Schlachthof menschlicher Seelen mit beigefarbenen Wänden für ihn gewesen, in dem er den Großteil seiner Zeit verbringen musste. Jetzt sah er es als einen künstlich beleuchteten Schlachthof menschlicher Seelen mit beigefarbenen Wänden an, wo er den Großteil seiner Zeit verbrachte, weil er es sich so *ausgesucht* hatte. Es war wie ein Fantasycamp für Unternehmensdrohnen.

Lächelnd saß er nun an seinem Schreibtisch und summte vor sich hin, während er Papiere aus seinem Posteingang nahm, die relevanten Informationen der Formulare in die richtigen Felder der Datenbank eintrug und sie dann in seinem Postausgang ablegte.

Er ging in den Pausenraum. Eine Frau, die er seit zwei Jahren kannte, ohne je ihren Nachnamen erfahren zu haben, starrte den Wasserspender an. Ihr Vorname war Becky. Sie hatte einen blassen Teint und schlaffe, dunkelblonde Haare, die irgendwie perfekt zu ihrem verblichenen und abgenutzten Businessanzug passten. *Auf seine Art ist es ein einheitlicher Look,* dachte Martin. »Wie geht's dir?«, fragte er.

»Mir ist langweilig«, erwiderte sie.

»Ich weiß. Alles an diesem Ort ist atemberaubend langweilig, nicht wahr?«

»JA!« Sie schaute sich um, um zu sehen, ob noch jemand zuhörte, aber sie waren allein. »Hast du dich jemals dabei erwischt, dass du hoffst, nur für eine Sekunde in einen Autounfall verwickelt zu werden?«

»TOTAL«, sagte Martin lauter als beabsichtigt. »Weil es unheimlich interessant wäre!«

»Ja. Nur nichts, wo ernsthaft jemand verletzt wird. Das möchte ich natürlich auch nicht«, erklärte sie.

»Nein. Einfach nur so verletzt, dass man in die Notaufnahme kommt.«

»Hm. Vielleicht in einem Krankenwagen fahren und zwei kräftige Jungs in Uniform, die einem helfen. Ein gebrochener Arm wäre optimal. Man bekommt sofort Aufmerksamkeit und muss ein paar Wochen nicht arbeiten, aber man ist nicht gelähmt oder so was in der Art ...« Sie verstummte und verlor sich in ihrer Fantasie.

Eine Minute lang standen sie beide schweigend da.

»Nun«, sagte sie, »ich muss leider wieder zurück an die Arbeit.«

»Ja, vermutlich musst du das«, erwiderte Martin. »Wir werden ja nicht fürs Rumstehen und Quatschen bezahlt.«

Sie lächelte. Sie hatte ein wunderschönes Lächeln. Das hatte Martin noch nie zuvor bemerkt. »Allerdings werden wir auch nicht gut genug bezahlt, um zu rechtfertigen, dass wir unsere Jobs machen«, sagte sie, während sie den Pausenraum verließ.

Und sie ist eine Führungskraft, dachte Martin. *Wenn ich wirklich hart arbeiten würde, könnte man mich eines Tages auch befördern.*

Mittags, als alle anderen beim Essen waren, trug Martin einen Karton voller Sachen zu seinem Auto. Zu kündigen war nicht annähernd so schwer gewesen, wie er es sich vorgestellt hatte.

Als sein Vorgesetzter gefragt hatte, warum er gehen wollte, hatte Martin gesagt: »Ich würde lieber etwas tun, was mich glücklich macht.«

Daraufhin hatte sein ehemaliger Vorgesetzter ein Lächeln gezeigt, das einem Mittelfinger gleichkam. »Nun, mit der Einstellung wollen wir Sie sowieso nicht weiter beschäftigen.«

Sein Plan war bereits zunichtegemacht worden, aber Martin sah, dass es ohnehin ein dummer Plan gewesen war. Etwas zu tun, um sich unglücklich zu fühlen, damit man zu den anderen unglücklichen Menschen passte …? Er hätte lieber versuchen sollen, glückliche Menschen zu finden, zu denen er passte. Vielleicht könnte er ja wieder zur Schule gehen. Er hatte das College so sehr gehasst, dass er es irgendwann hingeschmissen hatte, aber damals hatte er auch geglaubt, dass seine gesamte Zukunft davon abhängen würde. Vielleicht würde er es ja jetzt genießen können, wo er wusste, dass es eigentlich gar nicht von Bedeutung war.

Als er zu seinem Apartment zurückkehrte, kam es ihm so vor, als ob er es zum ersten Mal sah. Weiße Wände mit Stuck und ein beigefarbener Teppich. Wenn man den Boden bei Tageslicht betrachtete, konnte man genau sehen, wo er immer entlang ging. Leichte Abnutzungsspuren zeichneten die Wege vom Bett zum Badezimmer, zur Küche, zum Computer und zur Couch.

Es war deutlich an der Zeit, seinen Lebensstil zu verbessern. Er wusste, dass es nicht notwendig war, aber auf einer tieferen

Ebene ahnte er, dass er es dringend brauchte. Bisher war er schließlich anständig gewesen, nicht wahr? Seit fast einer Woche wusste er von der Datei und er hatte nichts damit gemacht, um sich selbst etwas zugutekommen zu lassen. Okay, er hatte achttausend Dollar auf sein Bankkonto gepackt, aber man könnte sagen, dass er das Geld verdient hatte, weil er schließlich entdeckt hatte, wie man es sich beschaffen konnte. Wie auch immer, jetzt hatte er das Geld. Selbst wenn es falsch gewesen war, es sich zu besorgen, war es nicht falsch, es nun auszugeben. Es war nur die logische Konsequenz dessen, was er vor ein paar Tagen getan hatte. In Gedanken erstellte er schnell eine Liste von Dingen, die er ersetzen wollte. Er schätzte, dass er mit achttausend Dollar ziemlich weit kommen würde.

Einen Tag später wusste er, dass er ziemlich weit gekommen war. Und zwar den ganzen Weg bis zur Kassenschlange von IKEA. Seine Einkäufe hatte er sorgfältig ausgewählt, damit er unter dem Budget von achttausend Dollar blieb, und er hatte es gerade so eben geschafft. Martin schaute sich den Stapel von Mitnahmemöbeln an und wusste, dass er die Sachen nicht in seinem Auto nach Hause transportieren konnte. Darum nahm er sein Handy, schaute sich den nun einstelligen Kontostand an, korrigierte diesen schnell auf fünftausend Dollar, und ging dann los, um sich einen Lastwagen zu mieten. Natürlich hätte er auch warten können, bis IKEA seine Möbel lieferte, aber es hätte bestimmt verdächtig gewirkt, wenn man so viel Zeug auf einmal in ein kleines Apartment geliefert bekäme. Und schlimmer noch: Man musste die nötige Geduld dazu aufbringen.

Um fünf Uhr nachmittags waren seine neuen Möbel in seinem Apartment und warteten darauf, zusammengebaut zu werden. Seine alten Möbel standen hinter einem Secondhand-Laden auf dem Bürgersteig. Den Lastwagen hatte er der Mietwagenagentur bereits zurückgegeben. Martin stellte sich nun auf eine Nacht ein, in der er schwer damit beschäftigt sein würde, Möbel zusammenzubauen. Er ging zum Schrank und holte den Kasten heraus, auf dem *Mein erster Werkzeugkasten* stand.

Eine Stunde später kehrte er mit seinem brandneuen Werkzeugkoffer heim, einer massiven Metallkiste voller Steckschlüssel, Schraubenschlüssel, Schraubenzieher und sogar einer Säge. Er besaß nun auch endlich eine Bohrmaschine.

Während er die Möbel zusammenbaute, dachte er darüber nach, wie toll es war, wenn man unbegrenzt Geld besaß. Es erlaubte einem, fast alles zu tun. Ein Flugzeug zu mieten, um schnell von A nach B zu kommen. Einen Truck mieten, um schwere Sachen zu transportieren. Einen Doktor einzustellen, der dafür sorgte, dass man gesund blieb. Söldner anzuheuern, um Feinde beseitigen zu lassen. Man könnte sogar jemanden dafür bezahlen, dass er alles für einen erledigte.

Er hatte noch immer nicht entschieden, was er nun mit seinem Leben anstellen sollte. Er wollte, dass sein Leben etwas war, auf das er stolz sein konnte. Vielleicht würde er ja ein Comicheft entwerfen, einen Schriftsteller einstellen, der seine Ideen ausarbeitete und einen Künstler, der es zeichnete. Es war eine Idee.

Um elf Uhr nachts war er vollkommen erschöpft und zum ersten Mal seit einer Woche schlief er ganz ohne Pillen und Alkohol ein.

Am nächsten Morgen arrangierte er seine neuen Möbel und begann damit, den Computer auf seinem neuen Schreibtisch aufzubauen. Er stellte den 18-Zoll-Monitor auf die Tischplatte und den staubigen CPU-Tower darunter. Dann versuchte er, das Gewirr aus Kabeln zu verbinden, und lachte über seine eigene Dummheit.

Das nächstgelegene Elektrofachgeschäft öffnete um zehn

Uhr. Um zehn nach zehn trug er einen neuen Highend-All-in-One-Computer zu seinem Auto. Kurz darauf war dieser auch schon verkabelt, schnurrte wie ein Kätzchen und auf Martins alten Computer lief ein Dienstprogramm, das die Festplatte vollständig löschte.

Nun richtete Martin seine Aufmerksamkeit auf sein Entertainment-Center. Er schaute sich den großen TV-Schrank an, den er gekauft hatte und den kleinen Fernseher darauf, den er schon seit Jahren besaß. Anderthalb Stunden später fuhr er mit einem neuen Fernseher auf seinen Stellplatz. Er war so aufgeregt, dass er unvorsichtig wurde, als er das Paket mit dem Fernseher unter der Heckklappe hervorzog, und dabei den Dachhimmel seines Autos zerriss.

Verdammt, dachte er, *ich frage mich, was es kosten wird, das zu reparieren.*

Ein neues Auto zu kaufen dauerte etwas länger, als einen Fernseher zu besorgen. Martin sparte lediglich etwas Zeit, weil er gar nicht erst versuchte, mit dem Verkäufer zu verhandeln. Er entschuldigte sich einfach und ging zur Toilette. Dort korrigierte er seinen Kontostand, damit er genug Geld für eine Anzahlung besaß. Das Verkaufsteam des Autohauses schien verblüfft, als er zurückkam und fragte, ob man das alles vielleicht etwas beschleunigen könnte. Irgendwie war er stolz, dass er die Aussicht auf einen Ratenzahlungsplan bekommen hatte. Er hätte schließlich auch in bar zahlen können, aber das hätte bestimmt verdächtig ausgesehen. Für die Ratenzahlung würde man seine Kreditfähigkeit beurteilen, was ihn auf dem Papier normaler wirken ließ. Am Ende war es sowieso alles Geld, das er aus dem Nichts erschuf. Wen kümmerte es da, wenn er durch den Zinssatz mehr bezahlen musste?

Außerdem hätte er auch überschnappen und sich einen Ferrari kaufen können, aber das wollte er gar nicht. Er hatte sich wieder einen hellroten Kombi gekauft. Allerdings das Sportmodell. Es besaß einen Rallyestreifen und war eine Achtelsekunde schneller auf hundertzwanzig.

Mit einem dämlichen Grinsen im Gesicht fuhr er schließlich nach Hause. Er knüllte seine Jacke zusammen und warf sie auf den Beifahrersitz. An jeder roten Ampel verbrachte er Zeit damit, an der Stereoanlage seines neuen Autos herumzuspielen.

Martin Banks fühlte sich ziemlich schlau, bis zu dem Zeitpunkt, als er auf seinen Stellplatz fuhr und zwei Männer in dunklen Anzügen erblickte. Er erschrak, erinnerte sich aber selbst daran, dass er (so weit er glaubte) nichts Illegales getan hatte und es keinen Grund gab, anzunehmen, dass die beiden Männer seinetwegen da waren.

Er stieg deshalb aus dem Auto und sah einem der Männer direkt in die Augen; es war einfach nicht zu vermeiden. Der Mann lächelte. »Hallo, Mr. Banks. Schönes Auto.«

Martins Herz krampfte sich wie eine Faust zusammen. Sein Mund wurde trocken. Er schaute den Mann wie durch einen langen Tunnel an.

»Wollen Sie mit mir über Gott reden?«, fragte Martin hoffnungsvoll.

»Nur, wenn er das Auto bezahlt hat«, antwortete der Mann trocken.

Kapitel 6

Sie haben mir das Handy weggenommen, dachte Martin. *Es ist mir nie in den Sinn gekommen, dass sie mir das Handy wegnehmen könnten, wenn ich mal in Schwierigkeiten gerate.*

Er war allein in einem Verhörzimmer. Der Raum wirkte so, als hätte ihn der Setdesigner einer schlechten TV-Show entworfen. Er saß auf einem knarrenden Holzstuhl, der wahrscheinlich älter war als er selbst.

Martin trug noch immer seine Wochenend-Uniform: Baggy-Cargohose, ausgeblichenes Poloshirt und Sneakers. Seinen Gürtel und seine Schnürsenkel hatten sie sofort konfisziert. Wirklich sehr klischeehaft.

Die beiden Männer hatten sich als Special Agent Miller und Special Agent Murphy vorgestellt. Dann hatten sie Martin darüber informiert, dass er unter Arrest stand, ihm Handschellen angelegt und ihn in ihr Zivilfahrzeug gesteckt. Die Fahrt zum Revier war grauenhaft gewesen. Martin nahm an, dass es immer grauenhaft war, wenn man festgenommen und zu einem Polizeirevier gebracht wurde, aber in diesem Fall war es schlimmer als für einen typischen Täter. Denn er wusste, dass er leicht hätte, entkommen können. Er hätte lediglich sein Handy aus der Hosentasche ziehen, die App öffnen und die richtige Taste betätigen müssen – und wäre wieder zu Hause gewesen. Okay, da wären zwar noch die Handschellen gewesen, aber ein Problem nach dem anderen. Für einen Moment hatte er es ernsthaft in Erwägung gezogen, zu fliehen, sich dann aber doch dagegen entschieden. Martin wusste schließlich, was er getan hatte, und er wusste, dass es schwer zu beweisen oder überhaupt zu erklären war, ohne dass es vollkommen verrückt klang. Wenn er jedoch vom Rücksitz eines Polizeifahrzeugs verschwand, würde er es ihnen bestimmt leichter machen.

Wir haben ihn festgenommen. Wir haben ihn ins Auto gesteckt. Dann ist er einfach verschwunden.

Martin nahm an, dass die Art, wie er fliehen würde, als unbedeutendes Detail unterginge, es sei denn, sie fänden es irgendwie heraus. In diesem Fall vermutete er, würde er einige Monate damit verbringen, Fragen gestellt zu bekommen, deren Beantwortung er wiederum den Rest seines Lebens bereuen würde.

Darum beschloss er, lieber den richtigen Augenblick abzuwarten, und war ziemlich zufrieden mit dieser Entscheidung, bis sie ihn inhaftierten. Der erste Schritt der Prozedur war es, die Handschellen zu entfernen. Das fand er gut. Der zweite Schritt war, dass er seine Taschen leeren musste. Und das war der Moment, in dem Martin wusste, dass er verloren hatte. So widerstrebend wie ein Mann, der zum Galgen geführt wurde, gab er seine Brieftasche, seine Schlüssel und das Handy ab. Der Rest der Prozedur verschwamm daraufhin irgendwie. Sie steckten ihn in eine Arrestzelle und ließen ihn dann eine Stunde dort sitzen. Jetzt befand er sich in einem Verhörzimmer.

Die Special Agents Miller und Murphy kamen nun herein und setzten sich Martin gegenüber an den Tisch. Miller war groß und muskulös mit einer fliehenden Stirn. Murphy war mittelgroß und käsig blass. Er hatte widerspenstiges braunes Haar. Die beiden sahen glücklich aus. Miller las sich schweigend die Notizen in einer Aktenmappe durch, auf deren Reiter Martins Name stand. Es war alles ziemlich theatralisch.

Schließlich schloss Miller die Mappe und legte sie vor sich auf den Tisch.

»Mr. Martin Banks«, sagte er, »wir haben ein paar Fragen an Sie. Je schneller und ehrlicher Sie diese beantworten, desto schneller könnten wir alle wieder nach Hause gehen.«

Martin dachte darüber nach. »Also kann ich heute Abend wieder nach Hause?«

»Oh, na klar, Martin. Sie werden heute Abend nach Hause gehen. Aber denken Sie daran, das Gefängnis könnte schnell Ihr neues Zuhause werden.«

»Ah«, entgegnete Martin.

Miller fuhr fort: »Sehen Sie, mein Partner Murph und ich sind nicht aus Seattle. Verdammt, bis heute ist Murph sogar noch niemals in Seattle gewesen. Stimmt's, Murph?«

»Das stimmt.«

»Wir mussten wegen Ihnen von L.A. aus herfliegen. Dort leben wir nämlich. In L.A. Hey Murph, warum lebst du in L.A.?«

»Weil ich Regen hasse.«

»*Er hasst Regen,* Martin! Also können Sie sich bestimmt vorstellen, wie glücklich er darüber war, dass er im Oktober nach Seattle kommen durfte! Bist du glücklich, Murph?«

»Nee, ich bin überhaupt nicht glücklich.«

»Er ist nicht glücklich, Martin! Haben Sie dazu etwas zu sagen?«

Martin schluckte. Wenn er noch mehr aus dem Gleichgewicht geriet, würde er auf der Seite liegen. »Tut mir leid?«

»Murph will keine Entschuldigung von Ihnen, Martin! Er will Antworten! Wenn Sie Murphys Fragen gut genug beantworten, können wir morgen wieder nach Hause fliegen und vielleicht können wir vor dem Flug sogar noch etwas Sightseeing betreiben. Würde dir das gefallen, Murph?«

»Ja, das würde mir sehr gefallen.«

»Murph möchte etwas Sightseeing machen, Martin! Vielleicht die *Space Needle* anschauen, oder diesen Markt, wo sie ohne Grund große Fische durch die Gegend werfen. Murph hat das schon tausend Mal auf dem Sender *Food Network* gesehen.«

»Oh«, entgegnete Martin hauptsächlich aus einem Reflex heraus, »wenn Sie zum Fischmarkt gehen: Direkt daneben ist ein kleiner Laden, der die besten Mini-Donuts der Welt verkauft. Das sollten Sie nicht verpassen.«

Die darauffolgende Stille war fast greifbar.

»Warum?«, fragte Special Agent Miller, fast schon zu leise, um es zu hören. »Weil wir Cops sind?«

»NEIN!«, meinte Martin mit einer Spur von Verzweiflung in seiner Stimme. »Es sind einfach großartige Donuts! Eine kleine Maschine macht sie ganz frisch und man ... bekommt sie ... in einer brauen Papiertüte.«

»Hören Sie gefälligst auf, über Donuts zu faseln! Murph will Ihre Donuts nicht! Murph möchte, dass Sie unsere Fragen beantworten!«

»Und wann stellt er dann endlich mal eine Frage?«

»Halten Sie die Klappe, Martin! Ich stelle hier die Fragen!«

»Darauf will ich ja hinaus.«

»Klappe halten! Klappe halten! *Klaaaaappe haaaaalten!*«

Miller setzte sich kerzengerade hin und rang eine Weile nach Luft. Murphy starrte Martin nur stumm an. Endlich fuhr der Special Agent fort: »Hören Sie zu, Bursche. Wir sind Agenten des Finanzministeriums. Bis vor Kurzem haben wir wegen Bankbetrugs ermittelt. Und wir waren gut darin.«

»Zu gut«, warf Murph ein.

»Das stimmt, Murph. Zu gut. Wir waren so gut, dass wir zu einer Special Task Force befördert wurden. Einer kleinen Task Force. Elitär haben sie es genannt. Wie viele Agents sind noch mal in unserer Task Force, Murph?«

»Zwei.«

»Zwei Agents. Mein Partner Murph und ich. Das ist ziemlich elitär, würde ich sagen. Wir untersuchen Fälle von Bankbetrug, bei denen niemand herausbekommt, ob überhaupt ein Betrug vorliegt. Selbst die Bank nicht, die betrogen wurde. Das bedeutet, bevor wir anfangen können, einen Fall zu lösen, müssen wir erst einmal herausfinden, ob überhaupt eine Straftat vorliegt. Darum sind wir hier, Martin. Wir versuchen herauszufinden, ob Sie vielleicht eine Straftat begangen haben.«

Für einen Moment saßen sie schweigend da.

»Haben Sie eine Straftat begangen, Martin?«

Ein weiterer Moment verstrich, in dem geschwiegen wurde.

»Nein.«

»Gut! Schön, das zu hören«, sagte Miller. »Vielleicht können Sie uns dann ja erklären, wie Sie es geschafft haben, fünf verschiedene Geldsummen, insgesamt mehr als dreiundzwanzigtausend Dollar, auf Ihr Bankkonto zu transferieren, ohne etwas einzuzahlen oder zu überweisen.«

Martin versuchte, das ganze Geld, das er *geschaffen* hatte, in Gedanken zusammenzuzählen. »Wow. Das ist ja eine Menge Geld.«

»Nicht wirklich«, entgegnete Special Agent Miller. »Normalerweise braucht es mehr als hunderttausend Dollar, um unsere Aufmerksamkeit zu erregen. Die Bank wurde nur deshalb misstrauisch, weil mehrfach Geld aus dem Nichts auftauchte.«

Diese Neuigkeiten machten Martin nicht glücklich.

Ich bin echt am Arsch, dachte er. *Das Spiel ist aus. Und zwar richtig. Selbst, wenn ich hier wieder rauskomme, werden sie mich den Rest meines Lebens beobachten. Der Idealfall wäre, dass ich mein Leben wieder leben kann, so wie es vorher war. Nur jetzt bin ich arbeitslos und habe all meine Möbel gespendet. Zumindest kann ich sie für wenig Geld wieder zurückkaufen. Allerdings wird es dazu nicht kommen. Denn sie werden mir bestimmt etwas anhängen. Ich werde in den Knast wandern. Ich sehe nicht, wie ich da wieder rauskommen könnte.*

»Also werden Sie es uns sagen, Martin?«

Martin war so mit seinem Elend beschäftigt, dass er die Männer, die mit ihm im Zimmer waren, fast vergessen hätte.

»Wie bitte?«, fragte er erschrocken.

Special Agent Miller lächelte. »Mein Partner Murph und ich haben uns gefragt, ob Sie uns verraten können, wie Sie das ganze Geld auf Ihr Konto bekommen haben, ohne dass es eingezahlt, überwiesen oder gar verdient wurde, so weit wir das sagen können.«

Martin wurde sofort wieder munter. »Oh! Ich mache etwas Besseres, als es Ihnen zu erzählen. Ich werde es Ihnen zeigen! Sie müssen mir nur kurz mein Smartphone bringen. Das ist alles, was ich brauche.«

Agent Murphy stand auf und sagte lächelnd: »Das werden wir. Ich bin gleich wieder zurück.«

Kapitel 7

Martin materialisierte sich mit einem Grinsen im Gesicht in seinem Apartment. Sein Daumen lag auf dem Homebutton der Handy-App. Die Asservatentüte der Polizei, in der sich seine Brieftasche, sein Gürtel und die Schnürsenkel befanden, hielt er in der anderen Hand. Sein Lächeln verschwand allerdings, als er zu Boden stürzte. Wieder war er direkt auf seinem Steißbein gelandet. Er verfluchte sich selbst, dass er sich nicht in weiser Voraussicht hingestellt hatte, bevor er sich teleportiert hatte. Glücklicherweise sahen die Federal Agents, die gerade sein Apartment durchsuchten, ihn nicht fallen. Sie hörten nur, wie er auf den Boden aufschlug.

Der Agent, der gerade an Martins Schreibtisch saß und den neuen Computer durchforstete, drehte sich langsam um. Für einen Moment sahen er und Martin sich direkt in die Augen. Dann sprintete Martin aus der Vordertür hinaus. Als er am Schlafzimmer vorbeikam, spähte ein weiterer Agent um die Ecke. Martin hetzte durch die Tür und machte sich auf den Weg zum Parkplatz. So schnell er konnte, rannte er mit den offenen Turnschuhen um die Ecken. Er freute sich zu sehen, dass sie sein neues Auto noch nicht abgeschleppt hatten. Er stieg ein und stieß so schnell er konnte aus der Parklücke. Nur knapp verfehlte er einen alten Mann, der gerade auf einem heruntergekommenen Fahrrad unterwegs war.

Er wusste genau, wohin er fahren würde, und glücklicherweise lag das Ziel nur ein paar Kilometer entfernt. Er hatte nicht viel Zeit, um darüber nachzudenken, aber schon bald würde er alle Zeit haben, die er brauchte. Wahrscheinlich sogar zu viel. Doch jetzt musste er erst einmal handeln.

Er schaute in den Rückspiegel und war nicht gerade überrascht, zwei dunkle Zivilfahrzeuge zu sehen, die sich ihm näherten. Blinklichter leuchteten an deren Kühlergrill. Er beschleunigte den Wagen, aber er gab sich nicht der Illusion hin, auf diese Weise entkommen zu können. Martin musste sie nur davon abhalten, sich vor sein Fahrzeug zu setzen. Er wusste, er würde ihnen entwischen können. Nur von wo und wohin er flüchten würde, das war die Frage.

Er wollte sich auf keinen Fall aus einem Auto heraus teleportieren, das in Bewegung war. Er hatte schon genug verpatzt und wollte nicht riskieren, dass jemand verletzt oder getötet wurde. Martin wusste, dass Murphy und Miller sein erstes Verschwinden wahrscheinlich dokumentiert hatten, aber ein Video von so einem unerklärlichen Ereignis, würde wohl wie ein gestellter Film aussehen. Besonders, wenn das Video von den Männern gemacht worden war, die sein Verschwinden miterlebt hatten und sich in der peinlichen Lage befanden, dass ihnen ein Bursche in den Mittzwanzigern entwischt war. Sollte er jetzt aber in der Öffentlichkeit verschwinden, wenn mehrere Bundesagenten dabei zusahen, wäre das nur schwer zu erklären. Martin hoffte, dass er einen Moment für sich allein haben und ein paar nützliche Dinge schnappen könnte. Dann könnte er sich wenigstens kurz darüber Gedanken machen, wohin er eigentlich flüchten wollte.

Er fuhr nun in Höchstgeschwindigkeit weiter und dachte, dass seine Verfolger die öffentliche Sicherheit bestimmt nicht riskieren würden, um ihn aufzuhalten, solange er keine Gefahr für andere darstellte. Was auch immer er vorhatte, er musste es schnell tun. Die beiden Zivilfahrzeuge wurden nämlich nun von mindestens drei Streifenwagen begleitet. Sie alle fuhren mit Blaulicht und heulenden Sirenen. Er war nur noch ein paar Blocks von seinem Ziel entfernt, und wenn er nicht gleich etwas unternahm, um ein wenig Abstand zwischen sich und seine Verfolger zu bringen, würde seine Flucht doch noch scheitern.

Martins glänzender, roter Kombi führte die laute, hässliche Parade durch den ruhigen Vorort, in dem er aufgewachsen war. Er überfuhr ein Stoppschild, doch ein Strafzettel für einen Verkehrsverstoß war im Moment noch seine geringste Sorge. Er stellte sich sein Urteil vor. Zwanzig Jahre für Bankbetrug und im Anschluss daran Verkehrsschule. *Das ist erst recht ein Grund, sich nicht schnappen zu lassen,* dachte er.

Er hatte eine Idee, die er sofort hasste, aber es war die einzige Idee, die momentan in seinem Hirn aufblitzte. Es blieb nur noch eine Kurve, bis er sein Ziel erreicht hatte – eine Neunziggradkurve nach links in die Straße hinein, in der er aufgewachsen war. Er hatte es immer vermieden, sein Handy während der Fahrt zu benutzen, aber in diesem Fall machte er eine Ausnahme. Martin öffnete die App und tippte auf den Reiter mit dem Kompass. Dann wählte er eine Stelle aus, die sich fast genau dort befand, wo er sein wollte. Die letzte Kurve tauchte auf. Sein Daumen schwebte über dem Bildschirm, während er das Gaspedal des brandneuen Autos durchdrückte und auf einen riesigen Baum zusteuerte, an dem er früher morgens auf seinem Weg zur Schule immer vorbeigekommen war. Er warf einen Blick auf das Handy in seiner rechten Hand, um sicherzustellen, dass sein Daumen die richtige Stelle auf dem Display treffen würde. *Wenn ich den richtigen Zeitpunkt erwische,* dachte er, *entkomme ich ihnen. Wenn nicht, schreiben sie es vielleicht dem Tippen während der Fahrt zu.* Das Auto sprang den Bordstein hoch und er legte in allerletzter Sekunde den Daumen auf den Bildschirm, kurz bevor er gegen den Baum fuhr.

Es war ein Werktag, deshalb war in dem Vorort gerade niemand draußen, um sehen zu können, dass Martin mitten auf der Straße in sitzender Position auftauchte, etwa einen halben

Meter über dem Boden. Martin fiel direkt auf die Straße unter ihm. Wieder landete er schmerzhaft auf dem Steißbein. Während er fiel, hörte er ein überraschend dumpfes und knirschendes Geräusch, als sein Auto zwei Blocks entfernt auf den Baum traf.

Er kam auf die Füße und schaute dann angestrengt in die Ferne. Schließlich erkannte er, dass sich das, was von seinem Auto noch übrig war, förmlich um den Baumstamm gewickelt hatte. Er lächelte, als er sah, wie die Polizeifahrzeuge an das Wrack heranfuhren. Ihre Eile war plötzlich verschwunden. Die Bundesagenten, die sein Apartment auseinandergenommen hatten, stiegen aus den schwarzen Zivilfahrzeugen und rannten nun zu dem zerknitterten Wrack, um nachzusehen, ob der Fahrer einen Arzt oder eher einen Leichenbeschauer brauchte.

Martins Glück währte allerdings nicht lange, denn es wurde von einem hupenden Auto hinter ihm zerstört. Er wirbelte herum und sah, dass sich ihm ein grüner Minivan näherte. Irgendwie hatte er komplett vergessen, dass er mitten auf der Straße stand.

Martin sprang zur Seite, sah zum Wrack und seine schlimmsten Befürchtungen bewahrheiteten sich. Die Agents hatten die Hupe gehört und hatten Martin offensichtlich selbst aus dieser Entfernung erkannt. Sie deuteten in seine Richtung und kletterten dann wieder in ihre Autos. Die Fahrerin des Minivans, eine Frau mit glanzlosem braunem Haar und einem verkniffenen Gesichtsausdruck, warf Martin einen bösen Blick zu, als sie vorbeifuhr, aber Martin beachtete sie gar nicht. Er sprintete nämlich bereits durch einen Garten und in ein bestimmtes Haus, das er zu seinem Ziel auserkoren hatte.

***

Walter Banks saß auf einem großen Sofa im Wohnzimmer seines Hauses, einer Ranch mit zwei Etagen in einem Vorort von Seattle. Er sah sich gerade die Wiederholung einer alten Sitcom an. Damals, als er noch gearbeitet hatte, hatte er gedacht, die Show wäre reine Zeitverschwendung. Jetzt waren er und seine Frau in Rente (er hatte bei Boeing gearbeitet, sie einen Schreibtischjob bei der Schulverwaltung gehabt) und die Kinder waren erwachsen und längst aus dem Haus. Deshalb hatte er jetzt mehr Zeit für TV-Shows, doch wie er feststellte, war das keine gute Sache. Er wusste nicht einmal den Namen der Show, die er gerade sah, aber er wusste, dass sie an der Vorlage einer Standardsitcom festhielt: Ein noch nicht mal mittelmäßig aussehender Kerl, verheiratet mit einer erstaunlich hübschen Frau, ist unglücklich.

Walters Frau Margarita (die ihm in Sachen Attraktivität gleichkam, ihn aber sehr glücklich machte) war gerade in der Küche und tat, was auch immer sie dieser Tage so tat. Wenn man sie fragte, was ihr Hobby war, würde sie wohl *basteln* sagen. Basteln war allerdings ein sehr weiter Begriff, und jede Woche stellte sie etwas Neues aus etwas her, das er nicht wegschmeißen durfte, oder aus etwas, das er mit ihr im Bastelladen kaufen musste. Diese Dinge würden dann im Gang mit den Styroporkugeln stehen, der neben dem Gang mit den großen Pappkartonbögen war und gegenüber des Gangs mit den falschen Ficus-Bäumchen. Es waren die Ficus-Bäumchen, die ihn verwirrten. *Was könnte jemand wohl daraus basteln?*

Das Fernsehprogramm interessierte ihn nicht mehr, darum stand Walter auf, um nachzusehen, was seine Frau gerade so im Schilde führte. Sie saß mit dem Rücken zur Tür am Esszimmertisch. Ein Großteil des Tisches war mit Zeitungen bedeckt. Weiße Tonflecken waren gleichmäßig auf der Zeitung verteilt. Als er sich ihr näherte, verwirrte ihn, was er sah. Er küsste seine Frau auf den Kopf.

»Margarita, was machst du?«

Sie drehte sich um und zeigte ihm, woran sie gerade arbeitete. »Ich mache Skulpturen von kleinen Elefantenrüsselmuscheln! Wir können sie unseren Freunden schicken. Ein kleines Andenken aus dem Nordwesten«, sagte sie und hielt eine hoch, an der sie momentan arbeitete, damit Walter seine Anerkennung zum Ausdruck bringen konnte.

Er fragte: »Das ist eine Muschel?«

»Sie ist noch nicht ganz fertig. Ich mache erst den Hals, und wenn der dann trocken ist, stelle ich die Muschel her.«

In der Ferne hörten sie beide viele Sirenen ertönen. Sie wurden schnell lauter. Walter ging zu dem vorderen Fenster, das in Richtung Straße zeigte, um nachzusehen, was da draußen vor sich ging. Er kam aber nur zwei Schritte weit, als er das dumpfe Knirschen einer Kollision hörte. Walter eilte zum Fenster und zog die Vorhänge beiseite, doch im gleichen Moment flog auch schon die Vordertür auf und ihr jüngster Sohn Martin platzte ins Haus. Er warf die Tür hinter sich zu und verriegelte sie. In einer Hand hielt er eine Plastiktüte.

»Sohn …«, war alles, was Walter sagen konnte, bevor Martin sich umdrehte und ihn so fest drückte, dass er kaum noch Luft bekam.

»Dad! Mom! Ihr müsst zwei Dinge wissen«, sagte Martin. Er entließ seinen Vater aus der Schraubstockumarmung und machte bei seiner Mutter weiter. Dann hielt er kurz inne. Es irritierte ihn, was sie in der Hand hielt. Schließlich umarmte er sie sanfter, als er es bei seinem Vater getan hatte. »Denkt daran, dass ich euch liebe und dass es nicht wahr ist.«

Er gab seine Mutter frei und ging dann zu dem Flur, der zu seinem alten Schlafzimmer führte. »Es ist nicht wahr, dass du uns liebst?«, fragte seine Mutter mit leiser, verwirrter Stimme.

»Was? Nein! Ich liebe euch. Etwas anderes entspricht nicht der Wahrheit.«

»Was ist denn nicht wahr?«, fragte sein Vater. Er musste schreien, weil die Sirenen jetzt so laut waren.

Martin blickte zum Fenster, das nach vorne raus zeigte. Die Farben der Polizeilichter sickerten durch den zugezogenen Vorhang. »Ihr werdet es schon noch früh genug wissen.« Er sah seine Eltern ein letztes Mal an. »Ich bin in meinem Zimmer.« Damit rannte er in sein Jugendzimmer, in dem er früher geschlafen hatte, und schloss die Tür hinter sich.

Martin fühlte sich schlecht, weil er seine Eltern mit in die ganze Sache hineingezogen hatte, aber er wusste, dass ihnen nichts passieren würde. Es gab schließlich keine Hinweise darauf, dass sie in etwas Illegales verstrickt waren. Er hatte alles sicher von seinem alten Rechner gelöscht und auf dem neuen Computer hatte er noch nichts gemacht. Wenn es darauf ankam, konnten sich seine Eltern einen Anwalt leisten, aber es gab immer noch einen Weg, dass es gar nicht erst dazu kommen musste. Er brauchte einfach nur ein bisschen Zeit zum Nachdenken.

Martin spähte aus dem Fenster seines alten Schlafzimmers, von dem aus er auf den Vorgarten schauen konnte. Es war ihm klar, dass er hier auch keine Zeit zum Nachdenken finden würde. Die zwei Zivilfahrzeuge und drei Polizeiwagen standen bereits mit blinkenden Lichtern auf der Straße. Der Agent, der mit Martins Computer herumgespielt hatte, erspähte ihn durch das Fenster und lächelte. Martin riss die Vorhänge hastig wieder zu. Sein Blick schoss im Raum umher, dann ging er zum Schrank. Jede Sekunde würde er hören müssen, wie die Agents an die Vordertür hämmerten, und dann hätte er nur noch ein paar Momente in Freiheit. Er sah das, wonach er gesucht hatte, schnappte es sich und klemmte es sich zusammen mit seiner zusammengeknüllten Jacke unter den Arm.

Jetzt geht's los, dachte er. *Bald habe ich viel Zeit zum Nachdenken, so viel, wie ich brauche.*

So schnell, wie man einen Verband abreißen oder in einen kalten Swimmingpool springen würde, holte Martin sein Handy heraus, öffnete die App und drückte den Knopf, auf dem Flucht stand.

Kapitel 8

Weit entfernt am Horizont warf eine Wolkenbank Schatten auf ein Stück Land, von dem Martin gar nicht so recht glauben konnte, dass es tatsächlich England war. Dort, wo er stand, war der Himmel hellblau. Nur ein paar Wolken waren zu sehen, als ob sie dem Himmel etwas Textur verleihen wollten. Er hörte das tosende Meer als entferntes dumpfes Grollen. Entfernt deshalb, weil das Meer, obwohl er nur etwa dreißig Meter von der Küste entfernt stand, erst weit unter ihm, am Fuße einer schwindelerregenden, kreideweißen Klippe, auf den Sand brandete.

Hier oben wehte eine stetige Brise durch die wilden Grasbüschel und zwang die Seevögel dazu, sich Zentimeter für Zentimeter vorzuarbeiten. Auf einer Seite war der Horizont nicht weiter als Wolken und Meer. Auf der anderen Seite bestand er aus sanft geschwungenen Hügeln und Bäumen. Er hätte das alles sehr beruhigend gefunden, wenn er nicht gewusst hätte, dass er völlig am Arsch war.

Genau dort, wo er sich hin materialisiert hatte, saß Martin auf dem Boden und wurde von seinen Gefühlen überwältigt. Dabei wechselten sich Panik, Tränen und Scham ab. Abwechselnd rollten sie in willkürlicher Reihenfolge in Wellen durch sein Gehirn.

Vor allem fühlte er sich dumm. Schrecklich dumm. Alles, was er hätte tun müssen, war sich bedeckt zu halten. Das war der ganze Plan gewesen. Drei Worte: Sich bedeckt halten. So einfach, aber offensichtlich doch zu kompliziert für ihn.

Nach einer Weile übernahmen seine Gedanken wieder die Herrschaft über seine Gefühle. Er steckte in der Klemme. Der erste Punkt der Tagesordnung bestand darin, herauszufinden, wie er das wieder in Ordnung bringen konnte.

Er zählte innerlich seine Probleme auf.

Kein Job.

Kein Bargeld.

Das Bankkonto hatte man mit ziemlicher Sicherheit eingefroren.

Von der Polizei gesucht.

Die Eltern wussten von den ersten vier Dingen auf dieser Liste.

Kein Essen.

Keine Zuflucht.

Verbannt ins mittelalterliche England.

Anhand dieser Auflistung versuchte er nun, eine Prioritätenliste der Probleme zu erstellen, und zwar vom Geringsten bis zum Schwerwiegendsten. Und dann verbrachte er erneut eine unbestimmte Zeit damit, Panik, Scham und Kummer zu fühlen.

Es brachte wirklich nicht besonders viel, darüber nachzudenken, welches seiner Probleme das Schlimmste war. Stattdessen versuchte er, herauszufinden, welches das Dringlichste war. Das stellte einiges klar.

Er brauchte Essen und eine Zuflucht! All die anderen Probleme waren nur ein Teil eines großen Haufens von Problemen. Gegen diesen waren das Essen und die Zuflucht ein Klacks, aber er wusste trotzdem noch nicht, wie er es anstellen sollte.

Sein erster Impuls war es, in sein Apartment zurückzukehren, und zwar, bevor er diese ganzen dummen Entscheidungen getroffen hatte. Er glaubte aber nicht, dass das funktionieren würde. Was würde er sich selbst sagen? »Sei vorsichtig, oder du wirst alles vermasseln?« Sein Ich aus der Vergangenheit wusste das bereits. Tatsächlich erinnerte er sich daran, fast genau diese Worte gedacht zu haben. Außerdem, wenn er zurückreisen wollte, um sich selbst zu warnen, hätte er das dann nicht bereits getan? Als er in der Zeit zurückgereist war, um seinem Vergangenheits-Ich zu sagen, dass es in der Zeit zurückreisen sollte, um Poker zu spielen, war seine erste Erfahrung gewesen, mitzuerleben, wie sich sein Zukunfts-Ich materialisiert hatte. Der Gedanke, in die Vergangenheit zu reisen, war ihm erst viel später gekommen. Wenn er sich also an irgendeinem Punkt in der Zukunft selbst warnen würde, wäre er zu irgendeinem Zeitpunkt vor dem heutigen Tag bereits von sich selbst gewarnt worden.

Martin ärgerte sich über sich selbst. Darüber, dass er sich nicht davon abgehalten hatte, die dummen Dinge zu tun, die er getan hatte. Er wusste, das war nicht rational, aber er befürchtete so langsam, dass rationales Denken auch nicht wirklich seine Stärke war.

Aus welchem Grund auch immer, es war keine Option, sich selbst zu warnen. Er würde einen anderen Weg finden müssen, diesen Schlamassel, den er in der Zukunft hinterlassen hatte, zu bereinigen. Da er momentan allerdings keine Idee hatte, wie das funktionieren könnte, musste er erst einmal hier in der Vergangenheit den rechten Augenblick abpassen. Dadurch hoben sich die Probleme bezüglich des Essens und der Zuflucht eindeutig vom Rest ab, und aus irgendeinem Grund fühlte sich Martin dadurch besser. Außerdem musste er sich nicht länger darüber sorgen, dass er das Raum-Zeit-Kontinuum durcheinanderbrachte, denn wenn er es tun würde, dann hatte er es bereits getan, lange bevor er überhaupt geboren worden war. *Okay*, dachte er, *ich weiß, was meine Probleme sind. Aber was sind meine Vorteile?*

Er hatte seine Kleidung. Das war kein vielversprechender Start, aber es war, wie es war. Seine Schuhe waren immer noch ohne Schnürsenkel, darum nahm er die Schnürsenkel aus der

Asservatentüte, die Agent Murphy ihm gegeben hatte, als er nach seinem Handy gefragt hatte. Während er die Schuhe wieder schnürte, ging er im Kopf die Liste weiter durch. Er hatte seine Kleidung. Er hatte eine Jacke. Er hatte sein Handy. Er hatte seine Geldbörse voller Plastikkarten, die hier vollkommen nutzlos waren. Man konnte sie vielleicht noch als Lesezeichen verwenden. Er hatte seine Autoschlüssel, die hier und auch in der Zukunft nutzlos sein würden, denn sein Wagen war nur noch ein Haufen Schrott.

Er könnte in dieser Zeit bleiben, in seine Zeit gehen oder irgendeine Zeit dazwischen ausprobieren. Überallhin auf dem Globus könnte er sich hin transportieren, aber er musste vorsichtig sein. Die White Cliffs in Dover hatte er sich ausgesucht, weil sie immer da sein würden. Sie existierten bereits seit Jahrmillionen, also war es relativ sicher, dort zu landen. Trotzdem stimmte es nicht ganz. Er hatte sich eine Stelle ausgesucht, die neun Meter vom Klippenrand entfernt war, materialisiert hatte er sich aber über dreißig Meter weit entfernt. Das konnte ein Fehler gewesen sein oder eine Kontinentalverschiebung oder vielleicht war das Kliff mit den Jahren erodiert. Vielleicht war es ein wenig von allen drei Möglichkeiten. In jedem Fall konnte Martin nicht garantieren, dass sich jedes geologische Merkmal jederzeit dort befand, wo sein Kartenprogramm es ihm anzeigte.

Er hatte erst überlegt, einen Berggipfel auszuwählen, um dort zu landen, und jetzt war er froh, dass er es nicht gemacht hatte. Als er sich kurz vorstellte, was passiert wäre, wenn er dreißig Meter abseits des Gipfels mitten in der Luft aufgetaucht wäre, ließ ihn der Gedanke erschaudern.

Martin befand sich nun im mittelalterlichen England. Das war sowohl ein Problem als auch ein Vorzug. Er hatte diese Zeit und diesen Ort zur Flucht bewusst ausgewählt, weil er Englisch sprach und die Menschen zu dieser Zeit an Magie geglaubt hatten. Um seine sogenannte Macht zu demonstrieren, könnte er schweben oder sich teleportieren. Verdammt, das Handy selbst, würde für sie wie Magie sein. Er könnte es den Menschen einfach nur zeigen und sie wären überzeugt.

Seine Kleidung und sein Verhalten würden allerdings seltsam erscheinen, und sein Englisch würde nicht dem örtlichen Dialekt entsprechen. Bestimmt würden die Menschen sofort glauben, dass er aus einer anderen Welt käme. Außerdem trug er die Plastiktüte bei sich, in welche die Agenten seine Habseligkeiten gepackt hatten. Das war ganz offensichtlich etwas, das die Einheimischen noch niemals zuvor gesehen hatten. Zu guter Letzt hatte er auch noch bei sich, weswegen er nach Hause geeilt war, mal ganz davon abgesehen, dass er seine Eltern ein letztes Mal hatte sehen wollen. Er hielt es hoch, um es sich genauer anzuschauen, und war erfreut, sich für eine Halloweenparty als *Draco Malfoy* aus den *Harry-Potter*-Büchern verkleidet zu haben. Damals war es nur eine Ausrede gewesen, damit er sich die Haare hatte blondieren können, was allerdings nicht geklappt hatte. Doch jetzt besaß er dafür eine dunkle Robe, auf die eine Schlange genäht war, und einen Zauberstab. Er probierte den Umhang an. Seit der Highschool hatte er zwar an Gewicht zugelegt, aber die Robe passte immer noch ganz gut. Nun, sie war zwar eng, aber nicht *all*zu eng.

Er wandte dem Ozean den Rücken zu und ging dann davon. Der Plan war es, Menschen zu finden und sie davon zu überzeugen, dass er ein Zauberer war. Das würde ihm hoffentlich etwas zu essen und eine Zuflucht einbringen. Es war ein einfacher Plan, und dieses Mal würde er funktionieren. Er wusste ja schließlich, wie er es *nicht* machen durfte.

Ja Sir, dachte er, *ich werde mich einfach bedeckt halten. Erster Schritt: Ein paar Menschen finden und sie davon überzeugen, dass ich magische Kräfte habe.*

Kapitel 9

Nachdem er eine Stunde gelaufen war, erklomm Martin schließlich einen kleinen Hügel. Er war lange nicht so weit gekommen, wie er gehofft hatte. Ihm wurde klar, wie anstrengend es war, durch die Wildnis zu wandern, selbst wenn keine Bäume im Weg standen. Ein Spaziergang auf dem Bürgersteig war nichts im Vergleich zu dieser Tortur. Er war irritiert, dass niemand diese Tatsache ihm gegenüber je erwähnt hatte. Wahrscheinlich lag es daran, dass die Menschen, die sich in seiner Zeit mit Wandern beschäftigten, dies zum Spaß machten und nicht böse darüber waren, wenn es mal länger dauerte.

Es war später Nachmittag. Bald würde es Abend sein, und obwohl er wusste, dass Menschen seit Jahrtausenden draußen schliefen, hatte er selbst es noch niemals getan. Er wusste ja gar nicht, was ihn hier des Nachts vielleicht angreifen würde, aber er hatte ein paar Filme gesehen und dementsprechend wohl doch die eine oder andere leise Ahnung.

Wölfe. Wegelagerer. Böse Königinnen.

Er verbrachte eine Weile damit, darüber nachzudenken, wie er wohl von einer bösen Königin angegriffen werden würde. Eigentlich klang das ja gar nicht so schlecht. Trotzdem mochte er den Gedanken nicht, die Nacht draußen verbringen zu müssen. Er wusste zwar, dass er jederzeit in seine eigene Zeit zurückgehen konnte, wenn es richtig schlimm werden würde, aber auch dort wartete schließlich eine Menge Ärger auf ihn. Hier war er alleine, müde und hungrig, aber immerhin wurde er gerade nicht verfolgt, und so beschloss er, dass er dieser Zeit und diesem Ort eine Chance geben würde.

Er schob den Unterkiefer nach vorne und dachte: *Martin Banks, Zeittourist.*

Er erreichte nun die Hügelspitze und erblickte in der Ferne nahe eines Waldrandes etwas, das aussah wie ein breiter Weg. Martin schätzte, dass es mindestens noch eine weitere Stunde dauern würde, bis er dort hingelangte. Er konnte ziemlich weit schauen. Nirgendwo waren andere Menschen zu sehen. Also zog er sein Handy heraus, schätzte die Entfernung und ein paar Sekunden später stand er genau dort.

Der Weg bestand aus zwei Furchen, die gut genug verstärkt worden waren, um keine große Furche zu werden. In der einen Richtung verschwand der Weg in den Wäldern. In der anderen führte er entlang des Waldrands durch offenes Weideland, sodass Martin sehen konnte, dass sich niemand darauf befand, zumindest in den nächsten achthundert Metern nicht. Er wusste nicht, welche Richtung ihn zuerst zu einem Dorf führen würde, aber er wusste, in welcher Richtung er leichter reisen konnte. Ein paar Sekunden später hatte er die achthundert Meter des Weges hinter sich gebracht.

Er verbrachte die nächste halbe Stunde damit, große Teile des Landes zu überspringen. Es gab viele breite und übersichtliche Wegabschnitte, an denen er sich mühelos entlangteleportieren konnte. An ein paar Stellen verschwand der Weg zwar hinter einer Biegung, in der Ferne sah er ihn aber stets wieder. Darum sprang er immer zum nächsten sichtbaren Punkt und ließ auf diese Art unzählige Kilometer hinter sich.

Er war fast schon entmutigt, weil ihm immer noch keine anderen Menschen begegneten, als er in der Ferne plötzlich welche erblickte. Es schienen zwei Männer zu sein, die auf ihn zuritten. Sie waren noch einige Hundert Meter entfernt. Er machte sich auf den Weg zu ihnen und hoffte, durch sie zumindest herausfinden zu können, wie weit das nächste Dorf noch entfernt lag.

Als sich der Abstand zwischen ihnen verringerte, konnte er noch mehr Details erkennen. Es waren entweder Männer oder kräftige, unattraktive Frauen. Sie trugen Schwerter. *Ich schwöre bei Gott, SCHWERTER!*

Martin konnte erkennen, dass sie ihn ebenfalls gesehen hatten. Sie schienen aber nicht beunruhigt zu sein und wurden nicht einmal schneller.

Jede Sekunde offenbarten sich neue, unerwünschte Einzelheiten. Ihre Kleidung bestand hauptsächlich aus Leder und einem Stoff, der irgendwie kratzig aussah. Dieser war außerdem fleckig – und mit fleckig war schmutzig gemeint. Das Seltsamste aber war, wie sie beide lächelten.

Martin beruhigte lediglich, dass er jederzeit erneut die Fluchttaste betätigen konnte, falls sie irgendetwas versuchen sollten. Sie würde ihn sofort zurück zu den Klippen bringen. Er öffnete die App, hoffte aber, dass er sie nicht brauchen würde. Lange genug hatte er in der Stadt gelebt, um zu wissen, dass Angst zu zeigen das absolut Schlimmste war, was er in so einer Situation machen konnte. Er zwang sich deshalb selbst zu einem Lächeln und ging schneller auf die beiden zu.

Als sie sich näherten, schwand ihr Lächeln. *Vielleicht denken sie ja, ich will sie angreifen,* dachte Martin. *Ich trage schließlich die Robe eines Zauberers.* Er wollte verhindern, dass sie präventiv angriffen. Schließlich wollte er ihnen ja gar nichts Böses. Er wollte doch nur wissen, wo sich das nächste Dorf befand.

Martin beschloss daher, sich freundlich zu verhalten.

»Hallo!«, rief er und winkte lässig mit seiner rechten Hand, während die linke, weiterhin sein Handy umklammerte, den Daumen über der Fluchttaste schwebend. Die Männer beugten sich zueinander und sagten etwas. Sie waren noch etwa dreißig Meter entfernt. Dann ließen sie ihre Pferde anhalten.

Vielleicht ist ›Hallo‹ *ein zu modernes Wort,* dachte Martin. *Sie wissen bestimmt nicht, was es bedeutet. Ich sollte vorsichtiger sein, was ich sage*. Er versuchte, sich daran zu erinnern, wie sich die Menschen in den alten Zeiten begrüßt hatten.

»Hey! Heil! Seid gegrüßt!«, schrie er und winkte energisch.

Die beiden Männer schienen verunsichert zu sein. Sie sahen einander stumm an, dann spornten sie ihre Pferde an, die sofort in Galopp verfielen. Sie ritten in weitem Bogen an Martin vorbei und holten dabei so weit aus, wie es nur möglich war, ohne in den Wald zu geraten.

»Grüße! Äh … schön, dass wir uns getroffen haben! Was geht?«

Der Mann, der am nächsten an Martin vorbeiritt (er hatte nur ein Auge), biss seine ebenfalls nicht übliche Anzahl von Zähnen zusammen und grub seine Fersen wieder und wieder in die Flanken des Pferdes. Sobald sie an ihm vorbei waren, flohen die Männer, so schnell sie nur konnten. Martin sah ihnen hinterher, bis er bemerkte, dass sich nun eine Pferdekutsche näherte. *Sie muss in einem Straßenabschnitt gewesen sein, den ich umgangen habe*, dachte er.

Die beiden Männer passierten das Pferdefuhrwerk, ohne ihm irgendwelche Beachtung zu schenken. Martin fragte sich, ob der Kutscher ebenfalls Angst vor ihm haben würde. Das Fuhrwerk wurde von einem einzelnen Pferd gezogen und es schien nur eine einzige Person auf dem Bock zu sitzen. Keine Passagiere. Der Kutscher wirkte klein und er trug eine Kapuze. Martin konnte nicht erkennen, ob hinten auf dem Fuhrwerk, das drei Meter vor ihm hielt, irgendwas war.

Der Kutscher nahm die Kapuze ab und es stellte sich heraus, dass es in Wahrheit eine Frau war. Sie sagte: »Guten Tag.«

Sie hatte braunes Haar, das nicht gerade unfachmännisch auf Schulterlänge gekürzt worden war und weit auseinanderliegende braune Augen. Martin stellte fest, dass sie keinerlei Make-up trug. Ihm erschien das irgendwie seltsam, bis er sich eine Sekunde Zeit nahm, um darüber nachzudenken. *Ich werde mich wohl daran gewöhnen müssen,* dachte er. Ihr Umhang war wie ein riesiger Poncho mit Kapuze, der aber Ärmel besaß. Er war anthrazitfarben, darunter trug sie einen langen beigefarbenen Rock. Ihre Kleidung sah sehr weich und warm aus. Sie stellte Augenkontakt zu ihm her und lächelte dann, was Martin recht vielversprechend fand. Ihre Zähne waren weißer, als er es bei einem Mädchen aus dem Mittelalter erwartet hätte.

»Äh, guten Tag!«, erwiderte Martin. Dann starrte er sie einen Moment lang an und war nicht sicher, was er als Nächstes sagen sollte. Die Frau starrte einfach zurück.

Während seines Fußmarsches hatte Martin darüber nachgedacht, wie er sich den Menschen gegenüber verhalten sollte, die er in dieser Zeit treffen würde. Er hatte sich für eine weise, geheimnisvolle und souveräne Art entschieden. Kurz gesagt: wie ein Zauberer. Dies war seine erste Gelegenheit, es auszuprobieren.

»Gute Frau«, sagte er mit einer Stimme, die lauter war, als er beabsichtigt hatte, »gibt es hier in der Nähe eine Stadt oder ein Dorf?«

Sie sah ihm weiterhin direkt in die Augen und lächelte, während sie sich eine Antwort überlegte. Schließlich sagte sie:

»Aye.«

»Ah«, meinte Martin. »Ist es noch weit?«

»Nein, ich erwarte, vor Anbruch der Dunkelheit dort zu sein.«

Martin schaute sich ihr Pferd und das Fuhrwerk an. Das Pferd war klein, schien aber gesund und kräftig zu sein. Das Fuhrwerk sah primitiv aber stabil aus. Die Räder bestanden aus massiven Holzscheiben. Am wichtigsten aber war, dass Pferd und Kutsche in dieselbe Richtung unterwegs waren wie er. Martin zeigte den Weg hinunter. »Also geht es dort entlang zum Dorf?«

»Aye.«

»Also gut. Ich schätze, wir sehen uns dann dort. Okay. Ähm. Guten Abend.«

Martin ging einen Schritt vorwärts. Die Frau sagte: »Willst du mit mir fahren? Der Weg kann gefährlich sein und ich hätte nichts gegen die Gesellschaft eines Zauberers.«

Jetzt erreichen wir endlich was!, dachte er, während er sich hochzog und zu ihr auf den Kutschbock stieg. Der Wagen setzte sich kurz danach in Bewegung. Es war keine ruhige Fahrt, aber es war viel besser, als laufen zu müssen. Er beschloss, lieber zuzuhören, als zu reden. Schließlich wollte er Informationen erhalten und keine geben, aber die junge Lady schien sich damit zufriedenzugeben, einfach schweigend zu fahren. Sie lächelte immer noch, sprach aber nicht. Es gab aber Informationen, die Martin dringend benötigte. Und wenn er an diese Informationen kommen wollte, musste er eine Konversation beginnen.

»Woher weißt du denn, dass ich ein Zauberer bin?«

»Das ist doch die Robe eines Zauberers, oder nicht?«, fragte sie, ohne sich zu ihm umzudrehen.

»In der Tat ist sie das! Ja«, entgegnete er. »In der Tat.«

Sie verfielen wieder in ihr vorheriges Schweigen. Nach einiger Zeit entschied sich Martin, es noch einmal zu versuchen: »Ich weiß es sehr zu schätzen, dass du mir angeboten hast, mich mitzunehmen, aber hast du denn gar keine Angst in der Gegenwart eines Zauberers wie mir?«

»Nein. Falls wir angegriffen werden, wirst du schließlich ziemlich nützlich sein«, erwiderte sie und starrte immer noch geradeaus.

»Oh, ich verstehe, warum du weniger Angst *mit* mir hast, aber hast du denn überhaupt keine Angst *vor* mir?«

»Nay«, sagte sie, »ich bin nur eine Näherin und Schneiderin. Also habe ich nichts, was für einen Zauberer von Interesse sein könnte, nur Nadel und Faden. Und ich muss ja auch nicht befürchten, dass du mich schändest. Jeder weiß schließlich, dass Zauberer im Zölibat leben.«

DAS hörte Martin gar nicht gerne. Er wechselte schnell das Thema. »Also, was kannst du mir über das Dorf sagen, zu dem wir fahren?«

»Es ist der Ort, an dem ich lebe. Es ist nicht nur ein Dorf, sondern eine größere Stadt. Leadchurch wird sie genannt. Ich bin mir sicher, du hast schon einmal davon gehört. Sie ist recht berühmt.«

»Nein«, sagte Martin und erinnerte sich schnell wieder daran, seine grandiose Stimme zu benutzen. »Ich habe noch nicht von dieser Stadt gehört, denn ich bin noch neu in diesem Land.«

»Oh, das ist interessant«, erwiderte sie und wandte zum ersten Mal, seit sie losgefahren waren, ihren Blick von der Straße ab, um ihn anzusehen. »Woher kommst du denn?«

Zeit, um die Geschichte auszuprobieren, die ich mir zur Tarnung ausgedacht habe, dachte er.

»Aus dem Osten«, sagte er. »Du sagtest, Leadchurch sei berühmt. Wofür denn?«

»Für ihre Kirche natürlich. Es ist eine schöne Kirche, komplett in kostbares Metall gekleidet.«

»Welches kostbare Metall denn?«, fragte Martin. Sein Interesse war nun geweckt.

»Blei. Was denn sonst? Ein in der Tat kostbares Metall! Sehr nützlich! Wir mussten es aus dem Norden des Landes importieren. Pilger kommen von nah und fern, um zur Mittagsstunde einen Blick auf die Kirche werfen zu können. Es ist ein überwältigender Anblick. Das graueste Ding, das du jemals gesehen hast. Viele markieren das Äußere der Kirche mit ihrem Daumennagel. Kinder lecken auch oft an der Oberfläche, aber wir versuchen, sie davon abzuhalten.«

»Also gibt es in Leadchurch viel Arbeit für einen Zauberer?«

Sie dachte kurz darüber nach. »Das würde ich schon sagen. Allerdings gibt es bereits einen Zauberer in Leadchurch, aber wenn du beweisen kannst, dass deine Magie genau so stark ist wie seine, hast du gewiss immer etwas im Magen. Darauf wette ich.«

»Herrlich! Ich kann es kaum erwarten, die Stadt zu sehen.« Er hielt inne. »Es tut mir leid. Ich habe mich noch gar nicht vorgestellt. Mein Name ist Martin.«

»Und ich bin Gwen«, erwiderte sie.

Kurze Zeit später erreichten sie den Stadtrand. Es war allerdings ein Stadtrand, wie Martin noch nie zuvor einen gesehen hatte. Es gab nichts als spärliche Wälder, dann eine Wiese, und dahinter eng zusammenliegende und grob gebaute Häuser mit Reetdächern. Manche Gebäude waren Fachwerkhäuser; andere schienen einfach aus Steinhaufen gefertigt worden zu sein. Gwen brachte das Fuhrwerk vor einem sehr lauten zweigeschossigen Haus zum Stehen. Über der Tür hing ein Schild, auf das drei Baumstümpfe gemalt worden waren.

»Hier werden wir uns trennen, Martin«, sagte Gwen und drehte sich ihm zu, damit sie ihn ansehen konnte. »Das ist *Der Verrottete Stumpf*. Hier bekommst du etwas zu essen, ein Bett und ordentliche Unterhaltung. Falls du jemals neue Gewänder brauchst oder deine Robe geändert werden muss, wende dich bitte an mich.« Sie griff nach hinten und holte einen langen Stock hervor, in den in regelmäßigen Abständen Markierungen geritzt worden waren. Sie hielt ihn an Martins Arm. Offensichtlich vermaß sie gerade seinen Ärmel.

Er dankte ihr und kletterte dann vom Kutschbock. Seine Füße hatten kaum den Boden berührt, da fuhr sie auch schon weiter.

Die Stadt sah exakt so aus, wie er sich eine Stadt im mittelalterlichen England immer vorgestellt hatte. Mal ganz abgesehen davon, dass sie viel angenehmer war, als er befürchtet hatte. Die Straße war kein Meer aus Schlamm, sondern bestand aus grobem Schotter. Er nahm an, dass sie an einem regnerischen Tag vielleicht ein wenig schmuddelig werden würde, aber nicht viel schlimmer als einige ländliche Zufahrtsstraßen, die er aus seiner Zeit kannte. Die Gebäude waren klein und aus Holz, Stein und Stroh gefertigt, aber es waren keine armseligen Hütten. Man hatte sogar etwas Glas verbaut, was Martin sehr überraschte.

Die Abenddämmerung wurde nun langsam zur Nacht und schwaches, ungleichmäßiges Licht erhellte die Fenster, was irgendwie sehr romantisch wirkte. Die Menschen, die auf den Straßen umherliefen, schienen gesund und glücklich zu sein. Es gab keinen offensichtlichen Fall von schwerer Skoliose und niemand hetzte angsterfüllt durch die Gegend. Es schien eine normale Stadt voller normaler Menschen zu sein, die eben nur ohne Technologie lebten.

Martin drehte sich zum Wirtshaus um und lauschte den Geräuschen. Aus dem Haus waren lebhafte Gespräche zu vernehmen, aber darin erkannte er keine Wut oder Gewalttätigkeit, was sehr beruhigend war. Er nahm sich einen Moment, um seine Gedanken zu ordnen, dann betrat er das Wirtshaus.

Kapitel 10

Auf den ersten Blick war das Wirtshaus genau so, wie Martin es erwartet hatte. Es war dunkel, aber nicht düster. Das ganze Licht kam von Kerzen, aber es gab unheimlich viele davon. Die Tische und Stühle ähnelten dem, was er Picknicktische und -bänke nennen würde, aber nichtsdestotrotz waren sie in seinen modernen Augen sehr gut in ihrer Funktion zu erkennen. Es gab einen Schanktisch, aber der war einfach nur ein extragroßer Tisch. Der Wirt war ein stämmiger Mann mit einer schmutzigen Tunika. Ihm fehlte der rechte Arm. Auf dem Schanktisch lag eine hölzerne Box mit spröden Metallscharnieren. Martin ging davon aus, dass es sich um eine Kasse handelte. Neben dem Stuhl des Wirtes stand ein Fass mit einem Deckel darauf. Er lag ein wenig schief auf und der Griff einer Schöpfkelle aus Metall schaute daraus hervor.

Die Gäste waren meist Männer (wenn auch nicht mit großem Vorsprung), sie waren hauptsächlich groß (das galt auch für die Frauen) und sie waren größtenteils betrunken. Dennoch wurde nirgendwo gekämpft und es gab auch keine augenscheinliche Bedrohung. *Es ist nur eine Bar,* dachte Martin. Darum fühlte er sich wohl genug, um weiterzugehen.

Mit lauter, klarer Stimme sagte Martin: »Entschuldigung.« Alle Geräusche verstummten augenblicklich und alle Köpfe wandten sich ihm zu, um ihn anzustarren. Jemand stöhnte leise.

»Es tut mir leid, dass ich euch unterbrochen habe«, fuhr Martin fort, »aber ich möchte euch alle gerne wissen lassen, dass ich ein mächtiger Zauberer bin.«

Der Wirt drehte sich zu einem Jungen um, der neben dem

Fass stand und sagte: »Am besten holst du Phillip.« Der Junge nickte und rannte zur Hintertür hinaus.

»Wer ist Phillip?«, fragte Martin.

»Der ortsansässige Zauberer. Bestimmt wird er dich willkommen heißen wollen«, erwiderte der Schankwirt. Irgendwo hinten im Raum wurde daraufhin leise gelacht. Martin konnte es hören. Dennoch war er zufrieden. Dieser Scharlatan, der sich selbst einen Zauberer nannte, würde hereinkommen, irgendwelches Kauderwelsch schwafeln und dann einige dumme Tricks vorführen. Danach würde Martin ihnen dann echte Magie zeigen. Er würde klein anfangen, ihnen zuerst die Plastiktüte präsentieren und dann vielleicht mit dem Handy weitermachen. Wenn großes Geschütz von Nöten wäre, würde er schweben, aber davon wollte er erst einmal keinen Gebrauch machen, wenn er nicht unbedingt musste.

»Also, du wolltest uns wissen lassen, dass du ein Zauberer bist. Jetzt wissen wir es. Was ist schon dabei?«

»Ich dachte, wenn ich euch meine Macht demonstriere, würdet ihr mir etwas zu essen und einen Schlafplatz für die Nacht geben.«

»Hm.« Der Schankwirt strich sich mit der linken und einzigen Hand über das stoppelige Kinn, während er aufstand und zu Martin hinüber ging. »Das ist ein interessantes Angebot, junger Meisterzauberer. Wenn ich ein mächtiger Zauberer wäre, würde ich allerdings wohl eher anbieten meine Macht *nicht* zu demonstrieren, wenn man mir gibt, was ich will. Verstehst du, was ich meine?«

»Ich versuche doch nicht, jemanden zu bedrohen!«, sagte Martin empört.

»Und das hast du nicht! Du bist nur hier reingeplatzt und hast um freie Kost und Logis gebeten, ohne uns die Höflichkeit zu erweisen, uns mit deiner Magie zu bedrohen.«

»Tut mir leid«, stammelte Martin.

»Das sollte es auch. Man stolziert nicht einfach wegen dem, was man ist, in ein Wirtshaus und bittet um freie Kost und Logis. So läuft das nicht! Sieh dir Gert an.« Der Barkeeper drehte sich zum hinteren Teil des Raums um. »Gert komm her.«

Eine Frau stand nun langsam von ihrem Sitz auf. Eigentlich stand sie in ganz normaler Geschwindigkeit auf, aber sie war so massig, dass sie dennoch einige Zeit brauchte. Sobald sie oben war, ging sie schnell zu Martin und dem Schankwirt. Wieder bewegte sie sich in normaler Geschwindigkeit, machte aber so große Schritte, dass sie nur ein paar davon machen musste, um sie zu erreichen. Gert lächelte gütig und legte eine Hand auf Martins Schulter. Das schiere Gewicht veranlasste Martin dazu, sich unbehaglich zu winden. Sie bestand anscheinend nur aus Muskeln – ihre Finger waren stärker, als es die meisten Männerarme waren. Martin schaute hoch in ihre riesigen Augen. Sie sahen traurig aus. Der Blick zeigte, dass es ihr nicht gefallen würde, Martin wehzutun, dass dies aber bald passieren würde.

»Schaust du Gert an?«, fragte der Gastwirt.

»Ja, Sir. Das tue ich.«

»Gut. Es wird dich nicht überraschen, dass es einige Leute hier gewohnt sind, sie *große Gert* zu nennen. Obwohl die meisten Leute irgendwann damit aufgehört haben.

Res ipsa loquitur, wie man zu sagen pflegt. Latein. Es bedeutet: Das Ding spricht für sich. Übrigens nennen die Leute sie auch *Gert das Ding*. Aber sei's drum. Gert ist die einzige Person, die hier im *Verrotteten Stumpf* umsonst isst und trinkt. Und willst du wissen, warum?«

Martin wusste nicht, was er darauf antworten sollte. Pete sah seine Unsicherheit und stellte klar: »Du wirst es herausfinden, indem ich dir eine Geschichte erzähle, und nicht, indem Gert dir ihre Methoden demonstriert.«

»Oh«, platzte es erleichtert aus Martin heraus. »Dann würde ich es natürlich gerne wissen.«

Der Gastwirt erklärte: »Eines Tages ist Gert hier reingekommen und hat bekannt gegeben, dass sie Essen und ein Bett haben möchte. Fast genauso wie du. Und wie du hat Gert gewisse Fähigkeiten. Deutlich weniger mysteriöse, als du es von dir behauptest, aber dennoch Fähigkeiten. An diesem Tisch hat sie dann schließlich ihre Macht demonstriert.« Der Gastwirt zeigte auf einen schweren Eichentisch, der in zwei Hälften gespalten war und den man danach grob mit Streben versehen und wieder zusammengenagelt hatte. »Dann hat sie mir angedroht es weiter zu demonstrieren, bis ich ihr letztendlich das gegeben habe, was sie wollte. Es ist also in meinem Interesse, dass Gert glücklich bleibt, indem ich sie weiter durchfüttere. Und es ist in Gerts Interesse, das ich glücklich bleibe. Darum macht sie mir keinen Ärger mehr und lässt es auch nicht zu, dass jemand anderes mir Ärger macht. Willst du mir jetzt Ärger machen, junger Zauberer?«

»Nein«, sagte Martin entschieden und sah immer noch hoch in Gerts Gesicht. »Ich werde bestimmt keinen Ärger machen. Aber ich kann euch stattdessen etwas zeigen, das ihr noch nie zuvor gesehen habt. Etwas ganz und gar Erstaunliches. Das wird bestimmt ein Abendessen und ein Bett wert sein.«

Der Wirt lächelte. »Wenn du mir etwas zeigen kannst, das mich davon überzeugt, dir freie Kost und Logis zu geben, und das nichts damit zu tun hat, einen Eichentisch mit einem Schlag zu zertrümmern, dann wäre ich in der Tat erstaunt.«

Sie alle lachten daraufhin herzhaft. Gert ging wieder zurück zu ihrem Platz. Der Wirt trat zur Seite. Alle sahen nun Martin an, um mitzubekommen, was er als Nächstes tun würde.

»Gute Leute!«, verkündete Martin laut und ließ seine linke Hand verstohlen in seine Tasche gleiten. »Gäste des *Verrotteten Stumpfs* merkt euch diesen Moment gut, denn eines Tages werdet ihr eure Enkel um euch scharen und ihnen von dem Tag erzählen, an dem der große Zauberer Martin der Prachtvolle euch … ein Tuch zeigte, durch das man hindurchsehen kann!«

Mit einem Schwung holte er die Asservatentüte aus seiner Tasche hervor und hielt sie mit beiden Händen über seinen Kopf. Das Lachen verstarb sofort. Die Gäste näherten sich nun langsam Martin und dem Plastikbeutel. Nie zuvor hatten sie so etwas gesehen. Er nahm ihn herunter, damit sie ihn genauer betrachten konnten.

»Das muss man dir echt lassen, Bursche«, sagte der Gastwirt und begutachtete die Plastiktüte, während Martin sie festhielt. »Das ist in der Tat etwas Besonderes.«

Ein alter Mann stieß mit dem Ende seiner Pfeife vorsichtig gegen die Tüte und beobachtete, wie diese sich unter dem Druck verformte. »Wird es Wasser abhalten?«

»Ja«, sagte Martin. »Es lässt Licht hindurch, hält aber Wasser fern!«

Der Wirt warf Martin einen prüfenden Blick zu. »Kannst du noch mehr davon machen?«

»Ja!«, erwiderte Martin sofort. »Natürlich kann ich das.«

»Ich werde euch was sagen. Wenn du mir mehr davon machst, sagen wir ein paar Quadratmeter, hast du heute Nacht einen Platz zum Schlafen.«

»Du tauschst also eine Unterkunft gegen den durchsichtigen Stoff ein?«

»Nein. Aber ich werde dir einen Stock leihen und du kannst dir ein Zelt daraus machen.«

Eine Stimme rief von der Tür aus: »Hallo Pete. Mir wurde gesagt, ich kann bei etwas behilflich sein?«

Alle Augen richteten sich nun auf die Tür. Dort stand ein Mann von durchschnittlicher Größe und etwas kräftigerem Körperbau. Er hatte einen Bart, der ordentlich getrimmt war, wachsame Augen und das Auftreten eines Mannes, der genau wusste, was er tat. Er trug eine fließende, azurblaue Robe mit ausgestellten Ärmeln, die mit Abstand das sauberste Kleidungsstück in diesem Gebäude war, und dazu einen spitzen Hut, der perfekt auf die Robe abgestimmt war. In den Händen hielt er einen polierten Holzstab. An der Spitze des Stabs war mithilfe einer Schnur eine gewundene Phiole angebunden, in der sich eine dicke, rote Flüssigkeit befand. Diese war mit einem Korken verschlossen.

»Aye, Phillip. Danke fürs Kommen«, sagte der Schankwirt lächelnd. »Ich glaube, es ist angebracht, dass ich euch vorstelle. Bursche, Phillip hier ist ein mächtiger Zauberer und Freund des Hauses. Mit Haus meine ich mich. Phillip, dieser Bursche da behauptet, ein mächtiger Zauberer zu sein, und legt mir nahe, dass ich ihm Abendessen und ein Bett geben soll.«

Phillip der Zauberer verbeugte sich vor Martin. »Es ist mir immer ein Vergnügen, jemanden zu treffen, der ebenfalls die unbegreiflichen Künste praktiziert! Du kennst mich bereits. Ich bin Phillip. Wie ist dein Name?«

Verdammt richtig. Ich kenne dich bereits, dachte Martin. Er hatte diesen »Zauberer« sofort durchschaut. Die freundlichen Worte, das selbstsichere Auftreten, die eindrucksvolle Robe. Er trat genau so auf, wie es die mit Bühnenrequisiten ausstaffierten Teilnehmer auf Conventions normalerweise immer taten.

»Er sagt, sein Name ist Martin der Prachtvolle«, meinte Pete, der Wirt, bevor Martin reagieren konnte.

»Ah. Sehr erfreut, dich kennenzulernen, Martin.« Der Zauberer verbeugte sich wieder, und zwar noch tiefer. Sein Blick fiel auf die Plastiktüte. »Meine Güte! Was ist denn das?«

»Er nennt es *durchsichtigen Stoff*«, entgegnete Pete und schnitt Martin erneut das Wort ab. »Hat gesagt, dass er es hergestellt hat.«

»Tatsächlich?«, erkundigte sich der Zauberer mit staunendem Blick. »Dürfte ich es vielleicht mal etwas näher betrachten, Martin?«

Martin wollte ihm die Plastiktüte aber nicht aushändigen. Wer weiß, ob er sie ihm wieder zurückgeben würde. Andererseits könnte er ja jederzeit wieder in die moderne Zeit zurückgehen und sich mehr Plastik besorgen. Aber wenn dieser Phillip sich mit seiner Tüte davonmachte, hätte er diesem Scharlatan nur noch ein weiteres Hilfsmittel gegeben, mit dem er die Bauerntrampel betrügen und davon überzeugen könnte, dass er ein mächtiger Zauberer war. Martin wollte das nicht auf dem Gewissen haben, deshalb hielt er Phillip die Tüte zwar näher hin, umklammerte sie aber fest.

Phillip lächelte und stieß das Plastik mehrmals vorsichtig mit dem Zeigefinger an. »Beeindruckend! Offensichtlich bist du wirklich ein Zauberer mit ungeheurer Macht, Martin. Sag mir, kannst du noch mehr davon zaubern?«

»Bemüh dich nicht darum, ihm zu sagen, dass er sich selbst ein Zelt machen kann, denn das habe ich bereits getan«, meinte Pete lakonisch.

»Ich bin mir sicher, dass du das schon getan hast, Pete. Nein, ich wollte nur sehen, wie er mehr von diesem wundersamen Material herstellt. Es ist mir immer ein Vergnügen die Arbeit eines anderen Zauberers erleben zu können. Vielleicht kann ich ja sogar noch etwas lernen. Wie wäre es, Martin? Du hast einen Stoff hergestellt, durch den man hindurchsehen kann. Kannst du noch mehr davon erzeugen?«

»Natürlich kann ich mehr davon machen! Wann immer ich will!«, sagte Martin selbstsicher.

»Großartig!«

»Aber ich kann es nicht tun, wenn Leute mich dabei beobachten!«

Die anderen mussten lachen, aber Phillip hob ermahnend eine Hand und brachte sie damit sofort zum Schweigen. »Das verstehe ich natürlich. Es gibt bei uns Zauberern einige Dinge, die nicht für anderer Leute Augen bestimmt sind. Es war unfair von mir, dich zu fragen, ob du noch mehr transparenten Stoff gleich hier vor unseren Augen herbeizaubern kannst.«

Martin atmete erleichtert aus und war froh gerade noch mal so davongekommen zu sein.

»Wir müssen einen ungestörten Ort finden, an dem er arbeiten kann.«

Gert schubste Martin daraufhin in einen kleinen Raum voller Fässer und schlug die Tür hinter ihm zu. Er war dunkel, feucht und muffig. Hinter der Tür konnte Martin den Zauberer, den Schankwirt und seine Entführer, reden hören.

»Er wird da drin kein Licht haben.«

»Oh, er sollte auch keins brauchen. Man nennt es doch schließlich die dunklen Künste.«

»Und was ist, wenn er nicht mehr von dem Stoff produzieren kann, durch den man hindurchsehen kann?«

»Das würde bedeuten, dass er ein Lügner ist. Also würden wir selbstverständlich all seine Habseligkeiten nehmen, ihn mit Mist beschmieren und ihn aus der Stadt jagen.«

Martin hatte nun eine erschreckende Vision von sich selbst in schmutziger und zerrissener Kleidung. Er würde daraufhin in die Wälder fliehen, während Phillip seine ehemaligen Habseligkeiten untersuchen und dabei auf sein Handy stoßen würde. Es war ein schrecklicher Gedanke, und Martin wusste, dass er es nicht so weit kommen lassen würde. Natürlich konnte er sich einfach hier rausteleportieren, aber was dann? Nein, er musste ihnen demonstrieren, dass er ein richtiger Zauberer war und diesem Betrüger damit ein für alle Mal das Maul stopfen. Sobald er das erledigt hatte, würden die Dinge bestimmt ganz einfach werden.

Martin schaltete das Handy ein. Das Display erhellte den Raum.

»Ich glaube, ich sehe ein schwaches Leuchten unter der Tür!«, rief die gedämpfte Stimme des Wirts.

»Siehst du?«, sagte der Zauberer. »Ich denke, wir werden bald feststellen, dass dieser Martin recht einfallsreich ist.«

Ihr wisst noch nicht mal die Hälfte, dachte Martin.

***

Walter und Margarita Banks standen derweil verunsichert in der Küche ihres Hauses in einem Vorort von Seattle. Ihr jüngster Sohn Martin war gerade hereingeplatzt, hatte sie beide umarmt und ihnen gesagt: »Denkt daran, dass ich euch liebe und es nicht wahr ist.«

Als Martin zu seinem alten Schlafzimmer gegangen war, hatte ihn Margarita gefragt: »Es ist nicht wahr, dass du uns liebst?«

Martin blieb stehen. »Was? Nein! Ich liebe euch. Etwas anderes entspricht nicht der Wahrheit.«

»Was ist denn nicht wahr?«, fragte Walter verwirrt.

Martin antwortete: »Ihr werdet es schon noch früh genug sehen. Ich bin jetzt in meinem Zimmer«, und zog sich zurück. Energisch schloss er die Tür hinter sich.

Margarita und Walter sahen sich verwirrt an. Sie hörten nun Sirenen, die immer lauter wurden. Langsam machte Walter sich auf den Weg zu Martins Zimmer.

»Mein Sohn«, sagte er laut genug, damit man ihn auch durch die geschlossene Tür hören könnte. »Steckst du in irgendwelchen Schwierigkeiten?«

Er wollte gerade sein Ohr an die Tür pressen, als sie plötzlich aufgerissen wurde. Martin rannte aus seinem Zimmer zurück zur Küche. Aus irgendeinem Grund trug er die dämliche Robe aus Highschoolzeiten, die ein Halloween-Kostüm gewesen war.

Martin rannte nun hektisch zu der Schublade neben der Küchenspüle.

»Martin, was geht denn bloß hier vor?«, fragte Margarita verwirrt.

Martin hielt nun eine Packung Klarsichtfolie hoch. »Habt ihr nicht vielleicht etwas Strapazierfähigeres? Das Zeug ist viel zu dünn.«

»Im Schrank unter der Spüle. Warum trägst du denn dein Snape-Kostüm?« Margarita musste mittlerweile schreien, denn die Sirenen waren jetzt so laut, als hätten die Polizeiautos direkt auf dem Rasen vor dem Haus geparkt, was sie ja auch getan hatten.

»Das ist Malfoy! Die beiden verwechselst du jedes Mal«, murmelte Martin, während er den Schrank aufriss, zwei Packungen der qualitativ hochwertigen Frischhaltefolie ergriff und seinen Eltern lautlos dafür dankte, dass sie gerne im Doppelpack einkauften. Dann ging er wieder zurück in sein altes Zimmer und schrie: »Danke, Mom!« Er schloss seine Schlafzimmertür in dem Moment, als er jemanden an die Haustür seiner Eltern hämmern hörte.

***

Wieder zurück im Lager des *Verrottenden Stumpfs* atmete Martin einmal tief durch. Ein stechendes Schuldgefühl plagte ihn, weil er seinen Eltern so viel Stress bereitete. Er wusste, dass für sie weniger als eine Minute vergangen war, seit er zur Haustür hereingekommen war, aber für ihn fühlte es sich so an, als ob das Haus seiner Eltern bereits seit Stunden von Bundesagenten belagert worden sei. Dennoch konnte er nichts dagegen tun. Er hatte schließlich gerade eigene Probleme.

Martin arbeitete nun im trüben Licht seines Handydisplays und öffnete die beiden Packungen mit Klarsichtfolie. Er legte die Rollen beiseite, während er die Pappkartons systematisch zerriss, damit er sie in seiner Tasche verstecken konnte. Er bezweifelte, dass sie ihm hier von großem Nutzen sein würden und er glaubte auch nicht, dass die Menschen in dieser Zeit etwas damit anzufangen wussten, aber es kam ihm trotzdem leichtsinnig vor, irgendeinen Beweis herumliegen zu lassen.

Martin stand auf und breitete seine Arme aus. Er trug noch seine leichte Jacke unter seiner Robe, und wenn er die Arme hob, bauschte sich der Umhang an den Seiten. Genau so, wie er es sich erhofft hatte. Er nahm nun eine der Rollen mit Frischhaltefolie und rollte etwa einen Meter davon ab. Das abgerollte Ende riss er allerdings nicht ab, sondern zerknüllte er es zu einer Art losem Seil und stopfte es sich durch den Ärmel seiner Robe. Die Rolle mit der Folie steckte er in die linke Außentasche seiner Jacke, wo sie unter seiner Robe verborgen war. Dann hielt er seinen linken Arm hoch. Ein Zentimeter der Klarsichtfolie schaute aus seinem Ärmelaufschlag heraus. Mit der anderen Hand zog er vorsichtig daran und mit etwas Geschick rollte sich die Folie reibungslos von der Rolle ab und kam aus seinem Ärmel heraus. Die überschüssige Folie stopfte er nun schnell wieder zurück, damit sie nicht mehr herausschaute. Martin kicherte diebisch, während er die zweite Rolle in die andere Jackentasche steckte und das Ende durch den rechten Ärmel hindurchführte.

Pete, Gert und Phillip hörten nach einer Weile ein Klopfen an der Tür des Lagerraums. Pete schob den Riegel zurück und schwang die Tür auf. Martin Banks sagte kein Wort. Er tat so, als hätte er gar nicht gemerkt, dass sie da waren. Er ging zurück zum Hauptraum des Wirtshauses und hielt seine Arme hoch. Die Handrücken hatte er dem versammelten Publikum zugewandt. Alle Gespräche verstummten auf Anhieb.

»Ich, Martin der Prachtvolle, der mächtigste Zauberer hier im … Ort … wurde dazu aufgefordert, meine Fähigkeiten unter Beweis zu stellen, indem ich mehr von dem durchsichtigen Stoff produziere. Bevor ich fortfahre, frage ich den einen, den man Phillip nennt: Kannst auch du durchsichtigen Stoff herstellen?«

Phillip stand lächelnd am Rande des Raums neben Gert und Pete. »Nein, Martin. Ich gebe zu, das kann ich nicht. Ich freue mich aber schon darauf, dir dabei zuzusehen, damit ich etwas von deinen Methoden lernen kann. Der Tag, an dem wir aufhören zu lernen, ist der Tag, an dem wir sterben.«

Ja, du bist gerade in der Tat dabei, etwas zu lernen, du Schwindler, dachte er.

»SO SEI ES!«, schmetterte Martin. »Ich werde allerdings zwei Freiwillige brauchen!«

Das Publikum wich vor ihm zurück und versuchte jeden Blickkontakt zu vermeiden, genauso wie es ein Publikum üblicherweise auch tat.

Martin sagte: »Du! Ja, du. Nein. Nicht du. Er. Komm schon. Ich tue dir auch nicht weh. Oh. In Ordnung. Dann eben nicht. Wie ist es mit dir? Nein? Komm schon. Ich brauche doch nur zwei Leute, die mir helfen. Okay. Ihr Zwei. Ja, genau ihr hier vorne. Ja, seht mich an. Okay. Macht euch keine Sorgen. Ihr müsst nicht mal aufstehen. Bleibt einfach da. Ich werde euch sagen, was zu tun ist.«

Nachdem Martin seine Helfer bestimmt hatte, hob er wieder die Arme mit dem Handrücken in Richtung Menge. »Wenn ihr den durchsichtigen Stoff wollt und einen Beweis meiner Macht benötigt, dann werde ich euch jetzt beides geben. SCHAUT HER!« Er nahm seine Hände über dem Kopf zusammen, packte die beiden Folienenden, die aus seinen Ärmeln herausschauten, und zog an ihnen, während er die Arme langsam wieder ausbreitete. Die Menge murmelte aufgeregt. Er streckte seine Arme zu den beiden Freiwilligen in der vorderen Reihe aus und hielt ihnen die losen Enden der Folie entgegen, die an seinen Händen herabhingen. »Zieht daran, meine Freunde! Zieht daran!«

Die beiden Männer ergriffen die Klarsichtfolie und reichten dann die überschüssige Folie, die aus seinen Ärmeln herauskam, an die Leute weiter, die um sie herumstanden. Martin machte mit seinen markigen Sprüchen weiter, um die Illusion aufrechtzuerhalten.

»Ja, zieht! Zieht daran! Ich produziere den durchsichtigen Stoff, so wie es eine Spinne macht, die Seide spinnt. Nur, dass ich es mit den Händen tue und nicht mit dem Unterleib!«

Als die Rollen langsam leer wurden, war der gesamte Raum in zerknitterte Klarsichtfolie gehüllt. Das Publikum untersuchte das Material und zog daran, um zu testen, wie stark es war. Sie versuchten auch, sie wieder glatt zu ziehen, damit sie hindurchsehen konnten.

Phillip sah äußerst erfreut aus, was Martin verwirrte. Der Zauberer näherte sich Martin nun und klatschte in die Hände.

»Gut gemacht! Ich hätte ehrlich nicht gedacht, dass ich so etwas jemals in meinem Leben zu Gesicht bekäme. Ich bin wirklich beeindruckt!« Energisch schüttelte er Martins Hand. »Ich sehe, dass du hier eine große Zukunft vor dir hast. Vergiss das Abendessen und das Bett von Pete. Da wirst du dir nur Flöhe einfangen, und zwar vom Essen.«

»Hey!«, wandte Pete entrüstet ein.

»Du weißt, dass es stimmt«, sagte Phillip, der immer noch Martins Hand schüttelte. »Komm mit zu mir. Ich habe viel Platz und noch dazu einen riesigen Pott Eintopf. Ich denke, wir werden uns eine Menge zu erzählen haben.«

Martin riss seine Hand los. »Ich gehe nirgendwo mit dir hin! Du möchtest doch nur, dass ich dir erzähle, wie ich es genau gemacht habe. Du denkst, es ist nur ein Trick, den du dann dazu verwenden kannst, Leute zu täuschen.«

Die Wärme in Phillips Gesichtsausdruck schwand augenblicklich. Seine Augen schossen im Raum umher. »Pass gut auf«, sagte er leise. »Wir beide wissen, wie du das gemacht hast und ich denke, wir sollten jetzt zu meinem Haus zurückgehen, und uns wie zwei Zauberer darüber unterhalten.«

»Zwei Zauberer?«, spottete Martin. »In diesem Raum ist nur ein Zauberer. Ein Zauberer und ein Typ, der ziemlich viel redet.«

Phillip wandte sich zu den anderen Menschen im Wirtshaus um. »Ihr habt bereits gesehen, was ich kann. Könnte ihn deshalb bitte mal jemand von euch ins Bild setzen?« Etwas Faszinierendes schien plötzlich auf dem Boden, der Decke oder draußen vor dem Fenster vor sich zu gehen. Überall, nur nicht dort, wo die Zauberer gerade standen. *Wer hätte gedacht, dass die Bauern im Mittelalter so schüchtern gewesen sind,* dachte Martin.

»Phillip, falls das dein *richtiger* Name ist … ich habe meine Macht gerade demonstriert. Lass uns also doch nun deine sehen.«

Phillip legte eine Hand auf Martins Schulter. »Du hast irgendein transparentes Gewebe gemacht. Das war sehr nett, aber mach dir doch nichts vor. Im Vergleich zu den Fähigkeiten eines richtigen Zauberers ist das doch gar nichts.«

Martin schüttelte seine Hand ab. »Das sagst du, aber ich habe immer noch nichts gesehen, das beweist, dass du mehr kannst.«

»So … du willst es also? Wirklich?«, fragte Phillip. »Okay. Ich fordere dich hiermit zu einem Zaubererduell heraus. Wir gehen nach draußen und du machst irgendwas, um deine Macht zu demonstrieren. Aber ich warne dich, dann brauchst du schon mehr als transparenten Stoff. Denn wenn ich dich schlagen kann, werde ich es tun. Wenn du mich wiederum übertreffen kannst, dann tu es und wir machen danach immer so weiter, bis einer von uns schließlich scheitert.«

Augenblicke später standen Martin und Phillip auf der Straße. Eine große Menschenmenge hatte sich an beiden Seiten um sie herum versammelt. Es war zwar schon dämmerig, aber nicht so dunkel, dass Martin den Ausdruck auf Phillips Gesicht nicht mehr erkennen konnte, und zwar aus neun Metern Entfernung.

Es wurde festgelegt, dass Martin anfing. Für ihn war das vollkommen in Ordnung. Er wollte zuerst einmal klein anfangen, darum würde er mit dem Schweben beginnen. Es gab garantiert nichts, womit dieser Schwindler das überbieten konnte. Er würde sich bestimmt voller Scham davonmachen und höchstwahrscheinlich sogar direkt die Stadt verlassen. Vielleicht würde Martin ja danach seine Hütte bekommen, und der Eintopf würde ihm sicherlich ebenfalls gut schmecken.

In der Menge konnte er nun auch Gwen ausmachen. Er lächelte und nickte ihr zu. Sie schüttelte den Kopf, ging zu Phillip hinüber und sagte etwas zu ihm. Aus dieser Entfernung konnte Martin natürlich nicht verstehen, was es war, aber Phillip nickte, während er etwas erwiderte. Erneut sah sie zu Martin hinüber. Ihr großen braunen Augen blickten gleichermaßen müde und missbilligend.

»Wann fangen wir an?«, fragte Martin ungeduldig.

»Wann immer du dazu bereit bist«, erwiderte Phillip seufzend.

Martin zog nun theatralisch sein Handy aus der Tasche. Es warf einen unheimlichen Schein auf sein Gesicht; das hoffte er zumindest. Sofort verstummte die Zuschauermenge. Er öffnete die App, dann verharrte sein Daumen über der *Schweben*-Taste. Er hielt kurz inne, um die gewünschte Wirkung zu erzielen, dann drückte er auf das Display. Augenblicklich hing er einen Meter in der Luft. Aus der versammelten Menge hörte er einige erstaunte Rufe, aber es waren bei Weitem nicht so viele, wie er es erwartet hatte. Er schätzte, dass die meisten von ihnen einfach zu schockiert waren, um etwas von sich zu geben.

Die App, mit der er schwebte, funktionierte dieses Mal wie geplant. Zehn Mal in der Sekunde setzte sie seine Höhe wieder auf einen Meter. In seinem Apartment hatte er es ja nur kurz testen können. Dabei hatte er sich wie ein Ball zusammengerollt, damit er nicht mit dem Kopf an die Decke stieß, aber nun stand er und hielt seine Höhe bereits länger als ein oder zwei Sekunden. Es war ziemlich ungemütlich. Etwa so, als würde man in einem Bus ohne Stoßdämpfer stehen und dieser wäre dann mit fünfundsechzig Kilometern die Stunde über Kopfsteinpflaster unterwegs.

Er hatte das Gefühl, dass jedes Gelenk in seinem Körper klapperte. Selbst seine Zähne taten weh. Sein Kopf schmerzte ebenfalls grauenhaft. Er fürchtete, dass ihm gleich schlecht werden würde und, dass sein Handy durch die Vibration kaputt gehen könnte. Dabei war es der einzige Gegenstand, mit dem er in seine eigene Zeit zurückkehren konnte. Er lockerte den Griff, um sein Handy, so weit er sich traute, und hoffte, dass es dadurch nicht mehr so stark durchgerüttelt wurde. Trotz allem landete er immer noch nicht. Denn er musste unbedingt den falschen Zauberer Phillip enttarnen. Das bedeutete, dass er seine überlegene Macht mehr als entschlossen demonstrieren musste. Also würde er einfach so lange in der Luft bleiben, bis Phillip zugab, dass er es nicht besser machen konnte.

»SEEEHT NUUUR!!«, brüllte Martin mit einer Stimme, die klang, als würde er durch einen Hochgeschwindigkeitsventilator schreien. Er selbst fand, dass er sich wie eine Ziege anhörte. »Phiiiliiip, issst deeeine Maaacht meeeeiinnnerrrr eeebeeeenbüüürtig?« Er schwebte in einer Pose, die so beeindruckend war, wie es sein vor Schmerzen dröhnender Körper gerade noch zuließ. Alle Augen richteten sich nun auf Phillip, der sanft lächelte, mit den Schultern zuckte und sagte: »Wir werden sehen.«

Phillip deutete mit seinem Stab in Richtung Himmel. Er fing an, in einer unheimlichen blauen Farbe zu glühen und ein seltsames Summen von sich zu geben. Wie ein Kazoo, nur mit mehr Nachhall. Geschmeidig und ohne viel Anstrengung stieg Phillip neben ihm neun Meter in die Luft empor, während seine Füße locker unter ihm baumelten. Durch das blaue Glühen entstand ein Kondensstreifen, der seinen Weg in der Luft kennzeichnete. Das Summen wurde lauter, als Phillip den Stab wie einen übergroßen Taktstock hin und her drehte. Dann wirbelte er ihn so schnell herum, dass dieser scheinbar zu einer Scheibe aus blauem Licht wurde, die sich um ihn herum erstreckte. Langsam begann Phillip, sich um die eigene Achse zu drehen. Als er immer schneller wurde, verwandelte sich die blaue Scheibe zu einer blauen Sphäre, die immer heller und heißer wurde, bis sie schließlich in strahlendem Weiß glühte. Obwohl es schon weit nach Einbruch der Dunkelheit war, sah die Straße so aus, als sei es erst mittags, und zwar am heißesten Tag des Jahres.

Eine Stimme erfüllte nun die Luft. Sie war so laut, dass Martin Kopfschmerzen bekommen hätte, wenn sein Schädel nicht sowieso schon bereits kurz vor dem Platzen stünde.

Die monströse Stimme fragte jetzt: »Und was denkst du, Martin? Wie ist das?«

Ohne ein Wort drehte Martin sich um und rannte, so schnell er konnte. Die Geschwindigkeit wäre wirklich beeindruckend gewesen, wenn seine Füße dabei den Boden berührt hätten. Er drehte sich, kippte um und blieb dann schließlich in einem würdelosen Winkel kopfüber in der Luft hängen. Während er immer noch einen Meter über dem Boden vibrierend hin und her schwang, betrachtete er Phillip.

Martins Robe hing nun verkehrt herum an ihm herab. Hilflos trat er mit den Füßen in die Luft.

Dann musste er sich übergeben.

Die weiße Lichtsphäre zog sich an der Spitze von Phillips Stab langsam auf die Größe eines Basketballs zusammen. Phillip war weiterhin regungslos und schwebte gelassen mit dem Stab an der Seite in der Luft. Der weiße Lichtball, der nun von der Spitze ausging, erhellte scheinbar die ganze Welt.

»Vielen Dank für deinen Besuch, Martin«, sagte Phillip in einem gemütlichen Plauderton. »Ich bin mir sicher, wir werden uns noch einmal wiedersehen.«

Phillip richtete seinen Stab nun auf Martin. Der Lichtball bewegte sich mit erstaunlicher Geschwindigkeit auf ihn zu und traf ihn an der Brust.

Aber er spürte keinen Schmerz, sondern nur eine gewaltige Wucht. Weil Martin den Boden immer noch nicht berührte, schlitterte er wie ein Hockeypuck durch die Luft, drehte sich unkontrolliert hin und her und flog dann auf demselben Weg, den er gekommen war, die Straße hinunter und aus der Stadt hinaus. Ein paar Hundert Meter weiter verschwand er zwischen den Bäumen im Wald. Als er mit seinem Rücken schließlich gegen etwas prallte, das sich wie ein Baum anfühlte, verlor Martin glücklicherweise das Bewusstsein.

Kapitel 11

Wund! Jeder Teil von Martin Banks war wund, einschließlich seiner Stimmung. Trotzdem fühlte es sich unheimlich gut an, sich auszustrecken. Er öffnete seine Augen ein ganz klein wenig und sah eine Wand, die irgendwie aus breiten flachen Steinen zusammengeschustert worden war. Außerdem konnte er ein schmales Fenster aus primitivem Glas erkennen. Sonnenlicht fiel hindurch und färbte das Fenster dabei in einen widerlich bräunlich-gelben Ton. Martin atmete tief ein und aus und seine Rippen taten weh. Ein angenehmer Geruch hing in der Luft. Er wusste allerdings nicht, was es war. Das Einzige, das er wusste, war, dass er unbedingt mehr davon riechen wollte. Am Liebsten, während er das aß, dass diesen Geruch verursachte. Es war kein Schinken, kein Ei und kein Kaffee. Es war auch kein Toast. Es roch irgendwie überhaupt nicht nach Frühstück. Es roch eher nach Fleisch, Zwiebeln und anderem Gemüse.

Er lächelte und dachte: *Es riecht wie Eintopf …*

Martin setzte sich kerzengerade auf und verspürte sofort Wut. Phillip saß in seiner blauen Robe am Fuße des Bettes. In seinen Händen hielt er eine große, dampfende Schüssel.

»Eintopf?«, fragte er und schob die Schüssel einladend zu ihm hinüber.

»Du! Wie … AAAAARGH«, sprudelte es voller Wut aus Martin hervor. »Wie hast du das gemacht? Wie bin ich hierher gekommen? Wie lange war ich bewusstlos? Was hast du mit mir gemacht? Gib mir sofort diesen Eintopf!«

Phillip lachte laut und reichte ihm die Schüssel. Martin aß gierig und verärgert zugleich. Er lag vollständig angekleidet auf dem Bett, doch seine Schuhe hatte man ihm ausgezogen. Phillip ging zur Ecke, wo ein Kochtopf über einem kleinen Feuer hing. Der Raum war mittelgroß und bestand aus Steinwänden. Er war einfach möbliert und die Dachsparren freigelegt. Es war ein Zimmer, das sehr schlicht gehalten war. Aber es war die Art von Schlichtheit, die Reiche sich leisten konnten und Arme unbedingt loswerden wollten, weshalb sie alles Geld, das sie entbehren konnten, zur Seite legten. Dennoch war es sehr heimelig. Der schmutzige Boden und das offene Feuer erinnerten Martin genau daran, wo und vor allem, *wann* er war.

Phillip nahm nun eine Kanne zur Hand und schüttete ein wenig von dessen Inhalt in einen Tonkrug. »Guten Morgen, Martin. Ich werde all deine Fragen beantworten, aber nicht unbedingt der Reihe nach.

Du hast neun Stunden geschlafen. Gwen, die junge Lady, die dich in die Stadt gebracht hat und ich sind nach dem Duell rasch hinaus in die Wälder gegangen, um dich so schnell wie möglich zu finden. Wir haben dich bewusstlos an einem Baum vorgefunden. Du hast etwa einen Meter über dem Boden geschwebt und zitternd in der Luft gehangen. Es sah so aus, als wärst du gegen ein paar Bäume geknallt, bis du dann letzten Endes irgendwann zum Stehen gekommen bist.« Phillip stellte die Kanne wieder hin und ging zu Martin. »Wir haben all deine Habseligkeiten zusammengetragen und ich habe alles dort drüben an der Wand auf einen Haufen gelegt. Alles bis auf das!« Er hielt das Handy in die Höhe. Martin hörte sofort auf, zu essen.

»Keine Sorge. Ich habe mich daran nicht zu schaffen gemacht. So dumm bin ich nicht. Ich spiele nicht mit Sachen herum, die ich nicht verstehe. Ich habe lediglich auf das leuchtende Quadrat gedrückt, auf dem *Schweben* stand, denn ich habe gehofft, es würde dich wieder zurück auf den Boden bringen. Das tat es auch tatsächlich, allerdings viel brutaler als ich erwartet hatte.« Phillip stand jetzt direkt neben dem Bett. Misstrauisch beobachtete Martin ihn.

»Jetzt zu deiner wichtigsten Frage. *Was habe ich mit dir gemacht?* Die Antwort, Martin, ist, dass ich die ganze Zeit versucht habe, dir auszureden, einen Narren aus dir zu machen. Doch dann habe ich letztendlich doch dabei zugesehen, wie du es trotzdem getan hast. Danach bin ich im Dunkeln durch die Wälder gelatscht, habe deine Sachen eingesammelt und dich wieder in die Stadt geschleust. Habe dir einen sicheren Ort zum Schlafen gegeben und über dich gewacht für den Fall, dass deine Verletzungen doch kritischer wären, als sie aussahen. Und jetzt habe ich dir außerdem noch eine schöne Schüssel Eintopf gegeben. Worum es mir dabei geht, ist Folgendes: Wenn ich vorgehabt hätte dich zu töten, hätte ich es bereits getan, während du geschlafen hast oder ich hätte dich einfach allein gelassen, und du hättest dich über kurz oder lang weiter selbst verletzt. Das habe ich aber nicht getan. Das sollte dir doch meinen guten Willen ausreichend demonstrieren, oder?«

Martin nickte und fing wieder an, sich den Eintopf in den Mund zu schaufeln.

»In Ordnung.« Phillip bot ihm nun den Trinkbecher aus Ton an. »Nimm etwas davon, um den Eintopf runterzuspülen.«

»Was ist das?«

»Bier.«

Martin nahm den Becher an sich.

»Das ist Lektion Nummer eins, Martin. Trink hier kein Wasser. Es sei denn, du hast es vorher richtig gut abgekocht. Wenn du gesund bleiben willst, halt dich lieber an Wein und Bier. Denn der Alkohol tötet die Bakterien.«

»Was meinst du mit *Lektion Nummer eins*?«, fragte Martin mit vollem Mund.

»Nun«, sagte Phillip und kehrte zu seinem Platz am Fußende des Bettes zurück. »Das bringt uns zu deiner letzten unbeantworteten Frage: *Wie habe ich das getan?*«

Martin hörte wieder auf, zu essen.

»Hör nicht auf zu essen! Du bist offensichtlich regelrecht ausgehungert. Versuch lieber etwas von dem Bier.«

Martin nahm einen großen Schluck. Phillip fragte neugierig: »Sind *Pink Floyd* jemals wieder zusammengekommen?«

Martin prustete eine große Menge Bier durch seinen Mund und seine Nasenlöcher aus. Phillip versuchte gar nicht erst, seine Freude zu verbergen.

»Mein Name ist Phillip McCall. Ich bin 1948 in London geboren worden. In den Siebzigern ist meine Familie nach Amerika eingewandert. Ich habe meinen Abschluss am MIT (Massachusetts Institute of Technology) gemacht. 1983 habe ich dann im Großrechner von AT&T herumgeschnüffelt und eine Kopie derselben Datei gefunden, von der ich annehme, dass auch du sie gefunden hast.«

Martin stellte die leere Schüssel auf den Boden. Das Bier behielt er vorsichtshalber. »Also bin ich nicht die erste Person, die die Datei gefunden hat?«

»Nein.«

»Wie viele Kopien gibt es denn davon? Hat sonst noch jemand sie gefunden?«

»Viele Menschen. Wir können nicht mit Sicherheit wissen, *wie viele*. Was die Datei angeht, da gibt es nur eine. Was wir finden, sind lediglich Kopien davon. Ich schätze, man könnte sie Projektionen nennen, Geisterbilder der einzigen echten Datei, die in unsere Realität durchscheinen. Ich denke, es ist eine Art kurzer Störimpuls. Wie auch immer … wir haben auf jeden Fall bewiesen, dass Änderungen an der Datei auf einem Server sofort alle anderen Instanzen der Datei in Echtzeit beeinflussen.«

»Nun, die Tatsache, dass du die Datei ebenfalls gefunden hast, erklärt immerhin wie du das, was du letzte Nacht getan hast, angestellt hast.«

»Ja. Tut mir leid. Ich wollte nicht, dass es dazu kommt, aber du hast mir keine andere Wahl gelassen.«

»Nein, ich verstehe das schon. Mir tut es leid.« Martin zuckte mit den Schultern. »Ich fühle mich wie ein Idiot.«

»Nein«, entgegnete Phillip, »du bist kein Idiot. Du dachtest nur, dass *ich* einer wäre.«

»Ich habe eine komplette Vergangenheit, in die ich fliehen kann, und wähle ausgerechnet eine Zeit, die schon belegt ist. Wie hoch stehen dafür bitteschön die Chancen?«

»Eigentlich ziemlich gut. Ich nehme mal an, du hast das Buch von Cox gelesen.«

»Was?«, fragte Martin.

»Das Buch von Cox. *Die beste Zeit, um im mittelalterlichen England zu leben* von Gilbert Cox.«

Martin erinnerte sich dunkel an die Amazonseite, auf der das Buch beschrieben gewesen war. Er hatte beschlossen, dem Autor zu vertrauen, nachdem er den Titel und den ersten Satz der Beschreibung gelesen hatte. »Oh ja. Das Buch! Ja, genau deshalb habe ich dieses Jahr ausgesucht«, sagte er.

Phillips Gesicht hellte sich auf. »Gut, nicht wahr? Dadurch wird die Geschichte nämlich so richtig lebendig. Natürlich ist es nicht perfekt, aber es ist doch wirklich erstaunlich, mit wie vielen Dingen er recht hatte.«

»Ich habe es nicht gelesen«, meinte Martin.

»*Wie bitte?*«

»Ich habe es nicht gelesen!«, wiederholte Martin.

»Wenn du das Buch nicht gelesen hast, dann nehme ich mal an, du hast die BBC-Doku-Serie gesehen, die er produziert hat. Sie lief in Amerika auf PBS.«

»Nein, die habe ich auch nicht gesehen.«

»Keinen einzigen Teil davon? Es gab vier Episoden.«

Martin schüttelte den Kopf. »Nein, tut mir leid.«

»Hast du dann eine seiner späteren Buchveröffentlichungen studiert?«

»Nein, ich habe nur den Titel und eine kurze Zusammenfassung gelesen.«

»Eine Zusammenfassung?«

Martin zuckte mit den Schultern. »Na gut ... *Teile* der Zusammenfassung.«

»Ah ja«, sagte Phillip. »Du bist ganz klar ein Amerikaner.«

»Hat mich mein Akzent verraten?«, fragte Martin verwirrt.

»Teilweise. Das Buch von Cox ist der Grund, der auch den Rest von uns hierher geführt hat. Sobald wir uns niedergelassen hatten, sind wir wieder in die Datei eingedrungen und haben ein Skript eingerichtet, das jedes Jahr eine bestimmte Anzahl von Kopien kauft, damit das Buch auf jeden Fall weiterhin gedruckt wird. Wir wollten so viele Leute wie nur möglich herlocken, die die Datei im Laufe der Zeit vielleicht entdecken würden. All diese Kopien werden zu einem Lagerhaus in Cornwall gebracht. Ich bin sicher, dass wir die Nachkommen von Cox damit ziemlich reich gemacht haben. Du solltest das Buch wirklich mal lesen, Martin. Es stellt die Zeit hier ziemlich gut dar. Relativ beständig, gute Ernteerträge und durch die Kreuzzüge gibt es so gut wie gar keine Gewalt im eigenen Land. Eine wirklich gute Sache.«

Phillip konnte sehen, dass er Martins Interesse mehr und mehr verlor. »Noch mehr Eintopf?«, fragte er deshalb.

»Bitte! Du sagtest, *wir* haben uns hier niedergelassen. Wie viele andere sind denn noch hier?«

Phillip nahm die leere Schüssel wieder mit zum Kochtopf. »Ein paar Dutzend vielleicht. Es ist wirklich schwer zu sagen. Menschen kommen und gehen dann irgendwann wieder zurück in ihre alte Zeit oder sie besuchen andere Zeitabschnitte in der Geschichte. Und das sind wohlgemerkt nur die Leute, die wir identifiziert haben. Also diejenigen, die wir getroffen haben, weil sie beschlossen haben, ins mittelalterliche England zu gehen, um Zauberer zu werden.«

»Hmm. Es ist mir nie in den Sinn gekommen, woanders hinzugehen.«

»Mir auch nicht. Vielleicht liegt es daran, dass wir beide weiße Männer europäischer Abstammung sind. Gelegentlich haben wir Kontakt zu einer Gruppe von Zauberern, die im Bagdad des achten Jahrhunderts leben und auch welche in Atlantis.«

»Atlantis gibt es wirklich?«

»Oh ja. Die meisten Frauen, die die Datei gefunden haben, gehen da hin und leben dort. Was soll ich sagen? Frauen mögen halt Männer mit dem Körperbau eines Schwimmers.«

Sie saßen einen Moment lang schweigend da, während Martin sich auf seine zweite Portion Eintopf stürzte.

»Du hattest wirklich großen Hunger, nicht wahr?«, fragte Phillip. »Okay. Jetzt bin ich aber an der Reihe ein paar Fragen zu stellen. Woher und aus welcher Zeit kommst du, Martin?«

»Ich komme aus Seattle aus dem Jahr 2012 und nein, *Pink Floyd* ist niemals mehr wirklich wieder zusammengekommen. Drei von ihnen haben zwar ein paar ziemlich gute Alben ohne Roger Waters rausgebracht, aber es ist trotzdem nicht dasselbe gewesen. Sie hatten mal einen einmaligen Auftritt für einen guten Zweck zusammen, aber dann ist der Pianist gestorben und das war es dann.«

»Eine Schande. Wie lange bist du schon hier in dieser Zeit?«

»Weniger als einen Tag.«

»Du hast dir in dieser kurzen Zeit wirklich eine Menge Schwierigkeiten eingebrockt. Wie lange ist es denn schon her, dass du die Datei gefunden hast?«

Martin dachte einen Moment lang darüber nach, dann antwortete er: »Vor einer Woche.«

»Nun, ich habe aufgrund deiner mangelnden Vorbereitung den Eindruck, dass du hierher geflohen bist. Scheint so, als hättest du ein ziemliches Talent dafür, Ärger anzuziehen. Dieser Computer im Taschenformat, den du da hast, sind die in deiner Zeit üblich?«

»Ja. Fast jeder hat so etwas heutzutage.«

»Hmm. Die Zukunft. Sie ist bestimmt großartig. Ich habe die Datei damals auf einem Commodore 64 und einem akustischen Modem abgerufen.«

»Du solltest unbedingt in die Zukunft gehen und sie dir mal ansehen.«

»Du weißt, dass ich das nicht kann. Du hast bestimmt ebenfalls versucht, in die Zukunft zu reisen, oder? Denn das haben wir alle getan. Wir können nicht dort hingehen, weil sie noch nicht stattgefunden hat!«

Martin zog seine Augenbrauen hoch. »Nun, ich kann nicht, denn es ist wirklich die Zukunft, aber deine Zukunft ist die Vergangenheit. Zumindest ein Teil davon.«

»Aber nur aus deiner Sicht. Ich habe mich an diese abgedroschene Phrase gewöhnt, Martin und auch gelernt sie zu hassen. Aus deiner Sicht bin ich vielleicht eine wandelnde Zeitkapsel von 1984, aber aus meiner Sicht ist alles, was nach dem Tag, an dem ich meine Zeit verlassen habe und hierhergekommen bin, noch nicht passiert.«

»Aber ich bin doch hier und ich bin aus deiner Zukunft.«

»Nein. Ich bin aus deiner Vergangenheit. Wir sind beide hier in unserer Vergangenheit. Also egal, welches verdammte Programm die Datei benutzt, kann aus seinem Speicher auf diese Zeit zugreifen und uns zusammen herbringen, aber in den Achtzigern, als es mein Leben verarbeitet hat, haben du, dein Taschencomputer und deine Kleidung noch nicht existiert.«

»Vielleicht kann ich dich ja in meine Zukunft mitnehmen?«

»Vielleicht könntest du das, aber du würdest es nicht. Denn du bist nicht die erste Person, die aus meiner Zukunft auftaucht, weißt du. Und sie alle haben gesagt: *Natürlich Phillip. Ich nehme dich mit in die Zukunft.* Aber später hieß es dann: *Ich weiß nicht, Phillip. Was ist, wenn einer von uns dann aufhört zu existieren?* Wie könnte ich denn dagegen bitteschön etwas sagen?«

»Das muss frustrierend sein.«

»Frustrierend ist überhaupt kein Ausdruck! Alles, was ich bekomme, sind tröpfchenweise Informationen, die in Gesprächen erwähnt werden und die meisten davon verstehe ich nicht einmal! Soweit ich das beurteilen kann, wird die gesamte Popkultur und ein Großteil der englischen Sprache irgendwann in den frühen neunziger Jahren von etwas übernommen, was sich *Die Simpsons* nennt. Ich weiß das, weil niemand aus dieser Zeit, oder auch später in der Lage ist, einen Satz zu formulieren, ohne sie zu zitieren. Dann kichern alle wie Idioten und wenn ich sie darum bitte, mir das zu erklären, lachen sie alle immer nur laut und fragen mich etwas über *Bananarama*!«

Martin schaffte es nur mit Mühe, nicht zu grinsen.

Phillip atmete einmal tief ein und aus, um sich zu beruhigen, dann fuhr er mit seinen Fragen fort: »Also in welche Art von Schwierigkeiten bist du geraten? Bist du dabei erwischt worden, wie du deinen Kontostand manipuliert hast?«

»Ja! Woher weißt du das?«

»Weil viele von uns, genau deswegen hier festhängen.«

»Du auch?«

»Nein. Ich habe es tatsächlich geschafft die Dinge ein Jahr lang zusammenzuhalten, bevor ich erwischt worden bin. Ich hatte einen gut bezahlten Job, der mir wirklich Spaß gemacht hat. Also brauchte ich meinen Kontostand gar nicht zu verändern, und habe es nur ein Mal aus Spaß ausprobiert.«

»Wie hat man dich dann gefunden?«

»Nun, ich hatte eine Menge Zeit, um mit der Datei herumzuspielen, bevor ich fliehen musste. Ich habe ein kleines Codestück gefunden, das man an jede Variable der Datei anhängen kann, um sie zu einer Konstante zu machen.«

»Darum konntest du so problemlos fliegen!«

»Genau. Statt meine Höhe mehrmals in der Sekunde zurückzusetzen, kann ich sie einfach auf eine angegebene Höhe einstellen und diese dann halten. So kann ich auch fliegen. Das ist nur eine der Möglichkeiten, die zeigt, wie das Ersetzen einer Variablen in der Datei durch eine Konstante nützlich sein kann. Es gibt aber noch viele weitere Anwendungsbereiche. Von den meisten werde ich dir später noch erzählen. Jedenfalls habe ich mir ein Auto gekauft. Ist dir der *Pontiac Fiero* bekannt?«

»Ja. Die sahen doch so aus wie ein italienischer Wagen. Waren das keine Schrottkarren?«

»Meins nicht. Denn ich habe den Eintrag meines Autos in der Datei gefunden und damit herumgespielt, bis ich den Basissatz des Zerfalls herausgefunden habe. Diesen habe auf Null zurückgesetzt und dann eine Konstante daraus gemacht. Außerdem habe ich ihm auch unrealistisch viel PS gegeben, weil man das halt so macht. Und ihm ist noch dazu niemals das Benzin ausgegangen.«

»Wirklich sehr nett.«

»Danke, aber genau aus diesem Grund wurde ich letztendlich geschnappt. Ein Jahr verging, und eines Tages erhielt ich einen Brief von Pontiac. Darin stand, dass mein Auto der letzte existierende *Fiero* sei, der nicht im ersten Jahr wegen einer größeren Reparatur in die Werkstatt gebracht werden musste. Sie wollten ihn deshalb gerne zurückkaufen, um ihn auseinandernehmen und schauen zu können, was sie an diesem Modell richtig gemacht hatten. Ich hätte die Variablen natürlich einfach wieder zurücksetzen und den Wagen mit großem Profit verkaufen können, aber ich habe Nein gesagt. Also hat Pontiac, da es ein großes Unternehmen ist, einfach einen Typen geschickt, der ihn stahl. Allerdings hatte dieser nicht mit meinen Extra-PS gerechnet und ist direkt gegen eine Wand gefahren.«

»Wurde er verletzt?«

»Weder ihm noch dem Wagen ist etwas passiert. Die Wand war allerdings genau auf den Wagen gekracht, ohne den Lack auch nur zu zerkratzen.«

Martin lachte leise. »Das sah bestimmt verdächtig aus.«

»In der Tat. Ich wollte und konnte es nicht erklären. Deshalb bin ich hierher gekommen.«

Martin nickte. »Und dann hast du herausgefunden, dass auch andere bereits vor dir hergekommen sind.«

»Nein. Ich war zuerst alleine hier. Nur ich und die Einheimischen.«

»Also warst du der Erste?«

»Es kommt darauf an, wie man das sehen will. Ich bin als Erster in dieser Zeit angekommen, aber jemand könnte die Datei ja schon vor mir gefunden haben, und derjenige hat vielleicht einfach eine andere Zeit gewählt, die weiter zurückliegt als die, in der wir jetzt sind. Was ich sagen kann, ist, dass ich *bis jetzt* die Person bin, die zum frühesten Zeitpunkt an diesem Punkt der Vergangenheit angekommen ist. Der zweite Kerl, der hier ankam, Jimmy, fand die Datei zwei Jahre nach mir, traf aber nur zwei Wochen nach mir hier ein.«

Es entstand eine lange Pause, in der Martin über das Gesagte nachdachte. Schließlich brach Phillip das Schweigen.

»Martin … wäre es dir lieber, wenn ich dich Marty nenne?«

»Wäre es *dir* lieber, wenn man dich Phil nennt?«

»Da ist was dran, Martin. Wie ich bereits sagte, ein Haufen von uns Leuten aus der Zukunft lebt hier. Und uns geht's gut. Wir möchten nicht, dass uns das jemand vermasselt und bis jetzt hast du wirklich Talent dafür gezeigt, die Dinge zu vermasseln.«

Martin spannte sich an. Unwillkürlich schossen seine Augen zu seinem Handy, das Phillip immer noch in der Hand hielt. Phillip bemerkte den Blick und lächelte.

»Keine Sorge, Martin. Du bist nicht in Gefahr.«

Phillip bemerkte, dass Martin sich nicht wirklich entspannte. Er lächelte und gab ihm sein Handy zurück.

»Besser?«

Martin entspannte sich tatsächlich. Wenn Phillip ihm wirklich etwas hätte antun wollen, hätte er ihm bestimmt nicht die einzige Sache ausgehändigt, die ihm die Möglichkeit gab zu fliehen.

»Wie ich bereits sagte«, fuhr Phillip fort, »ich lebe nun schon über ein Jahrzehnt lang hier. Es ist mein Zuhause geworden und den meisten anderen Zauberer geht es genauso. Deshalb wollen wir auf keinen Fall, dass uns das jemand versaut. Also haben wir eine Art Ausbildungsprogramm entwickelt. Wenn du wirklich in dieser Zeit bleiben willst, dann musst du eine Weile mit mir abhängen. Ich werde dir dann die Grundlagen erklären … wie wir agieren und dir auch die Regeln erklären und die nötigen Fähigkeiten beibringen, um deinen Lebensunterhalt als Zauberer verdienen zu können. Denn das ist eigentlich ein ziemlich gemütliches Leben. Wenn ich irgendwann das Gefühl habe, dass du bereit bist, werden wir dich dem Vorsitzenden vorstellen und du musst eine Prüfung ablegen.«

»Und wenn ich diese bestehe?«

»Du kennst doch das Programm, das auf deinem Taschencomputer läuft und mit dem du Zugriff auf die Datei hast? Wir haben hier ein ähnliches Programm, aber unseres wurde seit einem Jahrzehnt immer weiter und weiter entwickelt. Es verschafft uns Fähigkeiten, die weit über das hinaus gehen, was du dir vorstellen kannst. Wenn du die Prüfungen schaffst, hast du vollen Zugriff darauf und bist dann sogar in der Lage, neue Fähigkeiten zu entwickeln, und kannst diese dann zur Genehmigung vorlegen.«

»Über welche Art von Fähigkeiten reden wir denn hier?«

»Die einzige Fähigkeit, von der du jetzt erst einmal wissen musst, um deine Entscheidung zu treffen, ist die Fähigkeit ein Leben zu führen, in dem du all dem nachgehen kannst, was dir interessant erscheint, ohne jemals den Druck zu haben, einem Job nachgehen oder einen Autokredit oder eine Hypothek bezahlen zu müssen. Wir alle sind hier vornehme Müßiggänger. Unsere größte Herausforderung ist es, beschäftigt auszusehen. Willkommen in der Welt der Zauberer. Dein letzter harter Tag war gestern.«

»Und was ist, wenn ich die Prüfungen nicht schaffe?«

»Das ist eine weniger angenehme Geschichte. Denn dann schicken wir dich zurück in deine Zeit und in der Zukunft wirst du dann keinen Zugriff mehr auf die Datei haben.«

»Das könnt ihr machen?«

»Ja, das können wir.«

»Aber was ist, wenn ich in meiner eigenen Zeit ins Gefängnis gesteckt werden würde?«

»Dann gehst du eben ins Gefängnis. Tut mir leid, aber das Bett hast du dir schließlich selbst gemacht. Wir sind nicht für das verantwortlich, was du in deiner Zeit getan hast. Wenn es tatsächlich so schlimm ist, tun wir wahrscheinlich sogar noch eine gute Tat, wenn wir dich daran hindern, es noch mal zu versuchen. Außerdem glaube ich, dass du bestimmt bestehen wirst. Ich habe mir das Programm auf deinem Taschencomputer angesehen und die Tatsache, dass es keine Funktionen gibt, die man als Waffe nutzen könnte, sprechen für dich. Letzte Nacht hast du ebenfalls demonstriert, dass du sprechen kannst wie ein Zauberer. Du hast eine Begabung für das Dramatische und bist ziemlich kreativ! Übrigens vielen Dank für die ganze Klarsichtfolie. Ich habe Pete gesagt, dass sie sehr nützlich ist, um Essen abzudecken und daraufhin hat er versucht, sie als Deckel für einen Topf zu benutzen. Natürlich ist sie sofort geschmolzen.«

»Dadurch muss das, was er gerade gekocht hat, doch ruiniert worden sein.«

»Selbst mit unseren Fähigkeiten können wir dem Essen hier nichts Schlimmeres antun, als es von Pete kochen zu lassen. Hör mal, mach dir nicht zu viele Sorgen wegen der Prüfungen. Wenn ich denken würde, dass das Ganze mit dir nicht funktioniert, wärst du heute Morgen in deiner Zeit aufgewacht.«

»Das hättest du wirklich getan?«

»Das haben wir bereits vorher schon getan. Marty, wir haben die Datei entdeckt und hier das Shell-Programm entworfen, damit es uns dabei hilft, damit umzugehen. Wenn wir dessen Nutzung nicht überwachen, dann tut es niemand. Da war mal ein Typ, Todd war sein Name. Ein furchtbarer kleiner Mann. Er hat die Ausbildung mit Leichtigkeit geschafft. Aber unmittelbar danach fing er an, schreckliche Dinge zu tun. Wir wussten, dass er hierher geflohen war, um einer Verhaftung zu entgehen, also haben wir ihn zurückgeschickt in seine Zeit und seinen Zugang zu der Datei komplett abgeschnitten. Um sicherzustellen, dass er sich der Festnahme wirklich nicht entzieht, haben wir ihn nackt und mit gefesselten Händen und Füßen an einen öffentlichen Ort zurückgeschickt.«

Martin stellte sich vor, wie er sich ohne Fluchtmöglichkeit in seinem alten Schlafzimmer materialisieren würde, und wie er dann vollkommen hilflos daläge, bis die Agents schließlich hereinstürmen würden. Wie der Gesichtsausdruck seiner Eltern wäre, wenn man ihn wegschleifen würde und ihre Verlegenheit, weil sie sich nicht erklären konnten, warum er sich nackt ausgezogen und selbst an Händen und Füßen gefesselt hatte. Er durfte das auf keinen Fall zulassen. Martin hielt sein Handy hoch. »Und was ist, wenn ich einfach in eine andere Zeit und zu einem anderen Ort fliehen würde?«

»Dann würden wir das als Absicht, Unrecht zu tun, bewerten, dir den Zugang zur Datei sofort verwehren und dich zurück in deine Zeit schicken. Jetzt, da wir von dir wissen, können wir deine Parameter auch ohne deine Anwesenheit bearbeiten.«

»Ja, ich nehme an, das könntet ihr. Aber was ist, wenn ich die Ausbildung verweigere?«

»Dann schicken wir dich ebenfalls zurück in deine eigene Zeit und du hast keinen Zugang mehr zu der Datei.«

»Also wäre es genauso, als würde ich die Ausbildung nicht schaffen?«

»Wir sehen die korrekte Beantwortung der Frage: Akzeptierst du die Ausbildung?, als Teil der Ausbildung an. Beantwortest du die Frage falsch, dann schaffst du die Ausbildung eben nicht.«

»Bildet ihr denn jeden aus, der herkommt?«, fragte Martin.

»Nein. Wer auch immer in der Nähe ist, wenn ein neuer Zauberer erscheint, stellt den ersten Kontakt her. Bei der Ausbildung wechseln wir uns dann ab. Wenn alles gut geht, wirst du eines Tages auch jemanden ausbilden. Wenn alles planmäßig gelaufen wäre, hätte ich dich nach Norwegen gebracht, um dich dort von einem Magnus ausbilden zu lassen.«

»Was ist ein Magnus?«, fragte Martin.

»Ein Zauberer namens Magnus. Davon gibt es zwei in Norwegen.«

»Wie viele Zauberer gibt es denn überhaupt in Norwegen?«

»Zwei! Aber nachdem ich diese effektheischende Selbstdarstellung von dir letzte Nacht gesehen habe, habe ich mich vorgedrängelt, denn ich möchte dich selbst ausbilden. Du wirst eine Art besonderes Projekt von mir sein.«

Martin war nicht ganz sicher, ob das vielversprechend klang oder nicht.

Phillip breitete die Arme aus. »Also was sagst du, Marty? Akzeptierst du die Ausbildung?«

»Kann ich noch eine Frage stellen, bevor ich antworte?«

»Sicher.«

»Wenn ich tatsächlich ein Zauberer werde, muss ich dann wirklich zölibatär leben?«

Das schien Phillip zu verwirren. »Nein, du musst natürlich nicht abstinent sein. Aber du kannst, wenn das dein Ding sein sollte.«

Martin winkte ab. »Schon gut. Vergiss, dass ich überhaupt gefragt habe. Ja, ich akzeptiere die Ausbildung.«

»Ausgezeichnet. Der erste Schritt ist es, dir eine angemessene Robe und einen passenden Hut zu besorgen.«

Kapitel 12

Obwohl Martin natürlich wusste, dass er sich im mittelalterlichen England befand, verstand er es erst richtig, als er und Phillip auf die Straße hinausgingen. Bis zu diesem Zeitpunkt hatte er Wälder, das Meer und ein Gasthaus gesehen. Nichts von diesen Dingen hatte sich in den letzten paar hundert Jahren viel verändert. Straßen hatten sich jedoch drastisch verändert. Diese hier waren eng, Menschen liefen ungestraft mitten darauf herum und trugen dabei viel Leder und enge Hosen am Leib. Natürlich gab es auch noch keine Autos, nur Pferde und Ochsenkarren. Statt nach Auspuffabgasen roch die Luft hier nach Mist. Es war ein dreckiges, stinkendes Durcheinander, aber nicht in der Art, wie er es gewohnt war.

Martin hatte nun Kleidung, die Phillip ihm geliehen hatte, an. Eine grob gewebte Tunika und schwere Hosen. Als Gürtel fungierte ein Stück Seil. Er trug zwar immer noch seine Turnschuhe, aber mittlerweile waren diese so dreckig, dass niemand mehr von ihnen Notiz nahm.

»Außerdem«, erzählte ihm Phillip, »sind die Menschen hier an Dinge gewöhnt, die ein wenig merkwürdig sind, wenn Zauberer beteiligt sind.«

Martin tat immer noch alles weh, aber das Essen hatte geholfen und das Frühstücksbier hatte sogar noch mehr gutgetan. Er hatte viele Fragen, versuchte sie aber nicht in der Öffentlichkeit zu stellen, aus Angst, dass *die Einheimischen*, wie Phillip sie nannte, zu viel erfahren könnten. Er stellte fest, dass er durch die Menge an neuen Informationen, durch all die noch unbeantworteten Fragen und durch die Nachwirkungen des Biers Schwierigkeiten hatte, den Dingen zu folgen. »Wo gehen wir noch mal hin?«

»Zum Schneider, damit du eine richtige Robe und einen Hut bekommst.«

Der Schneider, dachte er. *Da gibt es doch irgendwas Wichtiges. Was war das noch gleich? Schließlich traf es ihn wie ein Blitz.*

»Sag mal«, meinte Martin mit lässiger Stimme, »das ist doch nicht etwa Gwen die Schneiderin, oder?«

Phillip blieb stehen und drehte sich zu ihm um. Martins lässige Stimme hatte Phillip offensichtlich zutiefst beunruhigt.

»Wenn du Gwen die Schneiderin meinst, die dich in die Stadt mitgenommen hat und wegen deiner Arroganz so beunruhigt war, dass sie sofort zu mir gekommen ist, um mich zu holen ... die Gwen, die dabei zugesehen hat, wie du dich zum Narren gemacht hast und in einem weißen Feuerball aus der Stadt geschleudert wurdest ... die mir dann dabei geholfen hat deinen sabbernden, zuckenden Kadaver wieder in die Stadt zu schaffen ... dann ja.«

Martin nahm seine Hände hoch. »Okay, okay. Ich habe es ja verstanden. Tut mir leid.«

Sie gingen weiter. »Ist sie deine Freundin?«, fragte Martin.

»Nein, sie ist nicht meine Freundin! Sie ist eine intelligente, talentierte junge Dame, die ich schon seit vielen Jahren kenne und sie hat schon genug Probleme auch ohne einen verliebten jungen Zauberer, der versucht, sie wie ein John Hinckley Junior des Mittelalters zu beeindrucken.«

»Wer ist John Hinckley Junior?«, fragte Martin.

»Hmm. Ich denke, das war vor deiner Zeit. Vielleicht hättest du ihn ja gekannt, wenn er bei den *Simpsons* vorgekommen wäre. Wie auch immer, belästige Gwen bitte nicht. In der modernen Zeit ist es schon schwer genug, eine Frau und Inhaberin eines kleinen Geschäfts zu sein. Du kannst dir vielleicht vorstellen, wie es dann hier ist.«

Sie waren nun an der Tür von Gwens Schneiderei angelangt. Das Einzige, das sie von all den anderen einstöckigen Steingebäuden unterschied, war ein kleines Holzbrett neben der Tür, auf das in weiblichen, dekorativen Schnörkeln eine Nadel und ein Faden gemalt worden waren. Phillip ging als Erster hinein, Martin folgte ihm.

Als Phillip »Gwens Laden« erwähnt hatte, hatte Martin sich einen Laden vorgestellt, wie er ihn aus seiner Zeit kannte. Mit einer Kundentheke und einer gewissen Geschäftseinrichtung und vielleicht dem mittelalterlichen Äquivalent einer Registrierkasse. Stattdessen aber sah er eine Werkstatt voller Stoffballen und Kleidungsstücken in verschiedenen Herstellungsstadien. An der Vorderseite der Hütte gab es zwei kleine Fenster, wie bei den meisten Gebäuden in Leadchurch. Hütten, die aus angehäuften Steinen und toten Pflanzen hergestellt worden waren.

In der Ecke stand ein Arbeitstisch. Darauf lagen unzählige Stoffstücke. Zwei davon waren mit einem Faden zum Teil zusammengenäht worden, den man in der heutigen Zeit als feinen Zwirn bezeichnen würde.

Gwen sprach gerade mit einem Bauern, der einen kleinen Stapel gefalteter Kleidungsstücke auf dem Arm hatte. Martin war sich sofort absolut sicher, dass dies ein Bauer war, denn der Mann war kräftig gebaut, ohne dabei schwabbelig zu sein. Seine Kleidung war momentan sauber, aber eindeutig schon viele Male schmutzig geworden. Er sah klug aus, sprach aber so, als ob jeder annahm, er wäre dumm.

Mann, dachte Martin, *man könnte ihn auch Mr. Bauer nennen.*

»Ma'am, Sie machen die beste Kleidung, die ich je hatte«, sagte der Bauer. »Darum nehme ich auch den weiten Weg in die Stadt so oft auf mich. Aber die Kleidung, die Sie machen, dehnt sich nach einiger Zeit immer aus und ich denke nicht, dass es unverschämt ist, Sie darum zu bitten, einen engeren Saum an Ihre eigene Handarbeit anzubringen, und zwar mit einem Preisnachlass.«

Gwen trug denselben anthrazitfarbenen Umhang mit Kapuze, den sie auch schon in der Nacht zuvor getragen hatte, aber jetzt konnte Martin sehen, dass er sich vorne öffnen ließ. Das hieß, der Umhang war eher so etwas wie ein übergroßer Kapuzenpulli in der Länge eines Trenchcoats. Die Kapuze hatte sie hier drinnen natürlich von ihrem Kopf gezogen. Sie baumelte nun an ihrem Rücken hinab. Unter dem Umhang trug sie ein lilafarbenes Kleid und ihre zierlichen schwarzen Lederstiefel. Sie blickte neugierig zur Tür, als Phillip und Martin hereinkamen.

Ein warmes Lächeln erschien auf ihrem Gesicht, als sie Phillip sah. Es kühlte aber ein wenig ab, als sie Martin erblickte. Achselzuckend nahm sie dem Mann den Stapel ab. »Sam, du bist ein guter Kunde und ein ehrlicher Mann, darum werde ich dir die Sachen dieses Mal kostenlos enger machen, aber das ist guter, schwerer Stoff und ich verspreche dir, er dehnt sich nicht mit der Zeit aus.«

Der Mann zeigte auf das untere Ende seiner mattbraunen Tunika. Sie war ein wenig lang, genau so wie die Ärmel. »Wie können Sie sich dann das erklären?«, fragte er.

Gwen schien ratlos zu sein.

Phillip sagte: »Ich habe mir schon oft gedacht, dass die meisten Herrenhemden in dieser Stadt etwas kürzer und lockerer fallen würden, wenn Gwen jemand anders einstellen könnte, der Maß nimmt. Jemanden, den die Männer nicht mit ihrer straffen Körperhaltung und einem flachen Bauch beeindrucken wollen.« Dann fügte er hinzu: »Guten Morgen, Gwen. Hallo Sam.«

»Guten Morgen, Phillip«, entgegnete Gwen. »Guten Morgen, Martin. Wie fühlst du dich heute? Großartig will ich doch hoffen.«

Sam schaute Martin erstaunt an. »Ist das etwa der böse Zauberer, den du letzte Nacht besiegt hast, Phillip? Ich habe gehört, dass du ihn getötet hast und sein Körper jetzt nur noch aus Staub bestehen würde.«

Phillip erklärte ihm daraufhin, dass er den Staub in eine reinere, weniger böse Version von Martin rekonstruiert hat, so als würde man Maische zu Schnaps destillieren. Das verstand Sam sofort. Er dankte Gwen und erwähnte, dass er jetzt zum Schuster gehen würde, weil seine Stiefel ihm ebenfalls Unwohlsein bereiten würden. Dann ging er.

Sobald Sam weg war, sagte Martin zu Phillip und Gwen: »Ich könnte es letzte Nacht vielleicht etwas übertrieben haben.«

»Nein«, antwortete Gwen. »Es war wirklich sehr beeindruckend. Ich bin mir sicher, man muss ein wirklich mächtiger Zauberer sein, damit der Flugzauber auch weiterhin anhält, obwohl man bewusstlos geschlagen wurde.«

»Ja, das stimmt. Aber ich möchte mich trotzdem für mein Benehmen entschuldigen. Ich habe mich dumm verhalten. Danke, dass du mich mit in die Stadt genommen und dabei geholfen hast, als Phillip mich zurückgeholt hat.«

Ihr Lächeln wurde wieder wärmer. »Sehr gern geschehen, Martin. Wir machen schließlich alle mal Fehler.«

»Vielleicht kann ich es ja wieder gut machen, indem ich dich irgendwann mal zum Abendessen einlade?«, wagte Martin, zu fragen.

Ihr Lächeln wurde sofort wieder kühler. »Eher nicht. Was führt dich hierher, Phillip?«

»Martin wird ab sofort mein Lehrling sein, solange er durchhält. Er braucht deshalb eine ordentliche Robe und einen Hut.«

Sie stand auf und nahm ihren Zollstock vom Arbeitstisch. »Das ist gut. Denn das Ding, das du letzte Nacht getragen hast, hat dir wirklich keinen Gefallen getan.« Die nächsten paar Minuten verbrachte sie damit, den Stock an diverse Körperteile zu halten und vor sich hin zu murmeln. Schließlich stand sie wieder auf und wandte sich an Phillip: »Zaubererroben und Hüte sind ziemlich einfach. Damit werde ich in ein oder zwei Wochen fertig sein. Ihr müsst aber in ein paar Tagen wiederkommen, damit ich die Sachen noch einmal grob anpassen kann. Was für eine Farbe und welchen Stoff hättest du denn gerne?«

Martin hob zaghaft seine Hand. »Es ist doch meine Robe. Solltest du das deshalb nicht eher mich fragen?«

»Was für eine Farbe und welcher Stoff?«, fragte sie Phillip abermals.

»Was auch immer du magst, Gwen. Wir vertrauen dir da voll und ganz«, erwiderte Phillip. Gwen lächelte auf eine Art, die in Martin den Wunsch weckte, Phillip zu widersprechen.

Während sie noch ein paar letzte Messungen vornahm, indem sie ihren Maßstab anlegte und ihn manchmal auch ganz zufällig in Martins Körperteile stieß, fragte er: »Warum hast du mir eigentlich letzte Nacht gesagt, dass Zauberer im Zölibat leben müssen?«

»Ich habe nicht gesagt, dass sie das müssen. Ich habe nur gesagt, dass sie es tun«, meinte sie, ohne aufzuschauen. »Zölibat ist Zölibat, ob es mit Absicht ist oder nicht.«

Ein paar Minuten später waren Phillip und Martin wieder zurück auf der Straße und liefen an den Stadtbewohnern vorbei, die alle ihren Geschäften nachgingen.

»Hör mal«, sagte Phillip, »ich verzeihe dir, weil ich mich noch gut daran erinnern kann, wie ich in deinem Alter so war. Dass du Interesse an Gwen hast, bedeutet, dass du Geschmack hast, aber ich meine es wirklich ernst. Von jetzt an wirst du es lassen, wenn ich dir sage, dass du etwas lassen sollst. Und das schließt mit ein, Gwen anzubaggern. Wenn du mein Lehrling sein willst, bedeutet das, dass ich dein Meister bin und ich muss darauf vertrauen können, dass du jederzeit tust, was ich dir sage.«

»Du hast ja recht. Es tut mir sehr leid. Ich habe einfach nicht nachgedacht.«

»Gut. Ich bin froh, dass du das sagst, denn nachdem ich dich weniger als einen Tag lang beobachtet habe, bin ich jetzt so weit, dir als dein Meister den ersten Befehl zu erteilen.«

Martin bereitete sich innerlich darauf vor. »Ich bin bereit.«

»Okay. Lehrling, ich befehle dir ab sofort zu … *denken*! Ein Mann der Tat zu sein ist natürlich in Ordnung, aber du musst auch nachdenken, bevor du handelst.«

»Das ist …«

Phillip hob die Hand. »Stopp! Hast du jetzt zuerst darüber nachgedacht, was du sagen willst?«

»Nein.«

»Dann nimm dir einen Moment Zeit. Denk darüber nach, warum du auf meinem stets guten Willen herumreitest und wie ich wahrscheinlich auf die Worte reagieren werde, die du gleich aus deinem Mund fallen lassen wirst, wie verdorbenen Käse, der schon zum Teil durchgekaut worden ist.«

Einen Moment lang standen sie schweigend da, während die Fußgänger an ihnen vorbeizogen. Schließlich brach Phillip das Schweigen und sagte: »Hast du jetzt darüber nachgedacht?«

»Ja, das habe ich.«

»Hast du immer noch die Absicht zu sagen, was auch immer es war?«

»Nein.«

»Ausgezeichnet! Das gefällt mir, Lehrling! Gut gemacht! Ich freue mich über all die wunderbaren Dinge, die du in der Zukunft *nicht* mehr sagen wirst! Weißt du, je weniger, du redest, desto mehr nehmen die Menschen an, dass das, was du nicht sagst, von großer Bedeutung ist.«

Ein paar Minuten gingen sie schweigend weiter. Schließlich fragte Martin: »Also *Meister*. Wo gehen wir denn hin?«

»Marty, du musst mich nicht Meister nennen.«

»In Ordnung.«

»Ein einfaches *Sir* genügt voll und ganz.«

Martin dachte darüber nach und beschloss, nicht zu antworten. Darum war Phillip hocherfreut.

»Wir gehen jetzt zu meinem Laden. Du kannst zwar nicht wirklich etwas tun, bis du nicht ordentlich ausgestattet bist, aber du wirst mir einfach für den Rest des Tages beim Arbeiten zusehen.«

Martin dachte einen Moment lang darüber nach, dann sagte er: »Ich wusste nicht, dass du einen Laden hast.« Und nach einem weiteren Moment: »Und dass du Arbeit hast.«

»Die Geheimnisse unseres Berufes werden wir noch bis ins Detail besprechen, wenn wir an meinem Laden angekommen sind. Denk immer daran, dass nicht alles im Leben eines Zauberers so ist, wie es auf den ersten Blick scheint.«

Martin entschied, dass er sich für den Moment erst einmal damit zufriedengeben musste. Während sie weiter schlenderten, wies Phillip ihn auf die wichtigsten Sehenswürdigkeiten von Leadchurch hin. Der Schmied. Die Bäckerei. Der Metzger. Die Kirche musste er natürlich nicht erwähnen. Sie sah aus wie jede andere mittelgroße, gotische Kathedrale. Der einzige Unterschied war, dass sie komplett mit Blei überzogen war. Sie beobachteten kurz, wie ein paar Pilger andächtig die Kirche berührten und dann weggingen, erstaunt darüber, wie schmutzig ihre Hände nun plötzlich waren.

»Die eigentliche Show ist immer mittags«, sagte Phillip. »Bischof Galbraith kommt dann heraus und versucht einen Magnet an der Seite der Kirche anzubringen. Er hält natürlich nie.«

»Und was soll das beweisen?«

»Dass die Kirche mit Blei überzogen ist.«

»Aber das kann doch auf den ersten Blick jeder sehen. Und außerdem beweist das eigentlich gar nichts! Magneten halten doch schließlich auch nicht an einer normalen Kirche. Das bedeutet doch nicht automatisch, dass sie mit Blei überzogen ist.«

»Das stimmt, aber die Kirche hier in Leadchurch unterscheidet sich auf eine sehr wichtige Art und Weise von anderen Kirchen.«

»Und die wäre?«

»Sie ist mit Blei überzogen! Siehst du, der Glaube macht nicht immer Sinn. Denn wenn er es täte, wäre es kein Glaube, sondern Logik. Für uns als Zauberer ist der Glaube nebenbei bemerkt das wichtigste Werkzeug.«

Kurz, nachdem sie um die Ecke gebogen waren, kamen sie zu Phillips Laden. Es war ein zweistöckiges Gebäude aus Holz und Stein, das an einem steilen Hang stand. Das erweckte den Eindruck, als sei es mitten in den Hang hinein gebaut worden. Es hatte ein Strohdach und auf einem Schild, das über der Tür hing, stand *Zauberer*. Auf einem kleineren an der Tür befand sich die Aufschrift *geschlossen*.«

»Warum lebst du denn nicht direkt hier?«, fragte Martin, während sie sich dem Geschäft näherten.

»Dafür gibt es verschiedene Gründe«, war Phillips Antwort, während er die Tür öffnete und eintrat. Martin folgte ihm. Der vordere Raum des Ladens war klein und hatte eine niedrige Decke. Er war vollgestopft mit sonderbar aussehendem Schnickschnack. Da gab es Statuen, Schüsseln, Gefäße mit Flüssigkeiten, Gefäße mit Puder und glitzernde Steine. In einer Ecke standen ein kleiner Schreibtisch und einige Regale. Die Regale selbst sahen aus wie ein überdimensionales Gewürzbord, aber neben den Gewürzen gab es auch einige lebende Pflanzen und ein paar tote, getrocknete Tiere. Auf dem Tisch befanden sich ein Mörser und ein Stößel. In der anderen hinteren Ecke erspähte er einen Durchgang, der mit einem Vorhang abgetrennt war.

Phillip schloss die Tür hinter ihnen und zündete zuerst einmal eine Öllampe an. »Jetzt können wir frei reden. Ich werde versuchen, deine Fragen so gut ich kann zu beantworten. Wenn ich etwas vergesse, erinnere mich bitte daran.«

Phillip stand in der Mitte des Zimmers und breitete seine Arme aus. »All das ist nur Requisite. Die meisten Sachen davon habe ich in der Gosse gefunden. Die einzige Macht, die etwas in diesem Zimmer hat, ist die Macht die Leute zu verwirren. Wie du letzte Nacht gelernt hast, reicht es nicht aus, einfach so aufzutauchen, zu behaupten, dass man ein Zauberer ist und dann um Essen zu betteln. Die Leute müssen denken, dass du deinen eigenen Lebensunterhalt verdienst. Solange die Menschen sicher sind, dass du etwas tust, machen sie sich keine Gedanken darüber, was es überhaupt ist. Aus Showzwecken trete ich gelegentlich auf. Hin und wieder erscheine ich einfach so aus dem Nichts, nur um die Leute daran zu erinnern, wer ich bin.«

»Also musst du gar nicht arbeiten?«

»Nicht mehr als ein Bühnenmagier, der den Stab schwingt und *Abrakadabra* sagt.«

»Welche Art von Arbeit machst du dann?«

»Das wirst du schon noch sehen. Im Laufe des Tages habe ich noch einen Termin. Aber lass uns zuerst den Rundgang beenden.«

Phillip schob nun den Vorhang beiseite, der den nächsten Raum abtrennte und bedeutete Martin, ihm zu folgen.

In dem zweiten Zimmer war es stockdunkel. Dicker, dunkler Stoff hing von den Wänden herab. Auf dem Stoff waren plumpe Markierungen und Symbole, die offenbar mit den Fingern darauf gemalt worden waren. Für die Menschen in dieser Zeit mussten sie allerdings ziemlich mysteriös aussehen.

Martin erkannte viele von ihnen spontan wieder. Das Prisma vom *Dark Side of the Moon* Cover, *Icarus* von dem

Album-Cover von *Led Zeppelin* und das *Van Halen* Logo waren ihm alle sofort vertraut. An der hinteren Seite des Zimmers befand sich noch eine weitere Tür, die teilweise durch Vorhänge verdeckt worden war. In der Mitte des Raums lag die typische Kristallkugel auf einem Tisch, nur dass diese Kugel zum Teil in das Holz eingelassen worden zu sein schien. Ein Tuch bedeckte den Tisch und reichte bis zum Boden herab. »Ziemlich gut, was?«, fragte Phillip stolz.

»Ja. Ich wette, das ist ziemlich überzeugend«, antwortete Martin.

Phillip nickte bestätigend. »Den besten Teil hast du aber noch gar nicht gesehen.« Er ging zur anderen Seite des Tisches und setzte sich hin. Er war nun nur noch in dem schwachen Licht zu sehen, das an den Rändern der Vorhänge hereinfiel. Jetzt ertönte ein hörbares Klicken und plötzlich erschien blaues Licht aus der Kristallkugel, das Phillips Gesicht von unten beleuchtete und es extrem unheimlich erscheinen ließ. Das Licht pulsierte und flackerte außerdem unregelmäßig.

»Das ist wirklich cool.«

»Du weißt ja noch nicht mal die Hälfte. Komm, schau es dir mal von dieser Seite aus an.« Martin ging vorsichtig um den Tisch herum, bis er hinter Phillip stand. Er blickte in die Kristallkugel hinein und jetzt sah er, durch das Glas verzerrt, ein blaues Licht und weiße Buchstaben. Dort stand:

```
**** COMMODORE 64 BASIC V2 ****

64K RAM SYSTEM 38911 BASIC BYTES FREE

READY
```

Martin lachte laut auf. Phillip lächelte ebenfalls breit und zog das Tischtuch ganz beiseite. Darunter war ein Commodore 64 auf einer Ablage angebracht worden. Das Licht für die Stromversorgung leuchtete rot. Daneben stand eine Kiste. Zwei kreisförmige Fortsätze ragten oben hervor und hielten den Hörer eines alten Wahltelefons. Gemeinsam lachten sie laut.

»Warte. Den besten Teil hast du noch gar nicht gesehen! Geh zurück auf die andere Seite und setz dich hin.«

Martin saß auf dem, was wahrscheinlich der Sitzplatz für die Kunden war. Phillips Gesicht, die Kristallkugel und die handgemalten Glyphen waren das Einzige, was seine an die Dunkelheit angepassten Augen nun ausmachen konnten.

Phillip hielt kurz inne und sagte dann: »Jetzt sieh genau zu, wie ich die Dämonen beschwöre!« Er senkte den Blick. Dann ertönte ein leises, klickendes Geräusch. Martin erkannte, dass es sich dabei um eine Tastatur handeln musste. Dann erklang ein entferntes, schrecklich kreischendes Geräusch, gefolgt von etwas, das sich wie das ferne Läuten einer schrecklichen Glocke anhörte. Anschließend vernahm er den knurrenden Schrei tausender verdammter Seelen. Das Geräusch ließ langsam nach und die Kristallkugel pulsierte noch einen Moment lang blau und weiß, bis sie schließlich in ein strahlend weißes Licht überging.

Phillip schaute von der Kristallkugel hoch. »Jetzt bin ich mit *CompuServe* verbunden!«

Als sie aufhörten zu lachen, schüttelte Martin seinen Kopf. »Ich kann nicht glauben, dass du das Zeug hier lässt und dann woanders lebst. Ich würde den Computer rund um die Uhr bewachen wollen.«

»Ich habe einen guten Grund dafür, in einer gewissen Entfernung zu meiner Arbeit zu wohnen.«

»Und der wäre?«

»Dass es eigentlich keine wirkliche Arbeit gibt. Unsere Hauptaufgabe als Zauberer ist es, die Menschen davon zu überzeugen, dass wir die ganze Zeit wichtige und äußerst mysteriöse Dinge tun. Das ist nicht allzu schwer, aber der Nachteil ist … wenn die Menschen nicht wissen, was du wirklich tust, dann wissen sie auch nicht, was du nicht tust. Wenn ich das Schild an meiner Tür umdrehen würde, damit dort *geöffnet* steht, würden innerhalb von zwanzig Minuten lauter dämliche Mistsieber hier hereinkommen und mich fragen, ob ich vielleicht auf magische Art und Weise ihren Mist sieben könnte. Aber auch ohne dass ich das Schild umdrehe, würde bald jemand kommen und an meine Tür klopfen, weil man uns Hereingehen gesehen hat. Das verspreche ich dir. Und das Letzte, was ich will, ist, dass die Leute den Eindruck bekommen, sie könnten mich Tag und Nacht hier aufsuchen, um mal eben all ihre Probleme wegzaubern zu lassen. Deshalb müssen sie wissen, dass ich, wenn ich zu Hause bin, nicht bei der Arbeit bin und dass ich, wenn ich auf der Arbeit bin, viel wichtigere Dinge zu erledigen habe.«

»Also ist unsere Hauptaufgabe, beschäftigt auszusehen?«

»Ja und manchmal ist das anstrengender als tatsächlich beschäftigt, zu sein.«

»Ist es aber dennoch wirklich ratsam, den Computer hier stehen zu …«

»Du solltest dir angewöhnen es *das Orakel* zu nennen oder *das allsehende Auge*, alles, nur nicht *Computer*. Denn damit würdest du die Menschen nur verwirren.«

»Und ihn mit irgendwelchem Kauderwelsch zu bezeichnen nicht?«

»Oh doch. Das wird es auch, aber auf die Art, wie wir es wollen.«

»In Ordnung. Willst du denn *die Quelle mystischer Weisheit* wirklich einfach ungeschützt hier herumstehen lassen?«

Phillip nickte weise. »Martin, siehst du diese Tür hinter mir?«

»Ja.«

»Geh mal hindurch.«

Martin witterte eine Falle. Vorsichtig ging er um den Tisch herum zur Tür. Phillip drehte sich auf seinem Stuhl herum, damit er ihn genau beobachten konnte. Martin streckte nun ebenfalls vorsichtig die Hand aus, um die Tür zu öffnen. Seine Finger waren kurz davor, das Stück Seil zu berühren, das zu dieser Zeit einen Türgriff darstellte, doch dann ging es auf einmal nicht mehr weiter. Seine Hand konnte die Tür einfach nicht greifen. Es wirkte so, als würde ihn eine unsichtbare Scheibe aus bruchsicherem Glas zurückhalten. Er erkundete aufmerksam alles mit seinen Händen. Die Barriere bedeckte die Tür vollständig.

»Wenn wir es jemals leid sind, Zauberer zu sein, könnten wir als Pantomime richtig gut Geld verdienen, nicht wahr?«, sagte Phillip grinsend und stand auf. Sanft schob er Martin beiseite, öffnete die Tür und ging hindurch. Martin versuchte, ihm zu folgen, konnte es aber nicht. Phillip kam wieder zurück. Als er durch die Tür schritt, konnte Martin erkennen, dass hinter ihm eine Treppe nach oben führte. Phillip schaltete den Commodore 64 aus. Die Kristallkugel wurde dunkel. Danach ging er wieder zurück in den Hauptgeschäftsraum.

»Wenn ich nicht hier bin, kann überhaupt niemand in den Laden gelangen. Um ehrlich zu sein, hoffe ich, dass es endlich irgendjemand mal versucht. Das würde dem Ganzen noch mehr Geheimnisvolles geben. Wenn ich hier bin, können allerdings so viele Leute in das Geschäft oder das Zimmer mit der Kristallkugel kommen, wie hineinpassen.«

»Kann ich auch Kraftfelder wie dieses erzeugen?«, fragte Martin mit weit aufgerissenen Augen.

»Du wirst dazu fähig sein, wenn du die Prüfungen bestanden hast.«

»Wie viele Leute können denn im Moment nach oben gehen?«

»Nur ich.«

»Warum? Was ist denn dort oben?«

»Gar nichts.«

»Nein, im Ernst. Was ist da oben?«

Auf Phillips Gesicht war jetzt nicht mehr die Spur eines Lächelns zu sehen. »Oh, *im Ernst?* Du fragst mich *ernsthaft*, was da oben ist? Dann werde ich es dir erzählen. Da oben ist nichts. *Im Ernst!*«

»Nichts, oder nichts von dem du mir erzählen willst?«

»Aus deiner Sicht ist das vollkommen dasselbe. Nun, wenn du fertig bist, unsere Zeit wegen nichts zu verschwenden, haben wir noch einiges zu tun.«

»Du hast doch gesagt, dass wir nicht wirklich arbeiten müssen.«

»Nein: Ich habe gesagt, dass wir daran arbeiten, beschäftigt auszusehen. Man muss jeden Tag etwas tun. Vorzugsweise etwas Einfaches, aus dem man dann eine große Sache machen kann.« Phillip sorgte dafür, dass sein taubenblauer Spitzhut fest auf seinem Kopf saß, dann ergriff er seinen Stab. Plötzlich ertönte ein Klopfen an der Tür. »Ach, ich behalte aber auch immer recht. Irgendjemand taucht stets genau dann auf, wenn man gerade gehen will. Bist du bereit?«

Martin musterte sich selbst. »Ich denke nicht.«

»Perfekt! Du bist ein Lehrling. Du darfst ruhig verwirrt aussehen. Folge einfach meinem Beispiel«, meinte Phillip und stieß die Tür auf.

Ein kleiner, schmutziger Mann stand davor und bereitete sich gerade darauf vor, abermals zu klopfen. Phillip stürzte praktisch auf ihn. »Oh, tut mir leid, Hubert. Ich bin gerade unheimlich in Eile!«

Der Mann hielt die schmutzigsten Hände hoch, die Martin jemals gesehen hatte, und flehte Phillip an: »Bitte, Sir. Es geht um den Mist.«

»Ich weiß! Sieh mal, Hubert. Wir hatten das alles doch schon einmal. Ich kann meine Kräfte nicht dafür nutzen, um den Mist für dich zu sieben. Es warten schließlich noch andere wichtige Dinge auf mich.«

»Aber Meisterzauberer, der Mist …«

»Ja, davon hast du mir bereits ausgiebig erzählt. In Zukunft wirst du daran denken müssen, die Zähigkeit des Mists zu überprüfen, bevor du den Auftrag annimmst, ihn zu sieben.«

Hubert sah verloren aus. »Zähigkeit?«

»Ja, du weißt schon. Es ist so … du bist schon dein ganzes Leben in diesem Geschäft. Welches Wort würdest du denn benutzen, um zu beschreiben wie einfach oder schwer es ist, einen Haufen Mist zu sieben?«

»Ach, du meinst die *Rieselfähigkeit*.«

»Ja, ich vermute schon. Ich muss jetzt leider gehen, Hubert. Mein Lehrling und ich müssen dabei helfen, ein uraltes Übel in Schach zu halten.«

Hubert wandte sich nun zu Martin. »Oh, Mr. Phillip hat einen Lehrling!« Er machte Anstalten Martin die Hand zu geben. Martin seinerseits hatte noch nie in seinem Leben so sehr den Drang verspürt, jemandem *nicht* die Hand zu geben. Er zog es eher in Betracht sich zu verbeugen, aber dadurch käme sein Gesicht nur noch näher an die Hand heran. Der Mann hatte ihn so durcheinandergebracht, dass er das Erste sagte, was ihm nun in den Sinn kam.

»Siebst du wirklich beruflich Mist?«, fragte Martin.

»Oh ja, diese Arbeit wurde von meinem Vater an mich weitergegeben«, antwortete Hubert.

»Du musst ihn wirklich hassen.«

»Oh ja, sehr!«

Phillip brummte laut genug, dass jeder es hören konnte. »Komm, Lehrling. Wir müssen uns jetzt dringend um das uralte Übel kümmern!«

Hubert meinte: »Das sagtet ihr bereits.«

Phillip packte Martins Hand und antwortete: »Man kann es eben nicht oft genug sagen.« Er wies mit dem Stab in Richtung Himmel. Als wären sie abgeschossen worden, verließen Phillip und Martin auf einmal den Boden und segelten über die Dächer hinweg.

»Müssen wir wirklich Händchen halten?«, fragte Martin pikiert.

»Oh Mann, werd endlich erwachsen!«

Kapitel 13

Sobald sich der Schock, tatsächlich zu fliegen und dabei mit einem anderen erwachsenen Mann Händchen zu halten, etwas gelegt hatte, genoss Martin es wirklich, durch die Luft zu gleiten. Es war viel sanfter als sein rudimentäres Schwebeprogramm. Sie sausten über die Dächer, bis sie schließlich den Stadtrand erreichten, und nun segelten sie etwa sechs Meter über den Baumwipfeln des Waldes.

Martin folgte Phillip in einer Haltung, die suggerierte, dass er zwar an der Hand hing, aber in Wirklichkeit sein Gewicht überhaupt nicht fühlte. Ein leichter Luftwiderstand drückte ihn zurück, aber trotzdem konnte er sich gut festhalten. Es bestand keinerlei Gefahr, dass sein Griff sich lockerte. Phillip hielt Martin mit der linken Hand fest. Seine Rechte hatte er nach vorne ausgestreckt. Er hielt seinen Stab mittig fest und hatte ihn horizontal gedreht, so als wären die beiden Stabhälften Flügel. Martin beobachtete ihn interessiert und ihm wurde klar, dass Phillip ihren Flug steuerte, indem er den Stab hin und her kippte.

»Schneller können wir nicht fliegen?«

»Wir könnten noch viel schneller fliegen, aber wenn man über fünfundfünfzig Kilometer die Stunde kommt, wird der Wind doch recht unangenehm. Außerdem fliegen wir ja nicht weit.«

Den Rest des Flugs verbrachten sie schweigend. Bevor Martin in die Ausbildung eingewilligt hatte, hatte er eine kurze Kostprobe von dem gesehen, was Phillip konnte und natürlich war er seitdem überhaupt nicht mehr daran interessiert in seine Zeit zurückzukehren, um sich dort mit der kleinen

Armee von Bundesagenten herumzuschlagen, die mittlerweile rund um das Haus seiner Eltern versammelt waren. Aber das, was er nun hier erlebte, war das Erste, weshalb er die Ausbildung wirklich *wollte*. Er fragte sich, wie lange es wohl dauern würde, bis er so weit war, fliegen zu lernen, und welche anderen Dinge er wohl außerdem noch lernen würde.

Die Bäume wichen nun einem Flickwerk kleiner Bauernhöfe, die sich vor ihnen ausbreiteten. Sie bogen nach links ab und verloren dabei etwas an Höhe, dann landeten sie sanft neben einer heruntergekommenen Steinhütte mit einem wirr aussehenden Strohdach.

»Also gut«, meinte Phillip und richtete seine Robe, »sag kein Wort. Folge einfach nur meinem Beispiel und tu, was ich dir sage. Das hier wird nicht lange dauern.«

Phillip klopfte an die Tür. Von drinnen hörte man lautes Rufen. Eine Katze fauchte und Gegenstände schienen zu Boden zu fallen. Nach und nach wurden die Geräusche immer lauter. Schließlich öffnete sich die Tür und eine alte Frau kam zum Vorschein. Sie war klein und ziemlich dünn, sah aber nicht zerbrechlich aus. Sie schien förmlich aus Draht und Dörrfleisch zu bestehen. Ihr Kleid hatte die Farbe von Schlamm und sie war barfuß. Eine Katze saß auf ihrer Schulter und nutzte jede ihrer Krallen, um dortzubleiben, während sie pausenlos fauchte.

»Hallo, Abigail. Wie geht es dir heute?«, fragte Phillip langsam und sprach dabei sehr laut. Außerdem lächelte er wie ein Gebrauchtwagenhändler. Ihre Antwort war ebenfalls laut und bestand hauptsächlich aus Vokallauten.

»Ich verstehe«, sagte Phillip. »Mir wurde gesagt, dass du meine Dienste benötigst.« Sie nickte und gab noch mehr Vokallaute von sich, die von Speichelspritzern unterstrichen wurden. Die Katze fauchte zustimmend.

»Wieder mal deine Ziege nehme ich an?«

Dieses Mal schrie sie die Vokale in einer höheren Lautstärke und der Speichel flog noch energischer. Sie gestikulierte wild und ruderte dabei mit den Armen, während die fauchende Katze verzweifelt versuchte, sich auf ihrer Schulter zu halten.

»Natürlich, ich helfe dir doch gerne. Ich sage dir dann Bescheid, wenn ich fertig bin«, antwortete Phillip. Sie nickte, die Katze fauchte und die alte Frau schloss die Tür. Phillip wandte sich nun wieder Martin zu. »Das Schlimmste ist vorbei. Folge mir.«

Phillip ging jetzt zur Rückseite des Hauses. Dort waren zwei Stücke Land von groben Holzzäunen umgeben; ein Tor verband die beiden Gehege miteinander. Das Tor war geöffnet und in einem Gehege war eine Ziege zu sehen. Sie stand still da und starrte Phillip und Martin an.

»Was jetzt?«, fragte Martin.

»Jetzt bringen wir die Ziege einfach dazu, in das andere Gehege zu gehen. Normalerweise macht die Ziege das selbst, aber ab und an weigert sie sich und Miss Abigail schickt dann einen ihrer Nachbarn in die Stadt, damit er mich holt. Mir wurde gestern gesagt, dass ich gebraucht werde. Also sind wir hier.«

Martin schüttelte den Kopf. »Also, als du sagtest, wir würden ein uraltes Übel in Schach halten, meintest du in Wirklichkeit, dass wir nur eine harmlose Ziege in ein anderes Gehege bringen?«

»Nein, ich meinte damit, dass wir tun werden, was Miss Abigail verlangt hat, damit sie nicht in die Stadt kommt, um mich selbst zu holen.«

»Wie werden die Stadtbewohner denn reagieren, wenn sie erfahren, dass Miss Abigail das uralte Übel ist?«

»Sie kennen Miss Abigail. Ich erwarte also, dass sie mir danken werden. Also, an die Arbeit. Marty, wie würdest du die Ziege in das andere Gehege bringen?«

»Nun, wir könnten einfach reingehen und sie schieben. Könnte doch sein, dass schon der Versuch alleine sie so sehr erschreckt, dass sie in das andere Gehege flüchtet.«

»Ja schon, aber ich vermute doch stark, dass Miss Abigail das schon versucht hat. Nein, sie hat nach einem Zauberer geschickt. Darum müssen wir dafür sorgen, dass wir die Ziege so bewegen, wie es von einem Zauberer erwartet wird.«

Phillip hielt daraufhin seinen Stab mit der einen Hand in die Höhe und deutete mit der anderen auf die Ziege. Mit einer tiefen, dröhnenden Stimme rief er: »Levi objekto!« Langsam hob er die Hand und die Ziege hob ebenfalls ab. Sie war perfekt auf seine Hand ausgerichtet. Sanft bewegte Phillip nun seinen Arm. Er wanderte jetzt vom Luftraum des einen Geheges zum Luftraum des anderen Geheges und so ließ er die Ziege langsam hin und her schweben. Es wäre ein fast majestätischer Anblick gewesen, wenn die Ziege nicht so wild mit den Beinen gezappelt und aus voller Kehle gemeckert hätte. Phillip fing an, die schreiende und sich windende Ziege wieder herunterzulassen. Dann hielt er plötzlich inne.

»Martin würdest du bitte das Tor schließen? Denn wenn ich sie runterlasse, und das Tor immer noch offen steht, wird sie sofort wieder in das andere Gehege zurücklaufen.«

Martin kletterte also brav über den Zaun, während er die schwebende Ziege im Auge behielt. Es war einfach beeindruckend, wie laut und anhaltend eine Ziege meckern konnte. Während er das Tor zuzog, einen Henkersknoten ins Seil machte und das Tor verschloss, hörte er Phillip lachen und das Meckern wurde noch ein Stück lauter. Neugierig drehte sich Martin um und sah, wie die Ziege hinter ihm auftauchte. Ein wirbelnder Tornado aus Hufen und Zähnen. Martin flüchtete und die fliegende, mörderische Ziege folgte ihm scheinbar ganz gegen ihren Willen. Martin begriff nun, dass Phillip die Ziege dazu nutzte, ihm im Gehege herumzujagen.

Martin schrie wütend: »Alter! Das ist so was von uncool«, während er über den Zaun hechtete. Phillip ließ daraufhin die Ziege so sanft hinunter, wie er nur konnte, aber es war äußerst schwer, weil er die ganze Zeit lachen musste. »Ich schätze es wirklich nicht, so behandelt zu werden«, sagte Martin schnippisch.

»Ist schon in Ordnung. Ich schätze es dafür genug für uns beide.«

Martin schüttelte den Kopf. »Ich weiß nicht, Mann. Die Ziege schien das nicht zu mögen.«

»Du wolltest hineingehen und sie per Hand *rüberschieben*. Wäre das für die Ziege etwa spaßiger gewesen? Oder für dich?«

Martin gab in dem Punkt widerwillig nach.

Phillip ging nun zurück zur Vordertür der Hütte und klopfte. Ein entfernter, abweisend klingender Schrei war zu hören sowie ein Fauchen. Phillip brüllte deshalb nur einen Abschiedsgruß durch die geschlossene Tür und schon waren sie wieder in der Luft. »Und was jetzt?«, schrie Martin gegen den Wind an, während sie über die Baumwipfel flogen.

Phillip brüllte zurück: »Für heute sind wir fertig mit der Arbeit. Jeder hat gesehen, dass wir uns wegen einer wichtigen Aufgabe auf den Weg gemacht haben. Miss Abigail kann den Leuten erzählen, dass wir ihre Ziege haben schweben lassen, falls sie irgendjemand wirklich versteht. Die Illusion wurde also aufrechterhalten. Wenn wir nicht gerade mit deiner Ausbildung beschäftigt wären, hätten wir jetzt also Zeit uns für den Rest des Tages freizunehmen.«

»Also fangen wir mit meiner Ausbildung an?«, fragte Martin und gab sich gar nicht erst die Mühe seine Aufregung zu verbergen.

»Ja«, antwortete Phillip, als er auf eine Lichtung zusteuerte, um dort zu landen. »Schritt eins ist, dir einen Stab zu suchen.«

Fast eine Stunde verbrachten sie damit, im Unterholz herumzustochern und Ausschau nach einem abgebrochenen Ast zu halten, der groß, dick und gerade genug war. Das war wirklich mal eine angenehme Art den Tag zu verbringen und es ergab sich auch noch mühelos ein Gespräch dabei.

»Der Stab sollte an der Spitze vorzugsweise etwas dicker sein. Dann hättest du eine gute Stelle, an der du irgendein mysteriöses Objekt anbringen kannst«, erklärte Phillip, während er mit seinem Stab im Unterholz herumstocherte.

»Wie die Flasche mit dem roten Zeug, die du da hast. Ich wollte dich sowieso schon fragen, was es damit auf sich hat.«

Phillip packte seinen Stab und hielt ihn so, dass die Spitze und die verkorkte Flasche ganz nah an Martins Gesicht waren. »Wenn die Einheimischen mich fragen, was das ist, sage ich ihnen, es ist eine Phiole mit Drachenblut. Wenn du mich fragst, was das ist, müsste ich zugeben, dass es ein Fläschchen für Salatdressing ist, das ich in einem Kaufhaus gekauft habe, und das rote Zeug darin ist Tabasco.«

»Wirklich?«

»Wirklich. Wenn sie nicht glauben, dass es Drachenblut ist, ziehe ich den Korken heraus und lasse sie daran riechen. Das überzeugt sie in der Regel. Einmal hat man mich leider dabei erwischt, wie ich etwas davon auf mein Abendessen geträufelt habe. Ich dachte, das brächte mich in Schwierigkeiten, aber alle dachten nur, ich hätte Drachenblut gegessen. Also war es am Ende sogar noch gut für mein Image.«

Sie verstummten für eine Weile, bis Martin schließlich wieder anfing zu sprechen.

»Was kannst du mir über die Prüfungen sagen?«

»Nicht viel. Tut mir leid. Denn wenn ich dir erzählen würde, was die Prüfungen genau beinhalten, würdest du dich nur auf diese Teile der Ausbildung konzentrieren und es ist nie eine gute Idee, nur die Dinge zu lernen, die für einen Test wichtig sind. Alles, was ich dir sagen kann, ist, dass wir zu dem Vorsitzenden gehen werden, sobald du bereit bist. Es wird sogar ein Fest zu deinen Ehren geben. Alle Zauberer, die es schaffen zu kommen, werden ihm beiwohnen. Am nächsten Morgen wirst du dich dann den Prüfungen stellen. Wenn du sie bestehst, wird man dir vollen Zugriff auf unser Shell-Programm geben und du wirst fortan ein vollwertiger Zauberer sein.«

»Und wenn ich durchfalle, werde ich, ohne auf die Datei zugreifen zu können, in meine Zeit zurückgeschickt.«

»Ja, aber wenn du deine Aufmerksamkeit schon jetzt auf dein Versagen richtest, macht es dein Scheitern nur wahrscheinlicher. *Wenn* du es schaffst, wirst du über enorme Kräfte verfügen und kannst hingehen, wo immer du willst und fast alles tun, was du willst.«

»*Fast* alles?«

»Ja, wie ich bereits sagte, regulieren wir uns zwar auf eine Art selbst, aber es gibt bestimmte Dinge, die trotz allem tabu sind. Über all das reden wir aber später in Ruhe. Wir wollen ja nicht vorgreifen.«

Martin griff in einen Busch und zog nun einen Stab heraus, der ihm geeignet schien. »Was ist mit diesem hier?«

»Nicht gerade genug.«

Martin warf den Stock wieder zurück. »Wer ist denn der Vorsitzende?«

Martin dachte, Phillip hätte ihn vielleicht nicht gehört und war gerade im Begriff die Frage zu wiederholen, als Phillip antwortete: »Jimmy ist sein Name, aber die Einheimischen nennen ihn Merlin.«

Martin war wie vom Blitz getroffen. »Also gibt es wirklich einen Merlin?«

»Nein! Es gibt keinen Merlin! Es gibt eigentlich nur einen Jimmy, der die Datei zwei Jahre nach mir gefunden hat und zwei Wochen nach mir hier in dieser Zeit auftauchte. Ich war hergekommen und hatte herausgefunden, dass es die Legende um Artus und Merlin bereits gab. Also habe ich für mich einfach ein nettes, unauffälliges Leben in Leadchurch gewählt. Jimmy machte einen Abstecher nach London und wurde dort Hofmagier und Berater von König Stephen. Stephen hatte die Bretagne gerade an die Plantagenets verloren, daher hörte er bereitwillig auf Ratschläge. Irgendwann überzeugte Jimmy ihn, dass die Artuslegende eigentlich eine Prophezeiung war, und überredete ihn dazu, den Namen seines Sohnes, des Thronfolgers, in Artus zu ändern. Da der eigentliche Name des Kindes Eustace war, gab es von keinen Seiten Einwände. Dann hat Jimmy, um dem Ganzen die Krone aufzusetzen, den Namen von London in Camelot geändert.«

»Das kann er doch nicht einfach machen!«, rief Martin fassungslos.

»Nun, sag ihm das besser nicht, wenn du ihn siehst, denn dann wäre er sehr enttäuscht. Schließlich hat er es bereits vor neun Jahren getan.«

»Aber wir können die Vergangenheit doch nicht so massiv verändern!«

»Martin, wir können die Vergangenheit überhaupt nicht verändern. Theoretisch hat *alles*, was wir tun, einen Effekt. Es ist egal, ob es eine Nebensächlichkeit ist wie zum Beispiel ein Gespräch mit dem Schneider auf der Straße oder eine große Dummheit wie zum Beispiel einer Gaststätte voller Bauern das Wunder der Klarsichtfolie vorzustellen.«

Martin errötete daraufhin ein wenig. »Ja. Ich glaube, ich habe einfach nicht nachgedacht.«

»Ich weiß. Wir haben ja darüber gesprochen. Zum Glück denkst du ja jetzt immer vorher nach.«

»Und ich bin entsetzt.«

»Ja. Ich weiß.«

»Also Phillip, wie kriegen wir das wieder hin?«

»Was denn? Die Zeitachse? Das Raum-Zeit-Kontinuum? Krasse Logiklöcher, die man nicht füllen kann?«

»Ja. All diese Dinge!«

Phillip setzte sich auf einem praktisch platzierten Baumstamm. »Sie existieren nicht.« Er deutete auf eine Stelle neben sich auf dem Baumstamm. »Setz dich. Denn das ist ziemlich schwere Kost.«

Martin setzte sich pflichtschuldigst neben ihn.

»Du wusstest, dass Zeitreisen möglich waren. Das heißt, du hast es versucht. Das wiederum heißt, dass du bestimmt auch dich selbst getroffen hast.«

»Ja, das habe ich.«

»Du hast gedacht, du wärst größer. Stimmt's?«

»Ja.«

»Das ist nicht ohne Grund ein Klischee. Ich bin mir sicher, du hast ebenfalls herausgefunden, dass eine Ursache aus deiner Sicht immer eine Wirkung hat. Deshalb konntest du auch deine eigene Zukunft nicht durcheinanderbringen.«

»Ja. So ist das wohl mit der Zeitachse, was? Wir können nichts tun, um sie durcheinanderzubringen, da wir ja bereits alles getan haben. Richtig?«

»Es gibt zwei Antworten auf diese Frage. *Wir wissen es nicht* und *Nein, bestimmt nicht*. Da ist noch so viel, was wir nicht über die Datei wissen und darüber, wie die Dinge genau funktionieren. Die meisten Zauberer verbringen ihre Freizeit damit, mehr darüber herauszufinden, aber das kann zu einem Fulltime-Job werden, wenn man es zulässt.«

»Die meisten Zauberer?«

»Einige von uns haben auch noch andere Projekte.«

»Hast du das da oben in deinem Geschäft? Ein Projekt?«

»Ich habe dir gesagt, dass da oben nichts ist. Wechsele also nicht das Thema. Wie auch immer, als ich herkam, war ich äußerst vorsichtig. Ich wusste, dass meine Handlungen für die

Zeitachse scheinbar keinen Unterschied machten, aber ich wollte natürlich auch kein Risiko eingehen. Dann tauchte plötzlich Jimmy auf und fing an gewaltige Dinge einfach so zu ändern.«

»Und was ist passiert?«

»Abgesehen von einer gewaltigen Auseinandersetzung zwischen Jimmy und mir überhaupt nichts. Martin, nichts was wir tun, scheint irgendeinen Einfluss auf die Zukunft zu haben. In den letzten zehn Jahren hat das ganze Land London Camelot genannt. In allen offiziellen Meldungen und in allen Wirtschaftsbüchern steht nun Camelot. Wenn du in deine Zeit zurückgehst, wird Camelot trotzdem immer noch ein Mythos sein und London ist immer noch London.«

»Wie ist das nur möglich?«

»Wir wissen es einfach nicht. Manche denken, dass später vielleicht irgendetwas geschieht, dass all das aus der Geschichte löscht und wieder in Ordnung bringt. Was immer es ist, in der Zukunft ist es bereits geschehen. Darum sehen wir die korrigierte Realität, aber hier ist es noch nicht passiert, also dürfen wir getrost so viel herumblödeln, wie wir wollen.«

»Das ist eine wirklich gute Erklärung.«

»Aber es stimmt nicht und ich sage dir auch warum. Vorherbestimmung! Wenn diese Erklärung der Wahrheit entsprechen würde, bedeutet das, dass alles, was wir tun, Hunderte Jahre zuvor in Stein gemeißelt wurde, und zwar, bevor wir überhaupt geboren wurden. Das bedeutet wiederum, wir wären gar keine Individuen. Wir wären nur Roboter, die auf vorprogrammierte Art und Weise reagieren und das kann ich einfach nicht akzeptieren.«

»Aber der einzige Grund, warum wir hier sind, ist doch, dass wir bewiesen haben, Algorithmen in einem Computerprogramm zu sein.«

»Das mag sein, aber ich bin trotzdem ein Algorithmus mit

einem freien Willen! Jedes Mal, wenn jemand behauptet, dass ich keinen freien Willen habe, schreie ich, so laut ich kann *Halt die Klappe,* weil das vollkommen untypisch für mich ist und somit beweist, dass ich einen freien Willen habe.«

Martin dachte einen Moment darüber nach. »Du schreist jedes Mal *Halt die Klappe?*«

»Ja.«

»Aber das beweist doch gar nichts. Wenn du es jedes Mal tust, dann ist es doch eine vorprogrammierte Reaktion *Halt die Klappe* zu schreien.«

Phillip überlegte einen Augenblick, dann entgegnete er wütend: »HALT DIE KLAPPE, HALT DIE KLAPPE, HALT DIE KLAPPE!«

Martin grinste breit, während Phillip wieder Luft holte. »Bist du jetzt fertig?«

»Vorläufig. Das ist also eine Erklärung, die ich nicht glaube. Die andere Erklärung wäre, dass das Programm, was immer es ist, ein paralleles Exemplar der Vergangenheit schafft, wenn wir in der Zeit über einen bestimmten Punkt hinaus zurückgehen.«

»Also ist das hier nur eine alternative Realität.«

»Ich denke schon.«

»Wären wir denn dann nicht in der Lage auch in die Zukunft zu gehen?«

»Nicht über unsere eigene Lebenszeit hinaus. Bei dieser Idee gibt es jedoch auch einige Probleme und viel, was wir nicht wissen, aber es erklärt wenigstens, warum wir alle zu ein paar der gleichen spezifischen Punkte in der Geschichte zu gehen scheinen. Das Programm hat diesen Ort bereits angelegt. Also beeinflusst es uns auf irgendeine Art und Weise *hierher* zu kommen statt woandershin.«

»Aber deutet das dann nicht zwangsläufig wieder darauf hin, dass wir keinen freien Willen haben?«

Phillip warf Martin einen eisigen Blick zu. Er hob schnell beschwichtigend die Hand. »Tut mir leid. Ich werde den Mund halten.«

Phillip stand auf und streckte sich. »Im Nachhinein ist ein gewisses Maß von zeitlicher Verschmutzung wirklich unvermeidlich. Das ist mir aufgefallen, als einer der Einheimischen plötzlich zu mir gesagt hat, das Wetter wäre *beschissen*. Zuerst habe ich es gar nicht bemerkt. Aber dann bin ich direkt für eine Weile ausgeflippt.«

»Aber nur für eine Weile?«

»Nun, es schien nichts zu verletzen oder zu verändern. Ganz im Gegenteil. Wie ich schon sagte, Zauberer wie wir leben auch im Bagdad des siebten Jahrhunderts. Wenn du dich umsiehst, sieht alles so aus, wie du es vom mittelalterlichen England erwartet hast, aber ich kann dir sagen, dass wir eigentlich erst Jahrhunderte später Glasfenster haben sollten. Dennoch sind sie da und ich bin mächtig froh darüber.«

»Aber siehst du nicht, wie falsch das alles ist?«, erkundigte sich Martin. »Man macht die Vergangenheit …« Martin konnte die Worte, die er brauchte, nicht finden. Schließlich entschied er sich für »unauthentisch«.

»Ich werde nicht so tun, als wärst du im Unrecht, Martin, aber wie ich schon sagte, ist eine gewisse zeitliche Verschmutzung unvermeidlich. Wir versuchen ja nicht absichtlich, die Vergangenheit zu ändern, zumindest die Meisten von uns. Wenn es eine Veränderung gibt, die wir nicht verhindern können, ist es wirklich nicht das Ende der Welt, denn während wir diese Zeit unwiderruflich geändert haben, ist es dennoch Fakt, dass es keinerlei Auswirkungen auf die Zukunft hat.«

Martin schüttelte den Kopf. »Ich kaufe dir immer noch nicht ab, dass wir die Zukunft nicht verändern.«

»Wenn du mir nicht glaubst, dann sieh doch selbst nach. Du hast doch diesen schicken Taschencomputer. Geh zurück in deine Zeit und sieh nach, ob sich irgendetwas verändert hat, seit du hier bist.«

***

Walter und Margarita Banks sahen dabei zu, wie ihr Sohn verzweifelt in der Küche herumsuchte, bis er ein Paket mit Klarsichtfolie fand.

Margarita fragte ihn, was los sei. Statt seiner Mutter zu antworten, frage er: »Habt ihr nicht was Strapazierfähigeres? Das Zeug ist zu dünn.«

»Im Schrank unter der Spüle«, erwiderte sie. »Warum trägst du denn dein Snape-Kostüm?«

Martin murmelte: »Das ist Malfoy. Die beiden verwechselst du jedes Mal.« Aber seine Eltern hörten ihn gar nicht. Zum Teil lag das an den vielen Sirenen, die in ihrem Vorgarten zu hören waren. Martin nahm jetzt zwei Packungen der qualitativ hochwertigen Frischhaltefolie, sprintete zurück in sein Zimmer und schrie: »Danke, Mom!«, während er die Tür zuschlug. Walter und Margarita sahen den Flur hinunter zum Schlafzimmer ihres Sohnes. Sie sahen sich verwirrt um, als sie plötzlich ein hartnäckiges Klopfen an der Vordertür hörten.

Sie sahen sich wieder um, als Martin die Schlafzimmertür mit einem Ruck öffnete und vorsichtig durch den Spalt spähte. Er schaute sie an und sagte: »Hi. Ich überprüfe nur eben schnell was. Wie heißt die Hauptstadt von England?«

Margarita antwortete argwöhnisch: »London!« Martin zog sich wieder in sein Zimmer zurück und schlug die Tür hinter sich zu.

Dann überflog er schnell die Sachen aus seiner Kindheit. Er fand ein Star-Wars-Spielzeug, ein paar Power Rangers, aber nichts sonderlich Beeindruckendes. Das Einzige, was herausstach, war eine kleine bemalte Gipsbüste, die er mal gekauft hatte, als er zwölf war und er und seine Familie nach Mexiko gegangen waren, um Verwandte seiner Mutter zu besuchen.

Martin materialisierte sich wieder auf der Wiese.

»Alles so, wie du es zurückgelassen hast?«, fragte Phillip.

»Ja und ich habe sogar etwas gefunden, das ich auf die Spitze meines Stabs setzen kann!« Stolz hielt er die kleine, bemalte Gipsbüste von El Santo, König der Luchadores, empor.

Kapitel 14

Sie kehrten zu Phillips Geschäft zurück. Dort gab dieser Martin Anweisungen, wie er seinen Stab am Besten polieren konnte (Schritt 1: mach nicht diesen eindeutigen Witz) und ließ Martin dann im vorderen Zimmer zurück, während er sich an die Kristallkugel setzte, wild herumtippte und undeutlich mit sich selber sprach. Martin protestierte, weil er den Lack in einem geschlossenen Raum benutzen sollte, aber Phillip sagte ihm, dass er das Ganze schließlich nicht sehr gut auf der Straße machen könnte und außerdem würde der schreckliche Lackgeruch noch zum Ambiente des Ladens beitragen. Martin stellte fest, dass die Stabspitze mit ein wenig Mühe recht gut in die hohle Büste von Santo passte. Es passte sogar so gut, dass die Büste wahrscheinlich ganz von selbst auf dem Stab bleiben würde, aber zur Sicherheit gab Martin noch ein wenig Klebstoff hinein. Er sägte auch den unteren Teil des Stabs ab, einerseits, um eine ebene Fläche zu haben, und andererseits, weil Phillip darauf bestanden hatte, dass der Stab eineinhalb Meter lang sein musste, die Verzierung an der Spitze nicht mit eingeschlossen.

Phillip starrte währenddessen immer noch in die Kristallkugel, murmelte irgendetwas vor sich hin und tippte sporadisch auf der verdeckten Tastatur des Commodore 64 herum, als Martin eine Stunde später wieder hereinkam. »Mein neuer Stab trocknet gerade. Was kommt als Nächstes?«

Phillip schaute nicht von der Kristallkugel auf. »Nimm Platz. Wir sind jetzt bereit für den guten Teil. Wie ist die Temperatur hier drin, Martin? Angenehm?«

»Ein wenig heiß und stickig, aber nicht schlecht.«

»Auf was stellst du bei dir zu Hause in der Regel das Thermostat ein?«

»Auf fünfundzwanzig Grad.«

Phillip tippte auf ein paar Tasten, schaute zu Martin und drückte dann auf theatralische Art und Weise die Enter-Taste. Sofort kam es Martin kühl und angenehm im Raum vor.

»Wow!«, rief er und suchte instinktiv nach einer versteckten Klimaanlage, obwohl er sicher war, dass er keine finden würde.

Phillip lehnte sich selbstsicher in seinem Stuhl zurück. »Seit einem Jahrzehnt wissen wir von der Datei und fast genau so lange entwickeln wir nun auch schon das Shell-Programm. Allen Zauberern steht es frei, die Datei zu erkunden und neue Shell-Funktionen zu entwickeln, solange wir alles teilen, was wir herausgefunden haben. Ich glaube, es ist so ähnlich wie das, was du als Open-Source-Entwicklung bezeichnen würdest.«

Martin hörte ihn zwar, versuchte aber immer noch, die Auswirkungen zu begreifen. »Also ist dieser Raum für mich jetzt immer angenehm temperiert?«

»Du bist nah dran. Von nun an wird die Temperatur für dich überall angenehm sein. Dabei spielt es keine Rolle, ob du in die Antarktis oder nach Panama gehst. Dein Körper wird so reagieren, als wären dort überall genau fünfundzwanzig Grad mit einer geringen Luftfeuchtigkeit.«

»Das ist ja mit das Beste, was ich jemals gehört habe.«

»Nicht wahr? Natürlich kannst du dich immer noch verbrennen, wenn du etwas Heißes anfasst. Auch vor Sonnenbränden bist du nicht gefeilt, aber im Allgemeinen sind die Tage, an denen du schwitzen musst, nun vorbei. Wie viele Sprachen sprichst du?«

»Zwei. Ich spreche meine Muttersprache und ich komme auch mit Spanisch klar.«

»Nun, jetzt sprichst du alle Sprachen! Es hat sich nämlich herausgestellt, dass es nur eine weitere Variable in der Datei ist, welche Sprache du sprichst. So weit wir das beurteilen können, hört das Programm die Worte, die du sagen möchtest, und schickt dem Zuhörer dann die Übersetzung, die er hören soll. So seltsam es scheint, im Endeffekt sind wir nur zwei Codezeilen, die sich gegenseitig Informationen schicken.«

Martin dachte eine Weile darüber nach. »Also gibt es in Wirklichkeit nur eine einzige Sprache?«

»So weit es die Datei betrifft, ja.«

»Aber … *offen* und *abierto* sind doch zwei vollkommen verschiedene Wörter.«

»Ja, und wenn du dich aktiv dazu entscheidest, *abierto* zu sagen, verstehen nur diejenigen dich, die von der Datei dafür programmiert wurden, Spanisch zu sprechen. Die Datei weiß aber trotzdem, dass du *offen* sagst.«

»Also würde jeder denken, dass ich Französisch spreche, wenn wir nach Frankreich gehen würden?«

»Ja und du würdest sie auf Deutsch hören. Hast du gemerkt, dass letzte Nacht der Akzent bei allen viel stärker war als heute? Das ist der Grund dafür.«

»Du hast also Unfug mit der Datei getrieben, während ich geschlafen habe?«

»Nur ein bisschen, um den heutigen Tag für dich leichter zu machen. Nächste Frage: Wie alt bist du?«

»Dreiundzwanzig.«

»Ich würde dich ja fragen, ob du es magst dreiundzwanzig zu sein, aber du würdest es ja sowieso nicht wissen, da du nie älter als dreiundzwanzig warst. Ich schon und ich sage dir, rein körperlich wird es niemals besser werden. Es schlägt Ende dreißig zu sein auf jeden Fall um Längen.« Phillip ging wieder dazu über, auf seiner Tastatur herumzuhämmern, dann drückte er wieder schwungvoll auf Enter.

»Willst du mir etwa sagen, dass ich jetzt für immer dreiundzwanzig bleiben werde?«

»Körperlich, wenn du das wirklich willst. Geistig entwickelst du dich natürlich noch weiter. Wenn du trainierst, wirst du auch stärker werden. Wenn nicht, wirst du schwächer. Du kannst immer noch fett werden oder eine Diät machen, aber wenn du nicht zurück in die Datei gehst und sie editierst, wirst du immer eine dreiundzwanzig Jahre alte Version dessen sein, was auch immer du bis dahin geworden bist.«

Martin öffnete und schloss den Mund ein paar Mal, bevor irgendwann tatsächlich Worte herauskamen: »Willst du damit sagen, dass ich jetzt unsterblich bin?«

Phillip stieß langsam seinen Atem aus. »Vielleicht. Aber du benötigst immer noch Nahrung, Wasser und Luft. Wir haben einen Weg gefunden, wie du auch das nicht mehr brauchst, aber wir empfehlen das selbst im Notfall nicht, weil man irgendwie trotzdem immer noch das Gefühl hat, Nahrung, Wasser und Luft zu brauchen. Wenn die einzige Möglichkeit zu überleben darin besteht, eine Stunde lang das Gefühl zu haben zu ersticken, bin ich mir nicht sicher, ob der Tod dem nicht vorzuziehen wäre. Es gab mal jemanden … ich zögere, ihn Mann zu nennen … der viele Dinge getan hat, die wir nicht gut fanden und letztendlich mussten wir ihn wieder zurück in seine Zeit schicken.«

Martin fragte: »Das war Todd. Richtig?«

»Ja. Todd.« Phillip sagte seinen Namen, als wäre es die gemeinste Beleidigung, die man sich nur vorstellen konnte. »Wie auch immer«, fuhr Phillip fort, »eines der Dinge, die er getan hat, war eine Reihe von Änderungen an dem Dateieintrag eines anderen vorzunehmen, wodurch dieser quasi zu einem Geist geworden ist. Er wurde fast unsichtbar und konnte weder etwas berühren noch sprechen. Alles, was er fortan fühlen konnte, waren Hunger, Durst und Panik, weil er dachte, er würde ersticken. Das Einzige, was er noch tun konnte, und das war das Gemeinste daran, war es unheimliche Geräusche zu erzeugen. Wir wissen immer noch nicht, wie er das genau gemacht hat. Er konnte kein Wort mehr sagen, aber den ganzen Tag *Ooooooooo* von sich geben. Die Idee dahinter war, dass derjenige, der zum Geist geworden war, seine Freunde und Familie psychisch folterte, indem er versuchte, sie um Hilfe zu bitten.«

Martin versuchte sich das Ganze vorzustellen, und dann wieder verzweifelt, damit aufzuhören.

»Du musst essen, du musst trinken, du musst atmen«, fuhr Phillip fort. »Du kannst auch immer noch getötet werden. Man kann dich zwar nicht erstechen, erschlagen oder zerstückeln, aber du kannst dennoch getötet werden. Verhungern, ersticken, ertrinken und verdursten werden dich immer noch erledigen können. Aber, Schläge und Stichwunden können dir fortan nichts mehr anhaben, solange dich niemand aus dem Shell-Programm nimmt. Wenn man dich nicht umbringt, wirst du theoretisch so lange leben, wie du es möchtest. Das ist zum Teil der Grund, warum es mich nicht stört, dass ich nicht in die Zukunft reisen kann. Denn wenn ich nur lange genug hier herumhänge, werde ich trotzdem irgendwann dort hinkommen.«

»Du hast deinen *Fiero* unkaputtbar gemacht, und diese Art von Autos waren mehr oder weniger aus Styropor. Bedeutet das, dass wir … ?«

»Red meinen *Fiero* nicht schlecht. Allerdings hast du schon recht: Solange du vollen Zugriff auf das Shell-Programm hast, wird dieses deine Datei permanent überwachen und notfalls updaten. Das bedeutet, du kannst auf herkömmliche Art nicht wirklich verletzt werden. Der gemeinste Kerl in der Stadt oder sogar Gert könnten den lieben langen Tag auf dich einschlagen und du bekämst nicht mal einen blauen Fleck. Es würde zwar die ganze Zeit wehtun, aber du wärst nicht nachhaltig verletzt.«

»Cool!«

»Ja. Das ist es in der Tat! Wir haben Jahre gebraucht, um das herauszubekommen und dabei wirklich eine Menge Fehler gemacht. Zunächst einmal haben wir versucht, die Verfallsgeschwindigkeit zu stoppen, wie bei meinem Auto. Die Resultate waren … sagen wir mal suboptimal. Der Körper baut sich einfach weiterhin selbst wieder auf. Stell dir *Das Ding* von den *Fantastic Four* vor, aber statt superstark zu sein, empfindest du stattdessen permanent Schmerzen. Das bringt uns zu einem weiteren Punkt. Wenn wir die Datei erforschen, experimentieren wir stets nur an leblosen Objekten oder an uns selbst herum. An Nicht-Zauberern experimentieren wir niemals; wir experimentieren nur an Zauberern, die wissen, was wir tun, und uns ihre Zustimmung dafür erteilt haben. Und wir ändern auch niemals die körperliche Struktur einer Person.«

»Aber ich habe diese Datei eigentlich nur entdeckt, weil ich mich versehentlich größer gemacht habe.«

Phillips Augen weiteten sich entsetzt. »Um wie viel größer?«

»So ungefähr sieben Zentimeter.«

»Nun, da hast du wirklich Schwein gehabt, mein Freund. Noch größer und es hätte sein können, dass dein Rückgrat den Geist aufgegeben hätte.«

»Aber du hast doch gerade gesagt, wir könnten unsere körperliche Struktur nicht ändern und ich habe damit das Gegenteil bewiesen.«

»Ich habe nicht gesagt, dass wir es nicht können, sondern dass wir es nicht machen. Ich habe damit aber nicht gemeint, dass es nicht möglich ist. Ich habe damit erklärt, dass wir, falls du es dennoch tust, einen Reset auf deine ursprünglichen Parameter durchführen werden, dir den Zugriff auf die Datei verwehren und dich zurück in deine Zeit schicken. Wir haben nicht viele Regeln, Martin, aber die, die wir haben, nehmen wir sehr ernst. Wie lauteten sie noch gleich?«

»Nur an sich selbst oder einem anderen Zauberer experimentieren und nur, wenn dieser Zauberer auch weiß, was wir genau machen. Außerdem verändern wir niemals die körperliche Struktur einer Person.«

»Gut gemacht. Okay Martin. Ich denke, du bist jetzt bereit die Beschwörungsformel sagen zu können und zu lernen, wie du deine Kräfte richtig gebrauchst.«

»Beschwörungsformel?«, spottete Martin. »Du weißt aber schon, dass wir nicht wirklich Magie anwenden, oder? All dieses *Blendwerk* mag ja großartig für die Einheimischen sein, aber wir müssen das doch nicht aufrechterhalten, wenn wir nicht in der Öffentlichkeit sind, oder?«

»Doch, das tun wir! Martin, wenn Zauberer zu sein eine Maske ist, die man manchmal abnimmt, dann ist es nur eine Frage der Zeit, bis man auch mal vergisst, sie wieder aufzusetzen. Du musst das wirklich die ganze Zeit ausleben. Betrachte es so, als wärst du undercover, wenn dir das hilft. Außerdem, und das ist noch wichtiger, erfüllt etwas von diesem Blendwerk, wie du es nennst, auch wichtige Aufgaben. Das Shell-Programm, das wir geschrieben haben, läuft die ganze Zeit im Hintergrund und überwacht den Zustand derjenigen, deren Zugriff wir autorisiert haben.«

»Also wird es mir nachspionieren?«

»So könnte man es natürlich auch sagen. Dann müsstest du aber auch sagen, dass die Fernbedienung deines Fernsehers dir in Bezug auf deine Sehgewohnheiten nachspioniert. Das Shell-Programm beobachtet einfach nur, es zeichnet aber nicht auf. Es wartet nur auf gewisse Signale. Dann passt es deinen Teil der Datei auf der Basis dieser Signale an.«

»Ah und diese Signale sind so konzipiert, dass sie aussehen wie Zaubersprüche und Beschwörungsformeln?«

»Na, die Sache mit dem Denken scheint ja langsam zur Gewohnheit bei dir zu werden. Also, wenn du jetzt vollkommen zufrieden bist, dürfte ich dir dann nun bitte deine magischen Kräfte erteilen?«

»Natürlich«, antwortete Martin zerknirscht. »Tut mir leid, dass ich dich unterbrochen habe. Bitte erkläre mir, was ich sagen muss.«

Phillip lächelte und erhob sich von seinem Platz. »Großartig. Lass uns dich aber erst einmal ein wenig ausstaffieren.« Er bewegte nun eine der lockeren Stoffbahnen entlang der Wände. Dahinter befanden sich einige kleine Regale. Von einem nahm Phillip ein gefaltetes Bündel aus blutrotem Stoff, das er Martin zuwarf.

»Hier. Zieh das an. Das ist eine alte Robe und ein Hut von mir. Das wird wohl ausreichen, bis Gwen dir deine Sachen fertiggemacht hat.«

Martin zog die Robe an, da Phillips Proportionen allerdings etwas *großzügiger* waren, saß die Robe ziemlich locker und war ihm auch viel zu lang. Der Hut war ebenso wie die Robe blutrot und hatte eine schwarze Umrandung. Auch er war zu groß und saß deshalb auf seinen Ohren und auf den Augenbrauen. Insgesamt sah Martin dadurch eher wie ein kleines Druidenkind aus, das die Kleidung seines Vaters angezogen hatte und vorgab genau wie Daddy zu einer Opferung zu gehen. Phillip nahm sich eine Sekunde Zeit, um Martin in seinem neuen Ensemble zu bewundern. Dann rief er: »Wunderbar!«

»Wirklich? Ich glaube, ich sehe lächerlich aus.«

»Oh, das tust du in der Tat. Wunderbar lächerlich!« Phillip reichte Martin seinen Stab. »Halt jetzt meinen Stab fest und mach bitte nicht diesen eindeutigen Witz.« Martin ergriff das Stück Holz und sagte nichts mehr.

»Gut. Bist du bereit, Martin?«

»Ja.«

»In Ordnung. Dann sprich mir nach: Supre supre.«

»Supre supre.«

»Suben suben.«

»Suben suben.«

»Maldekstra dekstra maldekstra dekstra.«

»Maldekstra dekstra maldekstra … dekstra.«

»Bee aye komenco.«

»Bee aye komenco.«

Phillip klatschte aufgeregt. »Es ist vollbracht.«

»Was war das?«, fragte Martin irritiert.

»Mir wurde gesagt, es ist ein Cheat-Code für ein Videospiel namens *Contra*. Leider war das ein bisschen nach meiner Zeit.«

Martin dachte einen Moment lang nach. »Hoch, hoch, runter, runter, links, rechts, links, rechts, B, … A. Start. Ja. Das ist auf jeden Fall ein *Konami*-Code. Welche Sprache war das? Latein?«

»Nein, denn das hier ist, wie du weißt, das Mittelalter. Einige Leute, die du hier getroffen hast, sprechen tatsächlich Latein. All unsere Zaubersprüche sind deshalb in einem schlecht übersetzten Esperanto. Das ist eine universelle Sprache, die im frühen zwanzigsten Jahrhundert erfunden wurde, um den internationalen Frieden und die Verständigung zu fördern. Für unsere Zwecke ist sie perfekt, denn es gibt viele Quellen, aus denen man Dinge in Esperanto übersetzen lassen kann und absolut niemand spricht es.«

»Niemand in dieser Zeit.«

»In keiner Zeit. Ernsthaft. Vielleicht noch William Shatner und das war's dann auch schon.«

»Aber du sagtest doch, die Sprüche sind schlecht übersetzt.«

»Ja«, erwiderte Phillip und sah etwas verlegen aus. »Wenn die Zaubersprüche perfekt konstruiert wären, und zwar in einem Lehrbuch-Esperanto, dann müssten wir ebenfalls perfekt Esperanto sprechen. Also nehmen wir stattdessen Esperanto-Vokabeln, benutzen sie aber mit einer Höhlenmenschversion unserer Grammatik. Wie auch immer, du hast die Beschwörungsformel gesagt und das Shell-Programm ist dadurch für dich aktiviert worden. Um es auszuprobieren, versuch doch einfach mal, den Kopf so zu bewegen, dass dein Hut herunterfällt.«

Martin versuchte es, aber egal wie sehr er auch den Kopf hin und her schwang, der Hut blieb dort, wo er war und das, obwohl er viel zu groß für seinen Kopf war.

»Gut«, sagte Phillip. »Jetzt greif nach oben und nimm ihn ab.« Das tat Martin und der Hut ließ sich tatsächlich mit Leichtigkeit abnehmen.

»Also sorgt das Shell-Programm dafür, dass der Hut auf meinem Kopf bleibt?«

»Ja. Auch der Wind kann ihn nicht mehr herunterwehen und Feinde können ihn nicht herunterschlagen. Wenn du den Hut aufsetzt, bist du der Einzige, der ihn wieder entfernen kann.«

Martin war verwirrt. »Das ist eine hübsche Demonstration, ja schon … wirklich.«

»Scheint nicht sehr praktisch zu sein, was? Gib mir meinen Stab zurück. Ich werde dir etwas anderes zeigen.« Phillip nahm seinen Stab wieder an sich, griff in seine Tasche und holte eine Goldmünze hervor. Diese legte er neben die Kristallkugel auf den Tisch. Dann hielt seinen Stab in seiner linken Hand, zeigte mit der Rechten auf die Münze und rief: »Levi objekto.«

Während er immer noch auf die Münze zeigte, hob er langsam die Hand, und die Münze schwebte in perfekter Verlängerung seiner Hand durch die Luft. Danach ließ er die Münze wieder sanft auf den Tisch zurückgleiten und gab Martin ein Zeichen. »Jetzt versuch du es.«

Martin zeigte auf die Münze, kramte in seinem Gedächtnis nach den richtigen Worten und sagte: »Levi objekto.« Dann hob er die Hand. Die Münze rührte sich kein Stück. »Habe ich die Worte falsch verstanden oder ausgesprochen?«, fragte er.

»Nein, du hast dich sehr gut an die Worte erinnert«, entgegnete Phillip. Er gab Martin nun den Stab wieder. »Halt das, setz den Hut wieder auf und versuch es dann noch einmal.«

Martin setzte den überdimensionalen Hut erneut auf seinen Kopf, nahm den Stab in die linke Hand und zeigte mit der Rechten auf die Münze. Dann sagte er: »Levi objekto.«

Er hob die Hand und die Münze schwebte sanft empor. Einen Moment lang betrachtete Martin sie einfach nur staunend. Er nahm seine Hand hoch und wieder runter und die Münze folgte exakt jeder seiner Bewegungen. Er hatte Phillip dabei zugesehen, wie er diesen Trick sowohl mit der Münze als auch mit der verfluchten Ziege vollführt hatte, aber das hatte Martin kein bisschen darauf vorbereitet, wie es sein würde, es selbst zu tun.

Phillip stellte sich nun neben ihn. »Schieb deine Hand nach vorne, so als würdest du die Münze sanft wegschieben wollen.« Das tat Martin und tatsächlich glitt die Münze langsam von Martin weg. »Jetzt zieh deine Hand wieder zurück, so als würdest du die Münze zu dir ziehen wollen.« Das tat er und die Münze bewegte sich langsam wieder auf ihn zu. »Heb deine Hand, als ob du sie stoppen wollen würdest.« Das tat Martin und die Münze hing auf einmal regungslos in der Luft.

»Und was jetzt?«, fragte Martin.

»Hab Spaß mit deiner neuen Fähigkeit«, antwortete Phillip schlicht.

Martin tat genau das. Auf seinen Befehl hin besuchte die Münze nun jeden Zentimeter des Zimmers. Nach ein paar Minuten fragte Phillip: »Das ist so ziemlich das Beste überhaupt, nicht wahr?«

»Ja, das stimmt«, erwiderte Martin grinsend.

»Du siehst, ich habe dich bereits im Shell-Programm registriert. Nun überwacht es dich und wartet auf bestimmte Wörter und Phrasen von dir – Cheat-Codes, wenn du so willst. Das ist es, was wir tun! Wir erforschen, designen und entwickeln Cheat-Codes, die wir dann wiederum mit den anderen Zauberern teilen. Allerdings wäre es nicht genug, wenn die Codes nur Wörter und Phrasen wären. Denn wenn irgendein Einheimischer den *Konami*-Code, wie du ihn nennst, hören und ihn wiederholen würde, hätte er dann automatisch Zugriff auf alle Zaubersprüche, und das wäre natürlich schlecht. Also musst du, um die Zauber nutzen zu können, den Code gesagt haben, die Befehle in Esperanto kennen und eine Robe tragen, deren Ärmelsäume einen Umfang von exakt einem halben Meter haben und einen kegelförmigen Hut, der nicht weniger als dreißig Zentimeter hoch ist. Außerdem musst du dabei entweder einen eineinhalb Meter langen Stab halten, die Verzierung nicht mit eingeschlossen oder einen kleinen hölzernen Zauberstab mit einer Länge von vierzig Zentimetern. Wenn irgendwas davon nicht hundertprozentig stimmt, wird das Shell-Programm dich einfach ignorieren.«

Martin spielte noch ein paar Minuten mit der Münze. Schließlich sagte Phillip: »Du kannst Dinge mit deiner Hand oder mit deinem Stab zum Schweben bringen. Es kommt darauf an, was du auf dein Ziel richtest, wenn du die magischen Worte sprichst. Versuchen wir doch mal etwas anderes. Sag: *kopio objekto.*«

Martin sprach die Worte sorgsam nach. Ein blaues Licht blitzte auf, und dann gab es plötzlich zwei Münzen.

»Und darum«, sagte Phillip, »müssen wir uns unseren Lebensunterhalt niemals verdienen.« Phillip griff nach oben und schnappte sich nun eine der Münzen aus der Luft. »Jetzt sag *detrui objekto,* wenn ich bitten darf.«

Das tat Martin ... es gab einen weiteren Lichtblitz und die Münze verschwand plötzlich.

»Wo ist sie hin?«, fragte Martin erstaunt.

»Nirgendwo. Sie ist einfach weg. Sie existiert nicht mehr. So ist das, wenn man Teil eines Computerprogramms ist: Die Gesetze der Physik gelten nicht länger. Materie kann einfach so erschaffen und wieder zerstört werden. Aus diesem Grund trainieren und überprüfen wir die Leute auch so genau, bevor wir ihnen Zugang gewähren. Denn wenn du diesen Spruch sagst und dabei auf eine Person zeigst, wäre diese Person unwiderruflich verschwunden und alles, was diese Person gewusst hätte, wäre mit ihr verloren. Selbst, wer sie getötet hat.«

Phillip reckte sich, gähnte und ging dann zur Tür, die das Zimmer mit der Kristallkugel von seinem Geschäft trennte. Er stand nun mit dem Rücken zu Martin in der Tür.

»Jemand, der Zugriff auf das Shell-Programm hat, kann überall hingehen und fast alles machen. Wenn er jemanden tötet, sagen wir mal die Person, die ihm den Code gegeben hat, die einzige Person, die ihn identifizieren könnte, dann wäre es unmöglich, ihn aufzuhalten«, erklärte Phillip. »Mhm«, fuhr er fort, »die einzige Person, die ihn identifizieren könnte, wäre dann nicht mehr da.«

Ein weiterer langer Moment verging.

»In deinem Fall wäre ich diese Person, Martin!«

Langsam drehte sich Phillip so, dass er Martin über seine Schulter hinweg ansehen konnte. Dieser stand immer noch schweigend da. Phillip lächelte nun und rief übermütig: »Gut gemacht! Du hast den wichtigsten Test, den es gibt, bestanden. Du hast nicht versucht, mich zu töten!«

»Haben das wirklich welche getan?«

»Oh ja! Denk doch mal darüber nach. Ich habe dich praktisch unsterblich gemacht. Ich habe dir die Fähigkeit verliehen,

Geld zu erschaffen. Ich habe dir genug über das Fliegen gezeigt, sodass du den Rest selber herauskriegen kannst. Ich habe dir einen Hut, eine Robe und einen Stab gegeben und dir deutlich gemacht, dass du dich, wenn du mich ausschaltest, nicht den Prüfungen stellen müssest. Jemand, der nicht so anständig ist wie du, könnte in diesem Moment durchaus versucht sein, mich zu beseitigen, damit er sein Leben einfach so weiter führen kann.«

»Das ist mir ehrlich gesagt, nicht mal in den Sinn gekommen.«

»Dummheit und Liebenswürdigkeit sehen einander oft sehr ähnlich. Es ist deprimierend, aber das ist die Wahrheit ja meistens. Was soll's. Du bist momentan immer noch im Sicherheitsmodus. Das heißt, wenn du versucht hättest, mich zu töten, dann wärst du bewusstlos zu Boden gegangen und ich denke, ich muss dir nicht erklären, wo, wann und mit welcher Bekleidung du danach aufgewacht wärst.«

Phillip ging nun wieder zu der versteckten Computertastatur zurück und drückte ein paar Tasten, ohne sich hinzusetzen. Er blinzelte in die Kristallkugel und nickte kurz.

»So, der Sicherheitsmodus ist nun abgeschaltet. Wo … war dieses Ding … denn nur?«

Phillip drehte Martin den Rücken zu und durchwühlte intensiv die Regale, die zum Teil von Vorhängen verdeckt waren. Er kramte volle dreißig Sekunden lang herum, dann drehte er sich um, stellte sich Martin gegenüber und breitete lächelnd seine Arme aus.

»Gratulation! Du hast soeben einen weiteren Test bestanden! Du hast mich nicht getötet, selbst nachdem ich dir detailliert erklärt habe, warum du es vielleicht tun solltest! Das klärt diese ganze *doof-oder-liebenswürdig*-Frage doch wohl endgültig.«

Phillip ging zurück zur Tastatur und drückte ein paar weitere Tasten. Als er damit fertig war, sah er Martin an, der ihn aufmerksam studierte.

»Ist das jetzt wieder ein weiterer Test?«, fragte Martin unsicher.

»Wenn du fragen musst, ist es wahrscheinlich einer.«

Kapitel 15

Phillip und Martin verbrachten die nächsten beiden Tage fast nur damit, zu üben, wie man Objekte schweben lässt und sie vervielfältigt. Außerdem machten sie in der Gegend um Leadchurch lange Spaziergänge. Phillip ermutigte Martin dazu, Fragen zu stellen, aber er achtete stets darauf, wie viel neuen Stoff sie an einem Tag durchnahmen. Er sagte, er wolle Martin schließlich nicht mit Informationen überschwemmen. Ohne den Rest des Outfits sah sein Stab irgendwie fehl am Platz aus. Also blieb dieser ebenfalls im Geschäft.

Gelegentlich bat einer der Einheimischen, wie Martin sie nun ebenfalls nannte, Phillip um Hilfe. Wenn sie Geld oder Essen brauchten, hörte er sich an, was sie zu sagen hatten und wenn er fand, dass es den Aufwand wert war, machte er aus ihrem einen Huhn zwei. Wenn sie wollten, dass er ihnen die Zukunft vorhersagte, sagte er etwas Verwirrendes und Unspezifisches und ging einfach weiter. Wenn sie besonders knapp bei Kasse waren, sagte er etwas Verwirrendes *und* machte aus einem Huhn zwei. Martin bemerkte, dass die Einheimischen in drei verschiedene Kategorien eingeteilt werden konnten: Leute, die etwas von ihnen wollten und herkamen, um danach zu fragen; Leute, die nicht sofort etwas wollten, aber Phillip auf eine herzliche Art und Weise behandelten und Leute, die ganz offensichtlich nichts Gutes im Schilde führten und Phillip wie die Pest zu meiden schienen.

»Als ich das erste Mal herkam«, sagte Martin, »waren die beiden ersten Einheimischen, auf die ich traf, ein paar Burschen, die echt knallhart aussahen. Wir waren auf der Straße, etliche Kilometer von irgendjemand anderem entfernt. Ich dachte, sie würden mir bestimmt Ärger machen, aber stattdessen schien ich eher ihnen Angst einzujagen.«

Phillip lachte laut. »Seit Jahren leben diese Menschen nun schon mit uns Zauberern in ihrer Mitte. Sie sind sich alle darüber im Klaren, welchen Schaden wir anrichten können, wenn man uns dazu bringt. Denk mal daran, wie du hierher gekommen bist, Martin. Denk an all die anderen Zauberer. Wir sind auf genau dieselbe Art und Weise hier gelandet. Zum Teil kommen wir wahrscheinlich deswegen alle so gut miteinander aus, weil wir ziemlich derselbe Typ Mensch sind. Leute, die mehr Zeit mit dem Computer als mit anderen Menschen verbringen, finden die Datei. Also haben wir alle dieselben Erfahrungen und Einstellungen. Bedauerlicherweise haben einige aus der Zeit damals auf dem Pausenhof allerdings offensichtlich Komplexe davongetragen und jetzt, wo sie endlich die Möglichkeit haben, Rache an den Rüpeln zu nehmen, neigen einige dazu, etwas zu weit zu gehen. Es gibt einen Zauberspruch, bei dem sich ein neun Meter hoher, lodernder Dämon mit seinen Krallen aus dem Boden gräbt und deinem Feind dann die Unterhose hochzieht. Das hinterlässt einen bleibenden Eindruck, kann ich dir sagen.«

»Du meinst, dass diese Schlägertypen Angst vor den Nerds haben?«

»Besonders vor merkwürdig gekleideten Nerds, die lustig sprechen, und genau das, traf letzte Nacht perfekt auf dich zu.«

»Also dürfen wir unsere Fähigkeiten als Waffe einsetzen?«

»Nur zur Selbstverteidigung! Dazu kommt es allerdings wirklich selten. Wie du gesehen hast, können wir unser Haus und unsere Läden uneinnehmbar machen und hier im Freien ist es ebenfalls unwahrscheinlich, dass wir überrascht werden. Wenn mich jemand packt, kann ich immer noch sagen *eskapi* …«

Plötzlich gab es einen blauen Lichtblitz und Phillip war verschwunden. Martin schaute sich verwirrt um. Jeder auf der Straße sah ihn natürlich jetzt an. Mehrere sehr große Männer schienen besonders interessiert an dem Lehrling des Zauberers zu sein, der nun ganz ohne Begleitung da stand, und gingen nun langsam auf ihn zu. Ein weiterer Lichtblitz erschien und Phillip war wieder zurück. Und siehe da, plötzlich schaute ihn niemand mehr an. Die großen Männer schienen plötzlich alle ein unheimlich großes Interesse am Himmel oder dem Boden zu haben. Alles war interessant, nur Phillip und Martin nicht.

»Das tut mir wirklich leid. Auf jeden Fall kann ich *dieses* Wort sagen und dann gehe ich automatisch zu einem sicheren Ort, den ich mir im Vorfeld konstruiert habe. In meinem Fall ist das …«

»Weißt du was …«, unterbrach ihn Martin, dem plötzlich bewusst wurde, dass die Menschen ihnen mehr Aufmerksamkeit schenkten, als es Phillip bewusst war. »Du kannst es mir später zeigen.«

An diesem Nachmittag erledigte Martin mehrere Dinge gleichzeitig. Einerseits widmete er seine Aufmerksamkeit dem Esperanto-Vokabelheft aus den Dreißigerjahren, das Phillip ihm gegeben hatte, und außerdem nahm er noch einige hastige Änderungen an der geliehenen Robe und dem Hut vor. Seine eigene Robe würde wahrscheinlich erst in einer Woche fertig sein und er hatte beschlossen, dass er nicht noch einmal ohne die typischen Merkmale eines Zauberers draußen erwischt werden wollte. Deshalb saß er im Laden, redete offensichtlich die ganze Zeit Kauderwelsch und stach sich gelegentlich mit der Nadel. Dadurch wurde seine Haut zwar nicht beschädigt, weh, tat es aber trotzdem. Als er endlich fertig war, betrachtete er sich genau und musste zugeben, dass sein Talent für Handarbeiten sich in Grenzen hielt und seine

Arbeit ziemlich schlecht war. Es sah so aus, als hätte ein Achtjähriger versucht, die Robe für ihn schneidern, aber zumindest sah er nicht mehr wie ein Opfer aus.

Er ging nun wieder in den Raum mit der Kristallkugel, um Phillip sein Gesamtkunstwerk zu präsentieren. Phillip stimmte ihm zu, dass ihm das Nähen nicht besonders lag, aber seinen Stab hätte er dafür wirklich ganz wunderbar bearbeitet. Martin hatte die Rinde abgehobelt, das blasse Holz glatt geschmirgelt, es anschließend lackiert und versiegelt. Die fünfzehn Zentimeter große Büste von Santo hatte er am Schluss an der Spitze befestigt. Die Grundfläche der Büste war quadratisch und reichte von Santos Umhangverschluss bis zu den Schlüsselbeinen. Die Schultern hingegen waren nun abgeschnitten. Sein dicker, kurzer Hals führte also direkt zu der handbemalten Maske. Es war ein schillerndes, metallisches Silber. Wie das Gehäuse eines Strandbuggys aus Fiberglas. Die Umrandungen für Augen, Nase und Mund waren in einem schmeichelhafteren, stumpfen Grauton abgesetzt. Die Sehschlitze der Maske waren in einem Furcht einflößenden, böse aussehenden Winkel geneigt, doch die menschlichen Augen, die sie einrahmten, sahen hingegen freundlich und sanft aus. Das passte überhaupt nicht zusammen und daher war es für Martins Bedürfnisse genau richtig.

Phillip betrachtete alles und sagte: »Du siehst aus wie ein Verrückter.«

»Gut?«, sagte Martin.

»Sehr gut«, stimmte Phillip zu, »und du bist gerade rechtzeitig damit fertig geworden. Wir sollten nämlich jetzt wirklich los.«

Martin war nicht bewusst gewesen, dass sie an diesem Abend irgendwo hingingen und das sagte er Phillip auch.

»Du hast wirklich tolle Arbeit geleistet und ich weiß, dass die letzten paar Wochen mit all den bewusstseinsverändernden Entdeckungen, Verfolgungsjagden mit der Polizei, Zeitreisen und der Zauberer-Ausbildung sehr stressig für dich gewesen sind. Deshalb dachte ich, es wäre langsam mal an der Zeit, um ein bisschen Spaß zu haben.«

Martin versuchte sich vorzustellen, wie Spaß wohl für jemanden aussehen könnte, der die Fähigkeiten eines Zauberers hatte. »Werden wir fliegen oder uns zu einem historischen Ereignis teleportieren?«

»Das könnten wir natürlich auch tun, wenn du willst. Ich dachte eher, wir treffen einfach ein paar meiner Freunde und verbringen den Abend damit, ungesunde Sachen zu essen und Gesellschaftsspiele zu spielen.«

»Dann nichts wie los!«, platzte es erleichtert aus Martin heraus.

Phillip lächelte. »Lass mich ihnen zuerst kurz Bescheid sagen, dass wir kommen.« Phillip nahm den Stab in seine linke Hand und hielt seine rechte Hand auf Kopfhöhe, als würde er die *Yorick*-Rede von Hamlet aufführen wollen. Er sagte: »Komuniki kun Gary!« Eine leuchtende Kugel aus weißem Licht erschien plötzlich in Phillips ausgestreckter Hand. Es pulsierte und sonderte ein unheimliches und zwitscherndes Summen aus.

»Einige der Jungs nennen diesen Zauber *das Handtelefon*. Es klingelt«, sagte Phillip nun.

Einen Moment später stürzte die Lichtkugel in sich zusammen, änderte die Form und wurde plötzlich zum Abbild eines lodernden menschlichen Schädels. Er war allerdings komplett flach, so als hätte man ihn auf eine Kunststofffolie gemalt. Die Flammen bewegten sich, aber nicht besonders flüssig. Martin brauchte einen Moment, um alles gedanklich verarbeiten zu können. Dann erkannte er, dass das Bild, das über Phillips Hand schwebte, eine GIF-Datei war, die wie ein Gegenstand in diese Welt hinein projiziert worden war.

Eine dumpfe, weit entfernt klingende Stimme ging nun von dem flachen, lodernden Schädel aus und sprach: »WER SUCHT MICH? MICH, DER DAS SCHICKSAL VON … oh, hey, Phil. Kommst du noch rüber?«

»Ja, ich wollte euch nur wissen lassen, dass wir uns jetzt auf den Weg machen.«

»Cool. Bis dann. Der Standortcode ist *Gary la antau korto*. Verstanden?«

Phillip antwortete: »Ja klar, wir sehen uns dann gleich.« Dann machte er eine Faust, wodurch der lodernde Schädel von jetzt auf gleich wieder verschwand.

Nur Augenblicke später materialisierten sich Phillip und Martin auf einer kleinen dunklen Lichtung in einem Wald in der Nähe eines Berghangs. Die Sonne war noch nicht vollständig untergegangen und die Gegend jenseits der Wälder wurde in ein goldenes Licht getaucht. Jedoch wirkte dieser Teil des Waldes dunkel und Unheil verkündend. Das wenige Licht, das hineinfiel, brachte nur krumme Bäume mit grauer Rinde und braunen Blättern zum Vorschein. Das Unterholz war feucht und roch nach Verwesung. Auf der einen Seite der Lichtung führte ein kaum erkennbarer Weg in den Wald hinein. Die Bäume hingen drohend über dem Pfad und vermittelten den Eindruck eines klaustrophobischen Tunnels. Am anderen Ende der baumlosen Fläche wurde der Pfad langsam breiter und die angrenzenden Bäume boten weniger Deckung, denn sie schienen alle entweder schon tot zu sein oder gerade zu sterben. Drei Zauberer waren bereits da. Sie schienen sehr erfreut zu sein, Phillip zu erblicken.

»Gentlemen«, sagte Phillip, »schön euch zu sehen.«

Phillip stellte ihm nun alle vor. Gary war groß und dünn und hatte einen kurzen Bart und große, spitzbübische Augen. Er trug eine schwarze Robe und einen ebenfalls schwarzen Hut. Jeff war klein, aber muskulös und hatte einen schmalen

Kopf, eine markante Nase und kleine Augen. Sein Gewand schien aus einer Art grauen Wolle zu bestehen. Tyler war schwerer, aber auf keinen Fall fett. Er war dunkelhäutig und hatte kurze, schwarze, lockige Haare, ein freundliches Auftreten und eine lila-rot gestreifte Robe. Alle drei lächelten ein wenig zu breit, fast so als würden sie gleich loslachen wollen. Phillip runzelte die Stirn und schaute dann nach unten. Er stand knöcheltief in einer Pfütze.

»GARY!«, brüllte Phillip aufgebracht.

»Du hättest Gary eben nicht wissen lassen sollen, wo genau du dich hin teleportierst«, kommentierte Jeff die Situation grinsend. »Das ist niemals klug.«

»Ich habe den Standortcode benutzt, den er mir gegeben hat«, sagte Phillip knurrend, während er seine vollgesogenen Stiefel betrachtete.

»Wie ich schon sagte: nicht besonders klug.«

Es gab Zauber, die man dazu verwenden konnte, Dinge zu reinigen, aber niemand war in Sachen Trocknung besser als Zeit und Luft. Darum würde Phillip wohl dazu verurteilt sein, den Rest des Abends barfuß zu verbringen, wodurch Garys Sieg nur noch länger währte. Tyler sah Martins Robe kritisch an. »Wow, Gwens Arbeit lässt wirklich nach.«

»Oh, ihr alle habt Gwen schon getroffen?«

»Getroffen … um eine Verabredung gebeten … und abgewiesen worden«, erklärte Gary.

»Ja, diese Gwen«, sagte Jeff, »sie mag offensichtlich keine Zauberer.«

»Mich hat sie gern«, widersprach Phillip stolz und zog seine wasserdurchtränkten Stiefel und Socken aus.

»Aber du hast sie ja auch noch niemals zu einem Rendezvous eingeladen«, sagte Gary.

»Das könnte vielleicht einigen von euch eine Lehre sein«, entgegnete Phillip und schaute dabei Martin an.

»Ich sehe keinen Sinn darin, eine Frau dazu zu bringen, dass sie mich mag, wenn sie später nicht mit mir ausgeht.«

»Nein, Gary. Das tust du bestimmt nicht«, stimmte Phillip zu.

»Wie auch immer«, erklärte Martin. »Gwen arbeitet noch an meiner Robe. Diese hier habe ich mir so lange von Phillip geliehen.«

Tyler schaute sich das Gewand noch einmal genauer an. Dann zog er Phillip gegenüber eine Augenbraue hoch. »Blutrot mit schwarzer Borte? Das ist doch so überhaupt nicht dein Stil.«

Phillip zuckte mit den Schultern. »Das war in meiner Nekromantenphase.«

Tyler nickte. »Die machen wir irgendwann alle durch.«

»Wenn du Glück hast, wächst du heraus«, sagte Jeff, während er zu Gary sah, der in seiner schwarzen Robe wirklich prächtig wirkte.

Als Phillip sich davon überzeugt hatte, dass seine Stiefel nun sauber und trocken waren, gingen sie weiter zu Garys Haus. Sie waren an den toten Bäumen vorbeigegangen und an einem steilen Hügel um die Ecke gebogen. Dieser verdeckte die Sicht, sodass sie nicht sehen konnten, was vor ihnen lag. Sie gingen nicht weit, vielleicht dreißig Meter, bis sich Martin ein toller Ausblick bot: Garys Heim. Am Fuße einer Felswand gab es eine kleine, perfekte und runde Lichtung. In der Mitte dieser Lichtung befand sich ein Steinsockel. Auf dem Sockel brannte ein Feuer, das so dunkelblau war, dass es eigentlich schon schwarz erschien. Durch das Feuer entstanden unheimliche Schatten. Martins Blick wurde von einem verschlungenen Pfad angezogen, der mitten in den Felsen hineingehauen worden war. Er schlängelte sich zwei Mal hoch und dann wieder zurück und endete schließlich am oberen Teil des Felsens in einer Höhe von etwa drei Stockwerken an einer

Höhlenöffnung, die wie der Mund eines grausigen Schädels aussah. Die Höhlen, die die Augen des Schädels darstellen, glühten in einem schwachen Rot.

»Home sweet home«, sagte Gary grinsend, während er und Tyler ihre Stäbe hoben und zum Mund des Schädels hinaufflogen. Jeff holte ebenfalls einen Zauberstab hervor und folgte ihnen. Anmutig stieg er in die Luft. Phillip ließ seine Stiefel und Socken am Fuße des Pfads stehen, legte eine Hand auf Martins Schulter und beide ließen sich jetzt ebenso mühelos zum Schädel hinauftreiben. Der Eingang der Höhle war so groß, dass alle fünf bequem darin stehen konnten.

»Willkommen in der *Schädelschlundhöhle,* Martin. Komm rein«, meinte Gary und ging tiefer in die Höhle hinein. Der Eingang wurde erst enger und dann wieder breiter, bis er schließlich in einer neun Meter großen Kammer mündete. An den Wänden hingen Fackeln, die die Kammer mit grünen Flammen erhellten und dabei keinerlei Rauch absonderten. Am hinteren Ende war ein massiver Thron, der nur aus Geweihen zu bestehen schien. Hunderte scharfe Spitzen ragten in chaotischen Winkeln daraus hervor. Noch nie zuvor hatte Martin einen Stuhl gesehen, der so unglaublich unbequem aussah. Daneben lag ein massives, alt aussehendes und in Leder gebundenes Buch auf einem Podest und wartete nur darauf, dass man es studierte.

»Ich muss nur schnell etwas holen«, erklärte Gary, während er den Einband des Buches öffnete. Martin war überrascht, dass von den Seiten des Buches ein Licht ausging, das Garys Gesicht bläulich erstrahlen ließ. Einen Moment später war Martin ein ganzes Stück weniger überrascht, denn das Buch machte das klassische, synthetische Geräusch eines hochfahrenden Macintosh Computers. Gary nahm nun ein dunkelgraues Apple PowerBook der ersten Generation aus einem Hohlraum, der in die Seiten des Buchs geschnitten worden war. Gary streckte den Stab nun vor sich aus und rief: »*Mother Love Bone.*« Linien aus Feuer bildeten auf einmal ein Rechteck an der Höhlenwand. Der Fels innerhalb des Rechtecks verschwand, als das Feuer erlosch, und ein Zimmer kam dahinter zum Vorschein. Gary führte die anderen in diesen Raum.

Verglichen mit dem Äußeren der Höhle und dem ersten Zimmer, war dieser Raum erschreckend normal. In der Ecke knisterte ein Feuer in einem großen Kamin und sorgte für eine angenehme Wärme. Und es gab einen Tisch mit Bänken auf beiden Seiten. Auf jeder Bank lagen drei Kissen, um deutlich zu machen, wo man sich hinsetzen sollte. Das ließ einen fast vergessen, dass man auf einer Holzbank saß. In den vier Ecken schwebten einfache weiße Lichtkugeln, die Helligkeit verströmten.

»Ich finde es toll, was du aus diesem Ort gemacht hast, aber ist der Effekt nicht irgendwie ruiniert, wenn die Menschen dieses Zimmer sehen?«, fragte Martin.

»Niemand außer anderen Zauberern bekommt diesen Raum jemals zu Gesicht«, antwortete Tyler.

»Wenn eine Lady mit mir nach Hause kommt, befördere ich sie einfach direkt in das Schlafzimmer«, sagte Gary zwinkernd und deutete auf eine Tür in der hinteren Ecke.

»Dort möchte hingegen kein Zauberer reingehen«, fügte Jeff hastig hinzu.

Gary zeigte Martin nun den Hauptraum, aber es gab nicht wirklich viel zu sehen. Martin war langsam beunruhigt darüber, dass die Lebensweise der Zauberer so spartanisch war. Er mochte die Vorstellung nicht wirklich, den Rest seines Lebens in einem karg eingerichteten Zimmer zu verbringen und Eintopf und Porridge essen zu müssen. Als ob er seine Gedanken gelesen hatte, fragte Gary: »Also wer hat Hunger?«

Die Antwort lautet: Jeder! Martin bereitete sich innerlich auf noch mehr Eintopf vor. Dann sagte Gary plötzlich: »Martin, du bist der Neue. Was möchtest du? Peperoni, Spezial oder Käse?«

Martin stammelte und sagte dann irgendwann: »Peperoni.«

Gary zog seine Robe aus. Darunter trug er abgewetzte Jeans und ein schwarzes T-Shirt, auf dem *Dokken* stand. Außerdem hatte er riesige, weiße Turnschuhe an, die locker geschnürt waren und bis zu den Knöcheln hochgingen. Er öffnete sein PowerBook, wodurch ein kleiner Schwarz-weiß-Bildschirm zum Vorschein kam. Drumherum befanden sich eine fünf Zentimeter breite Blende, eine kleine Tastatur und ein Trackball, der in etwa die Größe einer Murmel hatte. Einhändig tippte Gary ein paar Wörter ein und verschwand dann. Weniger als eine Sekunde später tauchte er wieder auf und hielt drei große, braune Schachteln von *Pizza Hut* in der Hand.

»Dieser Gesichtsausdruck, wenn ich die Pizza nehme und dann direkt zur Toilette gehe, wird niemals langweilig«, erzählte er lachend.

»Mensch Gary. Ich habe dir doch gesagt, dass du mein Essen nicht aufs Klo schleppen sollst!«, regte sich Jeff auf.

»Beruhige dich! Es ist einfach nur ein ungestörter Ort zum Teleportieren.«

»Trotzdem. Ich mag es nicht, wenn der Toilettengeruch aus dem Jahre 1992 an meine Pizza kommt!«

»Martin, was ist deine Lieblingslimonade?«

»Cola light.«

Gary murmelte: »Falsche Antwort«, während er noch ein paar Wörter eintippte und verschwand. Augenblicklich war er mit zwei Sixpacks Pepsi light zurück. Die Flaschen waren klein und dick, wie übergroße Handgranaten aus Glas. Beim Anblick der alten Schriftart und des alten Logos wurde Martin kurz in die Zeit zurückversetzt, als er ein Kind gewesen war. Gary stellte die Getränke ab und sagte: »Ein Mal muss ich noch los.« Dann verschwand er und tauchte mit einem großen

Stapel Gesellschaftsspiele, Papptellern und einer Rolle Küchenpapier wieder auf.

Martin aß daraufhin die beste schlechte Pizza, die er jemals probiert hatte, spielte eines der unterhaltsamsten Risikospiele, das er je gespielt hatte und redete mit den Fünfen über sehr viele verschiedene Dinge.

Sie sprachen über die Stabverzierungen, die sie gewählt hatten. Gary hatte seinen Stab mit großen Puppen der Band KISS geschmückt. Sie waren so an den Stab gebunden, dass ihre Gesichter alle nach außen zeigten. Wenn ihn einer der Einheimischen fragte, was sie bedeuteten, sagte er nur: »The Demon, the Space Man, the Star Man und Peter Criss am Schlagzeug!« An der Spitze von Tylers Stab befand sich hingegen eine Kühlerfigur von Rolls-Royce. Für die Bedeutung hatte er keine Erklärung, denn eine hübsche Frau mit Flügeln spricht einfach für sich selbst. Jeff war der erste Zauberer, den Martin je getroffen hatte, der sich für einen kleinen Zauberstab statt eines langen Stabs entschieden hatte. Er sagte: »Man kann ihn leichter transportieren und ganz nebenbei bemerkt liebe ich Harry Potter.«

Sie sprachen darüber, woher sie kamen und aus welcher Zeit. Gary war aus Minneapolis, 1992. Tyler aus Montana, 2003. Jeff war aus Delaware und kam aus dem Jahre 2021. Martin freute sich kurz darüber, jemanden aus der Zukunft zu treffen. Er fragte Jeff, was in den Jahren zwischen Martins Zeit und seiner alles geschehen war.

»Es gab eine Menge Präsidenten, von denen du noch nie zuvor gehört hast, einen Haufen Bands und Filme, die du doof finden würdest. Und du würdest ausflippen, wenn du meinen Fernseher sehen könntest. Du würdest ihn lieben, aber alles hassen, was ich mir damit anschaue.«

Phillip sah, dass Martin diese Antwort nicht gefiel, und erklärte daraufhin: »Wir diskutieren hier nicht über die Zukunft.

Nicht, weil es der Realität schadet, sondern unserer Freundschaft!«

»Das führt nur unweigerlich zu Streit«, bestätigte Tyler. »Alle vor deiner Zeit sehen aus wie eine Zeitkapsel. Alle nach deiner Zeit sehen aus wie privilegierte Idioten. Darum ist es besser, alles unbestimmt zu lassen. Wir schätzen, dass die Zukunft nicht allzu schlecht sein kann, wenn Jeff hier Zugang zu einem Computer hatte und die Datei finden konnte.«

Jeff sagte: »Ich verspreche euch, wenn es etwas wirklich Schlechtes gegeben hätte, würde ich euch alles erzählen, was mir mein von der Regierung eingesetztes Hirnimplantat zu sagen erlaubt.«

»*Was?* Ein von der Regierung eingesetztes Hirnimplantat?«, rief Martin entsetzt. Es gab einen Moment der Anspannung. Dann lachten alle grölend außer Martin.

»Das ist der andere Grund, warum wir nicht nach der Zukunft fragen. Man steht einfach zu schnell als Idiot da«, erklärte Phillip.

»Ja«, fügte Gary hinzu, »keiner möchte schließlich wie Ralph Wiggum durchs Leben gehen.« Nun lachten alle außer Phillip.

Sie diskutierten nun als Nächstes, was sie mit ihrer Freizeit anstellten. Gary war Maler. Größtenteils malte er die Art von Bildern, die hervorragende Cover für Heavy-Metal-Alben abgeben würden. Jede Menge Fledermausflügel und Feuer. Martin sagte, er würde wetten, dass Gary durch das Leben im Mittelalter viel Inspiration bekam.

»Nicht annähernd so viel, wie ich gehofft hatte«, sagte er. »Es ist einfach so, dass das Leben hier genau so langweilig wie in der Zukunft ist. Wenn ich Eigenbedarfsbauern malen wollte, dann hätte ich auch in Minnesota bleiben können. Tyler bekommt von diesem Ort viel mehr Inspirationen als ich.«

Martin wandte sich zu Tyler. »Was machst du denn?«

»Ich schreibe Romane.«

»Wirklich?«, sagte Martin. »Irgendwas, das ich gelesen haben könnte?«

»Das bezweifle ich. Ich habe nämlich erst einen Roman zu Ende geschrieben und er wurde bislang nicht veröffentlicht. Es gab nicht wirklich einen Markt für Gothic Horror.«

Gary redete dazwischen: »Besonders für ein Buch, das *Der Geist der Wolfsmenschen-Mumie* heißt.«

»Der Titel war *Der Fluch*«, berichtigte ihn Tyler.

»Und wie war der Untertitel?« Gary stupste ihn grinsend an.

Tyler sagte: »*Des Geistes der Wolfsmenschen-Mumien.*«

»*Der Fluch des Geistes der Wolfsmenschen-Mumie*«, wiederholte Martin und versuchte es zu verstehen.

Jeff sagte: »Es beantwortet die uralte Frage: Was würde passieren, wenn ein Werwolf einen Pharao beißt, der dann mumifiziert wird und dessen Grab Jahrhunderte später entweiht wird, wodurch er wieder zum Leben erweckt und sofort getötet wird?«

»Nach fünfhundert Seiten mit Irrungen und Wirrungen, unnötigem Sex und gruseligen Knurrgeräuschen stellt sich dann endlich heraus, was passiert«, meinte Gary.

Tyler sagte: »Es war eine großartige Idee! Um den Wolfsmenschen-Mumien-Geist zu besiegen, musste man den Geist erst einmal zum Leben erwecken.«

»Mit einem Ritual, in dem nackte Priesterinnen eine Rolle spielen«, warf Jeff ein.

»Dann musste man all die Grabgefäße zusammensuchen, in denen sich die Organe der Mumie befanden«, fuhr Tyler fort.

»Und sie stehlen, in dem man die wunderschöne, reiche Gräfin verführte, die sie gekauft hatte«, fügte Gary hinzu.

»Dann, sobald man die Gefäße zerstört hatte …«, erklärte Tyler.

»... und Sex hatte, um das gebührend zu feiern ...«, sagte Jeff.

»... musste man immer noch mit einem Wolfsmenschen fertig werden«, beendete Tyler schließlich seinen Satz.

»Aber so sexy wie möglich würde ich mal annehmen«, erwiderte Phillip.

»Schreibst du jetzt noch ein Horrorbuch?«, fragte Martin.

»Nee. Einen Fantasyroman. Hier zu leben ist dabei von unschätzbarem Wert. Ich reise auf dem Land herum und frage die Menschen, ob sie mir Geschichten erzählen können. Diese schreibe ich dann auf und verknüpfe sie mit meiner Geschichte.«

»Aber Gary sagte, dass hier in der Umgebung größtenteils nur Bauern wohnen.«

»Das stimmt. Ihre Geschichten schreibe ich um.«

Gary sagte: »Statt Bauern schreibt er *Krieger*.«

»Und statt Karotten schreibt er *Goblin*«, fügte Jeff hinzu.

»Und statt wuchs schreibt er *niedergeknüppelt*«, schloss Gary.

»Aber der springende Punkt ist doch, dass mich ihre Geschichten inspirieren!«, rechtfertigte sich Tyler.

»Sie inspirieren dich höchstens zum Lügen«, meinte Phillip, war dabei aber nicht gemein.

Eine lange Pause entstand nun, in der Martin versuchte zu entscheiden, wie er die Frage am besten formulieren sollte, von der jeder wusste, dass er sie gleich stellen würde. Schließlich stellte er sie einfach geradeheraus: »Reagieren die Bauern jemals schlecht darauf, dass du ...«

»... ein schwarzer Mann im mittelalterlichen England bin?«, beendete Tyler den Satz für ihn. »Sie fragen mich danach, aber ich erzähle ihnen dann einfach, dass ich maurischer Abstammung bin. Sie gehen dann automatisch davon aus, dass ich entweder zum Christentum konvertiert und damit harmlos bin oder gefährlich genug, um in diesem Land als Heide überleben zu können. So oder so, meist ist das Gespräch damit dann beendet.«

Gary sagte: »Derjenige mit dem interessantesten Hobby ist aber wohl Jeff. Er ist einer der produktivsten Mitarbeiter des Shell-Programms. Gut und gerne ein Drittel der Dinge, die wir können, verdanken wir nur ihm. Woran arbeitest du im Moment?«

Jeff zuckte mit den Achseln. »Ich arbeite immer noch an dem Import.«

Martin wusste nicht, was er damit meinte. »Import? Was versuchst du denn, zu importieren?«

»Theoretisch alles, was Digital erschaffen wurde, aber insbesondere versuchen wir, Sachen aus Videospielen hinein zu bringen. Wenn sie in einem Computerkonstrukt existieren und wir ebenfalls, dann sollte es doch einen Weg geben, dass wir in *demselben* Computerkonstrukt existieren.«

»Ja!«, stimmte Gary zu und schlug begeistert mit der Faust auf den Tisch. »Dann bekommen wir hier endlich mal ein paar Drachen!«

Tyler sah Phillip an. »Ich würde gerne mal wissen, was *du* so in deiner Freizeit anstellst. Noch wichtiger ist allerdings … was machst du im ersten Stock deines Ladens? Hat er dich dort hoch gelassen, Martin?«

»Nein, hat er nicht.«

»Warum nicht, Phillip? Was hast du dort oben?«

»Nichts«, erwiderte Phillip stur.

»Was machst du dann da oben?«, fragte Tyler.

»Nichts.«

»Ja ne, is' klar. Du gehst da hoch, um nichts zu machen. Erwartest du etwa wirklich, dass wir das glauben?«

»Nein.«

Nach einer langen Pause sagte Tyler: »Immerhin ist er ehrlich.« Dann widmeten sie sich wieder ihrem Risikospiel.

»Also«, erwiderte Gary, »ich wette, du wartest ungeduldig auf dein eigenes Gewand. Oder nicht Martin?«

Martin antwortete: »Ich kann es in der Tat kaum noch erwarten.«

»Morgen gehen wir zur ersten Anprobe«, erzählte Phillip. »Bis dahin kann er gerne meine alte Robe tragen. Warum er so ungeduldig ist, verstehe ich allerdings nicht, denn bis jetzt hat er in der Öffentlichkeit noch gar keine Magie angewandt.«

»Ich weiß nicht«, erklärte Martin. »Ich fühle mich einfach sicherer, wenn die Einheimischen denken, ich hätte bereits alle Fähigkeiten, die ein Zauberer besitzt.«

»Unsinn! Bis zu diesem Zeitpunkt hast du dein Leben doch auch gelebt, ohne dass die Leute geglaubt haben, du hättest magische Fähigkeiten und man hat dir auch nicht ständig Gewalt angedroht oder? Ich verstehe nicht, warum es hier anders sein sollte.«

»Weil du a) nicht in meine Highschool gegangen bist und b), vielleicht liege ich da falsch, aber ich habe irgendwie das Gefühl, das es hier Leute gibt, die gerne mal einen Zauberer in die Finger kriegen möchten, der sich nicht zur Wehr setzen kann.«

Phillip schüttelte den Kopf. »Unsinn. Du bist einfach nur paranoid. Aber wenn du dich besser fühlst, es schadet auch nicht, wenn du meine alte Robe trägst.«

Die anderen studierten schweigend das Gesellschaftsspiel.

Die Zeit verging. Kampflinien wurden gezogen und wieder zerstört. Tyler hatte eine Glückssträhne und fegte Phillip von der Karte. Phillip gratulierte Tyler und reichte ihm seine Karten.

Tyler erklärt: »Europa ist am schwierigsten zu verteidigen. Zu viele Grenzen.«

»Vielleicht«, entgegnete Phillip und erhob sich vom Tisch, »vielleicht. Nun Gentlemen, ich bin dann mal weg, um an dem größten Vergnügen teilzuhaben, das das Mittelalter einem Mann bieten kann.«

Martin war verwirrt, bis Jeff ihm erklärte: »Er muss draußen mal für kleine Zauberer.«

Phillip hatte zuvor schon einmal erklärt, dass die Badezimmer bei Zauberern eine Frage des persönlichen Geschmacks waren. Alle Zauberer, die Martin bislang getroffen hatte, waren männlich. Darum machte es ihnen auch nichts aus, draußen zu pinkeln, aber wie man das Thema Stuhlgang behandelte, wurde ganz und gar vom Komfortbedürfnis des Einzelnen bestimmt. Phillip hatte in seinem Haus sanitäre Anlagen, die einem modernen Badezimmer sehr ähnelten. Es war ein kleiner Anbau an der Rückseite seiner Hütte und glich bis auf drei wichtige Faktoren einer klassischen Latrine: Es gab einen modernen Toilettensitz und -deckel, es gab modernes Klopapier und es stank nicht so schrecklich, wie man es an einem solchen Ort erwarten würde. Als Martin das erwähnte, benutzte Phillip seinen Stab, um ein Licht in das Loch hinunterzuschicken. So sah Martin, dass es ein tiefer Schacht war, der von oben bis unten knochentrocken war. Martin fragte, ob er nagelneu war. Phillip lachte, knüllte Toilettenpapier zu einem Ball zusammen und warf es in den Schacht. Der Ball fiel hinunter und dann verschwand er auf einmal im Nichts, bevor er den Boden berührte.

»Wo ist das Papier hin?«, fragte er Phillip fassungslos.

»Dort, wo ich es hin haben möchte«, antwortete Phillip.

Nachdem er einen Augenblick lang nachgedacht hatte, fragte Martin: »Wie tief ist es?«

»Etwa neun Meter.«

»Warum sooo tief?«

»Um Geschwindigkeit aufbauen zu können.«

Phillip wechselte nun das Thema und erzählte Martin etwas über einen weiteren Zauberer, den er kannte (Tyler, wie sich herausstellte) und der immer noch ein Apartment in seiner Zeit hatte. Das war an sich nichts Ungewöhnliches, aber da dieser jetzt fest in der Vergangenheit lebte, war Tylers Apartment im Grunde eigentlich nur noch ein Badezimmer und ein Lagerraum für massenhaft gekauftes Toilettenpapier, Papiertücher, Handseife und Müllbeutel.

Er pendelte jedes Mal dorthin zurück, wenn seine Verdauung sich meldete. Aus seiner Sicht bedeutete das jeden Tag, aber er kam ja trotzdem immer in der Sekunde wieder zurück, in der er gerade gegangen war. Wenn man zu dieser Zeit in seinem Apartment wäre, würde man sehen, wie er auftauchte, die Toilette benutzte, sich die Hände wusch, sie mit Papiertüchern abtrocknete (normale Handtücher hätten keine Zeit zu trocknen) und dann wieder verschwand. Dann, weniger als eine Sekunde später (aber für ihn Stunden oder Tage später) würde er wieder auftauchen und die ganze Prozedur wiederholen. Wieder und wieder und wieder.

Tyler war nun schon seit viereinhalb Jahren Zauberer. Also war seine Toilette, wenn man Phillips mathematischen Fähigkeiten Glauben schenkte, seit fünfeinhalb Tagen in Dauerbenutzung.

»Seine Wasserrechnung muss astronomisch sein!«, meinte Martin fasziniert.

»Ja, in etwa zwanzig Jahren«, antwortete Phillip.

Martin wusste nicht, wie Gary das mit dem großen Geschäft machte, aber wenn es ums Urinieren ging, war die Antwort *der Wald dort draußen* und dorthin ging auch Phillip. In dem Augenblick, als er weg war, änderte sich Jeffs, Garys und Tylers Verhalten grundlegend.

Tyler sah Martin direkt in die Augen und sagte: »Du liegst mit deinen Befürchtungen kein bisschen falsch, Martin. Lass die Einheimischen nie denken, dass du dich nicht selbst verteidigen kannst. Die meisten von ihnen kümmern sich so oder so nicht um uns, aber da sind ein paar, die liebend gerne mal einen von uns überraschen und fangen würden.«

Martin war sowohl alarmiert als auch erleichtert. Er erzählte ihnen von den paar Sekunden, in denen Phillip ihn auf offener Straße alleine gelassen hatte und wie knapp er da einem Angriff entgangen war. Sie schienen darüber nicht allzu überrascht zu sein.

»Einmal habe ich den Fehler gemacht zu sagen, dass ich meinen Zauberstab zerbrochen habe. Ein Typ hat sofort ein Messer gezogen und mich damit bedroht! So als hätte er schon jahrelang auf diese Chance gewartet!«, erzählte Jeff.

»Was hast du dann gemacht?«

»Ich habe ihm gezeigt, dass ich meinen Zauberstab wieder zusammengeklebt habe und dass er trotzdem noch funktioniert. Dann habe ich ihm erst in sehr großer Entfernung den Rücken zugekehrt.«

Tyler schüttelte den Kopf. »Sie brauchen uns, aber sie fürchten uns auch. Das ist nicht dasselbe, wie mögen oder respektieren.«

»Warum sieht Phillip das denn nicht?«, fragte Martin.

»Ich schätze mal, er *möchte* es nicht sehen. Er mag fast jeden und deshalb nimmt er automatisch an, dass auch fast jeder ihn mag. Für ihn funktionierte das Ganze bisher ziemlich gut. Ich möchte nur nicht dabei sein, wenn das eines Tages aufhört. Wer weiß, vielleicht ist das auch nie der Fall. Es ist schließlich schwer, ihn nicht zu mögen.«

Martin dachte über die paar Tage nach, die er Phillip nun kannte. In dieser Zeit hatte dieser ihn öffentlich erniedrigt, ihn mit hoher Geschwindigkeit an einen Baum prallen lassen, ihm mit Gefängnis und öffentlicher Nacktheit gedroht und ihn wiederholt beschuldigt, niemals nachzudenken. Dennoch vertraute Martin ihm und betrachtete ihn als Freund.

»Du sagtest, er mag *fast* jeden«, hakte Martin nach.

Gary grinste und antwortete: »Du hast Jimmy und ihn noch nicht zusammen gesehen, oder?«

»Sieh mal, Martin«, meinte Tyler, »wir sagen nicht, du sollst in Angst leben. Wir sagen nur, dass du auf der Hut sein sollst.«

»Ja, das habe ich verstanden«, erwiderte Martin. Er warf einen Blick zur Tür. Die Jungs schienen offen und ehrlich mit ihm zu reden. Deshalb wollte er ihnen noch eine Frage stellen, bevor Phillip wieder zurückkam.

»Jungs sollte ich mir wegen der Prüfungen Sorgen machen?«

Sie sahen sich nun alle gegenseitig an. Tyler antwortete: »Du solltest auf jeden Fall hart arbeiten und tun, was Phillip dir sagt. Er hat Gary ausgebildet und Gary mich und Jeff. Phillip weiß also, wovon er redet. Tu, was er dir sagt und nimm es ernst. Abgesehen davon denke ich, dass du bestehen wirst.«

»Ja, du wirst das schon schaffen«, stimmte Gary zu.

»Denn wenn nicht, werden wir dich einfach gefesselt und nackt zurück in deine Zeit schicken!«, fügte Jeff hilfsbereit hinzu.

Kapitel 16

Am nächsten Morgen war es an der Zeit, Martins Robe grob anzupassen. Fast die ganze Nacht hatte Martin damit verbracht, sich zu überlegen, wie er ab sofort mit Gwen umgehen sollte. Erst dann hatte er sich in seine Hängematte gelegt und eine virtuelle Liste über die Dinge gemacht, die er über sie wusste. Sie war die schönste Frau, die er hier in dieser Zeit getroffen hatte. Sie war auch die erste Frau, die er in dieser Zeit getroffen hatte. Jeder Versuch, den er unternommen hatte, um sie zu beeindrucken, war fehlgeschlagen. Gary, Tyler und Jeff hatten sie alle gefragt, ob sie mit ihnen ausgehen würde, und waren mit wehenden Fahnen untergegangen. Sie schien Phillip zu mögen, aber Phillip legte ja auch großen Wert darauf, sie nicht anzubaggern. Martin spielte mit dem Gedanken mit ihr zu flirten, indem er *nicht* mit ihr flirtete. Er würde freundlich und professionell sein und eine Fassade aus angenehmem Desinteresse aufrechterhalten, während er in Wirklichkeit die ganze Zeit eine romantische Beziehung mit ihr initiieren wollte.

Er überlegte und plante ein wenig hin und her, erkannte aber schließlich, dass es viel Arbeit sein würde und er es noch dazu wahrscheinlich vermasseln würde, wodurch sie ihn noch weniger mögen würde. Also entschied er sich dazu, aufzugeben. Das mit Gwen würde ja eh nicht klappen und er sollte sich stattdessen wirklich auf seine Ausbildung konzentrieren. Statt seines großen, komplexen Bluffs würde er Gwen einfach so behandeln, wie er es mit jedem anderen Fachmann tun würde, mit dem er Geschäfte machte. Er würde sich freundlich und professionell verhalten. Das war auf jeden Fall einfacher.

Martin erzählte Phillip, dass er beschlossen hatte, Gwen nicht nachzustellen. »Großartig«, entgegnete Phillip. »Ich bin froh, dass du dich dazu entschieden hast, meine Anweisungen zu befolgen. Obwohl es eine Schande ist, wie viel Zeit zwischen dem Zeitpunkt vergangen ist, an dem ich dir gesagt habe, was du tun sollst und dem Zeitpunkt, an dem du schließlich beschlossen hast, es zu tun.«

Phillip stellte eine Schüssel mit Eintopf vor Martin und dieser begann sofort, ihn in sich hineinzuschaufeln, dann hielt er jedoch inne und sein Löffel schwebte über der Schüssel.

»Ist das immer noch derselbe Eintopf?«

»Es kommt darauf an, was du mit *derselbe Eintopf* meinst. Natürlich ist es der gleiche Topf und er ist immer noch voller Eintopf, aber wenn du meinst, ob es der gleiche Eintopf ist, der schon tagelang in dem Topf vor sich hingeblubbert hat, dann ist die Antwort ebenfalls ja.«

Martin legte den Löffel weg. »Versuchst du, mich zu töten?«, fragte er, so höflich, wie er nur konnte.

»Wenn ich versuchen würde, dich zu töten, wüsstest du das, weil du dann nämlich bereits tot wärst. Sei nicht so ein Baby. Er ist absolut sicher. Er hat schon seit Wochen nonstop gekocht! Damit ist er sauberer als die Schüssel, in die ich ihn getan habe. So viel ist sicher.«

»Das hilft mir jetzt aber auch nicht.«

»Schau, ich habe ab und zu Wasser dazugegeben und mehr Gemüse hineingetan, wenn ich welches bekommen habe. So macht man das hier. Hast du dich nie gefragt, wie die Leute ohne Kühlschrank überlebt haben? Das lag an Tricks wie diesen. Außerdem intensiviert es den Geschmack, den Eintopf über Tage einkochen zu lassen.«

»Vielleicht schon, aber nicht alle Aromen sind gut«, meinte Martin und beäugte den Eintopf so, als könnte dieser ihn gleich angreifen.

»Sieh mal«, erklärte Phillip. »Ich habe dir gesagt, dass du Gwen nicht nachstellen sollst und nach reiflicher Überlegung hast du entschieden, dass du machst, was ich dir gesagt habe. Ich sage dir jetzt, du sollst den Eintopf essen. Leider haben wir keine Zeit, um auf die Entscheidung zu warten, dass ich doch recht habe. Wir müssen nämlich jetzt gehen und *nicht* meine Freundin Gwen anbaggern.«

Nachdem Martin halbherzig etwas Eintopf heruntergewürgt hatte, teleportierten er und Phillip sich auf die Straße vor Gwens Laden. Es wäre kein langer Weg gewesen, aber bei Phillip hatten die Kunden nicht gerade Schlange gestanden und er mochte es gar nicht, wenn ein Tag verging, ohne dass er seine Fähigkeiten öffentlich zur Schau gestellt hatte. Im Ladeninneren sprach Gwen gerade mit einer Bäuerin, die etwas trug, das ein Sackmantel zu sein schien. Die Frau hatte einen Arm auf Schulterhöhe ausgestreckt und zeigte mit der anderen Hand darauf. Zuerst dachte Martin, sie würde eine Art Tai-Chi-Bewegung machen, aber dann erkannte er, dass sie sich einfach nur über das Kleidungsstück beschwerte.

»Die Ärmel sind viel zu lang. Man muss doch kein verfluchter Schneider sein, um das zu sehen.« Sie hatte nicht ganz unrecht. Ihre Finger schauten kaum noch aus dem Ärmelsaum heraus.

Gwen schaute ratlos drein. »Ziehst du deine Schultern vielleicht hoch?«

»Nennst du mich etwa eine Lügnerin?«

Gwen hob abwehrend ihre Hände. »Nein, natürlich nicht. Es tut mir leid. Ich bin nur etwas verblüfft. Stoff schrumpft vielleicht mit der Zeit, aber er wächst doch nicht. Und selbst wenn, würde er nicht nur in die eine Richtung wachsen, sondern auch in die andere.«

»Nun, es ist aber so. Ich habe diesen Mantel erst vor drei Monaten gekauft und jetzt passt er nicht mehr.«

»Wir sind uns aber beide einig, dass er gepasst hat, als du ihn gekauft hast oder?«

»Nun, jetzt passt er aber nicht mehr!«

Gwen dachte einen Moment lang nach. »Du lebst in der Nähe von Sam, oder?«

»Wir leben beide in Rickard's Bend. Was hat das mit der Sache zu tun?«

»Bestimmt gar nichts. Tut mir leid, dass du Ärger mit dem Mantel hast. Lass ihn einfach hier. Ich werde die Ärmel kostenlos für dich umsäumen. Komm bitte in einer Woche wieder, dann ist er fertig.«

Die Frau reichte Gwen wortlos den Mantel und ging dann davon. Während sie an Martin vorbeiging, murmelte sie:

»Jetzt rechne ich mit dem verfluchten Schuster ab.«

»Harter Morgen, Gwen?«, fragte Phillip mitfühlend.

»Nichts, womit ich nicht zurechtkommen würde.« Gwen guckte demonstrativ Martin an.

Martin lächelte. »Guten Morgen, Gwen. Schön, dich zu sehen.«

»Äh, guten Morgen, Martin. Also meine Herren, bereit für die Anprobe?«

Gwen bat Martin darum, die blutrote geliehene Robe und den Hut auszuziehen. Dann breitete sie eine Robe aus dünnem, grau-weißem Stoff vor ihm aus. Sie hielt ihn so, wie ein Mann es bei einer Frau tun würde, um ihr in den Mantel zu helfen. Als Martin seine Arme in die Robe schob, erklärte Gwen: »Das ist nur eine grobe Vorlage, die ich nach deinen Maßen angefertigt habe. Wenn sie richtig passt, werde ich das eigentliche Gewand aus einem teureren Stoff herstellen.« Martin schwang nun probeweise mit den Armen hin und her.

»Und wie fühlt es sich an?«, fragte Gwen.

»Ein wenig eng um die Brust, aber ansonsten fühlt es sich sehr gut an.«

Gwen machte sich eine Notiz. Dann zog sie dort, wo die Schultern auf die Ärmel trafen, an den Nähten, legte den Stab an der Seite des Ärmels an und nahm noch einmal Maß. »Die Schultern sitzen auch nicht ganz richtig.«

Martin erwiderte: »Das wird schon. Du weißt schließlich, was du tust. Welchen Stoff hast du denn ausgewählt?«

»Ich habe ein paar Ideen. Ich wollte mich nur noch auf nichts festlegen, bevor ich deinen Stab nicht gesehen habe – oder bist du eher der Zauberstabtyp?«

Mit großer Mühe ließ Martin das ohne einen Kommentar durchgehen. Er drehte sich bloß zu Phillip um und fragte: »Könntest du mir bitte meinen Stab reichen?«

Phillip nahm den Stab, den Martin gegen die Wand gelehnt hatte, und reichte ihn sofort an Gwen weiter. Sie schaute sich die kleine Büste von Santo mit der silbrig glänzenden Maske an. »Furchterregend!«, sagte sie. »Was ist das?«

Martin blies sich ein wenig auf und erklärte: »Das ist das grimmige Antlitz des Heiligen des südlichen Landes. Monstervernichter und Führer der Menschen. Er besiegte den Blauen Dämon und freundete sich später sogar mit ihm an.«

Es war das erste Mal, das Martin die Beschreibung nutzte, und er war ehrlich gestanden ziemlich zufrieden damit. Gwen schien wirklich beeindruckt zu sein.

Sie setzte Martin nun einen konischen Hut auf den Kopf, der aus demselben dünnen Stoff war. Dann diskutierten sie darüber, wie er passte. Gwen nahm noch ein paar Maße und sagte Phillip und Martin dann, dass sie in einer Woche zur letzten Anprobe vorbeikommen sollten. Wenn keine Änderungen mehr notwendig wären, könnten sie das Gewand sofort mitnehmen.

Als sie gingen, kam die wütende Frau mit dem zu großen Mantel wieder zurück. Sie war jetzt barfuß. Ihre enge Hose ging bis über die Fersen ihrer Füße. Sie sagte aufgebracht: »Als wir über den Mantel geredet haben, hat mich das so wütend gemacht, dass ich vollkommen vergessen habe, zu erwähnen, dass auch meine Hosen zu lang sind!«

***

Martin und Phillip kehrten anschließend zu ihrer Hütte zurück und arbeiteten so lange, dass es nicht mehr ganz Tag, aber auch noch nicht richtig Nacht war. Die Sonne war noch am Himmel. Sie stand zwar tief, aber sie war noch da. Wenn sie schließlich untergehen würde, wartete eine ganz neue Nacht mit Versprechungen und Möglichkeiten, die eine Nacht bietet, auf die Welt, aber die Welt war noch nicht so weit. Bevor die neue Nacht beginnen konnte, musste erst der alte Tag enden und er kam nur sehr langsam zum Erliegen. Die Vögel sangen leise, Kaninchen paarten sich müde und die Menschen machten nur noch halbherzig ihre Arbeit.

In Phillips Hütte beendeten er und Martin gerade eine Diskussion über den Transport von komplexen Objekten. Ein Thema, das Martin nicht besonders interessierte. So viel war Phillip schon nach kurzer Zeit klar, und er war dadurch sehr verärgert, bis er irgendwann merkte, dass er sich selbst nicht mehr an den letzten Satz, den er gesagt hatte, erinnern konnte, weil er sich so sehr mit Martins mangelndem Interesse beschäftigte.

»Lass uns das Thema für heute beenden, und zu Abend essen«, meinte Phillip schließlich.

»Großartige Idee«, erwiderte Martin.

Phillip stand auf, ging zum Kochtopf hinüber, drehte sich um und sah dann, dass Martin in die entgegengesetzte Richtung gegangen war und mit seinem Stab in der Hand neben der Tür stand.

»Wohin gehst du?«, fragte Phillip.

»Ich hole mir Abendessen«, antwortete Martin.

»Aber wir haben Eintopf hier«, meinte Phillip.

»Darum esse ich ja woanders.«

Phillip sagte: »Was denkst du, was du essen wirst?«

»Alles außer Eintopf!«

Martin ging hastig, bevor Phillip noch weiter protestieren konnte.

Denn er wollte auf keinen Fall noch mehr Eintopf essen. Außerdem wollte er sich die Beine vertreten und mehr von der Stadt sehen. Er war sich ziemlich sicher, Phillip wäre mit ihm spazieren gegangen, wenn er etwas gesagt hätte. Das wäre zwar schön gewesen, aber nicht so schön wie allein unterwegs zu sein, denn der Blick auf die Stadt würde dann teilweise von Phillip verstellt werden und den hatte er mittlerweile wirklich lang genug gesehen.

Phillips Hütte stand am Rande der Stadt, also gab es vier Richtungen, in die Martin nun gehen konnte. Eine davon führte in den Wald, zwei am Rande der Zivilisation entlang und die letzte würde ihn mitten in das Herz von Leadchurch bringen. Martin nahm kurzerhand Kurs auf das Zentrum der Stadt und ging los.

Er wusste, dass er mit der geliehenen blutroten Robe und dem Hut Eindruck schindete, und er trug seinen Stab mit dem Antlitz des furchterregenden Santos, der in die Welt hinaus starrte, ebenfalls bei sich. Martin versuchte das Ganze wieder auszugleichen, indem er lächelte und freundlich erschien, aber als er die Straße herunterging, fand er, dass die Menschen, die noch draußen herumschwirrten, ihm alle ziemlich hastig Platz machten. Sie schienen nicht unglücklich zu sein, ihn zu sehen, sondern einfach nur glücklicher, ihn aus weiter Entfernung zu betrachten.

Martin dachte über sein Abendessen nach und überlegte, welche Optionen es gab. Er könnte zum *Verrotteten Stumpf* gehen und dort Essen kaufen, aber angesichts des ersten Eindrucks, den er dort von dem Besitzer bekommen hatte, standen die Chancen sehr schlecht, dort saubere und unverfälschte Lebensmittel zu bekommen. Ehrlich gesagt standen die Chancen für alle nicht gut, von Pete unverfälschte Lebensmittel zu bekommen, aber er schätze, dass jedes Essen, das Pete für Martin zubereiten würde, ziemlich verfälscht sein würde, wenn er es bekam.

Martin entschied sich daher, an der nächsten Kreuzung einfach rechts abzubiegen. Danach ging er dann links weiter und anstatt auf demselben Weg wie zuvor mit Phillip ins Zentrum der Stadt zu gehen, wählte er eine etwas andere Route. Leadchurch war zwar klein, aber es gab immer noch Teile, die er noch gar nicht gesehen hatte. Und das wollte Martin nun ändern.

Er dachte: *Man muss doch noch irgendwo anders etwas zu Essen finden können, außer im Verrotteten Stumpf.* Er war sich sicher, dass er vor ein paar Tagen einen Jungen gesehen hatte, der Obst und Gemüse aus einem kleinen Wagen verkauft hatte. *Natürlich hat er es wahrscheinlich mit schmutzigem Wasser abgespült, aber ich kann das, was ich kaufe, ja mit dem örtlichen Wasser waschen, das auch schmutzig ist.* Martin erkannte allmählich, dass er diese kleine Expedition wohl nicht sehr gut durchdacht hatte.

Er überlegte, ob er vielleicht doch in seine eigene Zeit zurückgehen sollte, um sich richtige Nahrung zu besorgen. Das Problem war nur, dass er noch keinen vollen Zugang zum Shell-Programm hatte. Darum konnte er die vereinfachten Tools nicht nutzen, die die örtlichen Zauberer für die Zeitreisen entwickelt hatten. Er könnte nur die ursprüngliche Datei direkt editieren. Das war zwar möglich, aber es war auch schwierig, wenn man nur einen winzigen Handybildschirm und eine nervige Bildschirmtastatur hatte. Und Zeitreisen und

Teleportation waren schließlich keine Tätigkeiten, bei denen man riskieren wollte, einen Fehler zu begehen. Die sicherste Option war daher wieder seine App zu benutzen, die ihn immer zu exakt der gleichen Zeit und an den gleichen Ort zurückbringen würde, und zwar dorthin, wo er seine Zeit verlassen hatte. Aber das würde bedeuten, dass er den Kühlschrank seiner Eltern plündern müsste, was ihm irgendwie unangenehm wäre, vor allem, wenn man dazu noch die Tatsache in Betracht zog, dass gerade Bundesagenten ihr Haus belagerten.

Aber ich könnte mir etwas liefern lassen. Eine Pizza, Chinesisch …, dachte er. *Ich frage mich, ob sich der Lieferjunge wohl tapfer durch die Agenten durchkämpfen würde, wenn ich ihm einen zusätzlichen Zwanziger an Trinkgeld versprechen würde.*

Martin war über den Gedanken an einen Mindestlohn-Pizzaboten, der sich seinen Weg durch bewaffnete Gesetzeshüter bahnte, so belustigt, dass er ganz vergaß, aufzupassen, wo er hinlief. Er stieß zwar nicht mit jemandem zusammen oder lief irgendwo gegen, aber er sah sich plötzlich um und stellte fest, dass sich seine Umgebung doch ganz schön verändert hatte. Das Licht schien irgendwie düsterer zu sein. Die Hütten, die die Straße säumten, waren weniger gepflegt und viele schienen rein statisch gar nicht mehr tragfähig zu sein. Sogar die Tiere sahen unterernährt aus und die Karren, die er erblickte, waren ebenfalls in keinem guten Zustand. Die anderen Fußgänger waren allerdings der beunruhigendste Teil. Sie taten zwar alle nichts offenkundig Bedrohliches, aber sie beobachteten Martin wie Falken.

Bleib cool, sagte Martin zu sich selbst. *Es gibt nichts, weshalb ich mir Sorgen machen müsste. Immerhin bin ich ein Zauberer! Ich gehe jetzt einfach weiter und tue so, als würde ich hierher gehören und alles wird gut. Natürlich habe ich noch nicht all meine Zauberer-Fähigkeiten, aber das weiß schließlich keiner von diesen Leuten.*

Jemand müsste schon ziemlich dumm sein, wenn er einen Streit mit mir anfangen würde. Oder ein wirklich, wirklich guter Kämpfer. Oder vielleicht sogar beides.

Eine Stimme von der gegenüberliegenden Straßenseite rief plötzlich: »Hey! Hey du!«

Noch nie in seinem Leben hatte Martin ein Satz, der mit »Hey du« anfing, glücklich gemacht. Nichtsdestotrotz drehte er sich reflexartig zu der Stimme um, was er allerdings sofort bereute. Denn auf der anderen Straßenseite erblickte er einen riesigen Mann, der genauso so breit wie groß war. Er bestand anscheinend nur aus massiven Muskeln, die einen Mann ohne Hemd wirklich schrecklich aussehen lässt. Glücklicherweise trug er darüber ein Kettenhemd. Leider ragten seine immensen Brusthaare durch das Hemd heraus, sodass der Betrachter den Eindruck bekam, die Kettenpanzerung sei verschwommen.

Mehrere andere junge Männer, die kleiner waren als der große Kerl, aber immer noch wesentlich größer als Martin, lungerten in der Nähe herum. Martin kannte solche Typen. Wirklich jeder, der eine öffentliche Highschool besucht hatte, kannte sie. Das waren brutale, junge Schläger, die ihren Spaß haben wollen. Der einfachste Weg dahin war der, dafür zu sorgen, dass jemand anderes keinen Spaß mehr hatte.

Martin und der große Mann sahen einander stumm in die Augen. Er warf Martin einen Blick zu, der sowohl sagte: *Wie kannst du es wagen, mich anzusehen?* Als auch: *Ja, sieh mich besser an, wenn ich mit dir rede.*

Und jetzt fing er auch noch an, die Straße zu überqueren und auf Martin zuzugehen. Er sah, dass große Büschel im Haar des Mannes fehlten. Martin war sich nicht sicher, ob man sie ihm in einem Kampf herausgerissen hatte oder sie aufgrund irgendeiner schrecklichen Krankheit ausgefallen waren. Der große Mann lächelte ihn nun an.

Ihm fehlten mehrere Zähne und Martin war sich auch hier nicht ganz sicher, ob es der Gewalt oder einer Krankheit geschuldet war. Die Nase des Mannes sah ebenfalls aus, als wäre sie öfter gebrochen gewesen als intakt.

Der große Mann ging nun zu Martin hinüber und stellte sich so nah vor ihm hin, dass man ihm zwar nicht vorwerfen konnte, Martin zu berühren, aber man ihn auch nicht davon abhalten konnte, wenn der Mann sich dazu entschließen würde. Martin hielt er derweil weiter fest im Blick, drehte seinen Kopf aber ein wenig, als würde er über die Schulter mit jemandem hinter sich reden. »Hey Jungs. Seht mal, wer hier ist. Das muss doch dieser neue Zauberer sein, von dem wir gehört haben.«

Die anderen Rabauken traten nun ebenfalls heran und umzingelten Martin von beiden Seiten. Alle lächelten, aber keiner schaute dabei freundlich aus. Einer befühlte nun den Stoff von Martins Robe. Ein anderer schnippte immer wieder gegen Martins Hut. Ein Dritter sah sich die Büste von Santos an, die sich an der Spitze von Martins Stab befand, schnitt eine Grimasse und knurrte den maskierten Luchador an.

Der Große sagte jetzt: »Ich habe gehört, dass der Zauberer, der hier in der Stadt lebt, dich unterrichtet. Ist das richtig? Vielleicht möchtest du ja ein wenig an uns üben? Zeig uns doch mal, was du gelernt hast. Klingt das nicht spaßig? Ich denke schon.«

Im Geiste ging Martin hastig all seine Optionen durch. Sein Kopf arbeitete auf Hochtouren. Die Ideen kamen nun so schnell, dass er sie nicht in Worte fassen konnte, denn es war nur ein Schwall von Konzepten.

Er könnte versuchen mit ihnen zu sprechen, aber das war genau das, was Schlägertypen wie die wollten. Sie *wollten* die Dinge hinauszögern. Man sollte sich vor ihnen winden.

Er hatte sein Handy. Das könnte er doch benutzen, um

damit zu schweben oder sich zu teleportieren, aber Schweben war nutzlos und ohnehin müsste er es, um sich zu teleportieren, erst einmal herausziehen und einschalten. Das würde ihnen nur die Gelegenheit geben, es ihm wegzunehmen.

Er würde also die Fähigkeiten nutzen müssen, die Phillip ihm bereits beigebracht hatte. Er war unverwundbar. Er könnte sie so lange auf sich einschlagen lassen, bis sie irgendwann müde wurden, aber das klang ehrlich gesagt nicht besonders spaßig. Er könnte Dinge kopieren. Es wäre natürlich kontraproduktiv, wenn er die Schläger kopieren würde, aber er könnte stattdessen einen Haufen Goldstücke kopieren und sie damit bestechen. Den Gedanken verwarf er allerdings sofort wieder. Es war feige und würde ihnen nur einen Anreiz geben ihn später nochmals anzugreifen.

Er könnte Objekte schweben lassen. Er erinnerte sich daran, wie Phillip ihn mit der fliegenden Ziege gequält hatte.

Martin hielt den Stab vor sich und rief: »Levi objekto.« Dann schob er ihn mit beiden Händen von sich weg. Der große Kerl flog plötzlich nach hinten und rollte sich so lange, bis er schließlich als würdeloses Häufchen liegen blieb. Leider gab es für jede Aktion eine gleiche und entgegengesetzte Reaktion und obwohl es Möglichkeiten gab, dem entgegenzuwirken, hatte Phillip bisher noch nicht die Notwendigkeit gesehen, sie Martin zu zeigen. Schließlich hatte dieser ja bisher, nur sehr kleine Objekte zum Schweben gebracht.

Weil er den brutalen Kerl weggeschubst hatte, flog Martin selbst sogar noch weiter nach hinten. Er erkannte sofort, was passiert war, war aber hilflos und konnte das Ganze deshalb nicht aufhalten. Er rutschte auf seinem Hintern nach hinten und kam irgendwann wieder zum Stehen. Als er aufblickte, sah er die beiden kleineren Schläger. Sie standen noch genau dort, wo sie zuvor gewesen waren, aber in ihrer Mitte hatte sich eine Lücke gebildet, durch die Martin und ihr Anführer geflogen waren. Auf der anderen Seite der *Gang*, die immer noch mit weit geöffnetem Mund dastand, erblickte Martin ihren Anführer. Langsam erhob sich dieser mit Mordlust in den Augen aus dem Schmutz. Einer der kleineren Gangmitglieder sagte mit eingeschüchterter Stimme: »Er hat Kludge niedergeschlagen.«

Martin musste nun schnell nachdenken. Er hatte eine Fähigkeit, die er als Waffe einsetzen konnte, aber sie schien einen fatalen Fehler zu haben. Aber vielleicht konnte er genau das zu seinem Vorteil nutzen. Der, den sie Kludge nannten, kam nun langsam wieder auf die Beine und ging mit schrecklicher Entschlossenheit auf Martin zu. Hinter ihm, am Ende der Straße, sah Martin einen großen, robust aussehenden Baum.

Er sprang hoch, zeigte mit dem Stab auf die oberen Äste des Baums und schrie: »Levi objekto!«

Der Baum bewegte sich keinen Millimeter. Die Schläger spotteten und lachten. *Gut,* dachte Martin.

Er zog nun an seinem Stab, als ob es eine Angelrute wäre und er einen Schwertfisch an Land ziehen wollte. Wenn der Baum in der Luft schweben würde, hätte ihn das mit großer Kraft zu Martin gezogen, aber das war nicht der Fall. Der Baum war schließlich fest im Boden verwurzelt, also wurde nicht der Baum zu Martin gezogen, sondern Martin zu dem Baum.

Er flitzte also durch die Schar von Rowdys, die gerade in alle Richtungen flohen. Mit beiden Füßen traf er Kludge an der Brust, wodurch dieser wieder in den Dreck geworfen wurde. Martins Flugbahn wurde langsam flacher und er kam rutschend auf der unbefestigten Straße zum Stehen. Es gelang ihm allerdings kaum, auf den Beinen zu bleiben. Er beendete den Schwebezauber und schaute sich aufmerksam um.

Die Schläger kämpften sich derweil mühsam wieder auf die Beine. Kludge rollte sich auf den Bauch und schaute fassungslos nach oben. Seine Augen fixierten Martin, der zur Hauptstraße und damit zu vertrauterem Terrain zurücksprintete. An der nächsten Kreuzung bog er rechts ab und war nun wieder auf der Straße, die er und Phillip benutzt hatten, als sie ins Stadtzentrum gegangen waren. Von hier aus war er auch in der Lage, den Weg zurück zu Phillips Laden, Gwen oder der Kirche zu finden. Aber er wusste, bevor er das tat, musste er zuallererst den maroden Obststand finden, den er vor wenigen Augenblicken gesucht hatte.

Martin vernahm plötzlich etliche rennende Füße hinter sich. Die Bande jagte ihn offensichtlich und er vermutete, dass sie mehr und mehr aufholten. Als er sich dem Obststand genähert hatte, sah er genau das, was er sich erhofft hatte. Kürbisse!

Schlitternd kam Martin zum Stehen. Ein kalkuliertes Risiko, aber er musste es eingehen. Er zielte mit dem Stab auf einen großen Kürbis, sagte: »Levi objekto« und hob den Stab dann wie eine Axt über den Kopf. Er sah mit Befriedigung, dass der Kürbis seinem Befehl gehorchte. Dann holte er weit aus. Er stellte fest, dass die Bande nur noch fünfzehn Meter von ihm entfernt war. Sie hatten aufgeholt, aber jetzt, wo er nicht von der Stelle wich, während er einen stumpfen Gegenstand in der Hand hielt und ein schwer aussehender Flaschenkürbis über ihm schwebte, bremsten sie abrupt ab.

Martin richtete den Stab jetzt mit Schwung direkt auf den Anführer Kludge und der Kürbis flitzte in direktem Bogen auf ihn zu. Martin hatte auf seine Brust gezielt, direkt auf die beiden schlammigen Fußabdrücke, die die Stelle markierten, wo er zuvor bereits von ihm abgeprallt war. Kludge drehte sich jedoch in diesem Moment zur Seite und wehrte den Angriff mit seinem Arm ab. Das Geschoss explodierte in einer Wolke aus Kürbisschale und Fruchtfleisch. Der Rest der Bande schützte ihre Gesichter vor den umherfliegenden Kernen und der klebrigen Kürbismasse.

Martin drehte sich um und ließ einen zweiten Kürbis schweben und über sich kreisen. Seinen Stab schwang er dabei wie ein Samuraischwert. Er pickte den zweitgrößten Schläger heraus, dann zeigte er mit seinem Stab auf ihn. Der Schlägertyp wusste genau, was passieren würde und wich aus, aber der Kürbis traf dafür den kleineren Kerl hinter ihm. Mit einem würdelosen Aufschrei wurde dieser von den Füßen gerissen. Danach stoben sie alle auseinander. Selbst der Mann, der gerade getroffen worden war, kroch hastig vorwärts, kam dann stolpernd auf die Beine und humpelte, so schnell er nur konnte, weg von Martin. Der Einzige, der jetzt noch übrig war, war Kludge, der sich auf dem Boden hin und her rollte und stöhnte.

Martin wandte ihm den Rücken zu und ging nun lässig zu dem Obststand. Er fragte den Verkäufer, was er für die zwei Kürbisse schuldig sei und zahlte alles aus seiner Geldbörse. Als er dem Obstverkäufer das Gold reichte, sah er die Angst in den Augen des Mannes. Martin drehte sich um und erblickte nun Kludge, der schon fast bei ihm war. Über dem Kopf hielt dieser einen großen Stein. Martin streckte seine Hand aus und sagte abermals: »Levi objekto.«

Damit hob er den fluchenden Kludge samt Stein in die Luft. Martin wappnete sich gegen den Rückstoß und ließ Kludge dann sanft die Straße hinuntertreiben. Kludge war so hoch oben in der Luft, als wäre er ein Heliumballon und Martin hätte einfach die Schnur losgelassen.

Martin rief freundlich: »Lass den Stein fallen.«

Kludge schrie und fluchte und drohte noch viel mehr zu tun, wenn Martin ihn nicht sofort wieder runterlassen würde.

»Lass erst den Stein fallen«, wiederholte Martin. Dann fügte er noch hinzu: »Oder ich lasse dich fallen.«

Kludge ließ also schweren Herzens den Stein fallen.

Martin schaute ihn noch eine Weile dabei zu, wie er da so

schwebte und Obszönitäten vor sich hin schrie. Dann zog er Kludge näher heran, damit sie miteinander sprechen konnten. *Er hat wirklich viel von der Ziege, die Phillip schweben lassen hat,* dachte Martin. *Er hat mich gejagt! Er ist widerlich und bösartig, aber letzten Endes doch überhaupt keine Bedrohung für mich.*

Er brachte Kludge jetzt so nahe an sich heran, dass dieser fast seine Hand ausstrecken und nach ihm greifen konnte. Fast, aber eben nicht ganz. Nachdem er es ein paar Mal versucht hatte, gab Kludge schließlich auf und hing einfach nur da und funkelte Martin an.

»Das ist noch nicht vorbei, Zauberer«, rief er wütend. »Ich und meine Jungs werden dich beobachten. Darauf kannst du dich verlassen.«

Martin lächelte. »Ich hoffe, du siehst dann sehr aufmerksam zu, denn solange du mich mit diesem Stab hier in meiner Hand antriffst, kannst du nichts tun, um mich zu verletzen.«

Martin hob Kludge noch einmal hoch in die Luft. Dann schickte er ihn weit in die Ferne zum größten Gebäude der Stadt, der Kirche. Kludge umklammerte den Kirchturm panisch mit beiden Armen und Martin ließ ihn los. Er sah, wie der Kerl den Kirchturm hinunterrutschte, und hörte dann schwache, weit entfernte Schreie. Er schaute sich um und zum ersten Mal sah er, dass mittlerweile überall auf der Straße Menschen standen, die das Ganze mit angesehen hatten. Martin steckte die Hand nun in die Tasche seines Gewands und ergriff sein Handy.

Dann reckte er den Kopf und spähte in die Öffnung der voluminösen Tasche auf den Bildschirm. Während die App startete, blickte er hoch und lächelte die Dorfbewohner freundlich an, die ihn vor Angst und Schrecken immer noch schweigend anstarrten. Martin warf wieder einen Blick auf sein Handy, wählte die Teleportationsfunktion und versuchte die Lage von Phillips Hütte zu schätzen.

Martin sah mit einem strahlenden Lächeln auf dem Gesicht hoch, tippte mit der Spitze seines Stabs auf die Krempe seines Zaubererhutes und verschwand.

Am anderen Ende der Straße erschien Martin wieder, etwa neun Meter hinter Phillips Hütte. Schnell huschte er zur Tür und eilte ins Innere.

Phillip saß immer noch am Tisch und las eine alte Ausgabe des *Omni* Magazins. Er schaute erstaunt hoch und sagte: »So schnell schon wieder zurück?«

Martin sagte: »Ja. Ich habe beschlossen, dass Eintopf doch ziemlich gut klingt.«

***

Am nächsten Nachmittag gingen Phillip und Martin zu einem leeren Feld, das kilometerweit von der Stadt entfernt war. Auf der einen Seite war das Feld von Wald umgeben und auf der anderen Seite vom Meer. Phillip trug etwas, das aussah wie die Staffelei eines Künstlers und gleichzeitig eine große Dartscheibe.

»Heute reden wir über mystische Strahlen«, sagte er, während er die Dartscheibe mit der Rückseite zum Meer aufstellte.

»Wie lange hast du dafür gebraucht, das sagen zu können, ohne dir dabei doof vorzukommen?«, fragte Martin belustigt.

»Ich arbeite noch daran. Wie auch immer. Du weißt ja bereits, wie man kleine Objekte schweben lässt und sie in der Luft hin und her bewegt. Das allein ist schon eine mächtige Verteidigungswaffe. Aber bei einem tatsächlichen Kampf lässt es sehr zu wünschen übrig, wenn man einfach nur schwere Dinge auf Leute schleudert.«

»Es ist in der Tat nicht so beeindruckend«, stimmte ihm Martin zu. »Ich meine, Dinge schweben lassen ist schon cool, aber jeder weiß bereits, dass wir so etwas tun können. Am Ende des Tages macht es dann keinen großen Unterschied mehr, ob man einen Stein nach jemandem wirft oder ob man, auf magische Weise, einen Stein nach jemandem wirft.«

Phillip nickte bestätigend. »Genau das meine ich. Aber das unmittelbarere Problem ist eher, dass es sie leicht töten könnte. Es ist eine Sache, wenn man es aus Selbstverteidigungszwecken macht, aber unser Ziel ist es ja eigentlich unter Beweis zu stellen, dass wir gewisse Fähigkeiten haben und nicht, dass wir Mörder sind. Das Schöne an den mystischen Strahlen ist, dass man sie schrecklich brutal aussehen lassen kann, obwohl sie bewusst nicht tödlich sind.« Phillip und Martin standen etwa dreißig Meter von dem Ziel entfernt. »Okay, Martin. Du trägst die Robe und den Hut und du hast deinen Stab dabei. Wie lautet die erste Regel bei der Verwendung des Stabs?«

»Mach nicht diesen eindeutigen Witz.«

»Spitze Mann! Nun möchte ich, dass du das Ziel fixierst. Konzentriere dich ganz fest darauf. Danach möchte ich, dass du *Radion de ruĝ a lumo* sagst, wenn du denkst, dass du bereit dazu bist.«

Martin fixierte das Ziel. Es schien so, als würde es sich unglaublich groß in seiner Wahrnehmung abzeichnen. Er stellte sich nun vor, dass es durch seinen Willen ausgelöscht würde. Langsam atmete er ein und aus, und als fast keine Luft mehr in seiner Lunge war, sagte er: »Radion de ruggâa lumo.«

Es war wirklich beeindruckend. Denn rein gar nichts passierte.

Martin wandte sich zu Phillip und deutete auf das Ziel. »Es ist immer noch da. Was habe ich denn falsch gemacht?«

Phillip erwiderte: »Sag es noch einmal.«

Martin runzelte die Stirn. »Was sagen? *Radion de ruĝˆa lumo?*«

Ein heller Lichtstrahl, so breit wie Martins Arm, schoss direkt aus seiner Hand auf das Ziel zu. Martin starrte ihn einen

Moment lang an, dann stieß er einen Freudenschrei aus. Er nahm die Hand hoch, um ihn sich anzusehen, und der Strahl schoss daraufhin in den Himmel. Sofort richtete er ihn wieder auf das Ziel. Danach auf den Ozean, anschließend auf einen Baum und dann auf einen Stein. Die ganze Zeit kicherte er dabei wie ein Verrückter vor sich hin.

»Wie ich schon sagte«, meinte Phillip, »das Shell-Programm überwacht uns ständig. Es wartet nicht nur auf Befehle, es schaut auch nach Signalen. Natürlich würde es dich niemals etwas ohne einen Stab oder Zauberstab, eine Robe und einen Hut etwas tun lassen, aber subtile Hinweise deiner Absichten sind in diesen Gegenständen eingebaut. Der Ärmelumfang deiner Robe beträgt deswegen genau einen halben Meter, weil das Shell-Programm dadurch weiß, wo deine Hände sind. Es wartet darauf, dass du eine zeigende Geste machst und dadurch weiß es, wo es die Dinge anvisieren soll. Wir haben ein paar Jahre gebraucht, bis wir die Programmierung richtig hinbekommen haben. Lange Zeit konnten wir nur aus unserem Stab Strahlen schießen. Deinen Stab kannst du natürlich immer noch dazu nutzen. Das kann sehr beeindruckend aussehen und die Genauigkeit bei einer großen Reichweite ist so auch höher. Du musst den Stab nur wie ein Gewehr halten. Wenn du fertig bist, kannst du übrigens auch gerne damit aufhören, mich mit dem Strahl zu beschießen.«

Martin lachte und änderte sein Ziel, damit der Strahl nicht mehr auf Phillips Brust traf. Er zielte stattdessen auf das Gras zwischen ihnen. Der Strahl erhellte in brillanter Art und Weise einen etwa zehn Zentimeter großen Kreis im Gras, richtete dabei aber offensichtlich keinerlei Schaden an.

»Ich nehme mal an, dass das eine Art harmloser Energiestrahl für Anfänger ist?«

»Natürlich. Deine Hand ist momentan eigentlich nur eine bessere Taschenlampe.«

»Trotzdem ist das furchtbar cool. Danke, dass du mir gezeigt hast, wie das geht.«

»Gern geschehen, Martin.«

Sie starrten auf den Grasfleck, der immer noch durch den Strahl beleuchtet wurde.

»Phil, würdest du mir auch zeigen, wie man wieder damit aufhört?«

»Klar. Du weißt es sogar bereits. Was heißt Stopp auf Esperanto?«

Martin lachte über sich selbst und sagte: »Halti.« Der Strahl verschwand augenblicklich.

»Okay. Jetzt gehen wir zu etwas wirklich Gefährlichem über. Also albere nicht herum.«

»Verstanden. In Ordnung.«

»Gut. Ich möchte, dass du jetzt vorsichtig auf das Ziel zeigst und *Radion de varmo* sagst, wenn du bereit dazu bist.«

Martin tat, was Phillip gesagt hatte, und das Ziel ging auf einmal in Flammen auf. »Ich kann den Strahl gar nicht sehen«, entgegnete er verblüfft.

»Das stimmt. Einfache Strahlen wie die, mit denen wir gerade herumgespielt haben, sehen entweder cool aus oder machen etwas Sinnvolles, aber nicht beides zugleich. Wenn du etwas erreichen und dabei gut dabei aussehen willst, dann musst du mehr als einen Strahl auf einmal abschießen. Du könntest dem Shell-Programm zum Beispiel sagen *Strahl aus Hitze und Licht und mach ein lautes Geräusch und umgib mich mit glitzerndem Zeug*, aber da muss man ganz schön viel aus dem Hemdsärmel in Esperanto übersetzen. Deshalb ist das Nächste, was wir lernen, Makros zu erstellen.«

»Cool«, antwortete Martin. »Warum brennt denn meine Hand nicht?«

»Wir haben eine Sicherheitsvorkehrung in das Shell-Programm integriert. Die Strahlen – eigentlich alle Strahlen –

entstehen fast acht Zentimeter von deiner Hand entfernt.« Phillip zog einen langen Grashalm aus dem Boden und berührte damit Martins Zeigefinger. Er wurde nicht verletzt. Langsam nahm er den Halm von Martins Finger weg und richtete ihn auf das Ziel und an der Acht-Zentimeter-Stelle ging er tatsächlich sofort in Flammen auf.

»Was dagegen, wenn ich wieder aufhöre?«, fragte Martin.

»Tue dir keinen Zwang an.«

Martin sagte: »Halti.« Es gab keinen sichtbaren Unterschied, aber er deutete nun auf den Boden und das Gras nahm keinen Schaden. Also hatte der Strahl offensichtlich aufgehört. Er schaute sich die glimmende Asche der Scheibe an. »Tut mir leid, dass ich dein Ziel zerstört habe«, sagte er zerknirscht.

Phillip klopfte ihm aufmunternd auf den Rücken. »Das braucht es nicht. Ich habe es mir nämlich von Gary geliehen.«

Später an diesem Nachmittag saßen Phillip und Martin an der Tastatur des Commodore 64. Phillip entfernte die Kristallkugel und stellte den Monitor, einen alten Elf-Zoll-Fernseher mit einem Holzimitatgehäuse, auf den Tisch, damit sie beide gleichzeitig hineinsehen konnten.

Phillip fragte: »Erinnerst du dich noch an die Nacht, in der wir uns getroffen haben? Dieses Display, das ich aufgesetzt habe, bevor ich dich in die Bäume geschickt habe?«

»Ja. Ich erinnere mich gut daran.«

»Nun. Das ist es, was wir ein Makro nennen. Wahrscheinlich weißt du, was unter einem Makro zu verstehen ist?«

»Natürlich«, erwiderte Martin. »Es ist ein einfaches Programm, durch das man mehrere Befehle mit einer Aktion ausführen kann.«

»Genau. Das ist letztendlich alles. Ich habe mich vorab hingesetzt, mir eine unterhaltsame Reihe von Befehlen ausgedacht und das Shell-Programm so programmiert, dass es sie für mich ausführt, wenn ich bestimmte Dinge tue. In diesem bestimmten Fall wirbele ich immer meinen Stab wild herum und summe dabei leise ein paar Noten vom Walkürenritt. Wir programmieren alle unsere eigenen Makros. Einige davon sind nützlich, einige nur reine Show. Wenn wir zusammenkommen, duellieren wir uns manchmal zum Spaß, um zu sehen, wessen Makro am beeindruckendsten ist. Du könntest es eine Art Breakdance für Zauberer nennen.«

»Ich könnte, aber ich mag dich. Also werde ich es nicht tun. Übrigens womit hast du mich denn damals getroffen?«

Phillip zuckte mit den Schultern. »Ich kann dir doch nicht all meine Geheimnisse verraten, aber da du diesen speziellen Strahl ja bekanntlich live miterlebt hast, schadet es nicht, wenn ich dir erzähle, dass die aktive Zutat eine dreißig Zentimeter breite Windsäule war.«

»Wind?! Wind hat mich in den Wald katapultiert?«

»Wind mit dreihundertzwanzig Kilometern pro Stunde.«

»Ja. Ich schätze, das funktioniert wohl tatsächlich. Also … wie mache ich denn nun ein Makro?«

»Das ist ganz einfache grundlegende Computerskripterstellung. Ich bin mir sicher, es ist nichts, womit du nicht zurechtkommst. Du hast ja schließlich auch diesen Taschencomputer.«

Martin zog sein Smartphone heraus, betrachtete es und biss sich dann auf die Lippe. »Phil, ich habe bereits einiges programmiert und die Sache ist die: Ich könnte die Makros wahrscheinlich darauf schreiben, aber das würde nicht wirklich viel Spaß machen. Das ist nämlich eigentlich gar kein Computer. Ich meine, es IST, wenn du es so sehen willst, schon ein Computer, aber in meiner Zeit nutzen wir so etwas nicht als Computer.«

Phillip sah nun eindeutig verwirrt aus. »Wozu benutzt ihr sie dann?«

»Sie haben dir wirklich nichts über die Zukunft erzählt, oder? Das ist mein Telefon.«

»Ein Telefon. Du nutzt das da als Telefon? Du trägst ein Gerät in der Größe eines Kartenspiels mit dir herum, das leistungsfähiger ist, als ein Cray-Supercomputer und benutzt es als Telefon?«

»Ich spiele auch Spiele darauf und sehe mir gelegentlich einen Film an.«

»Du kannst Filme darauf sehen?«

»Nicht viele. Ich meine, ich habe ja nur eine sechzehn Gigabyte große Speicherkarte.«

Phillip murmelte: »Mein Commodore hat vierundsechzig Kilobyte Speicher und ein Diskettenlaufwerk, das einhundertsiebzig abspeichert. Man kann das verdoppeln, aber dafür muss man eine Kerbe in die Diskette schneiden.« Dann sagte Phillip laut und deutlich: »Irgendwie hasse ich dich gerade ziemlich.«

»Ich denke, darum sagt dir auch nie jemand etwas über die Zukunft.«

»Das vermute ich auch. Wie auch immer. Das muss erst einmal warten, denn heute Nachmittag haben wir noch einiges zu tun.«

»Was denn?«

»Nichts allzu Anspruchsvolles. Nur einen schnellen Exorzismus.«

Kapitel 17

Martin und Phillip teleportierten sich zurück in den Laden, damit Phillip ein paar Dinge holen konnte. Er eilte im Zimmer herum, nahm ein paar Flaschen, eine kleine menschliche Figur aus Zweigen und einen getrockneten toten Frosch, den er Martin reichte. »Hier, nimm das mal.«

Martin hielt den toten Frosch vorsichtig fest und ließ ihn an zwei Fingern baumeln. »Warum muss ich denn diese Froschleiche festhalten?«

»Ich wollte nur sehen, ob du es wirklich machst«, antwortete Phillip grinsend, schaute den Frosch an und erschauderte. »Pfui. Widerlich.«

Phillip ging anschließend in das Zimmer mit der Kristallkugel. Martin folgte ihm. Dann griff er nach einem Papierfetzen und hämmerte einige Befehle in den Commodore 64.

»Ich habe dem Exorzismus vor ein paar Wochen zugestimmt. Das war selbstverständlich, bevor du aufgetaucht bist.«

»Wenn du Exorzismus sagst, was genau meinst du dann damit?«

Phillip lächelte, sah aber nicht von seiner Arbeit auf, während er erzählte: »Nun, ein Einheimischer denkt, dass sein Sohn von einem Dämon besessen ist und ich wurde gefragt, ob ich dem Ganzen Abhilfe schaffen kann.«

»Aber es gibt keinen Dämon. Oder?«

»Das hängt ganz davon ab, wie man die Sache betrachtet. Wenn man Aufsässigkeit, Missmut und einen Hang zu Dingen, die Eltern hassen, für dämonisch hält, dann ja … dann sind wir in der Tat von Dämonen umgeben.«

»Ich wusste gar nicht, dass Zauberer sich auch mit solchen Dingen befassen. Ich dachte immer, so etwas macht nur die Kirche.«

»Das tut sie durchaus«, entgegnete Phillip, »und darum werden wir auch mit meinem Freund, Seiner Exzellenz Vater Galbraith, zusammenarbeiten. Das ist der Bischof von Leadchurch.«

Martin war wieder verwirrt. »Ich dachte, die Kirche wäre gegen den Einsatz von Magie.«

»Das war sie auch, bevor wir hergekommen sind. Damals, als Zauberer nur verrückte Männer ohne irgendwelche Fähigkeiten gewesen sind und ein mystisches Glaubenssystem, das sie nicht wirklich beweisen konnten, sprich der Klerus, ihr Erzfeind gewesen ist. Ein bisschen so wie bei zwei Autohäusern an der gleichen Straße.

Beide Seiten behaupteten fortan, die Antwort auf alle Fragen zu haben, aber sie konnten nicht beweisen, dass sie recht hatten, ohne dazu auf gewisse Mittel zurückzugreifen. Außer wild mit dem Armen herumzuwedeln und zu sagen, dass sich die Leute doch umsehen und über alles nachdenken sollten, gab es da nichts Großartiges. Sie konnten nicht beweisen, dass sie selbst im Recht waren, also verwendeten sie stattdessen alle Energie darauf zu beweisen, dass die andere Seite im Unrecht war. Dann kamen wir auf einmal hierher, mit der irritierenden Fähigkeit zu beweisen, dass wir tatsächlich Kräfte haben. Wir haben nach und nach die falschen Zauberer aus dem Geschäft gedrängt und die praktisch gesinnten Mitglieder der Kirche, wie zum Beispiel Bischof Galbraith haben daraufhin beschlossen, dass sie einen Weg finden mussten, unsere Existenz so zu erklären, dass sie mit ihrem Glaubenssystem übereinstimmte.«

»Und wie erklären sie unsere Existenz?«

»Sie sagen einfach, wir wurden von Gott erschaffen.«

»Warum sagen sie denn, dass Gott Zauberer erschaffen hat?«

»Aus einem ganz bestimmten Grund.«

»Okay, dem stimme ich zu. Und wie lautet dieser Grund?«

»Der Grund ist … jenseits dessen, was der menschliche Verstand begreifen kann.«

Martin dachte kurz darüber nach. »Das ist aber nicht wirklich eine Erklärung.«

»Nein, aber diese Antwort ist im Einklang mit ihrem Glauben. Der Vorteil, den Religion gegenüber der Magie oder der Wissenschaft hat, ist, dass die Unfähigkeit der Menschen zu verstehen in das System mit integriert ist. Wenn eine Erklärung verwirrend oder unbefriedigend ist, bekräftigt es sie nur noch in ihrem Glauben.«

Martin hatte langsam eindeutig Schwierigkeiten mit diesem Gespräch und Phillip wusste, dass sie nicht fortfahren könnten, bis sich Martin wieder beruhigt hatte.

»Also, wenn die Kirche nur eine Mogelpackung ist, warum arbeitest du mit einem dieser Übeltäter zusammen?«, fragte Martin.

Phillip antwortete: »Ich habe nicht gesagt, dass die Kirche eine Mogelpackung ist.« Er legte die Flaschen und den toten Frosch beiseite, dann lehnte er sich gegen die Ladentheke und machte es sich für ein paar gute, solide Erklärungen gemütlich.

»Ich sagte, dass sie ihr Glaubenssystem nicht beweisen können und dass genau das Teil ihres Systems ist. Es geht letzten Endes nur um den Glauben und nicht um Beweise. Du und ich, wir sind beide Anhänger der Wissenschaft. Bei der Wissenschaft wird stets alles infrage gestellt und man beweist Einfälle durch Experimente. Es geht immer nur um Beweise und nicht um den Glauben. Für uns ist es leicht, die Kirche dafür zu belächeln, dass sie behauptet, die Erde sei vor fünftausend Jahren in sechs Tagen erschaffen worden, wenn es in Wirklichkeit einen klaren Beweis dafür gibt, dass sie viel älter ist. Du und ich, wir können beweisen, dass die Erde Teil eines Computerprogramms ist und wie lange hat es gebraucht, es zu schreiben? Vielleicht fünf Tage? Wie lange läuft das Programm bereits? Vielleicht fünftausend Zyklen? Wer hat es programmiert? Vielleicht sind ihre Initialen ja G.O.T.T. und sie haben Sinn für Humor.«

»Auch wenn keine der Antworten mit der Lehre der Kirche harmoniert, worauf basiert denn die Realität unseres Schöpfers? Ist er in einem Computerprogramm? Niemand hat all die Antworten, weil die besten Antworten immer nur noch mehr Fragen aufwerfen würden. Meiner Ansicht nach ist Religion genau so wenig von Natur aus böse wie die Wissenschaft. Die Frage ist eigentlich nur, wer sie ausübt und wie. Und Bischof Galbraith ist ein guter Mann. Er ist ein schroffer, mürrischer alter Sack, aber ein guter Mann, und wenn unsere Ziele die gleichen sind, arbeite ich deshalb auch gerne mit ihm zusammen. Also Martin, wenn du bereit bist, dann lass uns jetzt als Männer der Wissenschaft dort hingehen und einem Bischof aus dem Mittelalter dabei helfen, einen Dämon auszutreiben.«

***

Vor einem kleinen Bauernhaus am Rande der Stadt saß ein alter Mann komplett in Schwarz gekleidet auf einem weißen Pferd und wartete. Sein Gewand, die engen Hosen, das Hemd und der Hut besaßen allerdings alle leicht unterschiedliche Schwarzschattierungen. Um seinen Hals hing ein grobes Lederband, an dem ein Kreuz befestigt war. Es sah so aus, als habe man es von Hand aus einem Stück Roheisen gehauen. Die Tatsache, dass noch keine Armbanduhren erfunden worden waren, machte es eigentlich schwierig ungeduldig zu sein, aber er schaffte es trotzdem, so auszusehen. Er blinzelte gegen die Sonne an, die bereits hoch am Himmel stand und teilweise von Wattewölkchen verdeckt wurde. Er schaute sich gerade die Schatten am Boden an, größtenteils gedrungene, dunkle Silhouetten der Bäume, Zaunpfähle und Schafe. Danach spähte er die Straße hinunter und sah nichts als Hitzewellen und Staub. Er suchte weiter den Horizont ab. Dort fand er sanfte Hügel und gelegentlich Bauernhäuser aus Stroh und Stein, genau, wie das, vor dem er wartete. Er wusste, dass er nicht sehen würde, worauf er wartete, trotzdem hielt ihn das nicht davon ab, es zu suchen oder irritiert darüber zu sein, es nicht zu finden.

Bei einer einfachen Teleportation gibt es nicht viel zu sehen. Im einen Moment ist der Zauber noch nicht da, im nächsten Moment schon. Das zu tun, würde Martin allerdings nicht dazu bringen, Fragen zu stellen und im Unterrichtsplan voranzukommen. Darum verwendete Phillip für diesen Prozess lieber ein Makro mit ein bisschen mehr Effekthascherei. Zwei undeutliche Nebelschleier formten sich nun knapp über dem Boden, einen halben Meter entfernt vor den Augen des alten Mannes. Ein hohes und leicht surrendes Geräusch erfüllte dabei die Luft. Das Pferd bäumte sich ein wenig auf, denn genau das taten Pferde, in solch einer Situation. Der Ton wurde immer lauter und der Nebel dehnte sich zu Farbflecken und Bewegungen aus, die nach und nach die Form von zwei Männern mit Roben und Spitzhüten annahmen. Sie blieben unnatürlich stillstehen, als das Geräusch und der Nebel verschwanden und sie dort zurückließen. Beide hatten ihren Stab an ihrer Seite und die Hand des alten Mannes ruhte auf der Schulter des jüngeren. Als der Nebel endgültig verflogen und das Geräusch verklungen war, fingen die beiden Männer plötzlich an, sich zu bewegen, und zwar so geschmeidig, als hätten sie niemals stillgestanden.

»Star Trek! Nett!«, sagte Martin.

»Dachte ich mir doch, dass dir das gefällt«, erwiderte Phillip grinsend.

»Du bist spät, Zauberer«, rief der alte Mann und stieg von seinem Pferd.

Phillip schaute zum Himmel. Dann breitete er seine Hände in einer fragenden Geste aus. »Ich sagte, wir würden uns treffen, wenn die Sonne an ihrem höchsten Punkt steht.«

Der alte Mann ging nun langsam auf sie zu. Er konnte offensichtlich noch gehen, aber ebenso offensichtlich war es für ihn sehr viel anstrengender, als es einmal gewesen war. »Aye und diese Zeit ist schon vorüber. Ich bin ein viel beschäftigter Mann, weißt du? Ich kann nicht in einem Augenzwinkern herumflitzen wie euersgleichen. Es wird mich einen halben Tag kosten, bis ich meinen Verpflichtungen in Leadchurch wieder nachkommen kann und ich habe leider auch keinen jungen Lehrling, der mir bei meiner Arbeit hilft.«

»Du hast dafür jüngere Priester und einige Nonnen«, entgegnete Phillip und kam dem alten Mann auf halbem Weg entgegen.

»Stimmt, aber keiner von ihnen ist mir wirklich eine Hilfe.«

Der alte Mann und Phillip lachten nun gemeinsam und umarmten sich. Phillip machte eine Geste zu Martin hinüber. »Eure Exzellenz, das ist mein Lehrling Martin.«

Bischof Galbraith sah Martin von Kopf bis Fuß an. »Aye, Martin der Prachtvolle habe ich gehört. Soll ich euch Martin nennen oder lieber Eure Herrlichkeit?«

Martin zuckte leicht zusammen und verbeugte sich. »Sie können mich nennen, wie immer Sie wollen, Sir.«

»Das werde ich! Wisst Ihr, jemand hat mir ein Stück Eures transparenten Stoffs gebracht. Derjenige sagte, dass jedes Kleidungsstück, das aus diesem Zeug hergestellt werden würde, unanständig sei. Er wollte wissen, warum Gott erlaubt, dass so etwas überhaupt existiert.«

»Es tut mir leid, wenn ich Euch Ärger bereitet habe«, antwortete Martin. Er war kein religiöser Mann, aber Phillip schien den Priester sehr zu schätzen, darum war Martin dazu geneigt, versöhnlich zu ihm zu sein.

»Nein, mein Sohn. Glücklicherweise ist das Zeug ganz leicht zerrissen. Ich sagte ihm deshalb, es sei das Werk des Teufels und wie alle Schöpfungen Satans schwach und nutzlos.«

»Gut gekontert«, meinte Phillip.

»Vielen Dank. Selbstverständlich wandert aber jetzt ein Bauer auf den Straßen umher, der davon überzeugt ist, dass Euer Lehrling der leibhaftige Teufel sei, aber das ist ja nicht mein Problem.«

»Meins auch nicht«, sagte Phillip achselzuckend. »Also, was erwartet uns hier?«

»Gemeindemitglieder von mir. Die Familie Melick. Der Vater heißt Donald. Er ist zwar ein guter Mann, aber dickköpfig, altmodisch, ignorant, herrschsüchtig und voreingenommen.«

Martin machte sich eine innere Notiz darüber, wie der Bischof einen guten Mann definierte.

»Seine Frau«, fuhr Bischof Galbraith fort, »heißt Jan. Sie ist eine gute Frau. Klüger als man es ihr zutraut. Ausgezeichnete Köchin. In der Regel lässt sie Donald seinen Willen, weil das einfacher ist. Sie haben drei Töchter und einen Sohn, Donald junior. Er ist ebenfalls ein guter Junge, fünfzehn Jahre alt. In letzter Zeit hat er allerdings damit begonnen, sich anders zu benehmen. Er hat sich zurückgezogen und ist verschlossen geworden. Er benimmt sich noch dazu unanständig, gibt Widerworte und sagt Dinge, die wie Unsinn klingen. Seine Eltern denken deshalb, dass er der Wirt eines Dämons ist.«

»Und was denkt Ihr?«, fragte Martin neugierig.

Bischof Galbraith warf Martin einen fragenden Blick zu, dann schaute er zu Phillip. Dieser schüttelte leicht den Kopf.

»Hast du gerade nicht gehört, dass ich gesagt habe, er ist *fünfzehn*?«, fragte der Priester.

»Er wird es noch lernen, Vater«, meinte Phillip.

Der alte Mann wandte ihnen nun den Rücken zu und machte sich humpelnd auf den Weg zum Bauernhaus. Phillip blickte Martin kurz finster an. Dieser zuckte als Reaktion darauf nur mit den Schultern.

Phillip gab ihm in letzter Minute noch ein paar Anweisungen, während sie sich der Tür näherten. »Sag nichts. Gar nichts! Selbst dann nicht, wenn sie dir direkt eine Frage stellen. Du wirst nur zuhören und mich meinen Job tun lassen.«

»Und was ist dein Job?«

»Überwiegend zusehen und Bischof Galbraith seinen Job machen lassen.«

Das Bauernhaus war größer als der Durchschnitt, aber im Inneren war es trotzdem stickig und beengt. Mrs. Melick war das, was Martins Mutter gerne als *mollig und sympathisch* bezeichnete. Sie begrüßte die Gäste herzlich und machte dann einen Riesenwirbel um den Bischof und Phillip, so als wäre Gesellschaft zu haben das Beste, was ihr jemals im Leben passiert war. Mr. Melick hingegen stand nur widerwillig auf, als sie eintraten. Der Rest des Raumes wurde von drei jungen Frauen vereinnahmt, die eindeutig die Töchter von Mr. und Mrs. Melick sein mussten. Keines der Mädchen war das, was Martin als übergewichtig bezeichnen würde, aber die Melicks waren anscheinend von Natur aus eine kräftige Familie, und die Arbeit auf der Farm hatte sie nur noch kräftiger werden lassen. Mr. Melick stellte die Mädchen als Kitty, Evie und Maggie vor.

Martin sah, wie sich Phillips Benehmen von Grund auf änderte, als sie die Hütte betraten. Er stand nun aufrechter und sah auch ernster aus. Er schien plötzlich alles um sich herum zu sehen. Bischof Galbraiths Benehmen hatte sich hingegen kein Stück geändert. Martin war sich nicht sicher, ob er das überhaupt konnte. Der Priester sagte: »Bestimmt habt ihr schon von Phillip gehört. Er ist ein mächtiger Zauberer.«

»Oh, ich habe natürlich von ihm gehört, Vater«, sagte Mr. Melick, »jedoch weiß ich nicht genau, warum Ihr ihn mitgebracht habt.«

Phillips Nasenflügel bebten und er tönte laut: »Ich halte die Mächte der Finsternis in Schach. Ich befehlige Geister und Dämonen. Ich habe die Macht, sie in die unbekannten Dimensionen zurückzuschicken, in die sie gehören.«

Bischof Galbraith sagte: »Seht ihr, das könnte doch sehr praktisch sein.«

Mrs. Melick antwortete: »Ich bin mir nicht sicher, ob das wirklich nötig ist. Er ist ein guter Junge. Es ist nur ...«

Mr. Melick drehte sich zu ihr um, als hätte ihn eine Mücke ins Ohr gebissen. »Du bist jetzt still. Ich habe dir doch gesagt, dass es notwendig ist. Der Junge hat einen Dämon in sich. Das ist das Einzige, was Sinn macht. Die Mädchen stimmen mir alle zu, nicht wahr?« Er drehte sich um, damit er die Mädchen ansehen konnte, die in einer Gruppe zusammenstanden. Sie nickten heftig, hörten aber in dem Moment damit auf, als er seine Aufmerksamkeit wieder auf Bischof Galbraith richtete. Mr. Melick lud die Besucher dazu ein, sich zu setzen, dann zeigte er auf Martin. »Wer ist denn dieser Bursche?«

»Das ist mein Lehrling«, antwortete Phillip.

»Oh«, sagte Mrs. Melick und ihr Gesicht erhellte sich, weil anscheinend ihre mütterlichen Instinkte geweckt wurden, »das muss bestimmt sehr aufregend sein!«

»Das ist es in der Tat«, erwiderte Phillip.

Mrs. Melick sah Martin direkt an und fragte: »Lernst du auch eine Menge?«

»Das tut er«, antwortete Phillip abermals.

Mrs. Melick war verdutzt. »Kann er nicht sprechen?«

»Nein, das kann er nicht«, erwiderte Phillip.

Ihre großen Augen füllten sich nun mit großem, feuchten Mitgefühl. Sie legte Martin so sanft eine Hand auf den Ellbogen, dass er es kaum spürte. Noch nie in seinem Leben wollte Martin einen anderen Menschen so sehr in den Arm nehmen. »Der arme Junge. Warum kann er denn nicht sprechen? Was ist mit ihm geschehen?«

»Ich habe ihm befohlen es nicht zu tun«, antwortete Phillip daraufhin.

Mr. Melick nickte. »Ganz richtig so. Junge Menschen sollten gesehen werden, aber nicht gehört. Ist es nicht so, Mädchen?« Seine Töchter bekamen fast ein Schleudertrauma, weil sie so sehr nickten.

Es gab zwei Bänke, die jeweils für vier Durchschnittsmenschen konzipiert worden waren oder eben für drei vollausgewachsene Melicks. Mr. Melick saß auf zwei Dritteln der einen Bank und es gab nicht mehr genug Platz, um sich links neben ihn zu setzen. Mrs. Melick hingegen hatte sich rechts neben ihrem Mann auf der Bank niedergelassen. Die Gäste sollten sich dementsprechend auf die andere Bank setzen. Martin ging darauf zu, aber Phillip hielt ihn auf. »Trete zurück und beobachte«, flüsterte er, bevor er sich neben Bischof Galbraith auf der Bank niederließ.

Bischof Galbraith sah, dass die drei Töchter noch standen, und erhob sich hastig. »Bitte, meine Damen. Setzt euch doch auch hin.« Er schaute sich im Zimmer um, aber es gab keine andere Sitzmöglichkeit.

»Das können sie nicht. Ihr sitzt auf ihrer Bank, aber ihr seid schließlich Gäste und herzlich dazu eingeladen. Ist es nicht so, Mädchen?« Sie nickten noch mehr, aber Mr. Melick sah es gar nicht, weil er nicht hinschaute.

Phillip sah nun zu den Mädchen hinüber, dann zu der Bank, dann wieder zu den Mädchen und fragte die Sache, die auch

Martin auf der Zunge lag: »Sitzt Donald junior dann auf dem Boden?«

»Nicht in meinem Haus! Ich ziehe ihn schließlich auf, damit er ein Mann wird und kein Tier!«

»Dann … sitzt er mit seinen Schwestern auf der Bank?«, erkundigte sich Phillip.

»Warum spielt es so eine große Rolle, wo der Junge sitzt?«, fragte Donald senior.

»Ich muss die dämonischen Rückstände … überprüfen.«

»Oh, darum geht's?«, platzte es aus der jüngsten Schwester heraus, bevor die Augen aller Melicks im Raum sie wieder zum Schweigen brachten.

»Als sie jünger waren, saß der Junge bei seinen Schwestern auf der Bank, aber jetzt sind sie alle erwachsen.«

Phillip versuchte das Thema zu wechseln, aber nach einem Augenblick wollte es sogar Bischof Galbraith wissen: »Also wo sitzt denn der Bursche nun?«, bohrte der Bischof nach.

»Er ist jung und hat starke Beine«, sagte Mr. Melick. »Zu stehen wird dazu beitragen, einen Mann aus ihm zu machen.«

Phillip drehte sich um und stellte unauffällig einen Blickkontakt zu Martin her. Er brauchte gar nichts zu sagen. Mit diesem einen Satz hatte Mr. Melick alles gesagt. Bischof Galbraith stellte ihm noch mehrere bohrende Fragen, und indem der Mann sie beantwortete, entstand nach und nach ein klares Bild über das Leben von Donald junior. Sein Vater war ein einfacher Mann. Nicht dumm, aber einfach. Er liebte die Jagd, das Fischen und die Landwirtschaft. Er hatte Jan geheiratet und sich vorgenommen einen Sohn zu zeugen, um mit ihm jagen und fischen gehen und Landwirtschaft betreiben zu können. Drei Versuche hatten ihm drei Töchter beschert, die er durch die Jagd, das Fischen und die Landwirtschaft ernähren musste, und immer noch hatte er (was ihn anging) niemanden, mit dem er jagen, fischen oder Landwirtschaft betreiben konnte.

Als Donald junior schließlich zur Welt kam, versuchte sein Vater sicherzustellen, dass sein Sohn seine Leidenschaft als Naturbursche teilte, indem er fünfzehn Jahre lang über nichts anderes mit ihm redete. Allerdings hatte der Junge nicht um diese Art der Aufmerksamkeit und Liebe gebeten. Es schien so, als hätten ihn seine Mutter und seine Schwestern ohnehin schon fast zu Tode geliebt. Ihr Vater gab den Mädchen nun endlich die Erlaubnis zu sprechen und sie redeten ausführlich über alles. Auch darüber, dass sie eine aktive Rolle bei der Erziehung ihres kleinen Bruders gespielt hatten. Sie hatten dabei geholfen ihn zu füttern, anzuziehen, ihn daran erinnert aufrecht zu stehen, Bitte und Danke zu sagen, keine Widerworte zu geben, Ältere zu respektieren, zu tun, was man ihm sagte und vor allem dankbar zu sein, dass es so viele Menschen gab, die sich um ihn kümmerten.

»Aber egal wie sehr wir ihn auch korrigieren, er ist immer undankbar«, erklärte das älteste Melick-Mädchen Kitty.

In letzter Zeit sei Donald äußerst schweigsam und mürrisch geworden. Er sei draußen in einen alten Schuppen gezogen. »Ich verstehe einfach nicht warum«, sagte Mr. Melick. »Ich habe verdammt hart dafür gearbeitet, um ihm einen schönen Ort zum Wohnen zu bieten. Das Schlimmste ist, dass er immer mit diesen Bastarden herumlungert.«

»Welche Bastarde?«, fragte der Priester.

Phillip sagte: »Äh, ich glaube, er meint ›Die Bastarde‹. Das ist eine Art Gang. Nur der Anführer Kludge und ein paar seiner Kumpel sind allerdings wirklich furchterregend. Die Meisten von ihnen sind nur Kinder, die draußen herumlungern und spielen.« Martin hatte Phillip gegenüber aus Verlegenheit die Begegnung mit Kludge und der Gang größtenteils gar nicht erwähnt. Wenn Phillips Ansicht richtig war, dann hatte Martin offensichtlich die Schlimmsten aus der Clique getroffen.

Mal wieder typisch für mich, dachte er.

Schließlich fragte Mrs. Melick Bischof Galbraith und Phillip: »Was denkt ihr? Ist unser kleiner Donald von einem Dämon besessen?«

Martin schüttelte seinen Kopf. Bischof Galbraith sagte: »Ja. Ich bin mir ganz sicher. Euer Junge ist der Wirt eines Dämons.«

Martin hatte genau das befürchtet. Als Phillip seinen Mund öffnete, erwartete Martin also ein Gegenargument.

Aber Phillip sagte: »Dem stimme ich voll und ganz zu.«

Der Schuppen war fast dreißig Meter vom Haupthaus entfernt. Er sah klein und undicht aus. Mr. Melick führte den Priester und die beiden Zauberer über den Hof an einem makellos gepflegten Gemüsegarten vorbei dorthin. Als sie ankamen, öffnete Mr. Melick mit einem Ruck die Tür.

Eine Stimme aus dem Inneren des Schuppens schrie: »Ich habe euch gesagt, ihr sollt gefälligst anklopfen!«

Mr. Melick schrie zurück: »Und ich habe dir gesagt, dass es *mein* verdammter Schuppen und *meine* verdammte Tür ist. Darum brauche ich von niemandem die Erlaubnis sie zu öffnen. Stell dich gerade hin, Junge. Du hast Besuch.«

Donald kam zur Tür. Er hatte strähnige, fettige Haare und eine beeindruckende Ansammlung von Hautunreinheiten. Seine allgemeine Haltung sagte deutlich, dass er gerade niemanden sehen wollte.

Mr. Melick lud Martin, Phillip und Bischof Galbraith dazu ein, in den Schuppen zu gehen, obwohl sein Sohn vehement dagegen protestierte. Dann wollte er ebenfalls hineingehen, aber Bischof Galbraith hielt ihn auf.

»Was in diesen vier Wänden geschieht, ist nicht für Ihre Augen bestimmt.«

»Warum nicht? Es sind meine Wände und der Junge ist mein Sohn.«

Bischof Galbraith blieb standhaft.

»Wir können nicht anfangen, wenn Sie hierbleiben. Schreckliche Kräfte werden dabei entfesselt. Wenn Sie hierbleiben, würden Sie Dinge sehen, die Sie nie wieder vergessen könnten. Dinge, die Sie bis ins Mark erschüttern würden.«

Donald senior drehte sich also um, um zum Haus zurückzugehen, blieb aber nach einem Schritt wieder stehen. Er wandte sich noch einmal zu Bischof Galbraith um. Sein Blick wurde weich und er hob die Augenbrauen, sodass er sowohl besorgt als auch verwirrt ausschaute. »Ihr ... Ihr werdet meinem Jungen doch nicht wehtun, oder? Ich weiß, was ich gesagt habe und ich habe auch jedes Wort davon so gemeint. Ich möchte nicht so hart sein, aber es ist halt eine harte Welt und ich ... ich möchte nicht mit ansehen müssen, wie er verletzt wird.«

Der Bischof legte dem Mann beruhigend eine Hand auf die Schulter. »Ich gebe Ihnen mein Wort; wir werden dem Jungen nicht wehtun. Jetzt überlassen Sie ihn uns. Gehen Sie zurück ins Haus und halten Sie auch die Damen dort. Wir werden euch wissen lassen, wann es vorbei ist.«

Phillip machte eine Show daraus, indem er ein Glas mit geheimnisvollem Staub aus seinem Hut hervorholte und den Staub anschließend auf den Boden vor dem Schuppen sprenkelte. Die Figur aus Zweigen hatte er in der linken Hand und den toten Frosch in der Rechten. Beides schwenkte er langsam hin und her. Einen Moment lang schaute Mr. Melick noch zu, dann schüttelte er den Kopf, ging ins Haus zurück und schloss die Tür hinter sich.

Der Bischof wandte sich nun Phillip zu und sagte: »Bitte achte darauf, dass wir nicht gestört werden.«

Phillip ließ den Frosch und die Figur aus Zweigen achtlos zu Boden fallen. Dann ging er zu der Ecke des Schuppens, die ihm am nächsten war, stellte sich mit dem Rücken zur Ecke, machte drei große Schritte, rammte seinen Stab fest in den

Boden und sagte: »Nevidebla barilo timiga.« Dann ging er in immer gleicher Entfernung um den Schuppen herum und machte alle paar Meter die gleiche Sache mit seinem Stab. Als er den Schuppen vollständig umrundet hatte, rammte er den Stab abermals in den Boden und wiederholte: »Nevidebla barilo timiga.« Martin verstand nun, dass Phillip wohl gerade eine Art Begrenzung geschaffen hatte. Er fragte sich, ob es jemanden verletzten würde, der versuchen würde darüber hinwegzugehen.

»Mein Gott, nein«, antwortete Phillip. »Aber der Schuppen würde hell leuchten und sie würden eine zufällige Mischung aus Schreien, Knurren und Singsang hören. Je näher sie dem Schuppen kämen, desto heller und lauter würde es.«

Er sagte dem Bischof, dass es vollbracht sei und so gingen sie alle wieder zurück in den Schuppen. Danach schlossen sie die Tür hinter sich.

Von außen sah der Schuppen winzig aus, aber innen fühlte er sich deutlich größer an. Dass er praktisch leer war, half natürlich dabei. In der Ecke war ein Strohhaufen, der als Bett diente. Außerdem gab ein paar dicke, runde Klötze Feuerholz, die, so vermutete Martin, als Sitzgelegenheit dienten. Die dürftigen Habseligkeiten des Jungen, ein Messer und eine Kerze, lagen auf einem breiten, flachen Stück Feuerholz, das wohl als Nachttisch fungierte. An einer Wand hielten zwei Klötze Feuerholz ein grobes Holzbrett, auf dem einige interessant aussehende Holzschnitzereien lagen. Martin schätzte, dass das Feuerholz demselben Zweck diente wie die gestohlenen Getränkekisten und Briefkästen in der Junggesellenbude seiner Freunde in seiner eigenen Ära. Martin fühlte sich in dem Schuppen sofort wie zu Hause. Es war wie ein modernes Teenagerzimmer, nur eben etwas brennbarer. Der Junge, Donald, hatte sich mittlerweile zu seinem Strohhaufen zurückgezogen und die Arme und Beine in dem Versuch zu verschwinden, fest an seinem Körper gezogen. Durch einen Vorhang seiner eigenen fettigen Haare hindurch blickte er seine unwillkommenen Gäste an.

»Hallo Donald. Schön dich wiederzusehen. Die Umstände tun mir allerdings leid«, eröffnete ihm Bischof Galbraith.

Der Junge grunzte.

Der Priester fuhr fort: »Ich weiß nicht, ob du Phillip oder seinen Lehrling bereits getroffen hast … sie sind Zauberer.«

Seine Augen huschten schnell zu Phillip und Martin, dann grunzte er erneut.

»Macht es dir etwas aus, wenn wir uns hinsetzen?«, fragte der Priester.

»Ihr werdet es doch sowieso tun«, antwortete der Junge mit einer überraschend tiefen Stimme.

»Nein. Denn dies ist dein Zuhause und wir werden uns nicht setzen, bis du uns dazu aufgefordert hast.«

Einige Augenblicke standen sie schweigend da, dann sagte der Junge: »Setzt euch, wenn ihr wollt. Ist mir egal.«

Die drei Männer fanden alle ein Stück Holz und nahmen Platz. Der Bischof war dem Jungen am nächsten. Phillip saß rechts hinter dem Bischof und Martin etwas weiter weg links hinter ihm. Sobald sie sich alle niedergelassen hatten, herrschte wieder Stille. Der Junge brach sie jedoch irgendwann: »Sie denken, ich habe einen Dämon in mir. Denkt Ihr auch, dass ich von einem Dämon besessen bin?«

Der Priester drehte sich um und schaute erst Phillip an und dann Martin. Phillip nickte. Martin sah verwirrt aus.

»Nein«, erwiderte der Priester, »ich glaube nicht, dass du besessen bist. Ich glaube eher, dass du einen Vater hast, der das Land dazu zwingt, ihm das zu geben, was er will und denkt, er könnte es mit seiner Familie genau so machen. Du hast drei Schwestern, die denken, dass sie deine Mutter sind. Ich glaube, deine Mutter liebt dich von ganzem Herzen und sieht, dass du ein guter Bursche bist, aber sie kann nur wenig machen, weil sie in der gleichen Familie lebt wie du. Ich glaube, du würdest dich freuen deine Aufgaben zu erledigen, wenn du sie allein machen dürftest. Wahrscheinlich würdest du viel mehr Zeit mit deiner Familie verbringen, wenn sie dich entscheiden lassen würden, wann. Vermutlich würdest du ihnen sagen, was du denkst, wenn sie dich nicht permanent bedrängen würden und dich bestrafen, wenn du dann doch mal den Mund aufmachst.«

Der Junge sagte nichts. Er starrte den Priester nur an und bewegte keinen Muskel.

»Sehe ich das richtig?«, erkundigte sich der Priester.

Der Junge blinzelte und sprang dann nach vorne. In einer ungestümen Umarmung packte er den Priester, begann heftig zu schluchzen und redete irgendwelches Kauderwelsch. Irgendwann ließ er von dem Priester ab. Doch anstatt zu seinem Strohhaufen zurückzugehen, räumte er alles von seinem Beistelltisch und nutzte ihn als Hocker. Er sackte mürrisch in sich zusammen und sprach nun eine lange Zeit. Er redete über seine Eltern, seine Schwestern und die anderen Leute im Dorf, die in seinem Alter waren. *Die Bastarde.* Kludges furchterregende Lebensgewohnheiten. Und über Mädchen, er redete sehr viel über Mädchen. Schließlich war er am Ende angelangt und sichtlich erschöpft.

Bischof Galbraith sagte zu ihm: »Hier ist der Deal. Die im Haus denken, du bist von einem Dämon besessen. Wir werden sie davon überzeugen, dass wir ihn losgeworden sind. Wir sagen ihnen, dass sie den Schuppen doch etwas gemütlicher machen und in Zukunft anklopfen sollen, bevor sie reinkommen. Außerdem werden wir ihnen erklären, dass sie eine Zeit lang vorsichtig mit dir umgehen und dich in Ruhe lassen sollen, wenn es das ist, was du wirklich willst. Aber du musst uns im Gegenzug versprechen, dass du dich fortan bemühst, netter zu deiner Familie zu sein. Es ist hart, dass weiß ich, aber das wird dein Leben auf Dauer leichter machen. Immer wenn du Redebedarf hast, kannst du gerne zu mir oder Phillip kommen. Sag deinen Eltern, dass du darüber nachdenkst, Zauberer oder Priester zu werden. Das werden sie bestimmt mögen.«

»Kann ich denn wirklich ein Zauberer werden?«, fragte der Junge.

»Nein«, erwiderte Phillip, »tut mir leid. Du wirst entweder damit geboren oder eben nicht. Allerdings wissen das deine Eltern nicht.«

»Kann ich dann ein Priester werden?«

»Nein«, meinte Bischof Galbraith zu Martins Überraschung. »Zumindest noch nicht. Lass uns noch mal darüber sprechen, wenn sich das mit deinen Leuten etwas beruhigt hat. Wir wollen schließlich nicht, dass du nur der Kirche beitrittst, weil es ein schönerer Ort zum Leben zu sein scheint, als hier.«

Phillip rieb sich die Hände. »Jetzt, da das erledigt ist, können wir ja zum angenehmen Teil übergehen.«

Bischof Galbraith kicherte. »Ja, ich denke schon. Soll ich gehen, oder denkt Ihr, Euer Lehrling ist bereit, mitzuhelfen?«

»Oh, ich vertraue ihm voll und ganz. Er wird seinen Part schon zu aller Zufriedenheit erledigen«, erklärte Phillip. »Wahrscheinlich wird er sogar besser darin sein als Ihr oder ich.«

Donald war mit der Richtung, in die sich das Gespräch entwickelte, nicht sonderlich zufrieden. »Worüber redet ihr?«

»Das habe ich mich irgendwie auch gerade gefragt«, meinte Martin.

»Wir werden es euch erklären«, meinte Phillip.

Bischof Galbraith wandte sich nun wieder Donald zu. Er legte dem Jungen beruhigend eine Hand aufs Knie. »Donald, die nächsten fünf Minuten werden sehr unangenehm sein. Ich glaube aber, du wirst es genießen!«

***

Donalds Familie saß auf ihren Bänken und schaute sehr besorgt aus, als Martin durch die Hintertür hineinplatzte. Er sah so aus, als könnte er die Panik kaum noch zurückhalten. Alle anderen drehten sich zu ihm um, um ihn anzusehen, aber Mrs. Melick sprang sofort auf. Martin sah sich hektisch im Zimmer um.

»Was brauchst du, mein Junge?«, fragte Mrs. Melick aufgeregt.

Martin flitzte im Zimmer hin und her und suchte offensichtlich etwas, das er nicht fand. »Wir brauchen ein Brett oder eine Servierplatte. Irgendetwas Breites und Flaches. Der Bischof braucht es dringend für die Sakramente.«

»Kitty!«, blaffte Mrs. Melick. »Hol die gute Servierplatte.« Das Mädchen schien zu verblüfft, um sich zu bewegen.

»GEH!«, rief Jan Melick abermals. Daraufhin sprang Kitty von der Bank auf und rannte zur Küche, die eigentlich nur eine gut organisierte Ecke im Hauptzimmer war. »Was brauchst du noch?«

Martin kniff die Augen zusammen und wackelte bei dem Versuch die Information, die scheinbar in seinem Gehirn feststeckte, hervorzuholen aufgeregt mit den Fingern. »Aah, ähm. SAFT! Oder Apfelwein oder etwas in der Art! Mein Meister sagt, der Junge wird etwas zu trinken brauchen. Etwas Nahrhaftes, das ihm seine Kraft zurückgibt.«

»Wir haben einen Krug Apfelwein, aber er ist etwas hart im Geschmack.«

»Das ist schon in Ordnung«, meinte Martin.

»Apfelwein ist nicht billig, das weißt du bestimmt«, sagte Mr. Melick daraufhin.

»Das ist schon in Ordnung«, sagte Martin erneut.

»Ich habe ihn aufgespart und lasse ihn nun etwas härter werden«, erklärte Mr. Melick.

»Das. Ist. SCHON. In. Ordnung.«, wiederholte Mrs. Melick in einem Tonfall, der deutlich machte, was sie von ihrem Mann hielt. Mr. Melick seufzte daraufhin tief und sagte dann zu Kitty, dass sie den Krug Apfelwein bringen sollte.

Einen Augenblick später hatte Kitty die Servierplatte (ein fast ein Meter breites quadratisches Holzbrett, das fröhlich bemalt worden war und in dessen Enden Griffe geschnitzt worden waren) und einen Steinkrug gefunden, der mit einem Korken verschlossen war. Martin nahm die Servierplatte, aber Donald senior erhob sich ebenfalls von der Bank und nahm den Krug an sich. »Lass uns gehen«, sagte er daraufhin.

»Mein Meister hat Euch doch gesagt, dass das, was in dem Schuppen vor sich geht, nicht für Eure Augen bestimmt ist«, erwiderte Martin.

»Nein, dein Meister hat nur sehr wenig gesagt und das ist auch gut so, denn ich habe ihn nicht hierher eingeladen. Der Vater hat es gesagt, es ist mein Schuppen und mein Apfelwein. Darum werde ich mir jetzt ansehen, was ihr genau vorhabt!«

Jan Melick war ganz offensichtlich wütend. »Es ist dein Sohn, Donald!«

»Das stimmt. Lass uns gehen, Lehrling. Wir verschwenden hier nur unsere Zeit.« Mr. Melick ging nun auf die Tür zu. Als Martin ihm widerwillig folgte, wurde er von Mrs. Melick aufgehalten. Sie hatte ihre Hand auf seinen Arm gelegt, dann sah sie Martin tief in die Augen und fragte mit leiser Stimme:

»Wird es ihm wieder gut gehen?«

Martin blieb stehen und sagte mit seiner ruhigsten und ernstesten Stimme: »Mit Eurem Sohn wird bald alles in Ordnung sein.« Anschließend folgte er Melick durch die Hintertür.

Als Mr. Melick die Tür öffnete, blies ein heißer Wind hinein. Als sie aus dem Haus traten, war der Wind bereits stark genug, um ihnen das Gehen gehörig zu erschweren. Er schien aus dem Schuppen zu kommen, zusammen mit einem schrecklichen Knurren und Heulgeräuschen. Durch jeden Riss im Bauwerk des Schuppens schien ein hartes, rotes Licht zu sickern. Unter den furchterregenden Geräuschen konnte man gerade so die Stimmen von Phillip und Bischof Galbraith ausmachen. Sie schrien laut. Der Priester etwas auf Latein und Phillip in Esperanto. Einen Moment lang blieb Mr. Melick entsetzt stehen, schützte seine Augen vor dem Wind und dem Licht, dann rannte er gegen den Wind an in Richtung Schuppen.

Martin rief: »Warten Sie! Warten Sie! Lassen Sie mich zuerst hineingehen!«

Donald riss die Schuppentür auf und war einen Augenblick lang geblendet. Als sich seine Augen langsam an das Licht gewöhnt hatten, sah er seinen Sohn inmitten des Schuppens schweben, fast einen halben Meter über dem Boden. Er schien wild zu kämpfen und strampelte mit den Gliedmaßen. Rotes Licht kam aus seinen Augen, der Nase und dem Mund. Er warf seinen Kopf herum, als würde er schreien, aber das einzige Geräusch, das ertönte, war ein unmenschliches, animalisches Brüllen. Er war in ein leuchtendes Energiefeld gehüllt, das aus Phillips Stab kam. Bischof Galbraith richtete derweil sein Kruzifix auf den Jungen. Ein weißer Lichtstrahl schoss aus dem Kreuz und traf den Jungen mitten ins Herz. Alle drei schauten zur Tür, als wären sie dabei ertappt worden, wie sie etwas Ungezogenes taten. Mr. Melick war starr vor Angst. Einen Moment lang schien die ganze Welt stehen zu bleiben mit Ausnahme von Martin, denn dieser nahm den Krug sanft aus Donalds Hand und trat zurück.

Der Mann keuchte: »Sohn?«

Das rote Licht verschwand nun langsam aus Augen, Nase und Mund des Jungen. Er sah die Sorge im Gesicht seines

Vaters und flüsterte: »Dad.« Dann kam das rote Licht zurück. Der Junge öffnete den Mund und erbrach sich jetzt in hohem Bogen, und zwar mit so viel Kraft, dass die Entfernung zwischen Vater und Sohn zurückgelegt wurde, ohne dass ein einzelnes Molekül den Boden berührte. Mr. Melick versuchte zu rennen und rutschte auf der Brühe aus, mit der er über und über bedeckt war. Er lief direkt zur Hintertür seines Hauses, hastete hinein, und als die Tür hinter ihm zugeschlagen wurde, hörte Martin vier kreischende Frauen.

Der Priester nahm sein Kruzifix wieder herunter. Der weiße Lichtstrahl hingegen wurde nicht weniger. »Nun, das lief ja wesentlich besser als erwartet«, sagte er zufrieden.

Als Martin in den Schuppen kam und die Tür schloss, sagte Phillip: »Fino program«, und das mystische Licht und die Geräusche ließen auf der Stelle nach. Donald sank sanft zu Boden.

Martin sah sich etwas von dem gefälschten Erbrochenen an, das auf Donald senior gespritzt war. Dann schaute er zu Phillip. »Eintopf?«, fragte er.

Phillip zuckte mit den Schultern. »Genau das benutzt Monty Python doch auch.«

Bischof Galbraith nahm Martin die Servierplatte ab. »Das habt ihr alle wirklich gut gemacht«, erwiderte er. »Besonders ihr Burschen. Dafür, dass dies euer erster Exorzismus war, habt ihr das wirklich gut hingekriegt. Jetzt kommen wir zum wichtigsten Teil.« Phillip nahm vier der Feuerholzstücke, die als Möbel gedacht waren, und arrangierte sie in einer groben Rautenform auf dem Boden. Dann nahm er drei weitere Stücke und ordnete sie in einem Dreiecksmuster innerhalb der größeren Raute an. Bischof Galbraith legte die Servierplatte auf dieses Dreieck und stellte den Krug Apfelwein darauf. Der Bischof saß auf einem der vier Holzstücke, die die Raute bildeten, und winkte Donald zu sich, damit dieser sich ihm gegenüber hinsetzte. Martin sollte rechts neben ihm sitzen, Phillip zur Linken des Bischofs. Dieser nahm nun seinen Hut ab, griff hinein und holte nacheinander vier Trinkgläser hervor.

»Der Bischof und ich werden euch zwei nun zeigen«, sagte Phillip und griff ein letztes Mal in seinen Hut, »wie man Binokel spielt.«

In seiner Hand hielt er jetzt ein Kartenspiel.

Kapitel 18

»Wenn du vorhast, Makros zu erstellen und dafür das Shell-Programm zu nutzen«, sagte Phillip, »nehme ich an, dass du einen Computer brauchen wirst, auf dem du richtig arbeiten kannst und nicht dieses *Telefon*, das mehr Rechenspeicher hat als alle Computer des MIT in meinem Abschlussjahr zusammen. Vielleicht solltest du schnell in deine Zeit gehen und deinen Computer von dort holen.«

»Das kann ich nicht«, sagte Martin. »Denn das letzte Mal, als ich ihn gesehen habe, wurde er gerade von einem Bundesagenten abgebaut.«

»Und du hast wirklich nur eine Woche gebraucht, um dir so viel Ärger einzuhandeln?«, fragte Phillip erstaunt.

»Der ganze Ärger passierte eigentlich in den letzten beiden Tagen. Die Tage zuvor habe ich damit verbracht, auf diesen Misserfolg hinzuarbeiten.«

»Vorbereitung ist der Schlüssel zum Erfolg oder in diesem Fall: zum Gegenteil«, meinte Phillip. »Ich schätze mal, dann musst du dir halt einen neuen Computer besorgen.«

»Verflixt. Ich hasse es, brandneue Computer zu kaufen«, sagte er mit einer sarkastischen, monotonen Stimme.

»Ich weiß. Aber es ist eine Last, die du tragen werden musst«, erwiderte Phillip gütig.

Martin öffnete daraufhin das Einstellungsmenü seiner Smartphone-App. Es fühlte sich so an, als hätte er bereits ein ganzes Leben gelebt, seit er sie entwickelt hatte. Damals schien es wie ein überflüssiges Detail, dass er die Fähigkeit hatte, spontan zu ändern, wann und wo sein Handy sendete, aber jetzt war er froh, dass er sich die Mühe gemacht hatte. Er stellte die Zeit für eine Woche vor dem Zeitpunkt ein, an dem er seine eigene Zeit verlassen hatte, wendete die neuen Einstellungen an und öffnete dann die Amazon.de-App.

***

Walter und Margarita Banks standen in ihrem Wohnzimmer und versuchten immer noch zu verstehen, was gerade passiert war. Ihr Sohn Martin benahm sich doch sehr merkwürdig. In ihrem Garten heulten immer noch Sirenen und irgendjemand hatte gerade recht eindringlich an ihre Tür geklopft. Sie schauten zur Tür, dann sahen sie einander an und anschließend zu Martin, der seinen Kopf aus seiner Schlafzimmertür steckte und sagte: »Hi. Nur mal so zur Kontrolle, wie heißt die Hauptstadt von England?«

Margarita antwortete: »London.« Daraufhin schlug Martin die Tür wieder zu.

Wer auch immer im Moment an die Eingangstür hämmerte, brüllte nun: »Wir sind Bundesagenten! Machen Sie sofort die Tür auf!« Walter ging, um die Tür zu öffnen, kam aber nur einen Schritt weit, bevor Martin wieder aus seinem Schlafzimmer platzte.

»Mach die Tür auf keinen Fall auf! Noch nicht!«

Walter erstarrte daraufhin.

»Wurden vielleicht irgendwelche Pakete für mich zugestellt?«

»Ja. Gestern sind zwei Pakete von Amazon angekommen. Sie sind in der Küche«, erwiderte Margarita.

»Geil!«, rief Martin und sang fast auf dem Weg zur Küche. Dann blieb er stehen. »Warte mal … was? Zwei Pakete?«

Seine Mutter zeigte neben die Hintertür auf den Boden und tatsächlich waren dort zwei Pakete von Amazon. Von der Form der Pakete her konnte Martin genau sagen, welches er geordert hatte. Das zweite Paket war ihm jedoch ein Rätsel.

Die Stimme jenseits der Haustür schrie nun: »Öffnen Sie sofort die Tür oder wir werden sie aufbrechen!« Martin wusste, dass er nur eine bestimmte Menge sicher transportieren konnte, wenn er in der Zeit zurückreiste, darum würde das geheimnisvolle Paket leider erst einmal warten müssen. Vermutlich würde er dann sowieso wissen, was es war. Er griff sich seine Bestellung und rannte anschließend zurück in sein Zimmer.

»In welcher Art von Schwierigkeiten steckst du, Sohn?«, fragte Walter vorsichtig.

»Keine Schwierigkeiten, Dad. Alles ist cool. Öffne einfach nur noch nicht die Tür!«, sagte Martin so beiläufig er konnte, während er zurück in sein Zimmer rannte und die Tür hinter sich zuschlug.

Dann materialisierte er sich wieder in Phillips Laden in dem Zimmer mit der Kristallkugel, während er das Paket von Amazon.de fest an sich presste. Phillip hatte ihm erklärt, dass es eine riskante Angelegenheit sein würde, etwas so Großes zu transportieren. Denn große Objekte sind in der Regel einfach nur Ansammlungen kleiner Objekte, die durch Kleber, Schrauben und Klammern zusammengehalten werden, die selbst wiederum nur kleinere Objekte sind. »Mehr als ein Zauberer hat schon mal einen Koffer mit Zeug gefüllt, sich teleportiert und sich anschließend mit nichts als einem Griff in der Hand materialisiert.«

»Also ist es besser nur Kleinigkeiten mitnehmen?«, hatte Martin gefragt.

»Ja und nur um sicherzugehen, drück es fest an dich, wenn du dich teleportierst. Umklammere den Gegenstand, so gut, es nur geht mit deinen Gliedmaßen. Mach dich auch mehr als ein Mal auf den Weg, wenn es sein muss.«

Also hatte Martin das Paket an sich gedrückt und es schien die Reise tatsächlich gut überstanden zu haben. Wenn er sich früher einen neuen Computer gekauft hatte, hatte es Martin immer am besten gefallen, ihn auszupacken und das System zum ersten Mal einzurichten. Dieses Mal war es sogar noch besser, denn er erlebte es durch Phillips Augen; einem Mann aus dem Jahre 1984. Die fortschrittlichste Hardware, die Phillip jemals zuvor gesehen hatte, abgesehen von Martins Handy, war Garys Apple PowerBook von 1994 gewesen. Als Martin den brandneuen 2012er Laptop auspackte, der aussah, als hätte man ihn aus einem einzigen Block Aluminium geschnitzt, sah Phillip so aus, als würde ihm gleich sein Kopf explodieren. Martin musste wider Willen lächeln, während Phillip die Angaben auf der Seite der Box las und leicht die Lippen bewegte, so als wäre er ein Sprachwissenschaftler, der versuchte, den Stein von Rosette zu lesen.

Phillip schüttelte verwirrt den Kopf. »Ich verstehe zwar all die Angaben, aber die Zahlen sind alle so dermaßen hoch. Ich weiß nicht, was all das bedeutet. Was um Himmels willen kann eine Person denn mit vier Gigabyte RAM tun?«

»Es sofort upgraden«, antwortete Martin.

Er war äußerst erfreut, dass der Laptop mit einem zum Teil aufgeladenen Akku geliefert worden war, darum konnte er ihn direkt hochfahren und Phillip zeigen, wie moderne Betriebssysteme funktionierten, hochauflösende Filme aussahen, was genau 3D-Spiele waren und wie schnell der Computer all diese Aufgaben ausführen konnte. Phillip war sichtlich dankbar und auch wahnsinnig eifersüchtig.

»Ich könnte dir ja vielleicht auch einen besorgen, wenn du willst«, bot ihm Martin an.

Phillip seufzte. »Nein, ich würde doch eh nicht wissen, wie man ihn genau benutzt. Ich bleibe lieber bei meinem Commodore. Es passt zu meiner … du weißt schon … meiner Art von Anwendung. Außerdem werde ich irgendwann meinen eigenen glänzenden neuen Computer bekommen, wenn ich nur lange genug warte. Das ist das Schöne daran, wenn man unsterblich ist. Man lernt, die späten Freuden zu schätzen.«

Statt die Skriptsprache des Shell-Programms zu lernen, verbrachten sie den Rest des Tages damit, Martins neuen Computer einzurichten und zu optimieren. Dank des Shell-Programms war es viel leichter den Eintrag des neuen Laptops in der Datei zu finden. Alles, was Phillip tun musste, war darauf zu zeigen und *Statistikoj* zu sagen und der Eintrag erschien auf dem Bildschirm des Commodore 64.

»*Statistikoj*? Das heißt Statistik, nicht wahr?«, fragte Martin.

»Jep.«

»Hat Esperanto dich je an Schweine-Latein erinnert?«

»Ja. Schweine-Latein heißt auf Esperanto übrigens *Porko Latina*.«

Sie stellten den Akku des Computers so ein, dass er permanent voll war, genau wie Martins Handy. Für den Internetzugang nutzte Martin einfach WiFi, um den Laptop an sein Handy zu koppeln und so die 4G-Verbindung des Handys zu nutzen. Ein Prozess, der Phillip gründlich verwirrte. Geduldig erklärte Martin es Phillip, während sie weiterarbeiteten. Er genoss es sichtlich, den Lehrer für Phillip zu spielen, anstatt dass es anders herum war.

Am nächsten Morgen, nachdem sie eine Schüssel Eintopf gefrühstückt hatten, stellten sie den Laptop in Phillips Haus auf den Tisch und verschafften sich Zugang zum Shell-Programm. Das Programm wurde doppelt und dreifach auf mehreren Firmen- und Behördenservern gehostet, genau wie die Datei selbst. Weil sie wussten, wonach sie suchten, fanden sie es ziemlich schnell. Sie luden eine Version des Shell-Interfaces herunter, die für Windows XP entwickelt worden war. Aus Martins Sicht war es ziemlich überholt, aber als Emulation lief es gut und es war stabil. Das Interface hatte große, cartoonartige Icons, die Martin nutzen konnte, um die ursprüngliche

Datei abzurufen. Einen Testbereich, um neue Fähigkeiten und Effekte zu kreieren, eine Bibliothek vorgegebener Fähigkeiten und Effekte und außerdem eine grafische Oberfläche, um sie kombinieren und ihnen Auslöser zuweisen zu können. Phillip erklärte, wie man verschiedene Effekte so zusammenfasste, dass die Illusion eines einzelnen, einheitlichen Effekts erzeugt wurde. Doch plötzlich fröstelte es Martin.

»Perfektes Timing, wie immer«, erwiderte Phillip stöhnend.

»Ich habe nur eine Gänsehaut bekommen«, sagte Martin.

»Ja, ich auch. Lehn dich zurück, Kleiner. Du wirst gleich ein Paradebeispiel dafür sehen, wie viele verschiedene Effekte man übereinanderlagern kann, um richtig Eindruck auf das Publikum zu machen. In diesem Fall erweckt es den Eindruck, als würde der Zauberer sich viel zu viel Mühe machen, um Eindruck zu schinden.«

Eine Brise wehte durch den Raum. Sie schien von allen vier Wänden gleichzeitig hineinzuwehen und sich dann an einem Punkt in der Mitte des Zimmers zu bündeln. Der Wind bildete nun eine kleine Windhose, die wuchs und immer dunkler wurde, weil immer mehr Staub – weit mehr als am Anfang im Zimmer gewesen war – in den Strudel hineingezogen wurde. Alle Lichter im Raum verdunkelten sich außerdem nun. Es sah eher so aus wie Mitternacht im Winter anstatt an einem sonnigen Herbstmorgen. Als das Licht erstarb, ging plötzlich ein Glühen von dem Wirbelwind aus, der die Form eines Mannes hatte. Es gab einen ohrenbetäubenden Lärm. Fast so wie ein explodierender Benzin-Truck nur rückwärts abgespielt. Dann gab es nichts mehr außer weißes Licht und Stille im Raum.

Als Martins Augen sich daran gewöhnt hatten, sah er, dass dort, wo der Wirbelwind zuvor gewesen war, nun die Marmorstatue eines beeindruckenden Zauberers stand. Die Statue hielt ihren Stab mit einem muskulösen linken Arm in die

Höhe. Der ebenso muskulöse rechte Arm des Zauberers streckte sich hingegen machtvoll nach oben. Die Hand war auf Kopfhöhe und griff nach einem winzigen, glänzend weißen Stern als wäre es ein Softball. Der Mann hatte ein kantiges Kinn, das Entschlossenheit ausdrückte, sein Gesichtsausdruck offenbarte ebenso gelassenes Selbstvertrauen wie schreckliche Absichten. Das wallende Haar der Statue wurde zurückgeweht, als ob sie direkt vor einem Ventilator stünde. Das Licht in der Hand der Statue pulsierte nun orange und stieß eine Schockwelle aus, die den ganzen Raum mit Feuer ausfüllte. Instinktiv schützte Martin sein Gesicht mit den Armen. Phillip verzog allerdings keine Miene. Als sich die Schockwelle wieder auflöste, verbrannte der Marmor zu Asche. Diese fiel zu Boden, schien aber zu verschwinden, bevor sie dort aufkam. Während die Asche zerfiel, ließ sie einen Zauberer in der gleichen Pose zurück. Die Arme waren allerdings dünner, der Kiefer schwächer und das Haar schlaffer. Dennoch war es der gleiche Zauberer. Sein Gewand war in einem tiefen Smaragdgrün gehalten und hatte goldene Zierstreifen. Sein Stab war schwarz und glänzte genau so wie ein Klavier. Oben befand sich ein kleiner blauer, elektrischer Plasmaball. So etwas hatten Teenagerjungs in den späten 1980er Jahren in den Krimskrams-Läden in Einkaufszentren gekauft. Mit einer verstärkten Stimme mit viel zu viel Hall rief der Zauberer nun:

»Habt keine Furcht wie das niedere Getier, denn ich Merlin bin jetzt hier.«

Phillip stöhnte und sagte dann nicht sonderlich begeistert:

»Hallo Jimmy. Würde es dich umbringen, wenn du einfach klopfen würdest?«

Jimmy lächelte. »Hallo Phillip. Schön, dich zu sehen! Ich entschuldige mich dafür, nicht geklopft zu haben, aber wie du sicher weißt, habe ich ganz schön viel Arbeit in diesen Auftritt gesteckt.«

»Offensichtlich.«

»Ja und der ganze Effekt wäre doch versaut, wenn ich zuvor kleinlaut an die Tür klopfen und fragen würde, ob jemand zu Hause ist. Es wäre nicht annähernd so beeindruckend, nicht wahr?«

»Sehe ich denn beeindruckt aus?«, fragte Phillip.

»Nein, geschätzter Kollege. Aber du siehst nie beeindruckt aus. Das ist anscheinend Teil deines Charmes.«

»Was wäre, wenn du, anstatt zu klopfen, drei Überschallknallgeräusche in dem Rhythmus einbauen würdest, so als würde eine Person klopfen?«, fragte Martin nachdenklich. »Dann könntest du auf eine Antwort warten.«

Jimmys Augen weiteten sich begeistert. »Das ist eine wirklich gute Idee! Du musst dieser Lehrling sein, von dem ich schon so viel gehört habe. Freut mich dich kennenzulernen. Du darfst mich Merlin nennen.«

Phillip murmelte: »Oder Jimmy, denn das ist eigentlich sein Name.«

»Ja. Danke Phillip. Ich muss sagen, Martin, ich habe gehört, du seist wirklich clever. Viele Leute erzählen mir von ihren Ideen, aber selten höre ich eine, die ich auch mag. Ich bin beeindruckt!«

»Ja«, fügte Phillip hinzu. »Eines Tages, wenn deine Ohren bluten, weil du den *Flohwalzer* ertragen musst, der immer während der Überschallknalle gespielt wird, wirst du wissen, dass du dir selbst dafür danken kannst.«

Jimmy und Martin gaben sich nun die Hand. Jimmy hatte einen festen Griff und eine trockene Handfläche. Während sie sich die Hände schüttelten, ergriff er Martins rechten Ellbogen mit seiner linken Hand, beugte sich nah zu seinem rechten Ohr und fragte leise genug, sodass Phillip es nicht hören konnte, aber ohne zu flüstern: »Behandelt Phillip dich auch gut, Martin? Lehrt er dich das, was du wissen musst? Er lässt dich doch nicht die ganze Hausarbeit machen, oder Martin?«

»Nein«, erwiderte Martin leise. »Er ist wirklich großartig! Wir kommen gut miteinander aus.«

»Gut Martin«, antwortete Jimmy, der Martin immer noch die Hand schüttelte. Er beute sich zu ihm und flüsterte ihm erneut ins Ohr: »Wenn es irgendwelche Probleme geben sollte, Martin, dann möchte ich, dass du mich kontaktierst. Wirst du das tun, Martin?«

Bevor Martin antworten konnte, beugte sich Phillip sehr nah an Martins anderes Ohr und ergriff Martins linke Schulter.

»Martin«, sagte er mit gedämpfter Stimme. »Benimmt Jimmy sich gruselig? Sucht er viel Körperkontakt und murmelt er dir direkt ins Ohrloch? Martin, sagt er deinen Namen, Martin, viel öfter, als es jeder vernünftige Mensch tun würde, Martin? Martin, es ist fast so, als hätte er ein Buch darüber gelesen, wie man Tussis in einer Diskothek abschleppt und Martin, er hat erkannt, dass man diese Techniken auf jeden, den man trifft, anwenden kann. Nicht wahr, Martin? Martin, Martin, Martin?«

Wenn Martin weiter von Jimmys Gesicht entfernt gewesen wäre, hätte er den irritierten Blick verpasst, der sich schnell in einen überraschend echten Ausdruck von amüsiertem Anstand veränderte. Jimmy ließ Martins Arm los und trat nun einen Schritt zurück. Er lachte ein wenig und breitete dann seine Arme in einer freundlichen und offenen Geste aus. »Phillip, wenn du nicht vorsichtig bist, dann wirst du bei Martin noch den Eindruck erwecken, dass wir nicht gut miteinander auskommen.«

»Das tun wir ja auch nicht!«, antwortete Phillip säuerlich und ballte die Fäuste.

Jimmy schaute absichtlich verwirrt. »Phillip, ich bin mit dir immer gut ausgekommen!«

»Ja, Jimmy. Du bist mit mir ausgekommen, aber ich nicht

mit dir. Zum größten Teil deswegen, weil du nicht erkennst, dass das Wort *wir* sich auf mehr als nur dich bezieht.«

Jimmy lachte. »Phillip, du bist echt eine Pistole.«

»Das wünschte ich auch manchmal.«

Nach einer zutiefst unangenehmen Stille sagte Jimmy: »Nun, ich muss heute noch woanders hin. Ich mache eine Runde und sehe mir die neuesten Projekte an.« Er blickte Phillip nun direkt an. »Die Arbeit des Vorsitzenden ist schließlich nie getan.«

»Wir werden dich bestimmt nicht aufhalten«, erwiderte Phillip.

»Nein, das werdet ihr nicht«, sagte Jimmy und schüttelte Martin abermals die Hand. »Wenn ich eine Hilfe sein kann, dann zögere nicht, zu fragen. Du wirst ein echter Gewinn für unsere Gemeinschaft sein, Martin. Das kann ich dir schon jetzt sagen.«

Jimmy hob nun seinen Stab über seinen Kopf. Der Wind, der auf ihn zuströmte, wehte durch sein Haar und ließ seine Robe wie eine Flagge im Wind flattern. Jimmy sprach, aber jetzt war seine Stimme lauter, voller und epischer: »Und mach dir keine Sorgen wegen der Prüfungen, Martin. Wenn du das tust, machst du dich nur selbst fertig und scheiterst. Und das wäre ziemlich schlecht!« Der Wirbelwind strömte auf Jimmy zu und verschmolz anschließend mit ihm. Dann gab es ein blendendes Licht, ein lautes Geräusch und schließlich Stille. Eine idealisierte Marmorstatue von Jimmy stand immer noch dort, wo er sich zuvor befunden hatte. Dann zerfiel sie zu Asche, die sich auflöste, bevor sie zu Boden rieselte. Als sich der Staub legte, war das Einzige, das übrig blieb, ein Brandfleck an der Stelle, wo Jimmy gestanden hatte. Die Form des Brandflecks sah allerdings aus wie ein M in einem Pentagramm.

Phillip rieb missmutig mit seinem Stiefel an dem Fleck

herum. Aber er ließ sich zum Glück leicht wegwischen. »M steht für Minderbemittelter«, sagte er, als er fertig war.

»Er schien doch sehr freundlich zu sein«, meinte Martin.

»Ja, und das ist das Problem bei ihm. Er *scheint* freundlich zu sein.«

Martin wusste, dass es eine weise Entscheidung wäre, es einfach darauf beruhen zu lassen und mit dem Tagwerk weiterzumachen. Er wusste aber auch, dass er das nicht machen würde. »Es ist doch offensichtlich, dass du ihn verabscheust.«

»Anscheinend für jeden offensichtlich außer für ihn.«

»Oh, ich glaube, er weiß es auch.«

Phillip drehte sich um, damit er Martin ansehen konnte. Seine Augen waren voller Hoffnung. »Meinst du? Denkst du, er weiß wirklich, wie ich mich fühle? Oh, ich hoffe, dass das wahr ist. Vielleicht fühlt er ja genau so?«

»Ich glaube, das könnte er. Was ist denn überhaupt dein Problem? Bist du wütend, weil er Merlin ist und nicht du?«

Phillip setzte sich daraufhin an den Tisch und sackte nach vorne, als würde ihn die Anstrengung, Jimmy zu hassen vollkommen ermüden. »Nein, ich hasse ihn, weil er *nicht* Merlin ist. Es gibt keinen Merlin und wahrscheinlich gab es auch niemals einen. Sieh mal, als ich in diese Zeit kam, wusste ich, dass ich mich als Zauberer tarnen musste und hoffte, dass man mich als guten Zauberer in Erinnerung behalten würde. Ich dachte, das wäre ein ziemlich gutes Ziel. Zumindest gut genug für mich, aber anscheinend eindeutig nicht gut genug für Jimmy. Denn als Jimmy hierherkam, tat er das mit der Absicht, dass ihn die Leute als Merlin erkennen sollten, ob sie es wollten oder nicht. Und um das zu erreichen, hat er sich in die Leben unzähliger Menschen gedrängt, damit er die Wirklichkeit seinem Willen unterwerfen konnte.«

»Du bist also wütend auf ihn, weil er die Vergangenheit verändert hat?«

»Ja, das bringt es auf den Punkt.«

»Aber du veränderst doch auch die Vergangenheit.«

»Ja, aber in einem viel geringeren Ausmaß und aus ganz anderen Gründen. Ich habe kleine Veränderungen vorgenommen in der Hoffnung, dass ich und andere dann ein besseres Leben haben werden. Er hat große Veränderungen vorgenommen, um ein viel besseres Leben für sich selbst und vielleicht ein etwas besseres Leben für alle anderen zu schaffen. Vielleicht … wenn sie Glück hatten … aber wenn nicht, störte es ihn auch nicht.«

Lange schwiegen sich Martin und Phillip an. Martin versuchte, Phillips Ausführungen zu verstehen, und Phillip wiederum versuchte, eine elegantere Erklärung zu finden. »Kurz, nachdem ich hierher gekommen bin, habe ich beschlossen, dass das Repositorium, die *Datei,* wie du es nennst, viel nützlicher wäre, wenn es ein vereinfachtes Interface hätte. Ich fing also an, am Shell-Programm zu arbeiten, und habe Jimmy dann davon erzählt. Er half mir ein wenig. Wenn neue Zauberer auftauchten, zeigte er ihnen das Shell-Programm, das wir gemacht hatten. Später habe ich neue Zauberer kennengelernt, die zuerst Jimmy getroffen hatten und sie fragten mich, wie es gewesen wäre, Jimmy bei der Entwicklung des Shell-Programms zu helfen.«

»Ah«, sagte Martin. »Du willst also mehr Anerkennung.«

»Nein, es geht nicht um die Anerkennung. Es geht um Diebstahl.«

»Diebstahl von Anerkennung«, sagte Martin.

»Sieh mal«, erklärte Phillip, »die Welt kann als Krieg zwischen zwei Seiten beschrieben werden. Das Problem ist, dass jeder eine andere Vorstellung davon hat, was diese beiden Seiten sind. Liberale gegen Konservative, Star-Wars-Fans versus Star-Trek-Fans, Menschen, die die Welt unter dem Aspekt *wir-gegen-die* sehen, und Menschen, die das nicht tun. Von diesen *zwei Arten von Menschen* gibt es Tausende. In meinen Augen ist die Zivilisation ein Krieg zwischen Menschen wie mir und Menschen wie Jimmy.«

»Okay. Wer sind denn Menschen wie du und wer sind Menschen wie Jimmy?«

»Martin hast du je Basketball gespielt?«

»Ja.«

»Dann sag mir, was ist ein Foul?«

»Ein Foul ist, wenn einer der Spieler die Regeln bricht. Wenn man es fünf Mal tut, wird man aus dem Spiel gekickt. Bei der NBA nach sechs Mal.«

Phillip lächelte. »Gut. Die beste Art wie ich den Krieg, so wie ich ihn sehe, je zusammengefasst habe, ist: Eine Seite, und zwar unsere, sieht ein Foul darin, gegen die Regeln zu sein. Wenn man zu oft gegen die Regeln verstößt, wird man entfernt. Die andere Seite, Jimmys Seite, sieht Fouls als Dinge, bei denen man mehrmals erwischt werden darf. Wird man es nicht, dann bemüht man sich eben nicht genug.«

»Also bist du sauer auf Jimmy, weil du denkst, dass seine Seite im Leben falsch spielt.«

»Teilweise. Hauptsächlich bin ich sauer, weil ich ziemlich sicher bin, dass seine Seite irgendwann gewinnen wird.«

Sie verbrachten den Rest des Tages damit, die Erstellung von Makros abzudecken, und kamen in Martins Ausbildung gut voran, aber Phillips Stimmung erholte sich nicht wirklich. Erst am nächsten Tag, nach einer erholsamen Nachtruhe, schien sein Lächeln wieder echt zu sein. Genau genommen als Phillip Martin aufweckte, der in der Hängematte schlief. Irgendwie schien Phillips Lächeln sogar ein wenig zu echt.

»Steh auf, mein Junge! Ich habe heute etwas ganz Besonderes für dich geplant!«

Martin rieb sich den Schlaf aus den Augen, während er vorsichtig aus der Hängematte stieg. »Was ist es denn? Ich hatte gehofft, dass ich noch an den Makros weiterarbeiten kann. Ich habe da ein paar Ideen gehabt.«

Phillip zuckte theatralisch mit den Schultern. »Nun, wir können den Tag natürlich am Computer verbringen, wenn du das lieber möchtest. Dann heben wir uns das Fliegenlernen eben für einen anderen Tag auf.«

»Nein, nein«, sagte Martin hastig und griff schnell nach seinem Stab. »Wenn du denkst, dass es an der Zeit ist, es zu versuchen, dann ...« Martin griff mit zitternden Händen nach seiner Robe. Er hatte allerdings deutlich Mühe, sie überzustreifen. Dabei stammelte er: »... dann sollte ich mich deiner Erfahrung als äh, äh ... Schüler ...« Martin realisierte, dass es bestimmt einfacher wäre, seine Robe anzuziehen, wenn er dabei nicht seinen langen Stab in der Hand halten würde. Er legte ihn deshalb hin, zog seine Robe an und fügte hinzu: »... beugen und heute fliegen lernen.«

Innerhalb von zehn Sekunden und einem Schachtelsatz hatte er es geschafft, den Schlaf abzuschütteln und ausgehfertig dazustehen.

»Na, na, nicht so voreilig. Du hast schließlich noch nicht gefrühstückt«, meinte Phillip. »Bitte, nimm etwas hiervon. So solltest du es bis zum Mittagessen aushalten.« Er reichte Martin irgendwas in Form eines handtellergroßen Rechtecks, das in ein Tuch eingewickelt war.

»Was ist das?«, fragte Martin argwöhnisch.

»Es ist etwas, womit ich experimentiere. Sind dir Frühstücksriegel bekannt?«

Martin packte es erwartungsvoll aus. »Ja natürlich, aber in meiner Zeit neigen wir dazu, sie Energieriegel zu nennen. Ich wusste gar nicht, dass du hier Schokolade hast.«

»Habe ich auch nicht; das hier ist viel gesünder. Es ist ein Block getrockneter Eintopf.«

Martin hielt es ohne Probleme bis zum Mittagessen aus,

denn durch den Riegel hatte er ganz plötzlich das Interesse an Nahrung komplett verloren. Er und Phillip gingen nach draußen. Dieser streckte seine Hand aus und Martin legte seine bereitwillig hinein. Dann sah Martin zufällig die Straße hinunter. In der Ferne erkannte er Kludge und starrte ihn an, aber die Entfernung war nicht so groß, dass Martin nicht das Lächeln auf Kludges Gesicht sehen konnte, als dieser bemerkte, dass Martin ihn gesehen hatte. Phillip hielt den Stab, den er in seiner freien Hand hatte, hoch und zeigte mit dessen Spitze, an der sich die dekorative Glasflasche mit Tabascosoße befand, in Richtung Himmel. Dann rief er: »Flugi!«, und sie stiegen in den Himmel hinauf.

Sie flogen etwa fünfzehn Minuten. In der heutigen Zeit ist das nicht besonders weit, aber im Mittelalter war es eine große Distanz. Sie flogen über den Wald, bis sie zu einer großen Lichtung kamen, die mit hohem Gras überwuchert war. Mitten darauf warteten zwei Männer in Zauberergewändern. Als Phillip zu einem Sturzflug auf die Lichtung ansetzte, konnte Martin erkennen, dass es sich dabei um Gary und Jeff handelte.

»Jungs! Schön euch zu sehen! Ich wusste ja gar nicht, dass ihr hier sein würdet«, sagte Martin.

»Das wollten wir doch auf keinen Fall verpassen!«, erwiderte Gary. »Wir Zauberer kommen immer her und sehen uns den ersten Flug eines Lehrlings an.«

»Wo ist denn Tyler?«, fragte Phillip.

»Keine Ahnung«, antwortete Jeff. »Er ist gestern wegen einer Buchrecherche rausgegangen und nicht wieder zurückgekommen. Einige Bauern haben ihm wahrscheinlich eine Geschichte über Süßkartoffeln erzählt und er denkt jetzt, er könnte daraus eine große Abenteuererzählung machen. Manchmal vergisst er dabei leider die Zeit.«

»Er wird deprimiert sein, dass er deinen ersten Flug verpasst hat«, erklärte Gary. »Es ist schließlich eine Tradition.«

»Ja«, sagte Jeff, »es ist so, als würde man eine Flasche am Bug eines Schiffes zerbrechen.«

»Doch statt eines Schiffs bist du es.«

»Und statt einer Flasche der Boden.«

»Und du wirst nicht zerbrechen, sondern aufprallen.«

»Aufprallen?«, fragte Martin entsetzt. »Ich werde aufprallen?«

Phillip schüttelte beruhigend seinen Kopf. »Nur, wenn du abstürzt.«

»Das heißt ja«, fügte Gary hilfsbereit hinzu.

»Mach dir aber keine Sorgen«, entgegnete Phillip und schaute Gary finster an, »dank der verschiedenen Schutzzauber, die ich auf dich angewendet habe, kannst du dich ja nicht verletzen.«

»Oh«, sagte Martin sichtlich erleichtert. »Gut. Solange ich mir nicht wehtun kann.«

»Oh, wehtun wirst du dir garantiert«, versicherte ihm Jeff. »Du verletzt dich nur nicht dabei. Deine Haut wird nicht zerschnitten und deine Knochen werden nicht brechen, aber trotzdem wirst du Schmerzen verspüren, wenn du mit einem Messer über deine Haut fährst oder du mit etwas Scharfem geschlagen wirst.«

»Oder, wenn du mit Endgeschwindigkeit schreiend vom Himmel fällst und auf einem harten, felsigen Boden landest«, meinte Gary und stampfte auf den Boden, um dessen Härte zu unterstreichen.

Phillip legte daraufhin seine Hand auf Martins Schulter.

»Hör nicht auf sie, Martin. Sie wollen dir doch nur Angst einjagen. Oh, sie lügen nicht. Du wirst wahrscheinlich fallen und aufprallen und es wird auch wie verrückt wehtun, aber sie erzählen dir nur davon, um dich zu erschrecken. Jetzt wollen wir dich aber erst mal in die Luft bringen. Sollen wir anfangen?«

Augenblicke später stand Martin ganz allein da. Die anderen drei Zauberer beobachteten ihn aufmerksam, machten ihm aber viel Platz. »In Ordnung«, meinte Phillip, »wir fliegen, indem wir unseren Stab benutzen.«

»Erste Regel«, sagte Martin reflexartig. »Mach nicht diesen offensichtlichen Witz.«

»In der Tat«, stimmte Phillip zu. »Bist du jemals mit einem Motorrad gefahren?«

»Ja.«

»Und wie ist es gelaufen?«

»Ich hatte einen Unfall.«

»Das wird ja bestimmt GROSSARTIG!«, sagte Jeff grinsend. Gary kicherte.

»Ignoriere sie einfach«, erwiderte Phillip. »Das heißt nicht nur heute. Im Allgemeinen ist es besser, sie zu ignorieren. Jedenfalls ist Fliegen dem Motorradfahren ziemlich ähnlich, zumindest in zwei Arten. Man lehnt sich mehr in eine Kurve hinein, als dass man lenkt, und wenn du in eine Richtung schaust, dann wirst du dort hinfliegen, auch wenn du es gar nicht willst. Jetzt leg deine Hand mittig auf den Stab und halte ihn über deinen Kopf.«

Das tat Martin.

»Gut. Jetzt stell dir vor, dass der Stab deine Steuerung ist. Richte die Spitze deines Stabs nach vorne und du wirst schneller. Zieh ihn nach hinten und du wirst langsamer. Kipp ihn nach links und du drehst dich nach links. Kipp ihn nach rechts und du drehst dich nach rechts. Neige deine Hand nach oben und du wirst nach oben fliegen. Neige sie nach unten und du fliegst nach unten. Es klingt zwar im ersten Moment so, als müsstest du an eine Menge Sachen denken, aber wenn du dich erst einmal von deinem Stab leiten lässt, ist es sehr intuitiv.«

Martin antwortete: »Klingt irgendwie so, als würde man mit einem Segway fahren.«

Phillip und Gary erwiderten: »*Was?*«

Im selben Moment sagte Jeff: »Ja, genau.«

Martin fragte: »Wie schnell können wir denn fliegen?«

»Theoretisch gibt es da kein Limit, aber das Shell-Programm verhindert, dass wir schneller als hundertsechzig Kilometer die Stunde fliegen. Glaub mir, das ist mehr als genug, wenn man da oben ist und nur durch eine Robe und einen Hut vor dem Wind geschützt wird.«

Martin holte tief Luft, dann hob er den Stab über seinen Kopf. Einen Moment lang hielt er ihn in die Höhe, nahm ihn dann aber schnell wieder runter. »Muss ich wirklich *Flugi* sagen?«, fragte er. »Das ist doch das würdeloseste Zauberwort aller Zeiten.«

»Jetzt musst du es sagen. Später kannst du aber ein Makro erstellen und jedes Wort benutzen, das du möchtest oder auch eine glitzernde Spur hinter dir herziehen oder was auch immer dir gefällt. Während der Ausbildung konzentrieren wir uns aber lieber auf den eigentlichen Flug und um das zu tun, musst du eben *Flugi* sagen.«

Martin hob den Stab über seinen Kopf und versuchte die Anspannung aus seiner linken Hand zu schütteln. Dann hielt er einen Moment lang inne, um Mut zu schöpfen, und sagte schließlich: »*Flugi*.«

Nichts passierte. Er stand immer noch fest auf dem Boden. Er schaute Phillip an und hatte Angst, dass er schon wieder etwas durcheinandergebracht hatte. Phillip aber lächelte und erklärte: »Richte den Stab noch ein wenig nach oben. ABER NUR EIN WENIG! Denn wahrscheinlich möchtest du ja erst einmal langsam beginnen.«

Martin kippte die Stabspitze nach oben und stieg tatsächlich problemlos auf. Bei neun Metern bekam er allerdings Panik und neigte den Stab wieder zurück, womit der Aufstiegsprozess sofort unterbrochen wurde. Er schwebte in der Luft und schwankte zwischen Lachen, Schreien und so verblüfft sein, dass er keinen Ton von sich geben konnte. Gedanklich hatte er schon zuvor erfasst, dass er zu irgendeinem Zeitpunkt wahrscheinlich fliegen würde, aber jetzt wusste er, dass er flog und das war eine ganz andere Sache. Er war sich sicher, dass es so aussah, als würde er mit einer Hand an dem Stab hängen, aber so fühlte es sich gar nicht an. Es fühlte sich aber auch nicht so an, als wäre er schwerelos. Es schien so, als hätte jedes Atom in seinem Körper einfach entschieden, dass es an der Zeit war, sich in dieselbe Richtung zu bewegen, und diese Richtung schien geradewegs nach oben zu führen. Er schaute nach unten zu Phillip, Jeff und Gary. Sie sahen total begeistert aus, während sie Martin wild zujubelten.

Phillip nahm den Stab hoch und rief ebenfalls: »*Flugi.*«

Dann stieg er nach oben, um Martin zu unterstützen.

Jeff holte jetzt auch seinen Zauberstab hervor, richtete ihn gen Himmel, schoss mit einem unheimlichen Summen nach oben und eine verzerrte Schockwelle entsprang an der Stelle, an der er vorher gestanden hatte.

Gary bewegte den Stab in einem Bogen hin und her und sang dabei: »Mi estas mizera spektaklo ekstere.« Dann nahm er den Stab hoch und stieg langsam aber wirkungsvoll auf einer Wolke aus schwarzem Rauch empor, die so dicht war, dass man nicht hindurchsehen konnte. Bald schon schwebten alle vier neun Meter über dem Boden.

»Okay«, meinte Phillip nun. »Schweben kannst du schon mal. Jetzt ist es an der Zeit zu fliegen. Denk daran, dass du den Stab in die Richtung hältst, in die du fliegen willst. So einfach ist das.«

Martin hob den Stab um ein oder zwei Grad höher, dann neigte er vorsichtig das Handgelenk nach unten und schwebte würdevoll auf der gleichen Höhe. Sein Stab übernahm die Führung und sein Körper folgte ihm. Seinen Stab nach oben zu richten fühlte sich an, als ob der Stab ihn weitertrieb. Er drehte seinen Kopf, um sich umzusehen, und erkannte, dass die anderen ihm folgten. Er experimentierte nun erst einmal mit ein paar Kurven, dann versuchte er, an Höhe zu gewinnen und diese wieder zu verlieren. Er schoss herum und schraubte sich nach unten. Anschließend flog er so schnell, wie es noch angenehm für ihn war. Mit dem Wind in den Augen war das allerdings nicht allzu schnell.

Mit der freien Hand schirmte er nun sein Gesicht ab und versuchte einen Sturzflug in voller Geschwindigkeit. Er schoss nach unten und war nur noch ein paar Meter vom Boden entfernt. Dann gab er wieder Vollgas und flog hoch in den Himmel. Er war fünfzehn Meter über dem Boden und beschleunigte in einem steilen Winkel. Wegen der Geschwindigkeit, in der er sich bewegte, der Hand, die seine Augen abschirmte und dem Blinzeln, hätte er die Ente fast nicht gesehen.

Später erzählte ihm Phillip, dass er die Ente wahrscheinlich gänzlich verfehlt hätte, wenn er gar nicht reagiert hätte, aber er hatte es getan! Unwillkürlich war er zurückgeschreckt und hatte dabei den Arm mit dem Stab hochgerissen, um sein Gesicht zu schützen. Dadurch hatte er die Luftgeschwindigkeit des Stabs von jetzt auf gleich auf nahezu null herabgesetzt. Schließlich hatte er im Prinzip den Rückwärtsgang eingelegt, eine harte Rechtskurve gemacht und mit dem Stab einen Sturzflug eingeleitet, und das alles gleichzeitig.

Martins Körper knallte nun wie eine Peitsche vor den Stab, der in diesem Moment aus seiner Hand fiel. Ohne die Hand, die den Stab hielt, verlor dieser natürlich all seine Macht und stürzte zu Boden. Durch den Schwung raste Martin mit dem Hinterteil voran direkt in die mittlerweile sehr erschrockene Ente. Er und die Ente fielen nun in Richtung Erde. Einen verrückten Moment lang kam es Martin so vor, als würde er auf der Ente sitzen, was für beide natürlich schrecklich würdelos war. Die Ente schien seinen Gedanken zuzustimmen, denn sie rollte sich zwischen seinen Beinen empor und dann den Oberkörper hinauf, während sie die ganze Zeit wild flatterte und aufgeregt quakte. Anschließend prallte sie von seinem Gesicht ab und für einen Augenblick war sich Martin bewusst, dass er gerade einen Entenfuß im Mund hatte. Dann verschwand die Ente allerdings aus seiner Wahrnehmung. Martin wusste nicht mehr, wo sie hin war und es kümmerte ihn ehrlich gesagt auch nicht mehr. Denn er war jetzt viel mehr mit dem Boden beschäftigt, der sich ihm ziemlich erwartungsvoll näherte.

Während er fiel, trudelten Phillip, Gary und Jeff in sein Sichtfeld und holten ihn ziemlich schnell ein. Gary und Jeff schienen etwas zu schreien. Phillip schleuderte seinen Stab wie einen Lacrosseschläger herum und schien ebenfalls etwas zu rufen. Ein blauer Energieball schoss nun plötzlich aus der Spitze von Phillips Stab, flog blitzartig abwärts und kam direkt vor Martin auf dem Boden auf. Er hatte gerade noch genug Zeit, um Phillip dafür dankbar zu sein, dass er ihm half, als er mit voller Wucht auf dem Boden aufschlug. Augenblicklich verspürte er einen stechenden Schmerz. Er prallte wieder vom Boden ab und hatte gerade noch genug Zeit, um Phillip zu verfluchen, bevor er erneut aufschlug, dieses Mal, bis er rollend zum Stillstand kam. Stöhnend lag er auf dem Boden und rührte sich nicht.

Jeff und Gary landeten elegant neben ihm. Martin erhob sich bereits und schaute sich um. Die Stelle, wo er zuerst auf dem Boden aufgekommen war, war mit einem leuchtend blauen Kreis markiert. Von diesem Kreis aus gingen weitere konzentrische blaue Kreise, die immer größer wurden und untereinander einen Abstand von etwa dreißig Zentimetern hatten. Gary zählte die Ringe.

»Zwölf«, meinte er und schüttelte traurig den Kopf. »Das sind dreieinhalb Meter. Jeff, du hast dreizehn geschätzt. Du bist drüber. Ich hatte neun und Phillip zehn. Damit hat Phillip also gewonnen.«

»Die Ente hat ihn gebremst«, wandte Jeff verbittert ein. »Ich schätze mal, wir schulden dir nun beide einen Schein.«

»Nein«, antwortete Phillip. »Um ehrlich zu sein, habe ich unsere andere Wette heute Morgen verloren. Denn Martin hat den Eintopfriegel nicht gegessen.«

Kapitel 19

Ein neuer Tag brach an. Phillip und Martin standen widerwillig auf und hantierten herum, so wie Männer es tun, wenn sie vorgeben wach zu sein. Phillip schöpfte den zusehends dicker werdenden Eintopf in eine Schüssel, die er anschließend Martin überreichte. Dabei murmelte er, wie wichtig ein gutes Frühstück doch sei. Martin murmelte etwas Zustimmendes zurück und ging dann zum Plumpsklo. Er ließ die Tür auf und drehte sich so herum, dass Phillip sehen konnte, wie er den Eintopf mit Schwung in das Loch goss.

Jetzt, wo das mit dem Frühstück geklärt war, erläuterte Phillip, dass die Ausbildung nun bald beendet sein würde. Es war nur noch ein einziges Thema abzuhandeln. Danach würde Martin nur noch das üben, was er bereits gelernt hatte, bis sich beide sicher sein konnten, dass er bereit für die Prüfungen war.

»Das Thema des heutigen Tages«, erklärte Phillip, »lautet grundlegende Zauberei. Einfach gesagt, etwas aus dem Nichts erschaffen. Aber zuerst einmal eine kleine Wiederholung. Wie kopiert man einen Gegenstand?«

»Man markiert es als Ziel, indem man darauf zeigt. Entweder mit der freien Hand, dem Stab oder dem Zauberstab, dann sagt man *kopiu objekto* und eine Kopie des Gegenstands erscheint.«

»Jeder Gegenstand?«

»Nein. Er muss ziemlich klein sein. Etwa ein halber Kubikmeter ist die Grenze. Außerdem muss das Objekt möglichst wenig bewegliche Teile haben. Feste Gegenstände funktionieren daher am besten.«

»Weil?«

»Ein Gegenstand mit beweglichen Teilen eigentlich aus mehreren Gegenständen besteht, die zusammenarbeiten. Kopiert man einen Stein, hat man zwei Steine. Kopiert man eine Uhr, bekommt man höchstwahrscheinlich ein Ersatz-Uhrenarmband.«

»Wirklich gut erklärt. Und wie ist es mit dem Transport von Dingen?«

»Nun, wir haben bisher nur darüber gesprochen, wie man Dinge mitnehmen kann, wenn man sich selbst teleportiert. Also unsere Kleidung, die Dinge, die wir festhalten und die Dinge in unseren Taschen scheinen aus irgendeinem Grund auf natürlichem Weg mitzukommen.«

»Ja, das stimmt, denn das Programm hat die Möglichkeit verschiedene Objekte, die in der Datei als Einheiten definiert sind, zu organisieren, aber wir haben das nie ganz geknackt. Es ist wirklich ein bisschen peinlich, aber wir alle haben die ganze Zeit daran gearbeitet und doch … Wie auch immer … Du hast gesagt, man kann Dinge in der Hand halten und mitnehmen, wenn man sich teleportiert. Kann man alles mitnehmen?«

»Nein«, antwortete Martin. »Auch hier sind kleine, einfache Objekte am besten. Wenn man etwas Größeres oder Komplexeres transportieren muss, hält man es am besten in einer Art und Weise fest, als würde man es … na ja, umschließen. So kann man es wohl am besten ausdrücken, schätze ich.«

»Tatsächlich. Etwas herbeizuzaubern, kann man am besten als Kopie von etwas beschreiben oder damit, dass es aus einem Zustand der Nichtexistenz hertransportiert wird. Wenn du also etwas kopierst, musst du es als Ziel setzen, indem du darauf zeigst. Wenn du jedoch etwas aus dem Nichts erschaffen willst, musst du erst einmal bestimmen, wo es erschaffen werden soll. Ein festgelegter, vorhersehbarer Ort, an dem sich herbeigezauberte Gegenstände schließlich materialisieren können. Also Martin erkläre mir nun, was ein Zauberer anhaben muss, damit das Shell-Programm ihn erkennt.«

»Nun, als Erstes man braucht einen Stab oder Zauberstab.«

»Wozu?«, fragte Phillip.

»Um auf etwas zielen zu können, um zu fliegen und cool auszusehen.«

»Okay, weiter.«

»Eine Robe mit einem Ärmelumfang von etwa einem halben Meter.«

»Warum genau ein halber Meter?«

»Das Shell-Programm sucht nach dem Ärmelaufschlag, denn das hilft ihm dabei herauszufinden, wo sich die Hände befinden. Das machte es einfacher, Energiestrahlen und Effekte zu programmieren, wenn man ein Makro schreibt«, antwortete Martin wie aus der Pistole geschossen.

»Sehr gut. Und was trägt ein Zauberer noch?«

»Einen kegelförmigen Hut, der nicht weniger als dreißig Zentimeter hoch ist.«

»Muss man diesen tragen?«

»Nein, er kann auch in der Hand oder der Tasche sein, aber er muss sich irgendwo an der Person befinden.«

»Korrekt. Wozu benutzt der Zauberer seinen Hut genau?«

Martin lächelte, als er sah, worauf Phillip hinauswollte.

»Um Dinge herauszuziehen!«

»Spitze, Mann! Ja, das Shell-Programm schaut nach dem Hut und nutzt diesen als Standardort für die erschaffenen Dinge. Dort materialisieren sie sich. Es gibt bestimmte Gegenstände, bei denen wir dachten, es sei vielleicht sinnvoll sie nach Belieben zu erschaffen und deshalb haben wir sie in das Shell-Programm hineinprogrammiert.« Phillip nahm seinen Hut so, dass Martin sehen konnte, dass er leer war. Dann hielt er ihn am Rand fest, als ob er vorhätte, etwas damit zu tragen, und sagte: »Krei monon.« Anschließend griff in den Hut hinein und zog ein Goldstück hervor. Als Nächstes sagte er: »Krei sekigitaj bovaĵo«, griff in den Hut und nahm einen Streifen Trockenfleisch heraus, das er Martin reichte.

»Das sind die Dinge, die wir in dem Shell-Programm bereits fest verankert haben. Du kannst deinen Stab dazu benutzen, um einen kleinen Gegenstand zu definieren und diesen dann abzuspeichern, und später ein Makro programmieren, um ihn erschaffen zu können. Auch wenn der Gegenstand klein ist, kann er dennoch überraschend komplex sein. *Krei rizo kaj fazeoloj ruliĝ^is en omleto!*«

Phillip griff erneut in seinen Hut und brachte einen Burrito zum Vorschein. Dann grinste er und sagte: »Genieß dein Dörrfleisch«, und biss in seinen Burrito.

»Du konntest schon die ganze Zeit richtiges Essen machen?«, fragte Martin fassungslos.

»Martin«, antwortete Phillip und sprach mit offenem Mund, »hast du jemals gesehen, dass ich etwas von dem Eintopf gegessen habe?«

Da die Grundlagen nun abgehakt waren, bestanden die nächsten Tage aus Praxis, Überprüfung und praktischer Anwendung. Makros wurden erstellt und Miss Abigails Ziege ein paar Mal von einer Weide zur anderen gebracht. Martin schuf sich nun die Grundvoraussetzungen für ein Leben im England des Mittelalters. Einen Nachmittag verbrachte er damit, eine ansehnliche Kriegskasse aus Goldstücken zu erschaffen. Die Lektion, die er in seiner eigenen Zeit gelernt hatte, traf auch hier zu – einen Geldvorrat für den Notfall bereitliegen zu haben, war eine genau so mächtige Form der Magie wie alles andere. Martin und Phillip sahen sich außerdem in Leadchurch nach einer Hütte um, die Martin kaufen könnte, nachdem er die Prüfungen bestanden hatte. Sie fanden allerdings nichts, das Martin reizte, aber es machte trotzdem Spaß zu schauen.

Schließlich kam endlich der Tag, an dem Martin seine Robe und den Hut abholen konnte. Als die beiden in Gwens Laden kamen, saß Gwen an ihrem Arbeitstisch und nähte gerade den Saum einer Tunika um. Zu ihrer Linken lag ein Stapel ordentlich gefalteter Kleidungsstücke. Rechts von ihr prangte ebenfalls ein gewaltiger Haufen von Kleidungsstücken in verschiedenen Erdtonschattierungen und hellem Ocker. Als sie eintraten, machte sie gerade einen Knoten in den Faden, an dem sie zog. Die Ärmel ihres dunkelgrauen Mantels hatte sie hochgeschoben und erweckte dadurch den Eindruck, als würde sie sich ernsthaft anstrengen. Sie faltete die Tunika, mit der sie gerade fertig geworden war, und legte sie auf den größeren Haufen.

»Du bist aber fleißig«, sagte Phillip.

»Fleißig, aber nicht profitabel. Denn das sind alles kostenlose Änderungen und dabei ist es nur der erste Stapel. Dieses Großmaul Sam legt an Gewicht zu und deshalb ist in seinem Hosenbund kein Platz mehr für seinen Bauch, aber das kann er natürlich nicht akzeptieren. Darum sagt er einfach, seine Hosen seien länger geworden. Ich habe eingewilligt, das zu beheben. Wirklich nur, damit er endlich aus meinem Laden verschwindet. Aber danach hat er es jedem erzählt, der zugehört hat. Und jetzt kommt natürlich das gesamte Dorf einer nach dem anderen her und ahmen Sam nach, so gut sie können. So wie es aussieht, säume ich bald die Kleidung des ganzen Dorfes umsonst.«

»Und dann musst du dich wieder mit ihnen abgeben, wenn sie herkommen, um ihre Kleider zu holen«, meinte Phillip.

»Nein. Wenn ich fertig bin, gehe ich einfach ins Dorf und bringe es mit einem Mal hinter mich«, antwortete sie.

»Brauchst du vielleicht etwas Hilfe?«, fragte Martin. »Ich könnte dich und die Hosen ja auf magische Weise dorthin transportieren. Wahrscheinlich müssen wir trotzdem ein paar

Mal gehen, aber wenn wir beide die Hosen tragen, sollte es nicht allzu schlimm werden. Es wäre auf jeden Fall viel schneller, als wenn du mit deinem Karren fahren müsstest und ich könnte diese Übung wirklich gut gebrauchen.«

Gwen lächelte. Das brachte Martin ebenfalls zum Lächeln und dessen Lächeln wiederum reizte in Phillip auch den Wunsch, zu lächeln. Martins Augen huschten nun zu Phillip. Schnell runzelte dieser die Stirn. Rasch schaute Martin wieder weg. Fast hätte Gwen laut aufgelacht.

»Danke für das Angebot«, entgegnete sie. »Es ist wirklich lieb von dir, aber das Letzte, was ich brauche, ist, dass einer dieser Leute denkt, ich habe Zauberer, die mir dabei helfen, meine Arbeit zu machen. Unter den gegebenen Umständen habe ich es schon schwer genug, damit sie mir einen angemessenen Preis bezahlen.«

»Ich verstehe nur nicht, was die Leute jetzt tragen, wenn das fast die gesamte Kleidung aller im Dorf ist«, meinte Phillip.

»Ihre andere Kleidung«, antwortete Gwen. »Die meisten von ihnen besitzen zwei komplette Outfits und sie haben mir gegenüber deutlich gemacht, dass ich auch an den anderen Sachen arbeiten muss, wenn ich erst einmal mit denen hier fertig bin. Ich habe ihnen daraufhin erklärt, dass ich für den zweiten Satz aber etwas berechnen muss. Das schreckt hoffentlich die Meisten ab. Aber nun genug von meinen Problemen. Ich wette, ihr seid hier, um das Gewand abzuholen.« Sie legte ihre Arbeit nieder, ging in ein Zimmer im hinteren Teil des Ladens und ließ die beiden Zauberer einen Moment lang allein.

»Was denkst du, wie viele Hemden du pro Teleportation hättest mitnehmen können?«, fragte Phillip neugierig.

»Mehr als zwei oder drei hätte ich ja gar nicht versucht.«

»Dann wären das aber ganz schön viele Flüge gewesen. Und du hättest ziemlich viel Zeit damit verbringen müssen, Gwen zu helfen.«

»Ja«, erwiderte Martin. »Wahrscheinlich.«

»Ich hätte dir auch einen Weg zeigen können, um sie alle auf einmal zu bewegen.«

»Den hätte ich aber nicht genutzt.«

»Martin, du bist wirklich nicht dumm. Ganz und gar nicht«, meinte Phillip und schmunzelte unwillkürlich.

Gwen kehrte nun wieder zurück und trug ein Bündel aus der gleichen groben Baumwolle, aus der die Robe bei der ersten Anprobe gefertigt gewesen war. Einen Moment lang fürchtete er, dass seine fertige Robe doch aus dem gleichen billigen Material bestand, aber dann erkannte er, dass die endgültige Robe und auch der Hut einfach nur zum Schutz darin eingepackt waren. Gwen legte das Bündel auf einen leeren Fleck ihres Arbeitstischs, trat zur Seite, schaute Martin an und gab ihm dann schwungvoll ein Zeichen, damit dieser das Paket auspackte.

Martin faltete den Stoff vorsichtig auseinander und hob die Robe hoch, damit er sie sich genau ansehen konnte. Das Primärgewebe war von einer stark reflektierenden silbernen Farbe mit kleinen, flachen, in den Stoff eingewebten Stückchen, die eine überraschende Lichtmenge reflektierten. Es funkelte und glitzerte, als ob Gwen die Robe aus Spiegelplättchen gemacht hätte, mit denen eine Discokugel beklebt wurde. Der Rand war aus einem leichteren Stoff, der weniger reflektierte. Er passte hervorragend zu Santos Maske. Martin war begeistert. Als er sie hochhielt, packte Phillip Martins Stab und hielt die Büste von Santo gegen die Robe. Die Farben passten fast perfekt. Phillip warf Gwen einen fragenden Blick zu. Sie zuckte mit den Achseln und sah dann Martin an.

»Gwen, es ist absolut perfekt!«, rief Martin und hielt das Kleidungsstück bewundernd gegen das Licht.

Gwen lächelte Phillip an, dieser schüttelte den Kopf und sagte: »Gut gemacht.«

»Ich habe mir Sorgen gemacht, dass es zu auffällig sein könnte, aber so wie ich Martin in seiner ersten Nacht in der Stadt erlebt habe, dachte ich, zu auffällig kann es gar nicht sein.«

Hastig legte Martin die rote Robe und den Hut hin. Gwen nahm das Gewand an den Schultern, damit Martin es schnell überziehen konnte. Es passte perfekt und fühlte sich sofort wie ein Teil von ihm an. Selbst der silberne Hut saß leicht und bequem auf seinem Kopf. Der Kegel des Hutes kippte nicht komplett, sondern bog sich sanft nach hinten. Im Gegensatz zu Phillips Hut hatte der von Martin eine acht Zentimeter breite Krempe in der Farbe des Randes seiner Robe. Martin breitete seine Arme weit aus und sah dann an sich herunter. Gwen wies ihm den Weg zum Spiegel, der in Wirklichkeit nur ein hochglanzpoliertes Metallblech war, aber es erfüllte seinen Zweck.

»Und was denkst du?«, fragte sie nervös.

Martin erwiderte: »Ich sehe echt krass aus!«

»Das bedeutet gut«, erklärte Phillip Gwen.

Martin wollte nun zum Laden zurückstolzieren, aber Phillip hatte darauf bestanden, dass Martin sich stattdessen teleportierte. Sie dankten Gwen und bezahlten sie abschließend mit sehr vielen Goldstücken. Der Stoff war nicht billig, aber sie wusste, dass er für Zauberer bestens geeignet war. Martin legte nun eine Hand auf Phillips Schulter und hielt seinen Stab mit der anderen empor. In seinem eindrucksvollsten Tonfall sagte er die magischen Worte: »Transporti al Phillip butiko«, und augenblicklich standen sie wieder im Vorderzimmer von Phillips Laden.

»Gut. Das Programm erkennt offensichtlich die Robe und den Hut. Gwen macht wirklich immer hervorragende Arbeit, aber schließlich ist niemand perfekt. Es ist immer eine gute Idee eine neue Robe zu testen, bevor man in aller Öffentlichkeit Magie praktiziert. Versuch mal, einen Strahl abzuschießen.«

Martin zeigte auf ein totes Eichhörnchen, das sich auf dem Regal, in einem Glas mit gelber Flüssigkeit befand, und sagte langsam: »Radion de ruĝˆa lumo.«

Ein roter Lichtstrahl schoss daraufhin aus seiner Hand und erleuchtete das Glas, was wirklich unglaublich unvorteilhaft aussah. Er bewegte seine Hand vorsichtig und beobachtete, wie der Strahl nun der Richtung seines Fingers folgte. Nach einem Moment sagte Martin: »Halti«, und der Strahl verschwand sofort, so als hätte jemand einen Schalter umgelegt. Martin testete dann seinen Hut, indem er zwei Burritos herausholte, die sie anschließend genüsslich zum Mittag verspeisten. Während sie in dem Zimmer mit der Kristallkugel saßen und ihre Mahlzeit genossen, fragte Martin seinen Lehrer, was als Nächstes auf dem Trainingsplan stand.

»Nun, ich habe dir jetzt alle Grundlagen gezeigt. Nun konzentrieren wir uns darauf, dich für die Prüfungen vorzubereiten.«

»Was denkst du, wie lange das noch dauert?«, fragte Martin zwischen zwei Bissen.

»Zwei Tage.«

»Das ist aber ziemlich konkret«, nuschelte Martin, so gut er konnte, während er kaute.

»Sehr konkret«, antwortete Phillip. »Denn deine Prüfungen sind bereits festgelegt. In *zwei Tagen* ist es so weit.«

Nachdem Phillip den Heimlich-Griff bei Martin angewandt hatte, begann dieser sofort zu schreien oder hätte es zumindest, wenn er dazu genug Luft gehabt hätte. Stattdessen rang Martin energisch nach Luft.

»Was meinst du damit, dass die Prüfungen bereits in zwei Tagen sind?«, keuchte er entsetzt.

»Ich weiß nicht, wie ich es noch deutlicher aussprechen soll, als du es gerade getan hast«, antwortete Phillip. »In zwei Tagen werden wir nach London gehen. Der Vorsitzende Jimmy wird dir zu Ehren eine Party veranstalten. Dabei wird er sich die ganze Zeit als Merlin bezeichnen. Versuch einfach die Party zu genießen. Es werden auch viele Zauberer dort sein, die du noch nicht getroffen hast. So ziemlich jeder Zauberer in Europa, um genauer zu sein. Es wird Essen und Trinken geben und ich werde Jimmy viele erstklassige Beleidigungen an den Kopf werfen. Am Ende des Abendessens zeigst du dann allen das beeindruckendste Makro, mit dem du aufwarten kannst. Am nächsten Morgen wirst du dich den Prüfungen stellen und danach wirst du ein vollwertiger Zauberer sein.«

Martin lächelte und sagte: »Danke!«

»Oder eben nackt und gefesselt hinten in einem Streifenwagen sitzen.«

Martin grinste spöttisch und sagte abermals: »Danke.«

Er verbrachte die nächsten beiden Tage größtenteils über den Laptop gebeugt in Phillips Haus.

Dieser kam nur gelegentlich vorbei und fragte ihn in Esperanto ab oder nahm ihn mit nach draußen, damit er schnell noch etwas fliegen üben konnte. Doch die meiste Zeit verbrachte Martin damit, an seinem Makro zu arbeiten. Phillip war währenddessen in seinem Laden und ging Martin so gut er konnte aus dem Weg. Einmal hatte Martin eine Frage und statt Phillip nur zu rufen, beschloss er, sich lieber die Beine zu vertreten, und teleportierte sich deshalb zu Phillips Geschäft.

Nachdem er sich in dem vorderen Zimmer materialisiert hatte, jenes, das so konzipiert war, dass es wie ein Laden aussah, dachte Martin kurz darüber nach, wie leicht es als Zauberer doch war faul zu sein und wie sehr er sich schon darauf freute. Sein Blick fiel nun zufällig auf eine kleine verzierte Kiste, die Phillip zwischen all den anderen Sachen im Regal platziert hatte, nur weil sie besonders mysteriös aussahen. Die Kiste war aus Holz und etwa dreizehn Zentimeter lang. Von den Proportionen her ähnelte sie einem klitzekleinen Sarg. Sie stand auf winzigen, geschnitzten Krallenfüßen. Der Klappdeckel und die Seiten waren mit Drachenschnitzereien verziert. Martin rief nach Phillip, bekam aber keine Antwort. Er versuchte es noch einmal. Immer noch keine Reaktion.

Er summte leise vor sich hin und ging vorsichtig in das Zimmer mit der Kristallkugel, um den Tisch herum und stand dann vor der Tür, die nach oben führte. Die Tür, die kein Mensch öffnen konnte außer Phillip. Er klopfte und wartete einige Sekunden. Keine Antwort. Er klopfte erneut.

Martin war sich nun sicher, dass Phillip nicht da war. Als er der Tür den Rücken zukehrte, bemerkte er, dass das Regal unter dem Tisch mit der Kristallkugel, in dem normalerweise Phillips geliebter Commodore 64 stand, leer war. Er schaute in die Kugel hinein und sah, dass auch der Bildschirm fehlte. Martin war so vertieft darin in die Kristallkugel zu starren, dass er gar nicht hörte, wie sich plötzlich die Tür hinter ihm öffnete.

»Kann ich dir vielleicht helfen, Martin?«, fragte Phillip plötzlich.

Martin sprang erschrocken auf. Dann versuchte er, lässig zu klingen: »Äh, ich, äh, ich wollte nur mal ein bisschen aus der Hütte raus. Ich dachte, ich komme mal vorbei und schaue, was du hier so treibst«, entgegnete Martin.

»Ich treibe gar nichts«, erwiderte Phillip. Er stand da, eingerahmt von der offenen Tür, und trocknete sich die Hände an einem modernen Handtuch ab. Er trug zwar seine taubenblaue Robe, aber nicht seinen Hut. Die verbotene Treppe erstreckte sich weiterhin in der Dunkelheit hinter ihm.

Martin deutete auf das leere Regal, wo sonst der Computer stand. Er konnte einen rechteckigen Fleck erkennen, der frei von Staub war. »Warum hast du den Commodore woanders hingetan?«

»Es gibt keinen Grund dafür«, meinte Phillip.

»Oh«, sagte Martin, als wäre diese Erklärung ihm einfach noch nicht eingefallen. Die beiden Männer standen nun einen Moment lang schweigend da und schauten einander an.

»Nun«, sagte Phillip, »du gehst jetzt wohl wieder besser wieder zurück, um zu lernen, und arbeitest an deinem Makro. Morgen reisen wir dann nach London und am Tag darauf stellst du dich den Prüfungen. Ich würde es hassen, wenn ich dich nackt ausziehen, fesseln und in deine Zeit zurückschicken müsste. Vor allem die ersten beiden Teile. Das ist nie angenehm, das kann ich dir versichern.« Phillip ging zur Tür und wollte sie schließen, als wäre Martin bereits gegangen. Martin hob seine Hand und räusperte sich wie ein Schuljunge, der eine Frage hatte.

»Ja Martin. Was gibt's denn noch?«, erkundigte sich Phillip und streckte seinen Kopf jetzt lediglich durch die teils schon geschlossene Tür.

Martin hielt die kleine Holzkiste hoch, die er aus dem Regal genommen hatte.

»Was dagegen, wenn ich davon eine Kopie mache, die ich dann benutzen kann? Es ist schließlich deine Kiste. Darum dachte ich, es sei höflicher, erst einmal zu fragen.«

Phillip betrachtete die Kiste. Einen Moment lang verschwand jegliche Irritation aus seinem Gesicht. »Oh. Das ist die perfekte Größe, nicht wahr? Mach doch ein oder zwei Sicherheitskopien, wenn du magst, aber die Kiste gehört nun dir. Sie ist ein Geschenk an dich. Nimm sie und geh nach Hause.« Mit diesen Worten schloss Phillip die Tür hinter sich. Martin wusste, dass er nicht wieder klopfen würde.

Er verbrachte den Rest des Tages damit, an seinem Makro zu arbeiten. Phillip hatte ihm gesagt, dass die Zauberer von ihm eine, wie sie es nannten, *Begrüßung* erwarten würden – eine Reihe von Effekten, die man zu Beginn eines Duells benutzen konnte oder wenn man sich von den Einheimischen bedroht fühlte, sodass jeder sofort wusste, dass ein mächtiger Zauberer vor ihnen stand. In der Nacht, in der er und Phillip sich zum ersten Mal getroffen hatten, hatte er Phillips Begrüßung gesehen. Es war die Licht-Show gewesen, an deren Ende Martin rückwärts in den Wald geflogen war.

Zauberer verwendeten die Begrüßung auch gerne als Mittel, um zu unterhalten oder ihre Macht und Kreativität zu demonstrieren. Phillip hatte es oft als Breakdance der Zauberer bezeichnet. Diese Bezugnahme war zwar veraltet, aber Martin fand trotzdem, dass sie passte.

Er stellte Jeff nun einige Fragen über seine Arbeit, denn er hatte ja bereits Objekte aus Videospielen in die reale Welt importiert. Insbesondere wollte Martin wissen, wie man dreidimensionale Dinge im Raum darstellte, sie animierte und dabei Audio-Dateien abspielte. Später fragte er Gary noch über Rauch, Licht und Partikeleffekte aus. Er hatte nämlich gesehen, dass Gary bei diesem Thema einen recht guten Überblick hatte. Außerdem wären seine Chancen größer, dass sein Makro eine Überraschung blieb, wenn er nicht jedem Zauberer all seine Fragen auf einmal stellte. Den Rest des Tages verbrachte er damit im Internet nach Codeschnipseln und bestehenden Animationen zu suchen, um den Prozess zu beschleunigen. Er machte ein oder zwei Simulationsläufe und war mit dem Ergebnis ganz zufrieden.

In der Abenddämmerung kehrte Phillip schließlich aus der verbotenen Zone über seinem Laden zurück und tat so, als wäre nichts passiert. Sie vertilgten anschließend noch einige Burritos aus Phillips magischem Burrito-Hut. Phillip konnte zwar noch viele andere Speisen herstellen, aber eine Auswahl besonderer Burritos war genau die Vielfalt, die die meisten

Männer brauchten. Nach dem Abendessen flogen sie noch ein wenig herum und fanden sich schließlich am *Verrotteten Stumpf* wieder. Das Gasthaus, in dem sie sich zum ersten Mal getroffen hatten. Als sie hineingingen, stellte Martin fest, dass der Ort noch exakt genau so aussah wie damals, als er angekommen war und doch fühlte er sich mittlerweile vollkommen anders an. Er schien nicht so feindselig und furchterregend zu sein. Er nahm an, dass es zum Teil daran lag, dass er mit diesem Zeitalter nun besser vertraut war und sich hier deutlich wohler fühlte als damals. Zum Teil lag es aber auch daran, dass er wusste, er könnte das ganze Gebäude mit ein paar Wörtern in Esperanto dem Erdboden gleichmachen.

Pete stand wie immer hinter der Theke und trug etwas, das aussah wie eine Windjacke aus gebrauchter Frischhaltefolie. Er hatte seinen Stammkunden die gesamte Folie abgenommen und mit Gwens Hilfe versucht, ein Hemd daraus zu schneidern, aber es war teuflisch schwer an- und auszuziehen. Darum hatte er den vorderen Teil zerschnitten und es kurzerhand als Jacke benutzt. Er sagte, dass sie sich jedes Mal umstülpte, wenn er sie auszog, aber er trug sie am nächsten Tag dann einfach verkehrt herum. Und weil sie transparent war, fiel das auch niemandem auf. Gert war auch wieder da. Sie begrüßte Martin auf die freundlichste Art, zu der sie fähig war: Sie ließ ihre Knöchel knacken.

Phillip versuchte, nicht zu stolz auszusehen, als Martin sich, ohne dass er ihn dazu ermutigte, bei Pete und Gert für die Szene, die er in der ersten Nacht veranstaltet hatte, entschuldigte und sie fragte, ob er ihnen vielleicht einen anderen Trick zeigen dürfte, um es wieder gutzumachen. Er zeigte nun auf eine leere Flasche, die vor Pete auf der Theke stand, und sagte langsam: »Kopiu.« Das wiederholte er ganze fünfzehn Mal und fünfzehn weitere Flaschen erschienen auf dem Tisch. Danach nahm er seinen Hut ab und stellte genug Geld her, um für das Bier zu zahlen, das in all diese Flaschen passte. Anschließend kündigte er an, dass die nächste Runde auf ihn ging, dann beugte er sich zu Pete und sagte: »Behalte ruhig alle Flaschen.«

Pete antwortete: »Wirst du mir denn helfen, sie alle zu waschen?«

»Wäschst du denn die, die du bereits hast?«, fragte Martin erstaunt.

»Gutes Argument.«

Kapitel 20

Am nächsten Morgen wachte Martin schon früh auf. Er lag in seiner Hängematte und hörte rein gar nichts. Das passierte ihm nicht oft, denn er hatte festgestellt, dass es im Vergleich zu einer modernen Stadt in einer mittelalterlichen Stadt auch nicht viel ruhiger zu ging. Natürlich machen Autos viel Lärm, aber Hufe auch. Während der Straßenlärm in einem modernen Haus durch moderne Fenster gedämpft wurde, kam er in der Vergangenheit entweder durch grobe, einfach verglaste Fenster oder ein einfaches Loch mit hölzernen Fensterläden herein. Jetzt war es allerdings vollkommen still, weil es noch so früh am Morgen war; erst kurz vor Sonnenaufgang.

Martin war noch nicht ganz wach, schlief aber auch nicht mehr richtig. Er war in diesem benebelten, halb bewussten Zustand, wo die Träume aus der Nacht sich mit der Realität des vor einem liegenden Tags zusammenfügten. Diese Zeit, in der man Dinge denkt wie: *Es ist doch sehr unvorteilhaft, dass meine untere Körperhälfte durch den Körper einer Krabbe ersetzt wurde. Es wird schwer sein, meinem Boss zu erklären, dass ich nicht zur Arbeit kommen kann, weil meine Hosen nun unpraktisch sind.*

Martin öffnete vorsichtig seine Augen einen Spaltbreit. Licht strömte durch die Ritzen der Fensterläden herein. Phillip lag in seinem Bett und schnarchte leise vor sich hin. Das Licht beleuchtete den Staub, der träge im Raum umherwirbelte. Martin dachte darüber nach, dass man in einem dunklen Zimmer nichts sehen konnte und in einem hell erleuchteten, nur große Dinge sah, aber in einem Zimmer mit sehr wenig Licht, konnte man auch sehr kleine Dinge wie Staub erkennen. Als die Sonne schließlich aufging, kam mehr Licht herein und er beobachtete, wie sich der Staub langsam in zufälligen Mustern spiralförmig bewegte, während der Lichtstrahl immer größer und heller wurde.

Martin öffnete nun seine Augen ganz, kniff sie aber sofort wieder zusammen. Da war eindeutig eine Staublücke direkt neben Phillips Bett. Es war kaum wahrnehmbar, aber der Staub sparte diese leere Stelle offenbar aus. Die Lücke war unregelmäßig geformt und schien sich zu bewegen. In Richtung Boden nicht, aber der obere Teil bewegte sich ganz deutlich. Martin hob nun den Kopf, damit er das Ganze nicht mehr von der Seite ansehen musste. Er blinzelte nun stärker und nur für einen Moment schien der Staub die Umrisse einer Person zu bilden, die sich über Phillip beugte, so als ob sie ihn angreifen wollte. Martin schnappte nach Luft. Plötzlich drehte sich die Gestalt zu ihm um, und er zuckte so sehr zusammen, dass er aus seiner Hängematte fiel.

Er fiel zu Boden und fluchte dabei laut. Dann blickte er auf und sah, dass die Gestalt weg war, falls sie überhaupt jemals dort gewesen war. Phillip saß nun aufrecht da und schaute ihn verwirrt an. »Was ist denn los mit dir?«, fragte Phillip verschlafen.

»Ich, äh, bin aus dem Bett gefallen«, stammelte Martin.

»Aha«, antwortete Phillip und rieb sich die Augen. »Aber das ist nur ein Symptom und nicht die Ursache. Aber egal.«

Martin entschied sich dazu, Phillip nicht zu erzählen, was er gerade gesehen hatte. Es war schlimm genug, dass er einen dummen Tagtraum gehabt hatte, durch den er vollkommen ausgeflippt war. Es gab keinen Grund es noch schlimmer zu machen, indem er jetzt auch noch jedem davon erzählte. Dennoch war Martin ungewöhnlich still an diesem Morgen. Einerseits wegen des seltsamen Starts in den Tag, den er gehabt hatte und andererseits, weil er aufgrund der bevorstehenden Prüfungen nervös war. Phillip tat sein Bestes, um Martin zu beruhigen.

»Es gibt keinen Grund, wegen der Prüfungen durchzudrehen und dir den Tag zu versauen«, meinte Phillip.

»Ich weiß«, entgegnete Martin.

»Flipp morgen aus, denn dann sind die Prüfungen. Am heutigen Tag solltest du einfach nur Spaß haben. Vielleicht ist es ja dein letzter Tag hier.«

Martin dachte, dass Phillips Rat nicht besonders gut war.

Sie aßen in Ruhe ihr Frühstück und hatten dabei ein bedeutendes Gespräch über den unendlichen Variantenreichtum eines bescheidenen Burritos. Dann gingen sie kurz eine Checkliste all der Dinge durch, die sie für die Reise brauchten. Die Liste war nicht lang. Zaubererrobe, Zaubererhut, Zaubererstab, vollständiges Makro und eine positive Einstellung. Martin fragte, ob er auch seinen Laptop brauchen würde.

»Nein«, antwortete Phillip. »Denk daran, dass viele Zauberer auch aus einer Zeit stammen, in der es noch keine nützlichen tragbaren Computer gegeben hat. Die Prüfungen wurden so entworfen, dass ein direkter Zugriff auf das Shell-Programm nicht mehr notwendig ist. Außerdem hast du doch deinen Taschencomputer. Wenn überhaupt hast du so einen Vorteil, aber du wirst bestimmt gar keine Hilfe brauchen.«

Martin verbrachte noch ein paar Stunden damit, sein Makro ein paar Mal durchzugehen. Er war sich aber eigentlich ziemlich sicher, dass es funktionieren würde. Er erkundigte sich bei Phillip, ob er ihm Fragen über die Dinge stellen könnte, die er wissen musste, um die Prüfungen bestehen zu können. Phillip stellte ihm daraufhin ein paar Fragen über Esperanto-Vokabeln und erkundigte sich bei ihm über die Feinheiten von Zaubertricks und übers Fliegen, aber er schien nicht besonders besorgt zu sein.

Martin dachte, dass das entweder ermutigend war oder ihn in den Wahnsinn trieb, auch wenn er nicht sicher war, was genau davon zutraf.

Schließlich schien Phillip langweilig zu werden und er fragte deshalb: »Kann's losgehen, Martin?«

Er sagte zwar, dass er bereit sei, aber eigentlich war er sich dessen gar nicht so sicher. Phillip konnte sein Zögern ebenfalls spüren. »Kopf hoch, Martin! Von jetzt an sind es nur noch zwei Tage und dann bist du ein voll ausgebildeter Zauberer mit vollem Zugriff auf das Shell-Programm ... oder du bist im Gefängnis. Der springende Punkt dabei ist aber doch, dass du dann endlich Klarheit hast. All die Ungewissheit hat ein Ende.«

Martin antwortete: »Habe ich dir schon gesagt, dass ich deine aufmunternden Worte vermissen werde?«

»Nein. Das hast du nicht.«

»Dafür gibt es auch einen guten Grund.«

Phillip legte Martin beruhigend eine Hand auf die Schulter. »Ich habe vollstes Vertrauen in dich. Es wird schon alles gut gehen.«

Martin schüttelte den Kopf und fing an Phillip zu danken, aber dieser unterbrach ihn. »So oder so. *Transporto londono kvin!*«

Einen Augenblick später standen sie auf einer Wiese. Martin reagierte nicht allzu gut. Manchmal vergessen Menschen, welche Art von Getränk sich in ihrem Glas befand. Sie hatten im Kopf, dass es ein Glas Milch war, obwohl es in Wirklichkeit Limonade war. Wenn sie dann tranken, ohne hinzusehen, wurde der angenehme Schluck Limo einen Moment lang zum abgedrehtesten Schluck Milch der Geschichte.

In diesem speziellen Fall hatte Martin eine Großstadt erwartet und stattdessen eine Wiese bekommen. Es war zwar eine äußerst schöne Wiese, aber nichtsdestotrotz hatte er eigentlich eine Stadt erwartet.

»Ich dachte, du hast gesagt, wir gehen nach London«, meinte Martin.

Phillip lächelte. »Wir sind in London! Diese Wiese, diese Wälder, das Ufer da drüben, aber vor allen Dingen das Flussufer, das alles wird einmal London sein. Wenn wir in weniger als tausend Jahren genau hier stünden, würden wir uns vor einem wirklich guten Currystand befinden, und das ist eine gute Sache, denn bis dahin werden wir bestimmt ganz schön hungrig sein.«

Martin sah sich um. Die Landschaft war übersät mit Hütten. In der Ferne erblickte er Menschen, die sich um ihre Schafe kümmerten und in ihren Gärten arbeiteten. Eine für mittelalterliche Ansprüche relativ stark befahrene Straße führte in den Wald hinein. Mehr Menschen gingen zum Fluss als davon weg. Martin hatte nie wirklich viel für Landwirtschaft übrig gehabt, aber es war alles sehr malerisch.

»Okay«, fragte er schließlich, » warum hast du diesen Ort ausgewählt? Worauf läuft das Ganze hinaus?«

»Ich wollte, dass du einen Moment lang Zeit hast dich darauf vorzubereiten, wie London jetzt aussieht. Denn du bist mit Bildern vom Big Ben und dem Buckingham Palace aufgewachsen. Ich wollte, dass du dich darauf vorbereitest, dass noch nichts davon existiert. Als ich hier auftauchte, war das Einzige, das ich wiedererkennen konnte, die Anfänge von Westminster und die Themse.

Martin zuckte mit den Schultern. »Na ja, zumindest gibt es etwas, was man wiedererkennen kann.«

»Das war es in der *Vor-Jimmy* Geschichtsepoche. Jetzt wurde es durch Camelot und den Fluss Jems ersetzt.«

Martin war verwirrt. »Warum hat er den Fluss in Jems umbenannt?«

»Er wird James geschrieben.«

Martin fing langsam an zu begreifen, warum Phillip Jimmy so sehr hasste. Phillip hielt nun seinen Stab in die Höhe und bereitete sich auf den Flug vor. »Sollen wir?«, fragte er.

Martin folgte seinem Beispiel und schon bald flogen sie durch die Luft. Martin ließ sich bewusst ein wenig zurückfallen, denn so konnte Phillip die Führung übernehmen. Sie überflogen nun eine Reihe von Farmen und Feldern auf dem Weg zum Fluss Jems. In der Ferne, hinter den Bäumen, entlang des anderen Flussufers, sah Martin etwas, von dem er annahm, es sei London oder besser gesagt Camelot, wie es nunmehr genannt wurde. Aus der Ferne sah es allerdings sehr wie Leadchurch aus. Genau genommen sah es so aus, als hätte man zehn Leadchurchs zusammengepackt. Sein gesamtes Leben lang waren Städte für Martin Orte mit hohen Gebäuden gewesen, aber abgesehen von einer bemerkenswerten Ausnahme gab es hier kein einziges hohes Gebäude. Die Technologie dafür war einfach noch nicht entwickelt worden.

Phillip machte nun einen niedrigen, langsamen Bogen durch die Stadt und Martin folgte ihm. Die Struktur der engen Straßen und Häuser war unglaublich chaotisch. Unter ihm breiteten sich größtenteils braune Gebäude aus wie ein Feld aus Holzklötzen. Die einzige Ausnahme bildete ein großes Gebäude neben dem Fluss. Es befand sich ein Stückchen links vom Stadtkern. Das Gebäude war von einer Mauer umgeben, die mindestens drei Stockwerke hoch war und mit glänzendem Gold überzogen zu sein schien. Das Gebäude selbst war nicht einfach nur eine Burg, es war *die* Burg. Es hätte nicht offensichtlicher sein können, dass es sich dabei um eine Festung handelte. Sie strotzte nur so vor Wällen, Türmen, Schießscharten, Zugbrücken und Strebepfeilern, die allesamt mit dem gleichen glänzenden Blattgold überzogen waren wie die Außenmauern.

Phillip führte Martin dorthin und verlor dann etwas an Höhe. Kaum hatten sie die Mauer hinter sich gelassen, landeten sie auf einem großen Platz direkt hinter dem Haupttor. Der Weg führte durch das Tor, machte dann einen Bogen um ein großes schimmerndes Wasserbecken herum und führte sie dann an dem formellen Eingang der Burg vorbei. Diese sah so aus, als hätte man das prunkreichste Kasino in Las Vegas mit Blattgold überzogen und das Einlasspersonal durch Ritter in gehämmerten Goldrüstungen ersetzt. Neben dem Eingang wartete ein ebenfalls goldener Wagen auf die königliche Familie. Vor diesen waren vier weiße Hengste gespannt, vermutlich deshalb, weil es keine goldenen Hengste gab. Alles innerhalb der Mauern war durch das Licht, das die Burg und die Mauern reflektierten, goldgelb gefärbt. Es gab mehrere Gebäude im Bergfried von Camelot, nicht nur die Burg selbst. Um eine Anlage dieser Größe aufrechterhalten zu können, war schon eine gewisse Infrastruktur erforderlich. Deshalb war das Areal noch weiter vergrößert worden und es war unvermeidlich, dass die ganze Sache dabei aus dem Ruder lief. Martin konnte nun erkennen, dass das, was aus der Ferne wie ein einfaches, unglaublich verziertes Schloss hinter einer goldenen Mauer wirkte, eigentlich eine kleine goldene Stadt war, die ein goldenes Schloss innerhalb einer goldenen Mauer umgab. Die Wachen am Schlosseingang wirkten allesamt gelassen und majestätisch. Überall um sie herum befanden sich Arbeiter, Hofmeister, Zeremonienmeister, Dienstmädchen, Kammerdiener und Handwerker. Alle schlenderten in Livrees mit Goldakzenten herum und schauten zu Boden, damit sie nicht geblendet wurden. Die einzigen Leute, die zur Burg hochsahen, waren Touristen, obwohl Martin sich sicher war, dass sie in dieser Zeit Pilger genannt wurden. Es gab viele von ihnen und sie schlenderten herum, deuteten auf die Burg und blinzelten dabei. Außerdem kauften sie überraschend teure Bilder, die sie selbst vor der Burg zeigten. »Jimmy hat eine gewaltige Steuer auf Goldfarbe erhoben«, erklärte Phillip ihm.

»Ist es nicht Aufgabe des Königs, Steuern zu erheben?«, fragte Martin verwirrt.

»Ja, du hast recht. Lass mich das anders formulieren. Jimmy ließ den König Steuern für Goldfarbe erheben. Wahrscheinlich hat er das zu seiner Monarchen-To-do-Liste hinzugefügt.«

»Hat Jimmy wirklich so große Macht?«, fragte Martin.

»Martin, sieh dir die Statue an und dann sag mir, wer hier das Sagen hat.«

Martin hatte natürlich wahrgenommen, dass eine große goldene Statue an dem schimmernden Teich stand, hatte diese aber nicht direkt angesehen aus Angst, geblendet zu werden. Er nahm nun seinen Hut ab, murmelte etwas auf Esperanto und holte kurz darauf eine Sonnenbrille mit runden, grünen Gläsern und einem Metallrahmen hervor, was Phillip zum Lächeln brachte.

In der Mitte des schimmernden Teichs stand eine unglaublich detaillierte Statue, die etwa zwei Stockwerke hoch war. Sie zeigte einen älteren König (wie sich herausstellte König Stephan), der seinem Sohn, dem damaligen Prinzen und jetzigen König Artus (der verständlicherweise dazu bereit gewesen war, seinen Namen Eustace zu ändern) ein spektakulär verziertes Schwert (Excalibur, das Jimmy, wie Phillip später erklärte, hergestellt und dann vorgegeben hatte, es in einem See gefunden zu haben). Dahinter, zwischen dem König und seinem Sohn, stand ein unverwechselbares Ebenbild von Jimmy und legte den beiden väterlich seine leitenden Hände auf die Schultern. Jimmy war allerdings nicht so dargestellt, wie er wirklich war, sondern wie er sich selbst sah. Ein idealisierter Jimmy sozusagen. Er war einen ganzen Kopf größer als der König und überragte sogar den Prinzen. Mithilfe der Sonnenbrille konnte Martin erkennen, dass der Name Merlin in Jimmys Robe eingestickt worden war. Es stand auf der rechten Brust, als wäre Jimmy ein Mechaniker. Jimmys Hut und Teile seines Kopfs und der Schultern waren allerdings schon ziemlich matt und verfärbt.

»Was ist denn mit Merlins Kopf los?«, fragte Martin.

Phillip zuckte mit den Schultern und sagte mit der Spur eines Lächelns: »Frag mal jemanden, der hier lebt.«

Martin hielt die nächste Person an, die an ihnen vorbeiging. Es war ein Portier, der eine Kiste trug. »Entschuldigen Sie bitte, mein Herr. Ich bin neu in ... Camelot«, sagte Martin mit einiger Überwindung. »Könntet Ihr mir vielleicht sagen, warum der Kopf des Zauberers so verfärbt ist?«

»Das ist ein Wunder, wissen Sie«, sagte der Mann ehrfürchtig.

»Ein Wunder?«, fragte Martin skeptisch.

»Fast jeden Tag, seit die Statue aufgestellt worden ist, hat der Kopf des Zauberers aus dem Nichts ein Wunder erschaffen.«

»Wirklich? Jeden Tag?«

»Ja!«

»Wann denn? Wird es bald wieder geschehen?«

»Das weiß ich nicht«, antwortete der Portier. »Der Zeitplan ist nicht besonders regelmäßig.«

»Leider«, fügte Phillip hinzu.

»Was kommt denn aus der Statue?«, fragte Martin. »Blut? Tränen? Noch mehr Gold?«

»Unsäglicher Schmutz«, erwiderte der Portier.

Nach einer langen unangenehmen Pause fragte Martin: »Was denn für eine Art von Schmutz?«

»Unsäglicher Schmutz, wie ich schon sagte.«

Eine weitere Pause folgte.

»Ja, aber ist es Schlamm? Oder ist es vielleicht Blut?«, fragte Martin.

Der Portier dachte einen Moment lang nach und sagte dann: »Man könnte es Jauche nennen, schätze ich.«

»Jauche?«

»Ja. Unsägliche Jauche.«

»Also Kot, nicht wahr?«

»Ähm, ja.«

»Fäkalien?«

»Ja.«

»Menschliche …«

»JA! JA! Es ist unsägliche … menschliche … Jauche.«

»Und die erscheint einfach so?«

»Ja. Sie scheint einfach so aus Merlins Hutspitze zu kommen.«

»Und dann tröpfelt sie irgendwie … da runter?«, erkundigte sich Martin weiter.

»Nein«, erwiderte der Portier und schüttelte den Kopf. »Es tröpfelt nicht. Sie kommt in einem breiten Strahl heraus, und fällt dann in Bahnen herunter.«

»Vielleicht neun Meter?«, brachte Phillip bemüht ernst hervor.

»Könnte sein«, stimmte der Portier zu.

»Und keiner weiß, woher es kommt?«

»Um ehrlich zu sein, haben wir aufgehört zu fragen. Als es zum ersten Mal auftrat, sind ein paar Leute auf Leitern hochgestiegen, um sich das genauer anzusehen. Das haben sie allerdings sehr bereut.«

»Und es ist immer Jauche?«, fragte Martin.

»Meistens«, bestätigte der Portier. »Manchmal ist aber auch schmutziges Papier mit dabei. In seltenen Fällen auch etwas anderes. Es heißt, dass es letzte Woche etwas war, das wie Eintopf roch.«

Martin schaute Phillip mit großen Augen an. Dieser dankte dem Portier für die Information und schickte ihn dann wieder des Weges. Einen Moment später sagte Phillip: »Erstaunlich, oder?«

»Erstaunlich kindisch«, erwiderte Martin, musste aber dennoch grinsen.

»Das sind die meisten Protesthandlungen. In den Schlagzeilen wurden die Teilnehmer der Boston-Tea Party im Nachhinein auch nicht als *einige gelehrte Gentlemen* bezeichnet, oder?«

»Und warum lässt Jimmy das nicht einfach aufhören?«

»Das kann er nicht. Es ist ja nicht so, als würde da eine sichtbare Öffnung zu meiner Außentoilette über der Statue schweben. Das Zeug erscheint einfach zu unvorhergesehenen Zeiten dort. Er kann ja auch nicht zu mir kommen, weil er nicht hundertprozentig weiß, dass ich der Verursacher bin. Er könnte sich natürlich denken, dass es einer der Zauberer ist, die ihn hassen, aber genau genommen hassen ihn ja die meisten Zauberer. Zumindest ein wenig.«

»Und er weiß das?«

»Ob er es weiß? Er ist sogar noch stolz darauf. Er begründet es damit, dass sie eifersüchtig auf ihn sind. Alles, was er tun kann, um diesen automatischen Vandalismus zu stoppen, ist die Statue abzubauen und das wird er garantiert niemals tun. Denn dadurch würde er doch seine Niederlage eingestehen. Stattdessen hat er verbreitet, dass er es als Lektion der Demut selbst gemacht hat.«

»Wenn ihr ihn nicht ausstehen könnt, warum habt ihr ihn dann zum Vorsitzenden gewählt?«

Phillip fauchte: »Wir haben ihn nicht zum Vorsitzenden gemacht. Er hat sich einfach selbst dazu ernannt. Sein erster Akt als Vorsitzender war es, sich selbst zum Vorsitzenden zu ernennen. Zu dieser Zeit waren nur drei von uns da. Darum haben wir uns auch noch nicht so viel dabei gedacht. Ich dachte, er macht einfach nur Witze, aber jeder Zauberer, der seitdem aufgetaucht ist, wurde ›unserem Vorsitzenden Jimmy‹ vorgestellt und damit hat sich die ganze Sache.«

Nach langem Schweigen sagte Martin schließlich: »Einfallsreichtum hat er, das muss man ihm lassen.«

»Das muss ich nicht, aber ich werde dafür sorgen, dass er die Sache irgendwann versteht.«

Phillip führte Martin nun in die Burg hinein. Er hatte erwartet, dass die Wachen den Versuch unternehmen würden, sie aufzuhalten, aber die Männer in den goldenen Rüstungen standen nur stocksteif da, während die Zauberer an ihnen vorbeigingen. »Sie wissen, dass wir Gäste von Merlin sind«, erklärte Phillip ihm daraufhin.

»Nun, ich bin immer froh, wenn ich nicht bedrängt werde, aber trotzdem sollte man doch meinen, sie würden zumindest zeigen, dass sie uns bemerkt haben.«

»Nun, es gibt Gäste von Merlin und es gibt Gäste von Merlin«, erklärte Phillip weise. »Wenn wir zusammen mit Merlin angekommen wären, hätten sie sich überschlagen, um uns die Stiefel zu lecken, das kann ich dir versichern. Wenn ein Zauberer allerdings ohne Merlin nach Camelot kommt oder sogar unangekündigt, lässt man ihn zwar ein, denn sie nehmen automatisch an, dass man hier ist, um Merlin zu treffen, doch sie verhalten sich in diesem Fall wie ein hochrangiger Geschäftsführer. Du bist nicht so wichtig wie ihr Boss und sie kontrollieren den Einlass zu ihrem Boss. Deswegen sind sie automatisch wichtiger als du, weil sie unter dem direkten Befehl des Vorsitzenden stehen.«

»Aber sie haben uns doch einfach reingehen lassen. Sie haben uns nicht mal die Stäbe abgenommen. Wissen sie denn nicht, wie gefährlich wir sein können?«, fragte Martin, während sie durch ein riesiges, mit Gold überzogenes und kunstvoll geschnitztes Gemach mit Marmorboden gingen. In einem konventionellen öffentlichen Gebäude wäre es wohl die Haupthalle gewesen, aber hier schien es eher als Garderobe zu fungieren.

»Nein, wissen sie nicht«, antwortete Phillip. »Denn sie denken, Jimmy ist der mächtigste Zauberer auf der ganzen Welt und in gewissem Sinne ist er das ja auch. Allerdings nur, weil er Einfluss auf den König hat. Sie glauben, dass wir deswegen nicht aus der Reihe tanzen, weil jeder Zauberer, der Ärger macht, sofort von dem mächtigen Merlin ausgelöscht werden würde.« Phillip beugte sich nun näher zu ihm und senkte seine Stimme: »Wenn sie wüssten, dass wir nur ein Haufen Trottel sind, die in einem System leben, das auf Ehre beruht ... nun ... es würde nicht wirklich etwas ändern, aber dennoch wollen wir nicht, dass sie es spitzkriegen.«

»Aber sie werden uns doch aufhalten, wenn wir versuchen, irgendwo hinzugehen, wo wir eigentlich nicht hingehen sollten oder?«, erkundigte sich Martin.

Phillip blieb stehen. »Das müssen sie gar nicht, Martin. Denn wir können nirgendwo hin, wo wir nicht hingehen sollen. Du kennst doch die zweite Etage meines Geschäfts?«

»Wo du immer hingehst, um *nichts* zu tun.«

»Genau. Der Grund, warum du nie dazu kommen wirst, dieses *nichts* zu unterbrechen, ist ganz einfach, dass du es nicht kannst. Jimmy ... äh, ich meine Merlin, kennt diesen Trick auch. Es gibt viele Zimmer hier in der Burg, die nur er, die königliche Familie und ihre Bediensteten betreten können. Dann gibt es noch andere, in die können nur er und Angehörige der königlichen Familie gehen und ich wette, dass es kein Zimmer gibt, das er nicht betreten kann. Es gibt wahrscheinlich sogar Zimmer, die selbst der König nicht betreten kann, ohne dass Merlin seine Hand hält.«

Martin sah sich neugierig um. »Wo sind denn die Orte, zu denen wir nicht gehen können?«

»Was willst du denn? Vielleicht ein Schild oder ein samtenes Seil? Nein, der Kerl, den diese Leute Merlin nennen, will bestimmt niemanden davor *warnen*, dass sie bestimmte Dinge nicht tun können. Er möchte sie eher daran *erinnern*, dass sie gewisse Dinge nicht machen können. Er möchte, dass die

Leute nichts ahnend durch einen Torbogen gehen und dann vor eine unsichtbare Wand laufen. Er hofft, dass sie dabei am besten noch kochend heiße Suppe tragen. Merlin möchte nicht, dass die Einheimischen vergessen, dass er Merlin ist. Oder, dass Magie existiert, er sie kontrollieren kann und sie nicht. Das wirst du schon noch sehen. Alles, was er tut, ist letztendlich dazu da, sie ständig daran zu erinnern. Darum hat er auch dieses Zimmer hier gebaut.«

Und damit führte Phillip Martin aus dem großen, eindrucksvollen Marmor-und-Blattgold Vorraum, den sie gerade durchquert hatten. Sie gingen anschließend durch einen gewaltigen Torbogen, der mit unschuldig aussehenden Cherubinen und weniger unschuldig aussehenden Nymphen geschmückt war. Aus der Ferne hatte Martin nicht genau erkennen können, was hinter dem Torbogen lag. Er hatte nur noch mehr Marmorböden, ein goldenes Geländer, und Menschen, die hin und hergingen erblickt, und weit entfernt eine undeutliche Wand. Als sie allerdings durch den Torbogen gegangen waren und Martin allmählich die volle Erhabenheit des Zimmers klar wurde, wurde er still und in sich gekehrt. Phillip fühlte sich, trotz seiner Abneigung gegen Jimmy, auch ruhiger, als sie den berühmten Rittersaal der Burg Camelot betraten.

Martin hatte sich schon daran gewöhnt, im Geiste diverse Kommentare über das mittelalterliche England am Ende eines Aussagesatzes hinzuzufügen.

Gwen ist eine ausgezeichnete Schneiderin *für jemanden, der im mittelalterlichen England ausgebildet worden ist.*

Gwen ist ein wirklich süßes Mädchen, *wenn man bedenkt, dass sie im mittelalterlichen England lebt.*

Es ist alarmierend, wie viel Zeit ich damit verbringe, über Gwen nachzudenken, *angesichts der Tatsache, dass ich, wenn ich mich nicht auf die Prüfungen konzentriere, aus dem mittelalterlichen England gekickt werden könnte.*

Die große Halle der Burg Camelot war das Erste (abgesehen von Gwen), dass auf ihn sofort beeindruckend wirkte, egal, zu welcher Zeit oder an welchem Ort. Es war die Art von Zimmer, die von Architekten, die es nicht designen durften, gerne als *Wohnklo* beschrieben wurde. Die Halle war mindestens neunzig Meter breit und doppelt so lang. Elegante Steinsäulen verliefen zweireihig an den Seiten der Halle, wodurch ein großer Teil der Raummitte offen und weitläufig blieb. Der Torbogen, den Martin und Phillip benutzt hatten, um hereinzukommen, war vom Boden aus etwa drei Stockwerke hoch. Auf beiden Seiten führten Treppen zu vier Galerien empor, die sich bis zum anderen Ende der Halle erstreckten. Offensichtlich waren sie für Zuschauer gedacht.

Der Boden war ein riesiger See aus Marmorintarsien und anderen dekorativen Steinen. Einige der umherlaufenden Leute mussten offensichtlich eilig irgendwohin. Der Boden sah relativ leer aus, aber das würde wohl jeder Fußboden in dieser Größe tun. Martin bemerkte, dass der Großteil des Goldes in der Halle eine relativ matte Farbe hatte, im Gegensatz zu dem reflektierenden Blattgold, mit dem die Burg dekoriert war. Bis auf das hintere Ende der Halle, denn diese Wand war mit riesigen Teppichen behangen, die prächtig mit dekorativen Goldfäden durchwirkt waren. Glänzende, goldene Stufen führten auf ein hohes Podium, das ebenfalls aus Gold bestand. Darauf stand ein massiver goldener Thron, der auf jeder Seite von kleineren, etwas weniger beeindruckenden Goldstühlen flankiert wurde. Beide Seiten des Raums waren von wuchtigen Glasfenstern gesäumt, wodurch enorm viel Licht hineinfiel. Die Fenster waren größer als Martin es, egal, in welcher Zeit, für möglich gehalten hatte. Die Decke war mindestens dreißig Meter vom Boden entfernt und ein Gewirr aus überraschend modern aussehenden Metallarbeiten befand sich darauf, die ebenfalls golden angemalt waren.

Martin starrte sie eine Weile an, bevor er schließlich fragte: »Wie ist all das möglich?«

Phillip schüttelte den Kopf. »Auf die gleiche Art und Weise wie all das, was wir tun, möglich ist. Durch Magie! Die Bauzeit betrug sechs Jahre von dem Tag an, als König Artus, der zu der Zeit nebenbei bemerkt gerade erst zwölf Jahre alt war, verfügte, dass diese Burg gebaut werden sollte. Während dieser Zeit hat Jimmy drei Stunden am Tag damit verbracht, Gold zu erschaffen. Einiges davon hat er benutzt, um den Bau zu bezahlen, und einiges hat er als Baumaterial verwendet. Das Meiste hier ist aber nur Holz und Stein, das mit Blattgold bedeckt ist. Auf diese Weise kommt man ziemlich weit damit. Als die Arbeiter nicht wussten, wie sie die Haupthalle machen sollen, brachte er ihnen etwas über Stützpfeiler bei. Als sie nicht wussten, wie man größere Abstände überbrücken kann, lehrte er sie, wie man Metallträger herstellt. Als sich herausstellte, dass das Metall zu schwach ist, brachte er ihnen bei, wie man Stahl herstellt und als es zu lange dauerte, den Stahl zu schmelzen, hat er einfach einen Haufen davon selbst hergestellt.«

Martin war beeindruckt. »Gut für die Handwerker. Sie haben bestimmt viel gelernt.«

»Außer, dass er ihnen nur so wenig erzählt hat wie möglich und dass das alles nur mit Magie funktioniert hat.

Die armen Kerle haben sich selbst ins Abseits gestellt, indem sie das größte Gebäude der Welt gebaut haben, aber gleichzeitig davon überzeugt sind, dass Jimmy die ganze Anerkennung verdient. Er hat sie gewarnt, dass alle anderen Gebäude, die nach diesen Methoden erbaut würden, verflucht wären und nur, um ihnen die Idee zu verkaufen, hat er dann direkt ein paar Kirchen zerstört, die sich noch im Bau befanden. Einst habe ich ihn als Freund bezeichnet. Aber der einzige Weg, wie jemals jemand von einer Begegnung mit Jimmy profitiert, ist, wenn Jimmy kein Interesse daran hat, dies zu verhindern.«

Phillip führte Martin nun ein wenig in der Haupthalle herum, was wegen der Größe über eine Stunde dauerte. Der Rundgang endete in der Mitte der Halle. Der Großteil des Bodenmusters bestand aus gigantischen Rechtecken aus poliertem grauen Stein, die in den weißen Untergrund eingelassen waren. An den Seiten jedes großen Rechtecks verliefen weitere lange, schmale Rechtecke. »Die grauen Teile sind Bankettische«, erklärte ihm Phillip.

»Meinst du, sie symbolisieren Bankettische oder stellt man dort wirklich Bankettische darauf, wenn man sie braucht?«, fragte Martin.

»Weder noch. Ich meine, dass die großen grauen Platten die Tische sind und die dünneren Platten daneben die Bänke. Jimmy hat ein Makro am Boden. Wenn er den richtigen Auslösesatz spricht, erheben sich die Platten und werden zu Tischen und Bänken.«

Das verwirrte Martin. »Ich dachte, das Shell-Programm kann nichts manipulieren, dass zu groß oder zu komplex ist.«

»Es sind ja nur Steinplatten. Da ist nichts Komplexes dran. Was die Größe anbelangt, hast du recht; du könntest sie nicht mit in deine Zeit nehmen, aber Schweben ist möglich, solange das Objekt aus einem homogenen Stück besteht.«

»Ah«, meinte Martin, »es funktioniert, weil alles aus einem Stück besteht. Wenn ich also versuchen würde, einen Baum hochzuheben, würde ich wohl nur die Rinde abstreifen.«

»Oder ein einzelnes Blatt abreißen, was natürlich niemanden beeindrucken würde«, fügte Phillip hinzu.

Martin fuhr fort: »Aber wenn ich einen Felsbrocken hochhebe, sollte es doch funktionieren oder?«

»Ja, schon. Aber wenn du Pech hast, auch nicht wirklich«, stellte Phillip klar. »Wenn der Felsbrocken eine feste Steinmasse ohne Verunreinigungen ist, dann ja, aber wenn eine einzige Ader aus einem anderen Stein ist oder auch nur aus einer etwas anderen Art des gleichen Grundmaterials, wird er zerfallen wie ein Schmutzklumpen.«

»Und wie hat er so ein großes Stück aus reinem Stein bekommen?«

»Auf dieselbe Art, auf die die Meisten von uns etwas über Sex lernen: Versuch und Irrtum. Er teleportierte sich jedes Mal zu einem Steinbruch, wenn sie eine Platte aus der Seite des Bergs gemeißelt hatten, und versuchte dann, sie hochzuheben. Wenn sie weiterhin intakt war, wurde sie ein Tisch. Wenn sie zerbrach, wurde sie für kleinere Stücke benutzt.«

Martin lächelte und zuckte dann mit den Schultern. »Phil, du sagst das so, als wäre es eine große Zeitverschwendung, aber ich wette, die Arbeiter, die sich die Mühe gespart haben, die großen Platten mit Meißeln zu zerschlagen, hatten nichts dagegen.«

Phillips Augen weiteten sich. Er machte seinen Zeigefinger dazu bereit *eine wichtige Zeigegeste zu machen*. Aber er kam nur so weit zu sagen: »Aber es ist alles …«, bevor er unterbrochen wurde.

»Ooh«, ertönte plötzlich Jimmys Stimme. »Er ist ein wirklich scharfsinniger Typ, nicht wahr Phillip?« Sowohl Martin als auch Phillip sprangen zur Seite. Keiner von ihnen hatte gedacht, dass sich irgendjemand, vor allem nicht Jimmy, in ihrer Nähe aufhielt. Beide drehten sich hastig um und waren verblüfft, dass sie damit recht hatten, denn in einem Umkreis von neun Metern war niemand. Jimmy lachte. Es war ein hauptsächlich sympathisches Lachen, aber mit einem Unterton von Selbstgefälligkeit.

»Ich bin hier drüben, meine Herren«, sagte die Stimme, die immer noch aus der Leere zwischen ihnen erklang. Sie schauten sich weiter verwirrt um.

Nach einem Moment sprach Jimmy wieder: »Oh verdammt. Tut mir leid.« Dann, ganz zaghaft, hörten sie hinter sich aus einer großen Entfernung: »Ich bin hier drüben.« Sie drehten sich um und nun sahen sie Jimmy endlich. Er stand vor dem Podium, mehrere Hundert Meter von dem Punkt entfernt, an dem sie sich befanden. Man konnte ihn nur an seiner grün-goldenen Robe und dem kleinen Lichtpunkt erkennen, der von dem Plasmaball an seinem Stab ausging. Jimmy breitete die Arme aus und sagte noch etwas, aber aus der Entfernung war es schwer zu verstehen.«

»TUT MIR LEID! WIR KÖNNEN DICH NICHT HÖREN, MERLIN! DU BIST ZU WEIT WEG!«, schrie Phillip. Er sah allerdings nicht wirklich so aus, als würde es ihm leidtun.

Alle in der Halle sahen nun die Drei an: Die beiden Zauberer, die in der offenen Weite der Halle standen und den berühmtesten Zauberer der Welt, der sich am anderen Ende befand und offenbar darum kämpfte, gehört zu werden. Falls Merlin irritiert oder besorgt war, ließ er es sich nicht anmerken. Er machte einfach einen Schritt nach vorne und trat so langsam vor, als würde er geistesabwesend durch das Zimmer schlendern. Sein hinterer Fuß hob vom Boden ab, noch bevor der vordere Fuß ihn berührte, und in der dazwischenliegenden Sekunde legte er die gesamte Entfernung zurück, die ihn noch von den Zauberern trennte. Er flog nicht, sondern schwebte mit rasender Geschwindigkeit. Als sein vorderer Fuß den Boden wieder berührte, war da kein ungewöhnliches Gewicht oder irgendein besonderer Schwung zu erkennen. Er hatte einfach nur einen einzigen Schritt nach vorne gemacht und war dort angekommen, wo er hinwollte. Es war eine machtvolle Demonstration der lockeren, mühelosen Verwendung enormer Macht. Martin erinnerte sich an das, was Phillip über Jimmys Bedürfnis gesagt hatte, die Menschen ständig daran erinnern zu müssen, zu was er in der Lage war.

»Ich habe gesagt, willkommen in Camelot, Martin.« Jimmy lächelte und streckte ihm eine Hand hin, die Martin sogleich schüttelte. Es war ein guter, solider Handschlag und ein natürliches, offenes Lächeln. »Wie ich sehe, hat Phillip mit dir einen Rundgang gemacht. Was denkst du?«

»Es ist wirklich beeindruckend!«, meinte Martin.

Jimmy hielt den Handschlag und das Lächeln etwas länger als erwartet aufrecht. Nach einer Weile erkundigte er sich: »Aber?« Jimmy schien amüsiert und nicht irritiert zu sein. Wenn überhaupt wurde sein Lächeln nur noch strahlender.

Martin lachte nervös. »Es ist alles ein bisschen …«

»Vulgär?«, bot ihm Phillip an. »Grässlich? Abstoßend?«

»Viel«, sagte Martin schließlich.

Jimmy lächelte jetzt sowohl Phillip als auch Martin an. Martin lächelte zurück. Schließlich hörten sie auf, sich die Hände zu schütteln. Jimmy klopfte Martin nun auf den Rücken. »Du bist nicht verkehrt, Martin. Geht ein Stück mit mir.«

Er drehte sich um und fing an, in die Mitte der Halle zu gehen. Zu Martins Erleichterung legte er die Strecke allerdings nicht wie zuvor mit einem Schritt zurück, sodass es ihm schwergefallen wäre mitzuhalten, sondern schwebte zu Phillips Empörung stattdessen einfach in Schrittgeschwindigkeit ein paar Zentimeter über dem Boden. Die Robe hinter ihm bewegte sich so, als würde er am Ufer eines windgepeitschten Sees stehen. Der Marmorboden schien sich zu verzerren und glättete sich wieder, während er sich vorwärtsbewegte. Es war wie beim Kielwasser eines Boots. Martin ging neben ihm her und hörte ihm aufmerksam zu. Phillip folgte ihnen und schaute äußerst finster drein.

»Siehst du, Martin. Entgegen dem, was einige Leute glauben, bin ich hier gar nicht verantwortlich. Ich übe mein Amt nur zum Wohlgefallen des Königs aus«, erklärte Jimmy und sah aus seiner Höhe auf Martin herab.

»König Eustace«, mischte sich Phillip ein.

»In der Tat, auch wenn er es vorzieht, Artus genannt zu werden.«

»Auf deine Anregung hin«, fügte Phillip hilfsbereit hinzu.

»Genau! Wie Phillip schon sagte, mache ich Vorschläge, aber der König trifft letztendlich die Entscheidungen. Ich versuche nur zu helfen. Ich bin ein Berater. Sie wollten eine Burg, also schlug ich einen Bauplatz vor. Sie wollten, dass es die größte Burg aller Zeiten wird, also zeigte ich ihnen, wie man das bewerkstelligen könnte. Sie wollten, dass sie mit Gold bedeckt ist, also habe ich dafür gesorgt. Sie wollten, dass man sich in Mythen und Legenden an ihre Namen erinnert … Kennt ihr einen besseren Weg, als dafür die Artussage zu verwenden?«

»*Verwenden*«, spie Phillip aus. »Du meinst wohl eher *beanspruchen*.«

Jimmy blieb immer noch schwebend stehen und bewegte sich langsam wie auf einem Drehteller zu ihm, damit er Phillip ansehen konnte. Martin hatte erwartet, dass er gereizt aussehen würde, aber er schien eher erfreut.

»Ja! Phillip hat Recht, Martin. *Beanspruchen* beschreibt gut, was wir mit der Artussage gemacht haben. Es ist zwar ein hässliches Wort, aber *verwenden* ist auch nicht viel besser. Bevor du nun allzu schlecht von mir denkst Martin, lass mich dir etwas zeigen.« Er drehte sich noch einmal, um sich die Stelle anzusehen, auf die sie zugingen. Die genaue Mitte der Halle wurde durch ein massives, im Boden eingelassenes Medaillon markiert. Man hatte einen perfekten Kreis aus Granit in den Boden gesetzt, der fast sechs Meter Durchmesser hatte. Der Kreis war mit komplizierten Schnörkeln und Blumenmotiven dekoriert. Wie Monde, die einen Planeten umkreisen, waren dazu dreizehn Granitkreise mit einem Durchmesser von etwa einem halben Meter um das Medaillon herum platziert worden.

Jeder in der Halle hatte die Zauberer beobachtet, seit Jimmy sich zu ihnen gesellt hatte, aber plötzlich war sich Martin dessen noch mehr bewusst, denn alle Gespräche waren verstummt. Die Welt hielt den Atem an. Jimmy atmete tief ein und aus und einen Moment lang betrachtete Martin ihn tatsächlich als Merlin.

Merlin sagte nun: »Ronda Tablo supreniro«, und tippte den Kreis, der ihnen am nächsten war, mit seinem Stab an. Blaue Blitze, die denen im Inneren des Plasmaballs ähnelten, schossen nun aus der Stabspitze und füllten den großen Granitkreis aus, der in den Boden eingesetzt worden war. Die Funken breiteten sich bis zum Rand des Kreises aus und zeichneten dessen Umrisse auf dem Boden nach. Das Gleiche tat auch das Licht an den Rändern der anderen dreizehn kleineren Kreise. Anschließend sprang es zum Medaillon in der Mitte, bis alle Kreise nachgezeichnet waren. Ein Geräusch erfüllte jetzt die Luft, als würde eine zwei Tonnen schwere Steinplatte gegen eine andere zwei Tonnen schwere Steinplatte reiben und man hätte dieses Geräusch aufgenommen, verstärkt und über einen Lautsprecher abgespielt, der aus einer zwei Tonnen schweren Steinplatte gemeißelt worden war. Langsam erhoben sich die Kreise. Als sie es taten, stellte sich heraus, dass die Kreise eigentlich die Oberseiten von Sockeln waren. Die Seiten waren anmutig nach innen gebogen wie stilisierte Sanduhren. Die dreizehn kleineren Säulen erhoben sich nun nicht mehr weiter; sie waren etwa eineinhalb Meter hoch. Die zentrale Steinplatte war höher als die anderen Säulen und in ähnlicher Weise nach innen gebogen, doch statt unten wieder breiter zu werden, hörte diese Säule einfach am engsten Punkt auf.

Die Halle war jetzt von ehrfürchtiger Stille durchdrungen. Darum klang es besonders schrill, als Phillip rief: »Netten Kartentisch hast du da.«

Jimmy ignorierte ihn einfach. Als die Leute in der Halle sich wieder ihren Geschäften widmeten, wandte sich Jimmy an Martin. »Und, was denkst du?«

Martin trat vor und legte seine Hände auf den Tisch. »Das ist die Tafelrunde!«

»Es ist *eine* Tafelrunde«, korrigierte ihn Phillip entnervt. »Es ist nicht die echte Tafelrunde.«

»Es ist *eine echte* Tafelrunde«, erklärte Jimmy Phillip. »Die andere Tafelrunde, auf die Phillip sich bezieht, hat in Wirklichkeit ja niemals existiert. Also frage ich dich Martin: Ist das dann nicht *die echte* Tafelrunde?«

»Aber es ist nicht die *authentische* Tafelrunde«, beharrte Phillip.

»Es ist authentisch«, sagte Jimmy. »Es ist das, was wirklich hier ist. Die Tatsache, dass die Realität nicht mit dem übereinstimmt, was du gerne möchtest oder erwartest, ist schließlich nicht die Schuld der Realität. Außerdem wird Authentizität sowieso überbewertet. Als du als Kind im Garten gespielt hast, wer hast du vorgegeben zu sein? Han Solo, der den *rasenden Falken* steuert oder Buzz Aldrin, der mit seiner Astronautenhose auf die Toilette geht?«

Martin, der immer noch mit den Händen über die polierte Oberfläche des Tisches fuhr, sagte: »Aber der Tisch ist nur ein Möbelstück. Der ausschlaggebende Punkt waren der König und die Ritter und die waren ja bekanntlich andere.«

»Allerdings wette ich mit dir, dass ihre Namen ähnlich sind«, entgegnete Phillip.

»Ich habe nur bei drei Personen vorgeschlagen, den Namen zu ändern. Lancelot, Galahad und Gawain. Fairerweise muss ich aber dazu sagen, dass Gawains ursprünglicher Name Dwayne war, also ist das doch nicht wirklich weit hergeholt. Aber Phillips Standpunkt ist berechtigt, Martin. Ich bin nicht auf alles stolz, was ich bisher getan habe. Ich habe die Realität etwas verändert, damit sie zu einem Werk der Fiktion passt und damit die königliche Familie glücklich gemacht. Allerdings hatte ich auch gute Gründe dafür. Ein glücklicher König fängt immerhin nicht irgendwann aus Langeweile einen Krieg an. Ich habe ihnen diese Burg gegeben, weil ein reicher König nicht aus Gier einen Krieg beginnt. Ich habe sie zu Legenden gemacht, denn eine lebende Legende tötet nicht aus Eifersucht.«

»Er gibt ihnen, was sie wollen und im Gegenzug machen sie genau das, was er will«, erklärte Phillip, »denn wenn sie jemals damit aufhören, könnte er es auch tun.«

»Ich habe nie jemanden dazu gezwungen, irgendetwas zu tun. Aber ich überlasse es dir Martin: Wem habe ich damit wehgetan?«

»Du sagst ihnen vielleicht nicht, was sie tun sollen«, antwortete Phillip und starrte Jimmy intensiv an, »aber wann haben sie das letzte Mal nicht getan, was du ihnen aufgetragen hast?«

Jimmy, der während des gesamten Gesprächs nur Martin angesehen hatte und dies auch jetzt nicht änderte, antwortete:

»Ich habe das Glück, dass der König großen Respekt vor mir und meinen Ratschlägen zu haben scheint.«

»Ja. In der Tat«, bestätigte Phillip. »Wie groß dieser Respekt ist, wird durch diese Statue da draußen zu Genüge demonstriert.«

Obwohl keiner der Männer in den nächsten fünf Sekunden etwas sagte, waren sie die ereignisreichsten des gesamten Tages, denn der Gesichtsausdruck der beiden war wie eine Partie Schach und Martin war der Zuschauer.

Als er die Statue erwähnte, schien Jimmy zum ersten Mal wirklich verärgert zu sein. Einen Augenblick lang sah Phillip sehr zufrieden aus. Jimmy hingegen schien unsicher zu sein, ob es daran lag, dass er eine gute Beleidigung vorgebracht hatte oder ob Phillip etwas über den fortlaufenden Vandalismus seines Ebenbilds wusste. *War das gerade ein Geständnis,* schien er sich zu fragen, *oder lacht er nur, weil jemand anderes mir eins ausgewischt hat?*

Jimmy warf Phillip einen warnenden Blick zu. Phillip verdoppelte daraufhin die Selbstgefälligkeit mit einem etwas verwirrten, unschuldigen Blick. Es war so, als wolle er sagen: *Warum siehst du mich denn so an? Ich weiß nicht, warum deine Statue regelmäßig mit Kot beschmiert wird.* Das alles trug allerdings nicht dazu bei, Jimmys unbeantwortete Fragen zu klären. Darum tat er das, was er immer tat, wenn er unsicher war: Er täuschte Selbstvertrauen vor. Er grinste deshalb breit und nickte fast unmerklich mit dem Kopf. Es war sehr überzeugend. Einen Moment lang dachte Martin, dass Phillip erwischt worden war.

Offensichtlich wusste Phillip, dass Jimmy nur bluffte, und blieb darum stur bei dieser selbstgefälligen, verwirrten und unschuldigen Art. Jetzt war er sogar noch selbstgefälliger! Martin sah, dass dies eine Meisterleistung war, denn zu lachen, lächeln oder auch nur zu nicken, wäre ein Schuldeingeständnis gewesen. Bleich zu werden, zusammenzuzucken oder wegzuschauen, hätte ihn ebenfalls verraten. Wenn er einen neutralen Gesichtsausdruck an den Tag gelegt hätte, hätte Jimmy gewusst, dass Phillip versuchte, keine Informationen preiszugeben. Dadurch hätte Jimmy alles gewusst, was er hätte wissen wollen. Aber unschuldig verwirrt zu bleiben und dabei immer selbstgefälliger zu werden, sagte Jimmy: *Du denkst, dass du was weißt. Ich weiß, was du zu wissen denkst. Ich weiß, ob du recht hast oder nicht, und ich werde es dir niemals sagen.*

»Nun«, meinte Jimmy schließlich und wandte sich wieder Martin zu. »Ich muss wieder zurück an die Arbeit. Es war wirklich schön, dich wiederzusehen, Martin.« Jimmy klopfte auf den Stuhl, der ihm am Nächsten stand und der runde Tisch und die Stühle versanken wieder im Boden.

»Auf Wiedersehen, Jimmy«, sagte Phillip.

»Auf Wiedersehen, Martin«, entgegnete Jimmy. »Ich sehe dich dann heute Abend.« Jimmy drehte sich um und war mit einem einzigen, anmutigen Schritt am goldenen Podium am anderen Ende der Halle angelangt. Mit einem einzigen weiteren Schritt war er auf dem Podium neben dem Thron. Dort hielt er inne, drehte sich um und schaute dann Phillip an, während er die Lehne des Throns von England streichelte. Anschließend glitt er um die Ecke und verschwand in einem Loch zwischen den Wandteppichen, das Martin zuvor gar nicht bemerkt hatte.

Sie sahen zu, wie er ging, dann sagte Phillip: »Es mag dich überraschen Marty, aber ich hasse ihn wirklich abgrundtief.«

»Er hat aber ein paar wirklich berechtigte Argumente vorgetragen«, wandte Martin ein.

»Vor allem deswegen hasse ich ihn ja. Wenn er mit all dem falsch liegen würde, könnte ich mich einfach über ihn hinwegsetzen, weil er nur ein Schwachkopf und Spinner ist, aber das ist er nicht. Er ist intelligent, wahrscheinlich sogar klüger als ich. Darum muss ich ihn leider ernst nehmen.«

Kapitel 21

Schließlich war die Zeit des Fests gekommen. Da Martin der Ehrengast war, tauchte er als Letzter auf. Als er eintrat, zählte er die Gruppe kurz durch. Es waren rund zwanzig Menschen anwesend. Während sie zum Banketttisch gingen, erzählte Phillip ihm, dass fast jeder Zauberer Westeuropas gekommen war. Dennoch sah es nicht so aus, als wären es besonders viele. Ein Teil des Problems war, dass die Party in der großen Halle der Burg Camelot stattfand. Nur eine der zahlreichen rechteckigen Platten, von denen er wusste, dass sie sich aus dem Boden erheben konnten, wurde als Banketttisch genutzt. Die anderen Platten blieben im Boden. Der Tisch, ziemlich am Ende der Halle, sah wirklich winzig aus und die versammelten Zauberer hatten sich alle an einem Ende zusammengedrängt. Sie hätten sich, wenn sie es gewollt hätten, so weit ausbreiten können, dass sie sich gegenseitig nicht mehr gehört hätten. Und selbst dann hätten sie nur die Hälfte des Tisches genutzt. Martin war nie ein Partytyp gewesen, aber er wusste, dass die Möglichkeit bestand, dass er morgen um diese Zeit hinten in einem Streifenwagen saß und dabei, wenn er Glück hatte, wenigstens einen Bademantel trug. Darum hatte er beschlossen, diese Nacht zu genießen. Als sie sich dem Tisch näherten, standen alle Zauberer auf und applaudierten. Jimmy schwebte hervor und stieß zu ihnen, bevor sie den Tisch erreichten. Heimlich klopfte Martin drei Mal mit dem Stab auf den Boden, als Jimmy sich ihnen näherte.

»Martin, willkommen«, rief er, legte Martin kumpelhaft eine Hand auf den Rücken und führte ihn zum Tischende. Martin konnte sehen, dass zwei Plätze für sie freigelassen worden waren – ein großer, aufwendig gestalteter Onyxsitz mit einer besonders hohen Rücklehne am Tischende und eine leere Stelle auf der Bank, die sich rechts vom Stuhl befand. Als Martin auf die Bank zuging, hielt Jimmy ihn auf.

»Martin«, meinte er freundlich, »was machst du da?«

»Nun, der Stuhl ist am Tischende und ich dachte nur, weil du der Vorsitzende bist …« Martin verstummte allmählich.

»Unsinn! Martin, das ist doch dein Bankett! Du bist natürlich der Ehrengast!«, antwortete Jimmy und führte Martin zu dem ausgefallenen Steinstuhl. »Heute Abend sitzt du selbstverständlich in meinem Stuhl!«

Martin setzte sich. Es war die bequemste eiskalte Steinplatte, auf der er je gesessen hatte. Er sah sich nach Phillip um und stellte Blickkontakt zu ihm her, während dieser sich auf den einzig verfügbaren Platz setzte, und zwar auf die Bank genau am anderen Ende der Gruppe. Phillip schien die Sitzordnung eindeutig lustig zu finden, darum machte Martin sich keine weiteren Sorgen. Gary und Jeff waren mit Phillip zusammen am anderen Ende der Gruppe. Sofort begannen sie ein ernstes Gespräch.

Alle weiteren Personen waren Fremde, aber sie hatten gewisse Dinge gemeinsam. Sie waren alle Männer im Alter zwischen zwanzig und vierzig. Die meisten hatten eine Gesichtsbehaarung. Manche trugen so dichte und ungepflegte Bärte, dass Martin Angst hatte, dass sich Nager darin eingenistet haben könnten. Andere hingegen hatten so zottelige Bärte, dass sie den Namen *Bart* kaum verdienten. Hier saß eine Gruppe Kerle, die sich in der Cafeteria des Googleplex, auf dem Microsoft Redmond Campus oder einer Science-Fiction-Convention wie Zuhause gefühlt hätten, aber sie waren stattdessen im mittelalterlichen England, trugen die Kleidung eines Zauberers und schauten allesamt Martin an. Jimmy stellte dem Mann, der links von ihm saß, Martin vor.

Es war ein asiatischer Kerl in den Dreißigern, der eine spektakuläre Seidenrobe und einen ebensolchen Hut trug. Beide Kleidungsstücke waren mit Drachen bestickt. Sein Stab lehnte neben ihm am Tisch. Es war eine Art auf Hochglanz poliertes Treibholz, an dessen Spitze eine Klaue geschnitzt worden war.

Jimmy sagte: »Das ist Wing Po, geheimnisvoller Zauberer aus dem Osten.«

Wing Po streckte seine Hand aus und sagte mit einem fetten New Jersey Akzent: »Tagchen! Du kannst mich auch gerne Eddie nennen.« Martin schüttelte ihm die Hand. Ein zutiefst peinliches Schweigen senkte sich über den Tisch. Alle schauten Martin an und Martin wiederum starrte alle anderen an.

»Hi zusammen«, sagte Martin nun. Keiner erwiderte das Hi, aber sie alle nickten ihm anerkennend zu.

»Äh«, fuhr Martin fort, »danke, dass ihr alle gekommen seid.« Sie schauten ihn ermutigend an, bis auf Phillip, Gary und Jeff, die einfach nur die Show genossen.

Jimmys legte seine Hand auf Martins Handgelenk und sagte: »Martin, du musst nichts sagen.«

»Oh! Gut! Danke«, erwiderte Martin.

»Aber du kannst es natürlich, wenn du willst«, erklärte Jimmy. »Nur zu.« Alle schienen sich nach vorne zu lehnen, weil sie erwarteten, etwas Gutes zu hören, insbesondere Phillip, Gary und Jeff.

»Ähm«, sagte Martin abermals, »ich … bin hungrig. Lasst uns essen!«

Die versammelten Zauberer waren sofort einverstanden. Jimmy klatschte in die Hände. Diener in Golduniformen, die mit einer kontrastierenden, etwas stärker glänzenden Goldborte akzentuiert waren, brachten jetzt eine Vielzahl gebratener Tiere, gekochtes Gemüse und Brot, das nur aus Kruste zu bestehen schien. Ein leerer Tonkrug wurde vor jeden Zauberer gestellt. Während die Diener die Halle wieder verließen, kam ein einzelner Kellner mit einem großen Krug herein und begann den Inhalt des Krugs in Martins Gefäß zu schütten, aber Jimmy hielt ihn auf.

»Kellner, dies ist ein feierlicher Anlass«, erwiderte Jimmy. »Deshalb lass uns in Ruhe und sieh zu, dass niemand die Halle betritt, bis wir wieder herauskommen. Geh jetzt! Wir brauchen dein berauschendes Getränk nicht.« Der Kellner verbeugte sich tief und rannte dann fast aus der Halle. Als sich die Tür mit einem dumpfen Geräusch, das in dem massiven Raum widerhallte, schloss, nahm Jimmy seinen Hut ab und griff hinein. Dann sagte er: »Wir sind schließlich mehr als in der Lage, uns selbst zu versorgen.« Er holte eine Flasche Scotch hervor und stellte sie mit einem befriedigenden Klirren auf den Tisch. Die Zauberer fingen nun alle an, ihre Hüte abzunehmen, und zogen das Getränk ihrer Wahl hervor. Martin holte daraufhin eine Flasche Dr. Pepper light heraus. Jimmy legte seinen Kopf schief und blinzelte ihn an.

»Den Schnaps hebe ich mir lieber für später auf und trinke ihn, nachdem ich euch meine Begrüßung demonstriert habe«, erklärte Martin. Jimmy schien damit einverstanden zu sein.

Danach taten die versammelten Zauberer das Beruhigendste, was sie tun konnten, sie ignorierten Martin einfach und konzentrierten sich aufs Essen.

Am Tisch saßen nur Männer, da die meisten Frauen das Klima im mittelalterlichen England etwas günstiger für Zauberer fanden als für Hexen. Martin erinnerte sich daran, wie Phillip ihm erzählt hatte, dass Frauen, die die Datei entdeckten, eher dazu tendierten, nach Atlantis zu gehen. Entweder sofort oder direkt nach der Ausbildung. Martin hatte sich gefragt, ob einer der Männer das überhaupt jemals überprüft hatte.

»Sich eine von Frauen regierte Gesellschaft ansehen, die sich dazu entschieden haben irgendwo hinzugehen, wo wir nicht sind? Nein, wir haben noch nie jemanden dorthin geschickt, damit er sich dort umsieht. Wir haben Angst, dass wir das, was wir dort finden, nicht mögen«, hatte Phillip geantwortet.

Die Zauberer kannten sich offensichtlich alle. Sie kamen wohl regelmäßig zusammen, aber dank der Teleportation konnten sie in kleineren Gruppen in ganz Westeuropa und bis hin nach Russland leben. Nur wenige von ihnen entschieden sich dazu, weit weg von jedem anderen Zauberer zu leben.

Jeder, der zu Festtagen großen Familienmahlzeiten beiwohnt, würde das Gesprächsmuster hier wiedererkennen. Es gab zaghafte Gespräche, gefolgt von Kaugeräuschen, dann gab es wiederum echt lebhafte Gespräche über vollkommen unwichtige Themen. Diese Gespräche nahmen langsam Fahrt auf, wenn sich das Essen dem Ende zuneigte. Weniger erfolgreiche Konversationen erstarben, wurden von erfolgreicheren Konversationen abgelöst und schon bald gab es eine hübsche Mischung aus Gesprächen und Gelächter, besonders als die Männer, die am Tisch saßen, sich an all die Gründe erinnerten, warum sie sich mochten. Die zentrale Fähigkeit, die jeder gute Gastgeber beherrschen sollte, war es, einzuschreiten, bevor alle anfingen sich daran zu erinnern, warum sie sich *nicht* mochten. Selbst sein heftigster Kritiker Phillip würde zustimmen, dass Jimmy ein wirklich guter Gastgeber war.

Jimmy stand nun von seinem Platz auf. Er schwebte dabei hoch in die Luft und glitt dann zur Seite, sodass er plötzlich nicht mehr länger auf seinem Stuhl saß, sondern in der Luft. Anschließend streckte er sich, bis er langsam eine stehende Position einnahm. Sobald er das vollbracht hatte, nahm er Martin mit, ging mit ihm um den Tisch herum und stellte ihn jedem Einzelnen vor. Dabei machte er etwas Small Talk.

Martin dachte darüber nach, dass achtzehn die optimale Anzahl neuer Leute war, die man auf einmal kennenlernen konnte, wenn es das Ziel war, sich nicht an irgendwas ganz

Genaues über sie erinnern zu müssen. Eddie/Wing Po hatte er bereits getroffen. Dieser lebte mit Jimmy/Merlin in London/Camelot und war sein bester Freund beziehungsweise Assistent.

Der Trupp aus Paris hatte die mit Abstand kunstvollsten Roben und Stäbe. Sie waren zu viert und hießen Daniel, Stephen, Mitchell und Greg. Sie waren allesamt Amerikaner. Sie redeten in epischer Breite über französische Mädchen, und zwar auf eine Weise, die klar machte, dass sie gar nicht wussten, worüber sie da eigentlich überhaupt redeten.

Die Jungs aus Norwegen hingegen, Magnus und Magnus, hatten etwas Fell als Saum an ihrer Robe. Eigentlich war das gar nicht notwendig, da das Shell-Programm dafür sorgte, dass ihnen niemals kalt war. Sie waren aus den späten Neunzigern und wollten beide mit ihrem Namen den stärksten Mann der Welt Magnus Ver Magnusson zu ehren. Sie interessierten sich für Wikinger, Heavy Metal und dafür, Klischees zu erfüllen.

Martin schlug vor, dass sie als Nächstes mit Gary sprechen sollten, aber Gary kannten sie ja bereits und hatten sich über ihn lustig gemacht, weil er »zu glamourös« sei.

Da war auch noch ein Typ namens David, der in Russland lebte. Martin fragte ihn, warum er gerade Russland gewählt hatte und er antwortete: »Russische Frauen!« Das war alles, was er sagte, aber er sagte es so, dass Martin sich sicher war, dass David genau wusste, wovon er sprach.

Jimmy und Martin hatten jetzt die rechte Seite des Tisches abgearbeitet und kamen zu dem Rest des Englandtrupps: Phillip, Gary und Jeff.

Jimmy meinte: »Ich weiß, dass du Gary und Jeff bereits getroffen hast.«

»Ja«, bestätigte Martin, während er ihnen die Hand schüttelte. »Immer noch kein Tyler?«

Gary zuckte mit den Schultern. »Keine Ahnung. Er verschwindet leider von Zeit zu Zeit, aber so lange wie jetzt war er bisher noch nie weg.«

Jeff fügte hinzu: »Das Merkwürdigste daran ist, dass der Kerl nicht an seine Hand geht! Das sieht ihm gar nicht ähnlich. Vielleicht verbringt er ja gerade etwas Zeit in der Zukunft. Könnte ja sein, dass sich sein Vorrat an sanitären Dingen dem Ende zugeneigt hat!«

»Nun, ich bin auf jeden Fall sehr enttäuscht darüber, dass er nicht hier ist«, entgegnete Jimmy. »Ich ziehe es vor, dass jeder diese Bankette besucht.«

»Und mit *vorziehen* meint er eigentlich *verlangen*«, erklärte Phillip.

»Für den neuen Zauberer ist es nun einmal schöner, wenn alle da sind«, fuhr Jimmy fort.

Auch Phillip redete weiter: »Und mit *neuer Zauberer* meint er *Jimmys Ego*.«

Jeff sah eindeutig verwirrt aus. »Es ist schöner für Jimmys Ego?«, zitierte er.

»Ja«, versicherte ihm Phillip. »Denn Jimmy spricht manchmal gerne von sich in der dritten Person und verwendet diesen bestimmten Artikel. Das ist einfach Jimmys Art.«

Jimmy antwortete: »Jim ... das mache ich nicht.« Jimmy legte Martin daraufhin die Hand auf die Schulter und teleportierte sich mit ihm zusammen auf die andere Seite des Tisches, anstatt zu Fuß herumzugehen und die leeren zwei Drittel zu passieren. Dann setzten sie ihren Weg auf der anderen Seite fort.

Carl, Felix und Theodor lebten in verschiedenen Teilen Deutschlands und schienen nur durch Insiderwitze miteinander zu kommunizieren. Fred und Louis hingegen lebten in Spanien. »Ist das nicht ein wenig nah an den Kreuzzügen?«, fragte Martin besorgt.

Fred lächelte ihn verständnisvoll an. »Die Kreuzzüge sind dort schon mitten im Gange.«

»Da geht es so richtig ab!«, sagte Louis begeistert. Die beiden beschrieben daraufhin enthusiastisch *die Action,* so als wäre es ein besonders spannendes Fußballspiel. Martin war insgeheim erleichtert, als Jimmy ihn zu der nächsten Gruppe führte.

Die letzten fünf Zauberer hatten Italien als ihren Wohnsitz gewählt. Genauer gesagt die Toskana. Warum auch nicht? Sie hießen Ross, Lenny, Ron, Sergio und Kirk. Es war sofort klar, dass Sergio und Kirk die Gesprächsführung übernahmen und Sergios Part es war, Kirk dazu zu drängen endlich leise zu sein. Es stellte sich heraus, dass Ron ebenfalls die University of Washington besucht hatte. Er hatte die Datei nur ein paar Jahre vor Martin entdeckt. Es war eine merkwürdige Vorstellung, dass er und Ron wahrscheinlich mehr als einmal aneinander vorbeigegangen waren, ohne Notiz voneinander zu nehmen, und jetzt, Hunderte von Jahren in der Vergangenheit, trafen sie sich schließlich auf der anderen Seite des Globus wieder.

Jimmy hatte ihm nun alle Zauberer vorgestellt. Das Essen war gegessen und das Trinken war gerade so richtig in Schwung gekommen. Es war nun Zeit für die Unterhaltung und bei einer Feier, die von Jimmy veranstaltet wurde, konnte das nur eines bedeuten.

»REDE! REDE!«, schrie Eddie und schlug mit dem Messer gegen seinen Tonkrug, wodurch er ein dumpfes und klapperndes Geräusch erzeugte. Martin und Jimmy schauten einander an und schienen beide überrascht zu sein. Martin stand widerwillig auf. Jimmy legte eine Hand auf Martins Schulter und drückte ihn sanft wieder auf seinen Stuhl zurück, während er selbst aufstand, um eine Rede zu halten.

»Liebe Freunde«, begann Jimmy. Vom anderen Ende des Tisches ertönte ein Husten.

»Und Phillip!«

»Danke«, sagte daraufhin die entfernte Stimme.

»Wir sind heute hier«, fuhr Jimmy fort, »um ein neues Mitglied in unserer Familie willkommen zu heißen. Martin, ein junger Mann mit großem Potenzial, der wie wir alle durch seine Fähigkeiten, seine Gerissenheit und seine Bereitschaft Dinge zu tun, die andere nie in Betracht ziehen würden, hierher gekommen ist. Er hat den Wunsch etwas zu werden, das andere nie für möglich halten würden. Etwas, das mehr ist als das, was er einmal gewesen ist. Ein Zauberer!

Jetzt ist er hier bei uns und wir fordern ihn auf, die Macht, die er bisher erlangt hat, zu demonstrieren. Er hat nicht nur gelernt, wie man Computer benutzt und versteht, sondern hat auch die Datei gefunden, hatte den Mut sie zu benutzen und hat auf die Leute, die über ihm stehen, gehört ... oder in diesem Fall die Person, der die Leute, die über ihm stehen, erlaubt haben ihn auszubilden.«

Jimmy hielt kurz inne, während jemand am anderen Ende des Tisches ein Würgegeräusch machte.

»Jetzt erhebe dich, Martin und zeig uns deine Begrüßung. Am nächsten Morgen wirst du dich dann den Prüfungen stellen und ein wahrhaftiger Zauberer werden.«

Martin stand langsam auf und fing an, Jimmy zu danken, aber dieser schnitt ihm ganz selbstvergessen das Wort ab.

»... oder wir werden dich nackt ausziehen, dich wie einen Truthahn fesseln und dich in deine Zeit zurückschicken, wo dann das Gefängnis auf dich wartet.«

Nach all dem, dankte Martin Jimmy nicht mehr.

Er und Phillip hatten den Zweck und die Theorie dieser Begrüßung ausgiebig diskutiert. Phillip hatte sie anfangs als eine Art Vorführung zur Machtdemonstration des Zauberers beschrieben. Es war eine Sache, Nicht-Zauberern zu erzählen, dass man magische Kräfte hatte, aber man musste andererseits oft etwas machen, das gewöhnliche Sterbliche nicht tun konnten, um dieser Behauptung dann auch Glaubwürdigkeit zu verleihen. Die Begrüßung diente daher auch als Botschaft an andere Zauberer. In dem Maße, in dem sie sich weiterentwickelt hatten, bekam jeder Teil neue Bedeutungsebenen. Was man sagte, um sie auszulösen, wie aufwendig sie waren, wie viele Gedanken man sich bezüglich der Übergänge gemacht hatte, welches Bildmaterial verwendet wurde, welchen Eindruck man damit auf die Zuschauer machte – all das sprach Bände darüber, wer man war und was man für beeindruckend hielt. Erschuf man Feuer oder Blumen? Einhörner oder Dämonen? Verschwand man mit einer aufwendigen Lichtshow oder blinzelte man sich einfach weg wie bei einem in die Jahre gekommenen Kameratrick? Verwendete man Requisiten und Bühnentechnik oder sagte man einfach *Abrakadabra*?

»Sag nicht *Abrakadabra*«, hatte ihm Phillip eingebläut. »Mach lieber diesen eindeutigen Witz, als dass du *Abrakadabra* sagst.«

Martin sagte nicht *Abrakadabra*. Stattdessen rief er: »Hierfür werde ich allerdings die Hilfe meines Kobolds brauchen, den ich gefangen habe, damit er nach meiner Pfeife tanzt.« Mit seiner linken Hand hielt er seinen Stab, auf dem die silbergraue Büste von El Santo thronte. Mit der Rechten griff er in seine Tasche und holte nun theatralisch die kleine, geschnitzte Kiste hervor, die Phillip ihm als Geschenk gemacht hatte. Er hatte sie mit silbernen und grauen Akzenten bemalt, damit sie auch zu seiner Robe und dem Stab passte. Er hielt die Kiste jetzt vor sich und schwang behutsam mit einem Finger den Klappdeckel nach oben. Aus dem Blickwinkel der meisten schien sich der Deckel der Kiste ganz von alleine zu öffnen. Als sie sich vollständig geöffnet hatte, kam ein flackerndes Licht aus der Kiste und der Schein spiegelte sich in Martins Gesicht wider. Er konnte nun sein Smartphone sehen, das er mithilfe von hölzernen Keilen in die Box geklemmt hatte, damit es nicht darin herumklapperte. Martin lächelte und murmelte in die Box, als ob er mit einem geschätzten Haustier reden würde. »Wach auf, Kobold. Du bist ein guter Kobold! Ich werde dich Tyrion nennen! Ja, das werde ich!«

Einige lachten, aber Martin wusste, dass sie *mit ihm* lachten und nicht *über ihn*. Alles, was Martin bisher getan hatte, war nur die Einleitung. Jetzt war es an der Zeit, zum ernsthaften Teil überzugehen. Er sagte laut und deutlich: *»Starigis la scenejo«*, und sofort sah es so aus, als wäre Martin kopfüber in die Kiste getaucht. Sein Kopf schrumpfte und verschwand darin. Der Rest seines Körpers folgte, wand sich hin und her und endete schließlich ebenfalls in dem Kästchen. Nur noch die Hände blieben an den Enden seiner gedehnten und verdrehten Arme. Sie hatten immer noch ihre volle Größe. Dann folgten auch Martins Arme und Hände und zogen den Boden der Kiste mit sich. Die Kiste selbst verbog und verdrehte sich dabei und verschwand schließlich in sich selbst, sodass nur noch der kunstvoll geschnitzte Deckel übrig blieb. Dieser wurde zugeschlagen, wölbte sich, schrumpfte und verschwand dann ebenfalls.

In der Mitte der höhlenartigen Halle, etwa einen Meter über der Stelle, wo Martin zu Beginn der Party drei Mal mit seinem Stab auf den Boden geklopft hatte, pulsierte nun ein kleines Licht. Als es wieder verschwunden war, hatte die Kiste dessen Platz eingenommen und schwebte mitten in der Luft. Der Deckel öffnete sich langsam, dicker weißer Rauch strömte heraus und fiel schwer zu Boden. Anstatt sich auszubreiten, als er den Marmor erreichte, verschmolz er zu einer wachsenden Säule und wuchs, bis er sich schließlich zu Martins Gestalt verfestigte, der immer noch seinen Stab hielt und in die Kiste hineinspähte. Zu Martins Überraschung erklang tatsächlich vereinzelt Applaus. Er lächelte, schloss die Koboldschachtel, steckte sie wieder in seine Tasche und hielt seinen Stab mit beiden Händen über den Kopf, während er zu Boden schaute.

Mit lauter und tiefer Stimme rief er: »EH NEEEK CHOCK!«

Silbrige Linien aus reiner Energie zeichneten Martins Konturen nach. Die Linien bildeten ein Muster, das dem Mörtel in einer Backsteinmauer ähnelte. Als dieses Linienmuster ihn vollständig bedeckte, verzogen sich Martins Konturen und wurden flacher, bis er nur noch eine Backsteinskulptur zu sein schien, aber statt aus Ziegeln bestand er aus winzigen Kopien seiner Koboldbox. Einen Moment lang waren alle still. Dann explodierte Martin!

Es gab kein Feuer, keinen Rauch, nicht mal ein nennenswertes Geräusch. Da waren einfach nur fliegende Kisten, die trudelten, sich überschlugen und einander dann umkreisten. Sie bildeten eine neun Meter große Sphäre aus wirbelnden Kisten, die sich noch immer weiter vervielfältigten. Zwei Umdrehungen lang wirbelten sie chaotisch durcheinander, dann setzten sie sich wieder zu einer Statue von Martin zusammen, die drei Stockwerke hoch war. Da die Kisten immer noch dieselbe Größe hatten, war die menschliche Form dieser Statue besser erkennbar als bei der Letzten. Die Kisten berührten sich nicht, aber sie schwebten in einem dreidimensionalen Muster umher. Einen Augenblick lang, als die Statue stillstand, konnten die Zauberer Martin erkennen. Er hing regelrecht in dem massiven Torso der Statue.

Die Figur ragte über den Zauberern empor, die allesamt nur dasaßen und das Spektakel anstarrten. Der riesige Stab, den die Figur über dem Kopf hielt, war ebenfalls aus Koboldkisten konstruiert. Der Kopf von Santo war so groß, dass sich ein ausgewachsener Mann darin hätte verstecken können. Wieder wurde kurz applaudiert, man hörte aber augenblicklich damit auf, als die Statue ihren Kopf hob. Mit einer seltsamen Kombination aus Schwerfälligkeit und Geschwindigkeit hob die linke Hand der Statue den Stab an. Dieser wirbelte herum wie ein Hubschrauberpropeller, der sich blitzschnell um den

Zeigefinger der Statue drehte. Durch den Wind entstand ein ohrenbetäubender Lärm, bis die Statue schließlich den Arm herunternahm. Dadurch hörte der Stab sofort auf, sich zu drehen, und das Ende schlug wie ein Überschallknall auf den Boden auf. Die Statue sah jetzt einfach geradeaus und ließ den Stab los. Dieser stand kurz ausbalanciert da und brach dann in einem Kistenhaufen zusammen, der sich zu Füßen von Martins Statue zu einem unebenen Rechteck ausbreitete. Das Rechteck wurde anschließend schärfer und verfestigte sich. So entstand die unverwechselbare Form eines riesigen Bogens aus Wellpappe und eines gewaltigen Gettoblasters mit doppeltem Kassettendeck und vier riesigen Lautsprechern.

Die Statue blickte auf den Tisch der sprachlosen Zauberer herunter und riss das Kinn scharf nach oben, als ob sie sagen wollte: *Was geht?* Dann neigte sie sich an der Hüfte zur Seite. Mit einem großen Finger drückte sie einen Knopf auf der Oberseite des Gettoblasters. In der großen Halle erklang schließlich der charakteristische Zischton eines Kassettenspielers, bis schließlich das Unvermeidliche passierte: Der Gettoblaster spielte das Lied »Rockit« von Herbie Hancock.

So laut der gigantische Gettoblaster auch war, das Jubeln und Lachen übertönte ihn trotzdem fast, als die Statue plötzlich anfing, sich wie ein Roboter zu bewegen. Sobald sie demonstriert hatte, dass sie den Roboter beherrschte, tauchte sie nach vorne, machte eine brauchbare Version *des Wurms,* zog sich dann in den Kopfstand hoch und schwang einen Moment lang die Beine hin und her, bevor sie einen Head Spin vollführte. Der Head Spin ging anschließend nahtlos in einen Backspin über und endete damit, dass die Statue seitlich auf dem Karton liegen blieb. Sie schaute die Zauberer an, den Kopf hatte sie dabei auf den Arm aufgestützt und den Oberschenkel so am Knie angewinkelt, dass eine entspannte Haltung simuliert wurde. Mit dem Daumen und Zeigefinger des freien Arms formte der Roboter nun eine Pistole, mit der er auf den Tisch der Zauberer zielte. Bei dem markanten Auftakt des Schlagzeugs »schoss« die Statue mit der Fingerpistole und sofort stürzten die Statue, der Gettoblaster und der Karton in Splittern zusammen, die zu Boden fielen und verschwanden.

Alle Zauberer applaudierten und jubelten mit Ausnahme von einem einzigen. Der Jubel wurde nur noch lauter, als sie bemerkten, dass der einzige Zauberer, der nicht applaudierte, Martin war, der seit dem Moment, als die Statue angefangen hatte zu tanzen, neben Jimmy stand.

Der Rest der Nacht war durch das Trinken und Lachen nur sehr verschwommen. Der einzig ernsthafte Moment ereignete sich, als Jimmy Martin zur Seite nahm und ihn über seine Pläne befragte.

»Ich habe keine Pläne. Im Moment möchte ich erst einmal nur versuchen die Prüfungen morgen zu bestehen«, erklärte ihm Martin.

»Sieh mal, ich weiß ja, dass du und Phillip Freunde seid«, sagte Jimmy, »und ich weiß auch, dass Phillip und ich es nicht sind, aber wenn du in Leadchurch mal nichts mehr zu tun hast, hoffe ich doch sehr, dass du es in Erwägung ziehst, hier nach Camelot zu kommen. Einen Mann wie dich könnte ich hier jederzeit gut gebrauchen.«

Martin schaute erst Jimmy an und dann den opulenten Palast, den Jimmy im Grunde durch reine Willenskraft erschaffen hatte. »Für was könntest du mich denn hier bitteschön noch gebrauchen, Jimmy?«

Jimmy klopfte ihm aufmunternd auf den Rücken. »Theoretisch ist kein Zauberer mächtiger als ein anderer, aber du wirst bald feststellen, dass, nur weil das Shell-Programm jedem dieselben Kräfte verleiht, es nicht gleichzeitig bedeutet, dass auch alle dieselben Dinge tun können. Du hast etwas sehr Seltenes, Martin … du hast Showqualitäten! Weißt du, woraus die meisten Begrüßungen dieser Kerle bestanden haben? Sie sind umhergeflogen, haben geglüht und Energiestrahlen verschossen. Wenn ich Glück hatte, haben sie dabei auch noch ihren Stab ein bisschen herum geschwungen.«

Martin erinnerte sich an das, was Phillip ihm in der Nacht, als sie sich getroffen hatten, vorgeführt hatte. Jimmy hatte es gerade ziemlich gut beschrieben.

»Was du heute Abend getan hast, war das erste wirklich Originelle, das ich seit langer Zeit gesehen habe. Keiner dieser Männer hätte dies tun können. Sie haben einfach alle kein Flair, so wie du.«

»Gary hat Flair«, widersprach ihm Martin.

»Ja«, gab Jimmy zu, »aber er hat leider keinen Geschmack. Bei ihm geht es nur um Höllenfeuer und Fledermausflügel. Es ist beeindruckend, aber nichts, was ich hier gebrauchen könnte. Aber dich kann ich brauchen, Martin. Denk bitte darüber nach. Du musst das ja nicht gleich heute Abend entscheiden, aber falls dir irgendwann in Leadchurch langweilig werden sollte, und das wird es garantiert, kannst du jederzeit hierher kommen und mir dabei helfen, die Welt besser zu machen.«

Irgendwann so gegen 01.30 Uhr morgens lernte Martin, was das Beste an Zaubererpartys ist. Zauberer können sich teleportieren! Darum können sie stets in ihren eigenen Betten schlafen, egal wie viel sie getrunken haben oder wie weit entfernt die Party war. Leider waren sie trotzdem immer noch anfällig für einen Kater und Martin wachte mit dem schlimmsten auf, den er jemals im Leben gehabt hatte. Das Schaukeln seiner Hängematte ließ ihn sich irgendwie krank fühlen. Durch das Licht, das von den Fenstern hereinbrach, fühlte sich sein Gehirn so an, als würde es in Flammen stehen. Schon das geringste Geräusch war eine Qual. Während er noch halb schlief, dachte er einen Moment lang, dass er gerade ein sehr fernes, dumpfes Geräusch gehört hatte. Es hörte sich fast an wie Knurren. Das war seltsam, aber er dachte, es wäre nur das Rauschen des Bluts in seinen Ohren.

Vorsichtig kletterte er aus seiner Hängematte. Er stöhnte leicht, als seine Füße versuchten, die Arbeit zu übernehmen, sein Gewicht zu halten. Das Stöhnen war kaum mehr als ein Flüstern, aber es war anscheinend laut genug, um Phillip keuchen zu lassen: »Hör mit dem grässlichen Lärm auf!« Dann zuckte Phillip zusammen, als seine eigene Stimme in seinem Kopf hämmerte.

Martin versuchte lautlos zu sagen, dass es ihm leidtat, indem er Phillip anschielte und vage mit den Armen fuchtelte, dann schlurfte er zum Außenklo, um Jimmys Statue zu verunstalten.

Im Laufe der nächsten Stunde ließen die beiden Männer die Köpfe hängen und stöhnten sich ihren Weg zurück in die Welt der Lebenden. Die Lebensqualität im mittelalterlichen England hatte sich dramatisch verbessert, seit Martin gelernt hatte, wie man schwarzen Kaffee, echtes Essen und frei verkäufliche Schmerzmittel aus dem Hut zog. Natürlich wurden ihm alle Lebensmittel, auf die er Zugriff hatte, von Phillip geschenkt. Denn er war noch nicht in der Lage selbst ein Makro für seine eigenen Lieblingsstücke einzurichten. Das konnte er erst, wenn er unbegrenzten Zugriff auf das Shell-Programm hatte und in die Zukunft reisen konnte, ohne dass die unmittelbare Gefahr einer Festnahme bestand.

Er würde später überlegen, wie er das mit dem FBI lösen würde. Heute war seine einzige Priorität die Prüfungen zu bestehen. Er würde sich garantiert viel besser fühlen, wenn er wüsste, worin die Prüfungen genau bestanden, aber niemand war bereit gewesen, ihm etwas zu verraten.

Martin verbrachte deshalb den Morgen damit, die Vokabeln noch einmal durchzugehen, sich selbst in Technik abzufragen und sich damit letztendlich noch nervöser zu machen. Phillip hingegen verbrachte den Morgen damit, in aller Seelenruhe ein Taschenbuch namens *Das große Spiel* zu lesen, das er sich von Jeff ausgeliehen hatte und in dem viele Eselsohren waren. Nach ein paar Stunden ertönte in Phillips Hut schließlich ein lauter Glockenton, den Martin gleichermaßen erwartet und gefürchtet hatte.

Phillip lächelte Martin an und sagte: »Das ist der Anruf, auf den du gewartet hast. Bist du bereit Martin?«

»Ich glaube nicht«, antwortete Martin unsicher.

»Gut.« Phillip hob seinen rechten Arm und hielt seine Hand so, als würde er einen Softball halten. Das läutende Geräusch erstarb augenblicklich und ein leuchtend blaues Bild des kalligrafischen Buchstaben M erschien in Phillips Hand. »Die Stunde ist nah!«, brüllte Jimmy. »Ist der Eingeweihte bereit sich den Prüfungen zu stellen?«

»Jawoll«, antwortete Phillip mit demonstrativer Ungezwungenheit.

»AUSGEZEICHNET! Dann bring ihn in die große Halle der Burg Camelot, damit er getestet und beurteilt werden kann!«

»Ok. Mach ich«, erwiderte Phillip locker. Einen langen Moment schwebte der Großbuchstabe M noch weiter in Phillips Hand. Dann verschwand er schließlich.

»Macht er immer alles in der großen Halle?«, fragte Martin.

»Würdest du das nicht tun?« Phillip stand auf und glättete seine Robe. »Nun«, sagte er. »Ich schätze, es ist langsam an der Zeit. Musst du noch mal zur Toilette, bevor wir gehen?«

»Nein«, sagte Martin. »Und du?«

»Nein«, antwortete Phillip. »Lass es uns einfach hinter uns bringen.«

Martin zögerte. »Ähm, Phil. Ich wollte nur sagen, egal wie das Ganze endet, ich weiß wirklich zu schätzen, was du alles für mich getan hast.«

Phillip legte Martin beruhigend eine Hand auf die Schulter. »Gern geschehen, Martin. Und mach dir keine Sorgen; du wirst das schon gut hinkriegen.«

Martin grinste. »Ich weiß, denn wenn ich es nicht tue, schickst du mich nackt ins Gefängnis.«

Phillip sah verletzt aus. »Ich hatte gar nicht vor, das jetzt zu sagen, Marty.«

»Oh, tut mir leid.«

»Aber es ist wahr. Das würden wir dir auf jeden Fall antun. TRANSPORTO RONDA TABLO!«

Sofort standen sie im Zentrum der schwarzen Granitscheibe und damit genau in der Mitte der großen Halle von Burg Camelot. Die Scheibe war hochgefahren so wie zu dem Zeitpunkt, als sie als Tafelrunde benutzt worden war, aber die Stühle waren dieses Mal im Boden geblieben. So entstand der Eindruck, dass Martin und Phillip zur besseren Begutachtung auf einem erhöhten Podest standen. In der Halle war es trotz der massiven Fenster an den Seiten sehr dunkel. Martin erkannte, dass man riesige Vorhänge vor die Fenster gezogen hatte, die den Großteil des Lichts verschluckten. All die Zauberer, die er gestern getroffen, mit denen er gegessen und die er in der Nacht zuvor mit dem Breakdance seines Avatars unterhalten hatte, waren ebenfalls da. Sie standen in einem Halbkreis vor ihm und schauten zu der Plattform hoch, auf der er und Phillip nun standen. Als seine Augen sich langsam an das Halbdunkel gewöhnt hatten, konnte Martin sehen, dass einer der Zauberer ein Seil zu halten schien. In der Mitte des Halbkreises stand ein weiterer Zauberer, der dreizehn Zentimeter über dem Boden schwebte.

»Wer ist gekommen, um sich den Prüfungen zu stellen?«, fragte der schwebende Zauberer.

»Bei allem Respekt«, entgegnete Phillip. »Aber du weißt doch genau, wer es ist und ich würde es sehr begrüßen, wenn du mit deiner Idiotie nicht unsere Zeit verschwenden würdest, Jimmy.«

»Das war nicht sehr respektvoll«, antwortete Jimmy.

»Nein, aber es ist der Respekt, der dir zusteht. Und jetzt mach weiter!«

Martin erkannte, dass Jeff und Gary am Ende des Halbkreises leise lachten.

Jimmy nahm sich nun einen Moment Zeit, um sich zu sammeln, dann fuhr er fort: »Reichen seine Fähigkeiten aus, um sich den Herausforderungen, die ihn erwarten, stellen zu können?«

»Du weißt doch genau, dass sie das tun, sonst hätte ich schließlich nicht geantwortet, dass er bereit ist, oder?«, antwortete Phillip entnervt.

»Also gut. Phillip, du hast deine Pflicht und Schuldigkeit getan. Jetzt überlass deinen Lehrling seinem Schicksal.«

Phillip kletterte von der Plattform herunter und ging langsam zu den schemenhaften Zauberern hinüber. Als er seinen Platz erreicht hatte, sagte er: »Hallo Gary. Jeff. Wie ich sehe, hast du das extra kratzige Seil mitgebracht.« Dumpfes Lachen ertönte und Ermahnungen, still zu sein, folgten.

»Martin bist du bereit dein Leben als Lehrling hinter dir zu lassen und die Macht und Verantwortung eines Zauberers zu übernehmen?«

Martin sah Jimmy an und hoffte, dass er entschlossen wirkte. Dann sagte er laut: »Ja, das bin ich.«

Eine lange Zeit verging. Keiner bewegte sich. Niemand sprach. Wenn jemand Martin erzählt hätte, dass die Vögel draußen mitten in der Luft aufgehört hätten zu fliegen, hätte er es nicht bezweifelt. Endlich sagte Jimmy: »Okay.«

Martin sah nun all die anderen Zauberer an. Diese wiederum starrten alle ihn an. Er drehte sich zu Jimmy um und sagte: »In Ordnung.«

Jimmy erwiderte: »Ja, gut.«

Martin blickte nun Phillip an, der die Hände hochnahm und »*Was?*« mit den Lippen formte.

Sie legen sich mit mir an, dachte Martin. *Sie versuchen, mich aus dem Konzept zu bringen. Dann, wenn ich am verletzlichsten bin, werden sie mit den Prüfungen beginnen.* Er beugte seine Knie und verlagerte sein Gewicht auf die Fußballen. Dann zog er die Schultern hoch, streckte die freie linke Hand vor sich aus, um das Gleichgewicht besser wahren zu können, und hielt seinen Stab etwas nach hinten, damit er ihn mit voller Wucht nach vorne reißen konnte, wenn es nötig sein sollte. Einen weiteren langen Augenblick war alles still und Martin fühlte sich wie der Mittelpunkt des Universums; eine Sprungfeder, bereit, für was immer auch als Nächstes passieren würde.

Schließlich erkannte Martin, dass nichts passieren würde. Er richtete sich wieder auf und fragte verunsichert: »Okay, was ist hier los?«

Als die Zauberer aufhörten zu lachen, erklärte Jimmy ihm: »Es ist vorbei, Martin. Du bist dabei!«

»Was?! Aber … die Prüfungen?!«

»Die waren bereits letzte Nacht«, erklärte ihm Jimmy, »wenn man sie so nennen will. Der Sinn der Prüfungen ist es, dafür zu sorgen, dass du weißt, was du tust und dass man dir vertrauen kann. Phillip hat mit dir zusammengelebt und dich ausgebildet, und er sagt, dass du in Ordnung bist. Wir alle haben dich letzte Nacht kennengelernt und bei niemandem sind die Alarmglocken angegangen. Also bist du mit dabei.«

Martin setzte sich perplex auf den Rand des runden Tisches. Er wusste nicht, ob er erleichtert oder wütend sein sollte. »Also war das alles nur eine Lüge?«

»Nein«, antwortete Phillip, als er zu Martin ging. »Nicht alles war eine Lüge. Es war nur größtenteils eine Lüge. In gewissem Sinne haben die Prüfungen begonnen als du und ich uns kennengelernt haben und der abschließende Test war dein Makro letzte Nacht. Du hattest einen schwierigen Start, aber du hast gut aufgepasst, viel gelernt und du hast die ganze Sache wirklich ernst genommen.«

»Was ist, wenn ich das nicht getan hätte?«, fragte Martin. »Es ist doch bestimmt schon vorgekommen. Phillip hat mir von einem Auszubildenden erzählt, der vor ein paar Jahren gescheitert ist.«

Mitchell, einer der drei Zauber aus Paris ergriff das Wort:

»Ja, ich hatte mal einen Lehrling, der zunächst ganz in Ordnung zu sein schien, doch dann habe ich ihn dabei erwischt, wie er seine Macht an Tieren *praktiziert* hat. Ein wirklich widerliches Geschäft.«

»Was hast du daraufhin getan?«

»Ich habe Jimmy gerufen«, meinte Mitchell, »und ihm davon erzählt. Er hat mich dazu veranlasst dem Typen zu erzählen, dass er bereit für die Prüfungen wäre. Wir hatten ein Dinner so wie gestern Nacht und er zeigte uns sein Makro. Dieses werde ich dir allerdings nicht beschreiben, weil es einige Dinge daran gab, die man nie wieder vergessen kann. Es ist schlimm genug gewesen, dass wir es sehen mussten. Wie auch immer. Danach waren wir uns einig, dass er gehen musste. Am nächsten Morgen sagten wir ihm, dass er durchgefallen war und wir benutzten das Shell-Programm dazu, dass innerhalb von drei Metern um ihn herum keinerlei integrierte Schaltung funktionieren würde.«

»So habt ihr ihn davon abgehalten die Datei zu nutzen!«, erwiderte Martin begeistert. »Auf diesen Teil war ich die ganze Zeit gespannt.«

»Ja. Die Welt ist nun sicher vor ihm. Es sei denn, er findet heraus, wie man mit einer Rechenmaschine auf die Datei zugreift. Aber dann schicken wir ihn einfach wieder zurück in seine Zeit …«

»Ja«, sagte Martin und winkte mit der Hand ab. »Nackt und gefesselt, damit die Polizei ihn kriegt. Seid ihr sicher, dass die Polizei auch hinter ihm her war?«

»Oh ja«, bestätigte Mitchell. »Keine Frage. Tatsache ist, dass die Polizei nach den meisten von uns sucht.«

Viele nickten. Gary antwortete: »Es ist einfach so, dass man mit Bankbetrug überraschend schwer durchkommt. Selbst wenn man das Geld einfach aus dem Nichts heraus erschafft.«

Jimmy nickte. »Das ist ja eigentlich auch kein Wunder. Am Ende des Tages ist alles, was eine Bank eigentlich tut, Geldtransaktionen nachzuvollziehen. Es macht Sinn, dass sie darin ziemlich gut sind.«

Zu diesem Zeitpunkt waren alle Zauberer zu dem Platz gekommen, auf dem Martin saß. Spaß ist Spaß, aber sie wussten, dass sie Martin ziemlich in die Mangel genommen hatten und sie wollten sicherstellen, dass mit ihm alles in Ordnung war. Zum Teil, weil sie das Ganze selbst durchgemacht hatten und zum Teil auch, weil es nur wenige Dinge gab, die gefährlicher waren als ein Zauberer, der auf Rache aus war.

»Also Marty«, meinte Phillip nun, »du hast noch nicht gesagt, ob du dich uns anschließen willst.«

Martin schüttelte seinen Kopf. »Machst du Witze? Phillip, wie kannst du mich das nur fragen? Selbstverständlich schließe ich mich euch an! Selbst wenn dabei nicht unvorstellbare Macht für mich herausspringen würde und selbst wenn das FBI in meiner Zeit nicht auf mich warten würde, um mich ins Gefängnis zu stecken, würde ich hierbleiben wollen. Alleine schon, um dabei zu helfen das Ganze hier dem nächsten Trottel, der vorbeikommt, antun zu können.«

Jetzt wussten alle, dass Martin wirklich einer von ihnen war. Viele schüttelten ihm die Hand und klopften ihm aufmunternd auf den Rücken. Jimmy gratulierte Martin ebenfalls. Dann entschuldigte er sich und seinen Assistenten Eddie und sagte, dass sie woanders noch dringende Geschäfte zu erledigen hätten. Gary ging daraufhin Pizza holen und die übrigen Zauberer verbrachten einen weitgehend angenehmen Nachmittag. Sie alle fanden, dass Martin jetzt, wo der Druck weg war, wesentlich schneller zum Lachen zu bringen war.

Langsam fingen die Zauberer an, sich zu entschuldigen und zurück nach Hause zu gehen. Schließlich waren nur noch Martin, Phillip, Gary und Jeff zum Aufräumen übrig.

»Ich wünschte, Tyler wäre hier«, meinte Gary plötzlich.

»Er hätte das hier bestimmt genossen«, stimmte ihm Phillip zu.

»Einmal das und außerdem hätte er diese tollen Papierhandtücher in seinem Apartment«, sagte Gary, während er versuchte, mit der Ecke eines Pizzakartons geschmolzenen Käse von dem Granittisch zu kratzen, wodurch er einen schmierigen Ölfilm hinterließ.

»Du könntest doch auch einfach in deine Zeit gehen und eine Rolle besorgen«, erwiderte Jeff.

»Ja, aber wir wissen doch beide, dass das nicht passieren wird«, sagte Gary. Er stapelte nun alle Pizzakartons auf dem Steinboden, richtete seinen Stab darauf und rief: *»Flamo sur.«*

Es erschien ein loderndes Flammenmeer und in weniger als einer Sekunde waren die Pizzaschachteln ganz und gar verbrannt. Da nichts mehr da war, um sie zu nähren, nahmen die Flammen irgendwann die Form von Dämonen an, stiegen zur Decke und lösten sich dort auf. Einen Moment lang konnte Martin sehen, dass der Zwischenraum zwischen den Flammen die Form eines Mannes annahm, der wild mit den Armen ruderte, als ob er mitten in einem Todeskampf steckte. Als die Flammen endgültig verschwunden waren, sagte Martin: »Das war aber ein wenig überdramatisch.«

Jeff lächelte. »Dass gerade du das sagst …«

Jeff und Gary verabschiedeten sich nun und lösten sich in

Luft auf. »Was denkst du, wie er es hingekriegt hat, dass die Bereiche zwischen den Flammen aussahen wie eine Person?«, fragte Martin neugierig.

»Hmm«, antwortete Phillip. »Das habe ich gar nicht bemerkt.«

Für Martin und Phillip gab es jetzt nichts mehr zu tun, als selbst nach Hause zu gehen. *Zuhause* bedeutete *Phillips Zuhause.* Das wurde Martin gerade wieder einmal klar. Sie materialisierten sich in Phillips Hütte, dieser rieb sich die Hände und sagte: »Ich vermute mal, du kannst es gar nicht mehr erwarten, jetzt deiner eigenen Wege zu gehen.«

Martin wusste nicht, wie er darauf reagieren sollte. »Phillip, ich hoffe, ich habe nicht irgendwas getan, dass dich denken lässt, ich würde nur darauf warten, dich endlich zu verlassen.«

»Oh Marty«, entgegnete Phillip in einer kumpelhaften Art und Weise. »Ich habe nicht gesagt *denke,* ich sagte *vermute.* Das ist ein großer Unterschied. Also, wohin wirst du gehen?«

»Ich ... ich schätze, ich werde mir zunächst mal einen eigenen Wohnsitz suchen«, stotterte Martin.

»Großartige Idee! Und wann?«

»Ich weiß nicht. Morgen früh?«

Phillip schüttelte den Kopf und legte einen Arm um Martins Schultern, dann sagte er: »Martin, wegen mir musst du nicht hierbleiben.« Martin hörte deutlich einen gewissen Unterton heraus, der dem Ganzen eine andere Bedeutung gab. *Martin, wenn es nach mir geht, musst du nicht hierbleiben.* Plötzlich wurde Martin klar, dass Phillip sein ganzes Leben mit Martin geteilt hatte und es jetzt endlich wieder für sich haben wollte. Das konnte Martin ihm auch nicht verdenken.

»Es ist jetzt schon ein bisschen spät, um zu versuchen eine eigene Hütte zu finden«, sagte Martin, »aber ich wette, Pete hat ein Zimmer im *Verrotteten Stumpf,* das er mir vermieten kann, bis ich ein Plätzchen gefunden habe.«

»Ich wette, das hat er. Du könntest ihn wahrscheinlich sogar mit Frischhaltefolie bezahlen! Ich sag dir was: Du gehst und besorgst dir ein Zimmer und ich helfe dir dabei, deine Sachen von A nach B zu transportieren.«

»Ich habe doch nur meinen Laptop.«

»Dann helfe ich dir mit dem.«

Martin hatte für den *Verrotteten Stumpf* einen Teleportationswegpunkt gesetzt. Er vermutete sogar, dass Pete, Gert und die anderen eine angenehme Gesellschaft sein würden, wenn er nicht mehr die ganze Zeit versuchen würde, ihnen zu imponieren. Eine Eigenschaft, die sie, wie er jetzt bemerkte, mit so ziemlich der gesamten Menschheit teilten. Er gab etwas in Esperanto von sich und erschien einen Sekundenbruchteil später vor dem *Verrotteten Stumpf*. Nach einem freundlichen Gespräch und einem kleinen Geschäft war er der vorübergehende Besitzer eines Zimmers mit einem Bett darin. Als er wieder in der Hütte erschien, erwartete ihn Phillip bereits. Martin packte seinen Laptop ein und Phillip reichte ihm sein Bündel mit Straßenkleidung, die er in sein altes Hogwarts-Gewand gewickelt hatte. Martin hätte die Sachen fast vergessen, aber ihm wurde sofort klar, dass er sie haben wollte, falls er jemals wieder in seine Zeit zurückgehen würde.

Keiner von ihnen war besonders emotional veranlagt. Also konnte ihr Abschied nur peinlich werden. Ein schlicht formuliertes *»Danke«*, gefolgt von einem uneleganten *»Gern geschehen«* wurde abgeschlossen mit einer steifen, unsicheren Umarmung. Als diese endlich vorbei war, sagte Phillip: »Ich bin glücklich, dass du mein Freund bist, Martin und noch glücklicher darüber, dich endlich als Mitbewohner zu verlieren.«

Was vor fünfzehn Minuten noch eine bissige Bemerkung gewesen wäre, brachte sie jetzt beide zum Lachen. Anschließend teleportierte sich Martin zu seinem Zimmer auf der zweiten

Etage des *Verrotteten Stumpfs* und war das erste Mal seit Langem ganz für sich alleine.

In dieser Nacht lag Martin im Bett und überlegte sich seinen nächsten Schritt. Er konnte nun alles tun, was er wollte. Er musste nur erst einmal herausfinden, was das genau war. Er wusste ehrlich gesagt noch gar nicht, was er auf lange Sicht gesehen mit seinem Leben anfangen wollte, aber das konnte auch noch warten. Es waren alles keine Angelegenheiten, um die er sich heute Abend noch kümmern musste. Durch die Dielen drang der Lärm der Taverne zu ihm hoch und machte ihm deutlich, dass seine erste Amtshandlung darin bestehen würde, eine eigene Wohnung zu finden. Sein erster Impuls war es, in Leadchurch zu bleiben. Denn all seine Freunde waren hier und so war er auch in unmittelbarer Nähe von Gwen. Andererseits war Leadchurch ein ziemlich kleiner Ort und, wie er gerade eben selbst gedacht hatte, waren bereits alle seine Freunde hier. Das waren ziemlich viele Zauberer für solch eine kleine Stadt. Dann begriff er, dass er gar nicht wirklich wusste, wo sich Garys Höhle befand. Er hatte einfach angenommen, dass sie sich ganz in der Nähe befand, aber er hatte niemals jemanden gefragt. Nach allem, was er wusste, war sie irgendwo in Schottland. Zum ersten Mal wurde es Martin wirklich bewusst, dass die ganze Welt dank der Teleportation quasi um die Ecke lag. Er konnte sein Geschäft buchstäblich überall aufmachen und es würde keinen Unterschied machen. Martin dachte an alles, was er nun über das Mittelalter wusste und ihm wurde klar, dass der interessanteste Ort, den er kannte, Camelot war. Martin war nun einmal ein richtiges Stadtkind und Camelot war mitten im Geschehen. Martin musste sich auch keine Sorgen darüber machen, dass Jimmy wütend wäre, weil er sich auf dessen Terrain bewegte, denn Jimmy hatte ihn schließlich selbst eingeladen. Er wusste zwar nicht, wie Phillip reagieren würde, aber es war ja nicht so, dass er mit seiner Entscheidung automatisch für Jimmy Partei ergriff. Er würde nur nach Camelot ziehen, um sich selbst ein Bild der Lage dort zu machen.

Am nächsten Morgen benutzte Martin den Spruch fürs Handtelefon, um Jimmy anzurufen. Er sagte dem glühenden M in seiner Handfläche, dass er gern eine Zeit lang in Camelot bleiben würde (es kostete ihn einige Mühe, es nicht London zu nennen), um zu sehen, ob er sich dort wohlfühlen würde.

Am nächsten Tag zeigte Eddie Martin drei Orte. Eddie erklärte ihm die verschiedenen Vorteile der einzelnen Wohnlagen. Während er Martin die Größe der Zimmer und die Nähe zu diversen Geschäften und Gasthäusern präsentierte, strahlte er förmlich in seiner roten Seidenrobe mit den in Gold gestickten Drachen. Martin amüsierte sich bei der Vorstellung, dass es so war, als hätte man Ming den Gnadenlosen aus Flash Gordon als Makler vor sich. Er erwähnte das auch Eddie gegenüber und dieser lachte laut. Dann wies er mit seinem starken Jerseyakzent darauf hin, dass Martin ein silbernes Gewand trug und einen Stab mit einem Luchadorkopf darauf bei sich trug. Martin dachte: *Es ist wirklich erstaunlich wie schnell man sich an etwas Seltsames gewöhnt, wenn man selbst seltsam ist.*

Er entschied sich letztendlich für ein Gebäude in einer belebten Gegend auf der östlichen Seite der Stadt. Man hatte es zuvor vorwiegend als Lager benutzt. Zur Straße hin gab es ein kleines Zimmer und hinten noch einen größeren Raum mit einer hohen Decke. Eddie hatte es Martin vorgeschlagen, damit dieser genug Platz hatte, um an räumlich umfangreichen Makros zu arbeiten, und Martin konnte gar nicht anders, als ihm zuzustimmen. Er brauchte nicht lang, um genug Gold aus seinem Hut zu ziehen, damit er diesen Ort sofort kaufen konnte.

Nachdem Eddie gegangen war, sah sich Martin sein neues Zuhause aufmerksam an und stellte fest, dass er ja noch gar keine Möbel hatte. Er machte eine kurze Liste von alldem, was er in seinem alten Apartment gehabt hatte, dann fragte er sich, wie viel davon er hier in dieser Zeit wirklich brauchen würde. Die Antwort war: »Nicht viel.« Er entschied sich, dass die ersten Dinge, die er brauchte, ein Tisch, ein Stuhl, ein Bett und etwas Bettzeug waren. Stühle und Tische könnte er sich auch hier in Camelot beschaffen, aber die Standardausgabe eines Strohbettes im *Verrotteten Stumpf* mit kratziger Decke war nicht allzu bequem und hatte ihn nicht wirklich beeindruckt und er hatte bestimmt nicht die Absicht, den Rest seines Lebens in einer Hängematte zu schlafen.

***

Im Wohnzimmer der Banks herrschte das pure Chaos. Durch die Kakofonie der Sirenen, der Klopfgeräusche und der gebrüllten Drohungen wussten Walter und Margarita Banks, dass ihr beschaulicher Vorortvorgarten nur so vor Polizisten wimmelte. Viele von ihnen würden bald hereinkommen. Ihr jüngster Sohn Martin war vor Kurzem einfach unangemeldet bei ihnen hereingeplatzt und in sein altes Schlafzimmer gerannt. Dann war er mehrmals kurz hintereinander wieder daraus aufgetaucht, um zuerst sein altes Halloweenkostüm vorzuführen, etwas über Draco Malfoy zu murmeln, dann Klarsichtfolie zu verlangen und schließlich geografische Fragen zu stellen. Zuletzt hatte er nach einem Paket gefragt. Er hatte gesagt, dass er es bestellt hätte, schien dann aber überrascht gewesen zu sein, es tatsächlich zu sehen. Jetzt war er wieder in seinem Zimmer.

Das Hämmern an der Tür wurde stetig intensiver und lauter. Über den Lärm der Sirenen hinweg konnten sie nun eine Männerstimme hören, die schrie: »Wir sind Bundesagenten! Wir verfolgen einen Verdächtigen und wir haben gesehen, dass er dieses Haus betreten hat! Öffnen Sie sofort die Tür oder wir werden sie aufbrechen!«

»Einen Moment! Ich komme ja schon!«, rief Walter aufgeregt. Er und seine Frau Margarita tauschten verwirrte Blicke aus und Walter machte sich schnell auf den Weg zur Tür.

»NEIN, DAD, NICHT ÖFFNEN!«

Margarita und Walter schauten den Flur hinunter. Martin war wieder aus seinem Zimmer gekommen. Er stand im Flur und trug nun einen Bademantel, der mit silbernen Pailletten besetzt war und dazu einen spitzen Hut. Er hatte eine lange Stange dabei, an deren Spitze seine alte Souvenirbüste thronte. Margarita hatte sie immer *dieser dumme Wrestler* genannt.

»Martin, Baby, was geht denn hier vor sich?«, fragte Margarita verwirrt. »Was hast du getan?«

»Nichts«, erwiderte Martin, während er drei Schritte nach hinten taumelte und die Tür des Wäscheschranks öffnete. »Ich habe gar nichts getan«, fuhr er fort, als er einen kleinen Stapel mit Bettwäsche und Kissenbezügen griff. »Vor allen Dingen habe ich nichts von den Sachen getan, die euch diese Männer gleich erzählen werden.« Martin zog nun eine Decke aus dem obersten Regal, klemmte seinen Stab mit seinem linken Arm gegen den Körper, schlug die Schranktür mit dem Fuß zu und ging schnell wieder in sein Schlafzimmer zurück. Dabei schrie er: »Danke für alles! Bis später! Dad, du kannst jetzt die Tür öffnen!« Dann schlug er die Schlafzimmertür mit Schwung hinter sich zu.

Martin materialisierte sich nun wieder in seinem neuen Zuhause. In der einen Hand hielt er einen Haufen Wäsche und in der anderen sein Smartphone. Hastig warf er die Bettüberzüge auf den Stapel mit seiner alten Straßenkleidung und hoffte, dass sie dabei einigermaßen schmutzfrei bleiben würden. Danach legte er seinen Stab nieder und atmete einmal tief ein und aus. Anschließend berührte er mit dem Daumen den

Bildschirm seines Handys und verschwand erneut. Einen Moment später erschien er wieder, die Matratze seiner Kindheit, die wie ein Burrito eingerollt war, hatte er dabei fest umschlungen.

Sein Bettzeug befand sich noch auf der Matratze, so als hätte er einfach alles zusammengeklappt, seine Arme darum geschlungen und sich hastig herteleportiert. Und genau das hatte er ja auch getan.

Er ließ die Matratze einfach fallen. Sie faltete sich auseinander und fiel nun schlaff zu Boden, wodurch ein dumpfes Geräusch ertönte und eine Staubwolke entstand.

Martin sagte erschöpft: »Jetzt bin ich Zuhause!«

Kapitel 22

Zwei Tage später war Martin bereits gut mit seiner Wohnungseinrichtung vorangekommen. Er hatte einen hübschen, flachen Tisch, auf den er seinen Laptop stellen und einen Stuhl, auf den er sich setzen konnte, während er den Laptop benutzte. Er hatte eine Seite aus Phillips Manuskript genommen und mit dessen Hilfe Ausschlusszonen errichtet. So konnte niemand in das Gebäude eindringen, wenn er nicht da war. Er hatte sich außerdem in dem Shell-Programm umgesehen und herausgefunden, dass die meisten Lebensmittel, die er herstellen wollte, bereits darin programmiert waren. Das ersparte ihm einiges an Arbeit und auch die Anstrengung, sich einen Kochtopf besorgen zu müssen, obwohl er dachte, dass er sich letzten Endes wahrscheinlich doch einen zulegen musste, falls mal irgendjemand zu Besuch kam. Sein Makro hatte er bereits optimiert, damit er seine Macht etwas weniger bühnenmäßig und dafür ein wenig praktischer demonstrieren konnte. Die Menschen in seiner chronologisch verschmutzten Version vom mittelalterlichen England waren zwar doch viel anspruchsvoller, als er ursprünglich angenommen hatte, aber er bezweifelte dennoch, dass sie von seiner Fähigkeit, *den Wurm zu machen*, beeindruckt sein würden. Er arbeitete deshalb gerade an diesem und jenem, als er plötzlich das unheimliche Läuten zum ersten Mal bei sich selbst hörte. Das bedeutete, dass sein Handtelefon klingelte.

Martin hielt seine Hand schnell vor das Gesicht und sagte: »Hallo?«

Ein grob animiertes Bild von einem lodernden Schädel füllte Martins Handfläche aus und Garys Stimme ertönte: »Hey

Martin, oh … hä? Du benutzt immer noch das Standardsymbol.«

»Oh! Ich habe gar nicht darüber nachgedacht, es zu ändern. Was ist denn das Standardsymbol?«

»Das Wort *Standardsymbol*«, sagte Garys körperlose Stimme.

»Danke«, erwiderte Martin. »Das muss ich bald beheben.«

»Mach es später. Denn du musst jetzt sofort zu mir kommen. Weißt du, wie du zu mir gelangen kannst?«

»Ja, indem ich auf keinen Fall die Koordinaten verwende, die du mir gibst.«

»Du bist wirklich schlau, Martin, aber ich verspreche dir, keine faulen Tricks dieses Mal. Die Sache ist zu ernst. Benutz einfach den Ortscode *Schädelschlundhöhle*.«

Martin brauchte einen Moment, um dafür zu sorgen, dass er vorzeigbar war. Dann setzte er seinen Hut auf und ergriff seinen Stab. Augenblicke später stand er bereits in dem gewaltigen Steinmund, der den Eingang zu Garys Haus markierte. Dort traf er auf Jeff, der schon auf ihn wartete.

»Komm nach hinten«, rief Jeff und lockte Martin noch tiefer in die Höhle hinein. Sie gingen durch die sorgfältig entworfene Kulisse, anschließend durch die Tapetentür und gelangten dann in Garys vergleichsweise angenehme Wohnung. Drinnen saß Gary neben Gwen auf einer Bank. Diese umklammerte mit beiden Händen einen Becher und schaute abwesend in die Ferne. Sie saßen beide mit dem Rücken zum Tisch. Als Martin und Jeff eintraten, nickte Gary ihnen fast unmerklich zu und wies dann mit dem Kopf zu der anderen Bank des Tisches. Martin nahm sich ein Beispiel an Jeff, nickte zurück und setzte sich schweigend gegenüber von Gwen und Gary. Einen Augenblick später drehte sich Gary unauffällig zur Seite, damit er Jeff und Martin ansprechen konnte, Gwen aber trotzdem noch im Blick hatte. Sie bewegte sich nur gelegentlich, um an ihrem Becher zu nippen.

»Sie ist vor etwa einer halben Stunde hier aufgetaucht«, erklärte Gary. »Sie war wegen irgendetwas total aufgebracht und irgendwie ergab nichts davon wirklich einen Sinn. Sie sagte, ich sei der nächste Zauberer, den sie kannte. Ich band ihr Pferd mit dem Wagen unten an und brachte sie rein. Als ich sie endlich beruhigt hatte, erzählte sie mir, warum sie so ausgeflippt ist und dann regte ich mich eine ganze Weile ebenfalls auf. Direkt danach habe ich euch zwei gerufen und jetzt seid ihr sozusagen auf dem Laufenden.«

»Warum hast du denn nicht Phillip gerufen?«, fragte Jeff erstaunt.

»Das habe ich ja versucht, allerdings habe ich keine Antwort bekommen. Wahrscheinlich ist er gerade oben auf seinem Dachboden und *tut nichts*.«

Leider wurde nicht erwähnt, dass Gary auch versucht hatte, Tyler zu erreichen und abermals gescheitert war.

»Woher weiß Gwen denn überhaupt, wo du lebst?«, fragte Martin und bereute es sofort wieder. Denn zu jedem anderen Zeitpunkt hätte man ihn wahrscheinlich ein wenig dafür gefoltert, dass er gefragt hatte, aber Gary war dazu gerade nicht in der Stimmung.

»Ich habe sie mehr als einmal hierher eingeladen«, erklärte Gary. »Du kannst doch keinem Kerl vorwerfen, es wenigstens zu versuchen.«

»Aber Frauen können einem Typen das ganz sicher vorwerfen«, antwortete Gwen ohne einen von ihnen anzusehen. »Wir tun es genau genommen sogar die ganze Zeit.«

»Okay. Also komm schon, worum geht's denn überhaupt?«, fragte Jeff. »Gwen, was ist passiert?«

»Da ist ein Bauer, der sich darüber beschwert hat, dass seine Kleidung im Laufe der Zeit immer länger wurde.«

»Oh ja, ich erinnere mich … äh … Sam! Richtig?«, fragte Martin. »Er hat irgendwann das ganze Dorf davon überzeugt.

Darum musste Gwen schließlich an einem Haufen Klamotten Änderungen vornehmen.«

Gwen nickte. Sie hatte sich ihm immer noch nicht zugewandt, sondern starrte stattdessen weiterhin ihr Getränk an. Jeff blickte auf ihren Hinterkopf, während sie sprach. Martins Blick wanderte zur Kapuze ihres Lieblingsmantels. Wahrscheinlich war es allerdings, nach allem, was er wusste, eher ihr einziger Mantel. An ihrem Rücken lief die Kapuze spitz zu und machte so einen dekorativen Schnörkel. *Es ist komisch, welche Dinge man in Zeiten wie diesen bemerkt*, dachte Martin verwirrt.

»Ich habe all diese Änderungen vorgenommen«, erzählte Gwen. »Also habe ich den Wagen beladen und mich auf den Weg gemacht, um sie auszuliefern.«

Das darauffolgende lange Schweigen wurde schließlich von Jeff unterbrochen, als er fragte: »Und?«

»Sie waren tot!«

Martin und Jeff sahen sich an, schauten dann zu Gary und schließlich wieder auf Gwens Hinterkopf. Martin hatte gar nicht gewusst, dass der Hinterkopf einer Person so aufgeregt aussehen konnte, aber bei Gwen war es so.

»Sam und seine Familie?«, fragte Martin entsetzt.

»Ja«, sagte Gwen, »und seine Nachbarn … und jede andere Person in seinem Dorf. Alle, Martin … alle sind tot!«

Gwen erinnerte sich an das, was sie gesehen hatte und fing verständlicherweise wieder an die Beherrschung zu verlieren. Darum übernahm Gary nun. »Es ist ein kleines Dorf. Wenn man reitet, ist es etwa eine Stunde entfernt. Man findet es nicht auf jeder Karte. Es heißt Rickard's Bend. Ich würde sagen, es wohnen mehr oder weniger hundert Menschen dort.«

»Ich verstehe nicht. Wie stirbt denn ein ganzes Dorf auf einen Schlag? Wurden sie von Tieren oder so etwas in der Art angegriffen?«

»Nein«, antwortete Gwen leise.

»Wurden sie von Plünderern überfallen?«, fragte Martin.

Gwen stand auf und drehte sich um, um die anderen der Reihe nach anzusehen. Zu Martins Überraschung weinte sie nun nicht mehr. Sie sah nicht einmal so aus, als wäre sie den Tränen nahe. Sie sah eher so aus, als wäre sie kurz davor jemanden zu ermorden. Sie entgegnete: »Ich weiß nicht, was mit ihnen passiert ist, aber ich bin hierher gekommen, weil ich gedacht habe, ihr Kerle könntet es vielleicht wissen.«

Ein paar Minuten später materialisierten sie sich alle auf einem Hügel am Rande von Rickard's Bend. Eine Gruppe von sieben oder acht kleineren Gebäuden mit Steinmauern und Strohdächern befanden sich auf beiden Seiten eines breiten Feldwegs. Die Landschaft war eine zufällige Ansammlung sanfter Hügel, die mit Bauernhöfen und Getreidefeldern übersät war. Ein kleiner Fluss führte in Richtung Dorf und machte genau an der Stelle einen offensichtlichen Bogen, an der irgendein Typ namens Rickard das Dorf gegründet hatte. Das vermutete Martin zumindest.

Es hätte ganz idyllisch ausgesehen, wären da nicht die ganzen Leichen gewesen.

Erst hatte Martin sie gar nicht gesehen. Aber schon aus großer Entfernung war offensichtlich, dass es in dem ganzen Dorf viel zu still war. Das allein war schon unheimlich genug. Als sie dann näher herangingen, konnten sie Menschen sehen, die aussahen, als würden sie ein Nickerchen machen. Sie lehnten an Bäumen oder Gebäuden oder lagen einfach mit dem Kopf nach unten mitten auf der Straße.

Als die Gebäude in greifbare Nähe kamen, gab es in den Köpfen der Drei keine Zweifel mehr. Und auch nicht in ihren Nasen. Es war ganz offensichtlich, dass alle tot waren. Gwen ging erstaunlicherweise besser damit um als die drei Zauberer. Bestimmt, weil sie es vorher schon gesehen hatte. Aber keiner von ihnen war ein Forensiker, deshalb handelten sie nicht sehr wissenschaftlich. Sie schrien einfach herum, um zu sehen, ob vielleicht noch irgendjemand antwortete, aber weder erwarteten noch erhielten sie eine Antwort. Martin spitzte die Ohren, aber alles, was er hörte, war ein Hund, der irgendwo weit entfernt knurrte.

Benommen gingen sie umher, schauten sich die toten Körper genauer an und sahen Gwen verwirrt an. Wenn Gwen nicht hinsah, tauschten sie allerdings alarmierte Blicke untereinander aus. Es gab nirgendwo ein Anzeichen von Gewalt oder Blutvergießen. Das Szenario erinnerte Martin unwillkürlich an Dinge, die er im Geschichtsunterricht über Giftgasanschläge gelesen hatte. Ein ganzes Dorf war mitten im alltäglichen Leben plötzlich von jetzt auf gleich auf einen Schlag ausgelöscht worden. Es gab allerdings einige Hinweise darauf, dass es sich nicht um einen ganz normalen Tag gehandelt hatte. Bei näherer Betrachtung kamen gewisse Muster zum Vorschein. Martin wollte sich jetzt unbedingt ein Mitglied des Dorfes ansehen, das er vorher schon einmal untersucht hatte.

»Hey Gwen. Wo hat denn dieser Sam eigentlich gelebt?«, fragte Martin.

Gwen zeigte auf ein Bauernhaus, das etwa eineinhalb Kilometer die Straße runter auf einem Hügelkamm stand. »Das war sein Haus, falls du hingehen und dich dort umsehen willst. Er hatte eine Frau und zwei kleine Mädchen.« Jeff, der Gwen zufällig am Nächsten stand, legte ihr eine Hand auf die Schulter. Sie lächelte ihn traurig an. »Wollt ihr uns mit Magie dort hinbringen?«, fragte sie.

»Nein«, sagte Martin. »Ich denke, ich könnte einen Spaziergang und etwas frische Luft gut gebrauchen.«

Gary sagte schnell: »Einverstanden.«

Gwen zuckte mit den Schultern und fing dann an die Straße herunterzugehen, direkt auf Sams Haus zu. Jeff warf den anderen beiden Zauberern einen wissenden Blick zu, dann gesellte er sich zu Gwen, ging neben ihr her und fing ein Gespräch mit ihr an, das die anderen beiden nicht ganz verstanden.

Gary kam sofort zur Sache. »Martin siehst du an den Leichen irgendwas Seltsames?«

»Mmm hmm«, erwiderte Martin leise. »Sam hatte recht. All ihre Hosen sind zu lang. Sie scheinen irgendwie seltsam stummelige Arme und Beine zu haben.«

»Ja, aber das ist noch nicht alles. Halt mich für verrückt, aber für mich sieht es so, aus als wären die meisten von ihnen direkt nachdem sie ihre Schuhe ausgezogen haben gestorben.«

Gwen und Jeff waren jetzt weit vor ihnen und gingen an den nunmehr leer stehenden Häusern am Straßenrand entlang. Martin und Gary folgten ihnen und waren dabei in ein Gespräch vertieft, das eigentlich keiner von ihnen beiden führen wollte.

»Deshalb wollte ich mir Sam anschauen«, entgegnete Martin. »Ich habe ihn schon mal getroffen. Ich weiß, wie groß er ist … war.«

»Wenn ich es nicht besser wüsste und das tue ich nicht«, antwortete Gary, »würde ich sagen, jemand hat versucht, Hobbits aus ihnen zu machen.«

»Dem stimme ich zu«, meinte Martin. »Das ist eindeutig das Werk eines Zauberers.«

Plötzlich ertönte hinter ihnen eine Stimme: »Das haben wir uns auch schon gedacht. JETZT!«

Ein großes Stück Holz schwang auf einmal hinter einem Gebäude hervor und traf Jeff mit einem lauten Knacken am Hinterkopf. Im gleichen Augenblick fühlte Martin, wie etwas brutal gegen seine Hand prallte, wodurch sein Stab wegflog. Ein weiterer Schlag gegen den Kopf ließ alles um ihn herum schwarz werden.

Kapitel 23

Martin wachte nicht wirklich auf, sondern wurde eher immer weniger bewusstlos. Zuerst wusste er gar nicht, wer er war, wo er war und was er dort tat. Dann fand er nach und nach heraus, dass er Martin Banks war, sich im mittelalterlichen England befand und mit Seilen zu kämpfen hatte, mit denen er an Jeff, Gary und einen Baum gebunden worden war.

Es dämmerte bereits und Martin saß mit dem Rücken an den Baumstumpf gelehnt auf dem Boden. Seine Beine hatte er vor sich ausgestreckt. Sie waren mit einem schweren Seil an Knien, Knöcheln und den Füßen zusammengebunden. Obwohl er nur mit Mühe ihre Füße sehen konnte, wusste er, dass Jeff sich auf der einen Seite und Gary auf der anderen befand und dass beide in derselben Position wie er verharrten. Ihre Arme waren alle miteinander verwoben. Sie waren so untergehakt, als wären sie Musicalstars der Dreißigerjahre während eines Auftritts. Martins Hände waren mit einem langen Seil zusammengebunden worden, das so straff gezogen worden war, dass es ihm Unbehagen bereitete. Mit einem weiteren dicken Tau war Martins Rücken am Stamm festgezurrt worden, und mit einem anderen hatte man ihn sogar am Hals und am Kopf an den Baum gebunden. Dieses lief durch seinen offenen Mund und diente somit gleichzeitig als wirkungsvoller Knebel. *Wer auch immer uns hier angebunden hat,* dachte Martin, *ist jemand, dem es nicht an Seilen mangelt.*

Martin konnte spüren, dass Jeff und Gary gegen die Seile ankämpften. Sie waren alle drei hilflos neben einem der Gebäude, die den Ort Rickard's Bend ausgemacht hatten, an einem Baum festgebunden worden. Wer auch immer sie angegriffen hatte, war klug genug gewesen sie zu überrumpeln und sie sofort zu entwaffnen, indem er ihnen die Stäbe und Jeff den Zauberstab weggenommen hatte. Denn ohne ihre Stäbe würde das Shell-Programm sie nicht als Zauberer erkennen und ihnen auch nicht erlauben, ihre magischen Kräfte zu benutzen. Umgekehrt würden die Entführer die Stäbe, egal wie sehr sie es auch versuchten, nicht dazu bringen können für sie zu zaubern, es sei denn, sie würden dabei eine der ganz bestimmten Roben und einen speziellen Hut aufsetzen und ein wenig Esperanto können. Zum Glück waren die Stäbe dank des Shell-Programms unzerbrechlich. Wenigstens etwas. Martin konnte spüren, dass sein Hut noch immer auf seinem Kopf saß. Er schaute nach unten und sah sich die Tasche seiner Robe genauer an. Es wirkte so, als wäre die Koboldkiste immer noch da. Und das bedeutete, dass sich sein Smartphone ebenfalls noch darin befand. Die Stäbe und auch die Zauberer wurden von einer einzigen Person bewacht. Es schien ein junger Mann zu sein, noch fast ein Teenager, nahm Martin an. Die Wache stand mit dem Rücken zu Martin und beobachtete, was in einiger Entfernung vor sich ging. Martin konnte es ihm nicht verdenken.

In der Nähe war ein gewaltiges Lagerfeuer, um das sich mehrere junge Männer scharten. Eine Art Band spielte etwas, das annähernd so wie Musik klang. Ein Typ hämmerte auf einer primitiven Trommel herum und ein anderer spielte auf einer Art Streichinstrument, das von einem riesigen Schlägertypen, der mit aller Kraft in ein Horn blies, vollkommen übertönt wurde. Martin wusste sofort, dass es Kludge war. Er hörte sich schrecklich an, aber Martin wollte im Moment nicht derjenige sein, der es ihm sagte. Viele andere junge Männer hatten sich ebenfalls am Lagerfeuer versammelt. Einige von ihnen tanzten, andere kämpften. Es war schwer zu sagen, was davon was war. Martin dachte, dass es eigentlich wie eine ziemlich gute Party aussah, bis zwei Kerle plötzlich den Körper eines toten Dorfbewohners ins Blickfeld zerrten und ihn ins Feuer warfen.

Martin war unglaublich erleichtert, Gwen zu sehen. Sie saß in sicherem Abstand vom Feuer auf einem Baumstumpf, leider aber auch weit entfernt von den Zauberern. Sie schien nicht gefesselt zu sein und es sah auch nicht so aus, als würde sie im Moment jemand bedrohen. Sie wirkte allerdings auch nicht wirklich glücklich. Düster begutachtete sie ihren Schneider-Maßstab. Wahrscheinlich war es nur ein Vorwand, damit sie keinen Blickkontakt mit ihren Entführern haben musste. Martin hatte viele Partys besucht und dabei viele attraktive Mädchen das Gleiche tun sehen.

Martin versuchte, die Situation kritisch einzuschätzen. Er, Gary und Jeff waren vollkommen hilflos. Gwen war umzingelt und in der Minderheit. Ihre Entführer hatten gezeigt, dass sie bereit waren Gewalt anzuwenden und er konnte sich vage daran erinnern, dass sie gesagt hatten, sie würden Zauberer für das verantwortlich machen, was hier passiert war. Alles in allem empfand Martin die Situation als finster aber nicht hoffnungslos. Wenn er eine Hand befreien könnte, könnte er vielleicht irgendwie an sein Smartphone kommen und mit einem Knopfdruck flüchten. Sobald er weg war, hätte er dann genug Zeit, um zu planen und sich vorzubereiten. Dann würde er zurückkommen und die anderen holen.

Nein. Wenn ich diesen Knopf drücke, bin ich wieder in meinem Elternhaus, kurz bevor die Cops hereinplatzen, begriff er. *Wahrscheinlich wäre ich dann kurze Zeit später auch gefesselt. Aber wenigstens wäre ich angezogen. Wenigstens etwas, schätze ich.*

Martin machte im Geiste schnell eine Bestandsliste der anderen Funktionen der Smartphone-App und verfluchte sich dafür, sie nicht umprogrammiert zu haben, damit sie etwas von den neuen Dingen, die er gelernt hatte, tun konnte. Aber wenigstens konnte er sich noch teleportieren. Das war zwar kein Prozess, der mit einem einzigen Knopfdruck erledigt war, aber wenn er ein paar Sekunden und eine freie Hand hätte, könnte er mehrere Hundert Meter zwischen sich und die Entführer bringen. Das würde ihm zumindest etwas Zeit verschaffen, damit er sich an einen nützlicheren Ort teleportieren konnte. Anschließend könnte er ja wieder zurückkehren und die anderen befreien. Aber eins nach dem anderen. Er konnte nichts von alledem tun, bis er sich nicht zumindest teilweise von seinen Fesseln befreit hatte, und das würde bedeuten, dass er mit der Wache sprechen, deren Vertrauen gewinnen und sie irgendwie hereinlegen musste, indem er ihr etwas Unterstützung anbot.

Zeit für den guten alten Martin Banks Charme, dachte Martin und zuckte zusammen, weil sich das selbst in seinem eigenen Kopf richtig bescheuert anhörte.

Martin räusperte sich. Mit dem Seil im Mund hörte es sich so an, als würde er würgen. Dann rief er: »Hallo«, was mit dem Seil im Mund ebenfalls genauso klang, und zu guter Letzt würgte Martin tatsächlich.

Das dritte Würggeräusch hörte die Wache anscheinend und sprang sofort auf. Er drehte sich so vorsichtig herum, als ob er Angst davor hatte, irgendetwas Schreckliches zu sehen zu bekommen, wenn er zu den Zauberern schaute. Am Anfang war es schwer, das Gesicht des Wachmanns zu erkennen, da es kein Umgebungslicht gab und das helle Lagerfeuer ihn von hinten, wie eine Silhouette beleuchtete. Aber sobald Martins Augen sich daran gewöhnt hatten, war er schockiert, weil er erkannte, dass Donald Melick Junior die Wache war. Der Junge, bei dessen Exorzismus er vor Kurzem geholfen hatte.

Donnie erschauderte kurz. Dann blickte er wieder zum Lagerfeuer und all den jungen Männern dort und erschauderte abermals. Er ging rückwärts zu den Zauberern, die an den

Baum gebunden worden waren, und beobachtete währenddessen die ganze Zeit die Gang am Feuer. Schließlich hockte er sich neben Martin und drehte sich schnell herum, damit er ihn ansehen konnte.

»Das alles tut mir so leid«, versicherte er ihm. »Ich wollte ihnen erklären, dass ich dich kenne und dass du in Ordnung bist, aber das wäre ... dumm gewesen.«

Martin konnte dem leider nicht widersprechen.

»Einer der Jungs ist hier aus dem Dorf. Er ist hergekommen, um seine Familie zu bedrohen, vielleicht aber auch, um etwas Essen zu stehlen. Er ist sofort zu Kludge zurückgerannt und hat gesagt, dass sie alle tot sind und irgendwie seltsam aussehen. Na ja, und Kludge hat gesagt, er glaubt es nicht und will es selbst sehen.«

Vielleicht haben wir uns ja in Bezug auf Kludge auch geirrt, dachte Martin.

»Also sind vier oder fünf von uns hergekommen und es war genau so, wie er es gesagt hatte. Alle waren tot. Kludge sagte, das sei das Beste, das er je gesehen hat.«

Echt?, dachte Martin.

»Jemand sagte daraufhin, dass es nicht so aussah, als hätte es einen Kampf gegeben. Darum muss es Magie gewesen sein, die alle getötet hat und Kludge fing an, darüber zu sprechen, dass er Zauberer ja noch nie gemocht hat. Also eigentlich mag er niemanden, aber besonders keine Zauberer. Er sagte, er lässt niemanden ein ganzes Dorf auslöschen, ohne gefragt zu werden, ob er nicht mitmachen möchte. Damit hat er natürlich alle total aufgebracht. Sie wollten sofort losziehen und dem ersten Zauberer, der ihnen über den Weg läuft, etwas Schreckliches antun. Na ja, ich weiß ja, du und Phillip, ihr seid okay. Darum habe ich gesagt, dass das nie funktionieren wird. Ich habe ihnen erzählt, dass Zauberer gefährlich sind. Es war wirklich ziemlich einfach, sie davon zu überzeugen. Schließlich waren wir von den Leichen jeder Menge Leute umgeben, die angeblich von Zauberern getötet worden waren. Ich sagte ihnen, dass die einzige Möglichkeit einen Zauberer zu überwältigen wäre, ihn überraschend zu fangen. Ich hatte es schon fast geschafft, sie davon zu überzeugen das Ganze aufzugeben. Aber dann haben sie gesehen, wie ihr auf dem Hügel da drüben aufgetaucht seid und na ja, es sah so aus, als wäret ihr echt leicht zu überraschen.«

Darauf wette ich, dachte Martin. Sie hatten wahrscheinlich mehr als genug Zeit gehabt, um sich zu verstecken, bevor wir uns überhaupt hier orientiert hatten. Rückblickend war es kein besonders guter Schachzug gewesen Kludge explizit zu erzählen, dass mein Stab mich unbesiegbar machte.

»Als ihr bewusstlos wart, wollten euch ein paar der Jungs auf der Stelle töten, aber Kludge hat ihnen gesagt, dass sie euch fesseln und eine Zeit lang da sitzen lassen sollen.«

Er möchte, dass wir hier sitzen und Angst kriegen, dachte Martin. *Jetzt verstehe ich diesen Typen endlich. Jetzt weiß ich, wie Kludge tickt.*

»Er sagt, er will euch Zeit lassen, damit euer Geschmack verschmilzt.«

Im Geiste machte sich Martin eine Notiz, dass er dringend damit aufhören musste, anzunehmen, dass er jemanden verstand.

Donnie sah nun verstohlen über seine Schulter zu dem Chaos am Lagerfeuer. Kludge schien jetzt die Trommel und das Horn zur gleichen Zeit zu spielen, indem er mit dem Horn auf die Trommel schlug. Das wäre sehr beeindruckend gewesen, wenn es nicht so geklungen hätte, als würde man immer wieder ein kleines Tier treten.

Donnie erzählte nun: »Die Jungs haben versucht, eure Stäbe zu benutzen, um Magie zu erzeugen, aber es hat nicht funktioniert. Darum tragen sie die Stäbe jetzt nur mit sich herum und versuchen damit furchterregend und eindrucksvoll auszusehen. Das funktioniert allerdings auch nicht wirklich.«

Jetzt, da er sich bewusst nach den Stäben umsah, konnte Martin erkennen, wie ein paar der brutalen Kerle in der Nähe des Lagerfeuers seinen Stab mit der Santobüste schwangen und auch Garys Stab mit der KISS-Actionfigur. Da war auch ein Kerl, der offenbar Jeffs Zauberstab in der Hand hielt. Vielleicht war es aber auch nur ein Stock – es war schwer zu sagen, denn man hätte näher herankommen müssen, um das in den Schaft geschnitzte Wort *Wonderboy* erkennen zu können.

Donnie wandte den Blick nun wieder vom Feuer ab und beugte sich näher zu Martin hinunter. »Pass auf«, sagte er leise, »Kludge hat mir gesagt, ich soll ihm Bescheid geben, sobald einer von euch wach wird. Das alles tut mir wirklich leid. Ich werde mir einen Weg überlegen, wie ich euch hier rausholen kann, aber ich habe eine Familie und Kludge weiß, wo sie wohnt. Ich hänge nur noch so lange mit den Jungs ab, damit ich mich langsam rarmachen kann, statt einfach eines Tages nicht mehr aufzutauchen. Das verstehst du doch, oder?«

Martin würgte so zustimmend, wie er nur konnte. Donnie sah sowohl erfreut als auch besorgt aus. Widerstrebend richtete er sich zur vollen Größe auf und wandte den drei hilflosen Zauberern den Rücken zu. Dann schrie er: »Kludge! Die bösen Zauberer sind aufgewacht! Können wir sie jetzt endlich töten?«

Er schaute auf Martin hinab, der wiederum zu ihm hochstarrte. »Tut mir leid. Ich muss schließlich überzeugend wirken.« Dann trat er Martin.

Kludge konnte wegen des Lärms, den er mit seinem wahnsinnigen Horn machte, nichts hören, aber einer der anderen Dummköpfe brüllte in sein Ohr und die Musik hörte schlagartig auf. Kludge näherte sich ihnen mit den langsamen, wohlüberlegten Schritten eines Mannes, der die Tatsache genießt, dass es den Menschen widerstrebt, wenn er sich ihnen näherte. Fünfzehn oder sogar zwanzig Schlägertypen folgten ihm. Martin nahm an, dass viele gleichgesinnte Lakaien aus dem Nichts aufgetaucht waren, als sich die Nachricht verbreitet hatte, dass Kludge drei Zauberer gefangen genommen hatte. Keiner von ihnen schien Schwerter oder Messer dabei zu haben, was Martin weder überraschte noch beruhigte. Denn Schwerter waren dazu gemacht, schnell und mühelos zu töten, Kludge hingegen schien eher der Typ zu sein, der es auf die langsame und mühsame Art machte, und zwar mit Werkzeugen, die er selbst hergestellt hatte. Ein altmodischer Lieferant handgemachter Schmerzen. Ein Mann, der sich Zeit nimmt und auf Einzelheiten achtet. Ein Mann, der Menschen verletzt, weil er dieses Handwerk liebt.

Gwen stand nun auf und hatte bereits den halben Weg zu Martin zurückgelegt, als einer der Schläger ihren Arm packte und sie zwang dorthin zu gehen, wo Martin saß. Bald schon versammelten sich die Schlägertypen alle um sie, ließen aber um die Zauberer herum drei Meter Sicherheitsabstand, wodurch sich eine natürliche Bühne für Kludge bildete, sodass dieser tun konnte, was auch immer er vorhatte. Donnie stand immer noch in der Nähe. Er versuchte, sich wie ein stolzer Spürhund zu verhalten, der seinem Herrn einem toten Fasan präsentiert, aber Martin konnte er nichts vormachen. Der Junge war kein besonders guter Schauspieler, aber anscheinend gut genug, um Kludge zum Narren zu halten.

»Gut, gut«, rief Kludge nun. »Sieht ganz so aus, als hätten unsere Gäste beschlossen, endlich aufzuwachen!« Kludge war aus der Nähe betrachtet, erschreckend groß und breit. Sein dünnes, schwarzes Haar war etwas gewachsen, seit Martin ihn das letzte Mal gesehen hatte. Er griff nun in die Menge und entriss einem Gangmitglied Martins Stab. Kludge trug ein Kettenhemd, erkannte Martin nun. Wahrscheinlich hatte er es jemandem abgenommen, nachdem dieser gelernt hatte, dass ein gepanzertes Hemd einen nicht vor einem Schlag ins Gesicht schützte. Es hatte Martin schon eingeschüchtert, auf der Straße nur neben ihm zu stehen. Zu seinen Füßen hilflos an einen Baum gefesselt zu sitzen, jagte Martin noch wesentlich mehr Angst ein. Kludge ragte über ihnen auf, als wäre er der Tod selbst, und er war sich dieser Wirkung offenbar voll und ganz bewusst.

»Wo ist ihre Freundin?«, fragte Kludge. Gwen wurde nun grob vor die Zuschauermenge geschubst. Sie stolperte, fing sich aber wieder, bevor sie fiel. Aber sie schaute die Zauberer bewusst nicht an. Martin dachte, dass sie Kludge und seinen Kumpeln wahrscheinlich nicht die Genugtuung geben wollte oder vielleicht wollte sie ihnen auch keinen Hinweis darauf geben, mit wem sie anfangen könnten.

Kludge ließ sich jetzt auf ein Knie nieder und stützte sich ein wenig auf Martins Stab auf. Selbst dann überragte er die Zauberer immer noch um Längen. »Tut mir leid, dass wir bei euch Dreien so grob werden mussten, aber wir konnten schließlich nicht zulassen, dass ihr uns in Kröten oder so etwas verwandelt. Ich denke, dass ihr, wenn ihr gefesselt und geknebelt zaubern könntet, es bereits getan hättet. Das bedeutet also, wir haben euch! Wenn ihr wieder zurück nach Hause gehen, und wie eine Fledermaus von der Decke hängen wollt, oder was auch immer ihr Freaks so macht, dann müsst ihr jetzt genau das tun, was ich euch sage. Der Zwerg wird jetzt einen eurer Knebel entfernen und wer auch immer der Glückliche ist, der reden darf, wird mir dann erzählen, wie und warum man den Leuten hier in der Stadt so etwas angetan hat. Wenn ihr das nicht tut, werden wir dieser jungen Lady hier etwas ganz Schlimmes antun.«

Martin schaute kurz zu Gwen. Der Schläger, der hinter ihr stand, war einen ganzen Kopf größer und auf jeder Seite doppelt so breit wie sie. Er hatte die stumpfsinnigen Augen und das breite Lächeln eines geborenen Anhängers. Er war der Typ Mensch, der groß zu sein mit knallhart zu sein verwechselte, knallhart zu sein damit stark zu sein und stark zu sein damit klug zu sein. Er sah, dass Martin in ihre Richtung schaute, darum legte er Gwen eine Hand auf die Schulter. Es war eine bestätigende Geste. Damit wollte er Martin versichern, dass er keine Bedenken hatte, Gwen eine Menge Dinge anzutun, die sie nicht mögen würde. Sie hatte ihre Kapuze hochgezogen. Nur ihr Mund, den sie grimmig verzogen hatte, war zu sehen. Ihre Hände wanderten langsam den Maßstab hinauf. *Armes Ding,* dachte Martin. *Wahrscheinlich ist ihr gar nicht bewusst, dass sie das macht. Ich muss mir überlegen, wie ich sie hier rausholen kann. Sie war schließlich nur zur falschen Zeit am falschen Ort.* Für Martin war es eine böse Überraschung, als er feststellte, dass der *falsche Ort* die unmittelbare Nähe zu Zauberern war. Oder genauer gesagt, zu *ihm.*

Kludge sah die drei Zauberer nun intensiv an und entschied, wessen Knebel er entfernen würde. Er stieß denjenigen mit Martins gestohlenem Stab an, der gefesselt links neben Martin saß. Er konnte seinen Kopf leider nicht drehen und deswegen nur die Stiefel desjenigen sehen. Er war aber nicht wirklich überrascht, als er Garys Stimme hörte.

Wenn ich jemanden auswählen sollte, der mir erzählt, wie man Magie benutzt, um Leuten wehzutun, würde ich wahrscheinlich auch automatisch denjenigen aussuchen, der Schwarz trägt, dachte er.

Nachdem er einmal tief eingeatmet hatte, sagte Gary: »Lass uns mal eines klarstellen. Wenn du dem Mädchen wehtust, werden wir dir gar nichts erzählen!«

Kludge lächelte. Ihm fehlten ein paar Zähne und der Zustand derjenigen, die er noch hatte, vermittelte den Eindruck, dass es die fehlenden Zähne jetzt wesentlich besser hatten.

»Wenn wir dem Mädchen wehtun, sagt ihr uns nichts … freiwillig. Wenn wir ihr allerdings genug wehtun, könnte einer von euch ebenfalls einknicken. Und wenn keiner von euch redet, werden wir einfach mit einem von euch weitermachen. Wenn wir euch lange genug wehtun, dann wette ich, wird sich die Zunge von irgendjemandem schon ganz voll alleine lockern. Wenn nicht, machen wir eben mit dem feinen Pinkel hier weiter«, erklärte Kludge. Dann trat er Martin, der jetzt zum ersten Mal bereute, dass er so eine glänzende Silberrobe und einen ebenso glänzenden Silberhut trug. Kludge sah Jeff mit großer Freude an. »Wenn wir dann bei diesem hier angelangt sind, wette ich, ist er bereit zu reden.«

»Er wird nicht reden«, erwiderte Gary. »Keiner von uns wird das. Ihr werdet Stunden damit verbringen uns zu foltern und es wird trotzdem nichts bringen.«

Martin verdrehte die Augen. Er machte Gary keine Vorwürfe, denn er konnte sich nichts Besseres vorstellen, was man hätte sagen können, aber diesen Leuten damit zu drohen, dass sie viel Zeit damit verbringen mussten, Menschen wehzutun, war so, als würde man einem passionierten Golfer damit drohen, dass er stundenlang Golf spielen müsste.

Kludge hielt seine Augen weiterhin auf Gary gerichtet, neigte aber seinen Kopf zu Gwen und dem Haufen Rindfleisch hinüber, der seine Hand auf ihre Schulter gelegt hatte, und sagte nun: »Percy, tu dem Mädchen weh!«

Jedermanns Augen, einschließlich Martins, sahen nun Gwen an, die ihren Maßstab fest in beiden Händen hielt. Weil ihre Kapuze hochgezogen war, konnte Martin ihre Augen nicht erkennen, aber es war ganz offensichtlich, dass sie das, was jetzt passieren würde, nicht wollte. Der Rüpel hinter ihr grinste wie ein glückliches Kind, als er seine andere riesige Hand auf ihre andere Schulter legte, zudrückte und die Schulter dabei verdrehte.

Es ertönte ein widerliches und trockenes Knacken, gefolgt von einem reißenden Geräusch. Jeder, der es hörte, zuckte unwillkürlich zusammen.

Martins Impuls war es wegzusehen, aber er konnte es nicht. Er war wie erstarrt und konnte kaum glauben, was er da gerade sah. Gwen hatte ihren Maßstab in zwei Hälften gebrochen, dann hakte sie ihre Daumen in einer geschmeidigen, offensichtlich geübten Bewegung in die Ärmel ihres Umhangs und zog diese auseinander. Sie zerriss damit eine Naht, durch die ihre Ärmel vorher eng an ihren Armen angelegen hatten. Durch die zerstörte Naht war der Ärmelaufschlag auf einmal weit ausgestellt. Als Gwen die beiden Hälften des Maßstabes vor sich hielt, wurde Martin plötzlich klar, dass es sich dabei um zwei Zauberstäbe handelte. Zum ersten Mal kam es Martin in den Sinn, dass der übertriebene Zipfel von Gwens Kapuze in Wirklichkeit gar nicht zur Dekoration da war.

Später würden Martin, Jeff und Gary über Gwens Begrüßung diskutieren. Die Idee, die hinter der Begrüßung steckte, war es jedem die Tatsache, dass man magische Fähigkeiten besaß, offensichtlich zu demonstrieren und ihm klarzumachen, dass man sich besser nicht mit ihm anlegte. Sie alle waren sich darüber einig, dass Gwens Begrüßung die Beste war, die sie jemals gesehen hatten. Sie war deswegen so effektiv, weil sie so unaufdringlich war. Alle Begrüßungen wurden durch eine bestimmte Handlung oder einen bestimmten Satz ausgelöst. Es konnte wirklich alles sein. Phillip summte zum Beispiel einen Ton und Martin brüllte (in einem missglückten Versuch Phillip zu amüsieren) die magischen Worte, die der Häuptling der Apachen aus *Super Friends* benutzte, um groß zu werden.

Gwen aber schrie: »NEIN!«

Einmal ausgelöst würde die Begrüßung die Macht des Zauberers demonstrieren, indem dieser etwas tat, was normale

Menschen nicht tun konnten und was auch nicht vorgetäuscht werden konnte. Phillip flog, Martin wuchs zu einer gigantischen Statue an.

Gwen hingegen strahlte einen einzigen blendenden Lichtpuls aus, wie eine Lampe in menschlicher Größe. In diesem Moment flog Percy, der Schlägertyp, der sie angefasst hatte, sechs Meter nach hinten und prallte dort von einer Mauer ab. Die Begrüßung selbst machte kein Geräusch. Die Zuschauer des Spektakels machten allerdings genug Lärm.

Nachdem das anfängliche Blitzlicht der Begrüßung vorbei war, setzten die meisten Zauberer irgendeinen anhaltenden Effekt ein, um die Zuschauer an seine furchterregende Macht zu erinnern. Phillip schwebte in der Luft und strahlte ein blaues Leuchten aus. Martin, und das war ihm mittlerweile ziemlich peinlich, hatte einen Breakdance vorgeführt.

Gwen strahlte schwache aber unverkennbare Energiewellen aus, und zwar in einer rasenden Geschwindigkeit. Es sah so aus, als ob jedem, der ihr zu nahe trat, das Fleisch von den Knochen gerissen würde. Ihre Kapuze war mittlerweile leicht nach hinten gerutscht, sodass ihr Gesicht nun zu sehen war. Sie hatte pure Mordlust in den Augen. Den Zauberstab, den sie in der rechten Hand hielt, richtete sie jetzt auf Kludge und murmelte dabei etwas im Flüsterton. Sofort schoss Kludge in die Luft, schrie auf wie ein kleines Mädchen und ließ dabei vor Schreck Martins Stab fallen. Hilflos hing er in der Luft über den Köpfen seiner erstaunten Gang. Einer der Schläger machte einen halbherzigen Schritt auf Martins Stab zu, der jetzt auf dem Boden lag, aber Gwen musste nur ihren zweiten Zauberstab auf ihn richten und er zog sich kleinlaut wieder zurück. Sie hatte nicht einmal etwas sagen müssen.

»Jetzt«, rief sie leise und mit zusammengebissenen Zähnen, »werdet ihr Idioten diese Idioten losbinden. Anderenfalls werfe ich diesen Idioten hier ins Feuer.«

Der Tapferste aus Kludges Gang erwiderte: »Mädchen, du kannst vielleicht Kludge töten, aber du kannst uns nicht alle umbringen, bis wir dich umzingelt haben.«

Gwen versuchte zu antworten, aber man konnte es nicht verstehen, weil Kludge seiner Gang irgendwelche Drohungen und Obszönitäten entgegenschrie. Sie seufzte und durch eine kurze, schnelle Drehung des Handgelenks gewann Kludge noch mehr an Höhe. Seine Stimme war nun weiter entfernt und noch schriller geworden. »Was ich gerade sagen wollte: Doch, ich kann euch alle genau dort, wo ihr gerade steht, töten, aber ich habe nicht gesagt, dass ich jemanden töten werde. Nicht einmal ihn. Ich werde ihn ins Feuer werfen und dann die Zauberer hier rausbringen, egal ob ihr sie losbindet oder nicht. Ihr seid dann allein mit einem wütenden, verbrannten Kludge, der seine Schmerzen an jemandem auslassen wird und der genau weiß, dass niemand von euch etwas getan hat, um ihn zu retten, als es euch möglich gewesen ist.«

Sie alle sahen zu Kludge hoch, der immer noch Flüche auf ihre Köpfe herunterregnen ließ. Sofort änderte sich die Stimmung in der Menge und es war allen klar, dass Gwen ihren Kopf durchsetzen würde. Donnie sprang hastig auf und band die Zauberer los, bevor es ihm irgendjemand sagen musste. Martin hob schnell seinen Stab auf. Jeff und Gary wurde ihr Zauberstab und Stab sogar zurückgegeben. Gwen manövrierte Kludge daraufhin etwas zur Seite, sodass dieser über einem großen Baum schwebte. Den zweiten Zauberstab verstaute sie in ihrer Tasche und legte ihre Hand nun auf Jeffs Schulter. Dieser legte seine Hand auf Garys Schulter und der seine wiederum auf Martins.

»In Ordnung«, entgegnete Gwen, »wir werden jetzt gehen. Aber seid gewarnt. Das nächste Mal, wenn einer von euch einem Zauberer das Leben schwer machen will, werden wir nicht so sanftmütig sein.«

Martin packte Donnie schnell, nahm ihn in den Schwitzkasten und hielt dem jungen Mann den Stab an die Schläfe. Dann schrie er: »Ja und um sicherzustellen, dass keiner von euch primitiven Hohlköpfen versucht, uns zu folgen, werden wir dieses Ferkel hier als Geisel mitnehmen. Seht ihr?«

Schweigend hörten die Schlägertypen Martin zu, dann drehten sie sich alle gleichzeitig um, um zu sehen, was Gwen dazu sagen würde.

Sie schüttelte ihren Kopf. »Wie auch immer.«

Anschließend sah sie zu dem immer noch schreienden Kludge hoch und rief: »Faligris.« Dadurch fiel er wie ein Stein in den Baum hinein und dann langsam hindurch. Dabei prallte er nach und nach an den Ästen ab. Während alle dabei zusahen, wie er fiel, sagte sie: »*Transporti al plumba preĝ^ejo*«, und die Fünf verschwanden.

Die mit Blei verkleidete Kapelle, die der Stadt Leadchurch ihren Namen gegeben hatte, war wie eine friedliche Insel. Die dicken Wände und das solide Fundament vermittelten den Gläubigen ein Gefühl von Frieden und Trost, wenn sie in den Kirchenbänken saßen und mit dem Allmächtigen Zwiesprache hielten. Ihr Glaube war genauso, wie ihre Kirche, unabänderlich und ruhig. Aber dann materialisierten sich plötzlich vier Zauberer und eine Geisel vor dem Altar und fingen sofort an sich gegenseitig lautstark anzuschreien.

»Wie lange bist du schon ein Zauberer?«, fragte Martin verblüfft.

»Das ist eine dumme Frage!«, antwortete Gwen.

»Ja, das ist sie wirklich«, sagte Gary zu Martin. Dann wandte er sich zu Gwen und sagte: »Beantworte gefälligst die dumme Frage!«

»Ich habe vor etwa einer Woche damit angefangen«, erwiderte Gwen und grinste höhnisch. »Ich dachte, wenn ihr Narren das könnt, dann könnte ich es doch auch einmal ausprobieren. Hat übrigens keiner von euch daran gedacht, einen geheimen kleinen Zauberstab irgendwo in seiner Kleidung zu verstecken? Im Ernst?«

»Doch, ich habe einen«, sagte Jeff. »Er ist in meiner Hose.«

»Mach nicht diesen eindeutigen Witz«, sagten die anderen drei im Chor.

»Nein ernsthaft. Das ist einer dieser Oldschool-Zeigestöcke, die man ausziehen kann. Ich konnte nur nicht an ihn herankommen, weil wir festgebunden waren.« Jeff zeigte mit dem Stab auf Donnie, der höflich fragte, ob Martin ihn nun bitte aus dem Schwitzkasten lassen könnte.

Gary fragte: »Woher wussten die überhaupt, dass sie uns die Stäbe abnehmen müssen? Wir gehen doch nicht hin und erzählen allen Leuten, wo unsere Schwachstelle ist!«

»Wo sind wir?«, fragte Martin verwirrt und wechselte damit das Thema. Er war zwar schon an der Kirche vorbeigegangen, hatte sie aber niemals von innen gesehen.

»Wir sind in der Kirche aus Blei«, antwortete Gary, bevor er Gwen fragte: »Warum zum Teufel hast du uns hierher gebracht?«

Eine Stimme aus den hinteren Reihen der Kirchenbänke bellte: »Das würde ich auch gern wissen!«

Die Autorität in der Stimme ließ alle vier Zauberer augenblicklich erstarren. Auch Donnie rührte sich nicht, aber er war bereits im Schwitzkasten und damit sowieso schon ziemlich bewegungslos. Schweigend schauten sie zum hinteren Teil des Raums und sahen dort eine aufgeregt aussehende Nonne neben Bischof Galbraith stehen. Ein Augenblick verging, dann fingen alle fünf auf einmal mit irgendwelchen hektischen Erklärungen an.

Der Bischof hörte dem unverständlichen Geschwafel einen Moment lang zu, bevor er schließlich schrie: »Dies ist das Haus des Herrn und ich bin hier auf der Erde sein Stellvertreter. Ich schwöre, wenn ihr nicht alle sofort die Klappe haltet und euch benehmt, werde ich mich darum kümmern, dass ihr ihn in Kürze persönlich trefft!«

Sie alle gingen nun zu Bischof Galbraiths Unterkunft, um die Dinge wie reife Erwachsene zu diskutieren, weil eine ältere Autoritätsperson es ihnen so befohlen hatte.

»Warum in aller Welt hast du denn eine Geisel genommen?«, fragte Gwen verwirrt.

»Oh, ich kenne Donnie. Er ist eigentlich ein guter Kerl. Er hat sich nur mit den falschen Leuten eingelassen. Stimmt's, Donnie?«

Donnie nickte ein wenig zu schnell, als ob er dachte, dass er sich immer noch mit den falschen Leuten abgeben könnte.

»Nun bist du sie endlich los«, sagte Martin. »Verhalt dich noch ein paar Stunden unauffällig und geh dann nach Hause. Wenn Kludge oder einer seiner Freunde jemals wieder bei dir auftaucht und Fragen stellt, erzähl ihnen einfach, dass wir dicht über den Bäumen entlanggeflogen sind und du irgendwann gesprungen bist und dich versteckt hast. Dann erzähl ihnen, dass du nicht mehr mit ihnen herumhängen willst, weil nicht einer von ihnen einen Finger gerührt hat, um dich zu retten.«

»Aber was ist, wenn sie genau jetzt, in diesem Moment da draußen sind, um mich zu retten?«, fragte Donnie. Nach einem langen Schweigen sagte er: »Ja okay. Schon gut!«

Donnie dankte den Zauberern, entschuldigte sich und ging. Nachdem er draußen war, warf Bischof Galbraith Martin einen Blick zu, der sagte: *Ich bin beeindruckt, aber glaub ja nicht, dass ich dir das jemals sagen werde.*

Da die Sache mit der Geisel jetzt vom Tisch war, war der nächste Punkt der Tagesordnung Bischof Galbraith zu erklären, warum sie überhaupt hier waren. Er saß hinter seinem Schreibtisch, während sie wie ungezogene Kinder dastanden, als hätten sie eine Vorladung beim Rektor. Sie erklärten ihm daraufhin, was Gwen in Rickard's Bend vorgefunden hatte und wie sie die anderen mit hinzugezogen hatte, damit auch sie sich das Ganze einmal ansahen. Sie erzählten ihm, wie sie auf einmal in den Fängen von Kludge und dessen Rindviehbande geraten waren. Sie beschönigten allerdings, wer sie in die Kirche teleportiert hatte. Denn ihnen allen war klar, dass es besser war, darüber zu diskutieren, wenn der Bischof nicht zugegen war. Stattdessen diskutierten sie lieber darüber, warum sie überhaupt zur Kirche gekommen waren.

»Es schien der sicherste Ort zu sein, um sich zu verstecken und in Ruhe einen Plan auszuarbeiten«, erklärte Gwen.

»Weil Kirchen ein Zufluchtsort sind und Schutz bieten!«, sagte Jeff.

»Ich muss dir gar nichts bieten, mein Sohn«, schnaubte der Bischof daraufhin.

»Es ist außerdem der letzte Ort, an dem Kludge nach uns suchen würde«, erklärte Gwen.

»Japp, weil die Kirche uns Zauberer ja bekanntlich hasst!«, antwortete Jeff.

»Ich hasse nicht, mein Junge! Weder Zauberer noch sonst irgendjemanden. Obwohl es einige Zauberer gibt, die ich nicht mag und es werden von Minute zu Minute mehr«, erwiderte der Bischof. »Nein, Kludge würde hier in meiner Kirche nicht nach euch suchen, denn das würde bedeuten, er müsste in meine Kirche kommen. Er würde überall anders suchen, bevor er auf diese Idee käme. Außerdem erwarte ich, dass ihr nicht vorhabt, allzu lange hierzubleiben.«

»Ihr habt recht«, sagte Martin. »Man muss sich um Rickard's Bend kümmern. Wir müssen herausfinden, wer das getan hat und wie man verhindern kann, dass es wieder geschieht.«

Selbst dem Bischof, der nicht einmal dort gewesen war, war klar, dass der Massenmord in Rickard's Bend das Werk eines

Zauberers gewesen sein musste. Martin und Gary hatten über ihre Spekulationen, jemand würde versuchen Hobbits zu machen, lieber geschwiegen.

»Also dann«, meinte Bischof Galbraith, »kennt ihr einen Zauberer, der dazu fähig wäre? Jemand, der verschlossen ist? Einen Zauberer, der sich hier irgendwo aufhält und der Zeit genug hätte, etwas in dieser Größenordnung zu tun?«

Gwen und der Bischof waren still, denn sie hatten zu diesem Thema nichts zu sagen. Martin, Jeff und Gary erwidern auch nichts, sie hatten allerdings etwas, das sie nicht sagen wollten. Sie blickten zu Boden, schauten sie sich gegenseitig an und starrten dann Gwen und den Bischof an. Gwen und der Bischof schauten zurück und daraufhin senkten sie schnell wieder den Blick.

Der Bischof bleckte nun die Zähne und rief: »Raus damit!«

Martin seufzte und sagte widerstrebend: »Nun, da wäre noch Phillip.«

Eine Ewigkeit schien zu vergehen. Alle schwiegen. Das einzige Geräusch war ein Hund, der in der Ferne etwas anknurrte. Martin fragte sich, ob es in dieser Stadt wohl auch freundliche Hunde gab. Schließlich sprach der Bischof wieder:

»Nun, bestimmt ist es nicht Phillip. Wer könnte es noch sein?«

Martin, Gary und Jeff zuckten die Achseln. Martin sagte:

»Ich will es ja auch nicht glauben.«

»Gut«, sagte Bischof Galbraith, »ich gebe dir dafür die Erlaubnis. Wer könnte es sonst noch sein?«

Martin antwortete: »Aber Phillip passt perfekt! Er lebt in der Nähe, er ist ein ebenso mächtiger Zauberer wie jeder andere von uns. Und er hat eine ganze Etage in seinem Laden, die niemand betreten darf. Er verschwindet andauernd da oben und möchte nicht darüber reden, was er dort tut. Ich hasse es, das sagen zu müssen, aber es passt wirklich alles.«

Gwen sah Martin lange und durchdringend an, dann sagte sie: »Er hat recht.«

Martin war erleichtert.

»Es ist nicht Phillip«, fuhr Gwen fort. »Wer könnte noch infrage kommen?«

Martin merkte, dass sich sein Gefühl der Erleichterung zunehmend verflüchtigte. »Sieh mal«, entgegnete er. »Ich habe ja nicht gesagt, dass Phillip es getan hat.«

»Das tut keiner. Also lasst uns weitermachen«, meinte der Bischof.

»Aber«, antwortete Martin, »wir müssen ihn ausschließen können.«

»Fein. Er ist bereits ausgeschlossen. Wer könnte es noch getan haben?«, sagte der Bischof.

Einen Moment lang stotterte Martin unnützes Zeug, dann nahm er sich zusammen. »Ich möchte ja gar nicht denken, dass Phillip es getan haben könnte. Ich glaube nicht, dass er es war, aber wir müssen doch auf Nummer sicher gehen.«

»Ich bin mir sicher«, sagte der Bischof. »Ich kenne Phillip seit zehn Jahren. Das ist wesentlich länger, als ich euch kenne.« Der Bischof hielt inne und schaute Gwen an. »Eigentlich kenne ich dich noch ein wenig länger, oder?«

Sie antwortete: »Vermutlich«, und vermied jeglichen Blickkontakt mit den anderen.

»Nun, ich kenne Phillip schon lange, und obwohl ich nicht mag, was ihr Zauberer so tut, mag ich Phillip. Ich vertraue ihm. Ich weiß, er würde niemals jemandem wehtun, und wenn du als sein Lehrling das nicht verstehst, dann muss ich mir überlegen, ob ich dir dasselbe Vertrauen entgegenbringen kann. Wenn ihr mich fragt und mir fällt auf, dass ihr das überhaupt nicht getan habt, solltet ihr lieber dieses Wiesel Merlin da oben in Camelot mal genauer unter die Lupe nehmen. Ihm kann man nämlich definitiv nicht vertrauen.«

Martin war überrascht, dass Merlins oder besser gesagt Jimmys Name fiel, aber er dachte nicht viel darüber nach. Jimmy war bestimmt zu Missetaten fähig, aber nur zu kleinen, törichten Missetaten. Es war viel zu offensichtlich, dass er ein Verbrecher war. Darum konnte er gar nicht versuchen, mit etwas wirklich Unheilvollem davonzukommen. Nein. Das war ganz offensichtlich das Werk einer Person, die man als Letztes verdächtigen würde und das bedeutete, sie mussten doch gegen Phillip ermitteln. Martin sah sich im Raum um. Er suchte jemanden, der ihn unterstützte, doch da war niemand. Der Bischof schrie ihn an, Gwen funkelte ihn an und Gary und Jeff starrten einfach schweigend zu Boden. Selbst der böse Hund in der Ferne schien jetzt lauter zu knurren.

»Hört mir zu«, sagte Martin. »Ich weiß, dass Phillip nie jemandem absichtlich wehtun würde, selbst wenn diese Person versuchen würde, ihn zu verletzen. Das passt gar nicht zu ihm. Aber er ist auch nur ein Mensch, Vater. Wir Zauberer sind alle nur Menschen und es ist doch durchaus möglich, dass vielleicht Phillip einen Fehler gemacht hat. Ich glaube es zwar nicht, aber keiner von uns kann ehrlicherweise sagen, dass er es nicht getan hat. Wenn wir nicht zumindest hingehen und ihn fragen, werden sich alle hier im Raum immer wieder diese Frage stellen. Das ist Phillip gegenüber doch auch nicht fair.«

In der langen Stille, die nun folgte, stellte Martin fest, dass alle im Raum noch wütender geworden waren. Er wertete das als Zeichen dafür, dass er die Auseinandersetzung für sich entschieden hatte.

Kapitel 24

Obwohl Bischof Galbraith nun klein beigeben musste, weigerte er sich, mitzugehen, und Phillip mit der ganzen Sache zu konfrontieren. Deshalb machten sich die Zauberer alleine zu Fuß auf den Weg zum Laden. Sie hätten auch fliegen oder sich teleportieren können, aber es war nur ein kurzer Weg und keiner von ihnen freute sich darauf, dort anzukommen. Auch Martin nicht. Gwen lief vorne weg. Für den äußeren Beobachter musste es so aussehen, als wäre sie die Anführerin. In Wirklichkeit wollte sie aber nur nicht mit den anderen gehen und versuchte deshalb, etwas Abstand zwischen ihnen zu erzeugen, was natürlich auch eine Art von Führung sein konnte. Sie gingen schweigend nebeneinander her, denn der einzige Gesprächsversuch verlief nicht besonders gut.

Martin beschleunigte nun seine Schritte, damit er zu Gwen aufschließen konnte. Mit gedämpfter Stimme fragte er sie: »Warum hast du niemandem gesagt, dass du eine Zauberin bist?« Dabei versuchte er, es so wenig anklagend wie nur möglich klingen zu lassen.

Sie antwortete: »Ich dachte, dass jeder, der es wirklich verdient, es zu wissen, früher oder später schon selbst darauf kommen würde.«

Es war nicht so formuliert, als würde sie speziell an Martin Kritik üben. Er fasste es aber dennoch so auf und lag damit auch nicht ganz falsch. »Aber Gwen, wenn du absichtlich etwas versteckst, kannst du doch nicht ernsthaft böse auf mich sein, wenn ich es nicht herausfinde. Du musst einem Kerl auch mal einen Hinweis geben!«

Gwen blieb wie angewurzelt stehen. Martin ging noch einen Schritt weiter und stoppte dann ebenfalls ungeschickt. Gwen schaute intensiv Martins überwältigend reflektierende Silberrobe an. Die Robe, die sie für ihn gemacht hatte. Dann sah sie ihm in die Augen und sagte ruhig: »Pailletten wurden erst in den 60er Jahren erfunden!« Gary lachte laut. Gwen ging weiter, wütender und schneller als zuvor. Martin sah zu, wie sie vorauslief und wie Gary und Jeff an ihm vorbeigingen. Er schaute perplex an seinem Gewand hinab, stieß einen tiefen Seufzer aus und folgte ihnen dann.

Schließlich erreichten sie Phillips Laden. Sie gingen hinein, wobei sie einfach im Gänsemarsch durch die Fassade schritten. Martin wusste, dass sie den nächsten Raum mit den Runen bedeckten Tüchern und der Kristallkugel nicht betreten konnten, es sei denn, Phillip wäre schon drin. Darum war er auch nicht überrascht, als der Vorhang zu dem Raum so unerschütterlich war wie eine Backsteinmauer, als er versuchte, ihn zur Seite zu schieben. Er rief mehrmals Phillips Namen, aber es erklang kein einziges Geräusch. Gary versuchte Phillip auf magische Art und Weise über das Handtelefon anzurufen, bekam aber ebenfalls keine Antwort. Martin sagte, er würde nachsehen, ob Phillip zu Hause war.

Er verschwand, tauchte aber ein paar Sekunden später wieder auf und schüttelte den Kopf. »Nein, er ist nicht da. Er muss oben sein.«

Alle vier starrten sich einfach nur in ohnmächtiger Stille an, bis Gwen schließlich die Augen verdrehte, zur Decke hinaufblickte und schrie: »Phillip, hier ist Gwen! Sie wissen, dass ich eine Zauberin bin!«

Ein Augenblick verstrich, dann hörten sie Phillip mit gedämpfter Stimme rufen: »Ich bin gleich unten.«

»Phillip wusste es?«, fragte Martin fassungslos.

Gwen sagte: »Er ist eben kein Idiot.«

Von oben ertönte ein Knallen und Krachen. Dann hörte man schwere, verärgerte Schritte die Treppe herunterkommen.

Schließlich tauchte Phillip im Laden auf. Er nickte Gwen zu und sagte ihr Hallo. Dann wandte er sich an Martin und fragte: »Was war denn letzten Endes der entscheidende Hinweis? Es waren die Pailletten, oder?«

Gary lachte und Martin rief beleidigt: »Du hast es doch auch nicht herausbekommen.«

»Ja, aber ich hatte ja auch nicht genug Interesse, um es zu versuchen.«

Gwen fragte Martin: »Und was ist deine Entschuldigung?«

Martin wandte sich wieder Phillip zu. »Nein, es waren nicht die Pailletten. Es war, als sie uns gerettet hat, indem sie den Schlägertypen verscheucht hat, der damit gedroht hat uns zu Tode zu foltern.«

Phillip sah Gwen irritiert an, die wiederum nickte.

»Ich nehme mal an, das ist wohl ein nützlicher Hinweis. Wie haben sie euch denn die Stäbe abgenommen?«

»Sie haben sich angepirscht und von hinten auf uns eingedroschen«, erklärte Jeff.

Gary fügte hinzu: »Wir waren ein wenig abgelenkt wegen all der Leichen, die überall herumlagen.«

Sie fuhren fort und beschrieben wie Gwen das jetzt nicht mehr existierende Dorf Rickard's Bend gefunden hatte und die anderen drei mit einbezogen hatte, während sie immer noch versucht hatte, ihr Geheimnis zu wahren. Sie erzählten Phillip danach von ihren vielen Versuchen, ihn zu erreichen, und ihrer Ankunft in Rickard's Bend. Sie beschrieben ihm den Zustand der Leichen, die sie gefunden hatten, wirklich sehr detailliert. Die verkümmerten Gliedmaßen ... die fehlenden Schuhe ...

Phillip schüttelte leicht den Kopf und murmelte: »Hobbits.«

»Ja, klar, Hobbits«, erwiderte Gwen.

Martin war überrascht, denn weder er noch Gary hatten ihr gegenüber diese Theorie erwähnt. Dann machte er sich im

Geiste eine Notiz, dass er endlich damit aufhören musste, sich überrascht zu verhalten, wenn Gwen irgendetwas wusste.

Zu diesem Zeitpunkt waren sie bereits alle in das Zimmer mit der Kristallkugel gegangen und saßen dort am Tisch. Martin bemerkte, dass sich der Commodore 64 nicht an seinem gewohnten Ort in dem geheimen Regal vor Phillips Platz befand. Das bedeutete ganz offensichtlich, dass Phillip ihn gerade anderweitig nutzte, wahrscheinlich im oberen Stockwerk.

Dieser fuhr sich mit den Fingern durch die Haare und sagte: »Okay. Also das ist wirklich schrecklich. Wir haben also hier irgendwo einen Zauberer, der versucht hat, ein ganzes Dorf in Hobbits zu verwandeln und dabei alle getötet hat. Wir müssen unbedingt zusammenarbeiten, um damit fertig zu werden. Habt ihr irgendwelche Vorschläge, was wir jetzt tun sollen?«

Gary, Jeff und Martin sahen einander an. Gwen schaute vor sich auf den Tisch. Martin nahm nun all seinen Mut zusammen und antwortete: »Phillip, ich denke, der logische erste Schritt ist es, dass du uns erzählst, was du da oben ständig machst.«

Nachdem er zuerst geschockt und dann wütend vor sich hingestammelt hatte, fing Phillip an herumzubrüllen. Er war verärgert und beleidigt, aber das war ja zu erwarten gewesen. »Du kannst doch nicht ernsthaft glauben, dass ich so etwas tun würde! So etwas würde mir in meinen schrägsten Träumen nicht einfallen!«

»Ich habe ihm sofort gesagt, dass du es nicht getan hast«, entgegnete Gwen.

»Und ich habe ihr zugestimmt«, sagte Martin, »aber du hast ganz offensichtlich irgendetwas vor und ein ganzes Dorf ist auf einmal tot. Denk doch mal darüber nach, Phillip. Du musst es ja nicht so sehen wie wir, aber nimm dir einen Augenblick Zeit, um es zu akzeptieren. Ein ganzes Dorf unschuldiger Menschen wurde auf einen Schlag getötet. Und es wurde eindeutig von einem Zauberer getan, der versucht hat, sie in Hobbits zu verwandeln! Wir Zauberer müssen uns doch gegenseitig überwachen, weil es sonst niemand tun kann. Erinnere dich, du bist derjenige, der mir das beigebracht hat!«

»Oh, ich habe dir das beigebracht? Das ist nicht besonders überraschend, denn ich habe dir ja schließlich alles beigebracht!« Phillips Stimme klang jetzt hoch, verletzt und weinerlich. Seine Augen sahen aus, als würden sie ihm gleich aus dem Kopf fallen. »Martin, ich habe dich hierhergeholt! Ich bin der beste Freund, den du hast! Ich bin dein verfluchter Mentor! Ist es für dich wirklich denkbar, dass ich ein Massenmörder bin?«

»Nein, Phil. Es ist höchst unwahrscheinlich, und genau darum müssen wir es auch in Betracht ziehen. Denn man könnte sagen, du bist die letzte Person, die ich jemals verdächtigen würde!«

Phillip schüttelte seinen Kopf. »Oh, Martin, ist es das? Ich bin *zu* nett und *zu* harmlos, und deshalb muss ich automatisch irgendein finsteres Geheimnis haben? Als wären wir nichts als zweidimensionale Charaktere in irgendeinem schlechten Roman?«

»Das hoffe ich wirklich nicht«, antwortete Martin.

»Ja, da wette ich drauf. Pass auf, Kleiner. Was ich da oben tue, ist meine Angelegenheit, und das muss dir als Antwort einfach reichen. Jetzt verschwindet aus meinem Laden.« Phillip stand auf und zeigte zur Tür. Aber weder Martin noch einer der anderen stand auf.

Martin sprach nun mit leiser, trauriger Stimme: »Phillip es tut mir wirklich leid. Nicht eine Sekunde lang habe ich daran geglaubt, dass du so etwas wirklich tun würdest, aber ich bin nicht der Einzige, der bemerkt hat, dass du andauernd da oben verschwindest und dich weigerst darüber zu reden, was du dort genau tust.«

»Wenn ich ins Badezimmer verschwinde und nicht darüber reden möchte, was ich da drin mache, bedeutet das dann auch, dass ich etwas Verkehrtes mache?«

Martin zog seine Augenbrauen zusammen und sagte mit ruhiger Stimme: »Willst du wirklich über dein Badezimmer diskutieren?«

Phillip ließ sich auf seinen Stuhl fallen, dann sah er alle am Tisch der Reihe nach an. »Wenn ich euch hier rausschmeiße, werdet ihr direkt zu Jimmy gehen. Nicht wahr?«

»Das wollen wir aber nicht«, antwortete Martin.

Phillip grinste spöttisch und konzentrierte sich auf Gary, der mit den Schultern zuckte und sagte: »Zeig uns einfach, was du da oben im Schilde führst, Mann. Wir werden es schon niemandem sagen. Wir werden nur einen kurzen Blick darauf werfen, denn dann machen wir damit weiter herauszufinden, wer das Ganze wirklich getan hat.«

Jeff sagte: »Wir gehen nur kurz rein und wieder raus. Wir werden auch nichts anfassen. Wir sind wie eine kühle Brise, die durch deinen Dachboden weht.«

Phillip sah Gwen an, die immer noch auf den Tisch starrte. Er fragte sie: »Was denkst du darüber?«

Sie hob ihren Blick und sah ihm direkt in die Augen. »Ich denke, du solltest uns zeigen, was du da treibst und dann ist alles geklärt.«

Phillip schüttelte den Kopf. »Wisst ihr, was wirklich traurig ist? Ich war fast so weit es euch sowieso zeigen zu wollen.«

Phillip führte sie durch den Vorhang und dann die Treppe hinauf. Die Stufen waren aus dunklem grob verarbeitetem Holz. Die Außenwand bestand aus unbehandeltem Stein; die Innenwand aus Holz. Die ersten fünf Stufen führten zu einem Treppenabsatz, dort knickte die Treppe in einem Neunzig-Grad-Winkel nach rechts ab. Die ersten Stufen, die man durch den Vorhang sehen konnte, waren die gleichen wie zuvor, aber es war zu dunkel, um erkennen zu können, was danach kam. Phillip blieb stehen, schaute Martin an, seufzte gereizt und legte dann einen Lichtschalter aus Plastik um, der an der Wand angebracht worden war.

Sobald sich seine Augen daran gewöhnt hatten, konnte Martin sehen, dass die restlichen Treppenstufen aus wunderschön gemasertem Hartholz waren. Dieses hatte man mit einer Art Lasur behandelt, wodurch die Stufen glänzten und sich ihre Farbe in die von Honig verwandelt hatte. Die Außenwand war immer noch aus Stein, aber die Innenwand bestand aus einem leicht cremefarbenen Putz mit einer etwas unebenen Struktur. Phillip ging weiter die Treppe hinauf. Die anderen folgten ihm. Als ihre Köpfe etwa auf Höhe des Fußbodens waren, konnten sie endlich den Raum sehen, in den sie hineingingen. Es dauerte einen Moment, bis sie komplett erfassen konnten, was sie da oben sahen.

Das gesamte Obergeschoss war ein großer Raum. Der Boden bestand aus dem gleichen schön behandelten Hartholz wie die Stufen. Geschmackvolle Lichtschienen und ein Dachfenster erhellten die sauberen, weiß verputzten Wände. Ein Sofa aus Chrom und weißem Leder stand neben einem schwarzen, ledernen Loungesessel mit passender Fußbank. Dazwischen war ein Couchtisch aus Glas und weißem Sichtbeton. Die Wände waren mit einer neonumrandeten Palme und dünnen, schwarzen Bilderrahmen dekoriert, in denen sich Gemälde schöner Frauen mit glatter, weicher Haut, dicken schwarzen Haaren und perfekten Körpern befanden. Es gab sogar eine Stereoanlage in der Größe eines kleinen Küchengeräts und mit Lautsprechern, die so groß waren wie Martin selbst. Außerdem war da noch ein großer Spielautomat, auf dem GORF stand. Phillip ging schnurstracks auf die Ecke zu, in der ein Esstisch aus Glas und Beton und Stühle neben einer eingebauten Bar standen. Phillip öffnete eine

Whiskyflasche und goss sich einen Drink ein, ohne noch jemandem etwas anzubieten.

Gary pfiff leise und sagte: »Meine Höhle mache ich mir jetzt auch so!«

Phillip antwortete: »Dann sorg aber dafür, dass Martin weiß, was du vorhast, denn ansonsten könnte er dir vorwerfen, dass du stattdessen einen Massenmord begangen hast.«

Martin nahm von alledem keine Notiz. Er war viel zu sehr mit dem beschäftigt, was er hinter der Sitzecke entdeckt hatte. Dort war ein großes Rolltor in die Wand eingebaut worden. In der Ecke stand ein Werktisch mit dem Commodore 64, einem Modem und einem winzigen Bildschirm darauf, auf dem die Datei zu sehen war. Vor dem Tor stand ein weißer Pontiac *Fiero* in fast neuwertigem Zustand. Fast neuwertig, da die Rückleuchten noch nicht vollständig zusammengebaut waren. Ein Satz Schraubendreher und ein Trinkglas mit Schrauben auf dem Boden davor machten deutlich, was Phillip gerade getan hatte, bevor sie verlangt hatten, dass er sofort herunterkam.

Martin näherte sich vorsichtig dem *Fiero*. Er war kleiner, als er ihn in Erinnerung hatte. Andererseits hatte er keinen mehr gesehen, seit er ein Kind gewesen war. Langsam umkreiste er das Auto und nahm all seine Konturen begierig in sich auf. Er beugte sich nach vorne, um durch eines der Fenster zu sehen; wie ein Teenager, der bei einem Ferrari-Händler ins Innere eines Ausstellungsfahrzeugs spähte. Er sah vollständig und makellos aus. Martin wusste, dass man Dinge nur begrenzt in der Zeit zurücktransportieren konnte. Die dünne Matratze seines Kinderbetts war die obere Grenze dessen, was möglich war, hatte er bisher gedacht. Offensichtlich hatte Phillip deshalb sein geliebtes Auto in mühevoller Kleinarbeit zerlegt, die Teile Stück für Stück hierher transportiert und anschließend mit größter Sorgfalt wieder zusammengebaut; vermutlich sorgfältiger als es werkseitig jemals gewesen war.

Martin stand auf und schaute Phillip fassungslos an, der immer noch hinter der Bar am anderen Ende des Zimmers stand. »Das ist wirklich ganz und gar unglaublich!«, rief er. »Warum hast du es mir denn nicht schon früher gesagt? Ich hätte dir doch helfen können!«

Phillip erwiderte: »Das ist ja genau der Punkt. Ich wollte es selbst tun. Wenn man sich etwas Großes und Komplexes anschaut und weiß, dass man es ganz allein und ohne Hilfe geschafft hat, ist man schon irgendwie stolz darauf.«

Obwohl Martin erst widersprechen wollte, tat er es nicht. Vor einer Minute schien es das Wichtigste auf der Welt gewesen zu sein, herauszubekommen, was in diesem Zimmer war. Er war bereit gewesen, alle Konsequenzen zu ertragen, damit es geschah. Jetzt hatte er gesehen, was hier war und es war unglaublich toll, viel besser als alles, was er sich erhofft hatte. Und erhaben über alles, was er befürchtet hatte. Jetzt musste er nur mit den Auswirkungen umgehen und den entstandenen Schaden reparieren können. Als er Phillip und die Gesichter seiner Freunde ansah, wurde ihm erst richtig klar, wie viel Schaden er tatsächlich angerichtet hatte. In diesem Moment konnte Martin sich nicht mehr vorstellen, was er nur wenige Augenblicke zuvor noch gedacht hatte.

Gary saß jetzt in dem Loungesessel, Gwen auf der Couch und Jeff sah sich die GORF-Maschine ganz genau an. Keiner von ihnen schaute zu Phillip.

Martin hatte die Führung übernommen, diesen Mist zu bauen, also musste er ihn jetzt auch wieder bereinigen. Er ging um die Front des Autos herum und näherte sich langsam der Bar. Schweigend beobachtete Phillip ihn, während er das Whiskyglas in der Hand hielt. Als Martin die Bar erreichte, griff Phillip ohne ein Wort zu sagen hinüber, und holte noch ein Glas hervor. Er blickte Martin intensiv an und goss ein zweites Glas Jack Daniels ein. Dann nahm er das Glas hoch, schaute Martin nochmals in die Augen und kippte es dann selbst hinunter. Er grinste ihn spöttisch an, als er das leere Glas auf die Bar knallte.

Martin sagte: »Ich denke, ich spreche für alle, wenn ich dir sage, dass es uns leidtut, dass wir das hier getan haben.«

»Ich weiß auf jeden Fall, dass es mir leidtut«, antwortete Phillip.

»Aber du verstehst es doch, nicht wahr Phillip?«, fuhr Martin fort. »Ich meine, ich weiß, dass du wütend bist und du hast auch guten Grund dazu, aber du verstehst, warum wir es tun mussten oder?«

»Nein! Ehrlich gesagt nicht, Martin. Ich verstehe nicht, warum ihr meinen Worten keinen Glauben geschenkt habt. Alle von euch kenne ich bereits seit Jahren! Ich meine, okay, Martin kennt mich erst seit einer Weile. Aber ich dachte ernsthaft, wir wären alle Freunde! Und ihr seid die Ersten, die, wenn jemand hundert Leute umbringt, mit Mistgabeln vor meiner Tür auftauchen.«

Gwen drehte sich auf der Couch zu Phillip um. »Keiner von uns wollte es glauben, aber du warst nun mal der Einzige, von dem wir wussten, dass er ein Geheimnis hat.«

Phillip lächelte, während er erwiderte: »Wirklich Gwen? Ich bin der Einzige, den du kennst, der ein Geheimnis hat?«

Gwen wurde augenblicklich rot und drehte sich weg.

»Du bist der Einzige, von dem wir wussten, dass er *offensichtlich* ein Geheimnis bewahrt«, warf Jeff ein.

Phillip sah so aus, als wäre er kurz davor, wieder zu schreien, hielt dann aber inne. Stattdessen kippte er den Rest von seinem ersten Drink hinunter, sah einen Moment lang in das leere Glas und sagte dann: »Ihr meint also, ich bin der Einzige, der ein Geheimnis schlecht für sich behalten kann?«

»Nun«, sagte Martin, »es ist bestimmt nicht einfach, wenn irgend so ein Trottel bei einem wohnt.«

»Da stimme ich dir voll und ganz zu.«

Jeff wandte sich von der GORF-Maschine ab. »Ach komm schon, Phillip! Das ist nicht fair! Wir alle dachten …«

Phillip nahm eine Hand hoch, um ihm zu signalisieren, dass er kapitulierte und um Jeff zum Schweigen zu bringen. »Darüber können wir gerne später noch streiten. Wir haben im Moment erst mal wichtigere Dinge zu erledigen. Irgendwo gibt es nämlich einen Zauberer, der unschuldige Menschen getötet hat und jetzt, da wir ja alle wissen, wer es nicht ist, müssen wir herausfinden, wer es in Wirklichkeit ist.«

»Also«, fragte Martin, »was machen wir jetzt?«

»So sehr es mich schmerzt«, sagte Phillip, »ich denke, wir müssen es Jimmy sagen.«

Darüber schien keiner wirklich glücklich zu sein. Phillip war der Einzige, der seine Feindseligkeit gegenüber Jimmy so offen zeigte, aber Martin war Jimmys größter Fan im Raum und selbst er würde seine Einstellung gegenüber Jimmy als *misstrauisch* bezeichnen. Niemand sprach. Das einzige Geräusch war ein knurrender Hund in der Ferne.

»Mann!«, rief Martin entnervt. »Was soll das eigentlich mit dem Hund?«

»Ja, verdammt. Wie lange kann ein Hund denn knurren, bevor er sich selbst sagt, *vergiss es?*«, fragte Jeff.

Gary lachte. »Immer *gaarrrraarrrr, arrraaaarrr … grrrrrrr.* Die ganze Zeit!«

»Wie lange hört ihr das schon?«, fragte Gwen misstrauisch. »Ich habe in Rickard's Bend nämlich auch einen Hund knurren gehört. Das kann aber ja wohl nicht derselbe sein, oder?«

Phillip schüttelte angewidert den Kopf. »Ihr seid mir vielleicht ein Haufen Detektive.« Hastig griff er sich seinen Stab, der hinter der Bar in der Ecke lehnte, dann kam er um die Bar herum und durchquerte hastig das Zimmer. Er ging zu einer freien Stelle vor dem *Fiero* und richtete die Stabspitze auf den

Boden. Anschließend zeigte er mit seiner anderen Hand auf die Stelle, wo der Stab den Boden berührte.

Er blickte sich im Zimmer um, danach sagte er mit lauter, klarer Stimme: »Okay. Stell dich da hin und bleib dort stehen, bis ich dir sage, dass du dich wieder bewegen sollst.« Martin ging auf die Stelle zu, um zu tun, was man ihm sagte, blieb dann aber wie angewurzelt stehen als Phillip ihn anfunkelte und den Kopf schüttelte. Er zog seinen Stab weg und trat nun langsam von der Stelle zurück, auf die er gedeutet hatte, so als wäre diese radioaktiv. In drei schnellen Schritten war er am Computer. Mit der linken Hand richtete er den Stab wieder auf die Stelle, mit der anderen tippte er einige Befehle ein. Ein paar quälende Augenblicke lang passierte rein gar nichts, nur die klappernde Tastatur und Phillips Gemurmel waren zu hören. Schließlich ließ er die Schultern hängen und das Germurmel wurde zu einem Fluchen. Er schaute die freie Stelle am Boden an und sagte: »Warte einen Moment. Nur noch eine Sekunde.« Dann tippte er einen weiteren Befehl ein und drückte auf Enter.

Plötzlich erschien Tyler vor ihnen. Er schnappte mit hervortretenden Augen nach Luft. Sofort fiel er auf die Knie. Gary und Gwen hatten interessiert zugeschaut, doch jetzt sprangen sie hastig auf. Jeff ließ die Arcade-Konsole stehen und rannte ebenfalls dorthin, wo Tyler schwer atmend und stöhnend auf dem Boden kniete. Phillip nahm seinen Hut ab, sagte: *»Enboteligita akvo«*, und zog eine Mineralwasserflasche hervor. Er reichte sie Tyler, der sie in einer erstaunlichen Geschwindigkeit in sich hinein schüttete.

Martin erinnerte sich an seinen ersten Morgen im mittelalterlichen England, als Phillip ihm die ›Dos and Don'ts‹ eines Zauberers aufgezählt hatte. Insbesondere an den Teil, wie man zum »Geist« gemacht und somit unsichtbar wurde. Man brauchte fortan keine Nahrung, Luft oder Wasser mehr, aber der Körper wusste es nicht. Man konnte immer noch sehen und hören, konnte umhergehen, aber man konnte nicht mehr mit Sachen interagieren, die schwerer waren als ein Staubkorn, das in der Luft schwebte. Die eigentliche Folter war es, dass man nicht reden konnte, allerdings konnte man schwache, gespenstische Geräusche machen. Also würde jeder Versuch der Kommunikation diejenigen, mit denen man Kontakt aufnehmen wollte, nur quälen und abschrecken. Martin wusste, dass Tyler seit mindestens einer Woche verschwunden war. Seit einer Woche verhungerte, erstickte und starb er vor Durst umgeben von Leuten, die ihm liebend gerne geholfen hätten, aber nicht gewusst hatten, dass er überhaupt Hilfe brauchte. Martin konnte sich nichts Schlimmeres vorstellen.

Tyler leerte in rasender Geschwindigkeit die Wasserflasche. Er kniete weiterhin auf dem Boden und atmete schwer. Dann öffnete er die Augen, streckte seine Hand aus und nahm Phillips Stab. Er rief: *»Mia banĉ^ambro«*, das war Esperanto für *mein Badezimmer* und verschwand.

Japp, dachte Martin. *Das ist noch schlimmer.*

Übellaunig saßen sie alle da und schwiegen schuldbewusst, während sie auf Tylers Rückkehr warteten. Phillip goss in der Zeit allen einen Drink ein.

Schließlich tauchte Tyler wieder auf. Niemand sagte ein Wort. Sie würden es auch nicht tun, bis Tyler selbst das Schweigen brach. Er ging nun zu Phillip, der neben der Bar stand, und gab ihm seinen Stab zurück, dann umarmte er ihn sehr lange Zeit. Schließlich ließ er ihn los und sagte nur: »Danke.«

Tyler wandte sich nun dem Rest der Gruppe zu, die sich hingesetzt hatten, aber sofort aufgesprungen waren, als Tyler zurückgekommen war. Tyler nickte Gwen zu und sagte: »Gwen. Es ist mir wie immer ein Vergnügen.« Sie erwiderte seinen Gruß freundlich.

Danach wandte er sich seinen beiden besten Freunden Gary

und Jeff zu und in einem aufrichtigen Schwall tief empfundener Emotionen sagte er: »Verdammt ihr Idioten! Ihr Trottel! Ngaah! Ich bin so wütend auf euch zwei … mbraaaagh!«

Offensichtlich konnten Worte allein nicht ausdrücken, wie er sich momentan fühlte. Er machte noch eine ganze Weile unartikulierte Wutgeräusche in Garys und Jeffs Richtung. Als er damit fertig war, hatte Phillip eine weitere Wasserflasche aus seinem Hut geholt, die er Tyler überreichte. Dieser saß nun zusammengesunken auf der Couch und trank hastig.

»Ich habe euch bescheuerte Idioten ganze *zwölf Tage lang* angeknurrt«, rief Tyler zwischen einigen kräftigen Schlucken. »Ihr habt doch beide mein Buch gelesen! Ich hatte gehofft, das gespenstische Knurren würde euch wenigstens ein Mal in dieser ganzen Zeit dazu bringen, an mich zu denken.«

Martin wandte sich nun Gwen zu und sagte mit leiser Stimme: »Tyler ist Autor. Er hat das Buch *Der Fluch des Wolfsmenschen-Mumien-Geists* geschrieben. Das Monster darin macht immer ein gespenstisches, knurrendes Geräusch.«

Gwen nickte und antwortete: »Ich weiß. Ich habe es gelesen! Phillip hat mir ein Exemplar ausgeliehen.«

Das bedeutete, Martin war somit der Einzige hier im Raum, der das Buch noch nicht gelesen hatte. Er dachte abermals: *Ich muss wirklich damit aufhören anzunehmen, dass Gwen gewisse Dinge nicht weiß.*

Tyler drehte sich nun mit neuer Wut in den Augen zu Martin um. »Und du, das neue Gör … Du hast mich ZWEI MAL direkt angeschaut! Ich weiß, dass du mich gesehen hast. Das eine Mal warst du so verängstigt, dass du aus deiner doofen Hängematte gefallen bist!«

»Das warst *du*?«, fragte Martin perplex.

»Ja, Martin, die Geisterscheinung, die verzweifelt versucht hat, Phillips Aufmerksamkeit zu erlangen, war ich. Ich hatte es aufgegeben zu *Ren* und *Stimpy* dort drüben vorzudringen und dachte, ich versuche vielleicht mal die Aufmerksamkeit von dem einzig vernünftigen Erwachsenen zu erregen, den ich kenne. Noch einmal danke dafür, dass du mich schließlich gerettet hast, Phillip.«

»Nichts zu danken«, entgegnete Phillip, während er sich in dem Loungesessel niederließ. »Es tut mir nur leid, dass wir so lange brauchten, bis wir es verstanden haben.« Alle entschuldigten sich ausgiebig bei ihm. Selbst Gwen, die nicht wirklich etwas falsch gemacht hatte. Tyler winkte abwertend ab, was einem *Entschuldigung angenommen* einigermaßen nahekam. Mehr würden sie zumindest im Moment nicht bekommen.

Martin zog sich nun einen Barhocker heran und setzte sich hin. Gary und Jeff folgten seinem Beispiel. Gwen nahm auf dem Hocker Platz, der zum Loungesessel gehörte. Nachdem was er durchgemacht hatte, war Tyler die Couch zu überlassen, das Mindeste, was sie tun konnten.

»Also«, erkundigte sich Phillip, »was ist genau passiert?«

Tyler erzählte ihnen daraufhin, dass er nach Rickard's Bend gegangen war, um Nachforschungen für das Fantasybuch anzustellen, an dem er gerade arbeitete. Als er dort ankam, war er ganz zufällig auf Jimmy gestoßen. Dieser hatte ihn gefragt, warum er da war, und hatte mit großem Interesse reagiert, als er herausfand, dass Tyler einen Roman schrieb. Sie redeten anschließend über die Bücher, die sie gelesen und die Filme, die sie gesehen hatten. Schließlich erzählte Jimmy Tyler, dass er ebenfalls gerade an einem Projekt arbeitete und er Tylers Meinung dazu begrüßen würde.

Es wurden einige wissende Blicke gewechselt. Selbst Jimmys größter Kritiker musste zugegeben, dass man ihm seine Talente nicht absprechen konnte. Eines davon war es, dass er jedem, mit dem er redete, das Gefühl gab, er sei die wichtigste, talentierteste und wertvollste Person, die Jimmy jemals getroffen hatte.

Tyler sprach weiter und erzählte ihnen dann, wie er mit Jimmy nach Camelot gegangen war und wie Jimmy ihm Pläne gezeigt hatte, wie er die Menschen in Rickard's Bend allmählich in Hobbits verwandeln wollte.

»Er fragte mich daraufhin, ob ich als Autor vielleicht irgendwelchen Input für ihn hätte«, meinte Tyler. »Ich antwortete ihm, dass er ein Monster sei.«

»Und dann hat er dich zu einem Geist gemacht?«, fragte Phillip neugierig.

»Ooooh ja. Er hat mich in einen Geist verwandelt. Ich habe ihm den Rücken zugewandt, um zu gehen, und er ist leise hinter mir hergeflogen, hat seinen Stab gegen meinen Rücken gepresst und *die Worte* gesagt. Zuerst musste ich mich nur damit abquälen zu atmen. Ich habe mich gefühlt, als würde ich immerzu sterben, bis ich mich allmählich daran gewöhnte.«

»Wie lange hat das gedauert?«, fragte Martin entsetzt.

»Stunden. Ich weiß nicht mehr, wie viele. Dann habe ich mich daran gewöhnt.«

Gwen sagte: »Es ist immerhin eine gute Sache, dass das Verlangen nach Luft weniger wird.«

»Ich habe nicht gesagt, dass es weniger wurde«, stellte Tyler klar. »Ich habe mich einfach nur mit der Zeit daran gewöhnt.«

Sie alle stellten sich das so lange vor, wie sie es aushielten. Martin brach schließlich das Schweigen, wandte sich an Phillip und fragte: »Was machen wir jetzt?«

Phillip stand auf. Er sah die anderen Zauberer grimmig an und antwortete: »Wir kriegen Jimmy dran! Wir rufen besser alle zusammen und sehen zu, dass sie sich beeilen. Wir wollen es schließlich richtig machen. Und mit *richtig* meine ich so *öffentlich* und *demütigend wie nur möglich*.«

Kapitel 25

Dreißig Minuten später war die Lichtung unterhalb der *Schädelschlundhöhle* voller Zauberer. Sie hatten jeden Zauberer in Europa angerufen bis auf Jimmy und Eddie (alias Wing Po). Jimmy hatten sie natürlich aus offensichtlichen Gründen ausgeschlossen. Sie hatten zwar keinen direkten Beweis dafür, dass Eddie auch beteiligt war, aber sie hatten eben auch keinen Beweis, dass er es nicht war. Darum hatten sie sich dafür entschieden, es nicht zu riskieren ihn einzuweihen. Sie verschleierten ihre wahren Absichten, indem sie jedem erzählten, dass sie eine Überraschung für Jimmy planten, was, wie Phillip mit spürbarer Freude betonte, ja auch der Wahrheit entsprach.

Die *Schädelschlundhöhle* war für das Treffen ausgesucht worden, weil sie groß genug war, um alle zu beherbergen, und der Mund des Schädels gab außerdem noch ein schönes Amphitheater ab. Phillip stand vorne (weil er von den anwesenden Zauberern der bekannteste und angesehenste war) neben Gwen (um zu offenbaren, dass sie eine Zauberin war und um zu erzählen, was sie in Rickard's Bend vorgefunden hatte), Tyler (damit dieser die Geschehnisse in Rickard's Bend erklärte und über seine Geisterfahrungen berichtete) und Gary (weil er darauf bestanden hatte und es schließlich seine Höhle war).

Als die Zauberer ankamen, fand Martin endlich einen ruhigen Moment, um privat mit Gwen sprechen zu können. Er beugte sich nah zu ihr hinüber . »Gwen kann ich dir eine Frage stellen?«

Gwen war sichtlich angespannt, sagte aber trotzdem: »Ja.«

Martin biss sich kurz auf die Lippe, dann erkundigte er sich: »Wie hast du diesen Trottel bei deiner Begrüßung so von dir weggestoßen? Das war wirklich, wirklich cool! Ich habe überlegt, ob ich so etwas in der Art auch in meiner Begrüßung mache, aber ich konnte einfach keinen eleganten Weg finden, um das zu programmieren. Man muss schließlich zwischen sich selbst, dem, was man bei sich trägt, und der Person, die man abwehren will, differenzieren. Ich finde einfach nicht heraus, wie du das gemacht hast.«

Gwen lächelte zuerst und dann lachte sie tatsächlich auch ein wenig. »Oh! Äh, eigentlich ist es ziemlich simpel. Du kennst doch diese Ausschlusszonen, die wir benutzen, um bestimmte Orte abzuriegeln, oder? Sie funktionieren nur bei Menschen und du kannst sie so anlegen, dass sie nicht auf dich selbst zutreffen. Nicht wahr? Nun, ich habe einfach eine kegelförmige Ausschlusszone unter meinen Füßen errichtet. Dann habe ich diese ziemlich schnell über meinen Kopf nach oben bewegt und jede Person, die nicht ich ist, aber im Radius des Kegels steht, wird so automatisch weggeschleudert.«

Martin starrte sie mit offenem Mund an. Sie dachte, er wäre erstaunt und das war er zum Teil auch. Es machte ihn ehrlich gesagt aber auch ungemein an.

»Wow«, sagte er. »Das ist so simpel! Diese Idee ist mir nie gekommen! Wirklich gute Arbeit!« Ihm fiel nichts anderes ein, als ihre Hand zu nehmen und diese zu schütteln. Er war gerade im Begriff wegzugehen, als er sich doch noch einmal zu ihr umdrehte. »Kann ich dir noch eine Frage stellen?«

»Sicher«, sagte sie.

»Aus welchem Jahr kommst du wirklich?«

Sie lachte erneut. »Zweitausendvierzehn. Geboren bin ich zweiundneunzig.«

Martin lächelte. »Dann bin ich ja ein wenig älter als du.«

Sie schüttelte den Kopf. »Ich bin schon seit zehn Jahren hier, also bin ich technisch gesehen älter als du. Ich bin halt nur später geboren.«

Martin lächelte abermals. »Wow. Ja, das stimmt!« Er drehte sich um und ging auf die Lichtung zu. Gwen sah ihm nach.

Martin und Jeff standen mit dem Rest der Zauberer auf der Lichtung. Phillip dankte gerade allen dafür, dass sie gekommen waren, entschuldigte sich für den falschen Vorwand und versprach ihnen, dass sie bald alle verstehen würden, warum das Treffen so nötig war. Er begann zuerst mit der Ankündigung, dass Gwen eine Zauberin war.

»Ich habe euch allen erzählt, dass ich der Erste war, der hier in dieser Zeit und an diesem Ort aufgetaucht ist, aber das ist nicht ganz richtig. Gwen, die ihr alle kennt, da sie sämtliche eurer Roben gemacht hat, war bereits einen Monat hier, bevor ich aufgetaucht bin. Sie hat mich und Jimmy zur Geheimhaltung verpflichtet, weil ein weiblicher Zauberer hier eine Hexe wäre und die Einheimischen leider eine gewisse negative Einstellung gegenüber Hexen haben.«

Mehrere Köpfe nickten zustimmend. Eine Stimme ganz hinten sagte etwas darüber, dass sie dasselbe wiegen könnte wie eine Ente, aber dafür war jetzt wirklich niemand in der Stimmung. Zuerst ließ Phillip einige Fragen über Gwen zu, bevor er schließlich zum Geschäftlichen überging. Die meisten Fragen bezogen sich allerdings auf die Schneiderei. Sie erklärte, dass sie tatsächlich Maß nahm und die Musterstücke auf ganz altmodische Art und Weise herstellte, aber dann in die Zukunft ging, um die Stoffe zu besorgen. Außerdem benutzte sie für diffizilere Näharbeiten stets eine Nähmaschine. Sie hatte die Fähigkeiten einer Zauberin, die gesellschaftliche Stellung eines Handwerkers und die Freiheit in den Straßen umherzugehen, ohne dass jemand sie bat, seine Probleme mit Magie zu lösen. Es war alles wunderschön gewesen, bis das mit Rickard's Bend passiert war.

Die Beschreibung dessen, was sie dort vorgefunden hatte, raubte allen die Luft zum Atmen. Sie erzählte die Geschichte, wie sie Martin, Jeff und Gary mitgenommen hatte, damit sie sich das Ganze ansahen, und erklärte, dass sie dann ihre Tarnung hatte aufgeben müssen, um die Drei von Kludges Bande loszubekommen. Sie schloss mit den Worten, dass ihnen bis jetzt Folgendes klar war: Die Dorfbewohner waren von einem Zauberer getötet worden und dieser Zauberer hatte den geheimen Plan, Hobbits zu machen.

Nach diesem Kommentar hoben sich direkt mehrere Hände. Gwen rief einen der norwegischen Death-Metal-Zauberer auf.

»Ähm«, stammelte dieser und zögerte ein wenig, »tut mir leid, aber ich muss das fragen. Phillip, was hast du die ganze Zeit da oben in deinem Geschäft gemacht?«

Phillip biss sich auf die Lippe und Gary verkündete: »Das haben wir bereits überprüft. Er hat ein Auto aus seiner Zeit Stück für Stück hier her transportiert und es wieder zusammengebaut.«

Die meisten Hände gingen spontan wieder runter. Phillip stellte Blickkontakt zu Martin her, aber der zuckte nur mit den Schultern.

Gary fuhr fort: »Es ist ein Pontiac *Fiero*!«

Die restlichen Hände gingen nun ebenfalls runter. Die Zauberer aus Italien versuchten, ihre Belustigung zu verstecken, gaben sich dabei aber nicht besonders viel Mühe.

Phillip erläuterte nun kurz, dass die anderen ebenfalls zu ihm gekommen waren und dass sie während dieser Unterhaltung herausgefunden hatten, was mit Tyler passiert war.

Dann gab Phillip an Tyler weiter, der es gerade eben noch schaffte, die Fassung zu bewahren, während er den versammelten Zauberern erzählte, wie er von Jimmys Plan erfahren hatte und dafür von ihm zum Geist gemacht worden war. Das war alles, was nötig war. In diesem Moment, als das letzte Wort gefallen war, waren alle Anwesenden der gleichen Meinung.

Es gab einige Diskussionen, aber der Hauptpunkt war, dass Jimmy gegen die einzigen drei Regeln verstoßen hatte, die sie überhaupt hatten.

Er hatte die körperliche Struktur von Menschen verändert!

Er hatte dies bei hilflosen Einheimischen, die ihm nicht ihre Zustimmung gegeben hatten, getan! Und er hatte seine Kräfte dazu benutzt, um aus Tyler einen Geist zu machen!

Alle waren sich ohne jede Diskussion darüber einig, dass dies unsagbar grausam war.

Phillip fasste nun kurz zusammen: »Also wissen wir, was geschehen ist und auch wer es war. Das können wir natürlich nicht einfach so auf sich beruhen lassen. Denn wenn wir ihn nicht aufhalten, sind wir genau so verantwortlich für das Ganze wie er. Wir müssen nach London reisen, Jimmy zur Rede stellen und dem ein für alle Mal ein Ende setzen. Wir müssen uns schließlich selbst überwachen, weil es sonst niemand kann. Wir werden ihm auch die Gelegenheit geben, alles zu erklären, aber ich bezweifle, dass er eine stichhaltige Entschuldigung dafür hat. Wobei ich ehrlich gesagt auch gar nicht wüsste, was eine stichhaltige Entschuldigung für solch ein Verhalten sein könnte. Wahrscheinlich wird er versuchen, mit uns zu kämpfen, aber er kann ja schlecht jeden von uns in einen Geist verwandeln. Und selbst wenn er es schaffen sollte, ein paar von uns zu erwischen, dann kann der Rest ihn trotzdem noch ausschalten und den Schaden wieder rückgängig machen.«

»Es wird allerdings nicht einfach werden«, setzte Phillip hinzu. »Viele von euch mögen Jimmy und es wird bestimmt schwer für euch sein, ihn zu erledigen. Ich verachte ihn und von daher wird es für mich eher schwer sein vorzugeben, nicht jede Sekunde seines Niedergangs und seiner Demütigung zu genießen. Diese Last muss ich halt tragen.«

***

Die Sonne stand hoch am Himmel und im prächtigen Hof vor der goldenen Burg Camelot gingen die Leute ihren täglichen Geschäften nach. Die Arbeiter arbeiteten, die Wachen wachten und alle blinzelten vor sich hin, wie immer an einem sonnigen Tag.

Das Licht spiegelte sich in der goldenen Burg Camelot, den gigantischen mit Gold überzogenen Toren, den riesigen goldenen Statuen der beiden Könige und des Zauberers, der ihnen beratend zur Seite stand und den polierten goldenen Verzierungen an der Uniform des Personals wider. Zusammengenommen vermittelte das den Eindruck, als würde man, wenn man in Camelot war, inmitten der Sonne stehen. Die Sicht der Menschen war durch den unaufhörlichen Glanz so sehr beeinträchtigt, dass viele von ihnen nicht einmal mehr bemerkten, dass auf einmal dreiundzwanzig Zauberer mit Sonnenbrillen aus dem Nichts auftauchten. Sie alle hatten jeweils eine Hand auf die Schulter des anderen gelegt, sodass das Ganze aussah wie eine Seitwärts-Polonaise.

Die Zauberer trennten sich nun voneinander und begaben sich gezielt zum Eingang des Schlosses. Phillip und Tyler übernahmen flankiert von Martin, Gwen, Gary und Jeff die Führung. Martin fragte Phillip jetzt: »Also wie genau ist denn der Plan?«

»Ich werde gewinnen!«, sagte Phillip. »Ich werde ihn endlich besiegen und seine Niederlage voll und ganz auskosten. Danach werde ich sie mir auf der Zunge zergehen lassen. Und anschließend werde ich meinen Mund weit öffnen und ihn seine widerliche, durchgekaute Niederlage sehen lassen und er wird ganz angewidert davon sein, genau wie ich von ihm.«

»Verdammt richtig!«, fügte Tyler hinzu. »Und es könnte sein, dass ich ihm noch dazu in die Eier trete.«

Martin ließ das Gesagte auf sich wirken und antwortete: »Gut. Ich bin froh, dass wir einen soliden Plan haben.«

Die Burg hatte keine Tür im eigentlichen Sinne. Durch den massiven, offenen Torbogen gelangte man in das opulente Vorzimmer, das wiederum in die große Halle führte. Wachen mit Gold überzogenen Uniformen flankierten den mit Gold überzogenen Torbogen und verteidigten diesen mithilfe von mit Gold überzogenen Schwertern. Die Wachen machten keinerlei Anstalten die Zauberer vom Eintreten abzuhalten. Phillip grinste sie höhnisch an, als er durch den Torbogen ging, und rannte dann mit dem Gesicht zuerst in das unsichtbare Feld, das jeden Zauberer davon abhielt, ohne Jimmys Erlaubnis einzutreten. Tyler, Martin und Gwen liefen ebenfalls dagegen. Die anderen Zauberer rannten daraufhin in sie hinein oder gegen die anderen. Alle schimpften und fluchten vor sich hin. Eine der Wachen sagte dann: »Merlin erwartet euch bereits. Bitte wartet hier und man wird euch anschließend zu seinen Gemächern geleiten.«

Die Zauberer verteilten sich, glätteten ihre Gewänder und erlangten ihre Würde, so gut es ging, wieder zurück. Einen Augenblick später erschien Eddie im Vorzimmer.

»Meine Herren. Gwen. Willkommen auf Burg Camelot. Kommt doch herein.«

Es war bezeichnend, dass er gar nicht überrascht war, Gwen mit einem Zauberstab in der Hand zu sehen. Martin blickte Gwen unauffällig von der Seite an. »Eddie wusste von dir?«, fragte er.

Gwen war ratlos. »Ich habe es ihm nicht erzählt.«

Eddie hatte ein wirklich gutes Gehör. Er grinste und antwortete: »Merlin erzählt mir stets alles.«

Tyler fragte daraufhin doppelt so laut, als er es vermutlich beabsichtigt hatte: »Oh, tut er das?« Phillip legte ihm beruhigend eine Hand auf die Schulter.

In einem kühlen Tonfall erkundigte sich Phillip: »Hat er dir auch erzählt, dass er die Bevölkerung eines ganzen Dorfes ausgelöscht hat?«

Eddies Lächeln verschwand, und er sah nun eindeutig verwirrt aus. Danach schaute er wieder säuerlich und murmelte: »Oh Phillip.« Er fasste sich wieder und sagte dann mit erzwungener Herzlichkeit: »Merlin wird sofort für euch da sein. Bitte folgt mir.«

Die nächsten zehn Minuten verbrachten die Zauberer damit, den opulentesten Warteraum in ganz England zu erkunden. Jeder einzelne Stuhl sah aus wie ein prunkvoller Thron. Anstelle von Magazinen lagen Wälzer voll obskurem Wissen herum. Martin erkannte, dass es sich dabei um Bücher mit Zaubertricks aus dem frühen zwanzigsten Jahrhundert handelte. Einige von ihnen waren auf Englisch und zeigten Männer in Smokings, die Spielkarten und Tauben in der Hand hielten, andere waren auf Chinesisch. In ihnen waren Männer mit seidenen Gewändern abgebildet, die Chromringe und Tauben in der Hand hielten. Es kam Martin in den Sinn, dass Bühnenmagie auf die eine oder andere Art die Kunst der Taubenmanipulation war. Er zog es in Betracht, diese Idee mit den anderen Zauberern zu teilen, aber er wusste, dass bestimmt gerade niemand in der Stimmung dazu war.

Während sie warteten, setzte sich Eddie an einen großen Schreibtisch, der in der Ecke stand. Als sie hier angekommen waren, hatte er den Zauberern gesagt, dass sie es sich ruhig gemütlich machen sollten. Dann hielt Eddie seine rechte Hand hoch, um das magische Handtelefon zu benutzen. Er legte seine linke Hand ans Ohr, als würde er einen Telefonhörer daran drücken. Merlins flammendes M-Symbol erschien in seiner Hand und Eddie erklärte ihm, dass die Zauberer nun angekommen seien. Niemand hörte seine Antwort. Dann sagte Eddie in einem besorgten Tonfall, dass sie ihm etwas über das

Auslöschen eines ganzen Dorfes erzählt hätten. Wieder folgte für sie nur Stille, aber Eddie schien beruhigt zu sein. Er beendete das Gespräch und berichtete den versammelten Zauberern, dass es jetzt nur noch wenige Minuten dauern würde.

Nach ein oder zwei Minuten versuchte er Gary in ein Gespräch zu verwickeln, aber dieser fragte ihn stattdessen, ob er stolz darauf sei, die erste Empfangsdame der Welt zu sein. Damit nahm Eddie zum ersten Mal die bedrohliche Stimmung wahr, die im Raum herrschte, und hörte auf zu reden.

Zehn Minuten später öffneten sich endlich die großen, kunstvoll geschnitzten Türen aus Gold und Jimmy bat alle in sein Büro. Wütend stürmten die Zauberer hinein. Allerdings war die Tür nur so breit, dass immer nur zwei Zauberer auf einmal hindurchpassten. Darum war das *wütende Hineinstürmen* von einem *höflichen Eintreten in Zweierreihen* nicht wirklich zu unterscheiden.

Obwohl es niemand erwähnt hatte, warteten schon alle darauf, zu sehen, wie Jimmy auf Tyler reagieren würde. Alle erwarteten eine überzeugende Mischung aus Schock und Schuldgefühlen. Doch sie wurden enttäuscht.

Denn Jimmy sah Tyler an und verhielt sich dann so, als wäre er zufällig einem alten Freund begegnet, von dem er wusste, dass er erst kürzlich im Krankenhaus gewesen war.

»Tyler«, sagte er, »ich bin froh zu sehen, dass sie dich endlich wieder zurückgebracht haben.« Er schaute daraufhin Gary und Jeff an und verdrehte herablassend die Augen. »Ich war mir sicher, dass sie die Hinweise bestimmt verstehen würden, aber ich hatte ja keine Ahnung, dass es so lange dauern würde! Wenn das noch länger so weitergegangen wäre, wäre ich eingeschritten und hätte dich selbst gerettet.«

Tyler trat Jimmy daraufhin so heftig in die Eier, wie er nur konnte. Die Schnelligkeit und Grausamkeit, mit der er es tat, ließen jeden Mann im Raum zusammenzucken. Alle bis auf

Jimmy, der erwähnte, dass er mit allen Eventualitäten gerechnet hätte und deshalb sicherheitshalber eine Schutzzone mit einem Durchmesser von dreißig Zentimetern um seine Genitalien herum erschaffen hatte.

Er erklärte, dass niemand ohne seine Erlaubnis in die Nähe dieses Körperteils kommen konnte. Daraufhin schaute er Gwen an und hob eine Augenbraue. Er musste immer lauter sprechen, um all dies zu erklären, da Tyler wieder und wieder vergeblich versuchte ihn in die untere Region zu treten und dabei vor Anstrengung grunzende Geräusche von sich gab. Schließlich hörte er nach ein paar weiteren Fußtritten endlich auf. Offenbar waren Jimmys Worte schließlich doch noch zu ihm durchgesickert.

»Zufrieden?«, fragte Jimmy nun.

Tyler trat ihm daraufhin gegen das Schienbein. Jimmys Gesicht verzog sich schmerzerfüllt und er hüpfte auf einem Bein herum, während er sich das verletzte Schienbein rieb.

»Für den Moment ja«, antwortete Tyler.

Jimmys Büro war etwa so groß wie ein Tennisplatz. Es hatte Marmorböden, mit Gold verzierte Säulen, eine hohe Decke, die aussah wie der Himmel und große Buntglasfenster – der Standard-Gestaltungsentwurf von Jimmy. In einer Ecke stand ein Schreibtisch, ein erwartungsgemäß übergroßes goldenes Rechteck aus Hartholz, das mit winzigen, kunstvollen Schnitzereien derart übersät war, dass es von Weitem einfach nur nach einer popcornartigen Oberflächenstruktur aussah. In einer anderen Ecke war ein ebenso kunstvoller Altar aufgebaut. Offensichtlich stand Jimmy dort, wenn er vor den Nicht-Zauberern Magie praktizierte. Martin fragte sich, in welchem der beiden Möbelstücke wohl Jimmys Computer versteckt war.

Inmitten des Raums befand sich außerdem noch ein großer Konferenztisch. Darauf stand zentral etwas äußerst Unebenes, das mit einem Tuch abgedeckt war. Das Tuch wiederum bedeckte die ganze Oberfläche des Tisches und hing an den Seiten herunter.

Jimmy versuchte nun, seinen üblichen gleitenden Schritt zum Konferenztisch zu machen, aber das neu erworbene Humpeln machte den Effekt sichtlich zunichte. »Meine Herren, Gwen«, sagte er, »ich verstehe, dass ihr alle aufgebracht seid. Ich mache euch deshalb keinen Vorwurf. Besonders dir nicht, Tyler. Ich bin nicht ehrlich zu euch gewesen und ich habe mehr als eine Sache getan, auf die ich nicht stolz bin. Es wurden Fehler gemacht. Gravierende Fehler. Aber ich bin zuversichtlich, dass ihr es alle verstehen werdet, wenn ihr erst einmal seht, warum ich es getan habe. Bitte kommt nun zu mir.«

Die Zauberer näherten sich vorsichtig dem Tisch. Jeder, selbst Phillip, hatte vor, Jimmy die Chance einer Erklärung zu geben. Allerdings erwartete niemand, dass er tatsächlich in der Lage sein würde, seine Handlungen zu rechtfertigen, aber man räumte ihm trotzdem das Recht ein, es wenigstens zu versuchen. Eddie schob sich langsam durch die Gruppe, damit er neben seinem besten Freund und Boss stehen konnte.

»Wie ihr alle wisst«, rief Jimmy, »fand ich das erste Mal, als ich in diese Zeit und an diesen Ort reiste, nur primitive Bedingungen und unwissende, abergläubische Menschen vor.«

»Und mich und Gwen«, fügte Phillip hinzu.

»Durchaus«, stimmte Jimmy zu. »Und darf ich anmerken, Gwen, dass ich sehr erfreut darüber bin, dass du dich endlich dazu entschieden hast, Farbe zu bekennen und dich dem Rest von uns anzuschließen? Wie auch immer. Damals waren wir nur zu dritt und haben uns ernsthaft darum bemüht, die einheimischen Menschen nicht unseren modernen Ideen und Annehmlichkeiten auszusetzen. Phillip möchtest du vielleicht erzählen, wie gut das funktioniert hat?«

»Hier wissen alle, dass wir Verunreinigungen von Zeitreisenden entdeckt hatten, die noch weiter zurückgegangen waren als wir«, schimpfte Phillip, »und dass unsere Handlungen nicht die Zukunft beeinflussen. Also, was willst du?«

Jimmy lächelte wohlwollend. »Nun, ich entschied, dass es dann doch keinen Grund gab, warum ich nicht das Leben für jedermann ein wenig besser machen sollte. Also habe ich einen Drei-Phasen-Plan entwickelt. Phase eins war ein paar nette unauffällige Kleinigkeiten einzuführen. Zum Beispiel das Essen mit der Gabel von einem Teller anstatt mit Dolchen und alten Brotscheiben. Ich habe außerdem eine sanitäre Grundversorgung eingeführt. Dabei war ich allerdings so vorsichtig, dass die Einheimischen am Ende dachten, sie hätten all das selbst erfunden. Die Burg, in der wir gerade stehen, war Phase zwei. Ich habe die Regierung stabilisiert, den Lebensstandard des Königreichs erhöht und den Leuten somit einen Anführer gegeben, zu dem sie mit Stolz aufschauen können.« Jimmy sah unerträglich selbstzufrieden aus. Auch Eddie wirkte so, als sei er sehr zufrieden mit ihm.

Jimmy fuhr fort: »Ich hatte gehofft, dass ich die Veröffentlichung der letzten Phase des Plans noch etwas hinauszögern kann, aber ich befürchte, Tyler ließ mir keine andere Wahl, was aber vollkommen in Ordnung war! Wirklich - überhaupt kein Problem. Es tut mir leid, dass ich aus dir einen Geist gemacht habe, Tyler, aber es blieb mir nichts anderes übrig. Es gab leider noch ein paar wichtige Einzelheiten abzusichern, bevor ich Phase drei enthüllen konnte.

Phase drei wurde von mir konzipiert, um den Menschen das Leben zu ermöglichen, das sie immer gewollt hatten und nicht das, was sie stattdessen bekommen hatten. Wenn das Leben schwierig wird, so schwer, dass man es kaum noch aushält, dann wenden sich die Leute meistens Filmen, dem Fernsehen oder Büchern zu. Sie … wir alle ziehen uns dann gerne in eine Fantasiewelt zurück. Ich habe mir vorgenommen, das Leben jedes empfindsamen Wesens auf der Erde zu verbessern, indem ich die Realität ein wenig mehr wie Fantasie aussehen lasse.

Wie ihr alle wisst, ist eine der wenigen heiligen Regeln, die wir haben, niemals die physische Struktur eines lebenden Menschen zu verändern, denn dadurch wird man ihn wahrscheinlich töten. Allerdings haben einige von uns überwiegend durch Zufall bewiesen, dass die Person ihr Leben unversehrt weiterleben kann, wenn die Veränderungen nur ganz geringfügig sind. In einigen Fällen weiß sie dann nicht einmal, dass überhaupt etwas mit ihr passiert ist. Ich habe einen Plan ausgearbeitet, bei dem ich kleine, schrittweise Änderungen über einen längeren Zeitraum vornehmen kann, um die körperliche Verfassung jedes Mannes, jeder Frau und jedes Kindes in diesem Land zu verbessern.«

Jimmy schlug nun mit viel Aufhebens das Tischtuch zur Seite und enthüllte eine dreidimensionale Karte der Britischen Inseln. Die Städte wurden durch kleine, stilisierte Modelle angedeutet, die allerdings deutlich herausstachen, da sie proportional überhaupt nicht zum Rest des Modells passten. Camelot war ein goldenes Abbild der Burg. Es war sehr gut erkennbar, die meisten anderen Großstädte, Städte und Dörfer aber eher weniger.

Jimmy holte nun einen Zeigestock hervor und deutete auf London, das jetzt Camelot hieß und den größten Teil der Hauptinsel einnahm. »In diesem Bereich werden die Menschen weitgehend unverändert bleiben. Ich habe nur den Plan sie ein wenig größer, muskulöser und insgesamt gesünder zu machen, aber ohne drastische Veränderungen vorzunehmen. Dieser Bereich wird das Reich der Menschen sein.«

Jimmy zeigte auf ein kleines Gebiet in der Nähe der schottischen Grenze. »Wie wir alle wissen, hat dieses Gebiet viele eher dichte Wälder. Ich habe es darum als Reich der Elfen auserwählt. Die Menschen in dieser Gegend werden viel größer und dünner sein und größere Augen haben. Ich kann sie leider nicht dazu bringen sich für Bäume zu interessieren, aber ich plane, sie mit einem finanziellen Anreiz dazu zu ermutigen. Ich weiß, dass die Elfen ein bisschen zu weit weg sind, als dass man regelmäßig in den Genuss ihres Anblicks kommen wird, aber im Königreich der Menschen soll es dafür hier und da Hobbits geben, die das Ackerland bewirtschaften und den Orten allgemein etwas Farbe verleihen werden. In der letzten Phase wird dann Schottland, da es recht gebirgig ist, natürlich das Zuhause der Zwerge werden.« Jimmy nahm den Zeigestock wieder herunter und strahlte vor Süffisanz, während alle anderen versuchten, nachzuvollziehen, was er gerade erzählt hatte.

Schließlich brach Eddie als Erster das allumfassende Schweigen. »Erinnert ihr euch noch daran, dass ich gesagt habe, er würde mir immer alles erzählen? Ich lag wohl offensichtlich falsch!«

Phillip erwiderte: »Und was ist in Rickard's Bend passiert? Ist da etwas mit deinen Hobbits schief gelaufen?«

Jimmy saugte seine Lippen gegen seine Zähne, dann antwortete er: »Ja bedauerlicherweise. Durch den Zusammenstoß mit Tyler war ich so erschüttert, dass ich versehentlich einen Schritt bei ihrer Transformation übersprungen habe und nun ja, ihr wisst, was dann passiert ist. Jedenfalls war es nur ein höchst bedauerlicher Unfall und ich mache auch gewiss nicht Tyler dafür verantwortlich.«

Martin rieb sich die Augen und atmete tief ein. *Er versteht es nicht,* dachte er. *Er versteht wirklich nicht, wie falsch er damit liegt.*

Phillip räusperte sich nun und sagte schließlich für das Protokoll: »Jimmy, du bist ein Bastard.«

Jimmy schien deswegen eher verwirrt als beleidigt zu sein. »Es macht mich also zu einem Bastard, wenn ich versuche, das Leben für alle ein wenig zu verbessern, Phillip?«

»Ja!«, schrie Phillip. »Wenn du ihnen keine Wahl lässt, dann ja!«

Jimmy erwiderte: »Nun Phillip, wenn du einen Hamburger essen willst, musst du eben eine Kuh töten. Wenn du einen Stuhl herstellen willst, musst du eben einen Baum töten. Ich wollte Elfen und Hobbits und habe niemanden dafür getötet, zumindest nicht absichtlich. Ich habe wegen Rickard's Bend ehrlich ein schlechtes Gewissen.«

»Gut!«, sagte Phillip. »Das solltest du auch! Aber selbst wenn du nicht ein ganzes Dorf ausgelöscht hättest, würdest du immer noch falsch mit allem liegen! Was ist, wenn all diese Leute, denen du *hilfst*, gar keine Zwerge und Elfen sein wollen? Hast du jemals darüber nachgedacht?«

Jimmy verdrehte die Augen, als ob er dachte, dass Phillip schrecklich dumm sei. »Phillip natürlich würden sie *zunächst* keine mythologischen Kreaturen werden wollen. Veränderungen sind doch bekanntlich immer furchterregend! Sobald sie aber sehen, was sie dadurch gewinnen würden, werden sie ihre Meinung garantiert schnell ändern. Die Zwerge holen das ganze Gold hoch, das ich auf magische Weise in ihre Minen gebracht habe. Die Hobbits finden heraus, dass ein Leben in Hobbit-Dörfern wie ein andauerndes Oktoberfest in Amsterdam ist. Die Elfen bemerken irgendwann, dass sie eine Lebensdauer von Hunderten von Jahren haben. Obwohl ich ihnen das wahrscheinlich besser alles im Vorhinein sagen sollte. Der springende Punkt ist, sie bekommen alle eine Gegenleistung dafür.«

»Aber du lässt ihnen keine andere Wahl«, widersprach ihm Phillip. »Du hast die Entscheidung einfach so für sie übernommen, du hast beschlossen, über hundert Leute zu ermorden, und nun ich weiß nicht wie viele … zu gefährden. Wie viele Menschenleben setzt du jetzt gerade aufs Spiel?«

Jimmy dachte kurz nach. »Wenn du dich auf die Versuchs-Dörfer beziehst, die ich als Machbarkeitsnachweis modifiziert habe, dann gibt es zwei. Das bringt mich zum nächsten Punkt. Als Tyler so schlimm auf mein Hobbit-Dorf reagiert hat, wusste ich, dass ich einige Teile des Prozesses beschleunigen musste, damit ich euch zeigen kann, was ich vorhabe. Seht mal, ich weiß, dass ihr mich eigentlich ins Exil schicken und vom Shell-Programm abschneiden wollt, aber vorher habe ich ein Recht darauf, mich vernünftig zu verteidigen. Ich bitte euch deshalb nur darum, dass ihr alle mitkommt, damit ich euch mein Werk zeigen kann. Ich verspreche euch auch, ihr werdet es nicht bereuen!«

Jimmy nahm daraufhin seinen Stab in die Hand und hob ihn so hoch, dass der blaue Plasmaball etwas oberhalb seines Kopfes war. Dann bot er Phillip seine Schulter an. Phillip zog eine Grimasse, legte aber letztendlich widerwillig eine Hand auf Jimmys Schulter. Jimmy schaute nun zu Martin hinüber, der dem Beispiel folgte und kurz darauf waren alle im Raum miteinander verbunden.

Jimmy rief: »Egal wie das Ganze ausgeht, ich möchte euch allen für euer Vertrauen danken. Transporto al armeo post alpha!«

Sobald sie diesen Spruch hörten, bereuten alle Zauberer, dass sie Jimmy erneut vertraut hatten.

Sie erschienen nun auf einem leeren Feld, direkt außerhalb der goldenen Mauern von Camelot. Der Himmel war noch immer klar, die Sonne blendend hell und sie spiegelte sich in den goldenen Stadtmauern wider, denen sie nun alle gegenüberstanden. Hinter ihnen erstreckte sich das offene Feld fast einen Kilometer lang. Am anderen Ende war ein Wald zu sehen und zwischen ihnen und der Mauer befanden sich mindestens fünfhundert Soldaten. Sie alle standen stramm und trugen goldene Kettenhemden. Kolonnen von Soldaten erstreckten sich in Reihen nach beiden Seiten bis in die Ferne, die letzte Reihe mit dem Rücken zur Mauer. Sie alle waren recht groß und ihre Haut hatte eine aschfahle, bläuliche Blässe. Jimmy machte einen einzigen, grazilen Schritt und legte so die etwa zwölf Meter zurück, die zwischen den Zauberern und den Soldaten lagen. Er landete sanft und drehte sich dann theatralisch um. Seine Arme hatte er dabei weit ausgestreckt und seine grün-goldene Robe wirbelte um ihn herum. Ausladend schwang er nun seinen Stab über den Köpfen der Soldaten hin und her.

»Weidet eure Augen an der furchterregenden Ork-Armee des Königs!«, brüllte Jimmy triumphierend.

Die Zauberer flüsterten sich diverse Dinge zu, aber Phillip fasste ihre Gefühle kurz und knapp mit einem einzigen Wort zusammen. »Scheiße!«

Jimmy wirbelte nun herum, um sein Werk zu betrachten, und drehte den Zauberern dabei den Rücken zu. »Da gebe ich euch vollkommen recht«, meinte er, stemmte seine linke Hand in die Hüfte und stützte sich dabei schwer auf seinem Stab auf. »Wisst ihr, dieses Kettenhemd ist aus echtem Gold. Ich habe eine Ewigkeit dafür gebraucht, um all diese kleinen Goldringe herzustellen.«

Martin versuchte krampfhaft, die volle Bedeutung von dem, was er gerade sah, zu verarbeiten. Einige Teile seines Verstands hatten allerdings bereits aufgegeben und stattdessen beschlossen, immer nur ein Problem auf einmal in Angriff zu nehmen. Er war ein wenig überrascht, sich selbst schreien zu hören: »Du kannst doch keine Rüstung aus Gold machen! Das ist doch viel zu weich! Eine Axt wird direkt hindurchgehen!«

Jimmy schaute Martin über die Schulter hinweg an und sah einen Moment lang besorgt aus. Aber dann zuckte er mit den

Achseln und sagte: »Ach, na ja. Ich kann ja immer noch mehr nachmachen.«

Gwen fragte daraufhin: »Mehr Goldringe oder mehr Soldaten?«

»Sowohl als auch«, antwortete Jimmy lapidar. »Und bitte nennt sie Orks.«

»Nein! Niemals! Das sind keine Orks! Das sind keine«, schrie Phillip außer sich.

»Na ja, noch nicht ganz. Um ehrlich zu sein, haben sie erst zehn Prozent ihrer endgültigen Form erreicht. Aber ich traue mich nicht, sie schneller zu verändern.« Jimmy gab dem Soldaten, der ihm am Nächsten stand, ein Zeichen. »Du da. Tritt vor.«

Der Soldat schleppte sich daraufhin langsam vorwärts. Er war mindestens einen Kopf größer als Jimmy und seine Bewegungen waren vorsichtig und bedächtig.

»Sie gewöhnen sich immer noch an ihre neue Größe«, erklärte ihnen Jimmy. »Zeig ihnen mal deine Zähne.« Der Soldat fletschte die Zähne. Es waren große Platten aus gelblichem Kalzium mit fahlem roten Zahnfleisch, und es klebte nicht gerade wenig Blut in den Zahnzwischenräumen. »Es ist leider sehr schmerzhaft. Nicht nur wegen des Wachstums. Bis sie sich an ihre neuen Zähne gewöhnt haben, werden ihre Wangen und Zungen wohl leider etwas in Mitleidenschaft gezogen. Ich habe aber ihre Schmerzrezeptoren lahmgelegt, um das Ganze zu kompensieren. Als nützliche Zugabe habe ich sie allerdings wissen lassen, dass der Schmerz sofort zurückkommt, wenn ich unglücklich werde. Dadurch bleiben sie stets gehorsam.«

Jimmy drehte sich um, damit er die Zauberer ansehen konnte. Die Arme breitete er dabei weit aus. »Nun? Was denkt ihr?«

Phillip antwortete: »Das ist unmenschlich!«

Jimmy sagte: »Ja, ich weiß.«

»Nein!«, erwiderte Phillip. »Das, das … *Jimmy*! Das ist ganz und gar unmenschlich! Das ist das Schlimmste, was du tun konntest! Selbst ich habe nicht geglaubt, dass du zu so etwas fähig bist! Jimmy, du musst sofort damit aufhören! Du musst das alles augenblicklich rückgängig machen!«

»Oh Phillip. Das kann ich nicht. Wenn ich es täte, wäre doch all meine harte Arbeit ganz umsonst gewesen.«

Phillip schrie nicht, aber in seiner Stimme lag ganz eindeutig ein Hauch von Wahnsinn. »Jimmy. Du wirst alles, was du getan hast, wieder rückgängig machen und dann werden wir über deine Strafe entscheiden!«

»Und wenn nicht?«, fragte Jimmy stur.

»Dann werden *wir* rückgängig machen, was du getan hast und dich umso härter bestrafen.«

Jimmy schüttelte den Kopf. »Da hat man ja wirklich nicht viel Auswahl, aber du warst ja schließlich noch nie ein guter Vermittler Phillip, oder?«, meinte er kichernd, aber als ihm klar wurde, dass er der Einzige war, der das komisch fand, hörte er sofort damit auf. Er nahm sich einen Moment, um die Stimmung der Zauberer abzuschätzen, die nun als geschlossene Einheit hinter Phillip standen. »Okay, ich sag euch was: Wenn irgendjemand von euch Phillip zustimmt, dann bleibt bei ihm. Wenn ihr aber versteht, was ich hier getan habe und auch findet, dass es der richtige Weg ist, dann kommt und stellt euch zu mir.«

Niemand, nicht einmal Eddie, bewegte sich auch nur einen Millimeter.

»Ich verstehe«, sagte er säuerlich. »*Dann ist ja alles klar, Phillip*. Wenn das, was ich getan habe, ja sooo ein schreckliches Verbrechen ist, für das ich bestraft werden muss, dann schlage ich vor, dass du weitermachst!« Er legte seinen Stab auf den Boden und verschränkte die Arme vor seiner Brust, als ob er geduldig auf einen Polizisten warten würde, der ihm Handschellen anlegte.

Phillip ging langsam vorwärts. Er nahm den Hut ab und murmelte: »Snuro, kvar metrojn«, um ein Seil herzustellen. Als er in seinen Hut griff, entgegnete er: »Nun Jimmy, ich werde nicht behaupten, dass ich das hier nicht genieße.« Er langte mit der Hand in den Hut hinein, griff zu, bekam aber nur eine Handvoll Luft zu fassen. Fassungslos versuchte er es noch ein paar Mal. Er rätselte gerade darüber nach, was los war, als er mit dem Gesicht voran in das unsichtbare Ausschlussfeld lief, das sich plötzlich zwischen ihm und Jimmy befand. Phillip prallte an der unsichtbaren Wand ab, flog rücklings ins Gras und stöhnte vor Überraschung auf.

Jimmy rief: »Ich muss schon sagen, ich habe es auch ziemlich genossen.« Er bückte sich und hob seinen Stab auf. Martin und Gwen rannten schnell zur Phillip, der eineinhalb Meter vor Jimmy auf dem Boden lag. Phillip setzte sich vorsichtig auf und befühlte seine Nase, um festzustellen, ob sie gebrochen war.

Jimmy sagte nun: »Ihr werdet feststellen, dass die gesamte Stadt Camelot von einem Ausschlussfeld umgeben ist; dem Größten, das jemals jemand erzeugt hat. Das war es, was ich schleunigst zu Ende bringen musste, als Tyler sich als so ein Weichei herausgestellt hat. Diesen Teil wirst du lieben: Das Zauberwort, um das Feld zu aktivieren, ist: Dann ist ja alles klar, Phillip. Siehst du, ich wusste schon immer, dass du dich eines Tages gegen mich wenden würdest.«

»Das habe ich schon vor vielen Jahren«, schrie Phillip vom Boden aus.

»Du denkst, das wüsste ich nicht? Du hast deine Feindseligkeit schließlich nicht besonders gut versteckt, Phillip.«

»Ich habe sie überhaupt nie versteckt! Ich war immer offen feindselig dir gegenüber!«

»Nun«, schnaubte Jimmy, »denk nicht mal eine Minute daran, dass ich mich von deiner falschen Freundschaft habe täuschen lassen.«

»Ich hasse dich! Ich hasse dich! Jahrelang habe ich dich unverhohlen gehasst!«

»Und endlich kommt die Wahrheit heraus!«

Eine Zeit lang schrie Phillip nur noch unartikuliert herum. Er war viel zu wütend, als dass es ihm etwas ausgemacht hätte, Jimmy genau das zu geben, was er wollte. Schließlich hörte er auf, zog sich hoch und hob seinen Stab und seinen Hut auf.

»Diese Sachen wirst du nicht mehr brauchen«, meinte Jimmy. »Auf eurer Seite des Ausschlussfeldes habe ich nämlich das Shell-Programm außer Kraft gesetzt. Wenn einer von euch herübergekommen wäre, um mir beizustehen, hätte er seine Macht und den vollen Zugriff auf das Shell-Programm noch immer, aber stattdessen seid ihr jetzt alle abgeschnitten. Das Shell-Programm wird euch einfach ignorieren, solange ihr dort draußen seid. Also so ziemlich für den Rest eures Lebens.«

Martin schrie außer sich vor Wut: »Damit wirst du nicht davonkommen, Jimmy.«

»Das bin ich doch schon längst. Ihr Kretins habt nur viel zu lange gebraucht, bis ihr es bemerkt habt. Und mein Name ist *Merlin*!« Dann erklärte er: »Natürlich kann ich, weil das Shell-Programm da draußen nicht funktioniert, auch keine Magie gegen euch anwenden.«

Keiner der Magier, die auf der falschen Seite der Barriere standen, waren überrascht, als Jimmy fortfuhr: »Deshalb muss ich stattdessen einfach meine Orks auf euch hetzen!«

Phillip war voller Wut. »Das sind keine Orks, du Vollidiot! Nur weil du etwas so nennst, wird es noch lange nicht ... dazu!«

Jimmy schüttelte bedauernd den Kopf. »Oh Phillip. Dir fehlte es schon immer an Fantasie, wie dieser letzte Satz wieder einmal deutlich beweist!«

Kapitel 26

Die Zauberer entdeckten schnell, dass es für das Herz-Kreislauf-System nicht gerade zuträglich war, wenn plötzlich von jetzt auf gleich jede Form von Nahrung, Unterkunft, Geld sowie die Fähigkeit sich zu teleportieren und zu fliegen, nicht mehr frei zugänglich waren. Sie wussten nicht genau, ob sie die Sperrung des Shell-Programms genau so anfällig für Verletzungen machte wie Nicht-Zauberer, aber keiner von ihnen wollte dort bleiben und es herausfinden. Die meisten Zauberer rannten gerade mal dreißig Meter weit, bis sie schon außer Atem gerieten. Aufgrund der Unebenheit des Feldes, durch das sie rannten, zerrten, verstauchten oder verdrehten sich die meisten von ihnen außerdem in kürzester Zeit irgendein Körperteil. Martin war unter denen, die körperlich am fittesten waren, aber auch nur deshalb, weil er zuletzt hier angekommen war. Die Zauberer rannten um ihr Leben und machten das wirklich unglaublich schlecht.

Glücklicherweise stellten sich die Orks auch nicht viel besser an. Auf Merlins Befehl hin näherten sich alle fünfhundert Orks den nun machtlosen Zauberern, aber sie bewegten sich dabei unglaublich ungeschickt und maulten die ganze Zeit herum. Offenbar war der Prozess, sich in Orks zu verwandeln, noch wesentlich unangenehmer als Merlin es ihnen gegenüber zugegeben hatte. Das war einerseits gut, denn es gab den Zauberern eine Chance, zu entkommen, andererseits war es aber auch schlecht, weil es bedeutete, dass die Orks garantiert in Rachelaune sein würden, wenn sie jemanden erwischten.

Martin bemerkte, dass er sich irgendwie von dem Trupp der Zauberer entfernte, und bekämpfte seinen natürlichen Instinkt, noch mehr Abstand zu gewinnen. Stattdessen ergriff er die Gelegenheit, ein wenig langsamer zu werden und sich umzuschauen. Die kleine Schar von Zauberern hatte den Orks gegenüber mittlerweile einen Vorsprung, aber Martin wusste, dass das nicht so bleiben würde. Die Zauberer hatten ziemlich Gas gegeben, aber sie würden das Tempo nicht lange halten können. Wohingegen die feste Wand aus Orks zwar langsam war, es aber keinen Grund zu der Annahme gab, dass sie mit der Zeit noch langsamer werden würde. Martin sah zum Waldrand hinüber, der immer noch Hunderte von Metern entfernt war. Er glaubte nicht, dass die Zauberer, es schaffen würden, dorthin zu gelangen. Einige von ihnen hielten sich bereits die Seiten. Selbst wenn sie den Wald erreichten, gab es keinen Grund zu glauben, dass die Orks ihnen dort nicht weiter nachjagen würden. Wahrscheinlich würde der Wald die Zauberer nur voneinander trennen, wodurch sie noch leichter als ohnehin schon zu fassen sein würden.

Martin fühlte, wie die Koboldschachtel, in der sich sein Smartphone befand, in der Tasche seiner Robe herumklapperte und permanent gegen seine linke Hüfte schlug, während er rannte. Es war zum Verrücktwerden. Sein Gewand, sein Hut, sein Stab, sein Handy. Nur zehn Minuten zuvor waren all diese Sachen so mächtig gewesen, aber nun waren sie so nutzlos, als hätte das Shell-Programm nie existiert.

Moment mal, dachte Martin plötzlich. *Mein Handy konnte doch schon Sachen machen, bevor Phillip mir von dem Shell-Programm erzählt hat. So bin ich doch überhaupt erst hierher gekommen!* Einen Moment lang riskierte er es sich umzudrehen und rückwärts zu laufen.

»Hey Phil«, schrie er. »Er hat doch gesagt, dass er das Shell-Programm gesperrt, oder?«

Phillip war ziemlich außer Atem und verlor deutlich an Geschwindigkeit. Er sprach, während er ein paar Mal nach Luft schnappte: »Ja … na … und?«

»Er hat doch nicht gesagt, dass er die Datei gesperrt hat, nur das Shell-Programm, oder?«

»Ja … es ist wirklich … schwer … jemanden … von der Datei … abzuschneiden. Wir … können … es … tun … aber man muss dazu … eine Menge Sachen berücksichtigen! … das geht nicht so schnell.«

Martin sagte nichts, sondern kramte stattdessen die silberne Koboldbox heraus und zeigte sie Phillip. Einen Moment lang schaute Phillip verwirrt, doch dann fing er an zu schreien: »TU ES! TU ES JETZT! TU ES!«

Martin klappte hastig den Deckel der Box auf. Das Display des Smartphones leuchtete ihm einladend entgegen. Er rief die App auf und sah sich dann seine Optionen an. Er könnte in seine Zeit zurückgehen, und dort wie ein zivilisierter Mensch verhaftet werden. *Nein danke.* Er konnte sich wegteleportieren und aus der Ferne dabei zusehen, wie seine Freunde zu Tode geprügelt wurden. *Auch nicht viel besser.* Dadurch blieb nur noch eine Option übrig. Er drückte den Knopf zum Schweben und schoss sofort über einen halben Meter in die Luft. Er hörte, wie die anderen Zauberer jubelten, aber er machte sich im Moment mehr Sorgen um die Vibration, die seinen Körper durchschüttelte. Er hatte sich nie die Mühe gemacht, dieses Problem zu beheben. Außerdem wurde er langsamer, da seine Füße nicht länger den Boden berührten. Auch Phillip musste das bemerkt haben, denn er packte Martins Ärmel und begann, ihn in der Luft hinter sich herzuziehen.

»Okaa-ay«, rief Martin und klang dabei wie eine Ziege, die auf einer Rüttelmaschine sitzt. »Ich weeeeeiiiiß jeeeeetzt, dass es fuuuunktioniiiiert. Iiich werde das jeeeetzt beendeeeen.«

Phillip schrie: »Wage es ja nicht! Ich habe eine Idee!«

Er manövrierte Martins bebenden Körper so, dass er knapp einen halben Meter mit dem Kopf voran über dem Boden schwebte. Das Gesicht war nun, wie bei Superman nach unten gerichtet. Martin fragte sich, was Phillip wohl vorhatte. Dann fühlte er, wie dieser in die Luft sprang und mit einem Knie mitten auf Martins Rücken landete. Er stieß einen schmerzerfüllten Schrei aus, als Phillip anfing, sich mit dem anderen Bein vom Boden abzustoßen, und Martin so, wie einen Roller benutzte. Martin begann sich zu beklagen, aber Phillip unterbrach ihn sofort und schrie: »H-h-h-alt die Luuuuuft annnn. Duuuu schuuuuuldest miiiiir waaaas!«

»Okaaay. Werrrr haaat noooch einen T-t-taschencooomputuuter mit deeem maaaan auf diiie Dateiiii zugreiiiifen kaaaan?«, schrie Phillip nun. Eine enttäuschend geringe Anzahl an Stimmen antwortete. Martin war sich nicht sicher, aber er dachte, er hätte drei gehört. Gwen und Jeff waren zwei davon.

»Rrrichtig«, antwortete Phillip, »wiiir braaauchen dringend eiiine Ableeenkuuung! Irgendweeelche Ideeeeen?«

Ein endloser Augenblick verging, dann sagte schließlich Jeff: »Weißt du was? Ich denke, ich weiß da was! Ich muss aber aufhören zu rennen, um es tun zu können. Lauft weiter, egal was mit mir geschieht!«

Gary schrie sofort: »Abgemacht!« Alle, die ihn kannten, wussten, dass dies bei ihm durchaus als Ausdruck von Betroffenheit durchging.

Martin wurde währenddessen immer noch als Hoverboard benutzt. Er ließ seinen Kopf hängen, damit er einen ungehinderten aber umgekehrten Blick hinter sich werfen konnte. Er sah, dass die Zauberer mittlerweile einen Vorsprung von etwa dreißig Metern hatten. Außerdem konnte er beobachten, dass Jeff aufgehört hatte zu rennen. Er hatte sich umgewandt, um sich der stöhnenden, hinkenden Masse von Orks zuzuwenden. Seinen Kopf hatte er gesenkt und er bearbeitete offenbar gerade irgendeine Art von elektronischem Gerät, aber Martin konnte nicht genau sehen, was es war. Als die Orks die Lücke schlossen, blickte Jeff nach oben, um sie zu empfangen. Sie waren nur noch ungefähr neun Meter entfernt, als er die entscheidende Taste drückte.

Martin konnte die Orks plötzlich nur noch schwer erkennen, denn sein Blick wurde durch eine riesige Armee von Dämonen versperrt. Diese waren drei Meter groß und ihre obere Körperhälfte bestand aus rosaroter Haut. Ihre Beine waren mit braunem Fell bedeckt und endeten in gespaltenen Hufen. Ihre knurrenden, animalischen Gesichter wurden von großen, gebogenen Hörnern eingerahmt. Ihre Fäuste glühten grün vor geheimnisvoller Energie. Hunderte von ihnen standen nun zwischen Jeff und den Orks und waren aufgereiht wie höllische Raketen. Martin konnte zwischen den Armen und Beinen der Dämonen gerade so hindurchsehen, um ein Gefühl für die Panik in den Reihen der Orks zu bekommen. In einem Moment joggten diese noch auf die Zauberer zu, im nächsten Augenblick rannten sie voller Panik weg. Sie murrten noch immer, nun aber deutlich nachdrücklicher.

Martin fand es irgendwie seltsam, dass die Dämonen nur die Zauberer ansahen und mit dem Rücken zu den Orks standen, aber er war gewillt, das zu akzeptieren. Den Zauberern brauchte man nicht sagen, dass sie nun aufhören konnten zu rennen. Sie standen ein paar Hundert Meter vom Waldrand entfernt, schnappten hektisch nach Luft und hielten sich die Seiten. Phillip nahm nun endlich sein Knie von Martins Rücken und Martin schwebte vibrierend ein paar Meter weiter, bis er endlich auf sein Handy tippte. Dann fiel er wie ein Stein zu Boden und blieb dort liegen, dankbar am Leben und in einer unbewegten Lage zu sein. Einen Augenblick später stand er allerdings mühsam auf und gesellte sich zu den anderen Zauberern, die beobachteten, wie Jeffs Dämonenarmee die Orks verjagte.

Martin beobachtete den Kampf ebenfalls, während er hinter den Zauberern entlangging. Jetzt, wo er wieder aufrecht stand, kamen ihm die Dämonen irgendwie bekannt vor. Dass sie Martin immer noch anzusehen schienen, obwohl sie gleichzeitig die Orks zurück nach Camelot jagten, half ihm dabei. Martin fragte sich auf einmal, warum sie rückwärts rannten, aber dann stellte er fest, dass einige von ihnen auch seitwärts liefen und dass sie sich allesamt in einer merkwürdigen, abgehackten Art und Weise vorwärtsbewegten. Martin lächelte. Dann ging er drei Meter nach links, während er die Dämonen weiter beobachtete. Sie drehten sich immer noch alle so, dass sie ihn ständig ansahen, egal wo er auch war. Fast wie animierte Pappfiguren.

Martin lachte, dann schrie er begeistert: »Jeff, *Doom*?«

»Japp!«, erwiderte Jeff. »Man nennt sie *Barone der Hölle*. Sie waren Level-Bosse aus dem ersten Spiel und tauchten dann auch wieder in *Doom II* auf, glaube ich. Ich habe nicht alle Frames und Sound-Dateien importiert. Konnte ja nicht ahnen, dass ich sie so bald schon brauchen würde.« Jeff wandte sich nun zu Gary. »Ich wollte dir einen davon zu Weihnachten als Haustier schenken.«

Einer der Magnusse aus Norwegen rief: »Ich kaufe dir zehn ab. Nenn mir einen Preis.«

Die Dämonen rannten nicht besonders schnell, aber die Orks auch nicht. Jeff hatte also genügend Zeit ein paar Unterprogramme auszuführen, wodurch es den Dämonen möglich war, sich seitlich zu drehen und grüne Feuerbälle zu werfen. Die Flucht der Orks schien auf diese Weise beschleunigt zu werden. Die Feuerbälle trafen nun ein paar der Orks im Rücken. Sie waren allerdings viel zu verängstigt, um zu bemerken, dass die Feuerbälle keinerlei Effekt hatten. Die angsterfüllten Orks drängten sich panisch durch ein Seitentor der Stadtmauer wie fünfhundert von den *drei Stooges*. Das Fallgitter knallte hinter ihnen herunter. »Kannst du noch mehr von denen machen?«, fragte Gwen neugierig.

»Wie viele willst du denn?«

»Genug, um dafür zu sorgen, dass die Orks eine Weile dort drin bleiben.«

»Sicher«, meinte Jeff. »Der schwierige Teil war es einen Emulator zu schreiben, damit der Spielcode auch hier draußen läuft. Aber das ist jetzt erledigt, daher kann ich so viele erschaffen, wie ich nur will. Sie wandern dann einfach umher und greifen alles an, was sich bewegt.« Jeff drückte nun auf ein paar Knöpfe, tippte ein wenig herum und plötzlich war das ganze Feld voller Barone der Hölle. Sie wanderten umher und schmissen wahllos mit grünen Feuerbällen um sich. Das einzige Geräusch war das Zwitschern der Vögel und das Rascheln der Bäume im Wind.

»Wie ich schon sagte, habe ich die Sound-Dateien leider noch nicht importiert«, erklärte Jeff entschuldigend.

»Offenbar ist Jimmy nicht in der Nähe geblieben, um dabei zuzuschauen, wie die Orks uns erledigen, sonst hätte er sich inzwischen bestimmt schon gerächt«, meinte David, der Zauberer aus Russland, als ein Dämon ihm gegen den Hinterkopf schlug, was jedoch vollkommen wirkungslos war.

»Stimmt«, entgegnete Phillip, der von hinten durch die grünen pixeligen Feuerkugeln beleuchtet wurde. »Wir müssen schauen, dass wir zurück in die Stadt kommen.«

Martin blickte auf sein Smartphone, das immer noch in seiner dekorativen Box klemmte. Zwei Dämonen umringten ihn, kämpften stumm und versuchten einander zu töten, als ob er überhaupt nicht da wäre. »Ich kann mich selbst hineintransportieren, das ist überhaupt kein Problem, aber ich habe noch nie versucht, eine Person mitzunehmen, geschweige denn zwanzig.«

Gwen zog gerade ein Smartphone heraus, als ein Dämon durch sie hindurchging, oder er versuchte vielleicht auch, sie zu treten, so genau konnte man das nicht erkennen. Martin nahm aufgrund des Logos und der Form des Handys an, dass es sich dabei um ein iPhone 6 handelte. Mit zusammengekniffenen Augen starrte sie auf den Bildschirm und sagte: »Damit kann ich theoretisch jeden transportieren, aber ich habe keine Benutzerschnittstelle, nur die ursprüngliche Datei. Ich werde also einen nach dem anderen mitnehmen müssen und ich brauche dazu die festen Koordinaten des exakten Landepunkts. Hat sich irgendjemand von euch zufällig ein paar sichere Koordinaten der Stadt eingeprägt?«

Nach einer bemerkenswerten Stille blickte Eddie auf Gwens Handy und bemerkte das Logo auf der Rückseite. »Apple? Sind die wirklich immer noch im Geschäft?«

Jeff sagte: »Du bist aus den frühen Neunzigern, oder?« Sein tragbares Gerät, das nur wenige Jahre nach Martins Zeit hergestellt worden war, schien aus zwei aneinandergeklebten Glasplatten zu bestehen, die ein Rechteck bildeten. Die hintere Glasscheibe war undurchsichtig; in der vorderen befand sich das Display. Martin sah kein Logo, was wahrscheinlich bedeutete, dass es nicht von Apple war.

Einer der Deutschen besaß einen Palm Treo. Es sah so aus, als wäre es von einem der billigsten Anbieter entworfen worden. Martin ging nicht davon aus, dass es genauso nützlich sein könnte wie das iPhone von Gwen.

Zu diesem Zeitpunkt hatten sich die Zauberer zu einem losen Haufen zusammengeschlossen. Die Dämonen hatten sie umzingelt und ließen einen konstanten Schwall von 16-Bit Feuerbällen auf ihre Rücken einprasseln. Die Salven erhellten die Gesichter der Zauberer mit einem unheimlichen grünen Licht.

»Okay«, meinte Phillip nun. »Martin geh du rein und sieh zu, dass du Jimmy irgendwie beschäftigst. Ich bezweifle, dass er einen Geist aus dir machen wird, zumindest nicht sofort. Er wird mit dir spielen und vielleicht auch versuchen, dich auf seine Seite zu ziehen. Versuch, ihn in ein Gespräch zu verwickeln. Was auch immer du tust, mach es in der Öffentlichkeit. Jimmy will, dass die Menschen ihn für einen Helden halten. Also wird er nichts allzu Hinterlistiges tun, wenn die Leute ihm dabei zusehen können. Die Koordinaten zu meinem Shop kenne ich auswendig. Wenn man ein Auto ein Teil nach dem anderen hierher transportiert, bedeutet das eine Menge Hin und Her reisen. Jeff, Gwen und Felix werden uns alle nacheinander dort hinschicken und wir können dann dort meinen Computer benutzen, um die Koordinaten herauszufinden und einen Gruppentransport durchführen, damit wir dir zu Hilfe kommen können.«

»Dein Computer ist ein Commodore 64. Ich denke nicht, dass die Hilfe da besonders schnell kommen wird«, warf Martin ein.

»Hey, mach ihn mal nicht schlecht. Ich hätte auch einen VIC-20 haben können.«

Eine traurige Stimme in der hintersten Reihe der Meute rief beleidigt: »Hey! Ich liebe meinen VIC-20!«

Phillip ignorierte den Einwand. »Bist du bereit?«

»Warum nicht?«, antwortete Martin. »Was kann denn schon schlimmstenfalls passieren?«

»Er könnte dich töten!«

»Eigentlich ist das doch gar ni… warte. *Was?*«

»Auf jeden Fall könnte er dich töten«, wiederholte Phillip ernst. »Es gibt da einen Zauberspruch, der dich sofort unschädlich machen würde. Die einzige Herausforderung für Jimmy wäre es, sich an die richtigen Worte zu erinnern.«

»Oh ja«, stimmte Tyler zu. »Wenn man einen Zauber nicht so oft anwendet, entfallen einem die Worte mit der Zeit.«

Gary warf ein: »Ja, aber wenn es so etwas Wichtiges ist, wie Martin zu töten, bin ich mir sicher, dass Jimmy die Worte irgendwo aufgeschrieben hat.«

»Bestimmt«, erwiderte Jeff.

»Phillip warum hast du mir denn niemals erzählt, dass es einen Zauberspruch gibt, mit dem man Leute umbringen kann?«, sprudelte Martin aufgeregt hervor.

»Wenn du ich wärst und du dich ausbilden würdest, würdest du dir dann sagen, dass du dich mit Leichtigkeit absichtlich töten könntest?«

Nach einer Weile fragte Martin verwirrt: »*Du* bedeutet *ich* oder *du* bedeutet *du*?«

»Sowohl als auch«, antwortete Phillip.

Martin fragte nun: »Warum mache ich das noch mal?«

Gwen legte ihre Hand auf Martins Arm, schaute ihm tief in die Augen und beruhigte ihn sofort: »Martin, wenn Jimmy erfährt, dass die Orks uns nicht töten konnten, wird er das wahrscheinlich einfach mit dem Shell-Programm erledigen und wir werden uns gar nicht verteidigen können. Irgendwer muss deshalb da reingehen und ihn ablenken, bis der Rest von uns einen Weg hineinfindet und dein Handy ist nun einmal das einzige Gerät, das so schnell dazu in der Lage ist.«

Phillip meinte: »Geh einfach rein und lock ihn irgendwie in die Öffentlichkeit. Beschäftige ihn und wir werden so schnell wir können wieder bei dir sein.«

Martin öffnete daraufhin seufzend seine Koboldschachtel und drückte ein paar Mal auf den leuchtenden Handybildschirm. Sein Blick huschte gerade noch rechtzeitig zu Gwen, um zu sehen, wie sie hastig wieder wegschaute.

Er sah nun Phillip an und sagte: »Ich liebe diesen Plan! Ich bin begeistert, dass ich ein Teil davon bin. Lasst es uns tun!«

Phillip sagte begeistert: »*Ghostbusters*.«

Er lächelte. Zum Teil aus Bewunderung und zum Teil, weil er sich sehr darüber freute, endlich einmal auch Bezug auf die Popkultur genommen zu haben.

Martin drückte auf seinen Handybildschirm und verschwand. Er erschien in etwa dort wieder, wo Jimmy ursprünglich gestanden hatte, als er die Orks auf sie gehetzt hatte. Er war also auf der anderen Seite der Barriere. Die Zauberer sahen dabei zu, wie Martin in die Luft flog, sich dann ruckartig umdrehte und in Richtung Burg beschleunigte.

»Glaubst du, er wird es schaffen?«, fragte Gwen.

Phillip lächelte. »Seine Aufgabe ist es, auf sich aufmerksam zu machen und in Schwierigkeiten zu geraten. Ich glaube nicht, dass er in der Lage ist, es *nicht* zu tun.«

Kapitel 27

Bevor Martin zum Schloss flog, drehte er sich schnell noch einmal um, damit er einen Blick auf die Zauberer werfen konnte. Sie waren nur noch eine kleine Menschengruppe, die von einer chaotischen Masse erzürnter, zweidimensionaler Dämonen umgeben war. Er bemerkte, dass Phillip und Gwen ihn aufmerksam beobachteten.

Martin wandte sich nun dem Schloss zu und beschleunigte seinen Flug. Er hatte jetzt wieder vollen Zugang zum Shell-Programm und konnte alle Makros nutzen, die es in dem System gab. Als er tief über die Dächer hinwegflog, murmelte er: »*Ci tiu iras al la dek unu.*« Dieser Satz war der Auslöser eines Makros. Das hatte Martin herausgefunden, als er Nachforschungen für seine Begrüßung angestellt hatte. Es war eine Kostprobe von Garys Werk. Alles, was er von nun an sagte, würde ungefähr auf die Lautstärke eines Speed-Metal-Konzerts verstärkt werden.

Martin schrie mit so viel Aggressivität in der Stimme, wie er nur aufbringen konnte: »MEEERRRLINN!«

Das wiederholte er alle paar Sekunden fast wie eine Sirene. Er wollte, dass Jimmy das gleiche Gefühl in der Magengegend verspürte, wie er, als die Bundesagenten ihn gejagt hatten. Es fühlte sich an, als würde das schon Jahre zurückliegen. Er flitzte als silberner, verschwommener Fleck über die mittelalterliche Skyline und kreischte Merlins Name in einer Lautstärke, die einem fast das Trommelfell platzen ließ. Nicht ein einziges Lebewesen war sich seiner Anwesenheit nicht bewusst. Unzählige Dinge wurden fallen gelassen, als sich die Menschen ihre Hände an die Ohren pressten und panisch zum Himmel schauten. Sie blickten allerdings immer ein wenig zu spät nach oben. Denn Martin bewegte sich zu schnell, als das man ihn leicht mit Blicken hätte verfolgen können. Alle Augen richteten sich deshalb immer auf die Stelle, wo Martin kurz zuvor gewesen war.

Als er sich dem Burgfried näherte, wurde Martin langsamer, dann blieb er so plötzlich stehen, dass er fast seinen Stab losgelassen hätte. Durch den Schwung seines Körpers wirbelte er einen Moment lang hin und her. Schließlich beruhigte sich sein Körper wieder ein wenig und verblieb in einer stehenden Position. Martin schwebte nun fünfzehn Meter hoch in der Luft über dem vorderen Innenhof. Die Wachen hielten ihre Stellung, schienen aber nicht wirklich glücklich darüber zu sein. Martin ließ ein weiteres ohrenbetäubendes »MEEERRR-LINN!« verlauten.

Die Wachen schienen plötzlich einen Ton zu hören, der für Martin zu schwach und zu weit entfernt war, um ihn aufzuschnappen. Sie schauten hastig hinter sich und machten dann den Weg frei. Jimmy, der von oben sehr klein aussah, schob sich ins Blickfeld und legte dann mit einem einzigen Schritt mehrere Meter zurück. Mit einem zweiten Schritt glitt er durch den Torbogen und blieb schließlich vor dem Schlosseingang stehen. Er räusperte sich kurz, dann sagte er mit einer viel ruhigeren aber genau so lauten Stimme: »MAAARR-TINN! Schön dich zu sehen. Komm doch rein!«

Martin hatte seine Begrüßung so entworfen, dass sie modular war. In dieser Situation waren die Teile, wo er sich selbst auf eine Bühne transportierte, sich dann ungesehen wegbeförderte und seiner Statue dabei zusah, wie sie selbstständig einen Breakdance machte, nicht nötig.

Ein guter Auslösesatz für ein Makro sollte etwas sein, an das man sich auch in stressigen Zeiten gut erinnern konnte, was man aber höchstwahrscheinlich nicht in einer normalen Konversation sagte. Martin rief deshalb nun: »Groovy.«

Sofort wurden die Umrisse seines Körpers von Linien umgeben, die die rechteckige Form von Schachteln beschrieben. Als er vom Himmel fiel, teilte sich sein Körper in Hunderte von Silberboxen auf, die sich in der Luft verteilten, herumwirbelten, sich vervielfältigten und eine neue Form bildeten, und zwar die einer neun Meter großen Version von Martin, die schwer auf ihren Füßen landete und die linke Hand in den Boden rammte. Mit der rechten Hand hielt sie den Stab drohend hinter sich.

Nur die Boxen, die seine Hände, Füße und den Stab bildeten, hatten eine definierte Masse. Der Rest sah stabil aus, war aber ohne jegliche Substanz. Im Mittelpunkt der Masse schwebte Martin und gab die kauernde Haltung vor. Jede Bewegung, die Martin machte, machte auch die Statue. Martin hatte das bereits mit einer Testversion der Statue in Puppengröße ausprobiert, aber noch nie in diesem Maßstab. Die Frage, ob er in der Lage sein würde zu gehen, machte ihn ziemlich nervös. Daher umging er dieses Problem einfach, indem er flog. Er bewegte sich auf diese Weise geradewegs auf den Eingang zu und damit auch auf Jimmy. So, wie er sich vorwärts warf, schwebte die Statue nur wenige Meter über dem Kopfsteinpflaster mit ihm zusammen. Ihre riesige rechte Hand packte Jimmy nun und hob ihn grob hoch. Da Martin zusammen mit Merlin eintrat, hielt ihn das Shell-Programm nicht auf, während er durch den Torbogen flog und nicht besonders grazil durch das Vorzimmer purzelte. In der großen Halle kam er schließlich zum Stehen. Die riesigen Füße der Statue schlitterten nun über den glatten Marmorboden. Als die Statue anhielt, warf sie Jimmy mit voller Kraft gegen die Wand am anderen Ende des Raumes. Martin wusste, dass Jimmy dadurch keinerlei Schaden nehmen würde, da ja das Shell-Programm aktiviert war. Es würde zwar wehtun, aber das hatte Jimmy auch verdient. Als er ihn losließ, hörte er

Jimmy etwas sagen. Es klang wie *groovier*, was in diesem Moment überhaupt keinen Sinn ergab.

Als Jimmy vorwärtsraste, glühte sein Körper blau und zersprang auf einmal in Hunderte von leuchtend blauen Plasmabällen. Die Kugeln wirbelten herum und vervielfältigten sich, bevor sie sich zu einer zwölf Meter großen Statue von Jimmy formten. Der *Riesige Jimmy* schlug gegen die Wand auf der anderen Seite und vergeudete damit den Großteil seiner Kraft. Dann blieb er ruhig stehen. Seine gigantischen Füße stellte er rechts und links neben den Thron. »Na, wie gefällt dir mein neues Makro?«, fragte Merlin. »Ich habe es mir selbst aus Teilen zusammengestellt, die ich im Shell-Programm gefunden habe. Oh, und ich möchte, dass du weißt, wie sehr ich es schätze, von dir Merlin genannt zu werden.«

»Das habe ich aber doch sarkastisch gemeint«, erwiderte Martin seufzend.

***

Zurück im Zentrum der sich windenden Masse stiller Dämonen kamen die Zauberer nur langsam voran. Gwen, Jeff und Felix transportierten die Zauberer, so schnell sie konnten, zu Phillips Laden, aber da sie mit Texteditoren arbeiteten und nur Zugriff auf die ursprüngliche Datei hatten, war das ein sehr langsamer Prozess. Sie mussten mit jedem Zauberer einzeln arbeiten, seinen Eintrag finden und dann manuell die Koordinaten von Phillips Geschäft eingeben. In einem ruhigen Studierzimmer wäre das schon eine schwierige Arbeit gewesen, auf einem Feld, während man von stummen Dämonen angegriffen wurde und mit winzigen Smartphonedisplays arbeiten musste, wurde das Ganze noch erheblich schwerer. Martin laut schreien zu hören, gefolgt von gespenstischer Stille, machte es fast unmöglich.

Phillip rechnete schnell ein wenig nach. Wenn man von zweiundzwanzig Zauberern ausging, schätzte er, würden mehr als fünf Minuten vergehen, bevor sie ihm zu Hilfe kommen konnten. Schließlich benötigte man für den Transport jedes einzelnen dreißig Sekunden, und dann musste Phillip erst noch seinen Computer benutzen, um sichere Landungskoordinaten zu finden (es wäre Martin schließlich nicht damit geholfen, wenn seine Rettungsmannschaft sich inmitten einer Wand materialisieren würde). Einen Moment lang lauschte Phillip, in der Ferne hörte er krachende Geräusche und Grunzlaute, deren Lautstärke um ein Vielfaches verstärkt worden war.

Sie mussten Martin irgendwie schneller helfen können.

»Wie viele haben wir bis jetzt transportiert?«, fragte er ungeduldig.

Gwen starrte auf den Handybildschirm. Einer der Zauberer aus Paris stand etwas näher als nötig neben ihr und schaute über ihre Schulter, um ihr dabei zu helfen, den Dateneintrag zu isolieren. Ohne aufzublicken, antwortete sie: »Vier.«

»Okay, Planänderung. Jeff und Felix, ihr schickt die Leute weiterhin zu meinem Laden. Gwen, du wirst mich jetzt dorthin schicken und dann selber folgen. Ich habe eine Idee.«

***

Martin konnte erkennen, wie Jimmy im Torso des *Riesigen Jimmys* hing. Er musste zugeben, dass die leuchtenden blauen Plasmakugeln eine wirklich beeindruckende Statue abgaben. Vor allen Dingen, wenn sie über die riesige Gold-und-Marmor-Fläche der großen Halle in der Burg Camelot rannte, und gerade beabsichtigte, ihm Schaden zuzufügen. Martin schaffte es kaum, den *Riesigen Martin* auf einen Fuß und ein Knie hochzubekommen, bevor der *Riesige Jimmy* über ihm war. Martin riss die Arme hoch und packte Jimmys, als beide mit enormer Kraft zu Boden krachten. Martin versuchte, Jimmy in Schach zu halten. Die zwei gewaltigen Gestalten befanden sich ganz offensichtlich in einer Pattsituation. Inmitten ihrer riesigen Bildnisse konnten Martin und Jimmy sich gegenseitig sehen. Der eine schaute durch eine Trennwand aus schwebenden Plasmakugeln, der andere durch ein Feld aus silbernen Boxen.

»Du hast das nicht selbst erschaffen!«, sagte Martin und strengte sich an, damit er Jimmy in Schach halten konnte. »Alles, was du getan hast, ist etwas zu nehmen, das ich erschaffen habe und es einfach ein wenig umzuändern!«

»Ja! Aber ich habe es in etwas vollkommen Neues umgeändert«, entgegnete Jimmy und drückte sich mit all seiner Kraft gegen Martin. »Etwas viel Besseres. Mein Werk.«

»Ich habe dieses Makro erstellt! Ich hatte die Idee dazu! Ich habe das Kontrollprogramm entwickelt. Ich habe den Wechsel animiert!«

»Ja und ich danke dir wirklich für deine Hilfe«, antwortete Jimmy mit einer Unschuldsmiene, von der Martin dachte, sie könnte fast echt sein.

Martin verlagerte sein Gewicht nun nach rechts und ließ seine Arme erschlaffen. Jimmy fiel nach vorne und rollte zur Seite und damit von Martin weg. Als er den *Riesigen Martin* unbeholfen aufstehen ließ, zischte er: »Du besitzt doch keinen Funken Originalität!«

»Das ist doch lächerlich!«, rief Jimmy, während er auf dem Boden herumrollte.

Martin stellte sich über ihn, schwenkte seinen Stab hin und her und schrie: »Diese Burg. Die Hobbits. Die Orks. Mein Makro. Selbst dein Name! Alles, was du tust, ist nur eine billige Kopie.«

Jimmy streckte sich am Boden aus. Einen Moment lang schlug er wild um sich und schaffte es dann, den *Riesigen*

Jimmy in eine hockende Position zu bringen. »Und ich war die erste Person, die all das zusammengefügt hat!«

Martin dachte: *Ich muss ihn beschäftigen und ihn, wenn ich kann, irgendwie in die Öffentlichkeit bringen.* Er blickte sich in der Halle um. Mittlerweile versammelten sich Leute in den Türen und außerhalb der gigantischen Fenster, die die Wände säumten. Er machte mit dem rechten Fuß einen unbeholfenen Schritt nach hinten, um sich richtig hinzustellen, und sagte dann: »Innovation bedeutet etwas mehr, als dass man einfach nur die Ideen anderer Leute zusammenfügt wie LEGO-Steine.« Er packte den Stab anders und umfasste ihn mit beiden Händen weit unten, dann schwang er ihn mit aller Kraft wie einen Baseballschläger und zielte damit direkt auf den richtigen Jimmy im Zentrum des *Riesigen Jimmys*. Jimmy sah das kommen und machte hastig einen Schritt nach hinten. Dieser einzige Schritt brachte den *Riesigen Jimmy* in den hinteren Teil des Saals und ließ den *Riesigen Martin* mit seiner Schwungkraft allein. Martin drehte sich ungeschickt herum, verlor aber den Halt und fiel hin, genau auf den Marmorboden.

»Da hast du ein berechtigtes Argument vorgebracht«, erwiderte Jimmy. »Meine Innovation war es nicht, das zu tun, was alle anderen schon getan haben. Meine Innovation war es, all das noch besser zu machen.«

***

Phillip erschien nun in dem geheimen oberen Anbau seines Ladens und war entsetzt. Vier Zauberer waren vor ihm dort hingeschickt worden und hatten die Anweisung bekommen, seinen Commodore 64 zu benutzen, um eine sichere Teleportationsstelle nach Camelot zu finden. Der erste Zauberer, der hergebracht worden war, war David der russische Frauenheld. Er war schnurstracks auf den Computer zugegangen und bereits schwer am Arbeiten. Die nächsten drei Zauberer, die beiden Magnusse und Sergio aus Italien, hatten eindeutig entschieden, dass David die Sache gut im Griff hatte und es deshalb das Beste wäre, wenn sie es sich stattdessen gemütlich machten. Ein Magnus versuchte gerade, den Münzbehälter von Phillips GORF-Maschine aufzuhebeln, um zu sehen, ob noch ein paar Münzen darin zu finden waren. Der andere Magnus hing über Phillips weißer Couch wie eine Scheibe geschmolzener Käse. Seine Füße samt Stiefel hatte er auf der Armlehne abgelegt. Sergio saß währenddessen auf dem Fahrersitz des *Fiero* und inspizierte das Innere mit einem amüsierten Stirnrunzeln auf seinem Gesicht.

»Du! Sofort Füße runter von meiner Couch!«, schrie Phillip aufgebracht. »Und du! Raus aus meinem Wagen!«

Sergio murmelte: »In Ordnung«, schien es aber nicht eilig zu haben, der Aufforderung nachzukommen.

Phillip richtete seine Aufmerksamkeit nun auf die GORF-Maschine. »Magnus, du kannst jederzeit Gold herstellen, wenn du es brauchst! Warum machst du dir überhaupt die Mühe, etwas von mir stehlen zu wollen?«

Magnus sah Phillip einen Moment lang nachdenklich an und sagte dann: »Ich weiß es auch nicht. Man tut halt, was man so tut, oder?« Dann richtete er seine Aufmerksamkeit erneut darauf den Münzbehälter aufzuhebeln.

Schließlich tauchte Gwen auf. Phillip drehte sich zu ihr um und sagte: »Siehst du, warum ich versucht habe, es geheim zu halten?«

Gwen nahm die Hände hoch und entgegnete: »Bei mir rennst du da offene Türen ein.«

Jeff und Felix schickten immer noch weitere Zauberer rüber. Darum war es auch keine Überraschung, dass Kirk irgendwann erschien. Er drehte sich langsam um seine eigene Achse und schaute sich alles ehrfürchtig an.

Dann sagte er: »Wow! Das ist, als würde man eine Folge *Miami Vice* sehen!«

Der Magnus auf der Couch sagte: »Wirklich? Ich finde, dass es irgendwie altmodisch und trist wirkt.«

»Ja, das meinte ich doch damit«, erwiderte Kirk.

»Okay Gwen«, antwortete Phillip, »jetzt müssen wir zu meiner Hütte.«

»Kennst du denn die Koordinaten?«

»Nichts so aus dem Stegreif heraus«, meinte Phillip, während er zu dem in der Wand eingelassenen Garagentor rannte. »Wenn ich sie kennen würde, wären wir einfach direkt dorthin gegangen. Aber wir müssen so schnell wie möglich da hin und wir können die Koordinaten nicht bekommen, weil mein Computer im Moment leider besetzt ist.« Er schob das Tor hoch und ließ es einrasten. Es glitt nun geschmeidig über Schienen an der Decke nach oben und dann kamen plötzlich massenhaft kräftig aussehende Eichenbretter zum Vorschein. Phillip ging ein paar Schritte zurück und nahm sich einen Moment Zeit, um seine Kräfte zu sammeln, dann rannte er mit der Schulter voran gegen die Bretter. Die Wucht brach diese oben aus dem Torrahmen und sie kippten, von Scharnieren gehalten, nach außen um. Die Bretter verharrten nun mit einem dumpfen Geräusch in dieser Position und bildeten eine Rampe zwischen der zweiten Etage von Phillips Geschäft und dem steilen Hügelkamm dahinter. Er öffnete die Beifahrertür des *Fiero* und machte mit der anderen Hand eine einladende Geste in Gwens Richtung. Wie ein Portier, der einer Lady in ein Taxi half.

»Kann ich dir eine Mitfahrgelegenheit anbieten?«, fragte Phillip galant.

Sergio, der noch immer auf dem Fahrersitz saß, sagte: »Cool. Und wo wirst du dann sitzen, Phillip?«

***

Martin musste zugeben, dass Jimmy sein Makro tatsächlich doch sehr verbessert hatte. Nicht nur, dass der *Riesige Jimmy* viel größer, stärker und leuchtender war als der *Riesige Martin*, Jimmys Markenzeichen, der gleitende Schritt, war wirklich ein überlegeneres Mittel der Fortbewegung, wenn man ihn mit Martins Technik verglich. Martin ruderte stattdessen hilflos mit den Armen, während er sich damit abmühte, das Gleichgewicht zu halten. Jimmy spielte mit ihm, er würde einfach mühelos von einer Ecke der großen Halle zur anderen schlendern. Martin hingegen, der in der Mitte des Saals stand, würde sich nur schleppend umdrehen können, um ihn anzusehen. Ein paar Mal durchquerte Jimmy den Raum diagonal, womit er Martin dazu zwang, ihm defensiv aus dem Weg zu hüpfen und danach wieder irgendwie auf die Beine zu kommen. Aufgrund der Zuschauermenge war das Martin nur umso peinlicher. Wenn er zu den Fenstern und Türen schaute, kam es ihm so vor, als würde das gesamte Personal der Burg dabei zusehen, wie Jimmy ihn zum Affen machte. *Nicht schlecht*, dachte er, *aber wenn wir jemals eine ordentliche Menge anlocken wollen, muss ich ihn irgendwie nach draußen kriegen.*

Der *Riesige Jimmy* federte nun behände auf seinen Fußballen herum. Martin konnte nur Jimmys Gesicht ausmachen, das zwischen den leuchtend blauen Kugeln hindurchschaute. Da er das Makro geschrieben hatte, wusste er, dass die Kugeln, aus denen der *Riesige Jimmy* bestand, aus Jimmys Perspektive durchsichtig waren. Sie waren genauso wie die Boxen, aus denen sich der *Riesige Martin* zusammensetzte.

»Du hättest dich mir anschließen sollen«, meinte Jimmy und lief elegant am anderen Ende der großen Halle hin und her. »Ich hätte wirklich jemanden mit deinen Fähigkeiten gebrauchen können.« Jimmy setzte nun den *Riesigen Jimmy* in Bewegung und kam in einer überraschenden Geschwindigkeit auf den *Riesigen Martin* zu. Martin duckte sich und konnte Jimmy gerade noch so ausweichen, als dieser versuchte den *Riesigen Martin* auf dem Weg durch den Raum mit dem angewinkelten Arm gegen den Hals zu schlagen.

Martin lächelte verbittert und wandte sich wieder Jimmy zu, während er in der Hocke blieb. Er machte eine richtige Show daraus und schaute den *Riesigen Jimmy* von Kopf bis Fuß an, dann sagte er: »Für mich scheint es eher so, als hättest du meine Fähigkeiten bereits gebraucht.«

»Warum ist bloß jeder so besessen davon, wer die Idee zuerst hatte? Am Ende gibt es doch nichts Unwichtigeres! Es ist letzten Endes doch nur von Bedeutung, wer diese Idee nutzt. Sie zu entwickeln ist nicht mal ansatzweise so wichtig, wie sie zu nutzen.«

»Was für eine eloquente Art dein Weltbild zusammenzufassen.«

Jimmy sagte: »Danke«, und kam danach wieder mit dem *Riesigen Jimmy* auf Martin zu. Dieses Mal schwang Jimmy seinen gigantischen Stab wie einen Hockeyschläger, da sich der *Riesige Martin* immer noch in der Hocke befand. Martin sprang hoch in die Luft. Der *Riesige Martin* ahmte die Bewegungen von Martins eigentlichen Gliedmaßen in einem viel größeren Maßstab nach und vervielfachte in diesem Prozess die Kräfte, die dafür erforderlich waren. Die einzigen Teile des *Riesigen Martins,* die eine gewisse Masse hatten, waren die Hände, die Füße und der Stab und Martins vergleichsweise winziger echter Körper, der im Torso des *Riesigen Martins* hing. Das bedeutete, dass ein Sprung, der Martin einen halben Meter in die Luft fliegen ließ, dazu führte, dass der *Riesige Martin* in die vergoldeten Deckenbalken der großen Halle schoss. Er versuchte nach den Balken zu greifen, schaffte es aber stattdessen nur, sich unbeholfen zu drehen, bevor er wieder auf den Boden krachte, der sich dreißig Meter tief unter ihm befand. Er landete auf der Seite, dann mühte er sich damit ab, wieder auf die Beine zu kommen. Der *Riesige Jimmy* stand weiterhin am Ende des Raums und bewegte sich mit gebeugten Knien leichtfüßig auf und ab. So würden es wohl Schauspieler machen, wenn sie einen Ninja spielen sollen. Martin konnte hören, wie die Leute, die dabei zusahen, ihn auslachten.

»Das war nicht als Kompliment gemeint«, sagte Martin.

»Das sind die besten Komplimente doch selten«, erwiderte Jimmy.

»Du hast mich angelogen, Jimmy. Als du mich gefragt hast, ob ich mich dir anschließe, hast du gesagt, du willst für eine bessere Zukunft sorgen.«

»Und wer sagt dir, dass ich das nicht habe?«

»Die Orks!«

Jimmy lachte. »Das ist einfach dumm! Die Orks reden nicht, oder zumindest werden sie es nicht, wenn ich sie fertiggestellt habe.«

Martin richtete sich nun auf, sah Jimmy an und bereitete sich innerlich auf einen erneuten Angriff vor.

»Du hast es wirklich nicht kapiert«, meinte Jimmy, als würde er erst jetzt Martins Verwirrung verstehen. »Martin, nichts von dem, was wir tun, hat irgendeinen Einfluss auf die Zukunft. Wir haben das doch bereits bewiesen. Es gibt nicht nur keinen Grund, Dinge nicht zu ändern mit dem Wissen, was wir haben, sondern es ist sogar unsere *moralische* Pflicht. Ich habe dem König eingeredet, dass er den Menschen befehlen soll, ihr Wasser abzukochen und verdorbenes Essen wegzuschmeißen. Ich habe es geschafft, dass man die Sklaverei verbietet. Hast du gehört, dass Phillip sich *darüber* beschwert? Natürlich sind die Hobbits und Elfen ein bisschen albern, aber wenn wir die Welt verbessern wollen, warum sollten wir dabei dann keinen Spaß haben? Denk mal an die ganzen Möglichkeiten! Ich plane auch, den Kreuzzügen ein Ende zu bereiten. Danach werde ich die Inquisition verhindern. Stell dir eine Renaissance vor, wo jemand mit unendlichen finanziellen Mitteln Da Vinci bauen lassen kann, was auch immer er will. Wo Michelangelo niemals ohne Auftrag da stehen würde. Was wäre, wenn die Ureinwohner Nordamerikas Pferde und Waffen gehabt hätten, als die Neue Welt entdeckt worden ist? Lass es uns doch herausfinden! Stell dir den Ersten Weltkrieg mal mit gepanzerten Luftschiffen vor! Was ist, wenn Adolf Hitlers Eltern einen bedauerlichen Unfall gehabt hätten und er von einer netten jüdischen Familie adoptiert worden wäre? Ich habe die Zukunft gesehen, Martin und es ist jetzt eine bessere Vergangenheit!«

Nachdem er einen Moment lang darüber nachgedacht hatte, antwortete Martin: »Jimmy, bei so etwas mache ich nicht mit!«

Jimmy erwiderte: »Und du hast mich gerade davon überzeugt, dass du das auch nicht solltest. Gut gemacht«, und stürzte sich mit all seiner Kraft auf den *Riesigen Martin*. Dieser stand unvorbereitet in der Mitte der Halle und hielt seinen Stab gerade mit beiden Händen auf Hüfthöhe. Dieses Mal zielte Jimmy relativ hoch und es war jedem klar, dass Martin diesem Angriff nicht ausweichen konnte. Jimmy traf genau ins Schwarze und die Faust des *Riesigen Jimmys* landete mitten im Gesicht des *Riesigen Martins*. Jimmy hatte vergessen, was er tat, als er gegen eines der wenigen Körperteile des *Riesigen Martins* schlug, die keinerlei Masse hatten. Darum glitt seine Hand durch den Kopf des *Riesigen Martins*, als ob er in eine Rauchwolke geschlagen hätte. In der Zwischenzeit nahm Martin die rechte Hand vom Stab, machte mit dem linken Fuß einen Schritt nach hinten und schwang dann den riesigen Stab, als der *Riesige Jimmy* vorbeiflog. Die Büste von Santo am Ende des Stabes fungierte als Gegengewicht und schlug dem richtigen Jimmy mit voller Wucht ins Kreuz. Durch den Schlag kam noch mehr Schwung, in Jimmys Flugbahn, wobei diese ohnehin bereits vollkommen außer Kontrolle war. Deshalb flog er schreiend in Richtung Eingangshalle. Die Zuschauer duckten sich zur Seite, als der *Riesige Jimmy* durch das Vorzimmer und dann zurück in den Hof schlitterte und purzelte.

Martin rief: »Ich bin froh, dass wir uns jetzt einig sind.« Er zeigte mit dem Stab vor sich, und der *Riesige Martin* flog daraufhin aus der großen Halle.

***

Die Straßen in Leadchurch waren nicht besonders voll, aber dennoch brachte der Anblick eines weißen Pontiac *Fiero*, der mit fünfundsechzig Sachen hindurchpreschte, viele Leute zum Schreien. Sie wichen entsetzt aus und schrien dann weiter.

Im Innern des Wagens sah Phillip aus wie ein Kind im Süßwarenladen und Gwen klang wie eine Mutter, die überhaupt keine Süßigkeiten kaufen wollte. »Was zum Teufel? Warum ist die Musik so laut?«, fragte sie verärgert.

»Ist sie doch gar nicht!«, antwortete Phillip und kurbelte am Lenkrad herum. »Sie wirkt nur so laut, weil die Lautsprecher in die Kopfstützen eingelassen sind! Ist das nicht absolut geil?«

»Das könnte es sein, wenn du irgendwas Gutes spielen würdest«, meinte Gwen und klammerte sich an das Armaturenbrett, weil sie Angst um ihr Leben hatte.

Phillip ließ das Auto seitlich durch eine Kurve schlittern, während er erklärte: »Das ist *Genesis*! Das Lied heißt *That's All*! Es ist ein Song über Liebe und Verlust und eine Beziehung, die schiefgeht!«

»Hat Phil Collins denn je Lieder über andere Dinge geschrieben?«

»Das musste er gar nicht. Er ist so gut darin Songs über schlechte Beziehungen zu schreiben, dass es reine Talentverschwendung wäre, wenn er etwas anderes machen würde! Es ist ein großartiges Lied! In dem Video ist jeder aus der Band wie ein Penner angezogen.«

Als plötzlich ein Huhn von der Windschutzscheibe abprallte, fragte Gwen: »Warum? Was haben denn Penner mit diesem Lied zu tun?«

»Weißt du«, erwiderte Phillip, während sein Auto schleudernd vor seinem Haus stoppte, »ich bin mir ehrlich gesagt nicht ganz sicher.«

Kaum war der Wagen zum Stehen gekommen, warf Phillip auch schon die Tür auf und rannte in sein Haus. Den Stab, der auf dem Schoß der beiden gelegen und aus Gwens Fenster herausgeragt hatte, nahm er mit sich.

Gwen folgte ihm langsam. Sie nahm sich Zeit und sah sich die verängstigten Dorfbewohner an, die den *Fiero* anstarrten, als wäre dieser ein teuflisches Biest. Wahrscheinlich dachten sie auch, dass er genau das war.

»Macht euch keine Sorgen«, sagte sie. »Es kann euch nicht wehtun.« Sie erinnerte sich an Phillips Fahrkünste und fügte dann hinzu: »Zumindest wenn es ruhig da steht. Es kann euch nicht wehtun, wenn es ganz ruhig da steht. Wenn ihr seht, dass es sich bewegt, rennt lieber weg und versteckt euch.«

Gwen ging nun ebenfalls in Phillips Haus und sah, wie dieser gerade hastig die Knoten losband, mit denen eine schwere Segeltuchhängematte in der Ecke aufgehängt worden war. »Was tust du da?«, fragte sie verwirrt.

Ein Ende der Hängematte war jetzt gelöst und hing auf den Boden. Phillip machte einen Schritt zum anderen Ende und fing dann an auch dort an dem Knoten herumzufummeln. Dabei murmelte er: »Martin hat diese Plane als Hängematte genutzt, aber ich brauche sie jetzt.« Ein paar Sekunden später war die Hängematte weg und Phillip hatte sich die Plane unter den Arm geklemmt. Er huschte nun zu einem Koffer hinüber, der neben der kalten Feuerstelle achtlos in einer Ecke lag. Wie wild kramte er darin herum, stieß schließlich einen triumphalen Schrei aus und brachte ein aufgewickeltes Seil zum Vorschein.

»In Ordnung«, sagte er. »Jetzt sind wir bereit!«

»Wohin gehen wir denn?«, fragte Gwen neugierig.

Phillip blinzelte kurz, knirschte mit den Zähnen, zeigte zu einer Tür, die nicht der Eingang war und sagte: »Zum Klo.«

Gwen verzog vor Ekel ihr Gesicht. »Uuuuuuuh.«

***

Im vorderen Hof der Burg Camelot kam nun der *Riesige Jimmy* zum Stehen, nachdem er durch den Eingangs-Torbogen geschlittert und dann noch ein wenig weiter gerutscht war. Er hatte gerade noch genug Zeit, um sich auf alle viere aufzurichten, da war Martin schon über ihm. Jimmy hatte ausgiebig demonstriert, dass die gigantischen Gestalten viel eleganter flogen, als sie sich bewegten. Es war eine Lektion, die sich Martin zu Herzen genommen hatte.

Der *Riesige Martin* hastete nun aus der Burg, flog regelrecht über den Boden und packte sich dann Jimmy, während er an ihm vorbeischoss. Als Jimmy vom Boden abhob, folgte ihm der *Riesige Jimmy* und ahmte jede Bewegung nach, die Jimmy machte. Martin schoss in einem Fünfundvierzig-Grad-Winkel nach oben. Fast sofort erreichten sie eine Höhe von dreißig Metern und Martin wandte das erste Flugmanöver an, das er gelernt hatte, wenn auch damals nur durch Zufall. Den Arm mit dem Stab winkelte er etwas an, als ob er sein Gesicht abschirmen wollte. Die Fluggeschwindigkeit fiel sofort auf Null, dann flog er rückwärts. Genau wie an dem Tag, an dem er fliegen gelernt hatte. Abermals schwang Martin wie eine Peitsche zurück, aber dieses Mal ließ er nicht den Stab los, sondern

Jimmy. Und das mit voller Absicht. Der *Riesige Martin* hing regelrecht an seinem schwebenden Stab und sah nun dabei zu, wie der *Riesige Jimmy* gegen die Innenseite von Camelots goldener Mauer klatschte und anschließend zu Boden glitt.

Martin korrigierte daraufhin seine Haltung ein wenig, damit er etwas heroischer aussah, und schwebte dann wartend auf der Stelle, während der *Riesige Jimmy* vor sich hin stöhnte und sich benommen auf dem Boden wälzte. Jimmy kroch jetzt aus den Bällen heraus und setzte sich mühsam auf den Boden. Mit dem Rücken lehnte er sich gegen die Mauer. Offenbar hatte er jeglichen Kampfgeist verloren, als er an der Mauer abgeprallt war. Martin schaute sich aufmerksam um. Oben auf der Mauer befanden sich Soldaten. Sie hatten wohl die beste Aussicht in der ganzen Burg und genossen das auch. Das Tor hielt mittlerweile eine beträchtliche Menge zurück. Nicht, dass einer von ihnen Interesse daran gehabt hätte, näher heranzukommen. Martin spürte einen kleinen Anflug von Mitgefühl für seinen Widersacher. Jimmy wollte wichtig sein und wer konnte das nicht nachempfinden? Er hatte in einer harten Lektion gelernt, dass die Dinge, die wir tun, um uns wichtig zu fühlen, meistens damit enden, dass sie uns letztendlich ganz klein aussehen lassen.

Der *Riesige Martin* schwebte nun näher heran und rief:

»Hast du endlich genug, Merlin?«

Der *Riesige Jimmy* ließ die Schultern hängen.

Jimmy aber lachte und antwortete: »Ja. Ich habe genug.«

»Gut, dann lass uns reingehen und auf die anderen warten.«

Jimmy hob seine Hand und entgegnete: »In einer Sekunde. Es gibt da noch eine Sache, die ich vorher tun möchte.« Er machte eine Faust und stieß sie mit voller Kraft in Martins Richtung, dabei rief er: »Ŝraŭbo vi!«

Etwas, ein Kraftfeld, eine Schockwelle, eine Abrissbirne, traf Martin mit ungeheurer Wucht. Als er hilflos durch die Luft flog, nahm er kaum wahr, dass der *Riesige Martin* sich aufgelöst hatte. Sein Körper schlug direkt über dem Torbogen am Eingang gegen die Burgmauer und fiel dann nach unten auf die Erde. Während er sich auf dem Boden herumrollte und um Atem rang, sah er die blaue Masse glühender Kugeln, die den *Riesigen Jimmy* bildete, ziemlich schnell näherkommen. Er spürte, wie sich die gigantische Hand um ihn schloss und dann flog er erneut durch die Luft quer über den Hof, schlug hart gegen die gegenüberliegende Mauer und prallte erneut zu Boden.

»So eine Verschwendung«, meinte Jimmy, während er abermals auf Martin zuraste. Dieser wurde aufgehoben und wieder geworfen. Es geschah alles so schnell, dass sein Gehirn die Empfindungen gar nicht verarbeiten konnte. Während er durch die Luft segelte, gegen die Burgmauer schlug und auf das Kopfsteinpflaster fiel, hörte er Jimmy noch immer reden.

»Und jetzt erfährst du die zentrale Wahrheit über deinen Freund Phillip. Er tut eigentlich nie irgendetwas.« Anschließend flog Martin wieder durch die Luft, gegen die Mauer und auf den Boden. »Er beobachtet nur«, fuhr Jimmy fort, »während andere Leute Dinge tun und dann beschwert er sich darüber. Bestimmt wollte er mich genau so sehr aufhalten wie du.« Wieder segelte Martin über den Hof. Er war sich kaum noch bewusst, wohin er überhaupt flog. »Aber du bist hier gerade derjenige, der als Schlagball benutzt wird. Und wo ist er? Irgendwo weit weg und sagt wahrscheinlich gerade irgendetwas Abfälliges über dich.« Abermals warf Jimmy Martin. Dieses Mal mit extra viel Kraft, so als würde er in Wirklichkeit Phillip werfen. »Er ist vollkommen zufrieden damit, dass andere all die Risiken übernehmen, aber er nimmt es jedem übel, wenn dieser sich dann die Belohnung dafür abholt.«

Martin lag nun als zerknautschtes Häufchen auf dem Boden. Er war wie betäubt und hatte große Schmerzen, aber ein Teil seines Gehirns wusste dennoch, dass er nicht wirklich verletzt war. Der *Riesige Martin* war fort, aber seine Unverwundbarkeit war geblieben. Vielleicht funktionierten ja auch andere Dinge noch. Er hob gequält seinen Stab in die Luft und flüsterte: »Flugi.« Ein anderer Teil seines Gehirns war nicht allzu überrascht, als nichts passierte.

Der *Riesige Jimmy* stand nun über Martin und gab ihm Zeit zu realisieren, dass er dem Untergang geweiht war. Martin nutzte nun das einzige Mittel zur Flucht, das sein Hirn ihm in diesem Zustand noch zur Verfügung stellte. Er kroch langsam davon.

Martin bemerkte kaum, dass Jimmy den *Riesigen Jimmy* nun deaktivierte und leichtfüßig neben Martin landete, der immer weiter kroch. Während Jimmy ihm folgte, wurde er langsam wieder klarer im Kopf.

Mit ruhiger Stimme erklärte ihm Jimmy nun: »Während deine Freunde die letzten Jahre damit verbracht haben Roben zu nähen, Autos zu bauen und ihr Zuhause so aussehen zu lassen wie ein Albumcover von Ozzy Osborne, habe ich meine Freizeit damit verbracht Shell-Befehle zu erstellen, auf die nur ich zugreifen kann.«

Martin kroch weiter und stöhnte: »Ihr habt damals alle zugestimmt, dass ihr so etwas niemals tun würdet.«

»So etwas ist oftmals der erste Hinweis, dass man etwas doch tun sollte.« Jimmy schüttelte seinen Kopf und pirschte sich beiläufig an ihn heran. »Es ist einfach so traurig.«

Martin fragte: »Was?«, und stieß dann plötzlich mit etwas zusammen. Er blickte verwirrt auf. Er war direkt gegen den Steinrand des Teichs gekrochen, der die goldene Statue von Jimmy und den Königen umgab. Jeder Teil von ihm, den er fühlen konnte, schmerzte. Er sackte auf den Boden und lehnte sich erschöpft gegen den Rand des Teiches.

Jimmy schaute mitleidsvoll auf ihn herunter.

»Martin, du hast dein Leben weggeworfen. Das musst du doch einsehen! Das hier kann für dich nicht gut ausgehen und wofür hast du es getan? Für nichts!«

»Manche Dinge sind einfach falsch, Jimmy!«

»Ja, und sich selbst ohne Grund zu zerstören, ist einer davon!«

Martin schüttelte vehement seinen Kopf. »Jimmy, du hast ein ganzes Dorf ausgelöscht! Ein *Dorf* ist tot, Jimmy. Du hast das getan! Und wofür? Weil du Tolkien magst? Deine Hobbits sind gestorben. Deine Orks haben ständig Schmerzen. Gott weiß, wie es deinen Elfen geht.«

»Es geht ihnen gut.«

»Du wirst mir verzeihen, wenn ich deinen Worten keinen Glauben schenke. Jimmy, du hast Hunderte unschuldiger Menschen getötet oder verletzt! Darum bin ich hierher gekommen und das ist nicht nichts!«

»Doch, das ist es, Martin! Das ist es! Sieh dich doch mal um!« Jimmy deutete auf die Menge hinter dem Tor und auf die Soldaten, die von den Brüstungen aus zu sahen. Die beiden Zauberer hatten immer noch ein großes Publikum. Ihre Stimmen, die jetzt nicht mehr verstärkt waren, konnte man aus der Entfernung natürlich nicht mehr hören, aber sie waren beide immer noch gut zu sehen. Martin und Jimmy hatten ein privates Gespräch vor einem sehr großen Publikum.

»Sieh sie dir genau an, Martin. Sie kennen die Wahrheit nicht, aber du und ich schon. Sie sind nicht real. Sie sind keine Menschen. Sie sind nur Codezeilen. Sie sind Informationen und nicht gerade viele. Sie sind lediglich Algorithmen, die durch einen anderen Algorithmus automatisch erstellt wurden, damit sie für wer weiß wen, wer weiß was, erreichen! Was könnte bitte unwichtiger sein? Was könnte substanzloser sein? Sie sind nicht real und nichts was sie tun, oder was man ihnen antut, macht wahrscheinlich irgendeinen Unterschied.«

»Sie sind genau so real wie du«, fauchte Martin.

»Ja! Genau! Ich bin ebenfalls nicht real und du auch nicht! Nichts, was wir tun, spielt deshalb eine Rolle. Also warum streiten wir überhaupt darüber, was ich getan habe? Niemand außer mir scheint das zu begreifen.«

Martin lächelte und entgegnete: »Das ist oftmals der erste Hinweis darauf, dass man falsch liegt.«

Jimmy zuckte mit den Schultern, dann zeigte er mit dem Stab auf Martin, der bäuchlings auf dem Boden lag. »Ich sehe schon, ich werde deine Meinung nicht ändern können. Also muss ich entscheiden, was ich jetzt mit dir machen werde. So wie ich das sehe, habe ich drei Möglichkeiten. Ich kann dich wieder in deiner eigenen Zeit stranden lassen, was in deinem Fall wohl Gefängnis für dich bedeuten würde. Ich kann dich auch aller Kräfte beraubt in dieser Zeit lassen. Das wird allerdings ein schweres Leben sein, Selbstversorgung durch Landwirtschaft, aber du wirst wenigstens deine Freiheit haben und du wirst all die Verbesserungen genießen können, die ich in dieser Zeitlinie vornehmen werde. Oder vielleicht wäre es auch humaner, dich einfach jetzt sofort zu töten. Du würdest nicht leiden müssen, und du würdest jedem anderen als Beispiel dienen. Was denkst du, Martin? Häftling, Bauer oder …« Jimmy schürzte die Lippen. Er nahm den Kopf hoch und schaute gedankenverloren nach links. Schließlich sagte er: »Sterben?«

Martin lachte. »Ein Hauptwort für Sterben ist dir wohl nicht eingefallen, oder?«

Auch Jimmy lachte. »Nein, ist es mir nicht, aber wie wir bereits festgestellt haben, spielt es nicht wirklich eine große Rolle.«

Eine Stimme sagte nun plötzlich: »Leiche!« Sowohl Martin als auch Jimmy sahen zur Spitze der Statue. Der goldene Kopf von Merlin, der mit Jauche bedeckt war, war nun in etwas eingehüllt, das aussah wie eine Plane. Ein Seil hing am Kopf der Statue herunter, über deren Schulter und schlängelte sich dann an der Vorderseite hinab bis ins Wasser. Das andere Ende des Seils schien ein paar Meter über der Statue im Nichts zu verschwinden. Phillip stand nun auf der Schulter der Statue. In der einen Hand hielt er das Seil und in der anderen seinen Stab. Er sah ziemlich selbstzufrieden aus.

Martin war überrascht, Jimmy lächeln zu sehen. »Phillip! Ich hätte wirklich ahnen können, dass du es bist, der meine Statue immer wieder und wieder mutwillig beschädigt. Es entspricht exakt deinem Reifegrad. Ich sollte wütend sein, aber ich bin einfach nur entzückt. Die Symbolik, dass du zusammen mit all dem anderen Mist auf der Statue erscheinst, ist einfach zu gut. Verrätst du mir, wie du das Seil heruntergeklettert bist, während du dabei deinen Stab getragen hast?«

»Gwen hat ihn mir zugeworfen, als ich fast unten war.«

»Ah«, sagte Jimmy. »Kommt sie auch noch?«

»Noch früh genug«, meinte Phillip, bevor er *Flugi* sagte und seinen Stab dazu benutzte, elegant auf den Boden zu gleiten. Dadurch bildete sich zwischen ihm, Jimmy und Martin ein Dreieck.

»Ich bin froh, dass du hier bist, Phillip. Du bist gerade noch rechtzeitig gekommen, um zu sehen, wie ich deinen Handlanger erledige.«

»Ich bin nicht sein Handlanger«, protestierte Martin. »Wenn überhaupt, ist er mein Handlanger!«

»Ja natürlich«, stimmte Jimmy zu. »Jeder erinnert sich schließlich daran, wie Batman von Robin ausgebildet worden ist.«

Als Phillip und Jimmy aufgehört hatten zu lachen, sagte Phillip: »Das kann ich leider nicht zulassen, Jimmy.«

Einen Moment lang starrten sie sich an. Ihre Gesichter wurden von der kitschigen Plasmakugel erleuchtet, die sich am

Ende von Jimmys Stab befand. Jimmy brach nun das Schweigen: »Du kannst es nicht zulassen, aber du kannst mich auch nicht davon abhalten. Du wirst mich nicht zum Geist machen, du wirst mich nicht töten, du kannst mich nicht verletzen. Also kannst du mich auch nicht aufhalten!«

»Ich weiß nicht recht«, antwortete Phillip. »Vielleicht habe ich ja mittlerweile gelernt, ein wenig mehr wie du zu sein.«

»Phillip, wenn das wirklich wahr wäre, habe ich bereits gewonnen.«

Phillip sah zuerst Martin an, dann schaute er wieder zu Jimmy. »Du hast recht. Ich werde dich nicht zum Geist machen, ich werde dich nicht töten und ich kann dich auch nicht verletzen. Aber ich kann dir wehtun!« In einer schockierenden Geschwindigkeit schwang Phillip seinen Stab mit all seiner Macht. Die Stabspitze machte einen eleganten Bogen und traf Jimmy genau auf dem Nasenrücken. Beim Aufprall zerbrach die Flasche, und obwohl die Glasscherben Jimmys Haut nicht durchstechen konnten, drang die zehn Jahre alte Tabascosoße mit Leichtigkeit in die Schleimhäute seiner Augen, seiner Nase und seines Mundes ein.

Jimmy ließ augenblicklich seinen Stab fallen und griff nach seinem Gesicht. Dann kreischte, keuchte und hustete er. Er stolperte, fiel auf den Boden und wand sich schließlich in hilflosen Qualen.

Kapitel 28

Eine Stunde später hatten alle Zauberer aus Europa ihren Weg zurück nach Camelot gefunden. Da so viele Menschen an dem Problem gearbeitet hatten und Eddie ihnen anleitend zur Seite gestanden hatte, hatte es nicht lange gedauert, bis das Shell-Programm wieder in Betrieb genommen werden konnte, Jimmys Makros deaktiviert waren und das Ausschlussfeld, das um die Stadt herumging, entfernt worden war.

Da man sich nun um all das gekümmert hatte, war es an der Zeit Jimmy zu bestrafen. Phillip machte keine Anstalten, seine Freude darüber zu verbergen. Als man ihn darum bat, es doch wenigstens zu versuchen, wies er darauf hin, dass seine offensichtliche Freude über Jimmys Bestrafung zu besagter Bestrafung nun einmal dazugehörte.

Sie versammelten sich nun allesamt in Jimmys Büro.

Das einzig Überraschende war Eddie. Denn er war wütender als irgendjemand sonst. Jahrelang hatte er als ehrenhafter Sekretär agiert und gehofft, dass Jimmy ihn irgendwann in seine erstaunlichen Pläne einweihen würde. Dann hatte er an einem einzigen Tag herausgefunden, dass der großartige Mann sein Vorhaben nur aus einer Laune heraus mit jemand anderem geteilt hatte … dass der Plan selbst absolut abscheulich und unmoralisch war … und dass sein Mentor und engster Freund nur allzu bereit dazu gewesen war, dabei zuzusehen, wie er mit all den anderen Zauberern von künstlichen Orks zerfetzt wurde.

Die Zauberer waren gerade in Jimmys ehemaligem Büro in einer hitzigen Besprechung, während Jimmy sicher auf dem Boden seines ehemaligen Wartezimmers verstaut worden war.

Auf allen vieren lag er da, nackt, gefesselt und mit einem Knebel im Mund. Schließlich brachten sie ihn herein, um ihre Gedanken mit ihm zu teilen. Das Modell des neuen Europas war vom Konferenztisch entfernt worden. Stattdessen hatte man Jimmy jetzt dort platziert. Jimmys Gesicht war immer noch ganz rot und tränenüberströmt, aber er hatte wieder ein wenig von seiner Fassung zurückgewonnen.

Sie könnten Jimmy mit Leichtigkeit in seine Zeit zurückschicken, aber sie mussten sicherstellen, dass er eine gerechte Strafe für das erhielt, was er getan hatte, sobald er dort ankam. Niemand war überrascht zu hören, dass Phillip da so ein paar Ideen hatte.

Gwens Schwebezauber wurde nun dazu verwendet, Jimmy hilflos mitten in der Luft zu halten.

Phillip kletterte auf den Tisch hinter Jimmy, nahm seinen Hut ab und zog zwei dicke Textmarker heraus, einer grün, der andere gelb. Dann nahm er sich die Zeit und schrieb in großen, grünen Buchstaben Brasilien. Dann benutzte er den gelben Textmarker, um Nr. 1 zu schreiben.

»Ich habe nachgeschaut, wann genau du deine Zeit verlassen hast, Jimmy. Wusstest du, dass zu genau diesem Zeitpunkt gerade eine Massenkundgebung in Buenos Aires stattfand, um die argentinische Fußballnationalmannschaft zu unterstützen? Scheint so, als wären sie kurz davor, gegen ihre Erzrivalen, die Brasilianer, zu spielen. Warst du schon mal in Argentinien? Es ist ein wirklich schönes Land voller starker, gesunder und leidenschaftlicher Menschen. Die meisten von ihnen hassen die Brasilianer wie die Pest.« Als Phillip vom Tisch herabkletterte, sprach Tyler: »Ich wollte eigentlich einen Geist aus dir machen, damit du das mindestens genau so lange durchmachen musst wie ich. Aber sie alle haben mir das letztendlich ausgeredet. Stattdessen haben wir dein Magnetfeld so stark gemacht, dass jedes elektronische Gerät innerhalb von drei Metern um dich herum, sofort aufhören wird zu funktionieren, genau so, wie wir es bei Todd gemacht haben.«

Tyler ging nun ganz nahe an Jimmy heran und genoss die einzige Genugtuung, die er wohl kriegen würde. »Du kannst also keinen Computer mehr benutzen, und auch kein Handy. Wenn du jemanden um Hilfe bitten willst, dann musst du ihm schon einen Brief schreiben oder mit ihm sprechen. So oder so wirst du verrückt klingen. Wie du weißt, haben wir deine Statistik auf die ursprüngliche Werkseinstellung zurückgesetzt. Du alterst also wieder. Man kann dir wehtun! Für Todd hatten wir damals beschlossen, dass das als Strafmaßnahme ausreichen würde, aber du hast ja leider ein Talent dafür, Leute dazu zu bringen, dass sie tun, was du willst. Darum schicken wir dich nach Südamerika. Du sprichst doch kein Spanisch, oder? Nein, nein, das tust du nicht. Du wirst also den Rest deines Lebens als illegaler Einwanderer im Strafvollzug einer fremden Nation verbringen, deren Sprache du nicht sprichst und in der jeder denkt, dass du vollkommen verrückt bist. Und dabei wirst dich permanent an deine Zeit als Merlin erinnern. Es ist zwar nicht ganz so, als wärest du ein Geist, aber es kommt dem schon ziemlich nahe.«

Eddie nahm Jimmy daraufhin den Knebel aus dem Mund und ließ ihn weiter in der Luft hängen. Jimmy wusste, dass es kein Sinn machen würde, sich zu wehren. Er steckte fest und jeder Versuch sich loszumachen, würde die anderen nur unterhalten. Er schaute Phillip an und sagte drohend: »Wir werden uns wiedersehen! Das weißt du oder?«

Phillip trat vor und zeigte mit seinem Stab auf Jimmy. »Ja, in achthundert Jahren oder so. Gibt es noch etwas, dass du uns sagen willst, bevor wir dich deinem Schicksal überlassen?«

»Ja ...«

»Zu schade«, entgegnete Phillip und schickte Jimmy los.

***

Eddie führte Phillip, Martin und Gwen zu den Privatgemächern der königlichen Familie. Es überraschte sie nicht, dass sie nach mittelalterlichen Standards zwar luxuriös, aber im Vergleich zu Jimmys Unterkünften eine Hütte waren. König Stephan war schon vor langer Zeit gestorben. König Artus, ein schlanker, junger Mann in den frühen Zwanzigern mit einer konfusen Art und großen, fragenden Augen, teilte sich seine Gemächer mit seiner Mutter, der hoheitsvollen, duldsamen Königin Matilda.

Eddie erklärte ihnen nun, dass Merlin verschwunden war. König Artus nickte und fragte, was das zu bedeuten hatte. Eddie erzählte ihm daraufhin, dass Merlin gegangen war und niemals mehr zurückkehren würde.

Der König nickte, drückte die Hand seiner Mutter und fragte dann nachdrücklicher: »Und was bedeutet das?«

Eddie erklärte, dass Merlin nicht mehr da sein würde, um ihm zu helfen, und dass das Leben wieder so sein würde, wie es war, bevor Merlin gekommen war.

Artus entgegnete verwirrt: »Aber ich war nicht König, bevor er kam.«

Es war sofort klar, dass die Monarchie ohne Hilfe fallen würde. Das wäre nicht so schlimm, wenn man außer Acht ließe, dass dadurch dann der Rest Europas jahrzehntelang in blutige Kriege verwickelt sein würde. Es war ein schreckliches Chaos, aber die Zauberer konnten nicht mit gutem Gewissen einfach dastehen und dabei zusehen, wie das Fehlen von Merlin die unerfahrene westliche Zivilisation zerstören würde. Also wurde beschlossen, dass die Zauberer einen neuen Vorsitzenden wählen würden, der ihre Interessen vertrat und der dabei half die königliche Familie zu unterstützen, und in die Selbstständigkeit zu führen. Als es an der Zeit war einen Vorsitzenden zu wählen, wollte jeder wissen, was Phillip darüber dachte, was mehr aussagte, als es eine Wahl je gekonnt hätte. Phillip hatte kein Interesse daran, in Camelot zu leben, darum war seine erste Handlung als Vorsitzender Martin den Auftrag zu erteilen mit Eddies Hilfe als Verbindung zur Königsfamilie zu fungieren.

Martin hatte zwar Einwände, aber Phillip blieb standhaft. »Martin, wir alle müssen unseren Teil erfüllen. Ich möchte kein Vorsitzender sein, aber jeder Zauberer will es so. Darum erfülle ich halt meine Pflicht.«

»Ja, aber …«

Phillip schnitt ihm das Wort ab. »Als Vorsitzender befehle ich dir, deinen Teil dazu beizutragen. Und zufälligerweise besteht *dein Teil* eben darin, die überwiegende Arbeit meines Teils zu erledigen.«

Die Zauberer teilten sich nun in zwei Gruppen auf. Die eine ging los, um mit Jimmys Versuchs-Orks zu reden und die andere, um sich mit den Elfen zu unterhalten. Die Orks waren erleichtert, als sie hörten, dass man sie wieder normal machen würde, aber weniger glücklich darüber, dass es leider mehrere Wochen dauern würde. Die Gruppe, die gegangen war, um mit den Elfen zu reden, berichtete später, dass die einzige Art wie sich Jimmys Arbeit manifestierte, die war, dass das gesamte Dorf einfach dünner geworden war. Darum waren sie alle glücklich, dass sie die Dinge so belassen konnten, wie sie waren.

In dieser Nacht hielten die Zauberer die größte Siegesparty aller Zeiten ab, wenn man es an der Größe der Fläche festmachte. Es gab nur noch etwa zwei Dutzend von ihnen, aber sie hatten die Fähigkeit zu teleportieren zurückerlangt und darum hatten alle Lust, diese auch zu benutzen, zumal sie noch am Nachmittag nicht dazu in der Lage gewesen waren. Die Party begann in Jimmys ehemaligem Büro, aber schon bald wollten einige Zauberer unbedingt Phillips Erholungszimmer sehen und andere sich die *Schädelschlundhöhle* anschauen. Schließlich wurden für die größeren Wohnstätten einiger Zauberer-Teleportationspunkte festgelegt und so bekam man bei der Veranstaltung das Gefühl, dass eine Party in einem Großanwesen abgehalten wurde und man einfach von Raum zu Raum wanderte. Nur waren in diesem Fall die Zimmer über ganz Europa verteilt.

Der schwierigste Teil bei einer Party für Zeitreisende war es allerdings Musik zu finden, die jedem gefiel, denn jeder war stets davon überzeugt, dass sein Lieblings-Künstler/Genre/Format den anderen weit überlegen war. Nachdem Martin die obligatorische Runde gemacht hatte, um sich anzusehen, wo jeder wohnte und den anderen seinen leeren Lagerraum gezeigt hatte, ließ er sich auf Phillips 80er-Jahre-Dachboden nieder. Es war mittlerweile schon spät geworden und Phillip erklärte gerade laut, dass Thomas Dolby mehr als nur einen Song aufgenommen hatte. Martin entschied, dass er ein wenig frische Luft schnappen musste.

Er trat durch die geöffnete Garagentür und lief über die schwere Holzrampe, die zu dem Hügel hinter Phillips Laden führte. Dort fand er Gwen. Sie saß auf dem Boden, hantierte mit ihrem Zauberstab herum und schaute zu den Sternen hinauf. Martin setzte sich neben sie. Es gab viele Dinge, die er aus seiner eigenen Zeit vermisste, aber er wusste, wenn er jemals zurückgehen sollte, würde er den mittelalterlichen Nachthimmel vermissen. Es wusste zwar, es war der gleiche Himmel, aber eigentlich war er das nicht wirklich. Denn dadurch, dass es keine andere Lichtquelle gab, die heller als ein Lagerfeuer war, hatte man selbst hier am Rande einer mittelgroßen Stadt eine wirklich spektakuläre Aussicht auf die Sterne. Und es gab viel mehr Sterne, als ein Stadtkind wie Martin je gesehen hatte. In seiner ursprünglichen Zeit war ein

Himmel wie dieser ein Luxus. Er hätte stundenlang irgendwo ins Nirgendwo rausfahren müssen, um diesen genießen zu können. Hier hingegen konnte er in jeder klaren Nacht einfach so hinausgehen und das ganze Universum betrachten.

Nach einer Weile versuchte Martin allmählich und mit Bedacht, sich ungezwungener zu geben. Er löste seinen Blick vom Himmel und sah Gwen unauffällig an. Er öffnete den Mund, um etwas zu sagen, aber sie kam ihm zuvor.

»Ich werde nach Atlantis gehen! Morgen breche ich auf«, sagte sie in einem Tonfall, der keinen Raum für Fragen ließ.

Martin wollte erwidern: *»Tut mir leid, dass du als Hexe geoutet wurdest«*, aber er wollte weder *geoutet* sagen noch *Hexe*. *Weiblicher Zauberer* klang auch irgendwie doof. *Zauberin* noch schlimmer. Er versuchte sich ein Wort auszudenken, dass *Hexe* bedeutete und keinen beleidigenden oder erniedrigenden Unterton hatte. Aber er fand keins. Genau genommen fiel ihm nach einigem Überlegen kein einziges Wort ein, das *weiblich* meinte und von Männern nicht mit irgendeiner erniedrigenden Bedeutungsnuance gefärbt worden war. Schließlich, nach einem viel längeren Schweigen, als er es gewollt hatte, sagte er einfach: »Ich kann verstehen warum. Ehrlich gesagt bin ich nicht sicher, warum du überhaupt zuerst hiergeblieben bist. Du bist eine Zauberin. Warum versteckst du das und gibst stattdessen vor eine Schneiderin zu sein?«

Gwen erwiderte: »Ich habe nicht vorgegeben eine Schneiderin zu sein. Ich bin wirklich eine Schneiderin, Martin. Dennoch ist es eine berechtigte Frage. Ich bin hierher gekommen, weil ich viele Märchen gelesen habe, als ich noch ein kleines Mädchen war und ich wollte sehen, wie es in Wirklichkeit ist. Ich habe beschlossen zu bleiben, weil es hier viel besser war, als erwartet. Ich meine das Essen, das Wasser und die sanitären Einrichtungen sind nicht so großartig, aber wir haben ja Wege, um das umgehen zu können. Als Bäuerin bin ich machtlos, aber ich bin genau so machtlos wie ein Bauer. Also ist das eine Art Gleichberechtigung. Für eine unabhängige Frau ist das hier eine ziemlich gute Zeit, solange man sich zu verteidigen weiß und niemand erfährt, dass man in Wirklichkeit eine Hexe ist. Natürlich weiß ich nicht, ob es immer so war oder ob es nur unserem Einfluss zuzuschreiben ist. Atlantis ist nicht nur weit weg, sondern auch lange her, wenn du verstehst, was ich meine.«

»Trotzdem bin ich ziemlich traurig, dich gehen zu sehen.«

Sie drehte sich um und schenkte Martin das traurigste Lächeln, das er jemals im Leben gesehen hatte. »Es tut mir auch leid, aber ›Bekannteste Hexe im mittelalterlichen England‹ ist kein Titel, der viele Vorteile mit sich bringt.«

Martin wusste, dass das stimmte. Er richtete seinen Blick deshalb auf die Sterne und wägte seine nächsten Worte sorgfältig ab. »Ich kenne dich nun schon eine ganze Weile, aber es kommt mir irgendwie trotzdem so vor, als hätte ich dich gerade erst getroffen.«

»Ja«, sagte Gwen. »Das stimmt.«

»Und das ist nur meine eigene Schuld«, fuhr Martin fort.

Gwen lachte sanft, dann sagte sie: »Ja, das stimmt ebenfalls.«

Eine lange Pause entstand, während Martin im Geiste einige Sätze durchging, bevor er sich schließlich für die sicherste Vorgehensweise entschied.

Er drehte seinen Kopf, damit er Gwen ansehen konnte, und meinte dann: »Nun, ich denke, dann heißt es jetzt wohl Lebewohl sagen.«

Auch sie schaute ihn intensiv an und antwortete: »Ja.«

Einen Moment lang sahen sie einander an, dann fragte Martin: »Hättest du vielleicht etwas dagegen, wenn ich dir zum Abschied noch einen Kuss geben würde?«

Gwen lächelte und erwiderte: »Nein, das hätte ich nicht.«

Plötzlich wurde Martin hoch in die Luft geworfen. Sein silbernes Gewand flatterte im Wind. Er landete auf dem Dach von Phillips Geschäft. Schlaff schlitterte er daran herab und plumpste dann seitlich herunter. Anschließend fiel er in die Senke, wo der Berghang auf die Wand des Ladens traf. Gwen, leuchtend vor Strahlungsenergie, verfluchte sich selbst und stellte ihr Makro so schnell sie konnte ab. Danach stopfte sie ihren Zauberstab in ihre Tasche, bevor sie an Martins Seite eilte. Er lag still in der Rinne und bewegte sich nicht. Sie versuchte, ihn herumzurollen, aber durch den Sturz hatte er sich fest in der Spalte verkeilt und jetzt, wo sie nahe an ihn herangetreten war, konnte sie sehen, dass er sich deshalb nicht befreien konnte, weil er so sehr lachte. Schließlich gewann er seine Fassung ein wenig zurück und stand auf, aber sobald er Gwen ansah, mussten sie beide wieder lachen.

Sie unternahmen keinen weiteren Versuch mehr, sich einen Abschiedskuss zu geben, denn sie beide wussten, dass dies ein viel passenderes Ende für ihre Beziehung war.

Kapitel 29

Walter und Margarita Banks durchlebten gerade einen wahren Albtraum. Ihr Sohn Martin benahm sich vollkommen verrückt und lief anscheinend auch noch vor dem Gesetz davon. Er verkroch sich in seinem Kinderzimmer, aber aus unsinnigen Gründen tauchte er immer wieder daraus auf und die Behörden drohten nun die Tür einzutreten.

»Einen Moment! Ich komme sofort!«, brüllte Walter mehr aus Besorgnis als aus irgendwelchem Ärger, den er gerade fühlte. Er warf seiner Frau einen, wie er hoffte beruhigenden Blick zu und bekam im Gegenzug einen von ihr zurück, als er sich auf den Weg zur Tür machte.

Erneut kam Martin aus seinem alten Schlafzimmer heraus und schrie: »Nein, Dad, stopp!« Er trug eine Art glänzenden silbernen Kaftan und eine passende *Wee-Willy-Winkie*-Nachtmütze. Seine alte Büste von Santo hatte er an einer Stange montiert. Für Walter war klar, dass sein Sohn geisteskrank geworden war.

»Martin, Baby, was geht denn hier vor sich?«, fragte Margarita vollkommen durcheinander. »Was hast du getan?« Es brach Walter das Herz, sie so verzweifelt zu hören.

Martin antwortete: »Nichts! Ich habe gar nichts getan!« Er nahm sich einen Armvoll Bettwäsche, während er die ganze Zeit schrie: »Von all den Dingen, die diese Männer euch erzählen werden, habe ich nichts getan.« Martin trug die Bettwäsche und den Wrestler am Stock nun ungeschickt zurück in sein Schlafzimmer und rief: »Danke für alles! Wir sehen uns später! Dad, du kannst jetzt die Tür öffnen«, als er ging.

Walter wusste, was nun zu tun war. Für ihn bestand kein Zweifel daran, dass sein Sohn dringend Hilfe brauchte. Er öffnete also die Vordertür und sagte: »Er ist in seinem Schlafzimmer. Hier entlang!«

Walter ging hastig zu Martins Schlafzimmertür und klopfte energisch daran. Sofort füllte sich der Flur mit Männern in schwarzen Anzügen und uniformierten Polizeibeamten.

»Martin«, rief Walter, »die Polizei ist hier und einige Männer von ...« Walter verstummte fragend.

Einer der Männer in den schwarzen Anzügen entgegnete: »Vom US-Finanzministerium.«

Walter tauschte mit Margarita, die er hinten in der Menge von Polizeibeamten und Bundesagenten kaum sehen konnte, einen Blick aus, den nur die verstehen konnten, die schon lange Zeit verheiratet waren. Walter schaute zum Türknauf, dann fragte er den Agenten, der ihm am Nächsten stand: »Haben Sie vielleicht einen Nagel? Wenn er die Tür abgeschlossen hat, werden wir einen Nagel brauchen.« Der Agent starrte ihn an.

»Martin!«, rief Walter noch einmal mit einer Stimme, die so ruhig war, wie es ihm nur irgend möglich war. »Wir kommen jetzt rein.« Er versuchte es mit dem Türknauf und dieser bewegte sich mit Leichtigkeit. Er öffnete und die Beamten eilten an ihm vorbei. Er sah allerdings jetzt schon, dass Martin gar nicht in seinem Zimmer war. Er und Margarita beobachteten, wie die Polizisten das Bett umdrehten und bemerkten, dass die Matratze fehlte. Das war wirklich merkwürdig. Sie schauten auch in den Schrank, aber Martin war nicht da. Sie öffneten die Vorhänge, aber draußen stand nur ein weiterer uniformierter Kollege, der darauf bestand, dass er die ganze Zeit dort gestanden hatte und niemand mit einer silbernen Robe aus dem Fenster gehechtet war. Die Polizei schien äußerst verwirrt und wütend zu sein, während sie das restliche Haus durchsuchte, aber die Agenten des Finanzministeriums schienen lediglich irritiert zu sein. Nach ein paar Minuten kamen die beiden Agenten, die verantwortlich zu sein schienen herein. Sie stellten sich als Miller und Murphy vor. Agent Murphy übernahm das Reden. Er hatte eine ruhige, freundliche Art. Behutsam stellte er ihnen einige Fragen, deren Antwort fast immer »Nein« lautete.

»Hat er Ihnen erzählt, was er vorhatte?«

»Wissen Sie, wo Ihr Sohn hingegangen ist?«

»Wissen Sie, wie er dort hingekommen ist?«

Nachdem das ein paar Stunden so weiter gegangen war, meldete die Polizei, dass Martin nicht da war und die Agenten des Finanzministeriums verkündeten, dass sie das schon wussten. Agent Murphy ließ daraufhin seine Visitenkarte da. Er legte großen Wert darauf zu sagen, dass Martin niemanden verletzt hatte und sie auch nicht glaubten, dass er gefährlich war, aber wenn er Kontakt zu ihnen aufnehmen würde, sollten sie doch bitte so schnell wie möglich die Nummer auf der Karte anrufen.

Walter und Margarita Banks standen auf dem Rasen in ihrem Vorgarten und beobachteten, wie die Polizeibeamten wegfuhren, als wären es nur Verwandte, die sie nach dem Feiertagsessen verließen. Die Streifenwagen fuhren die Straße hinunter, bogen um die Kurve und verschwanden so hoffentlich aus ihrem Leben. Margarita erwähnte beiläufig, dass es so aussah, als wäre jemand in den großen Baum am Ende der Straße gefahren. Walter dachte daraufhin über die Kleinigkeiten nach, die man bemerkte, wenn man aufgeregt war. Arm in Arm gingen sie wieder ins Haus und schlossen die Tür hinter sich.

Sie hatten keine Zeit, sich hinzusetzen, denn es klingelte schon wieder an der Tür. Margarita öffnete sie, ohne sich damit aufzuhalten, danach zu fragen, wer es war. Als sich die Tür öffnete, stand Martin plötzlich auf der Treppe. Er hatte sich rasiert und einen neuen Haarschnitt. Er trug einen hübschen, dunkelgrauen Anzug, aber ohne Schlips. Stattdessen hatte er den ersten Knopf seines Hemdkragens aufgelassen. Hinter ihm auf der Straße befand sich ein Taxi. Margarita schnappte nach Luft.

Martin sagte daraufhin: »Mom, es tut mir so leid.«

Sie zog ihn ins Haus und umarmte ihn dann fast zu Tode. Seine Eltern wollten eine Erklärung, aber sie wussten schon, dass sie keine bekommen würden. Martin versprach ihnen, dass er nicht das Gesetz gebrochen hatte und alles nur ein großes Missverständnis war, das er klarstellen wollte. In der Zwischenzeit würde er leider nicht allzu häufig da sein, aber sie könnten ihn jederzeit anrufen. Er wäre nie weit von seinem Handy entfernt.

»Ihr erinnert euch doch bestimmt an die Matratze und das alte Bettzeug, das ich mitgenommen habe oder?«, fragte Martin. »Das werdet ihr leider nicht zurückbekommen. Sorry. Habt ihr immer noch dieses zweite Paket von Amazon, das ich bestellt habe?«

Walter schüttelte seinen Kopf. »Nein, die Cops haben es mitgenommen. Was war denn drin?«

»Nichts Wichtiges. Es gibt da so eine Firma, die moderne Computer so aussehen lässt wie einen alten Commodore 64. Ich habe so einen für einen Freund bestellt. Aber dann kaufe ich einfach einen Neuen, bevor ich zurückgehe.«

»Wohin zurück?«, fragte Margarita verwirrt.

Martin antwortete: »Nach Hause.«

***

Martin verließ das Haus seiner Eltern daraufhin wieder und stieg in das Taxi. Er und der Taxifahrer redeten noch einen Moment, dann fuhr der Wagen davon, bog am Ende des Blocks links ab und war nicht mehr zu sehen. Am Ende der

Straße, neben dem jetzt beschädigten Baum, saß ein Mann auf einem Fahrrad. Er machte eine Notiz über die exakte Zeit der Abfahrt, das Kennzeichen des Taxis und die Fahrtrichtung. Wütend kritzelte er mit einem schmierigen Bleistiftstummel in ein zerfleddertes Notizbuch.

Er ließ sich auf dem Sattel seines Fahrrads nieder, der schon länger unter seinem Gewicht zu leiden hatte. Mit den Spitzen seiner abgetragenen Turnschuhe einer Billigmarke blieb er auf dem Bürgersteig. Das diente jedoch eher dazu, das Gleichgewicht zu halten. Er war in den Sechzigern, sah aber schrecklich ausgezehrt aus. Zottelige Fransen grauen Haares umrahmten eine von der Sonne verbrannte kahle Stelle. Seine Haut war faltig und ledern. Er hatte die hagere Gestalt und das ungesunde Auftreten eines Mannes, der viel zu viel frische Luft und Bewegung bekam.

Der Mann war nun fertig mit der Notiz und schloss sein Notizbuch. Dann nahm er seinen Rucksack von der Schulter und öffnete ihn. Er enthielt nur ein wenig Essen, ein paar Kleidungsstücke (größtenteils Socken und Unterwäsche) und sehr viele billige Notizhefte. Nicht zwei davon waren von derselben Marke. Ihre Etiketten waren mit einer Mischung aus Englisch, Spanisch und Portugiesisch bedruckt. Alle von ihnen enthielten Datumsangaben, die bis zurück nach 1980 reichten. Er legte sein Notizbuch sorgfältig zu den anderen, zog den Reißverschluss der Tasche zu und schwang sie dann wieder auf seinen Rücken, wo sie hingehörte. Anschließend fuhr er auf dem Bürgersteig die Straße hinunter. Sofort wurden seine Bewegungen geschmeidiger. Offenbar war er schon sehr viel mit seinem Fahrrad unterwegs gewesen.

Eine Frau, die einen riesigen SUV fuhr, versuchte gerade, aus einer Parklücke heraus zu fahren. Nahe am Bürgersteig hielt sie an, um den Mann auf dem Fahrrad vorbeizulassen. Als er an ihrem Auto entlangfuhr, ging plötzlich der Motor aus. Der Mann auf dem Fahrrad sah sie kurz an, fuhr dann aber weiter. Die Frau fluchte. Den Wagen hatte sie doch erst seit ein paar Monaten. Sie wollte sich heute Abend wirklich nicht mit einem Abschleppwagen und einem Mechaniker herumschlagen müssen. Sie drehte den Schlüssel erneut und war wahnsinnig erleichtert, als der Wagen mühelos wieder ansprang. Sie schaute sich den Verkehr an, um eine Lücke zu finden, in die sie sich einfädeln konnte. Weiter die Straße hinunter sah sie den Mann, der immer noch mit seinem Rad fuhr.

Er hat Glück, dachte sie. *Ich wette, mit seinem Fahrrad hat er nie eine Panne.*

-ENDE-

Über den Autor:

Scott Meyer wuchs in einer kleinen Stadt in Sunnyside, Washington auf. Seine humoristische Karriere begann er, indem er als Stand-up Comedian und Radiopersönlichkeit arbeitete. Der Höhepunkt für ihn war es, im Vorprogramm der »Running with Scissors« Tour von Weird Al Yankovic aufzutreten. Danach folgten weitere Jobs, für die er quer durch die Vereinigten Staaten und Kanada tourte. Dann ließ er sich in Orlando, Florida, nieder, wo er an seinem fortlaufenden Comic Basic Instructions arbeitet. Plötzlich Zauberer ist sein erster Roman.